此去经年，
[上册] # 此爱绵绵

恩很宅——著

青岛出版社
QINGDAO PUBLISHING HOUSE

图书在版编目（CIP）数据

此去经年，此爱绵绵/ 恩很宅著.--青岛：青岛
出版社，2019.3
ISBN 978-7-5552-7859-7

Ⅰ．①此… Ⅱ．①恩… Ⅲ．①长篇小说－中国－当代
Ⅳ．①I247.5

中国版本图书馆CIP数据核字(2018)第270749号

书　　名	此去经年，此爱绵绵
著　　者	恩很宅
出版发行	青岛出版社
社　　址	青岛市海尔路182号（266061）
本社网址	http://www.qdpub.com
邮购电话	010-85787680-8015　13335059110
	0532-85814750（传真）　0532-68068026
责任编辑	郭东明
责任校对	张静静
特约编辑	崔　悦
装帧设计	蒋　晴
照　　排	梁　霞
印　　刷	三河市良远印务有限公司
出版日期	2019年3月第1版　　2019年3月第1次印刷
开　　本	32开（880mm×1230mm）
印　　张	16
字　　数	350千
书　　号	ISBN 978-7-5552-7859-7
定　　价	55.00元

编校印装质量、盗版监督服务电话　4006532017　0532-68068638

建议陈列类别:畅销·青春文学

目录 [上册]

目录 [下册]

第一章　劫后重生

今日。

暖风极好。

透彻的阳光照耀在窗棂上，纱幔一般的窗帘在微风下，静静摇曳。

床上静躺的人儿，陶瓷般白皙粉嫩的肌肤，明亮的眼眸如深海里的星星般璀璨夺目。巴掌大小的脸上，那樱红般色彩极好的唇瓣，和她美得令人窒息的脸蛋，相得益彰。

她叫，夏绵绵，今年20岁，夏氏集团嫡女千金。

所谓夏氏，在驿城这座繁华都市中，几乎垄断着整个驿城的经济，涉及的范围包括房地产、连锁超市、物流、集装箱、互联网产业、电子科技产品，甚至还有学校教育。

含着金钥匙出生的夏绵绵原本应该万众瞩目，有享不尽的荣华和富贵，然而事实却恰恰相反。

她生性懦弱，母亲在她10岁那年去世导致她更加胆小怕事，而在她母亲去世后不久，她的父亲顺理成章地带回了他原本的情人，还有她同父异母，仅比她小了半岁的双胞胎兄妹。

从此以后，双胞胎兄妹霸占了她在夏家的一切，她一无所有甚至处处受到欺凌。

18岁那年，她好不容易爱上一个她自以为能够给她一世温暖的男人，却万万没想到，一切都只是个笑话。她伤心欲绝，活生生地被一辆大卡车撞飞了出去，全身重伤，面目全非。

她在医院躺了整整一年，承受着生不如死的滋味。如此凄惨的一个人，如此悲凉的一生……

好在，她不是夏绵绵。她为夏绵绵受了一年的苦，却不是那个夏绵绵。她叫阿九。她原本是一个孤儿，一个职业杀手！阴错阳差，她成为重生在这个女人身上的另外一缕，戾气极重的，冤魂！而今天，便是她出院的日子。身边，叫着她的是夏绵绵在这个世界上唯一可以信赖的人，小南。

小南是夏绵绵的母亲捡回来的孤儿，一直在夏绵绵身边照顾她的起居，比她大了3岁，从她母亲死了之后，尽职尽责地陪着她，两人相依为命！

而在这个夏绵绵身上发生的一切，都是小南在这一年之间，陆陆续续告诉她的，正好打发她整整一年无聊到有些悲惨的时光。

"小姐，所有手续都办好了，可以出院了。"小南轻轻地叫着她。

这一年来，她目睹了小姐经历的一场又一场大小手术，看到她坚毅的眸子闪烁着异常的光芒，如此有韧性，和她印象中的小姐完全不同。

她理解为，人经历过一场浩劫之后，就会发生巨大的改变！

何况，小姐还失忆了。

小姐总让她一遍一遍地讲，曾经的事情。小姐说，怕忘记了。其实都是些不好的回忆，忘记了，反而更好。嗯。夏绵绵应了一声。她起身，坐了起来。身体，终究还有些虚弱。

她有些微喘，在小南的搀扶下，穿上了夏绵绵原来的白色长裙，唯美柔软，长长的头发自然倾泻，在微风下飘逸，仙气中带着一丝妖娆。

医院大门口停靠着一辆黑色轿车。

小南打开车门扶着夏绵绵坐进去。

夏绵绵的眼眸静静地看着窗外明媚的阳光，熟悉的城市街道，久违的感觉，一遍遍在自己脑海里面，闪逝。

她的嘴角拉出一抹笑容，在阳光下，倾城倾国。她想，前世今生，她要的，全部都要，不留余地！

车子停靠在了半山腰一栋奢华的别墅门口。

夏绵绵看着金碧辉煌的夏家大门。

小南连忙按下门铃。

"麻烦开门，大小姐回来了。"小南有些激动地说道。

夏绵绵离开这里一年了，几乎很少有人去看过她。据小南说，每次在需要签病危通知书的时候，就会有人匆忙地过来看她几眼。

面前的大门缓缓打开。她们走进去。里面鸟语花香，碧绿葱郁。夏绵绵穿过长长的走道，走进那栋奢华的建筑物。欢声笑语让她有些顿足。

里面在开着party（聚会），到处都是人，到处都是尊贵华丽！

小南反应过来，有些紧张地说道："对不起小姐，我忘了今天是二小姐和少爷的20岁生日，我们应该换个时间出院的。"

原来如此。

夏绵绵笑了笑："没事儿，跟我来。"

她迈着脚步，抬首挺胸。

小南愣怔了两秒，才连忙跟上。

夏绵绵穿过大厅，周围人大多注意到了她的存在，也投来了讽刺的目光。一年前在夏绵绵身上发生的那则极尽羞耻的笑话，几乎传遍了整个上流社会。

她当没看到，声音压低着问道："前面站着的是我父亲吗？"

"是的小姐。"小南连忙说着，"您父亲旁边的夫人就是他的现任妻子。"

夏绵绵微微点头，脚步停在了一对中年夫妇面前。

男人45岁，穿着剪裁得体的黑色西装，没有一丝白发，也无半点中年男人发福的迹象，他身材高大，成熟稳重。他是夏政廷，夏氏集团董事长。

"爸。"夏绵绵开口，微微一笑。

3

夏政廷看了一眼夏绵绵，淡漠道："出院了？"

"嗯。"夏绵绵声音柔和，"知道今天是妹妹和弟弟的生日，所以提前出院，想当面跟他们说一声生日快乐。"

夏政廷点了一下头。

夏绵绵依然笑着，转眸看着夏政廷旁边的贵夫人，43岁的年龄，看上去却不过30岁，此刻穿着一身宝蓝色旗袍，雍容华贵，珠圆玉润。

"小妈。"夏绵绵叫她。

卫晴天也看着夏绵绵，精致装扮的脸笑了一下："出院了就好，当初看你满身是血，还真把小妈吓着了。"

"当初是绵绵不懂事，让小妈操心了。"夏绵绵得体地说道。

卫晴天柳眉微动，是觉得眼前这个夏绵绵有所不同。按照以往，夏绵绵绝不可能这么自若地出现，还不卑不亢。

"小妈，二妹和小弟呢？"夏绵绵问。

"小蔚在国外留学，功课太忙，抽不出时间回来，柔柔和几个同学去后花园的露天泳池开派对，你要是喜欢也可以过去看看。"卫晴天温和道。

夏绵绵点头："好，我去楼上放下行李换身衣服就过去。"

卫晴天眉头紧了紧。

夏绵绵有礼而恭敬地微欠了欠身："爸，小妈，我先上楼了。"

夏政廷一直不喜欢她，发生了那些丢人的事情，就更加不喜欢了，此刻脸上也有些不耐烦："上去吧。"

夏绵绵转身，优雅而自信地往二楼走去。

大厅中的人都一直在打量她，显然和以前那个夏绵绵有些对不上号。连身边的小南全程都是一脸蒙。小姐好像，变得还挺多。她们在全场的注目下，走向二楼。刚走上楼梯，夏绵绵的脚步停了停。

眼前的男人……

夏绵绵嘴角的笑容深了很多，她开口："封少，好久不见。"

封少爷，封逸尘！该怎么形容他？高大挺拔，帅得惊天动地。她只觉得一年不见，他好像变得更加成熟内敛，似乎又添了些魅力。封逸尘冷冷的眼眸带着些轻蔑。他看了她一眼，越过她的身体，不带任何情感地直接离开。离开的时候，她还能够闻到他身上熟悉到几乎让她敏感的淡淡古龙水味道。

她眼眸微动，嘴角冷笑，没有回头再去看他的背影，转身。

小南小跑着跟上她的脚步，告诉她房间的位置。

房间倒是干净整洁，只是少了些华贵。

小南收拾着从医院带回来的极少的行李。

夏绵绵懒懒地靠在房间的沙发上，身体的虚弱让她确实有些力不从心，可惜了她曾经那一身的技能。

眼眸淡淡地看着窗外，她没有急着换衣服下楼，就这么静静地打量着周围的一切，显得像局外人。

小南忙碌了一番，转身对夏绵绵说道："小姐，医生说你大病初愈需要多休息，要不要上床睡一会儿？我下去帮你拿糕点上来。"

"不用了。"夏绵绵挥手。

"那我去帮你倒杯水吧。"

"你收拾好了就出去，我一个人静静。"夏绵绵有些不耐烦。

对于小姐突然改变的秉性，小南也不觉得惊讶了，点头就准备离开，又想到什么，连忙问道："小姐，你还记得封少爷？"

谁都不记得，就记得封少爷吗？

夏绵绵托着腮帮子的手随意地放了下来，嘴角的笑容似乎有些冷："记得。"

她记得他同冷血的声音说，救夏柔柔。

曾几何时，她在手术台上支撑不下去的时候，脑海里就一直是这句话，然后就会，拼死醒过来。

"是不是说明封少爷在小姐心目中是特别的？"小南单纯地问道，又喃喃说，"毕竟封少爷是小姐的未婚夫。"

是啊。封逸尘是夏绵绵的未婚夫。

可是封逸尘喜欢的是夏绵绵的亲妹妹夏柔柔！

人生简直就是一部狗血剧！

然而，她曾经还傻缺地嫉妒过夏绵绵，嫉妒她从出生就和封逸尘因为家族关系定下来的婚约，现在想来，也不过是一个可怜之人。

也罢。夏绵绵已经不是以前的夏绵绵，阿九也不是以前的阿九。

重生一世，重新开始！

她再次说道："小南，你先出去。"

"是，小姐。你有什么需求，随时叫小南。"

夏绵绵点头。小南拉开房门出去。房间中就剩下了她自己。她在沙发上躺了一会儿，起身从衣柜里面挑了一条淡黄色的连衣裙，她拿着裙子走进浴室，站在偌大的落地镜前面，脱下那条白裙子。镜子中的女人……脸蛋美得不食人间烟火。当然，前提是忽略她身体上遍布的丑陋的伤疤痕迹，有些是车祸造成的，有些是手术痕迹，总之，惨不忍睹。她快速地换上裙子，整理了一下自己的头发，打开房门出去。

楼下，依然一派其乐融融，夏绵绵又去大厅主动和夏政廷、卫晴天打了招呼，才转身走向了夏家奢侈到近似于宫廷般的后花园。

夏绵绵走向露天泳池，此刻正放着劲爆的音乐，大家穿着华贵的礼服，随着音乐妖娆地跳着舞。

相对而言，她自认为已经挑选了夏绵绵色彩最鲜艳的衣服，但也显得太过朴素了些。她的出现明显让人惊讶了。一个人停下了舞动，两个人停了下来，所有人都停了下来。甚至还有人，将音响关掉。大家都像看怪物一般看着夏绵绵，一片寂静。夏绵绵突然有些后悔没有带着小南一起，这么多陌生的面孔，她都对不上号。

她看了一圈，看到了封逸尘。她眼眸一转，对着不远处的女人开口道："柔柔。"夏柔柔，这是从10岁那年，走进夏绵绵的人生，给了她无止境的噩梦的女人。

夏柔柔整个人一怔。夏绵绵对她，几乎都是躲的。此刻突然叫她，反而让她有些莫名其妙。

"我选择今天出院，就是想要祝你生日快乐。"夏绵绵真诚地笑着，"希望没有迟到。"

"怎么会？你能来我很高兴。"夏柔柔连忙热情地上前，主动拉夏绵绵的手。

夏绵绵的手心僵了一下，笑着说道："医生说出院后要多休息，我就是来看看你，不耽搁你庆生了，我先回房了。"

就只是为了露一面而已，也不需要经得夏柔柔的同意，夏绵绵越过夏柔柔，直接就走了。

夏柔柔看着夏绵绵的背影，莫名觉得有些发毛！她眉头一动，看到夏绵绵的脚步停在了封逸尘的面前。夏绵绵抬头看着封逸尘。这个男人的高度，在任何女人面前都存在强烈的压迫感。

她说："封逸尘，我记得我才是你的未婚妻，所以别忘了避嫌。毕竟人言可畏。"

封逸尘漠然地看着她，磁性嗓音低沉道："你在提醒我早点和你解除婚约吗？"

"我相信你不会。"夏绵绵冷笑。

封逸尘作为封尚集团的大少爷，25岁。其家族和夏家是世交，商业地位仅在夏家之下。他们俩这门婚事在爷爷辈就定下来，谁悔婚都是对两大家族名誉的损坏。

所以即使封逸尘从未掩饰过喜欢夏柔柔，夏家和封家，也没有谁敢让夏柔柔代替嫡女夏绵绵，除非，夏绵绵死了。

对了，封逸尘还有另外一个身份——杀手阿九的顶级boss（老板）！不过，阿九已经死了。

封逸尘的脸色有些冷，声音也很冷，就跟她曾经单纯地想要把自己的身体给他时一样冷血，他说："夏绵绵，这个世界上没有什么是绝对的！"

"但我们的婚约势在必行。"

封逸尘一脸冷漠。夏绵绵离开。

她不知道来龙去脉，但她知道，以封逸尘如此强大的背景，既然到现在都不毁约那必定是不能毁约。好在她虽然不爱封逸尘了，可她觉得，既然是自己曾经想要的，既然是这具身体理所应当享有的福利，至少不能便宜了别人。

她在众目睽睽下，离开了。夏绵绵回到卧室，躺下休息。她一觉睡过去，睁眼的时候，是被小南叫醒的。耳边都是小南激动的声音："小姐小姐，你怎么了？你别吓我。"

"我怎么了？"夏绵绵冷静地看着小南。

"你一直在说胡话，还好小姐你醒了，吓死我了。"小南心有余悸地说着，"在医院的时候，你也总是如此，每每都会被噩梦纠缠。小姐，你是不是还放不下一年前的事情？"

夏绵绵觉得有些口干舌燥："你去帮我倒杯水。"

"好。"

小南赶紧离开。

夏绵绵冷静了两秒,摸了摸自己发汗的额头,刚刚确实做了一些不好的梦。

小南端着一杯温开水走进来,递给她。夏绵绵喝了几口,看着窗外黑暗的天色,问:"现在几点了?"

"都晚上8点了。小姐饿了吧,我去给小姐弄点吃的上来。"

夏绵绵点头嗯一声。小南又急忙下了楼。夏绵绵起床,拉开窗帘,走向自己房间的外阳台。清风徐来,让她刚刚有些混沌的情绪,稍微放松了些。

她看着这里陌生的一切,看着黑暗的天空繁星闪烁,然后低头看到后花园里的那对"狗男女"。

夏绵绵倒是平静。她平静地看着他们幽暗的身影,交织在一起。

"小姐。"小南在房间里叫她。

她转身,将窗帘拉了过去。

小南端了好些山珍海味,放在房间的课桌上:"小姐你多吃点。"

"小南。"夏绵绵一边吃着饭菜,一边问道,"宴会还没结束吗?"

"没呢,客厅都还有好多人。"

夏绵绵点头嗯了声。

"每次二小姐的生日宴总是很隆重。"小南口无遮拦地说道。

夏绵绵默默地吃着晚餐。

"可是小姐的生日,从来都是自己过。"小南有些难受。

"闲杂人等……"夏绵绵看着小南,"也不配陪我过生日。"

小南惊讶地看着她。这么霸气的话,以前的小姐是断然讲不出来的。

夏绵绵把面前的晚餐尽量吃掉,她需要补身体。小姐吃过晚饭之后,小南把碗筷收拾好就下楼了。夏绵绵闲得无聊,也下了楼,穿过依然热闹非凡的大厅,走向了后花园。后花园倒是冷清了。静谧的夜色,倒真的是一个适合幽(偷)会(情)的地方。

夏绵绵的脚步停在那对儿人儿身后不远处。

她听到夏柔柔娇滴滴的声音说道:"逸尘,你不觉得夏绵绵变了吗?变得都好像不是我姐了。"

"她怎么样,和我都没有关系。"封逸尘声音冷漠。

"可是她是你未婚妻……"

"那是她以为。"封逸尘直白道，"我不会娶她。"

"真的吗？"夏柔柔娇气中带着期待。

"嗯。"

"逸尘，你真好。"夏柔柔将头，轻轻地靠在封逸尘的肩膀上。

"柔柔。"封逸尘声音磁性而温柔。

大概这世界上，他也就在叫夏柔柔的时候，声音是软的。

"嗯？"

"眼睛还好吗？"

"医生说恢复得很好。"夏柔柔连忙说道，"只是我总是很内疚，当初是那个女人救我的，甚至因为我而去世，现在我反而用了她的眼睛，没能让她留下全尸。"

用了她的眼睛，没有留下全尸……夏绵绵整个人一怔！

她还未真的反应过来，就听到封逸尘说："她的存在本来就是为了死亡的，不值得你这么内疚。"原来，她的存在就是为了去死的！她死了，还得挖了她的眼珠，让她死不瞑目死无全尸！

可是封逸尘，我是不是该告诉你，因果轮回……这辈子你欠我的，我绝不等到下辈子！她走出黑暗地带。脚步的声音，让两个人同时回头。以封逸尘的敏锐度不可能不知道她在他们身后，不是不屑，就是为了让她知难而退。她站在他们面前，眼眸就这么上下看着夏柔柔，看着她靠在封逸尘的肩膀上，看得夏柔柔都有些不自在，抬头和封逸尘保持了距离。

夏绵绵对着封逸尘："看来下午的话，你果然没有放在心里。"

她的眼神就这么直勾勾地看着这个男人，看着他在浅黄色灯光弥漫下，立体的五官果真是帅得很有魅力。封逸尘睨了一眼夏绵绵，拉着夏柔柔的手，转身就准备离开。夏绵绵嘴角一扬。果真，当初不该嫉妒夏绵绵这个女人，估计她比阿九还要悲催。她脚步突然上前，挡住了封逸尘的路，与此同时，还很努力地踮起脚尖，双手挂在封逸尘的脖子上，一个吻就印了上去。全世界仿若都安静了。夏绵绵就这么感受着封逸尘有些薄凉的唇瓣，她真不知道是他在4月的冷风下被吹得冰凉，还是这个人，由内到外，全身都是冷的。她亲了一下，蜻蜓点水的方式，然后放开了封逸尘。

封逸尘的脸色极冷。他青筋暴露，狠狠地看着面前的夏绵绵。

夏绵绵笑得一脸得意："我还以为长得如此好看的人的一道唇吻起来会

有什么不同，其实也不过如此！"

"姐。"封逸尘还未开口，一边的夏柔柔忍不住了。

刚刚那一秒夏绵绵的动作好快，快到她都没有反应过来，就看到她吻上了封逸尘。

夏绵绵从封逸尘铁青的脸上移开视线，转眸看着夏柔柔："嗯？"

"你刚刚的举动？"

"亲我未婚夫有什么不妥吗？"夏绵绵询问，"还是说，你拉着你未来姐夫的手才叫正常？"

"姐，你明知道逸尘不喜欢你，你以前还说要成全我们的！"夏柔柔委屈到不行，"现在突然就变卦了吗？"

"柔柔。"夏绵绵叫着她的乳名，"一年前我出了很严重的车祸，几乎死了过去，车祸后脑子里有些事情就忘记了，大概就是传说中的间歇性失忆，所以以前说过的话，我基本想不起来了。"

夏柔柔脸色很不好。

"你可以说我是找借口。不过别怪我没提醒你，这门婚事是两个家族定下来的，封家嫡子就得娶了夏家嫡女，而你恰好不是。"夏绵绵说话的时候，嘴角还上扬着。

意思分明在说，你自己出生得不好，怨不得别人！这是赤裸裸的炫耀！

夏柔柔咬着小红唇，当着封逸尘的面，也不敢爆发，甚至没有话语反驳。

"听说婚约是定在我20岁，封少25岁，也就是今年的事儿，我现在大病初愈，过不了多久封老爷子就该选日子了吧，是不是，封少爷？"夏绵绵故意开口说道。

封逸尘冷漠："再提醒你一次，别这么自信！"

夏绵绵笑了笑："威胁我没用的，封逸尘。"

封逸尘眼眸一紧。

"你们幽会的时间也不会太多了，我不打扰了。"夏绵绵离开。

夏柔柔狠狠地看着夏绵绵的背影，这真的是以前那个懦弱无能的女人吗？夏绵绵离开的脚步，突然停了下来。缓缓地，她转身。那一刻，眼神中分明带着一种杀伤力，说不出来的感觉，但是会让人一瞬间觉得毛骨悚然。夏柔柔心口一怔。下一秒，夏柔柔似乎是出现了幻觉一般。

她只听到夏绵绵懒懒的声音说道："夏柔柔，你这双眼睛……"

夏柔柔看着她，看着她欲言又止。夏绵绵说："挺美的。"

夏柔柔完全看不懂夏绵绵了，完全看不懂。从未有过的被动，让她心情很不爽。夏绵绵补充道："好好珍惜。"

语毕，夏绵绵走得很潇洒。

封逸尘也这么看着夏绵绵的背影。一年不见，还真的需要刮目相看？

他嘴角一扬。笑容，模糊不清。

夏柔柔看着夏绵绵的背影，一回头就看到封逸尘嘴角的笑。

"逸尘？"夏柔柔叫他，心口有些惶惶不安。

封逸尘回眸，刚刚的笑容在唇边不着痕迹地隐退，他声音柔和："我送你回房间。"

"不多待一会儿吗？"

"不早了，你早点休息。"

"逸尘。"夏柔柔深情款款地叫着他，心有不平，"刚刚夏绵绵亲你了……"

封逸尘抬手摸了摸自己的嘴唇。

夏柔柔很嫉妒。他的口吻分明还很轻佻，说："确实没什么感觉。"

夏柔柔看着他。她要的不是这个答案。这么长时间以来，她自己和他都还没有到如此亲密的地步！

"晚上天凉，我们进去。"封逸尘直接转移了话题，甚至有些不容反驳。

夏柔柔为了维持自己乖巧温顺的形象，也不敢再多说，跟着封逸尘往大厅走去。大厅，人渐渐少了很多。夏柔柔也不爱这种长辈间的应酬，直接上了楼。封逸尘送她回到房间。还是礼貌的，绅士的，不会走进她的房间。他们之间的感情，发乎情止乎礼。

"早点睡。"封逸尘温柔道。

"你也是，别一天就知道上班累坏了自己。"

"嗯。"

封逸尘轻抚着夏柔柔的长发："进去吧。"

夏柔柔乖乖点头。封逸尘看着夏柔柔离开的身影，眼眸一转。夏绵绵站在不远处，就这么冷眼看着他，分明对他有着疏远的甚至敌视的感觉，却一直说……他们的婚礼会势在必行！夏绵绵其实不过是想要出门倒杯水而已，一出门恰巧就碰到封逸尘和夏柔柔依依惜别的画面，真是挺辣眼睛的。她淡漠地走过去，从封逸尘的身边路过。

"夏绵绵。"耳边，是封逸尘低沉的嗓音。

她的脚步顿了顿。

"你确定要和我结婚？"

夏绵绵冷笑了一下，她回头看着高高在上的封逸尘。

这个男人多高？她记得，好像是189厘米。小南说夏绵绵有168厘米，这种算是最萌身高差吗？

"封少爷，这门婚事我说了算吗？"夏绵绵问他。

封逸尘眉头一紧。

"如果我说了算，说真的，我巴不得离你越远越好。"夏绵绵讽刺道。

封逸尘的脸色明显难看了很多。

"当然，以你的姿色也不会委屈了我，就是不知道是不是中看不中用？"夏绵绵笑得好看，"还得试过才知道。"

"你最好明白我不好招惹。"封逸尘的话，冰冷中带着威胁。

夏绵绵无所谓地耸肩，丢下一句话："你阴暗的一面我看的太多了，想来，我就是好色。"

封逸尘脸色越来越难看。而夏绵绵就又这么云淡风轻地走了。

他眼眸微紧，紧紧看着夏绵绵的背影！

夏绵绵，你可真得做好准备！

翌日，整个奢华别墅恢复了它的平静和安宁。

夏绵绵睁开眼睛的时候，正是鸟语花香之时，窗外透彻的阳光照耀着露台，零碎地落了一地。她伸懒腰，起床。她懒洋洋地洗漱完，换了一件白色连衣裙。她真是不太喜欢夏绵绵的衣服。她虽是孤儿，虽是传说中的职业杀手，但她毕竟是女人，作为女人，该享有的东西她一样都不少。她本是一个享乐主义者，何况那些都是她用命换来的。她打开房门，下楼。

楼下的大厅也已恢复了整洁和干净。客厅中，夏政廷跷着二郎腿在看早报，卫晴天在亲自为他泡茶。

夏绵绵恭敬地叫了声："爸，小妈。"

夏政廷点了点头。

卫晴天温柔道："绵绵这么早就起床了？"

"在医院的时候就养成了早睡早起的习惯。"

"你看平时我们太忙也没经常去医院看你，你现在能够这么健康地回家，小妈真为你高兴。"

"谢谢小妈。"夏绵绵笑着说道。

"一家人就不说两家话了，你随便坐，别拘束。"卫晴天热情地招呼着。

夏绵绵点头，坐在了一边的沙发上。约莫10分钟，夏柔柔起床，软软地去夏政廷和卫晴天怀里撒了一会儿娇，才一起走向早已摆好早餐的饭厅，一起用餐。

夏绵绵也跟在他们后面。一家人围坐在餐桌旁。

卫晴天一边给夏政廷整理碗筷，一边自然地说道："绵绵以前很少和我们一起吃早餐，我就说都是一家人，就应该一起吃饭才热热闹闹的。"

夏柔柔听到她妈这么说，其实是有些不悦的，她咬了咬唇没说话。夏政廷倒真是对夏绵绵不太上心，自然没什么表情。

"小妈说得是。"夏绵绵顺着卫晴天的话，接了过去。

卫晴天眼眸微紧。这么多年卫晴天习惯了看人脸色猜人心思，也练就了她察言观色的本事，这夏绵绵突然转变的性情，倒真是让她有些棘手。她又随便说了几句缓和气氛，决定静观其变。一段早餐时光在和谐中度过。饭后，夏绵绵带着小南出门逛街。夏绵绵的衣服太寒碜了，她要买衣服。小南开车载着她去商场。两个人走向了驿城最奢华的商场，最奢侈的世界品牌楼层，一片华丽富贵。夏绵绵选定一个品牌，往店里走去。

"小姐。"小南拉着她。

虽然小南没有来过，但也知道，这种地方太高级了。

"夫人平时给您的零花钱不太多，虽然夫人一直说您和二小姐是平等的，但是二小姐的衣服都是夫人买，多贵的都买，但您的衣服都是从您零花钱里面扣的……"

意思是，她买不起。夏绵绵淡然一笑，谁说她要花自己的钱买了？她毫不在意，大步走了进去。小南无可奈何，硬着头皮也进去了！店员热情地招呼着夏绵绵。夏绵绵一件一件看着里面奢侈的服装，琳琅满目。她静静地挑选着，耳边是店员介绍的声音，她也不回答，只是默默地听着，偶尔点点头。由始至终，她都显得特别自若。

她的脚步停在一件剪裁简单但不失时尚的黑色连衣裙面前，耳边就听到一个貌似有些熟悉的声音叫着她："夏绵绵，居然是你！"

夏绵绵抬头。唐沁，夏柔柔的闺密，昨天生日宴上见过了！

"你居然敢看这里面的衣服！"夏绵绵还未开口，唐沁又说话了，"你买得起吗？"

夏绵绵冷笑了一下。

唐沁无比讽刺地说道："想买这里的衣服，你总得有点自知之明吧！"

夏绵绵睨着唐沁。唐沁扬着下巴，高傲地看着她。

"唐小姐。"夏绵绵不缓不急的语调，就是带着一种说不出的压迫感，"你作为唐氏集团的千金，自然也应该知道，我夏氏集团在驿城的财力及地位，你是觉得我家还买不起这里的衣服吗？"

"原来您是夏氏集团的夏小姐，怠慢您了。"店员连忙道歉。

唐沁看店员这么狗腿的模样，一顿火气上来："你们对她这么恭敬做什么？你们以为她是夏柔柔吗？她不过是被夏家遗弃还死了妈都没人管的夏绵绵！"

夏绵绵看着唐沁："你是觉得我小妈亏待我了是吗？"

逞了口头之快还在扬扬得意的唐沁一怔。

"这事儿，我觉得我有必要打电话跟我小妈说一声，外面的人特别是唐小姐是怎么看待她的。"夏绵绵拿起手机就准备拨打电话。

"夏绵绵！你够了！"唐沁整个脸色都变了，怒吼道，"我什么时候说过阿姨亏待你了？你别在这里挑拨离间！"

夏绵绵淡淡地看着唐沁被激怒的脸："唐小姐，我就是提醒你一下，祸从口出！有些话得经过大脑才行。"

"你……"唐沁被夏绵绵讽刺得无可反驳，整个人气得脸红无比。

"我没那么好的兴致陪你斗嘴。"夏绵绵眼眸微转，看着旁边脸色也有些变化的店员，道，"这件这件这件，还有这边这一堆……"

店员一怔，惊呼道："都要吗？"

"我穿的型号一样一件！"

店员完全惊呆，好半晌反应不过来。

唐沁本来一肚子火，看着夏绵绵如此豪迈地买衣服："你有钱买吗？"

夏绵绵眼眸一紧。唐沁心口一怔，那一秒分明感受到一股寒气，下一秒又似乎是错觉一般，总觉得有些毛骨悚然。

夏绵绵对着店员说道："所有的账全部记在封尚集团封逸尘的账户上。"

"是封少爷的账户吗？"店员确认。

"对。"

"夏绵绵你疯了吗？封逸尘怎么可能给你买单？你太看得起自己了！"唐沁一脸嘲笑，"封逸尘喜欢谁我们可都知道！怎么出了个车祸就把脑子撞坏了？你简直要笑死我了！"

夏绵绵脸色很冷。店员也有些不敢接单："夏小姐，如果没有封少爷的授权，我们也是不能随便记单的。"夏绵绵低头拿出手机。夏绵绵手机上甚至没有储存封逸尘的电话，好在，她死都不会忘记。

她自若地走向一边，拨打过去。那边响了两声，接通："你好。"

"是我，夏绵绵。"

"我很忙。"声音，瞬间冷漠。

"我看上了几件衣服。"

"所以……"

"麻烦封少爷买单。"

"夏绵绵，你是不是打错了电话？"那边冷漠道。

"作为你的未婚妻，你没时间抽空陪我逛街我不怪你，但我看上的衣服你总应该送我。"

"你想太多了。"那边说完，准备挂断电话。

"所以你打算让我打着你的旗号身无分文地被店员轰走了？"夏绵绵笑了笑，"我反正没什么名声，但是封少爷的名声，应该比这点钱值钱多了。"

"想要威胁我？"

"放心，对你而言都是小钱。"夏绵绵一字一句地说。

那边分明很冷漠地说："把电话给经理。"夏绵绵得逞一笑，把电话给了店员。

15

店员接过，连忙恭敬无比，然后又在电话中封逸尘的指示下，去刷卡。一会儿工夫，店员将手机恭敬地递给夏绵绵。夏绵绵看着通话还继续，放在了耳边。

"夏绵绵，这就是你说的小钱？"封逸尘口吻冰冷。

夏绵绵一笑："至少没让你倾家荡产。"

"……"

夏绵绵挂断了电话。她完全可以想象，封逸尘被她算计后，铁青的脸色。

她放下手机，嘴角还带着笑。唐沁在旁边一脸难以置信，封逸尘怎么可能答应夏绵绵？！夏绵绵对店员交代了几句，让她们打包后送到夏家别墅，带着小南离开。

唐沁咬牙，拿起电话就给夏柔柔拨打过去，声音带着娇嗔："柔柔。"

"唐沁。"

"你到底和封逸尘什么关系？"唐沁有些打抱不平地说道，"今天我出门逛街碰到夏绵绵，她让封逸尘给她买了将近七位数的衣服！"

"什么？！"夏柔柔声音明显就变了。

唐沁嘴角浮现邪恶的一笑："你不知道这个过程多耀武扬威，我倒是没什么，只是想到你……"

"你确定是逸尘给夏绵绵买的？逸尘今天在上班！"夏柔柔不相信。

"夏绵绵一个电话，封逸尘就给她刷卡了。"唐沁说道，"我就算骗谁也不会骗你的，你是我最好的朋友！"

"这事儿别宣扬出去，我了解了情况再说。"

"嗯。"

唐沁脸色一冷，姐妹残杀才好看呢！豪华商场的另外一角，夏绵绵带着小南随意逛着。她们走进一个又一个奢侈品牌店。小南以为小姐又会以原来的方式买很多奢侈品，女王范儿十足，却没想到，小姐只是走马观花地看着，并没有出手。两个人就这么转了一下午。夏绵绵带着小南走进商场顶楼的高级全玻璃奢华餐厅。

"封逸尘在这里存了一瓶酒是不是？"夏绵绵点完餐，对着服务员说道。

"是的，小姐。"服务员恭敬无比。

"帮我开了吧。"

"可是那是封少爷……"

"我是他未婚妻。"夏绵绵直言。

服务员有些为难。

"怎么，作为夏氏集团的大小姐，作为封逸尘的未婚妻，还没有这个权利？"

"不是的，不是的。"服务员连忙摇头，"只是这瓶酒封少爷存了很久了，夏小姐确定要开了吗？"

"他一会儿就过来，你先把酒醒着吧。"

"是。"服务员一听封少爷要过来，就毫不犹豫地答应着。

小南看着自家小姐，满满的崇拜，小姐简直太霸气了！

"对了小姐。"小南走神中，突然想到什么，"封少爷等会儿会过来吗？"

"当然。"夏绵绵肯定道，她一边说话一边低头用夏绵绵的手机给封逸尘发短信，"他不来谁买单？"

"……"小南惊呆。

夏绵绵发完短信，将手机放下。不出两秒钟，电话响起。

夏绵绵看着来电，嘴角一笑："封少爷。"

"夏绵绵，玩够了吗？"

"谁说我在玩，我在很认真地邀请你一起吃晚饭。"夏绵绵嘴角一笑，"我们作为未婚夫妻，作为家族利益下的衍生物，多培养感情也是应该的。"

"夏绵绵！"

"封少爷不来也没关系，反正酒我开了，听说是人间极品。"说完，夏绵绵把电话挂了。

她是真不怕封逸尘不来。

这瓶酒当时是一个伙伴在国外从拍卖会上拍下来的，封逸尘是个美酒收藏者，绝对不会放过任何一种他觉得有价值的名酒，可惜……就被她这么给开了。

她心情大好。

20分钟后，封逸尘一脸杀气地赶了过来。

小南看着封逸尘来了，连忙从座位上站起来，非常知趣地走向了一边。

17

夏绵绵抬头看了看封逸尘："坐。"

"这么喜欢挑战我的极限？"封逸尘冷漠道。

夏绵绵托腮看着封逸尘。不管怎么看，封逸尘长得都是俊美绝伦，即使此刻带着些怒气和冰冷，那如雕刻般的五官以及棱角分明的下巴，依然帅气逼人。她眼眸微转，懒懒地说道："挑没挑战你的极限我不知道，我只知道，我在很努力地培养和封少爷之间的感情。"封逸尘冷冷地看着她。

"放心，我没想过你会爱上我。"夏绵绵的语气不冷不热。

封逸尘的眼神，似乎又冷了些。

"坐下吧，吃一顿饭你也不会少块肉。"

封逸尘抿了抿唇，还是坐了下来。

夏绵绵嘴角笑了一下。服务员陆续上菜。夏绵绵也知道小南不敢和他们一起吃，就让服务员给小南专门准备了一份，小南是感激得差点喜极而泣，一个人特别自在地吃着高级晚餐。

而这边的气氛，显然……太过压抑。

夏绵绵也不在意，她该怎么吃怎么吃，该怎么喝怎么喝。

由始至终，封逸尘没动一下刀叉，没有碰一下酒杯，对她的排斥明显得很。

夏绵绵填饱了肚子，擦了擦嘴角，看着面前依然冷得跟座冰山似的封逸尘，直白道："我没带钱。"

"我知道。"封逸尘说。

"那麻烦了。"夏绵绵起身就准备走。

"夏绵绵。"封逸尘叫住她。

夏绵绵看着他，等他继续。

"人贵在有自知之明。"封逸尘冷漠道，"今天的异常举动我当你大病初愈脑子不清楚，我不计较，以后别让我再这么看到你！"

话音刚落，封逸尘从钱包里拿出一沓钱，冷漠地离开。夏绵绵看着他的背影，突然讽刺地笑了。

她对着封逸尘的背影，大声地说道："封逸尘，你难道不觉得我很像某个人吗？"

封逸尘离开的脚步，突然顿了顿："不觉得。"

封逸尘走了。夏绵绵不自觉咬唇。封逸尘是谁？黑暗中的霸主！这么一个心思细腻、睿智多疑、腹黑强大的男人，她真的不相信，他发现不了她身上的异常，然而他却故意忽视她的存在，为何？

小南赶紧从旁边的餐桌过来，忍不住开口道："小姐，你和封少爷吵架了吗？"

夏绵绵回神。那也要吵得起来才行，封逸尘压根就对她不屑一顾。夏绵绵带着小南离开，回到家。大厅中，客厅沙发上坐着的夏政廷、卫晴天以及夏柔柔，明显脸色不太对。夏绵绵带着小南往客厅的沙发走去。走近之后她发现，沙发旁边堆了好多购物袋，看上去还真的特别壮观！

"爸，小妈，二妹。"夏绵绵开口道，"你们在等我吗？哎，我之前不是让小南打电话给用人说不回来吃饭的吗？"

"我打了。"小南小声嘀咕。

"那你们等我是有什么事情吗？"夏绵绵表现得一脸无辜。

"夏绵绵，你今天都做了些什么你自己不清楚？"夏政廷声音低沉。

她淡笑道："我不知道爸的意思。"

"你让封逸尘给你买了这么多衣服？你就没有点上流大小姐的矜持吗？传出去我们夏家的脸面往哪儿搁？"夏政廷声音有些大。

"爸。"对于夏政廷的严肃，夏绵绵反而笑了笑，"爸，我和逸尘是未婚夫妻。现在逸尘给我买这么多东西，传出去也不过是封家少爷宠妻无度，是一段佳话，不会影响到我们夏家的名誉的。"

"夏绵绵，封逸尘绝对不会娶你！"夏柔柔声音很大，大概也是憋了一肚子火。

夏政廷的眉头似乎皱了皱。

卫晴天拉扯了一下夏柔柔，意思是让她别乱说话。夏柔柔不爽。

"柔柔，结婚是两个家族的事情，不是两个人的事情。其实我和封逸尘真没有什么感情，但我愿意嫁给他，就是因为这样对我们夏家有着极大的好处。"夏绵绵显得特别懂事。

"可是……"夏柔柔还想反驳。

卫晴天拉着她不准她说话。

"爸。"夏绵绵对着夏政廷认真地说道，"从出车祸后，我一个人在医院经历了生死。我很明白人这一辈子真的生死有命，我只想在我有限的年华

19

里，可以为这个家多做点什么。"

夏政廷看着眼前这个女儿，完全不是他记忆中的样子。他此刻没有说话，反而想要听夏绵绵多说一些。夏绵绵不卑不亢地继续说道："现在我开始试着和封逸尘交往，和他培养感情，只是希望这样可以让两个家族的联姻更加顺利一些。我知道我们夏家一直都是驿城之首，但近些年封逸尘在封尚集团大展拳脚，已经有了逼人的趋势，联姻对我们夏家来讲更有益处！"夏政廷此刻看着夏绵绵的眼神分明是有些震惊的。卫晴天和夏柔柔显然也是如此。以前的夏绵绵从来不关心公司的事情，甚至在这个家里都保持着局外人的态度，现在突然这么上心，虽然只是三言两语，但不难看出，她对公司很积极。夏绵绵就这么感受着三个人各怀心思的视线投在她身上。

"柔柔和逸尘之间……"夏绵绵突然转移话题，看着夏柔柔。

夏柔柔眼眸一紧。

"很多事情我其实都知道。但只要爸说柔柔更合适，柔柔可以，我就会退出。我没有那么多儿女情长，只要爸觉得对的，我都愿意接受爸的安排。"

如此大度，如此顾全大局，夏政廷不由得对夏绵绵刮目相看。

"我为什么不行？我哪样比不过你？"夏柔柔受不了了，怒吼出来。

她从小学习琴棋书画，样样都比夏绵绵好，她哪里配不上封逸尘？！

"夏柔柔！"偌大的客厅，卫晴天的声音有些严厉，"别乱说话，绵绵是你姐姐。两姐妹，没有谁好谁差的！"

夏柔柔气得小脸通红，撇着小嘴没有说话。夏绵绵心里是觉得好笑的。

夏政廷发话："关于绵绵和封逸尘的婚姻，我会再想想。这事确实如绵绵说的，关乎的是两个家族的利益，不能为了一些儿女情长而让家族利益受损。"

"可是爸……"夏柔柔撒娇中带着些不满。

"先别说了。"夏政廷直接打断了夏柔柔的话。

夏绵绵抿唇笑了笑。夏柔柔转眸狠狠地看着她，丝毫没有收敛情绪。

"绵绵。"夏政廷突然想到什么，叫着她。

"嗯？"夏绵绵微笑着。

"我突然想起你以前的衣服是不太多，今天让封逸尘给你买这么多，是不是钱不够花？"夏政廷询问。

这一问，反而让一边的卫晴天有些紧张，直接把话接了过去："零花钱都是给了的，以前绵绵不爱逛街，也不爱打扮自己，我好几次带她出门她都说不要。你以后有什么想要的，跟阿姨说一声，阿姨给你买，免得你爸以为我亏待了你。"

卫晴天倒是会说话。

夏绵绵在这个时候也知道不能去反驳卫晴天，顺势把话接了过去："好，谢谢小妈，我以后想买的都会跟你说的。"

"都是一家人，别客气。你妈去得早，我也是看着你长大的。"卫晴天语重心长地说道。

"我不会和小妈客气的。"夏绵绵笑。

卫晴天看上去还很欣慰。夏政廷看卫晴天这么会处事，这些年在夏家也一直都是贤良淑德、温柔体贴，对自己的妻子也甚是满意："大家回房吧，都早点睡。"说着，夏政廷就先上楼了。卫晴天连忙跟着夏政廷。夏柔柔没有急着离开，夏绵绵也没搭理夏柔柔，让小南叫上几个用人一起把她的衣服提上楼。

夏柔柔狠狠地看着夏绵绵如此自若的模样，不爽道："你现在是打算和我抢封逸尘了？"

夏绵绵云淡风轻地对着夏柔柔，道："刚刚爸不是说得很清楚吗？联姻的事情他说了算，我可是一个听话的好女儿。"

"你说我不听爸话了？！"夏柔柔有些生气，声音也大了些。

"这可是你自己说的。"

"夏绵绵！"夏柔柔气得话都说不出来，脸憋得通红。

夏绵绵丝毫不在意："今天逛了一天真是太累了，晚上还和封逸尘喝了点小酒，困了。我先上楼睡觉了。"

"你和逸尘一起吃的晚餐？"夏柔柔不相信地看着她。

"是啊，还把他的一瓶好酒给开了。"夏绵绵笑了笑，"挺好喝的，应该还有剩余，下次你记得让封逸尘带你去喝。"

"你以为我会要你剩下的东西？！"夏柔柔冷冷地说道。

"我随口说说而已，说不定封逸尘也不想和你一起喝。"

"夏绵绵，你别自以为是了，封逸尘根本就不喜欢你！"夏柔柔真的被夏绵绵气炸了，"你别痴人说梦了，封逸尘不会娶你的，绝对不会！"

"那就走着瞧吧。"夏绵绵丢下一句话，实在不想和夏柔柔多说，直接上了楼。

夏柔柔看着夏绵绵的背影，真的气得很想杀了夏绵绵。上次的车祸，怎么就没有把夏绵绵撞死？

夏绵绵优雅地走上了二楼，随意地拿起电话："我是夏绵绵，今天下午我看上的包，ROSE限量版系列小号送到夏家别墅，卫晴天买单。"

卫晴天说不要客气，她可绝对不会客气！夏绵绵一边打着电话，一边回到自己的房间。她打完了一个又一个，都是今天下午她逛店看上的若干商品。小南一直在忙碌着收拾她的衣服，嘀嘀咕咕的，看上去心情不错。夏绵绵心情也挺好。败家的滋味是真的很爽，特别是败的不是自己的钱。

第二天一早，夏绵绵才起床，电话响起。

她看着那串阿拉伯数字，有些不耐烦地接通："封逸尘，有何贵干？"

"晚上的时间腾出来。"

"是晚饭的时间，还是整个夜晚？"夏绵绵嘴角一勾，"我总得做好心理准备。"

那边的男人口气很不好："我父母要见你！"

"如果我说不想见呢？"

"夏绵绵。"

"放心，我随口说说而已。"夏绵绵笑了笑，"丑媳妇总得见公婆。"

那边直接挂断了电话。

夏绵绵看着电话屏幕，脸色沉了沉。

这个时候封逸尘的父母突然见她……还真觉得不是一件值得高兴的事情！

下午，夏绵绵慢条斯理地化妆打扮。

她挑选了一条淡蓝色连衣裙，显得很端庄。

整装完毕，等了十来分钟，电话响起，夏绵绵接通："封逸尘。"

"下楼。"

夏绵绵还未说话，电话就挂断了。她控制情绪，随手拿起旁边的黑色链条包，踩着8厘米高跟鞋出门。夏绵绵走到楼下。夏政廷、卫晴天和夏柔柔都在大厅。

夏绵绵乖巧地去打招呼，说道："逸尘接我出门，说他父母要见我。"

夏政廷抬头看了一眼夏绵绵："在长辈面前，记得多尊敬点。"

"好。"

"去吧。"夏政廷对夏绵绵明显好了些。

夏绵绵点头离开，离开的时候，看了一眼夏柔柔。夏柔柔心里本来就很不是滋味，感觉到被挑衅，气得发抖。卫晴天拉了拉她，才不至于让她当众发了脾气，但心里的情绪就是难以平静下来。夏绵绵走出大厅，眼眸看着那辆高级轿车。封逸尘自然不会那般好心地为她开车门，她走过去，打开门坐进副驾驶座，系上安全带。封逸尘看了她一眼，两个人都没说话，车子一跃而出。一路繁华夜景，安静无比。车子到达目的地。面前是驿城最奢华的六星级大酒店，亦属封尚集团旗下，档次很高。封逸尘大步走了进去，没等她。

她咬唇，追上。周围的工作人员恭敬无比地叫着封逸尘，贵族般的体验。

夏绵绵跟着封逸尘的脚步走进电梯，到达要去的楼层，走进一间金碧辉煌的宴会包房。

偌大的包房里面，十几个服务员，巨大的餐桌前却只有两个人。

"绵绵。"那个穿着得体、优雅大方的中年女人看他们到来，主动招呼道，"很久没见你了。"

夏绵绵眼眸微动。这就是传说中，封逸尘的母亲，杨翠婷女士！

杨翠婷其实是一个很传奇的女人。她当年嫁给封逸尘的父亲封铭威的时候，也不过是一个毫无家世背景，一心想要嫁入豪门的拜金女，却就是凭着未婚先孕的手段硬是让封铭威抛弃了当年门当户对的未婚妻。在成功嫁进封家之后，所有人都以为杨翠婷会成为家庭主妇，相夫教子。万万没想到，她居然会站在封铭威身边陪他一起征战商场，俨然已经成了驿城励志的女强人典范，对比起同样有着惊人相似经历的卫晴天，卫晴天的段数显然差了好大一截。

但……总而言之，她俩都不是省油的灯。

夏绵绵甜甜一笑："阿姨好。"杨翠婷热情地回应着。

夏绵绵转头又叫封铭威："叔叔好。"封铭威点了点头，不苟言笑。

杨翠婷招呼着夏绵绵坐在了她旁边，封逸尘自然也坐在了夏绵绵身边。

服务员开始上菜。山珍海味，数不胜数。

"听说你出院后身体一直很虚弱，多吃点补补。"杨翠婷很热情。

"谢谢阿姨。"

一顿饭吃得很和谐，尽管整个过程基本都只有杨翠婷和夏绵绵的一些礼节性的生疏的互动。

饭菜结束之后，精致的糕点一一上桌。

一直没说话的封铭威突然开口道："逸尘，你先回避一下，有些话我和你母亲想要单独对夏绵绵说。"

封逸尘也没拒绝，起身就准备离开。

"叔叔。"夏绵绵恭敬地叫着他，"其实不用让他回避，你们不喜欢的，他也不会喜欢。"

她话中有话。这里的人，精明得分分钟能看透人心思，自然知道夏绵绵的言外之意。

封铭威第一次正眼看了夏绵绵，沉声道："既然你不在意，我也不想耽搁时间。今晚我让逸尘带你来见我们，就是想让你明白，你和逸尘不合适。"

夏绵绵嘴角笑了笑。

看来上流社会的人就喜欢给人一颗糖再扇人一巴掌！

"逸尘从小的教育非常严格，各方面比一般人优秀太多！如果不是你们爷爷辈定下来的婚约，以你的条件，你根本就不可能成为逸尘的未婚妻。"封铭威语气也没多嚣张，但就是能把人贬低得一文不值。

"既然如此，叔叔可以以你们封家的名义，直接提出悔婚就好，不用单独告诉我，我能接受。"夏绵绵淡定无比。

封铭威直言："夏家不只有你一个女儿，我们认准的儿媳妇是你妹妹夏柔柔。你只要点头，我会主动和你父亲一起安排相关事宜。"

"所以在此之前，其实您和我父亲商量过了，由我提出悔婚是吗？"夏绵绵询问。

"其他事情你无须多问，按照我说的做就行。悔婚之后，我会给你相应补偿。"封铭威对她，真的很不耐烦。

夏绵绵沉默了两秒。封铭威以为她在思考，所以静等了两秒。

夏绵绵开口道："我不会悔婚。"封铭威脸色明显变了。

夏绵绵重复道："我不会主动悔婚。"

"夏绵绵，你最好明白，你根本就配不上逸尘！"

"这个世界上，如果我配不上他，就不会有另外一个女人配得上他！"夏绵绵掷地有声！

封铭威一怔。显然，杨翠婷和封逸尘都有些震惊。

"你的自信是从哪里来的？"愣怔之后的封铭威，口吻带着讽刺。

24

夏绵绵还未开口，杨翠婷突然拿出了一份报纸放在她的面前。

黑白报纸，上面还赫然写着"夏家大小姐痴迷校草，投怀送抱未遂，自杀入院生死不明"！

一年前的报纸，居然还能够保存得如此好。

封铭威冷声："我们封家不允许有一身丑闻的媳妇进门！现在你自己选择悔婚是给你留足面子，你别自取其辱！"

"曾经做过的事儿，我不予否认，也不逃避现实！"夏绵绵开口道，"一年前我确实误入歧途做了一些不太体面的事情，但也正是因为经历过那些才会让我重新审视自己的人生，重新开始。"

封铭威似乎并不想听她说话，有些不耐烦地想要打断，反而是杨翠婷拉了拉他，让夏绵绵继续说下去。

夏绵绵对着杨翠婷投以感激的一笑："叔叔执意让我主动悔婚，不过是顾忌两个家族的荣誉，把所有负面新闻全部加在我的身上，由我来承担违约责任。我猜想，叔叔在计划这件事情之时，应该并未和我父亲商量。站在我父亲的角度，由我嫁给封家更加名正言顺。当然，如果叔叔能将两个家族的利益问题都妥善解决，加之我父亲那么偏爱夏柔柔，这个顺水人情自然就会顺理成章。"

封铭威这次明显又惊讶了。

以前他们也不是没见过夏绵绵，每次夏绵绵和他们主动打招呼时，都不敢正眼看他们，他对这个所谓的儿媳妇没有半点满意之处。

此刻的夏绵绵，仿佛……天壤之别。

"悔婚的事情，我不会同意。不是因为能够揣测叔叔的意图，而是我很清楚，我有比夏柔柔更强的能力和资格，做你们封家的媳妇。"夏绵绵一字一句，"这句话，不是大话！"

"你觉得我会信你？"

"只要你给我机会，我一定会展现给你看！"夏绵绵看着封铭威，重重承诺，"我要是嫁给封逸尘，一年时间没能够达到你们的要求，我会主动离婚，甚至可以以最狼狈的方式离开封家，绝对不给你们封家带来任何麻烦！这个交易，你们不吃亏，现在我嫁给封逸尘，就是在让我们两家共赢，即使到时候离婚，你们的利益也都已达成，丑陋的那个人只有我！"

封铭威眼神中带着审视，他看着夏绵绵没有做任何表态，反而是转头看了看自己的妻子。

杨翠婷对着封铭威温柔一笑，微点了点头。

这么一个小动作，足以说明，杨翠婷在封铭威心目中的地位。夏绵绵这么不动声色地打量着。

封铭威依然带着威严的声音说道："夏绵绵，你最好别让我失望，否则不会有什么好结果。"

"我知道。"夏绵绵点头，表情很认真。

封铭威又多看了一眼夏绵绵，似乎是真的有些诧异这个女人的转变。他起身，对着杨翠婷说道："不早了。"

杨翠婷点头，笑道："我们先走了，逸尘记得送绵绵回家。"

封逸尘嗯了一声。封铭威和杨翠婷起身离开。

包房中，就剩下封逸尘和夏绵绵。夏绵绵默默地松了口气。以前能用手解决的事情，她绝对不会用嘴，现在反而，处处需要能说会道。

"走了。"封逸尘冷漠无比的声音响起。

她转头，封逸尘已经走了。夏绵绵咬牙，追了上去。两个人离开酒店，夏绵绵依然坐在副驾驶座上，车子开得很快，气氛很压抑。

夏绵绵按下车窗。封逸尘转头看了她一眼。

5月的天气，晚上还是有些凉的。

夏绵绵吹着风，看着城市夜景，以前的时候几乎很少这么静下来欣赏周围的一切，而是不停地游走在刀刃上，从来不知道自己哪一天任务失败就死了。想来，她死的时候也还没满20岁。

她嘴角拉出一抹薄凉的笑，开口道："封逸尘，你说一个人活着是为了什么？"

封逸尘眉头皱了一下，没有答话。

夏绵绵似乎也没想过会得到封逸尘的回复，继续说道："死过一次之后让我明白，活着不只是为了呼吸，而是为了强取豪夺！"

封逸尘依然没说话。

夏绵绵依然自言自语："封逸尘，你知道我不爱你却固执地嫁给你是因为什么……"

"你不需要跟我说这些，我没兴趣。"话还未说完，封逸尘冷漠地打断了她。

夏绵绵又笑了，笑容分明倾城倾国却就是让人感觉缥缈而冷淡："我没有朋友。"

　　所以有些话，她找不到对象说！

　　封逸尘那一刻似乎顿了一下，抓着方向盘的手紧了紧。

　　"当然你也绝不可能成为我的朋友。算来，你也只是一个熟悉的陌生人。"夏绵绵看着那轮弯月渐渐被乌云覆盖，"不过，你最好别爱上我！"

　　车子突然一个急刹。在宽敞的公路上，就这么刹车了。夏绵绵没有尖叫，即使刚刚有过一秒的惊慌。死过一次的人，不想经历第二次死的滋味！

　　"下车！"封逸尘冷声道。

　　夏绵绵看着这条街道，看着暗黑的夜晚。

　　"下车，夏绵绵！"他语气中没有半点回转的余地。

　　夏绵绵解开安全带，打开车门就下去了。她刚关上车门，车子轰的一声，扬长而去，瞬间连车尾灯都看不到了！夏绵绵就这么冷眼看着车子离开的方向。封逸尘，你最好别爱上我！这个世界上有一种报复，比死更折磨一百倍！夏绵绵咬牙自己回了家。她心情不是很愉快，但理智还在。

　　她洗完澡躺在床上，拨打了电话："封逸尘，我们谈笔交易吧。"

　　"没兴趣。"

　　"你就不想最快地得到封尚集团？"

　　封逸尘眼眸一紧。

　　"别疑惑我为什么会知道你在想什么，我不笨。"夏绵绵一字一句，"其实从你这么喜欢夏柔柔却一直不违背你的父母和家族就很清楚明了，你不过就是为了得到封尚集团！选择和我合作，我嫁给你，得到原本属于我的荣誉，而你利用我的家族势力，从你父亲手上拿过封尚集团的经营权。"

　　"你太看得起你自己了！"封逸尘不屑。

　　"我只是想各取所需，何乐而不为？"

　　"别想从我身上得到任何好处！"

　　夏绵绵咧嘴一笑："放心，我没想过赖着你。结婚后，你想和夏柔柔怎样那都是你的事情，我们的婚姻不需要对对方负任何责任！我们只需要互相利用就好。"

　　封逸尘没有给予她任何答案。拒绝，或者答应，都没有，他只是直接挂断了电话。夏绵绵看着手机，有些失落但不至于不能接受。

尔后，就是整整一个月的等待。然后她接到了封逸尘主动打来的电话，冷冷地让她下楼。她穿得很随便。别墅门口，封逸尘抽着烟，看到她，一把将她拽到了副驾驶座。然后他回到驾驶座，车子扬长而去。

驰骋的速度……惊人。

夏绵绵不发一语，看着窗外优美的景色一直在自己眼底闪逝。

车子一路疯狂，夏绵绵也不知道封逸尘要带她去哪里，估摸着杀人抛尸都有可能。她保持着绝对安静。车子停靠在了郊区的一个破旧的港湾。夏绵绵看着这一片熟悉的景色，感觉到身边的人已经解开安全带，下了车。她犹豫了一下，还是打开车门，跟着下车。下面有一片芦苇，再接着是沙滩，然后才是阿九被封逸尘捡到的地方。

封逸尘站在街道边，点了支烟，看着一望无际的大海，沉默不语。6月的太阳其实很大，夏绵绵觉得就这么一会儿工夫，身上已经有些薄汗了，即使海风很清凉。

"你带我来这里做什么？"夏绵绵问他。

她死都不会相信，他对某个人比如阿九会有任何怀恋。

他们的组织死的人也不少，每次谁出事了，他就一脸冷漠地指定谁去实现死者生前的愿望，这算是他给予他们杀手最大的恩惠。

"不是想嫁给我吗？"

"这么快就妥协了？"夏绵绵讽刺道。

她以为至少得一年半载的。

"你的身份确实比夏柔柔更适合我。"封逸尘肯定道。

"废话。"夏绵绵带着些不屑。

"你上次和我说的交易，我同意了。"封逸尘一字一句地说。

"我们结婚，然后你帮我得到我该有的荣誉，我帮你得到封尚经营权？"夏绵绵确认。

"各取所需。"封逸尘点头。

夏绵绵嘴角蓦然一笑："封逸尘，你到底喜不喜欢夏柔柔？"

"你最好别涉足我的隐私。"封逸尘表情冷漠，"记得我们是形婚！"

封逸尘丢下这句话，就回到了自己的车里，并不想在她身上耽搁时间。夏绵绵看着他的模样，脑袋在急速转动。她知道她最终会和封逸尘结婚，对她而言最好，对封逸尘而言也很好。但是，即便是双方受益的事情，她也没有想到封逸尘会这么突然就答应，这个男人到底在想什么？封家的财产对封逸尘而言很重要？或者，封逸尘是在利用她达到什么目的？不得不说，对于这个男人她不敢掉以轻心哪怕一秒。

嘟、嘟！

封逸尘按着喇叭催促。夏绵绵回神，才坐上副驾驶座。车子在街道上急速驰骋。

"你打算怎么对夏柔柔交代？"安静到窒息的空间，夏绵绵突然开口。

"这不需要你操心。"

"我也没那么闲。"

封逸尘薄唇紧抿。

"你打算什么时候和我结婚？"夏绵绵问。

封逸尘捏着方向盘，吐出两个字："近期！"

"那我等着。"夏绵绵没有半点要结婚的喜悦，喃喃道，"我这辈子可能会爱上任何一个男人，但绝对不会爱上你！"

封逸尘一脚油门，只是一会儿的工夫就直接飙到了200千米/小时！夏绵绵也不害怕，以前自己也飙过车，想想还很刺激。车子一路开到了夏家别墅。夏绵绵打开车门下车，车门刚关上，封逸尘扬长而去。性格这么坏，总有一天遭雷劈！

三天后。

封逸尘来到了别墅。他是来找夏柔柔的。夏绵绵就这么看着封逸尘出现在夏柔柔的房门口。真是一对狗男女！她直接走过去。封逸尘和夏柔柔都转头看她。夏绵绵很自若地勾起封逸尘的脖子，踮起脚尖，嘴唇就靠了过去……没能得逞！

她其实就是故意的！

不管如何，这个男人答应了和她的婚约。这么不给她面子，她为什么要去纵容？她如此的举动，让彼此的唇瓣近到只有0.01厘米的距离时，封逸尘迅速将她一把推开，与此同时，身体一个发力，将她狠狠地压在了一边的墙壁上。两个人发出的声响，让夏柔柔看愣了。

夏柔柔还未开口，只听到封逸尘冷血无比的声音："别惹我，夏绵绵！"

夏绵绵一脸平静地看着他嗜血的眼眶，因为距离近，还能够感觉到他热热的气息扑打在自己脸上！

她冷笑了一下："封逸尘是在为谁守身如玉……嗯！"

这种触感……

夏绵绵瞪大眼睛看着面前的封逸尘，看着面前如此近距离的男人，还能感觉到他薄凉的唇瓣，紧紧吻在她的嘴唇上，甚至很深入，深入到她有些蒙地感受着他的舌头，一直在舔舐和纠缠。这种感觉，当然，和上次的蜻蜓点水一点都不同。封逸尘的霸道仿若在掠夺，不留余地，就是野蛮。野蛮的扫荡，所经之处绝不放过！吻，不知道持续了多久。她觉得嘴唇都已经被他咬得麻木，本来就混沌不堪的脑袋，更加迷糊不清……这都发生了什么？是被壁咚了吗！气氛怪异的走廊！纠缠的唇瓣，缓缓分离。

"无论任何时候，别以为自己能够得到什么好处，到头来吃亏的都是你自己！"封逸尘丢下这句话，转身就走。

夏绵绵看着他冷漠的背影，看着他的脚步停在了夏柔柔面前。

此刻的夏柔柔气得不受控制又不知道如何排解，整张脸显得扭曲又狰狞，在看到封逸尘走向自己时，眼眶一红，眼泪不受控制……

"我们谈谈。"封逸尘的声音温柔了些，却也没有主动亲近夏柔柔，率先走下楼。

夏柔柔回头看了一眼夏绵绵，那种杀人的眼神真的毫不掩饰。夏绵绵靠在墙上，那一刻也并非自己表现的那么平静。唇齿间还有封逸尘残留的味道，一直在她脑海里面萦绕不断。曾经她那么渴望的东西，现在反而这么轻而易举得到，而她不知道自己是什么感觉，只觉得有些心寒……为阿九心寒。夏家别墅楼下后花园，夏柔柔哭得梨花带雨，身体抽搐，楚楚可怜。封逸尘点了一支烟，夏柔柔完全看不透他在想什么！两个人这么静静地站着。

夏柔柔其实是想封逸尘来安慰她哄她，等了好久也没见封逸尘主动开口，终究忍不住开口道："逸尘。"

封逸尘将烟蒂熄灭，说道："我打算和夏绵绵结婚了。"

"什么？！"夏柔柔瞪大眼睛看着封逸尘，如同五雷轰顶。

不是说了不会和夏绵绵结婚的吗？为什么突然就变卦了？

"我父母觉得夏绵绵更适合我。如果我执意和我父母作对，最后的结果对我们都不好。"封逸尘说得直接，"对不起，柔柔。"

"不……"夏柔柔摇头，眼泪就跟断线的珍珠一般，哭得不能自已，"不，我不要，逸尘，我这么爱你，我不要……我那么那么喜欢你……"

"我和她是家族婚约，联姻对我们两家都有好处。"

"就因为我不是夏家嫡女千金，所以我就没资格和你结婚是吗？"夏柔柔狠狠地问道。

封逸尘沉默。

"夏绵绵到底哪里好？她到底哪里比我好了？就因为她有一个破身份，就把我的好全部否定了吗？"夏柔柔激动无比。

封逸尘眼眸微动，抿紧唇瓣。

"逸尘，我爱你，我真的很爱你！你别和夏绵绵结婚，别和她结婚好不好？"夏柔柔甚至是在乞求。

封逸尘情绪有些隐忍："我不能给你未来，所以不想耽搁你。"

"不……"

"我想我没办法安慰你。"封逸尘转身离开。

他就是这么冷漠。不管任何时候，他都理智地知道自己想要什么。她其实早就知道封逸尘的性格，所以才会在这段时间一直患得患失，但真正面临结果的时候，简直崩溃了！她甚至都在怀疑封逸尘到底有没有喜欢过她！很小，她母亲就给她和她弟弟订下目标，弟弟是继承夏家所有财产，她则是让封家长子封逸尘爱上自己，就算是抢也要抢到手。所以她从小就在她母亲的帮助下一步一步靠近那个一直以来都沉默寡言的男孩，她听说豪门的小孩都不快乐，特别是继承人，而她带着目的并用她母亲的手腕让封逸尘感受到她的温暖，从而，喜欢上了她。

她一直以为，封逸尘喜欢自己。

事实上，封逸尘真的不会正眼看夏绵绵，她以为在夏绵绵19岁那年用了手段把夏绵绵抹黑之后，她和封逸尘的婚事就是顺理成章的事情……她真的从没想到，一场蓄谋的事故，造就了夏绵绵如此逆袭的人生！不！她不会认输，绝对不会！她一定要让夏绵绵一败涂地！

第二章　无性婚姻

　　夏绵绵等着结婚。具体多久，她也不太在乎。她就是闲得有些无聊。她去了健身房。

　　前台工作人员看见客人进来连忙迎上："您好，很荣幸您来到我们的健身会所，有什么需要我帮忙的吗？"

　　夏绵绵随处打量了一番："我需要上私课。"

　　"我们这里的教练都是国际水准的，我会给夏小姐介绍我们这里的王牌教练。请问夏小姐是想要上什么私课？瑜伽？爵士……"

　　"我上拳击课。不是搏击操，是拳击。"夏绵绵解释。

　　工作人员一怔，随即问："是想要上格斗的拳击课吗？"

　　"嗯。"

　　"是确定要上这么暴力的课程吗？"

　　"有意见？"夏绵绵眉头一抬。

　　"不是，只是确定一下。小姐你稍等片刻，我马上去帮你安排我们的私教老师。"工作人员连忙说道。

　　夏绵绵点头。工作人员连忙找来私教老师，说："这是我们拳击打得最好的教练汤姆。汤姆，这是夏绵绵小姐。"

　　汤姆主动伸手："你好夏小姐。"

夏绵绵回握，不动声色地打量着面前的外国男人，长得高大威武带着些野蛮气息，身体看上去很有力度且很强壮，她询问："打过什么比赛吗？"

"××年国际拳击比赛第六名，××年拳击锦标赛季军，去年驿城专业组拳击比赛冠军，等等。"汤姆用还算标准的国语说道。

夏绵绵微点头。有实战经验就好。

她对工作人员说："我现在就办卡。"

"好的，麻烦你移步VIP区域，我马上为你介绍我们最优的套餐系列……"

夏绵绵跟着工作人员离开，上了半天的拳击体验课。这种热血沸腾的感觉，她很熟悉，但身体力不从心。练到后面她几乎虚脱，私教老师对她的身体协调能力和力度反差无比吃惊，以为她是有过基础，但体质却比平常人更弱。夏绵绵倒没有去解答教练的疑惑，下课后就离开了健身房，约定了每天上午准时上课。就这么折腾了一个上午，她回到车上时，连开车的力气都没有了。她无奈地静坐在驾驶座上。

小南还没有学会开车，而她确实没朋友，不管是阿九还是现在的夏绵绵，没朋友就是没朋友，所以找不到人帮忙。

当然她也不可能指望封逸尘。夏绵绵索性打开天窗，放下座位，闭目养神。她琢磨着等自己体力恢复了再走。这么一睡，她还真的睡过了头。夏绵绵再次睁开眼睛的时候，自己根本就已经不在车上了。

她整个人一惊，左右看着这陌生的环境，分明是一个陌生的卧室，来不及打量卧室的所有，她猛的低头想要看自己的穿着，看到还完好无损时才稍微松了口气。

可终究，这是什么鬼地方？

她分明在自己车上睡得好好的，怎么一睁眼就到了这里。莫非，绑架？脑袋瓜里面浮出很多想法，房门突然被人推开。

"封逸尘！"夏绵绵惊呼。

这货怎么在这里？！

对比起夏绵绵的惊讶，封逸尘云淡风轻地丢下一句话："醒了就出来吃饭。"

"……"

夏绵绵莫名其妙。她是真的觉得很奇怪。她怎么就到了封逸尘的地盘了？但不得不说此刻她肚子真的很饿，饿得有点虚脱。她连忙下地，走出房间。封逸尘远远地坐在饭厅的餐椅上，抬眸看了一眼夏绵绵。夏绵绵连忙走过去。饭桌上摆放着一些家常小菜，让她口水直流。她也不管那么多，一屁股坐在餐椅上，端起面前的白米饭拿起筷子就吃了起来，甚至有些狼吞虎咽。

封逸尘看着她，也不说话，就这么一直看着，就跟看动物园的大猩猩一个表情。

夏绵绵也懒得搭理封逸尘，只顾疯狂地"扫荡"食物，但也不知道是不是饿得太过火，她吃了一碗饭之后反而撑到不行。

她放下碗筷，看着面前这货一脸冷若冰霜的样子，还是压抑着情绪感激道："你做的饭菜很好吃，谢谢款待。"

"我只是不想你饿死在我家，我还得替你收尸。"

夏绵绵就知道封逸尘狗嘴里面吐不出象牙。

"对了，这些是外卖，我不会这么好心。"封逸尘撇清。

夏绵绵翻白眼，心道：也没奢望你会给我做饭，还不就是客套话而已。

"吃完了就把碗筷收拾了，我送你回去。"封逸尘冷声道。

"封逸尘。"夏绵绵叫着他的名字，显得很严肃，"我为什么在你家？"

封逸尘那厮在冷笑，冷笑个屁呀！夏绵绵忍着怒火，在努力控制自己的情绪！

"我是接到健身房的电话，说有人死在了停车场，好巧不巧，那人正好是我的未婚妻，所以我过来看一下。"封逸尘薄唇微动。

"健身房干吗给你打电话？他们有你的电话号码？"

"好死不死，我也是那个健身房的会员！"

夏绵绵瘪嘴："我身体不太好，所以疲劳过度就会出现半昏死状态。谁让那一年的车祸让我的身体至今都没有完全康复，别看我是个正常人的模样，其实虚得吓人。"

这是真的。

所以夏绵绵很多时候都不敢让自己太过劳累，否则很容易让自己睡死过去！显然今天的自己太激进了点！封逸尘没搭理她，直接将她面前的碗筷收拾进了厨房。夏绵绵托腮看着封逸尘劳动的模样。这货站在厨房里，还一副西装革履的样子，真是格格不入，但就是帅呀！她收回视线，走向客厅的沙发上坐着。她睡了一个下午，吃了饭，精神好了很多。

"走了，我送你回去。"封逸尘过来，丢下这句仿若命令的话语。

夏绵绵恍惚还能够想起曾经封逸尘给她下达命令时的冷漠，就是这样，不容置喙。

所以她起身，顺从地跟着封逸尘走出了他的高档单身公寓。两个人走进电梯。电梯内很安静。夏绵绵转头看着封逸尘。封逸尘眉头一紧，回头看着她。有些微妙的气氛……

"婚礼，两个月后举行。"封逸尘突然开口。

气氛好像就……正常了。

夏绵绵嗯了一声。

"结婚前，我先想办法让你进夏氏上班。"

"这么好心？"夏绵绵笑。

"我要夏氏20%的股份。"

"……"你牛！

她没有拒绝的权利。

半个月后，夏绵绵在封逸尘创造的一个商业契机下，被夏政廷赏识并顺利进入了夏氏。卫晴天也不是省油的灯，给夏柔柔同样制造了机会。两个人一起，在夏氏夏政廷二弟的儿子夏锦航手下工作。第一次接触职场，夏绵绵其实并不是那么得心应手。她在自己的办公位上，学习着公司的一些基本运作。电话突然响起。

夏绵绵连忙接通："爸。"

"今晚有空吗？"

"有空，爸有事儿吗？"

"今晚有个商业晚会，平时都是带你小妈参加，今晚你陪我去。"

"小妈身体不舒服吗？"夏绵绵关心道。

"不是，也该带你多见识见识世面。"夏政廷说道。

"谢谢爸。"

"你提前下班去打扮，记得要大方端庄，7点钟我让司机来接你。"

"好。"夏绵绵连忙说。

晚上7点，夏绵绵打扮完毕，坐在了夏政廷来接她的轿车上。夏政廷审视着此刻的夏绵绵。夏绵绵对他乖巧一笑。今晚她挑选了一件黑色的小礼服，裙摆刚好到膝盖的位置，不会因为太长而累赘，也不会因为太短而显得轻佻。夏政廷点头，算是对夏绵绵穿着的认可。车子很快到达驿城最出名的酒店大楼。夏绵绵挽着夏政廷的手。她想，真正的夏绵绵可能从来没有享受过这种待遇。她不动声色地跟着夏政廷走进宴会现场。夏绵绵几乎很少参加这种商业宴会，有些拘谨。夏政廷从容不迫地应付。

"老夏，你今天带的是……"一个中年男人举着酒杯，询问。

"我女儿夏绵绵。"夏政廷解释。

"原来是夏绵绵，真是闻名不如见面，长得果然是倾城倾国。老夏你好福气。"

"过奖了。"夏政廷笑着附和。

"听说绵绵要和封逸尘举行婚礼了，老夏，我们就等着喝你们家的喜酒了。这驿城两家巨头联姻，想必一定是惊天动地的。"

夏政廷大笑着："其他的都不重要，两个人感情好才行。"

夏政廷说得有多虚假多冠冕堂皇，其他人却就是可以一样虚伪一样冠冕堂皇地奉承。这就是上流社会，一个戴着面具的社会。夏绵绵一直跟着夏政廷，认识各位高端商业人士。一圈下来，夏绵绵也喝了点酒。但她酒量好，不会醉。她不过就是有些累了，以醒酒的借口离开夏政廷，去酒店后花园歇口气。她一屁股坐在外面的白色座椅上，忍不住脱掉脚上那双将近10厘米的细高跟鞋，这种鞋子穿久了真要人命。夏绵绵正揉着自己的脚掌，突然抬头，封逸尘这厮就这么阴魂不散地出现了。

其实今晚在宴会上她第一眼就看到了封逸尘，他也周旋在各类人之间不停地应酬。

当然，他不会喝酒，高脚杯里面的全是类似于香槟的白色饮料。她倒是没想到，封逸尘这种恨不得24小时都忙于工作的人，这个时候居然会到后花园来闲逛。

"你知道为什么你爸会让你来参加这种宴会吗？"封逸尘突然开口，眼眸看着她白皙的小脚。

"你知道？"夏绵绵继续低头捏脚，没多少情绪。

"我让他带你来的。"

"为什么？"夏绵绵随口问道。

"这里的人有很多是你以后会接触的，多认识一些对你以后有帮助。"

"感谢了。"

"夏绵绵。"封逸尘突然蹲下身体。

36

夏绵绵就这么感觉到一个人影靠近，她抬眸看着猝不及防近距离接触的封逸尘。

"什么？"她看着他。

"别让我失望。"封逸尘一字一句地说。

夏绵绵翻白眼。她还以为这货突然转性要给她捏脚呢，吓她一大跳。她就这么看着封逸尘突然又站直了身体，一派气宇轩昂地往大厅内走去。夏绵绵不得不重新穿上高跟鞋。她走进大厅，正欲往夏政廷那边走去。突然，整个大厅一片黑暗。

下一秒，大厅中央打出一道柔和的淡蓝色光芒，随即响起唯美的奏乐声，开始有人成双成对地缓缓步入舞池之中。

高级宴会，就是会有这些高级社交礼仪。夏绵绵没兴趣，继续往前。

"夏绵绵。"身后，封逸尘叫着她。

她努力让自己挤出一抹笑，声音还很甜："封逸尘。"

封逸尘嘴角似乎抽了一下。他上前，也没说什么，拉着她就走进了舞池，然后，共舞。夏绵绵现在的脚掌就跟断断裂了似的，这货没看到她刚刚要死要活的样子吗？他居然这么来折磨她！她忍着痛，陪着封逸尘在舞池中摇曳。"坚持一会儿。"封逸尘的唇突然靠近她的耳边，这个举动让彼此看上去很亲密。夏绵绵甚至还能够感觉到他热热的呼吸扑打在她的耳郭上，一种无法形容的感觉，在蔓延。她选择顺从。

她在舞池中，静静摇曳。

灯光很好，打在脸上梦幻般带着浪漫，唯美而动人。

音乐声很美，在突然静悄悄的大厅中悠扬……

终于，一曲完毕。

夏绵绵停下脚步。

封逸尘却没有立刻放开她，而是……突然低头。

一个吻就这么唐突地印在了她微有些惊讶的唇瓣上。

唇齿间的交融，柔软的触感，夏绵绵默默地感受着封逸尘蜻蜓点水般的浪漫一吻，如此温柔，没有之前那么多次的霸道、疯狂甚至粗鲁，这次这么暖、这么用心、这么呵护……

夏绵绵眼眸微动。一道闪光灯一闪而过。她就知道，封逸尘做的每一个反常的举动都有他的目的。大概是婚期将至，他们的情事也应该拿来炒作炒作了。封逸尘缓缓地放开夏绵绵。是她的错觉吧，还是他天生会演戏。封逸尘眼眸中的那抹一闪而过的神色，是深情吗？

夏绵绵笑了一下，用极小的声音询问："触感好吗？"

"嗯？"封逸尘微皱眉。

"我嘴唇的感觉。"

封逸尘抿唇。

"你床上表现如何？"

封逸尘俊朗的脸，在灯光下似乎更添魅力。他的唇瓣又靠近她的耳朵，再次做出亲密无间的举动，说："你不会知道的。"

呵。

夏绵绵冷笑。

封逸尘放开夏绵绵，拉着她的手离开舞池。夏绵绵被封逸尘带到一个角落。封逸尘放开夏绵绵的手。两个人沉默无声，总觉得不说话就会变得很尴尬。尴尬的气氛，一直萦绕不断。夏绵绵抬脚欲走。

"封少，很巧。"耳边，突然响起一个陌生男人的声音。

她和封逸尘一起转身，看到面前一个男人，二十八九岁的样子。

一身黑色西装，平头，轮廓分明，不帅但也不丑，给人特别硬朗的感觉，整个人又散发出一种阴森之气。第一眼真的不能诠释这个男人的性格，夏绵绵唯一可以明确的是，这个男人是混血儿，因为他眼眸的颜色是湛蓝色。

"龙少，你好。"封逸尘伸手。

大概能够让封逸尘主动伸手的人不会太多。面前的龙少看着封逸尘。能让他回握的人也不多。两个人礼节性地握手。

"龙少很少参加这种宴会。"封逸尘主动开口。

"偶尔也要露露面。"龙少直言，他蓝色的眼眸转动，看着封逸尘身边的女人。

封逸尘自然地拉着夏绵绵的手。夏绵绵眉头微皱。这个举动显然被龙少看得一清二楚，冰冷的薄唇微扬起一个弧度。

"不介绍一下吗？"

"夏绵绵，我未婚妻。"

"你好，我是龙一。"他下颌微点。

"你好。"夏绵绵露出一笑。

"不打扰你们了，我去那边逛逛。"龙一直接转身离开。

离开的时候，身边还跟着两个虎背熊腰的大汉，似乎是贴身保镖。

"这就是传说中黑白两道通杀的龙门一族龙家大少爷龙一？"夏绵绵看着龙一的背影，回头问封逸尘。

"我劝你别去招惹他。"

夏绵绵看着封逸尘。

"我没开玩笑。"

夏绵绵咬唇。奢华的商业宴会，在临近12点的时候，结束。所有人陆续离开。那个时候夏绵绵已经回到了夏政廷的身边，封逸尘在宴会结束后亲自送他们上了车。

夏政廷在她旁边说道："你和逸尘的感情培养得不错。"

夏绵绵微微一笑："其实也就是各取所需，封逸尘不爱我，就是为了让两家的联姻得到好处而已。"

"不管如何，这样的发展很好。"

"我知道怎么做的，爸。"夏绵绵说。

夏政廷淡漠地点头。反正，他要的就是一个结果而已。而这个结果来得很快。一个半月之后，婚礼将至。难得下班之后，封逸尘主动来接她。

"你带我去哪里？"夏绵绵问。

"到了就知道了。"封逸尘答。

夏绵绵也懒得多问，问了也白问。

轿车停在驿城最奢华的国际商厦楼下。

夏绵绵跟着封逸尘进去，直接到达国际知名品牌的VIP珠宝区。

"送我礼物？"夏绵绵诧异。

"选戒指。"封逸尘直白道。

这么无趣的一个男人，除了美色也真的没有什么值得她留恋了。封逸尘对着珠宝工作人员吩咐了一声，工作人员连忙从高档区拿出几枚钻石戒指。一枚一枚，闪烁着无比璀璨的光芒，真是看得人眼花缭乱。工作人员不停地在夏绵绵耳边介绍。

她不觉得自己是一个俗人，但也绝非大雅之人，她问："哪枚最贵？"

工作人员一怔。

很少有人买戒指买得这么直接的。

"哪一枚钻最大最贵,我就要哪一枚。"夏绵绵再次重复。

工作人员转头看封逸尘。

封逸尘点了点头。工作人员才连忙挑出那枚5克拉的钻戒,色泽、切割、剔透度都堪称完美。夏绵绵戴在自己的无名指上看了看。真的好大!闪得她眼睛都花了!她转眸看着封逸尘直接把卡给了工作人员,模样还挺帅!付了款,夏绵绵就戴着这么大一颗钻石大摇大摆地和封逸尘走出了商厦。她恍惚觉得就是去买了一棵大白菜那么随便。

她坐回到副驾驶位,车子缓缓驶出。

"戒指保管好,丢了自己买。"封逸尘叮嘱。

夏绵绵瘪嘴。

"明天我预约了拍婚纱照,时间很紧迫了,只有一天拍摄时间。"封逸尘一边开车一边说道,"今晚回去早点睡。"

夏绵绵嗯了一声。

"后天婚庆公司预约了试穿婚纱和礼服,那天顺便约你父母一起和我父母吃个饭,把最后的婚礼细节敲定。"

"嗯。"

"大后天会彩排一次。"封逸尘安排着,忽又询问,"你这边找好伴娘了吗?"

"夏柔柔如何?"夏绵绵故意笑了一下。

"随便你。"

"你不觉得尴尬?"

"不觉得。"

夏绵绵冷笑。

"宴请宾客的事情可以交给双方父母,婚礼现场的安排也可以交给他们,但有些细节还是要双方沟通,所以保持24小时不要关机,有什么突发事件我会第一时间电话通知你。"

"突发事件?"夏绵绵对着封逸尘笑得好看,"比如夏柔柔抢亲。"

"比如天灾人祸。"

"我怎么觉得你好像在诅咒我。"

封逸尘不多解释,似乎该交代的都交代完了,又不开口说话了。

第二天,他们去影楼拍婚纱照。

两个人换了衣服站在大大的落地镜前……

全场工作人员不由得惊呼。

"好配！"

"闪亮！"

"天生一对。"

"绝配。"

耳边都是些赞美的声音，夏绵绵也不得不承认，顶着这么一张漂亮的脸蛋，和封逸尘这个祸国殃民的男人真的是天生一对。可惜了当年的夏绵绵，那样似水年华，那样倾城倾国。她主动挽着封逸尘的手臂。封逸尘透过玻璃看着她。

夏绵绵嘴角一笑："封逸尘，你曾想过有一天会娶我吗？"

封逸尘眉头微皱。夏绵绵总会说一些不着边际的话。所以他基本漠视。

他的漠视也不会阻止夏绵绵继续，所以听到她又幽幽地说道："我从来没有想过我会嫁给你。"

"你现在还可以反悔。"

"不懂情趣的男人。"夏绵绵翻白眼。

封逸尘抿唇。这时，摄影师提醒开始拍摄了。两个人才一起走向拍摄地。第一套是拍摄室内。一组下来，她拍得都快吐了。对着封逸尘这种冷脸，她觉得自己能笑出来已经不错了，居然还要让她笑得好看。这不是强人所难吗？

她对着摄影师，抱怨："就不能让他笑吗？"

婚纱照的拍摄并不太顺利。

夏绵绵真觉得她在拍阴婚照，从头到尾对着一张僵尸脸！

拍了半个下午，摄影师就急急忙忙地让化妆师为两人换装，去下一个拍摄点，海边。

海边拍的是一套比较俏皮的婚纱照，封逸尘也难得换上了短款西裤、衬衣和马甲，衬衣的纽扣留了两颗，看上去特别休闲的一套衣服，也很时尚，反正穿在封逸尘身上，什么都好看。

有些天生的东西，就是这么遭人恨。夏绵绵和封逸尘赤脚站在沙滩上。夏绵绵觉得有些缘分真的很奇妙，这个地方，这片宽广的海边区域，正是她当年被封逸尘捡回来的地方，她想她的骨灰可能也留在了这一片海域。

"这套衣服我们拍得俏皮一点，新郎尽量也多笑笑。"摄影师说。

拍摄开始。

夏绵绵和封逸尘走向海边。

封逸尘对着夏绵绵，夏绵绵看着封逸尘。

凉凉的海水在炽热的夏天让身体感受到了一丝舒适的凉意，夏绵绵却突然觉得海水很寒，从她出事到现在过了一年多时间，封逸尘当年的冷漠、当年的毫不留恋一直萦绕在她的脑海里，就像噩梦一般，让她心绪难平。

她想，终有一天她会以其人之道还治其人之身。

"夏绵绵。"封逸尘突然叫她。

夏绵绵回神，刚刚那一秒的情绪，很汹涌的情绪，一闪而过。

她清楚地知道，在自己的计划还在进行的时候，不能轻举妄动。而在她刚刚回神那一瞬间，一道薄凉的唇，就这么印在了她的唇瓣上。唇齿相贴。夏绵绵闭上眼睛，没有反抗，即使内心在这一刻叫嚣着，不想承受。她想，一个人心若死，就很难暖和起来。她就默默地承受着封逸尘的温柔，原本两个看上去没多少感情的人，亲吻起来却如此缠绵。其实夏绵绵也很奇怪。

她总觉得封逸尘对她是没有感情的，不管是阿九还是夏绵绵，而每次在他们接吻时，她又恍惚觉得，这个男人其实还有心……

这个吻，持续好久。

夏绵绵觉得自己气都有些喘不过来之时，封逸尘才缓缓放开她。那一秒，她还能够看到封逸尘深情的眼神，一直注视着她此刻有些脸红的模样。她手指放在封逸尘的唇上。唇上有些彼此之间亲吻留下的液体，在他好看的唇色上染上了情欲味道。

她说："封逸尘，你会爱人吗？"

封逸尘紧紧地看着她。

她知道不会有答案。封逸尘不会爱上任何人。他只爱他自己。她眼眸垂下，手指放开他的嘴唇。

耳边，封逸尘突然低下头，用他醇厚低沉的磁性嗓音说："我爱过一个人。"

"是夏柔柔吗？"夏绵绵询问。

喜欢的女人是夏柔柔吗？

"不是。"封逸尘直白道。

"所以是谁？"夏绵绵很认真地看着封逸尘。

"这并不影响我们之间的婚姻。"封逸尘一字一句地说。

意思就是，让她不要多问。夏绵绵喉咙微动，有时候是真的很想发飙。但每次，她都忍了。封逸尘如果真的那么好揣摩，封逸尘如果真的把什么都说出来，她也不会弄到现在这个地步，也不需要这么处心积虑。她转移话题，因为有些事情她还是想要明确，不管能否得到答案。

她说："我记得当年，在我出车祸前不久，夏柔柔被人绑架了。"

"你想说什么？"

"当时听说是谋财，绑匪要求夏氏给8000万的赎金。"夏绵绵看着封逸尘，"夏家当时是愿意给的。"

封逸尘也不说话，看着夏绵绵。

夏绵绵继续道："可最后我听说，是你救出了夏柔柔，当时所有人都认为你是爱夏柔柔的，愿意为她挺身冒险。所以夏家以及你们封家都觉得，你会和夏柔柔结婚，而不是和我。"

"我把夏柔柔当妹妹，在我能力范围内，我不想她有危险。"

"我还听说，当时现场其实死了很多人，除了绑匪还有另外一具年轻女人的尸体。"

封逸尘脸色微变。

"我只是很好奇，明明可以用钱解决的事情，为什么你要带着人去救夏柔柔，还让无辜的人死去。"夏绵绵一字一句地说。

此刻，她脑海里浮现出那熊熊烈火的一幕。她其实都不想去回忆了，但在这个特别的地点，突然就让一年多前发生的事情清晰了起来。当时她还是封逸尘手下的一名职业杀手。封逸尘的组织有多大，她不太清楚，她能见到的和她差不多的杀手也没有几个，她只是隐约觉得，封逸尘不仅仅是为了用杀手来谋利，他大概有一个她还猜不透的目的。

而她总觉得，封逸尘上面应该还有人，毕竟封逸尘还年轻，不可能从出生开始就有非凡的能力！

当然这些事情她想总有一天她会搞明白，她现在只是在想当时夏柔柔出事的事情。

她接到通知，说去救夏柔柔，地点和时间很明确。

杀人任务她执行过很多次了，但营救还是第一次，她想应该差不多。

她去了。

她去的时候，夏柔柔在一个破旧的小仓库里面，绑架她的人有七八个。她收到的通知是这些人只为钱所以不会有什么身手，而她没想到去救夏柔柔的时候，那七八个大汉武力值并不是自己想的那么单薄，她甚至在格斗中奄奄一息，最后靠着毅力将所有人打趴在地上。

她带着惊吓过度的夏柔柔走出仓库，刚走了几步，仓库突然弥漫出石油味，一种不好的预感让她猛的将夏柔柔推在地上，将她护在自己身下。与此同时，整个仓库响起了剧烈的爆炸声，火光弥漫，瞬间让整个仓库燃烧了起来。

她强忍着身体被烧伤的痛，将身上的外套脱下来盖在夏柔柔的身体上往前走。火势非常猛烈，破旧的仓库上有梁柱塌了下来，将前方的路完全挡住，眼睛也在如此烟雾烈火下看不清楚，她只得拼命徒手将火烫的铁柱、木块移开，艰难地带着夏柔柔出去。

火势越来越大，大门就在面前她却难以靠近。

如果只是她一个人，她根本不用考虑逃生的问题，是因为夏柔柔，她才举步维艰。而她也不可能放弃夏柔柔，不只是因为任务，更因为她当时一直觉得，夏柔柔是封逸尘最爱的女人。坚持了几分钟时间，夏柔柔的身体就再也支撑不住，双腿无力。她努力扛着夏柔柔，避免她被烧伤，一直往前走。火势让整个仓库的空气越来越稀薄。夏柔柔剧烈咳嗽，她也好不到哪里去，她只是憋足了一口气，心里只有唯一的念头，带着夏柔柔出去，活着出去！她咬牙前行。

不知道过了多久，大门被人强势推开，封逸尘带着其他几个人冲了进来。

她真的以为那一刻她看到了曙光。

她从来没有哭过，那一刻看到封逸尘像个太阳一般出现时，她鼻子一酸。封逸尘在很长很长一段时间，是让她觉得这个世界还算美好的唯一支柱，而这个支柱在下一秒就彻底坍塌了，就跟面前从她头顶上砸下来的铁柱一般，那么始料不及而又那么重重地一击！

她听到他说："救夏柔柔！"

这句话的潜在意思就是，其他人不重要，重要的只有夏柔柔。

她想那一刻果真是让人绝望的。

所以她在那根柱子掉下来的那一瞬间，用最后一丝力气将夏柔柔扔了出去，不知道是不是这样让夏柔柔在火势中烧伤了眼睛。而后，她只感觉到一个重量，直接压在了她的身体上，支撑自己最后的那一棵稻草也枯竭了。她趴在地上，看着封逸尘不顾一切地将夏柔柔从地上抱了起来，转身就冲了出去。

她就这么被人遗忘在那片火海之中，耳边响起很多剧烈的声音，疯狂的火势蔓延到她的身体上。

烧伤的痛，真的比枪伤比刀伤痛了几百倍，她想她大概是被痛死的。

大概是。而她从未想过，她还会有醒来的一天。那一刻，耳边有人哭泣着叫她："小姐。"夏氏大小姐，夏绵绵！回忆一直在夏绵绵脑海里，飘浮。

她努力让自己保持最初的平静。她并不是一个情绪激动的人，特别是作为杀手，最重要的就是控制自己、勉强自己。

她的眼眸看着封逸尘，也想从他脸上看到一丝情绪，哪怕是轻微的一个挑眉或一个垂眸的反应也好。但是，都没有，他就这样面无表情地回视着她，没有半点隐忍。

他只用冷冰冰的语调说："绑架也会撕票，如果夏柔柔不小心看到了绑匪的真面目，也会被杀人灭口，我只是在保证夏柔柔的绝对安全。"

"你不是这么好心的人。"

"夏柔柔在我童年时期给过我很多温暖，在我能力范围内我一定会保证她的安全。"

"但你现在对她的态度并非让她觉得温暖。"

"嫁入封家并不是一件好事儿。"

夏绵绵讽刺地笑了一下。

"夏绵绵，你不可能会从我嘴里面套出什么话。"封逸尘提醒。

"确实。"夏绵绵转头，直接面向大海。

这片一望无际的大海，让她的人生发生了颠覆性的变化。

"封逸尘，你对夏柔柔好是因为夏柔柔曾经给过你很多温暖，所以你希望她可以过得更好。"夏绵绵悠扬的声音，在海浪中清清脆脆，"可你有没有想过，也许有人曾经对你更好？而那个人却从来没有得到过你的回眸一笑，甚至被伤得体无完肤，你会内疚吗？"

"我的世界没有这么一个人。"封逸尘笃定无比。

45

因为不在乎，所以不存在。

夏绵绵突然转身往岸上一步一步走去。

封逸尘看着她的背影。

摄影师看着夏绵绵突然的举动，诧异地放下专业单反，询问："夏小姐去哪里？我们还没拍摄完毕。"

"我不拍了。"夏绵绵一边说着，一边粗鲁地将头上的皇冠给拽了下来。

要不要突然这么出乎所料？刚刚两个人不是吻得挺投入的吗？

"夏小姐，这一组能用的照片不是很多，我们再拍摄几个镜头然后再去拍摄下一组行吗？"摄影师商量。

"我说的不拍了是之后的都不拍了。"夏绵绵把皇冠递给工作人员，吩咐道，"帮我换衣服，我要走了。"

"可是夏小姐，你们的婚纱照才拍了一半，到时候婚礼现场都不够用……"

夏绵绵回头对着摄影师，一字一句："不够用的部分就合成几张黑白照片，就是灵堂上用的那种，最好再裱上框。"

"啊？"摄影师一脸蒙。

"冥婚就是这样的。"

夏绵绵丢下这句话，就走进影楼的保姆车。工作人员面面相觑。夏绵绵一边换衣服，一边给小南打电话让她来接自己。小南以最快的速度拿到了驾照，成为了她的全职司机！夏绵绵坐进小车。

小南诧异："小姐，这么快就拍完了吗？我还以为你要拍整整一天呢。对了，封少爷呢？"

"我觉得小南你最近的话有点多。"

小南连忙闭嘴。

夏绵绵闭着眼睛靠在后座，努力让自己的心情平复下来！

缓缓，缓缓……

"啊！"小南突然一声尖叫。

夏绵绵刚平稳下来的思绪，突然就猛的紧绷起来。

她本能而警觉地看着小南，冷静道："怎么了？"

"小姐，我怎么突然觉得刹车不能用了？"

车子的速度还不算快。

小南却紧张到不行，整个人完全处于惊恐状态："我怎么踩刹车都没有反应，怎么办？"

夏绵绵观察着四周。她不相信刹车出问题是意外。一定是人为。而刹车出了问题不可怕，可怕的是周围一定有危机存在。

她想都没想，直接拿出手机："封逸尘。"

"说。"那边口吻似乎并不好。

封逸尘被自己放了鸽子，自然也好不到哪里去！

"我现在有危险，地点在人民街往通南路的方向，我坐的小车刹车失灵！如果你希望我们的婚姻还可以继续，就来救我！"

说完，夏绵绵把电话直接挂断了。

她不对封逸尘抱任何希望。毕竟她经历过一次被他无情地放弃。她现在需要认真考虑怎么自救。

她从后座直接坐进副驾驶座，对着小南说道："你现在让我来开。"

"怎么让？"小南紧张到不行，整个人完全是六神无主的，"小姐，我们是不是应该打110让警察来帮我们？"

"等警察来了，我们早就被人碾压得尸骨都不在了。"

"小姐……"

"别说了，你起来。"

"我应该怎么做？"小南询问。

夏绵绵直接帮小南把安全带解开："手放开方向盘，双脚起来。"

小南照做，与此同时，夏绵绵的手放在了方向盘上，稳定着车子的行驶方向，让小南往副驾驶座来。两个人正在互换之中，夏绵绵眼眸一紧，看见后视镜中一辆黑色轿车突然疯狂地逼近。

"别换了，踩油门！"夏绵绵突然吩咐。

小南一惊，被吼得基本是本能的动作，一脚油门踩到了底。

夏绵绵打着方向盘，在车流量巨大的公路上行驶。

"小姐，小姐……"小南叫着她，"太快了，刹车都不能用，现在怎么办？"

"你抓紧方向盘。"夏绵绵吩咐。

小南只得又将方向盘稳住。

夏绵绵观察着后面的车辆，确实不是自己多疑，在她们加速时，后面那辆车速度更快了，而且一直紧追不放。

"小南。"

"小姐。"小南都快哭了。

但是小姐的声音好平静。

"我们要死要活就看你的技术了。你现在什么都别想，油门不要松，一直往前开，能开多远是多远。"

"可是小姐……"

"我相信你可以。"

小姐这么信任她。

她手心都在出汗，却不敢放松一点点，一直紧抓着方向盘，全神贯注，就怕自己一不小心就会撞上其他车辆，而这样的速度出车祸必定是，车毁人亡。

夏绵绵爬到副驾驶座上，帮小南系好安全带之后，又给自己系上。

不到最后一刻，她不会放弃活下去的机会，任何时候都要最大限度地保证自己的安全。

她回头看着后面那辆改装过的黑色轿车："再快一点。"

小南似乎也发觉了一些不对劲，听话地又把油门踩深了些。

"注意前方的车辆。"

小南一直紧捏着方向盘，认真无比。

夏绵绵倒是真的对小南有些刮目相看，平时看上去像没经历过什么大风大浪的女人，此刻却比她想象的要冷静许多，车技也很惊人，这算是人在极限时的极限表现吗？

她多少有些庆幸。车子一路疯狂地往更远的郊区开去。基本都是直走，转弯对小南而言太难了。她能够这般不撞到来来往往的车辆已经算是万幸。夏绵绵看着身后紧追不舍的车辆，心里也有些诧异。这辆车貌似不是为了撞上她们，而是在追赶……不好！人这一辈子，果然不能违背常理而存在。上天给她的时间原来只有这么一点。唯一有些内疚的是，她多连累了一条人命。抱歉，小南。

夏绵绵看着越来越逼近的货车。

小南那一刻也认命地眼睛一闭。

真的要死了。

速度这么快，彼此的距离这么近，就算是打方向盘也避不开了！

眼前的货车……

嗙！一声剧烈的声响，几乎响彻天际。

夏绵绵睁开眼睛，看着那么大一辆货车，就这么突然被一辆更大的货车以更快的速度从另外一边撞飞了出去，而撞出去的方向刚好和她们的小车擦肩而过，如果稍微偏离一点点，她们就会撞上去，就会死。

小南也一脸蒙，回头看着那辆货车在眼前严重变形，半天反应不过来。

"看前方！"夏绵绵猛的提醒。

小南突然回神，连忙回头，车子疯狂地往前继续开去。

夏绵绵观察着后面的车辆，货车被强势地撞开，那辆黑色的轿车也停了下来，下一秒迅速离开，往另一条道开去，并没有追上来。

她微松了口气。

也算是验证了自己刚刚的想法，后面那辆车只是为了追逐，真正要她命的，是等候在这里的货车！

她们算是逃过一劫。

而现在，她们只需要将车子平稳地停下来就好。

她看着小南，观察着周围的环境："想办法停下来，这里是郊区了，应该会有些农田，看能不能开到农田里。"

小南认真地点头，嗯了声。

车子依然快速行驶。

"前面，直接左转开向田里去，泥土会让车子最终停下来！你一定要抓稳方向盘不要翻车，注意要开过旁边的深水养鱼池再转弯。"夏绵绵看着前面，吩咐道。

小南按照夏绵绵的吩咐执行。

车子正往预定轨道开去时，那辆消失的黑色轿车突然从另外一条路疯狂地驶了出来，在夏绵绵还未来得及提醒小南时，车辆就直接撞了过来，将她们的车子直接撞进了农田旁的深水鱼池里。

鱼池很深，至少5米！

轿车下去后，瞬间就沉了下去。周围都是水。空气却越来越稀薄。夏绵绵还来不及按下玻璃，轿车就已经掉了下去。小南已经吓傻了，那一刻完全不知道该怎么办。夏绵绵憋足一口气，在车上寻找工具打碎车玻璃，想要逃生。夏绵绵心口很闷，分分钟可能窒息。她好不容易在驾驶室里找到了玻璃锤，此刻已经有水漫延进车里，让她们更加举步维艰。夏绵绵用玻璃锤狠狠地捶打着玻璃。玻璃猛的碎了，水汹涌而入。夏绵绵呛了一口，忍住，她去拽小南。小南的身体被座椅卡住，脚被压在了下面拉扯不出来。夏绵绵憋足一口气，一直在拽小南。小南推开她，意思是让她自己走。

如果换成以前，执行任务的时候，如果谁真的走不了，他们会优先选择自己逃生。

但现在，她不会这么做！

小南是她再次睁眼时看到的第一人，也是她还没有真正清醒时一直在呼唤她给她温暖，即使有时候觉得她很吵闹的一个人，她唯一真正会信任的女人！她不会让她死，不会！

如果小南真的死了，那夏绵绵会杀了夏柔柔，杀了卫晴天，杀了这次事故的始作俑者！

渐渐地，她的身体也开始支撑不住了。

不管是谁，在水下不可能待太长时间，夏绵绵心口的窒息感越来越强烈，越来越强烈……

要放弃吗？

夏绵绵眼眶很红，这一刻很绝望。

她不怕死，不管重生前还是重生后，她只是不甘心自己好不容易重新活了过来，什么都还没有做就这么死了，她不甘心！

但此刻，她却做不到眼睁睁丢弃小南，那种被人放弃的滋味有多难受，她比谁都清楚。

在夏绵绵已经不知道该如何面对时，头顶上突然出现了一道人影，一道熟悉的人影。

一个男人跳了下来，手上的锤子猛的一下敲开了小南那边的车窗门，男人看了一眼发现不是她，准备往另一边游去，夏绵绵立马从车窗玻璃里面忍受着玻璃碎渣的刮伤爬了出来。

男人似乎是怔住了，估计没想到她能自己出来。男人看她此刻还算清醒，就拽着她准备往上游。夏绵绵连忙指了指驾驶座上的人。男人当然知道她在让他救这个女人。但是男人接到的任务通知是救夏绵绵。男人没有任何行动。

夏绵绵发现刚刚找到的锤子，此刻还在自己手上，她直接放在自己的脖子上，意思是说不救小南她就死给他看。她太了解任务的执行方式了，绝对不会做多余的事情，杀手从来不会那么好心。

但如果她以死相逼，杀手就会妥协。

任务的完成只看结果从不看过程，如果她死了，任务就算失败。

男人犹豫了一下，自己往下一跃，用蛮力将驾驶座上的门打开了，然后将此刻已经昏迷的小南猛的一下从驾驶座拽了下来，血染红了小南的身体。其实夏绵绵此刻也好不到哪里去。

看着小南被救了出来，夏绵绵终于忍不住，一咬牙游了上去。

终于整颗头冒了出来，新鲜的空气让她忍不住又是一阵剧烈地咳嗽。

她努力往岸边游去。男人也拽着小南游上了岸。夏绵绵爬上去，呼吸急促，身体也不禁剧烈地颤抖，停不下来，刚刚被水呛到差点窒息而死。男人将小南弄上岸之后，就开始帮小南做急救。夏绵绵连忙过去，紧张地看着脸色都已经发青发白的小南，小南一动不动。男人压着小南的肺部，一下，两下，三下，低头做人工呼吸，持续重复了好久。喀喀……小南剧烈咳嗽，一口水呛了出来，脸色在那一刻慢慢恢复了。夏绵绵一屁股坐在地上，心跳反而加速得更快。那个营救她们的男人看她俩都没事儿，起身就准备离开。

"阿某。"夏绵绵突然一把拉住男人的手。

男人一顿。

"谢谢你。"夏绵绵感谢。

男人回头看了一眼夏绵绵，即使心里疑问很多，终究没有多说一个字，离开了。

杀手就是这样的，完成任务后不会停留一秒。

多停留一秒就会多一分危险。

夏绵绵看着阿某开着车急速离开的方向，回头看着小南，这妞已经反应不过来现在什么情况了。

她木讷地左右看了看，看到身边的池水，眼眸猛的一下就红了："小姐，我以为我死了……"

小南哭得汹涌。

她精神这么好，应该是没事儿了。

夏绵绵从地上站起来，脚下突然一疼，才发现自己的脚踝处好大一片玻璃碎渣深深地扎在里面，不只是脚踝，她回过神来，身上好多地方都开始疼，甚至还在流血。

"小姐，你在流血！"小南哭了一会儿，似乎发现了夏绵绵的异样，惊吓道。

"你看看你自己。"夏绵绵提醒。

小南低头，这一刻哭得更凶了。夏绵绵无语。但劫后重生，让她发泄一下情绪没什么不好。夏绵绵拖着一瘸一拐的脚走向公路。如果她没有猜错，救护车应该马上会到了。这是他们一贯用的伎俩。完事之后他们要么报警要么打120，总之会走得不留下一片云彩。

"小姐。"小南似乎哭够了，也这么一瘸一拐地走过来，"我刚刚是不是被谁亲了？"

"你还要以身相许吗？"

"我就是问问。"小南脸有些红。

夏绵绵笑了笑："别想了，你见不到那个人了。"

"他死了？"

"嗯，死了。"

"小姐……"小南也知道小姐是骗她的，有些埋怨。

"别想了，救护车来了。"夏绵绵看着前方的救护车。

而在救护车前面，她还看到了封逸尘的御用轿车，速度极快地直奔而来。

驿城郊区，远离市中心的喧嚣，此刻却也因为救护车的鸣声而变得嘈杂起来。

夏绵绵站在边上，看着救护车前那辆明显速度惊人的轿车，疯狂而来。

一脚刹车直接停靠在夏绵绵的脚边。

车子刚停稳，封逸尘就打开了驾驶室的门，下车，看着夏绵绵。

是紧张吗？

夏绵绵看着封逸尘的脸色，即使习惯了他这般不动声色，但她终究还是有些情绪微动。当然夏绵绵也不会太自作多情。至少以前夏柔柔出事的时候，封逸尘在最危急的时刻亲自冒险把她救出，对她却没有，在所有危险都结束了，他才出现。彼此都有些沉默。

"封少爷，你来了。"在如此尴尬的气氛中，小南适时开口了。

小南对封逸尘的印象是极好的，所以每次对封逸尘都特别热情。

封逸尘的视线从夏绵绵身上转向了小南，下颌微动，算是应了小南的招呼。

救护车已经停在了他们旁边，医生和护士下来，观察着夏绵绵和小南的模样，询问："是你们叫的救护车吗？"

夏绵绵回眸，对着还在眉飞色舞的小南说道："你上救护车。"

"小姐你呢？"小南诧异。

小姐的意思明显是不上去。

"我坐封逸尘的车，想单独和他说几句话。"

"好。"小南笑得一脸意味深长。

小南觉得，劫后重生，他们大概需要恩爱一番。

小南愉快地和医生、护士走进救护车。

夏绵绵看着小南的背影，这妞身上的伤不少，大概也是痛得麻木了，居然没有半点喊疼。

救护车离开。

夏绵绵看着站在自己面前的封逸尘，声音中带着些疏远和礼貌："麻烦你送我去医院。"

封逸尘看了她一眼，转身打开了副驾驶的门。

夏绵绵一瘸一拐地上去。她脚踝处那块玻璃扎得确实很深，走起来，确实很痛。封逸尘似乎发现了，那么敏感那么细心的人不可能发现不了，而他就是可以站在轿车车门旁边，冷眼旁观等她一步一步走过去。夏绵绵总算坐进了副驾驶座，靠在座椅上。封逸尘坐回驾驶座，车子一跃而出。郊区离市中心有些远，周围的车辆很少，封逸尘开车的速度越来越快。

"封逸尘。"夏绵绵一直看向窗外的视线转移到封逸尘冷峻的一张脸上。

"嗯。"封逸尘应了一声。

"今天这起事故，如果我说是夏柔柔导演的，你相信吗？"

封逸尘没有说话。

"如果夏柔柔真的威胁到了我的生命我会反击。"夏绵绵直白道。

"你不需要对我说。"封逸尘紧捏着手机，不发一语。

"如果我让你帮我反击，你会帮我吗？"

"不会。"斩钉截铁的两个字。

夏绵绵冷笑了一下。

她打开窗户。

夕阳下，夏天炎热的气息还是那么浓烈，急速而来的风将她湿漉漉的头发弄得凌乱不堪。

"刚刚追赶我们的那辆车，是你叫人带走了是吗？"夏绵绵询问。

封逸尘看了一眼夏绵绵，她也没有什么多余的表情，没有如正常人经历生死后的那般战战兢兢。

"是不是怕我抓到人之后找到夏柔柔犯罪的证据？"夏绵绵用的是问句，其实语气很肯定。

封逸尘整个人给她的感觉，并不太好。

"没什么，我就是随口说说。"夏绵绵又将车窗玻璃按了上去，"毕竟夏柔柔给了你小时候的温暖，你可以记一辈子，而其他人不管做了多少，你记不得，甚至察觉不到。"

"夏绵绵。"封逸尘突然开口，叫着她的名字，很严肃的口吻。

夏绵绵反而显得淡然了些。

"夏柔柔现在并不适合死。"

"我知道。"夏绵绵坦然道，"适合死的是我。"

封逸尘狠狠地抓着方向盘，夏绵绵明显能够感觉到他此刻似乎有些情绪在爆发。

"我没有埋怨的意思。"夏绵绵轻佻一笑，"我反而很感激你出手相救，不管如何，我还活着。"

这是她人生的又一大幸事。不管她的人生带着多少悲剧色彩，但至少有老天厚待。封逸尘也不再多说，沉默着将油门踩得更深，速度更快。车内再次陷入死寂一般的沉默。封逸尘开着车，一路直奔中心医院。刚到达，医护人员就推着移动病床停在了车门前。夏绵绵打开车门。封逸尘从驾驶座下来，过去扶夏绵绵。

夏绵绵的手稍微抬了一下："不用了封逸尘，我自己能行。"

封逸尘的手尴尬地放下，就这么看着夏绵绵忍得脸色都发白了，躺在了移动病床上。

手术很快，大概一个小时，夏绵绵被推出了手术室。

手术室外，封逸尘还在。

夏绵绵看了一眼封逸尘，闭上了眼睛。

封逸尘看了一眼夏绵绵，眼神看向医生。

"封先生请放心，夏小姐的伤都是皮外伤。脚踝处的玻璃碎渣也取了出来，没有伤到胫骨，不会影响到她走路，但这几天最好不要下地，一周后伤口愈合了，看夏小姐自己的情况可以适当走动。"

"谢谢。"

"不客气，这是我们应该做的。"

封逸尘微点了点头，转身跟着医护人员陪夏绵绵进了一间超级VIP病房。

夏绵绵打着消炎点滴。

护士把一切处理妥当之后，离开了病房。

病房中，就剩下了夏绵绵和封逸尘两个人。

又是死一般的沉默。

夏绵绵终究开口了："封逸尘，我一个人也行。"

封逸尘看着她。

"你走吧，我想睡一会儿。"夏绵绵说，"你在旁边我睡不着。"

封逸尘眉头一紧。

"今天的事情麻烦你了，结婚当天我保证我能够下地走路。"

"夏绵绵。"封逸尘叫着她的名字。

每次她都觉得他叫自己名字的时候，有点毛骨悚然。

大概就是不带感情，所以会显得很冷漠。

"嗯。"

"今天的事情只是一个意外。"

"我知道。"夏绵绵点头。

夏柔柔想要害她只是一个意外而已。

封逸尘欲言又止的话，在夏绵绵如此排斥的情况下，终究没再多说，他转身直接走了。

夏绵绵看着封逸尘的背影，看着他拉开房门离开又猛的将房门关上了。他生气了！这有什么好生气的？她差点被夏柔柔弄死，这货还那么袒护夏柔柔，她都能坦然接受。她躺在床上歇了一会儿。她估摸着封逸尘此刻已经离开了医院，便起身往医院外走去。她打了一个车，一路往西。半个小时，她到达跃龙山庄的山脚下。

龙门的基地在驿城西郊的半山腰上。整座山都是龙门的地盘，几乎没有什么外人真的进去过，戒备很森严。

夏绵绵打开车门下车。

司机看着她。

夏绵绵直白道："我没钱，如果你信任我可以把账户给我，我十倍转给你！"

司机看着这个女人，朝她骂骂咧咧几句，还是给了她一个账户后离开了。

夏绵绵在山脚下一直蹲守。

夜色越来越深。

从晚上到深夜再到清晨的第一缕阳光出现，夏绵绵终于等到一辆黑色劳斯莱斯从山上唯一的一条道路驶了下来。

夏绵绵甚至有些腿麻，这一刻似乎也忘记了脚伤，直接就冲了过去。

黑色轿车猛的一个刹车。

夏绵绵就差一点点，真的是差一点点就被撞上了。

见有人挡在路中央且脸色并不太好，司机转头，恭敬无比道："大少爷。"

"下去看看。"

"是。"

司机打开车门。

夏绵绵看有人下来，嘴角笑了一下。

"小姐，有伤到哪里吗？"司机恭敬地问道。

"我想要见龙一。"夏绵绵直白道。

司机上下打量了一番夏绵绵："小姐你贵姓？"

"免贵姓夏。我叫夏绵绵。"

司机恭敬道："夏小姐请稍等。"

夏绵绵看见司机转身走向小车的后座位置。

车窗被按下。

夏绵绵看到了龙一冷漠的脸，依然僵硬的轮廓不苟言笑，甚至给人很强烈的排斥感。

司机恭敬无比地向龙一汇报着情况，一会儿，司机转身走向夏绵绵。

"少爷说，您只有一分钟时间。"

"够了。"夏绵绵挂着拐杖，根本就没有停留地直接走向车后座。

龙一戴着黑色墨镜，眼睛看都没有看夏绵绵，给人的感觉特别酷，还特别不易亲近，更别说能好好交流了。

她直白道："龙少，我希望我们可以合作。"

龙一不为所动，剑眉扬了一下，做出一个很冷漠的面部表情，他说："我和你没有合作项目。"

"有。"夏绵绵很肯定，"我们有一个共同的敌人。"

"共同的敌人？"龙一冰冷的声音，总是让人毛骨悚然，"你说的是封逸尘。"

"对，我说的就是他。"

"如果我没记错，还有不到一周时间，夏小姐就要和封逸尘结婚了。"

"确实，但封逸尘不爱我，我也不爱他。我们之间的婚姻不过就是家族婚姻各取所需，而且我还可以明确地告诉你，我之所以嫁给他只是为了让他一无所有，但靠我一己之力，很难。"夏绵绵完全不掩饰自己的目的。

"你有什么资格和我合作？"

"龙少和封逸尘之间斗了这么多年，封逸尘依然屹立不倒，龙少就不觉得，你的能力也有限吗？"

龙一脸色阴沉。

"我没有怀疑你的意思，我只是在告诉你，想要把封逸尘弄死，我可以帮你更快速地达到这个目的！"

龙一脸色微动，倒是没有特别大的情绪变化。

他说："夏小姐说的确实让我有些动容，但夏小姐的话有多少是真的，有多少是假的，甚至是不是封逸尘故意让你来做卧底，我需要再做衡量！"

夏绵绵就知道不可能靠自己三言两语就说动这个男人。

当然，她也没有想过现在就能真的和龙门合作，这个家族连封逸尘都会忌惮三分，更何况小小的一个她。

"我不要求龙少爷立刻认同我，但现在我有一件事情相求。"夏绵绵开口，说出了今天真正的目的。

"说。"龙一冷然。

"我需要你帮我报复一个人，夏柔柔。"夏绵绵直白道。

"你亲妹妹？"

"我不是夏绵绵。"

"你想要怎么报复？杀了她？"龙一不想深究，因为不感兴趣，"夏绵绵，你还没有那个资格让我帮你染上人命！"

"我不杀她。"夏绵绵一字一句，"我要让她生不如死！"

"但是夏小姐，我做任何事情都不是免费的。"龙一看着夏绵绵提醒道。

她当然知道。龙门就跟封逸尘的组织一样，做任何事情都必须要佣金，这是他们这一行的规矩，无一例外。

"我会支付。"夏绵绵肯定。

龙一冷眸："你想怎么做？"

"强奸夏柔柔，今晚。"

"倒是比杀了她好不到哪里去。"龙一冷笑了一下。

他也知道，贞洁对于上流社会的人，有多么重要。

"但至少没让你染上人命。"

"我的收费很贵。"

"我有钱。"夏绵绵说。

"预付一半的佣金，我会让人把金额和账户给你。"

"我有钱，但不是现在。"夏绵绵补充。

龙一眉头一紧。

"我没有调戏你的意思。"夏绵绵解释。

调戏？！

龙一倒是第一次听人对他说这个词。

"你可以算利息，我会偿还。"

"夏绵绵，你知道你这样根本没资格和我谈条件的。"龙一冷漠。

"但我希望你能够发现一只潜力股。"夏绵绵很从容，甚至很自信，"夏氏集团和封尚集团，驿城最大的两家上市公司，我会成为它们的主人。"

"口气不小。"

"否则怎么能够和龙少合作？"

龙一倒觉得，很久没有遇到这么有趣的人了。

他说："夏小姐，我这个人一向不接受别人欠我东西，断手断脚不是本人的癖好，但非常时期也会例外。我给你三个月的时间，三个月后佣金不入账，夏小姐就要想想，怎么自保了。"

这句话绝对不仅仅是在威胁。

夏绵绵一口答应："成交！"

"去哪里？"龙一冷声询问。

"回家。"夏绵绵本能地回答，又补充道，"夏家别墅。"

龙一给了司机一个眼神，司机透过后视镜恭敬地点头。所以，龙一是要送她回去了。这倒是让她受宠若惊。她转头看着窗外。车内突然就陷入了死寂一般的沉默。夏绵绵就不明白了，龙一干吗和封逸尘一样喜欢黑脸？他长得也没人家封逸尘帅。安静的空间，轿车稳步前行。

"停车！"夏绵绵突然叫了一声。

龙一又是一个蹙眉。

"麻烦停一下车。"夏绵绵的声音温柔了很多，对着龙一道。

龙一让司机停车。

夏绵绵打开车门，挂着拐杖下去，走向驾驶座，敲车窗玻璃。

司机按下车窗，一脸茫然。

夏绵绵说："麻烦借我100块。"

司机一怔。

"我还你200块，我保证。"

司机无语，这就不是钱的问题。

然而这一刻，龙一却突然点了点头。

司机连忙从裤兜里面掏出100块。

夏绵绵拿过钱："别开走，我一会儿就回来。"

司机只得又看向龙少，只见龙少此刻干脆闭上了眼睛，在闭目养神。

司机不敢多嘴，只得等待。

一会儿，夏绵绵就急急忙忙一瘸一拐地回来了，一屁股坐在龙一的旁边，喘着粗气。龙一蹙眉看着夏绵绵。夏绵绵歇了一口气，将手上的东西递给龙一。龙一脸色一下就黑透了。

夏绵绵扬眉一笑："别想多了，不是给你用的。"

龙一冷冷地看着夏绵绵手上那一盒避孕套。

"给夏柔柔，用完即可。"

龙一眼眸一紧。

夏绵绵直接将手上的那盒12只装的避孕套放在龙一的手上。龙一冷着脸，却没有拒绝。车里突然又陷入了沉默。夏绵绵靠在车后座的椅子上，身体也有些累了。昨天她拍了大半天的婚纱照，下午遇到事故差点一命呜呼，又不眠不休地等到龙一个晚上，到此刻，她真的困了。所以那一刻，她本打算闭目养神却陡然就睡了过去。均匀的呼吸声缓缓地就传来了。龙一皱眉看着夏绵绵。这个不知道突然从什么地方钻出来的女人，到底是谁？

车子一路开到夏家别墅。

夏绵绵没有要醒来的迹象。

龙一也不是一个好心的人，正欲叫夏绵绵的时候，夏绵绵突然就睁开了眼睛。

龙一蹙眉。

这个女人的警觉性比他想象的要强。

夏绵绵看了一眼龙一，看着他对自己的审视，也没太在乎，转头看了看窗外，看到自家大门，从容地伸了伸懒腰。

"谢了，龙少。"

夏绵绵推开车门，一瘸一拐地下车。

车门打开，一个人突然就出现在了她的面前。她承认，曾经身为杀手的警觉性都没有让她发现封逸尘的神出鬼没。

她是真的没有注意到封逸尘从哪里冒出来的。

封逸尘就这么冷眼看着她，以很快的速度上下扫视，随即将视线放在了小车后座的龙一身上。

龙一眼眸微动，和封逸尘对视。

一瞬间，火药味十足，夏绵绵在中间都觉得自己一个不小心就会粉身碎骨。

"是龙少好心送我回来的。"夏绵绵开口，打破死寂一般的沉默。

封逸尘眼眸微动，看着夏绵绵。

龙一也这么看着夏绵绵，道："夏小姐不必客气，举手之劳。"

封逸尘的脸色突然就黑了。

但这个男人就是不会在任何人特别是龙门人的面前太动声色，他说："有劳了。"

龙一看了一眼封逸尘，没再多说。封逸尘一把将夏绵绵拉到自己身边。夏绵绵这一刻觉得自己直接是扑进封逸尘的胸膛的，鼻子撞到封逸尘的胸肌上，有点痛。她也懒得反抗了，现在最想的就是回去睡觉。封逸尘带着夏绵绵离开龙一的小车。

车门关上，车子启动离开那一秒，龙一将小车的车窗玻璃按下："谢谢夏小姐的回礼。"

夏绵绵和封逸尘同时回头，一眼就看到龙一手上那盒招摇的避孕套。

夏绵绵无语。

龙一的劳斯莱斯扬长而去。夏绵绵回头，踏着脚步回家，身体却被一只有力的大手禁锢住。夏绵绵咬牙，抬头看见封逸尘绷着一张冷脸。

"封逸尘，我现在真的很困，有什么事，等我睡醒了我主动给你打电话。"她真不想和封逸尘纠缠。

她也不想知道封逸尘什么时候来的这里，来这里找她做什么。对她而言，什么重要的事情都比不上她此刻必须要睡觉的欲望。封逸尘拉着她手臂的手，一动不动。

夏绵绵眉头一紧。

"封逸尘，你到底要做什么？"夏绵绵心情并不好。

"我是不是告诉过你，别去惹龙一！"封逸尘一字一句地说，声音冷得发寒。

夏绵绵冷笑。

"为什么？"

"你惹不起！"封逸尘的口吻笃定，语气很重。

"那封逸尘觉得我惹得起你吗？"夏绵绵反问。

封逸尘眼眸一紧。

"我也惹不起你。"夏绵绵说着肯定的答案，"反正我小命一条，死了就死了。"

封逸尘的脸色真的很难看。

夏绵绵觉得封逸尘杀人的模样都比此刻好看。但她不怕他。她动了动手臂，走进别墅。身后是封逸尘凌厉的眼神，她选择漠视。她回到家躺在床上，什么都不想，也因为太累，一觉睡了过去。深夜，夏绵绵突然清醒，耳边似乎响起了一个细微的声音。她猛的从床上起来，赤脚走向房间外的阳台。她没有直接出去，只透过窗帘看着阳台上的一切。旁边的房间住的就是夏柔柔，两个房间外的阳台紧挨在一起。她竖起耳朵，很认真地听着细微的动静。

要想做一名技能满分的杀手，眼、耳、鼻的培训也很重要，所以他们比

61

别人更易听到更加细微的声响，很敏感。

她听到夏柔柔的一丝闷哼的叫声，不到两秒就彻底没有了。

而后，她看到一个穿着黑色衣服的男人手脚特别轻地抱着一个人走向了外阳台，手臂一伸，将夏柔柔扔了下去。

二楼楼层不高，但扔下去绝对会让夏柔柔不是断腿就是缺胳膊，然而，她耳边甚至没有响起什么声音。

那个扔了夏柔柔的男人纵身一跃，就那么跳了下去。

夏绵绵等了一秒，才从窗帘后面出去，看着两道人影，一个抱着夏柔柔，一个做着掩护，迅速地离开了夏家别墅。

这种擅闯高级别墅区，能够做到这么轻而易举完全没有惊动警报的，大概也是龙门身手了得的人。

夏绵绵远远地看到一辆黑色轿车消失在夏家别墅，她眼眸一紧，心想：夏柔柔总该得到该有的惩罚。于是她又心安理得地睡了过去，直到第二天一早，别墅中传来了尖叫声。所有人听到声响连忙从房间里面出来。

一时之间，大厅中围满了人，所有人都看着此刻狼狈不堪的夏柔柔。

"怎么回事儿？"夏政廷还穿着睡衣，此刻被人吵醒脸色并不太好。

用人指着夏柔柔："她，她，她……"

夏柔柔此刻只是紧紧地抱着自己的身体。

夏政廷仔细一看，脸色陡然大变。

卫晴天脸色也变了，刚刚那一秒她完全没有看出来眼前这个丑陋恶心的女人是自己的亲女儿夏柔柔。她猛的上前，一把把夏柔柔此刻裸露的身体抱住。

"发生了什么事情？！"夏政廷威怒的声音，在整个别墅震耳欲聋。

夏绵绵看着眼前的夏柔柔。

所以，昨晚的事情是成功了！

"夏柔柔！你就这么不知廉耻吗？！"夏政廷毫不掩饰地咒骂，此刻看夏柔柔的模样也知道夏柔柔遭遇了什么，"你没男人要了吗，要这么贱地去做这种事情！"

"不是的，我也不知道为什么会这样，我昨晚一觉醒来就发现自己被人……"夏柔柔说不出来，大概脑海里还有恐惧，无限的恐惧。

而父亲一句一句伤人的话却刺激得她真的很想死！

"够了！"夏政廷震怒，"简直是侮辱我们夏家的名声！"

夏柔柔只是哭，一直不停地哭。

她也知道，不管这件事情发生的原因是什么，夏政廷只会看结果，只会看结果！

卫晴天此刻也憋着一股气，当然知道现在夏政廷在气头上，也不敢劝阻什么，她一直忍受着，心里也在想，到底为什么会发生这种事情。

"卫晴天，你好好给我管教一下夏柔柔，从今天开始，不准让她踏出别墅一步！"夏政廷怒吼，甩手离开。

待夏政廷走了好久，别墅中才响起卫晴天愤怒无比的声音："都站在这里做什么，全部都给我做事情去！"她对着用人吼。

用人听到声音，连忙散开。

卫晴天拽着夏柔柔，没有心疼自己女儿遭遇的一切，只有愤怒，愤怒无比。她带着夏柔柔上楼。

夏柔柔的身体本来就虚弱无比，此刻几乎是被卫晴天拖着上去的。整个人一直在哭，哭得伤心欲绝。

夏绵绵看了看母女俩的背影，嘴角蓦然浮现一抹笑。她拿出手机，看着短信里发送来的一条信息："邮件地址给我。"

夏绵绵连忙输入信息，知道是夏柔柔的视频。

"已发。"

"谢谢。"

夏绵绵放下手机，这辈子，她绝不会让自己在夏柔柔这个女人手上吃半点亏。

一周之后。

封逸尘和夏绵绵的婚礼，如期举行。

原本被夏柔柔的事影响而压抑了好几天的夏家别墅，因为今天家里突然开始布置婚礼而变得热闹喜庆了起来。

夏政廷绷了几天的脸色也终于回暖了些，偶尔还会指挥一下工作人员装修，家里的气氛也活跃了些。

而婚礼前一天晚上，夏绵绵反而失眠了。其实她也不是很期待，但……感觉很奇怪。她看着被精心装饰过的房间。上一世，她从来都没有想过，有一天她会结婚，更不敢想有一天她会嫁给封逸尘。

她突然想到有一次她和阿某执行完一个任务，他们当时的几句谈话，阿某问她："阿九，你有没有想过不要过这种生活？"

她认真地回答："想过。"

她也不是冷血的人，每每杀人的时候，她也会有那么一秒的——对生命的惆怅。

不过他们这种人，既然被选择了，就没有离开的可能。

至少她从来没有看到哪个杀手，活着离开过。

"我也是。"阿某说，眼神变得深邃无比，"如果让你选择，你最希望变成谁？"

"夏绵绵。"她没有犹豫，脱口而出。

阿某僵硬的脸颊突然笑了一下，不久前，阿某才用这种冷血的脸杀了人，她其实不太适应他的笑容。

她听到他说："你还是放不下boss？"

"可能吧。"其实她说出这个名字的时候，自己也有些说不出来的情绪。阿某知道她对封逸尘的感情。

她成年那会儿，大胆地对封逸尘求欢，结果是，封逸尘把她扔给了阿某。

两个人在一个房间里面，大眼瞪小眼，就那么瞪了一个晚上。

他们都很明白，彼此明显没有一丝性冲动，倒是可以打一架。

这种革命感情，沾不到一点点爱情。

后来，听说大多数杀手都知道她喜欢封逸尘而被他无情拒绝了，好在杀手都不爱八卦，她也没有听到什么不堪的言语，更何况，后来没多久，她就死了，想听也听不到了。

她突然想起，那个时候阿某说："我想变成boss。"

他想变成封逸尘。为什么？她记得她当时问了，但阿某没有再回答。没有理由不重要，重要的是，她似乎发现了阿某的秘密。

夏绵绵此刻坐在化妆镜前，脑海里还浮现了很多，关于前世今生，直到门外不知道谁突然叫了一声"新郎官到了"，夏绵绵才回神。

她居然心跳漏了一拍。

她眼眸微动。封逸尘气宇轩昂的模样就这么无比刺目地出现在门口，全身自带闪光，让开门的女人们持续尖叫。封逸尘的视线却在这一刻，直接看向了坐在大床中央的夏绵绵。四目相对。夏绵绵觉得自己真是撞了鬼，心跳又有些不规律了。

"亲一个。"突然，有人起哄。

话一出，房间里的所有人都开始起哄。

大家似乎都希望看到这种看似浓情甜蜜的一刻。

夏绵绵低垂着眼眸。都走到这一步了，她真有一种被绑到大床上可以随便蹂躏的感觉。封逸尘的脸靠近她的嘴唇。所有人都以为会是一个嘴对嘴的热吻。实际上，封逸尘就亲了亲她的脸颊，轻描淡写。没有等到任何人抗议，封逸尘直接把夏绵绵从床上抱了起来。夏绵绵的裙摆自然垂下。

封逸尘打横抱着夏绵绵直接下楼。

有人发自内心深处地赞美，脱口而出："新郎官简直帅炸了！"

夏绵绵静静地躺在封逸尘的怀抱里。

这个男人很容易用他那精致的皮囊，让人产生极大的错觉。封逸尘把夏绵绵抱进了外面迎新车队的头车里。一排排浩浩荡荡的轿车，让整个驿城的街头都沸腾了起来。封家和夏家的婚礼，当然会轰动全城。一行婚车缓慢地行驶在街道上。

中途车子停下，夏绵绵估摸着应该是要发红包了，这是驿城婚礼的传统，一路上会停下来发几次红包，权当助兴。

她没太在意，却没想到，封逸尘突然打开了车门，对着夏绵绵说道："跟我下来。"

夏绵绵蹙眉抬头，才看到面前"市政大厅"几个大字，所以……

"拿结婚证。"封逸尘直白道。

夏绵绵跟着封逸尘下车。

市政大厅婚姻登记所，不需要排队，他们选择的是VIP通道。为他们办理结婚证的是一位中年大姐，看到他们出现时，满脸谄媚。

"麻烦请两位看看，如果没有什么问题，在这里签个字就好。"中年大姐说道。

夏绵绵看了一眼。封逸尘一眼都没看。夏绵绵琢磨着他也许是看过了，也琢磨着，他也许是不太在乎。两个人签下大名。哐哐！两本结婚证，被盖上了钢印，一人一本。结婚原来就是这么迅速的事情，曾经的阿九甚至不敢去想象，觉得那就是一个遥远的梦。拿到结婚证之后，封逸尘就带着夏绵绵离开了。没有耽搁一秒，就是一个程序而已。两个人再次坐进婚车。伴郎也回到车里。

浩浩荡荡的车队再次行驶在驿城的街道上，气势很足。

"逸尘，给我看看你的结婚证。"伴郎突然开口。

封逸尘直白道："不。"

伴郎无语："这么小气做什么，难道照片拍得很丑？"

听到他们的交谈，夏绵绵这一刻似乎才真的正眼看了一眼伴郎。

她眉头微皱："我是不是在什么地方见过你？"

她觉得这个人有那么一丝面熟，但又不在自己的记忆库里面！

伴郎笑了笑："第一次见面的人很多都说在哪里见过我，这大概就是传说中的，大众脸。"

不！

绝对不是这个原因！

她对人的长相有着天生的分辨和记忆能力！

"封太太，为了让你记忆深刻，我做个自我介绍吧。"男人自若地开口，"我叫韩溱，和逸尘同岁，今年25岁。平时我在国外，很少回国，这次因为逸尘的婚礼专程回来，请多指教。"

韩溱，确实是很陌生的一个名字。她也从来不知道封逸尘还有一个朋友叫韩溱。但也不奇怪，封逸尘那些见不得光的事情，他大概也没有让人知道，也就自然不会把这些人带进他的黑暗圈子。她微微笑了笑，算是一种礼节。车子很快到达目的地，门口处挤满了记者、摄像头，堪比颁奖典礼现场。来参加婚礼的明星也不比一台大型的颁奖典礼少。总之整个婚礼就是，万众瞩目。直到深夜零点，婚礼才完全落下帷幕。

封逸尘带着夏绵绵往他们所谓的"婚房"走去。

今晚貌似是洞房花烛夜。

她抿唇，看了一眼走在自己前面的封逸尘。

前面的封逸尘突然停住脚步，夏绵绵差点就撞了上去。这货总是这般出其不意。他回头，看着夏绵绵。昏暗而幽静的小区内，夏绵绵只能隐约看清楚封逸尘那张若即若离的脸颊，陌生又带着熟悉，总之是很复杂的感觉，她说不出来。两个人对视着。封逸尘突然弯腰将夏绵绵一把横抱起来。夏绵绵一惊。

封逸尘根本没有给予任何解释也没有表露任何情绪，一路抱着她走进电梯，走进家门，穿过客厅，上楼，放在柔软的大床上！

夏绵绵只觉得被封逸尘抱着走过的地方，一派喜庆。至于什么装饰什么点缀，她真的看得不太清楚，封逸尘抱着她的脚步有些快。她此刻半躺在红彤彤的大床上。大红色的晚礼服和大床融合在一起，水晶吊灯将她白皙的肌肤照得剔透。

她好看得不像话的一张脸，在如此静谧的夜晚，越来越美，美得毫无瑕疵，还很勾人，特别是此刻眼波盈盈，有一种独特的风情。

封逸尘的眼眸就这么一直看着夏绵绵，看着这张大床上夏绵绵妖娆的身段，一点一点在发生微妙的变化……原本长长的礼服裙摆，不知何时已经无法遮掩她笔直、纤细、白皙的大长腿，双腿交织在一起，双脚故意绷紧磨蹭。封逸尘喉咙微动，却依然不动声色。夏绵绵觉得，以他们的婚姻，想要让封逸尘主动上她，基本不可能。她从床上坐起来，身体往封逸尘身上靠，刚准备靠近，封逸尘突然一个转身。夏绵绵抿唇。

封逸尘似乎是停了一秒，然后起身直接走出了卧室。

所以，洞房花烛夜……

她这是被这个男人给搁下了！

夏绵绵有些不爽地躺在大床上。

其实，她本来也没有想过封逸尘会碰她，以封逸尘的个性，既然是形婚就一定会形到底，她不过是……

封逸尘越是不想做的事情，她越是很想达成，然后就能看到他扭曲到不相信自己的脸。更重要的是，她需要钱。封逸尘的父母私底下跟她说了，和封逸尘生个男孩可以持有封氏5%的股份，女孩可以持有3%的股份，多诱人的数字呀！她咬唇，红艳娇嫩的嘴唇被她轻咬着，重新躺在大床上，辗转着打算去浴室洗澡。今晚不行，还有明晚。明晚不行还有后晚。她真的不相信，煮熟的鸭子都在嘴边了还不能吃进去。

鸭子……

夏绵绵突然觉得这个词甚好。

第三章　初为人妻

昨晚的洞房花烛夜很显然没有什么春宵一刻值千金。

清晨，一大早，夏绵绵还没睁开眼睛的时候，房门就被人敲响了，下一秒，封逸尘就出现在了她偌大的房间里。

她顶着乱糟糟的头发，从床上坐起来，瞪着封逸尘。

封逸尘没什么表情，只说："起床了，吃了早饭回封家。"

夏绵绵坐在那里一动不动，就跟一尊佛似的，就是不动。封逸尘看着她幽怨的眼神，看着她无比倔强的模样，走过去。夏绵绵看着他的举动。他突然弯下腰，臂力惊人地把她从床上一把抱起来。夏绵绵一惊。她本能地将封逸尘的脖子搂住，让身体和他之间的距离靠得更近。封逸尘将夏绵绵直接抱进了浴室，放下。"洗漱，快点。"话说完，封逸尘转身就准备走。夏绵绵猛的一下将封逸尘拉住，与此同时，身体一个用力，将封逸尘直接推到了门上。封逸尘蹙眉，应该是没有想到夏绵绵会突然有这样的反应，眼眸紧了紧。夏绵绵踮着脚尖，一个吻直接就亲了上去。

封逸尘眼眸微紧。

夏绵绵就是喜欢这么挑逗他。

最好是，昨天晚上没能完成的，今早来一发。

她吻得很投入。

她仿若很喜欢这样的亲吻，她的身体与他的贴得很近。

她身上就穿了一条温柔的黑色吊带，里面除了底裤什么都没穿，此刻如此紧贴着也仅仅只穿了一件黑色工字背心的封逸尘，身体间的摩擦和变化……

封逸尘眼眸突然一紧，两只手抓住夏绵绵的手臂，一个用力。

夏绵绵猛的离开封逸尘的嘴，保护性的一个转身，迅速挣脱开了封逸尘的禁锢。

两个人分开，保持着距离！

夏绵绵狠狠地看着封逸尘，如果刚刚那一秒她不放开封逸尘，是不是就意味着，她会被封逸尘直接来个过肩摔！

封逸尘根本没管夏绵绵的情绪，打开浴室的门："洗漱完了之后梳妆打扮一下，记得大方得体，你的衣服都在连着的衣帽间里面，别耽搁时间，加上吃早饭你只有一个小时的时间。"

交代完毕，封逸尘离开了。

夏绵绵翻白眼。

她回头，看着镜子中自己的模样——头发乱得不得了，脸上却泛着一些潮红，甚是好看。夏绵绵一边拿起牙刷，一边还在打量着自己那张美丽的脸蛋。她不得不承认，她现在对封逸尘的"性冲动"越来越明显。

洗漱完毕，夏绵绵去衣帽间挑选了一套衣服。

她换上旗袍，化了淡妆，踩着一双高跟鞋下楼，凹凸有致的身材看上去更加丰满诱人。

楼下，封逸尘坐在客厅的沙发上看报纸。

她一直以为看报纸这种老土的娱乐方式只有老年人才会喜欢，想来，封逸尘可能就是老年人。

封逸尘抬头看着夏绵绵下来，将报纸收起来，放在一边。

"吃早餐。"

夏绵绵跟着封逸尘的脚步。两个人坐在饭厅。饭厅的采光很好，很明亮。饭厅餐桌上已经摆好早饭。夏绵绵转头看向在开放式厨房里面忙碌的一个中年妇女。

封逸尘开口道："以后我们的饮食起居由她负责。你可以叫她林嫂，之前在封家别墅那边做事。"

夏绵绵点头哦了一声。

家里总得有个用人。

他们住的是驿城数一数二的高级住房，寸土寸金的地方价格甚至比某些郊区的别墅还贵，这套房子200多平方米，楼上楼下，对于他们两个人而言，甚是宽敞。

"跟你商量一件事儿。"夏绵绵吃着早餐。

早餐味道不错，水果粥搭配鸡蛋、鸡丁等，还有蔬菜以及各色的咸菜，很精致。

"你说。"

"我想从夏家别墅带一个用人过来。"夏绵绵直白道。

"不够吗？"封逸尘问。

显然封逸尘并不喜欢家里人太多。以前他住的那间公寓，貌似就没用人。

"不是不够，但我习惯了她照顾我。"夏绵绵说。

封逸尘抿唇，没再多说："随便你。"

夏绵绵也不管封逸尘的情绪，就当他答应了。两个人吃了早饭之后，夏绵绵就跟着封逸尘一起出了门。封逸尘开车，夏绵绵坐在副驾驶座。豪华轿车停靠在了封家别墅楼下，用人连忙上前给封逸尘和夏绵绵打开车门。两个人走进封家别墅大厅。

客厅大气磅礴，奢华辉煌。

夏绵绵踩着高跟鞋，挽着封逸尘的手臂，显得很亲昵。

封逸尘依然是一脸死鱼相！

此刻大厅中已经有很多人，除了他们一对新人之外，其他不在封家别墅住的一大家子人，全部都在。夏绵绵都认识。她嘴角带着笑容，显得落落大方。

"爷爷奶奶，爸爸妈妈，二叔二婶，小姑，姑父。"封逸尘恭敬无比地叫着家里的长辈。

夏绵绵也跟着叫了一圈，然后和同辈的弟弟妹妹们简单地打了一声招呼。

封老爷子对着一对新婚夫妻点了点头，声音和蔼："回来了？"

封逸尘点头，嗯了声。夏绵绵总觉得封逸尘对封老爷子格外尊敬。难道说……她蹙眉，那一刻忍不住打量着封老爷子。

"让用人端茶水过来，规矩还是要有。"封老爷子吩咐。

"爸，我马上让用人端过来。"杨翠婷连忙从沙发上站起来，走向一边。

夏绵绵甚至觉得，杨翠婷，不对，封家全家人对封老爷子都是出奇地敬畏。

这代表着……封家的一切全部都掌控在封老爷子手上吗？还是说，这仅仅只是封家尊老爱幼的典型表现而已。夏绵绵不动声色地想着些事情。杨翠婷带着用人端茶水过来。封逸尘和夏绵绵上前，然后跪在了地上，一一敬茶！

他们分别将茶水递给封老爷子和封老夫人，二老很和蔼地将茶水喝下之后，分别给了他们两个大红包。接着是封铭威、杨翠婷，封铭严一家以及封铭欣一家。

程序化的敬茶仪式结束。

夏绵绵收到好几个鼓鼓囊囊的红包。一家人显得很和睦，气氛也不错，没有夏绵绵想象中那么压抑。当然她很清楚，这些人都是上流社会和混迹商场的人精，有什么暗地里的情绪，绝非那么容易就能够看得出来。全家人都坐在沙发上聊天。夏绵绵规矩无比地坐在封逸尘旁边，一副小媳妇的样子。在大厅待了好一阵子，封老爷子带着封老夫人回了房，两个人感情一如既往。二老一走，客厅的气氛自然就更放松了些。

杨翠婷突然亲切地拉着夏绵绵："绵绵，你跟我上楼一下。"

夏绵绵一怔。

她看了一眼封逸尘。

封逸尘现在和其他人闲聊，没搭理她。

她抿嘴笑着，跟着杨翠婷一起离开。

夏绵绵离开的时候，封逸尘看了一眼，依然没什么多余的表情。夏绵绵被杨翠婷带到了应该是杨翠婷和封铭威的房间，很华贵。杨翠婷招呼夏绵绵坐在外阳台上的座椅上，自己去房间拿了什么，才坐在夏绵绵的旁边。夏绵绵不明所以，微笑着面对杨翠婷。

"这是昨天婚礼所有的礼金。"杨翠婷拿给夏绵绵，"你拿着。"

夏绵绵有些受宠若惊。

对她而言钱忒重要了，她不是有多爱这玩意儿，她只是很清楚这种东西对她而言的好处。

她正准备接过来的时候，突然又顿了顿："妈，你还是给逸尘吧。"

"你这孩子。"杨翠婷笑得很亲和，"你和逸尘结婚了就是一家人了，钱都是你们共同的，拿给谁不一样？"

"谢谢妈。"夏绵绵没有再推托。

杨翠婷看着夏绵绵将钱收下了，又和蔼地笑了笑。

她亲自倒了两杯花茶，夏绵绵连忙接过，表现得很尊敬。

"绵绵，我们都是一家人，你别对我客气。我就逸尘一个儿子，对我而言，你就是我的女儿了。"杨翠婷说的话总是让人觉得很窝心。

夏绵绵笑着说："妈，我从小母亲去世，我爸虽然重新找了妻子，但是我和我小妈的感情……"

杨翠婷没有因为夏绵绵的停顿而打断，反而非常耐心，表现出她良好的教养。

"现在和逸尘结了婚，我也是会把逸尘的父母当成自己的亲生父母对待，把逸尘的家人当成自己的家人。"夏绵绵说得动容。

杨翠婷有些心疼："傻孩子，以后在我们封家，绝对不会让你受到任何委屈的。"

"谢谢妈。"

"喝茶，这种茶对女人的身体很好的。"杨翠婷温和地说着，又话锋微转，"你和逸尘生孩子的事情，你们要提上日程，你爷爷就盼着抱孙子，你生下来的不管是儿子还是女儿，都是封家的第一个孩子，意义非凡。"

"好，我会努力的。"夏绵绵点头。

她真想过和封逸尘生孩子。

和封逸尘结婚，她从来没有想过。这段婚姻需要她清心寡欲，她的目的很简单。

第一，生了孩子就有封尚集团的股份，对现在的她而言是一笔特别大的收入，在她现在一无所有的时候，这简直是巨款。

第二，如果封逸尘哪天死了，有个孩子自然就有了更多继承权，封逸尘的东西理所当然就会归在她的名下。

第三，封逸尘的基因不错，有他的基因的孩子不会太差！当然这一点只是她迫于无奈给自己找的一点借口，为了让她和封逸尘上床生孩子的事情变得不那么滑稽，也算是一种心理平衡。

房间内，杨翠婷笑得欣慰："妈相信你。"

两个人在房间聊了一会儿天，大多都是一些无关紧要又能促进感情的话题。

没多久她们就一起出了房门。楼下也是一派其乐融融。她很自若地融入其中。

整整一天言不由衷的谈笑风生，晚饭之后，封家所有人各自回去，封逸尘和夏绵绵新婚第一天，肯定要留在婆家。

封家别墅就住着封老爷子和封老夫人，以及封铭威夫妇，其他人都有自己的住所。

封家别墅也瞬间安静了下来。

夜晚很静，封逸尘在看电视，夏绵绵对封逸尘喜欢的节目没有兴趣，窝在沙发上玩手机。

"你困了就先上楼睡觉。"封逸尘突然开口。

夏绵绵抬头看了一眼封逸尘，低头继续玩手机，嘴里喃喃道："你妈让我们生孩子。"

封逸尘薄唇紧抿："晚上我和你生孩子。"

"现在不是时候，你自己先去睡。"封逸尘口吻冷漠。

"对我，你应该没有任何时候觉得是对的时候。"夏绵绵的话有些讽刺。

封逸尘没说话。夏绵绵也不说。反正她就等着今晚生"猴子"。最好一举得男。男孩子性格比较好，以后死了老爸也不会一蹶不振。当然是个女儿也行，她有那个信心让自己的孩子过得比别人更好。

在她的内心世界里，没有什么传统意义上标榜的所谓完整或不完整的爱，她给她孩子的，就是最完整的感情！即使没有父亲的角色也一样！

夜越来越深，用人把整个大厅都收拾好了，但碍于封逸尘和夏绵绵没有回房，用人也不敢离开，就这么在不远处规矩地静候着。

封逸尘突然放下手上的电视遥控器，从沙发上站起来。

夏绵绵看着封逸尘从头到尾都是一副冰山模样，心里有些鄙夷，她起身跟着封逸尘的脚步。两个人一起上楼，封逸尘推开了其中一间房。房间里面还留有昨天新婚的喜庆场面，床单都是红彤彤的。

"先去洗澡。"封逸尘从衣橱里面拿出一件女士睡衣，甚至还有换洗的崭新文胸和内裤。

夏绵绵看了一眼，从封逸尘手上接过。

接过之后，她把文胸在手上比画了一下。

封逸尘看了一秒，眼神转开了。

"你为什么会知道我的尺寸，还那么精准？"

"我随便猜的。"

"我可不相信。"夏绵绵走向封逸尘，站在他面前，直直地看着他的眼睛。

封逸尘回视夏绵绵。

"你是不是对我做过什么不可描述的事情？没关系，我们现在合法了，你说出来我也不会怪你。"夏绵绵直白道。

"你不洗澡我先洗。"他没有回答，直接转移了话题。

所以要从封逸尘口中知道什么，她觉得她就是在自己找虐。她心情不爽地抱着身上的一堆衣服走进浴室，猛的一下关了房门，力度很大。封逸尘看着浴室房门，嘴角似乎上扬了一下。浴室房门突然被打开。夏绵绵看着封逸尘。封逸尘嘴角的笑容变得僵硬，甚至有些滑稽。夏绵绵本来一腔怒火，在看到封逸尘刚刚的模样时，整个人怔了一下。刚刚这货是在笑吗？

嘴角上扬的弧度，是在笑吧？

封逸尘注意到夏绵绵打量的眼神，表情瞬间变得冷漠，转身就准备出去。夏绵绵突然将手上的文胸直接扔向了封逸尘。

封逸尘猛的一把接住，然后……手感有些……说不出来的滋味。

"谁大晚上睡觉还要这种东西，已经够憋了！"吼了一句话之后，夏绵绵再次将浴室房门关了。

冲完冷水澡之后，夏绵绵走出浴室。

她没洗头发，但冲澡的时候还是打湿了一点，就用浴巾擦了擦。

房门外，封逸尘坐在房间的沙发上等她，手上依然拿着报纸。

她说："我洗好了。"

封逸尘抬头看了一眼，只一眼，眼眸即转移。夏绵绵抿嘴一笑。女人没有穿文胸的模样，其实很明显。她恍惚看到了封逸尘那不自觉红润的耳朵。封逸尘放下报纸，走进浴室。夏绵绵躺在大床上，玩手机，等他。

封逸尘洗澡很快，十多分钟就已经洗完，甚至吹干了他的头发。

封逸尘说："你早点睡。"

"好啊，你过来一起。"夏绵绵欣然一笑。

"我睡沙发。"

夏绵绵脸色微变。

封逸尘说："你睡沙发也可以。"

"封逸尘，你真不是男人！"夏绵绵怒吼。

封逸尘不反驳。他已经从衣橱里面拿了一床空调被放在了不算特别大的沙发上。夏绵绵瞪着眼睛看着他的举动。一股恶气，噌噌噌地涌上了脑门！封逸尘铺好被单，躺在了沙发上。房间的灯光暗了下来。外面的白月光正好透过窗棂照耀在外阳台上，有些零零碎碎地洒在了房间的地板上，宁静中，带着些谜一般的浪漫。夏绵绵躺在床上，睡不着，翻来覆去睡不着。越是被人排斥的事情，人的本性越是会让人反抗。

　　暗黑幽静的房间，封逸尘突然开口："我们婚礼的礼金是不是在你那里？"

　　"然后呢？"夏绵绵真觉得封逸尘有那个本事，让她原本饥渴难耐的身体，瞬间冰凉无比。

　　"财产合理分割，我们一人一半。"封逸尘直白道。

　　"你作为一个男人就不能大气点吗？"

　　"这场婚礼我花了不少钱。"

　　夏绵绵咬牙。

　　她也没让他准备这场烧钱的婚礼。

　　"早点睡。"封逸尘总是这样，说完了自己的事情，就让别人早点睡。

　　早点睡，早点睡！

　　夏绵绵突然掀开被子，从床上坐了起来。封逸尘躺在沙发上，眉头皱了一下。夏绵绵直接走向沙发。封逸尘本能地坐了起来，就在那一秒，夏绵绵整个身体已经扑了上去，直接将封逸尘又扑倒在沙发上。柔软的身体在封逸尘的身体上，擦枪走火。

　　"夏绵绵！"封逸尘声音有些大。

　　这女人就半点矜持都没有的吗？！

　　"我要生孩子！"夏绵绵一字一句地说。

　　"起来！"封逸尘威胁。

　　夏绵绵偏偏不起来，还坐得特别正。

　　封逸尘似乎有些隐忍，他用力从沙发上坐起来，想要把夏绵绵从他身上掰开，那一刻夏绵绵却把他搂抱得更紧，双手缠着他的脖子，胸口紧挨着他的胸膛，下身纠缠在一起，像一条柔软的蛇一般，绕得很紧。

　　"夏绵绵，我数三声……"封逸尘继续威胁。

　　"一……嗯……"封逸尘突然打了一下冷战。

　　嘴唇被夏绵绵直接封住。

以前当杀手的时候，他们也经过这方面的培训的，甚至听说很多女杀手在出去执行任务之前其实是经受过很多这方面的训练，经验很丰富！但她拒绝了，拒绝的理由只是，她只想睡封逸尘，教她的老师也很无语，最后还真的把她带到了封逸尘面前。当然，她没能睡成。封逸尘把她给了阿某。阿某也没有睡她。后来也就不了了之了。她大概是杀手中最干净但也是死得最憋屈的一个。

好在她虽然身体干净，但理论知识倒是不错，见得多了，自然就懂了，甚至懂得还特别多……

但这次，她终究还是失败了。她甚至都觉得两个人都要真枪实弹的时候，封逸尘将她的身体扔进了浴室，而某个人的身体也在不停地冲冷水，也在冷静。夏绵绵坐在浴缸里面，看着封逸尘的身体慢慢在变化。

"不难受吗？"夏绵绵问他。

封逸尘回头看了夏绵绵一眼。

衣服松松散散，几乎不能遮掩。

他说："你别挑战我。"

"为什么？"

"你挑战不了。"

"但是你反应很大。"

"本能反应。"封逸尘说。

"我要的就是你的本能。"夏绵绵也够直白。

"但是我不需要。"封逸尘丢下一句话，拿着浴巾走了出去。

夏绵绵蹲坐在浴缸里。她是真的有些生气，但也没有气得要爆炸。这种事情，她经历的也不是一次两次了。她习惯了。她从浴缸里面出来，也去冲了个凉水澡。睡封逸尘的路……任重而道远。夏绵绵觉得她此刻还能自我安慰、自我调侃，大概就是不爱了吧。她洗完澡之后，封逸尘果然就不在房间了。

翌日清晨，夏绵绵耳边响起一个声音："起床了。"

她翻了个身。

她就不能多睡一会儿吗？昨儿晚上他们闹得那么久，即使最后什么都没有成功。但好在，该摸的地方，她都摸到了，不算亏。

"夏绵绵。"耳边，封逸尘的声音有些咬牙切齿。

夏绵绵很不爽。

她就不能再做做春梦吗？

她从床上翻身起来，见封逸尘都已经换好了白色衬衣、亚麻色修身休闲裤，穿戴整齐。显然他已经洗漱完毕，还帅得刺眼。

"现在才几点？"夏绵绵口气真的很不好。

"我劝你不要在这里睡懒觉。"

"我这叫睡懒觉吗？"

"嗯。"封逸尘直白道，"楼下已经在准备早餐了。"

封逸尘丢下一句话，没耐心再陪她了。他离开了。夏绵绵抓着自己乱糟糟的头发，心想：真是要命！一天没事儿起那么早做什么？神经病！她化了个淡妆，打开房门。

门口处，封逸尘在等她，看她换好衣服梳妆打扮完，似乎还算满意，说道："下楼。"

夏绵绵白了封逸尘一眼，还是主动挽上了封逸尘的手臂。两个人一起出现在客厅。意外的是，除了在封家别墅居住的，其他比如封铭严和封铭欣一家也都来了。

"吃早饭。"封老爷子吩咐。

所有人都围坐在大桌子旁。

封铭欣看了一眼封逸尘和夏绵绵，开口活跃气氛："以前逸尘不是这么晚起的，今天什么情况？"

这话分明就是在打趣。谁都知道，他们是新婚，自然让人想入非非！夏绵绵咬唇，面上笑得羞涩，心里却冷笑，她倒是想把封逸尘弄晚起一点。

"这么一看，表哥眼睛下还有青影，你们看是不是？"康沛菡连忙接话。

所有人都不自觉地把视线放在了封逸尘的脸上。

夏绵绵也本能地看了过去，这么一看，封逸尘的眼睛下黑眼圈还真的挺重的。

封逸睿打趣："哥，虽然嫂子如花似玉，但你还是要节制点……"

喀喀，封老爷子故意咳嗽了两声。所有人一下变得安静。封逸尘那一刻很是尴尬，却没有反驳。

"大家吃自己的。"封老爷子开口，声音不重，但极其有威严。

早饭之后，所有人该上班的上班该做事情的做事情，家里面就剩下封老爷子和目前在婚假期的封逸尘以及夏绵绵。

"我们回去了。"封逸尘突然开口。

"现在吗？"

封逸尘点头。夏绵绵哦了声，反正她也不喜欢住在这里。她总觉得，封家即使表面看上去和乐一片，实际上完全感觉不到任何人的真心，封逸尘这么冷漠的性格，除了被人刻意培养，和这样的家庭氛围应该也脱不了干系。她坐着封逸尘的小车回他们的高级公寓，琢磨着还能回去睡个回笼觉。

两个人到达家门口，门一打开就蹦出小南极其活跃的声音："小姐！"

夏绵绵差点没被这个女人吓死。

"小姐，你和姑爷回来了！"小南很兴奋。

夏绵绵转头看着封逸尘。

昨天早上她就是那么随口一提，她没想到封逸尘速度这么快。

封逸尘根本就没有给夏绵绵任何回复，连一个眼神都没有，直接进门上了二楼。

夏绵绵看着封逸尘的背影，又回头看向小南。

小南依然一副特别纯正的傻大妞形象，总觉得她单纯到没什么负面情绪，否则在夏家这些年，估计得被夏家人逼疯了。

"你什么时候来的？"夏绵绵低头换上了拖鞋，进屋。

"我昨天收到通知就马不停蹄地赶了过来，小姐我就知道你不会忘记我的。"小南特别感动。

"你的身体都好了吗？"夏绵绵问道。

"都是皮外伤，早就好了。"小南说道，"小姐你的脚踝没事儿吧？"

"没什么事儿了，就是偶尔有点小痛，不过没伤到骨头，早晚会痊愈。"

"小姐你想要喝茶吗？"小南看着夏绵绵坐在沙发上，连忙殷勤无比。

"不用了，你去忙自己的吧。"

"我没什么忙的，家里好多事情都是林嫂在做，我插不上手。"小南说着，语气还显得很委屈。

"那就安心玩。"

"小姐你不会故意让我什么事情不做，然后不要我吧？"

"脑袋瓜里面苦情言情剧装多了吧。"夏绵绵无语，"你自己一边歇着去，我上楼睡觉了。"

78

小南总觉得自己在小姐面前，笨笨的，老是不知道小姐在想什么，以前的小姐不是这样。夏绵绵一步一步上楼。楼下的卧室够林嫂和小南居住，所以楼上就是她和封逸尘的空间。她的脚步刚到楼梯口，封逸尘已经换了一套笔直的西装出现，手上还拿着公文包。

"上班？"夏绵绵询问。

"嗯。"

夏绵绵也没再多说，她越过他的身体回房间。

封逸尘的脚步反而停了一下："我劝你也早点回夏氏。"

"为什么？"

"自己揣测。"

夏绵绵翻白眼，但不得不承认，确实不能这么荒废下去。

她拿起电话，拨给夏政廷，夏政廷很快接起："绵绵。"

"爸，在上班吗？"

"嗯。有事儿？"

"有点事情想跟爸说一声。"

"说。"夏政廷心情倒还不错。

这两天夏氏股市一直飘红，仅仅是因为封家和夏家联姻的影响力，功劳自然就是夏绵绵的。

"逸尘很忙，今天就开始上班了。"

"你们不去度蜜月吗？"夏政廷有些诧异。

"他是个工作狂，我也不想为难他。两夫妻之间互相尊重更好。"

"那也是。"夏政廷点了点头，赞许夏绵绵的懂事。

"所以我在家待着也是待着，倒不如到公司来继续帮爸。"

夏政廷一怔，随即，非常爽快道："爸是不想你太忙，但你闲不住随时来上班就是。"

"谢谢爸。"夏绵绵此刻倒有些受宠若惊。

"明天再来上班，我先跟锦航说一声。"

"谢谢爸。"

夏绵绵挂断了电话，嘴角浮现一丝得意的笑。果然，夏政廷是不会给任何人窥视夏氏集团的机会的，夏政廷连她都不会尽信，更别说夏锦航了。夏锦航也不过是一个炮灰。但凡能力表现得太过突出的人就会被灭，这就是现实。现实是出身很重要。而她是不是该庆幸，被改了天命！夏绵绵在家待了一天，下午过了6点，难得封逸尘已经回来了。小南在厨房帮林嫂打下手，准备晚饭。

夏绵绵坐在封逸尘的旁边："我明天回夏氏上班。"

封逸尘点了点头。

"姑爷，小姐，吃饭了。"小南走过来，热情道。

封逸尘放下报纸，起身走向饭厅。

夏绵绵也坐了过去。

两个人的饭桌，夏绵绵说："林嫂，小南，过来一起吃。"

"这……"林嫂和小南都不由得看向封逸尘。

封逸尘点了点头："一起吃吧，就我们几个人。"

两个人得到封逸尘的允许，才特别小心翼翼地坐在了饭桌边。

晚饭之后，夏绵绵和封逸尘各自回房，夏绵绵也不去招惹封逸尘了，她累得慌。

来日方长，时间还多得是，她不急，何况急也没用，急也吃不到热豆腐。封逸尘这盘豆腐，烫嘴！

她早早入睡。

第二天，夏绵绵早早起床，对着镜子刷牙、洗漱，然后吃早饭。

吃过早饭后，封逸尘开自己的车出门，夏绵绵由小南开车送她。

小南一边开车一边询问："小姐，你为什么和姑爷不住一间房啊？"

夏绵绵看了一眼驾驶座上的小南："你觉得呢？"

"是姑爷不行吗？"

"你猜对了。"

"真的吗？"小南很激动，"看着不像啊！"

"人不可貌相。"夏绵绵说，"封逸尘是同性恋。"

"真的？"小南震惊。

夏绵绵忍不住笑了笑。

没事儿的时候逗逗小南也不失为一种乐趣。

看到夏绵绵在笑，小南知道自己又被她骗了，有些不爽地嘟嘟嘴，没再多说。

车子停靠在夏氏大厦楼下。

夏绵绵下车，走进去。

周围的人看到夏绵绵出现，无不露出惊讶的眼神，大概是没有想到，才结婚没两天她就来上班了。

她倒是自若，回到办公室，循规蹈矩地上班。

第一天夏绵绵基本没有什么工作，夏绵绵琢磨着，夏锦航不太会给她安排什么重要的工作。

下班时，小南来接她回去。小南一向都喜欢叽叽喳喳说个不停。夏绵绵有时候会不耐烦地打断小南，有时候就任由小南一直说，反正她不搭话，就如今天。小南一个人一路说到回了家。两个人走进家门。封逸尘难得回来这么早。夏绵绵看了他一眼。

小南特别热情道："姑爷。"

封逸尘微点点头。

夏绵绵坐在封逸尘旁边的沙发上，两个人也不会有更多的交流。

很多时候，夏绵绵还是能够感觉到封逸尘的拒人千里。

封逸尘和夏绵绵在沙发上坐着，直到林嫂做好了晚餐，才坐到饭桌边，安静地吃饭。

"周六晚上，有个宴会要参加，你腾出时间来。"封逸尘突然开口，也没有对着夏绵绵说。

夏绵绵正吃着饭菜，反应了两秒，才知道封逸尘这句话是对她说的，她点了点头："好，谁家的宴会？"

"龙家的。"

"龙门？"夏绵绵一怔，反应有些明显。

封逸尘看了一眼她的模样，嗯了声。

"龙门这些年不是鲜少举办什么宴会吗？突然举办宴会，你不觉得很奇怪吗？"夏绵绵一个人嘀嘀咕咕。

"龙一满30岁。"

"看不出来呀，他居然30了！"夏绵绵说，"看着挺年轻的，比我大了9岁。"

封逸尘脸色似乎并不太好，没有再搭话。

"说不定龙老头子是怕自己儿子一把岁数了娶不到老婆，所以才会举办这个宴会，让更多的人认识龙一。"夏绵绵似乎兴致很高，"龙一要是能够

81

多笑一下，也不至于找不到老婆。"

封逸尘夹着饭菜的手顿了一下，看向夏绵绵。

夏绵绵说得起劲儿，也没有搭理封逸尘，继续开口道："不过我还真不知道龙一那样的男人到底什么样的女人适合他，总觉得没有一个女人放在他身边是搭的……"

封逸尘突然放下了碗筷："我吃饱了，你们慢慢吃。"

然后，他就走了。

夏绵绵诧异地看一眼封逸尘的背影，又看看他剩下的半碗饭："浪费是可耻的！"

小南都快哭了："小姐，你不觉得姑爷是在吃醋吗？你一直说龙一龙一的，你都没有这么频繁地提过姑爷的名字！"

夏绵绵一怔。

是吗？

哦。

是，她就是故意的。

夏绵绵说："吃饭吧，我最爱吃鸡翅膀了。封逸尘不在，我还能多吃点。"

"……"她们家小姐就是这么与众不同。

周六，封逸尘上午就去公司加班了，中午也没回来，到了下午，夏绵绵就自己去了驿城最奢侈的国际商场，挑选礼服。

夏绵绵挑选好礼服，上妆。

化妆间外，封逸尘不知何时来的，也已经换好了一套黑色西装，打了一个银色的领结。银色……多么不正经的颜色！封逸尘这么一板一眼的人怎么可能选择这么轻佻还莫名有种邪魅的颜色。他是为了，配合她，衬托她今晚的银色晚礼服。封逸尘坐在沙发上看杂志，抬头，看着夏绵绵。

两个人四目相对。

封逸尘自然地将视线撇开。

他在她身上的注意力不会超过5秒，不管她怎么打扮自己，就是不能引起他的任何波动。

他说完"走吧"，就从沙发上站起来，往外走去。

夏绵绵跟上他的脚步。封逸尘还算绅士，会放慢脚步等她。他们走出商场，坐进封逸尘的昂贵的车内。车子往跃龙山庄开去。一路彼此都显得尤其安静。

夏绵绵开口："准备礼物了吗？"

封逸尘抓着方向盘的手紧了一下，知道夏绵绵说的礼物是龙一的30岁生日礼物，他直白道："准备了红包。"

夏绵绵点头哦一声。

以她对龙一不多的了解，那个男人确实应该最爱红包，而且分明还有些过分贪财。

"你父母会去吗？"夏绵绵问，"我爸他们应该都去了。"

"我父母有点事儿，这几天在国外，不会去。"封逸尘回答，给人的感觉就是淡淡的。

不去也好，免得她又要虚伪一番。

两个人突然又陷入了沉默。

总之夏绵绵和封逸尘的单独相处就是这样，说不到几句话，就无话可说了。

车子很快停到了跃龙山庄的山脚下。

山脚下有穿黑色西装的工作人员，礼貌地给他们打开了车门，询问了一番，出示了请帖，才放行让他们开车进山。

很宽广的一条公路，旁边还有专门的石板阶梯，看上去有点像风景旅游区的感觉，特别是周围还有很多浓密的树木，高大多枝，在如此炎热的晚夏，硬生生多了一份透彻心扉的清爽。

公路每隔50米就会有执勤的着黑色西装的人，戴着墨镜，看上去特别严肃。

车子在崎岖的山路行驶了十多分钟，停在一座古色古香的古典四合院面前。四合院是用木头雕刻而成，远远看上去就像是古代大户人家的房子，完全没有现代社会的喧嚣感，即使现在宾客不少，也依然很宁静。

工作人员上前给封逸尘和夏绵绵开车门。封逸尘把车钥匙给了其中一个工作人员。夏绵绵挽着封逸尘的手，走进了四合院。

四合院有一个高高的朱红色大门，此刻大门打开，里面铺着红色的地毯，一直蔓延，蔓延到不知什么地方，给人一种深不可测的感觉！

他们走在地毯上，面前有工作人员给他们引路，显得非常恭敬。而每隔一段距离依然有严肃的着黑色西装的人，气势很足。他们走了好长一段，终于看到一个主厅，主厅门口有接待台。封逸尘带着夏绵绵过去，送上红包，签字。工作人员指引着他们进入大厅。大厅明显热闹了些，此刻人也不少，在透亮的水晶吊灯下，很多面熟的人来来往往，谈笑风生。封逸尘和夏绵绵的出现引起了一些细微的惊动。男才女貌的组合，又是前段时间婚礼最轰动的一对新人结婚后第一次出现在公共场合，自然会让人顿足侧目，然后小声讨论。两个人显得很自若，走向宴会中央主人的位置。

龙家人都在，包括龙天和他的现任妻子秦薇。

儿女辈龙一到龙五，龙六不在了，龙家兄妹，还剩下四个男人一个女人，都未婚单身！

"龙叔，龙姨。"封逸尘恭敬无比。

龙天看了看封逸尘，显得很亲和："逸尘和绵绵来了。龙叔也是第一次办这种公开式的宴会，经验不足，有什么做得不好的地方你指出来，龙叔也好改正，争取下次做得更好。"

"龙叔说笑了。"封逸尘附和着，"宴会这般隆重，细节如此周到，是让小侄等望尘莫及。"

"是吗？"龙天笑得有些大声，似乎是被表扬了心情不错，"得到你的肯定我就满足了。话说你父母今天有事儿？"

"实在是公务在外脱不开身。"

"谈生意要紧。"龙天似乎很理解。

封逸尘笑了笑，笑得特别公式化。

夏绵绵在封逸尘的旁边，有些无所事事。

她眼眸一转，自然地就看到了站在龙天旁边的龙一。

龙一今天穿了一套改良的黑色中山服！他给人的感觉依然生硬，凡事都一板一眼，当然接触后会发现，他比封逸尘要随和些！

龙一感觉到夏绵绵的视线，也从自己父亲和封逸尘的交谈中，把眼睛转向了夏绵绵。

两个人看着彼此。

龙一那一刻似乎还往上抬了抬下颌。夏绵绵抿唇。这货抽风了吗？龙一很快将视线转移，又回到了那边的交谈中。

"龙叔，我们就不打扰你了，绵绵的父亲来了，我带绵绵过去一下。"

封逸尘适时插嘴，依然很有礼貌，绝对不会有半点冒犯。

"好，你们都随意点，别拘束。"龙天点头，也不忘招待。

"龙叔不用太客气。"封逸尘说着，礼节性地点了点头，带着夏绵绵离开。

身后，龙天对着龙一说道："今晚来了这么多美女，单身的不少，你多留意点，30岁的人了，总不能一直这么单着。"

"是的，爸。"

夏绵绵蓦然一笑。

龙天还真是为龙一办了一场大型相亲会。

夏绵绵嘴角的笑容很明显，封逸尘看到了，表情缓缓变淡。

两个人走向比他们提前到达这里的夏政廷、卫晴天和夏柔柔面前，夏绵绵叫着他们："爸，小妈，柔柔。"

封逸尘也礼貌地叫了一圈。

夏政廷点头，看着他们："刚刚去龙天那边打过招呼了？"

"去了。"封逸尘连忙回答。

"倒是难得，龙门居然会主动宴请宾客，还是在自己的山庄里。"夏政廷感叹。

"龙叔主要是为龙一相亲。"夏绵绵说，"这是一个方面。"

"嗯，我也有听说。"夏政廷点头。

点头那一瞬间，似乎突然想到什么，他转头看着卫晴天："柔柔不是还单身……"

"爸，我不喜欢龙一。"夏柔柔连忙说道。

卫晴天一把拉住夏柔柔："乱说什么话，婚姻之事，父母之命，媒妁之言。"

夏柔柔咬着唇，那一刻委屈地直接看向封逸尘。封逸尘也回眸看了一眼夏柔柔，没什么特别的表情。夏绵绵就这么不动声色地看着夏柔柔的模样，看着其他人的模样。夏绵绵心想：你不喜欢龙一，也得看龙一看不看得上你。要是让这一家三口知道，轮奸夏柔柔的人就是龙一安排的，他们会不会受打击过度？夏绵绵想想那画面还真的很滑稽。当然，她此刻只会但笑不语。

"感情是可以慢慢培养的，你看绵绵和逸尘，两个人现在结婚了不是生活得好好的吗？"夏政廷说，"可以适当多接触接触。"

夏柔柔还想再说什么，卫晴天直接打断，说道："我知道的，我会安排。"

夏政廷点头，不再多说。

其他人也不再多说这件事情。

夏绵绵一直挽着封逸尘的手臂，琢磨着夏政廷的如意算盘真是打得好得很，一个女儿嫁给了商业巨头之一的封家，一个女儿想要嫁给黑白两道通吃的龙门。

她淡笑着，就是有些淡淡的讽刺。

"那边有几个老朋友，我过去打声招呼。"夏政廷说完，带着卫晴天离开的时候不忘提醒道，"逸尘，你在商场的时间长，认识的人多，你多带她熟悉一下你的圈子，对以后绵绵的发展是有帮助的。"

"好的，爸。"封逸尘点头。

夏政廷在让封逸尘给她搭桥，他真以为别人都不知道他在想什么？夏政廷带着卫晴天离开了。夏柔柔一个人留在原地，眼神直直地看着封逸尘，一副楚楚可怜到孤苦伶仃的模样。封逸尘没有搭理夏柔柔，转身带着夏绵绵直接走了。夏柔柔气得跺脚。封逸尘对她真的越来越冷漠，越来越冷漠。为什么会这样？为什么？她咬牙，眼神狠狠地看着夏绵绵，就是夏绵绵，都是夏绵绵！

是夏绵绵抢走了封逸尘！

她绝对不会善罢甘休！

她眼眸一转，忽然看到那边不远处的龙一。

谁要嫁给那个男人哪，长得也不帅，癞蛤蟆想吃天鹅肉，想得美！

奢侈的大厅，人越来越多。

龙门办的晚宴，声势浩大，商场上的知名人士基本全来了。

夏绵绵跟着封逸尘在大厅中走了一圈。

封逸尘一个一个地给她介绍商场上的成功人士。

夏政廷的如意算盘是让封逸尘帮她认识更多的人，实现更多的商业价值。封逸尘的目的当然也是如此，只是更多的是为了帮她得到夏氏，她真的不在乎被多人利用，何况她由始至终的目的很明确。

两个人在大厅中转了很久。

夏绵绵有些累，趁着封逸尘应酬的时候，从喧闹的宴会大厅走向后花园。

她一屁股坐在后花园的椅子上，休息。

这一圈下来，夏绵绵的身体倒还好，但心里挺累的，封逸尘介绍的那么多人，哪里可能记得下来？

她深呼吸一口气，默默地观察着后花园。

这大概就是杀手的本性，本能地会观察周围的环境，寻找对自己最有利的条件。

后花园人很少，穿黑色西装的守卫及巡逻也不多，零零星星有一些。

今晚来参加宴会的人全部都只安排在了大厅，大厅中什么都没有，根本就不足以了解这个龙门，而且她敢肯定，这个奢华的大厅只是跃龙山庄的凤毛麟角，那些真正的辉煌和神秘隐藏在大厅外，可能是任何地方。

好奇心让她此刻有些按捺不住，整个人也突然像打了鸡血一般，蠢蠢欲动。

她细细地打量着周围，有两个穿黑色西装的守卫，笔直地站在不远处，周围有一个摄像头，避开不难。她琢磨了一会儿，从椅子上站了起来。她看似漫不经心地走了几步，不动声色地打量着穿黑色西装的守卫的视线。这时，大厅里面又出来几个人，大概都是出来透气的。穿黑色西装的守卫的视线开始有些散乱。夏绵绵觉得这是个机会。

她又在后花园随意地走了一会儿，然后一个侧身，隐藏在了后花园的一棵大树后面，接着进入了一条小道。

她观察过了，这是唯一一条她可以离开后花园的隐蔽小道，因为比较黑暗，一般人其实是注意不到的。

夏绵绵提着裙摆，踩着高跟鞋很谨慎地走在小道上。

她穿过这条小道，前面是一条比较宽广的阶梯路，夜灯有些昏黄，周围没有什么人。夏绵绵蹙眉，打量了一下阶梯路的方向，貌似是通往更高的山顶。不管了，夏绵绵直接走了上去，能走多远是多远。她走在阶梯路上，越走越觉得不对劲儿，甚至有些阴森。周围一个人都没有，一个穿黑色西装的守卫都没有，越是这般安全越是让人觉得瘆得慌！夏绵绵走了一半，纵然她胆大，也觉得这条路可能不是什么好路。所以，夏绵绵准备离开。念头刚起，正准备转身，身后突然一道极具力量的危机感猛的涌上来，夏绵绵心里一惊，本能的一个后脚踢。脚刚起，就被一双大手狠狠地握住。

那人一个用力，夏绵绵身体一转，一个前倾，身体往地上摔去，双手撑地。

另外一只支撑重量的脚，因为穿了超高的高跟鞋，被身后人的蛮力弄得不稳。

我去！

脱臼了。

夏绵绵咬牙，听到龙一森冷的声音："封太太还会一点三脚猫的功夫。"

夏绵绵其实在出脚那一刻就知道是龙一了。

所以她其实并没有特别认真，但本能也收不住。

她说："麻烦龙少放开我。"

龙一一个用力，将她的腿推了出去。

夏绵绵身体灵巧地动了一下，双手往前走了两步，没让自己摔得太难看，还缓缓地从阶梯上站了起来。

她忍着扭伤的脚痛，站起来，站在龙一的面前，比他高了两步台阶，正好可以居高临下。

"封太太这么一个人出现在这种地方，有何目的？"龙一表情冷漠，询问。

"当然是为了找你。"

龙一眉头一扬："哦，是吗？"

"当然！"夏绵绵一口咬定，"结果就迷路了。"

龙一当然不信，但也没有揭穿。

他说："既然找我，就跟我来。"

夏绵绵一怔。龙一丢下这句话之后，就越过她的身体，直接往阶梯上走去。夏绵绵看着龙一的背影，咬牙，忍着脚痛跟上。龙一走了一段路，似乎是停了一下，感觉到后面的人的吃力，嘴角笑得邪恶，脚步反而更快些。夏绵绵真想把他祖宗十八代问候个遍！夏绵绵不知道爬了多久，终于到了终点。

终点是这座山的最高点，上面很平坦，没有树木没有草，就是很大一块平地，平地的下面隐约能够听到海浪的声音，下面就是大海。

而此刻，龙一就站在平地的边缘，上面的路灯也很暗，远远地就能看到这么一个人影。头顶上的月色不错，洁白的月光让龙一看上去深沉了些，却还是那般带着距离感。

夏绵绵拖着受伤的脚，穿着10厘米的细高跟鞋，一步一步走向龙一站的地方。下面就是深渊，没有任何栏杆，一不小心就可能掉下去。龙门的保护措施……基本为零。她不由得往后退了两步。龙一看着她的举动，居然笑了。夏绵绵那一刻有些恍惚，她总觉得可能是因为光线不好看错了。

"我以为封太太不怕死。"

"你还是叫我夏绵绵吧。"夏绵绵说，"我总觉得从你嘴里叫出来，特别别扭，我浑身不自在。"

龙一看着她，也没什么多余的表情。

夏绵绵直接转移了话题："龙少爷……"

"龙一。"龙一突然打断她的话。

夏绵绵一怔，随后反应过来，龙一这货是在让她叫他的名字。

她又开口道："龙一，这是龙门的什么地方？"

"训练场。我私人的！"

夏绵绵琢磨着也是。

这个地方看着就不像是什么好地方。

"为什么没有守卫？"

"因为不是什么秘密基地，更何况……"龙一看着下面的大海，"既然是训练我的地方，如果有什么危险，当然得靠我自己去解决。"

"要是解决不了呢？"

"如果解决不了，我也没资格在这里训练。"

她不懂龙门的规矩，但她很服气！

"你不是找我？"龙一转移了话题。

夏绵绵一怔，随即道："是找你。"

龙一又莫名地笑了笑："找我做什么？"

"我很怕缺胳膊少腿。欠你的钱也快到期了，特意找你还钱的。"夏绵绵说。

"这么快就筹备好了？"

"还给你算了利息！"夏绵绵笑道。

礼金卡里面的钱比她想的还要多，算利息也够还龙一的了，当然她没有傻到真的把钱给了封逸尘一半，何况那晚提了之后封逸尘也没追问，她也就当不知道。

"你倒是诚意十足。"龙一淡淡地说着，也听不出来什么情绪。

"当然，我可是很用心地想要和你合作！"夏绵绵一边说着，一边把拽在手上、打架的时候都没有扔掉的手包打开，找到一张银行卡，"也不用存到你的户头了，里面的钱都是还给你的，密码是123456。"

龙一看着手上的银行卡。

"不早了，我走了。"夏绵绵把银行卡给了龙一之后，转身就准备离开。

她脚步刚起，身体突然被腾空。

她一个惊叫："龙一你做什么？！"

"送你一个回礼！"

"什么？"

"你给了我利息，我当然也要以礼相待！"龙一的脸突然靠得很近。

夏绵绵瞪大眼睛看着他。虽然他长得不帅但身材不错，虽然他长得不帅但气质还好，虽然他长得不帅……她就当被狗咬了。她闭上眼睛，一秒，两秒，三秒！耳边传来一两声闷笑。夏绵绵睁开眼睛看着龙一诡异的笑容。

"夏绵绵你想哪里去了？"

"你这样我能想哪里去？"夏绵绵瞪着他。

不就是、不就是、不就是那样吗？

龙一忍着笑，忍着没憋出内伤。

他把夏绵绵放在一边的一块大石头上，蹲下身体，说："本来打算抱你下去的，又怕你……"

龙一又是没忍住，笑了。

有什么好笑的？！

本女子长得这么貌美如花，是个男人都想上，除了、除了封逸尘那厮！

"所以你忍忍。"龙一说。

话音刚落，龙一双手握着夏绵绵的脚踝，一个用力！

咔嚓！

啊！

夏绵绵尖叫！手劲儿就不能轻点吗？余痛未了，夏绵绵眼眸突然一转，心口一怔！不远处的封逸尘，显得阴森而恐怖！夏绵绵看着不远处的封逸尘，其实是看不清楚他的脸的，但就是觉得整个人异常冰冷、异常可怕。她咬唇。此刻，龙一还单膝跪在她的脚下，大手托着她受伤的脚踝，在帮她复原。

两个人的动作，暧昧到有些让人……接受不了。

封逸尘觉得自己被戴绿帽子了吧。

夏绵绵动了动脚，脚踝瞬间就不痛了，活动自如。

她对着龙一道："谢谢。"

"不客气。"龙一的视线也从封逸尘转移到了夏绵绵身上，"举手之劳，何况，你也是因为我受的伤。"

事实如此，但龙一说出来的话，就是让人想入非非。

夏绵绵知道龙一是故意的。她也没想过解释。她动了动脚。龙一放开她，站起身，退了一步，显得很绅士。此刻，封逸尘一步一步走向夏绵绵。夏绵绵穿鞋的举动都被带着危险气息的封逸尘给怔住了，她抬头看着封逸尘，看着如此距离下脸色确实不怎么好的一张帅脸。

"怎么了？"封逸尘问，声音很轻，真的很轻。

夏绵绵似乎感觉不到他的任何情绪。

她说："脚踝不小心脱臼了，龙少帮我接上。"

"是吗？"封逸尘冷笑了一下，回头看了一眼站在旁边的龙一，"谢谢龙少对内人的帮助。"

龙一耸肩："封少不用客气，毕竟我收到回礼了。"

封逸尘眼眸一紧。

龙一从西装口袋里拿出一张银行卡："这次比上次有诚意多了。"

封逸尘脸色一黑。

"不打扰两位了。"龙一转身欲走。

刚走了两步，他回头："这里虽然不是龙门的什么秘密基地，也没有明文规定宾客不能参观，但毕竟是我的私人领域，还希望两位不要逗留。"

龙一消失得很快。偌大的一块平地，就剩下夏绵绵和封逸尘。此刻微风吹拂，吹起了彼此的发梢。整片天地静得让人心惊。夏绵绵知道封逸尘此刻情绪不好，甚至在暴怒的边缘，即使依旧面不改色。她咬唇，没有傻到要去触那个霉头，所以保持安静。

夜色晚了些，山顶也开始降温了。

夏绵绵感觉到一丝寒冷。她打了一个喷嚏。那一个喷嚏，让封逸尘冷峻的脸上，终于有了一点点面部动作，即使只是嘴角那细微到不易察觉的轻抿。她看着封逸尘突然蹲下身，蹲在地面前。他修长的手托起她的脚。夏绵绵那一刻真的很怕封逸尘一个不高兴，又给她弄脱臼了。她控制情绪，尽量不动声色。封逸尘拿起她旁边的鞋子，穿在了她小巧而白皙的脚上。夏绵绵心口又动了一下，心跳跳得很快，消失得也很快。

封逸尘站了起来，她淡定地看着他挺拔的身姿和帅气逼人的脸颊。

他脱掉身上的西装外套，披在了夏绵绵的身上。

"走吧。"他说。

声音很轻很淡，总是不会有任何情绪，至少夏绵绵看不出任何情绪！

夏绵绵抓着封逸尘的西装外套，那一刻似乎还能够感觉到他身上的体温以及他身上独有的味道。

她深呼吸了一口气，站起来，跟上封逸尘的脚步。

封逸尘脚步不快，似乎是顾虑到她穿着那么高的高跟鞋！

他们一起下山。

夏绵绵没有问封逸尘为什么会出现在这里，想想以封逸尘的身手，到达这里也是轻而易举的事情。封逸尘也没有问夏绵绵为什么她会和龙一出现在这里。可能封逸尘并不想知道她的太多事情，但就是男人的劣根性作祟，见不得自己的东西被别人占有。两个人安静无比地走在石板路上。上山容易下山难，这句话真的不是古人的废话！夏绵绵甚至觉得自己的双脚都在打战，她在考虑是不是脱了鞋子走比较好。她正打算着，走在她前面一步之遥的封逸尘突然停下了脚步。这货总是这么出其不意。

夏绵绵看着他的后脑勺。我去！这货的后脑勺莫名都是帅的。

她不动声色，不知道封逸尘要做什么，她只知道，此刻最好别去惹他，毕竟她也打不过他，她就这样停了大概5秒钟。

封逸尘转身，微微弯腰，将她一把横抱了起来。夏绵绵本能地抱紧他的脖子，紧贴着他的胸膛，耳边似乎还有封逸尘淡淡的呼吸声，很轻，很稳。封逸尘抱着夏绵绵走下了长长的石板阶梯，把她放下。前面就是后花园，后花园连着宴会大厅，远远就能够感觉到里面的热闹。封逸尘又走在了前面，夏绵绵连忙跟上。总之今晚她告诉自己，甚至是提醒自己，千万别去惹封逸尘。

两个人刚走了没几步，夏柔柔突然出现，叫了一声"逸尘"，应该是专程在等他。

封逸尘看着夏柔柔。

"我等你很久了，想和你单独说几句话。"夏柔柔说得温柔，小心翼翼。

夏绵绵都觉得这副模样的夏柔柔显得楚楚可怜，惹人心疼。

封逸尘并没有回答。

夏绵绵倒是很自觉地从封逸尘的身边走过："我在里面等你。"

给他和他所谓的心爱的妹妹独处时间，夏绵绵觉得自己的示好够明显了吧。

封逸尘转身看着夏绵绵的背影，此刻，他的脸色真的很难看。

夏柔柔也注意到了封逸尘的脸色，她看着他，问："逸尘，你怎么了？"

"没什么。"封逸尘回眸，"你想对我说什么？"

"逸尘。"夏柔柔连开口叫他的名字，都显得那般动情。

封逸尘并没有什么表情。

夏柔柔也不敢主动去靠近封逸尘，她垂下眼眸，带着些消极又委屈的情绪："我知道我们之间是不太可能了，我也不会强迫你对我做什么，我只想和你回到以前的关系，就像小时候那样，至少我们还是朋友。而你现在……我真的觉得太远了，我很害怕。"

封逸尘依然无动于衷。

"刚刚你也听到我爸和我妈说我结婚的事情，他们很想我可以嫁给龙一，他们明知道我对他没有感情。"夏柔柔说着说着就哭了起来，"我不想嫁给他，真的不想，但是我怕被我父母强迫。"

"你不会嫁给他。"封逸尘一字一句地说。

夏柔柔一怔。她总觉得好久没有听到封逸尘真正和她说过话了。他平时都是应付，都是应付。

她说："你会帮我劝我父母吗？"

封逸尘直白道："龙一不会看上你。"

93

夏柔柔脸色煞白，那一秒的尴尬让她完全不知道该说什么。

她难以置信地看着封逸尘。

封逸尘再次肯定地说："所以你不用担心会嫁给龙一。"

夏柔柔红润的眼眶里豆大的泪珠往下掉："现在你也看不起我了是吗？因为我没有夏绵绵的身份，所以我就是会被上流社会所有人看不起是吗？"

"我只是在告诉你，你不用担心自己会嫁给龙一。"

这种提醒，就是在讽刺。在夏柔柔心目中就是在讽刺。她突然主动去拉封逸尘的手。意外地，这次封逸尘没有推开她。

"你嫌弃我了？"夏柔柔问他，手紧紧地拽着封逸尘。

"好好过自己的生活。"封逸尘看着夏柔柔，"这句话是真的在提醒你。"

"没有你，我很难好过。"夏柔柔就是有那个能力，说哭就哭。

"那我也无能为力。"封逸尘推开了夏柔柔。

夏柔柔心口一痛。她总是被他推开，无情地推开。她都已经卑微到这个地步了，还是得不到他的一丝怜悯吗？她不甘心，不甘心地猛的上前，直接扑进了封逸尘的怀抱里。封逸尘一怔，随即力气更大了些。夏柔柔被封逸尘推出了几步，力度刚好让她不至于摔在地上。

"我就知道会是如此。"夏柔柔讽刺地笑。

她眼眸看了一眼他的白色衬衣。她是故意的，故意在刚刚那一秒，印了一个唇印。封逸尘应该没有注意。他只冷着脸，转身就走了！他离开的背影如此疏离。不！她不会放弃的！弄死了夏绵绵，封逸尘早晚是她的！一定是！

宴会大厅中。

夏绵绵在宴会中游走了一会儿，封逸尘就出现了。

速度倒是快得令她惊讶。

"走了。"封逸尘说着，神色依然冷漠。

夏绵绵小跑着跟上封逸尘的脚步。

封逸尘和夏绵绵走出跃龙山庄的大门。

穿黑色西装的工作人员看到他们出现，连忙上前恭敬道："封先生和封太太稍等片刻，车子马上就开过来了。"

封逸尘点头。

夏绵绵站在封逸尘的旁边，两个人在门口等待。大门口的灯光很亮，夏绵绵很不喜欢发呆，尽管是杀手，但她自认为她的性格很好很活泼，甚至很好动。所以这一刻，她就非常不甘寂寞地左右环视，视线放在了一直黑着一张脸的封逸尘身上，从上而下扫视。她眼眸一顿，封逸尘的胸口位置，白色的衬衣上，很明显的大红色的口红印，和夏柔柔唇上的口红颜色一致。

夏绵绵突然笑了一下，笑得还很好看。

封逸尘眼眸一紧，本来没有看夏绵绵的视线，移到她的脸上。

夏绵绵笑容收敛，转头，没去看封逸尘，自顾自地说道："夏柔柔的滋味比我更好是吗？"

真的只是很平淡的语气，她说出来自己都觉得怎么酸溜溜的。

好吧，她承认，她确实有点不爽，不关乎情爱，就是作为一个女人的虚荣心。

封逸尘眼神又紧了一分，他直直地看着夏绵绵的脸："你想说什么？"

"没什么。"夏绵绵耸肩，"只要封逸尘高兴，有什么不可以的？"

"夏绵绵，把话说清楚点！"封逸尘脸色一沉，怒气很足。

所以封逸尘还很不开心了。

夏绵绵回头，看着封逸尘盛怒的脸，说："下次擦干净点！"

说完，夏绵绵直接走向了此刻已经停在他们面前的小车，自己开了车门就坐进副驾驶座。封逸尘看着夏绵绵的举动，一低头就看到了衬衫上的印子，回想，脸色冷漠。他抿着僵硬的唇瓣，拿过钥匙，坐进了驾驶座。车子一跃而出。盘山公路都被封逸尘开成了赛车道。夏绵绵抓着安全扶手，没说话。今晚她和封逸尘之间的矛盾貌似很大！

车子迅速驶出了跃龙山庄。

夏绵绵回头，看着那谜一般的山庄依然灯火通明。

不知道为什么，她总觉得这座山庄，对她而言有种说不出来的魔力，她很少会这么好奇地想要了解一个地方！

封逸尘转眸看了一眼夏绵绵，他脸色似乎更不好了，突然开口："夏绵绵。"

夏绵绵回眸，嗯了声，语调淡淡的。她反正习惯了封逸尘的阴冷。

"结婚的礼金呢？"

夏绵绵咬唇。

这货就是故意的。

她说："你看到了，我给龙一了。"

封逸尘紧捏着方向盘。

"你都可以有小三，我就不能养个小白脸？"夏绵绵说得很自然。

封逸尘脸色真的很不好，很不好。

夏绵绵却不怕死地继续说道："你说的形婚，我琢磨着我现在应该是了解什么叫形婚了！"

"所以你确定要去招惹龙一了？"封逸尘冷声问她。

夏绵绵看着窗外的夜色，感觉到车子驰骋的速度，缓缓说道："已经招惹了。"

车子猛的一下停在了公路旁边。

夏绵绵觉得如果自己不是抓得紧，肯定就这么撞到车窗玻璃上了。

她回头怒视着封逸尘："你疯了吗封逸尘？！"

突然刹车，很危险的！

"这句话我也想送给你！"封逸尘冷着一张脸，逼视着她，"你不仅是疯了，你是在找死！"

"你想说什么？"

"你真以为龙门的人像你看到的这样随和吗？"

"然后呢？"夏绵绵不怕死地挑衅着封逸尘，"我也并不觉得你就像表面这么和善，当然，事实上你表面也不和善。"

"夏绵绵！我跟你说的话，你能听进去几分？"封逸尘咬牙切齿。

夏绵绵其实基本没见过封逸尘发这么大的脾气。

她的声音也大了些："我为什么要听你的？你是我什么人？"

封逸尘看着她，突然说不出一个字。

夏绵绵讽刺道："既然不是我什么人，我为什么要听你的？我们就是利益的结合关系而已，你别越界了。"

这句"你别越界了"，真的让封逸尘脸色难看得彻底。

这一刻夏绵绵甚至觉得，她可能真的会被封逸尘掐死。下一秒，她没有被掐死，却被封逸尘扔在了车上。他把车门关得很用力，夏绵绵自己都感觉车门关上的那一瞬间，车身都在抖动。她看着封逸尘走向公路边。

96

此刻周围基本没人。

封逸尘从西装口袋里面拿出一支烟，点燃，一个人站在那里抽了起来。

夏绵绵知道封逸尘抽烟，但不知道，他会这样抽烟，她看到他一口一口，完全是不断气地一直抽，一直抽！

她听说抽烟也能把人抽醉的，不知道是不是真的。

她安静地坐在小车上，一脸淡定地看着封逸尘不寻常的举动。

夜色又深了些，偶尔会有车辆从身边呼啸而过。

夏绵绵不知道封逸尘要抽多久。她看到地上已经有了一堆烟头，而他还在没完没了地抽。好久，封逸尘将最后一个烟蒂扔掉。他走向驾驶座。

上车那一刻，他突然扯掉领带，将身上的白色衬衣脱了下来，抬手一扔，扔向了旁边的垃圾桶。

夏绵绵越发觉得封逸尘奇怪了。

她转眸看着封逸尘赤裸着上身坐进驾驶座，发动车子，踩下油门。

轿车重新行驶在公路上，这次的速度明显正常了很多。

这是不是就代表着，封逸尘也恢复了正常？

夏绵绵转头看着这个裸露上身的男人。

封逸尘的肉体……美好到，总是让她荷尔蒙迸发！夏绵绵把视线转移开，她怕自己控制不住。幽幽的声音却还是在如此安静的车厢中响起："封逸尘，你上过多少女人？"封逸尘抓着方向盘的手，紧了紧，没有回答。

"十个手指头数得过来吗？"夏绵绵问。

封逸尘依然没有回答。

不回答，是默认，还是根本不屑。

夏绵绵说："我还是处女。"

淡淡的口吻，还有些自嘲的口气。封逸尘认真地开着车，眼眸一动不动地看着前方。夏绵绵有时候觉得自己就是在自言自语。自言自语也罢，她反正就是要说给封逸尘听。

"我不知道你对我什么态度，我们结婚这么长时间以来，不管我怎么勾引就是没办法让你和我上床，是单纯地不想上还是在为谁守身如玉？"夏绵绵清脆的嗓音，说得很平静，"当然其实我根本不在乎你有什么原因，我只是想要和你生孩子，还有，所谓的鱼水之欢。"

97

封逸尘就是可以沉默得一句话都没有。

夏绵绵转头对着他，用很认真的口吻说："所以，如果你不愿意，我真的会找别人。"

夏绵绵发现封逸尘的脸色明显变了一点，她说不出来什么感觉，但就是能够体会到他细微的情绪变化。

夏绵绵重新靠在座椅上，眼眸又看向了车外。她说的不是假的。如果她真的勾引不了封逸尘，如果很久很久她依然没办法和封逸尘上床，她不会委屈自己，有些成年人该享受的娱乐，她也会去体会，她不会再让自己留下任何遗憾。车子停在了车库。封逸尘下车，夏绵绵跟上，两个人走进电梯，到家之后各自回房。她推开自己的房门，刚准备进去。

"夏绵绵。"耳边，传来封逸尘的声音。

夏绵绵回头："封逸尘，有事吗？"

没事儿就不要不穿衣服在她面前卖弄风骚了。

她年轻气盛，容易做一些禽兽之事！

"我和夏柔柔没什么。"封逸尘突然开口。

有什么没什么关她什么事情！

"今晚的口红印是个意外。"封逸尘解释。

"哦。"夏绵绵应了一声，"刚刚大概是我激动了点，也是我虚荣心作祟，就算你和夏柔柔有什么，我也能睁一只眼闭一只眼。"

封逸尘看着夏绵绵。

"是真的。"夏绵绵强调。

封逸尘脸色似乎又不太好了。他转身走进自己的卧室，猛的把房门关上了。夏绵绵回到自己的卧室，把房门关了起来。她躺在床上，看着天花板发呆。刚刚她就是故意气封逸尘的。封逸尘给她解释，她故意表现得很无所谓，想着要是哪天封逸尘气急攻心一个抽风就突然上了她呢！她都觉得自己很好笑。

第四章　叱咤商场

翌日一早，她洗漱完毕，去楼下吃早餐。

封逸尘不在，是还没起床，还是已经走了，她没心情搭理。早饭之后，夏绵绵坐小南的车去上班。车子到达夏氏大厦，她走向自己的办公室。夏柔柔一般来得比较早，此刻已经坐在了她的位子上。看到夏绵绵出现，夏柔柔脸色很是不好。夏绵绵也没有搭理夏柔柔，打开电脑做自己该做的事情。她琢磨着，在夏锦航的手下要想自己出业绩，真的很难。

"等会儿开个会。"办公室里面的一个同事突然开口道，"夏副总要亲自布置一个项目任务，10点钟正式开始，大家处理好自己的工作。"

有什么大项目吗，需要这么兴师动众？

夏绵绵觉得这或许是个机会，着手新项目总比去插手别人的老项目要容易得多。

上午10点，所有人聚在大会议室里面。

夏锦航坐在正中间的位子上，开口道："上午开了一个重要的会议，收到上面委派下来的任务——关于市政旅游区的开发案。"

所有人保持安静。

"这个项目的投资金额达到50多个亿，是今年以来夏氏接到的最大一个项目，项目组的成员我初步核算了一下，以10人为主，全身心投在本项目之中，同时有权利要求其他各个中心的专业人员，甚至可以要求上级领导第一时间配合我们这次的项目方案。"

"是。"所有人连忙答应。

夏锦航对工作进行了严肃的布置，说道："大家出去工作，夏绵绵和夏柔柔留一下。"

所有人离开。

会议室最后就剩下他们三个人。

夏锦航对着夏绵绵和夏柔柔说道："这次的项目很大，能够学到的东西很多，董事长特别交代让你们参与其中，你们不要辜负了他对你们的期待。"

"我会努力的。"夏柔柔点头，乖巧地一笑。

夏绵绵也点了点头。

"其他我就不多说了，你们应该知道怎么做。"夏锦航语重心长，"加油吧。"

"好。"夏绵绵和夏柔柔应付。

夏锦航对她们笑了笑，先走出了会议室。

夏绵绵也收拾好自己的笔记本，准备出去。

"夏绵绵。"夏柔柔叫住她。

夏绵绵脚步停了停："有事儿？"

"昨晚封逸尘身上的口红印，你看到了吗？"夏柔柔开口。

夏柔柔今天好不容易找到一个单独和夏绵绵相处的空间，就开始显摆了。

"看到了。"夏绵绵表情没什么变化。

"你知道是谁的口红印吗？"

"本来不知道的，现在猜想，是你的吧。"夏绵绵淡笑。

夏柔柔得意一笑，很直白道："是。"夏绵绵云淡风轻地说道："怪不得封逸尘昨晚将衣服都扔了。"夏柔柔脸色一变。

"可惜了，上万元的衬衣。"夏绵绵看着夏柔柔，嘴角一弯，"不过封逸尘说怕有病……现在想来，还好我没劝阻，万一真的有病怎么办？"

"夏绵绵！你什么意思？"

"柔柔。"夏绵绵声音很温柔，"上次的事情你去医院做检查了吗？说不定真的染了病……"

"夏绵绵你够了！"夏柔柔怒吼，这完全是她的死穴，"我不知道你在

100

说什么！"

夏绵绵笑了笑："柔柔倒是挺看得开的。"

"我不知道你在说什么！"夏柔柔重复，抱着自己的笔记本，大步离开了。

夏绵绵看着夏柔柔的背影，冷冷一笑。她抱着笔记本走出会议室，夏政廷的秘书出现在了她的面前，恭敬道："夏小姐，董事长找你，麻烦你现在去一趟他的办公室。"

"现在？"

"嗯，现在。"秘书微微一笑。

夏绵绵跟着秘书一起往夏政廷的办公室走去，礼貌地敲门。

"进来。"

夏绵绵推门而进。夏政廷坐在偌大的办公室，喝着绿茶，见夏绵绵出现，招呼道："坐。"夏绵绵正襟危坐，显得很尊敬。

"刚刚收到通知了吗？关于市政旅游区开发案的项目。"夏政廷随口说道。

"嗯，夏副总已经布置了所有的工作，项目组都已经成立了，现在大家都在分工协作。"

"夏锦航的办事效率确实不错，响应速度很快，也不枉我重用他。"夏政廷淡淡地说着。

夏绵绵笑了笑。

她不知道这只老狐狸又在打什么如意算盘。

她只得静观其变。

"对了，你知道这次的项目有多少集团要参加投标吗？"

"这个夏副总倒是没有提起，只说项目金额很大，市政有意和我们夏氏合作。"

"也多亏了你当初劝我和市政做的那个公益项目，那个项目确实没有利润，我纯粹当作慈善在搞，但如果这个项目谈定了，利润都有了，相当于今年夏氏集团市场业绩的一半！"夏政廷说，"你功不可没。"

那个公益项目，其实是封逸尘帮她制造的一个进夏氏的契机而已。

夏绵绵不动声色，谦虚道："爸过奖了，我当初也是误打误撞，现在能有这个机会，也是爸领导有方。"

"哈哈！"夏政廷笑了两声，喝了一口绿茶，"绵绵，我今天叫你上

101

来，是有事情跟你说。"

"爸请讲。"

"这次的投标人之中，有封尚集团。"夏政廷说的时候，眼神一直打量着夏绵绵，"虽然现在我们和封尚集团是亲家的关系，但是在商言商，谁都不可能会手软的。"

夏绵绵点头嗯了声。

"你和逸尘之间……"

"爸你放心吧，我知道商场的规矩，况且我对封家而言也不算什么，封逸尘赚的钱和我也没有半毛钱关系，那些都归为他的婚前财产。"夏绵绵说得认真，"退一万步讲，我终究姓夏。"

"听你这么说，爸就放心了。"夏政廷看似欣慰地笑了笑，"你好好地跟着锦航多学点，爸看好你。"

夏绵绵重重地点头。

"出去忙吧。"

夏绵绵起身离开。

她刚离开办公室，夏政廷瞬间收好笑容，拿起电话拨打："锦航。"

"董事长。"

"帮我盯紧夏绵绵。"

"董事长放心，我知道怎么做的。"

"这么多年，你的工作能力我看在眼里，到时候夏氏集团就是你们年轻一辈的天下，以后以蔚还要靠你支持。"

"我会尽我所能。"

"嗯，好好干。"夏政廷挂断电话。

那边的夏锦航嘴角弯了一下，他把电话放下。

夏锦航面前坐着的是夏柔柔，他邪恶一笑道："董事长让我盯紧夏绵绵。"

"我爸不信任夏绵绵？"夏柔柔诧异。

她此刻坐在夏锦航的办公室，在和夏锦航商量，怎么让夏绵绵一败涂地。

"嗯。"夏锦航阴险一笑，说道，"这次的旅游区项目开发案封尚集团也会参与，你爸担心夏绵绵有私心，偏向了封逸尘，所以让我看着她。"

102

"为什么我爸不直接让夏绵绵别参与这次的项目？"

"你爸也有他的一杆秤。说直白一点，夏绵绵终究是他女儿，用得好就是人才，对夏氏甚至对你的弟弟夏以蔚都有着绝对的好处，用得不好……"夏锦航又是阴险一笑。

夏柔柔看着夏锦航的笑容，随即，她连忙开口："你的意思是？"

"对。"夏锦航点头，"我们可以推波助澜。"

"怎么做？"夏柔柔很激动。

"慢慢来。"夏锦航说，"弄死夏绵绵是一件轻轻松松的事情，别急。"

"但是夏绵绵真的不是你想的那么简单，我妈都斗不过她。"夏柔柔提醒。

"你妈不是斗不过，而是你妈到了这把岁数在求稳，不敢冒险。但是我们不一样，夏柔柔，我们还年轻，夏绵绵既然是大家的绊脚石，我们就不能纵容她留在夏氏，留在我们的眼皮子底下。"夏锦航眼里闪过一丝狠毒，"得让夏绵绵知道我们的厉害。"

"好。"夏柔柔也不管那么多了，"你说怎么做就怎么做。到时候我弟弟得到了夏氏集团的经营权，我绝对不会让我弟亏待你的！"

夏锦航邪恶一笑，笑得意味深长。

项目组成立之后，工作堆积成山，好几天夏绵绵都暗无天日地加班到很晚。连续一周之后，夏绵绵实在扛不住了，在持续加班中，放风去买夜宵。

下楼，就看到公司大门口停靠了一辆熟悉的轿车。

她咬唇，走过去。

车窗玻璃摇下，封逸尘坐在驾驶座，侧脸的线条也完美得无可挑剔。

"完了吗？"封逸尘开口。

"没有。"夏绵绵越过车头，走向副驾驶座，坐进去，系上安全带，"出来透透气，顺便吃饭。"

封逸尘开车，问道："吃什么？"

"心情不太好，想吃点好的。"

"说坐标。"封逸尘总是这般言简意赅。

夏绵绵也不想计较，直白道："我吃小龙虾，前面左转，经过两个红绿灯右转，10分钟就到了。"

封逸尘似乎张了张嘴想要说什么，最后终究什么都没说。车子按照夏绵绵指的道路，停到了一间餐馆前，不太好的格局，但环境也不算太差。夏绵绵带着封逸尘进去，要了一个包房。两个人在偌大的一张桌子旁坐下。夏绵绵点了很多小龙虾，还点了两瓶啤酒，就两瓶。她等会儿还得加班继续写方案，不能把自己给弄醉了。即使偶尔一次，她也挺享受那个酒醉的状态。封逸尘由始至终没有说话，就坐在那里，沉默地看着夏绵绵和服务员交谈，也没有插嘴。点完餐，两个人也没说话，等着上菜。夏绵绵拿出手机，看新闻。忙了一天，她连看手机的次数都有限。夏绵绵和封逸尘各自安静。

十多分钟后，一份大盘的龙虾放在餐桌上。

夏绵绵放下手机，吃龙虾。

她一直坚信，人不管处于什么状态，吃都是最重要的事情。

封逸尘就这样看着夏绵绵吃得津津有味的模样，他却连筷子都没有动。

夏绵绵蹙眉。

封逸尘不能吃辣椒她知道，她只是实在有些不能理解为什么就不吃辣呢。

她低头剥虾壳，戴着透明塑胶手套的手将虾肉整理干净，递到封逸尘的嘴边。

封逸尘一怔。

"很好吃。"夏绵绵说。

封逸尘蹙眉。

"啊……"夏绵绵让他张嘴。

封逸尘看着她的模样，片刻，终究张开了嘴。夏绵绵将虾肉快速地放进了他的嘴里，就怕他突然反悔。封逸尘感受着虾肉和辣椒的味道，咀嚼。夏绵绵眼睛一眨不眨地看着他，那模样就像是小孩子将自己最心爱的零食分享给伙伴，然后需要得到伙伴的认可一样，眼睛里璀璨璀璨的，甚至还能发光。封逸尘将虾肉吞咽。

夏绵绵舔了舔嘴唇："好吃吗？"

这货能吃辣椒嘛。

脸不红心不跳的，一般不能吃辣椒的人，早就被呛得吐出来了。

封逸尘点头嗯了声。

104

"还要吃吗？"夏绵绵问。

"不吃了。"

"你吃过晚饭了吗？"

"我不饿。"

"你是不是忍着辣没有表现出来？你就算辣哭我也不笑你。"

"没有。"封逸尘说。

"真没有？"夏绵绵看着他，"那你怎么不再吃了？"

"我过敏。"

夏绵绵一怔。

"我对辣椒过敏。"封逸尘说，表情很淡。

夏绵绵瞪大眼睛看着封逸尘，一脸的不相信！

封逸尘抿唇，伸出手臂："吃了辣椒就会起这种红疙瘩。"

夏绵绵顺着目光看见封逸尘白皙的手臂上，突然就冒出来很多红色的疙瘩，就跟起了疱疹一样，越来越多，样子还很吓人。

"过敏你还张嘴？！"夏绵绵没好气地说着。

这货是有病吗？！

"盛情难却。"

"……"夏绵绵觉得自己这一刻，竟无言相对。

她问他："现在怎么办？"

"一会儿就自动消失了。"封逸尘答。

"有没有什么不良反应？"

"会痒。"封逸尘说。

"那你为什么不抓？"

"我怕留疤。"

"……"

夏绵绵服气了。

她说："我帮你叫点不辣的。"

"嗯。"封逸尘点头。

夏绵绵叫来服务员，点了几个清淡的菜和汤，特别交代一点辣椒一点胡椒都不要放。

这世界上居然还有人对辣椒过敏。

这是被上帝诅咒了吧！

"你对酒精也过敏？"夏绵绵突然开口。

"嗯。"

"你的人生还有什么乐趣？"

封逸尘抿唇。

夏绵绵觉得封逸尘脾气这么怪，性格这么不好，还真不是没有原因的。

"啤酒过敏也是这样？起红疙瘩？"

封逸尘没有回答。

夏绵绵也不再多问。

一会儿，服务员端上来几道清淡的菜，给封逸尘盛了一碗米饭。

两个人很安静地吃着。

半个小时后，酒足饭饱，夏绵绵打了一个大大的饱嗝。

封逸尘看着她，一脸奇怪的神色。

夏绵绵翻白眼：这有什么好奇怪的？打嗝不是很正常的吗？

这叫满足。

两个人买单后，离开。

夏绵绵坐在副驾驶座，封逸尘开车。

"看看周围有没有卖粥的，我要给同事打包。"夏绵绵说。

封逸尘点头，速度慢了些。

"对了，你今晚来等我有什么事情吗？"两个人在一个屋檐下一直保持着冷战的局势，他突然主动找她，非奸即盗。

"嗯。"封逸尘点头，"跟你说说这次市政旅游区开发案项目的事情。"

"你别让我帮你做什么，我现在被夏政廷盯得紧。"夏绵绵不用想也知道，夏政廷对她绝对是安排了眼线的。

"我没想过插手这次的旅游区开发案，但是我父亲比较在意。放心，最后的结果是封尚不会要。对比起我拿出大笔的资金来投资这里，我可以利用这笔钱做更多我想做的事情。"封逸尘直白道。

"那你找我做什么？"

"旅游区开发案目前就算排除我们封尚集团，还有其他几个大企业也在蠢蠢欲动，不过因为前期你们夏氏和市政合作的公益项目让市政偏向于你们。但世事难料，我听说这次的项目主要负责人是夏锦航。"

"你的消息怎么这么灵通？"

"夏锦航这个人你要注意，他鬼心思比较多，还算聪明，对夏氏并非你想象中那么忠诚，他个人喜欢谋点私利。"封逸尘直白道，"很有可能会在这次的项目中做点什么小动作出来。我来提醒你，别被踢出了夏氏。"

"你为什么会知道这么多？"夏绵绵询问。

她总觉得封逸尘对夏氏的了解，比她还深。

"别告诉我，你还知道夏锦航和夏柔柔之间有勾当！"夏绵绵审视道。

"夏锦航和夏柔柔有没有勾当我不知道，但卫晴天和夏政钦有来往。"封逸尘直白道。

"你的意思是夏政廷被戴绿帽子？"夏绵绵惊呼。

要是这样，真的就好玩了！

"夏柔柔和夏以蔚是夏政廷的亲生儿女！"封逸尘没有回答夏绵绵的问题，只给了她一个答案。

夏绵绵顿觉有些无趣。果然那些狗血剧情不会这么轻易地发生。想想卫晴天也不可能这么愚蠢，胆子肥到敢给夏政廷戴绿帽。

封逸尘没打算跟她说太多，他把车子停靠在路边："前面有粥。"

夏绵绵怔了一下，才缓缓反应过来。她下车去打包粥。封逸尘坐在车上等她，看着她的身影，就这么默默地看着，在自己眼前，在自己触手可及的地方……夏绵绵提着包装袋回到车上。封逸尘依然靠在座位上，没有开车的动作。

夏绵绵蹙眉："麻烦可以走了。"

封逸尘转头看着夏绵绵。

夏绵绵总觉得此刻封逸尘的眼神怪怪的。

封逸尘突然靠近夏绵绵。

夏绵绵一怔。该死的！她又开始心跳不规律了。淡定！她提醒自己淡定的这一刻，封逸尘的吻印在了她的唇瓣上。夏绵绵觉得此刻的封逸尘真的有些怪异，但她没有反抗。毕竟她很喜欢。她就默默地承受着，承受着封逸尘突然靠近的亲昵，感受着他薄凉的唇瓣在她的唇上辗转摩挲，由浅至深，渐渐疯狂。夏绵绵就不是一个矜持的人。她刚开始还能装模作样地不在乎，慢慢……不管了，她的手直接伸进了他的衣服里。

她就是喜欢抚摸他的肉体。

只是，为什么今晚摸着这么不一样？分明有些突兀的疙瘩，手感都没有那么好了。

她有些不爽，但还是不舍得放开。吻持续了很久。她吃他的豆腐也吃了很久。封逸尘放开了夏绵绵。车内的氛围明明还很暧昧，气温明明还很高。

"为什么不继续了？"夏绵绵问。

封逸尘没有回答，把车窗按了下来，夜晚的凉风吹进车内，似乎把一室的热空气都吹散了。

车子重新启动，行驶在公路上。

夏绵绵心痒难耐。

"刚刚过敏发作，我只是在寻找分散注意力不去抓痒的方法。"封逸尘冷漠道。

"效果明显吗？"夏绵绵问。

"不太明显。"封逸尘说。

夏绵绵翻白眼，不明显你还把你口水往我嘴里舔，还舔那么久！

口是心非！

车子一路行进，最后停在夏氏集团门口。

夏绵绵打开车门下车。

"大概几点下班？"封逸尘问。

"你等我？"

"我随口问问。"

"我今晚通宵。"

封逸尘嗯了一声。

夏绵绵看了他一眼，他脖子上起满了红色的疙瘩，看上去有些狰狞："你回去的时候买点过敏药。"

"我知道。"

"走了。"

夏绵绵提着打包的粥走进大厅。脚步踏进去那一刻，她回头看了一眼。意外地，封逸尘还没走，眼神看着她。两个人四目相对。封逸尘转眸，启动车子离开了。夏绵绵真是看不明白封逸尘。她总觉得他好像喜欢自己，又觉得自己在自作多情。她想，她还是宁愿相信后者！

因为项目的紧迫，所以夏绵绵真的连续加班了好久，终于在所有人的辛勤工作下，完成了第一稿，然后准时下班了。

她累到觉得自己倒在床上就能睡着。

门口处，小南已经开车在等候了。

夏绵绵坐进车里。

小南看了一眼夏绵绵："小姐，你很累吗？"

"废话，你这么熬半个月试试！"夏绵绵无语，都懒得搭理小南了。

"哦，那你休息一会儿，我开车开稳一点。"

"嗯。"小南还算懂事。

夏绵绵闭着眼睛靠在后座上，让自己放松。小南开得很慢，如蜗牛的速度一样，夏绵绵昏昏欲睡，觉得还算舒服。回到家，夏绵绵疲倦得连晚饭都不想吃，就想回房间去洗个澡，然后窝在她的床上，睡个天翻地覆。家里，封逸尘在。他抬头不动声色地看了一眼夏绵绵，冷漠脸就是如此。

她对着小南说道："我去洗个澡，如果我没有下楼不要叫我，我可能睡着了，我需要补觉。"

"小姐，不吃饭身体会吃不消的。"

"再说我把你撵出去了！"

小南嘟嘴。

她不过就是关心小姐而已。

夏绵绵直接上了楼。封逸尘转头看了一眼夏绵绵，又低头继续看电视，表情冷漠。夏绵绵回到房间洗澡。她全身酸软到不行，打算在按摩浴缸里面享受一会儿。她按下按摩按钮。等了一会儿，浴缸没有反应，她又按一下，浴缸依然毫无反应。夏绵绵一脚狠狠地踹在浴缸上。这一秒，她心情很不好。这什么破玩意儿！

夏绵绵打算简单地冲洗一下，在打开莲蓬头的那一瞬间，她突然想到什么，转身就走出了自己的卧室，直接进了封逸尘的房间，走进浴室。

她按下按摩按钮。嗯，正常的。她开始放水，脱衣服，无比心安理得地躺在了封逸尘的浴缸里面，很爽很放松。这才是人该过的日子。她躺在浴缸里面，昏昏欲睡。浴缸在按摩状态下是保持恒温的，并不会感觉到寒冷，所以夏绵绵就这么舒服地睡了过去。她心里想的是睡一会儿就好，睡一会儿，她就起身回自己房间去。她哪里知道，人的贪欲让她就这么贪睡了下去。

客厅里，小南看着满桌子小姐喜欢吃的菜，忍不住嘀咕道："真的不用叫小姐下来吃饭吗？她半夜饿了怎么办？"

封逸尘抬眸看了一眼小南。

小南又嘀咕："我现在上去叫小姐，会不会被小姐骂？小姐有时候脾气真不好。"

封逸尘又看了一眼小南。

小南还在不停地做心理斗争。

封逸尘突然优雅地放下二郎腿，上了楼。

小南看着封逸尘的模样，忍不住嘀咕："姑爷有时候也很怪异。"

封逸尘走向夏绵绵的卧室。他敲门。房门直接就开了。封逸尘看了一眼，床上并没有人。封逸尘走向浴室，浴室的大门打开，人根本就不在。封逸尘皱眉。他又往楼下看了一眼，确信饭厅都没有人，转身回到自己的卧室。卧室内，浴室里面似乎响起异常的声音。封逸尘走进去。他一进去……转开眼眸。

夏绵绵睡得正香。

此刻夏绵绵躺在浴缸里面，头仰着，小嘴微微张开……

睡相并不太好。

封逸尘抿唇，在门口站了一会儿。

他并没有走进去，也没有走出来，当然视线也没有乱看。他沉默了半晌，终究走了进去。他从浴室的储物柜里面拿出来一条干净的浴巾，走向夏绵绵。他尽量把视线放在夏绵绵那不太好的睡相上，没有看其他多余的地方。他关掉按摩键，放水，水从浴缸里排出。封逸尘拿着浴巾盖在夏绵绵身上，同时准备弯腰将夏绵绵从浴缸里面捞出来。不管多舒服，人在这种情况下，很容易窒息。就算不窒息，醒了之后身体也很容易疲倦和无力，严重的甚至会脱水、昏迷。他的双手刚托起夏绵绵，还未起身，夏绵绵就睁开了眼睛。

其实刚刚封逸尘出现时，她就醒了。

然后，她就是想看看，一向对她正人君子得过分的封逸尘，到底要做什么！

110

她就这么等待着，等待了一会儿，她感受到封逸尘靠近然后还将浴巾放在了她身上，她才忍不住，睁开了眼睛。

两个人四目相对。

封逸尘耳朵红了，很红。

但他没有放手，而是继续他的动作，将她抱了起来。

两个人靠得很近。

浴巾下的夏绵绵一丝不挂……

夏绵绵觉得此刻的彼此很危险。

她如莲藕般细嫩的双手抱着封逸尘的脖子。

封逸尘眼眸动了一下。因为她刚刚的举动，使那本来就不太安全的浴巾，往下落了一点，原本几乎盖到锁骨的位置，现在突然褪到了半胸的地方，不至于露点，但也是艳福不浅。封逸尘的视线很规矩。他抱着她直接走出浴室，穿过他的卧室将她抱回到了她的房间，放在床上，伸手去拉扯她的被子。夏绵绵的双手更快。她几乎是第一时间将被子从封逸尘的手上压下去。与此同时，她身体微往上倾，浴巾就这么掉落下来。此刻，两个人的距离真的很让人羞涩。

封逸尘坐在夏绵绵的床上，身体是往下倾的，因为打算给她盖被子。

而此刻的夏绵绵原本应该躺着的，但为了引诱封逸尘，她用手肘支撑着自己，整个上半身是往前倾的，两个人的距离就这么靠近了。

她甚至还能够感觉到封逸尘的呼吸，打在了她的脸上。都到这个地步了，这个男人居然眼神都不会往下看一眼。他漆黑的眼眸直直看着她的脸。她嘴角一勾，裸露的手臂再次攀上他的脖子，仰头，亲吻着他的唇瓣。唇齿相贴。封逸尘又是这般，意外地没有拒绝，但也意料中地没有主动。她的唇瓣轻咬着，一点一点咬着。她伸出小舌头，舔着他的唇。

她真是太喜欢封逸尘这性感到简直堪称完美的唇瓣了，弧度很好，唇形很好，厚薄适中，连唇色都该死的诱人无比。

夏绵绵的唇舌在封逸尘的唇瓣上辗转摩挲，好久才依依不舍地将舌头伸进了他的唇齿间。

封逸尘总是在等待，等待她的靠近。

而她总是会靠近。

因为他很难主动。

她纠缠着他，呼吸很重。

她这次没有将魔爪伸进他的衣服里，即使她很想知道，封逸尘身上的红疙瘩消失没有，但她觉得她要顺利睡了封逸尘，需要技巧，也就是说，得换一种技巧。

她一只手攀着封逸尘的脖子，在支撑着自己靠近他，另一只手，抓着封逸尘规矩地放在一侧的手……

然后，她抓起他的手放在了自己的身上。

封逸尘手指微动。

夏绵绵甚至是强迫性地动作，并带着他的手，缓缓由上而下……

"小姐！"门口，突然出现一个身影，下一秒伴随着一声啊的尖叫声！

夏绵绵无语。

小南那个打不死的程咬金！

封逸尘就这么规矩地从夏绵绵的身上起来了，那一刻他顺手将被子盖在了夏绵绵的身上，甚至还包裹得很严实。

门口处的小南跑了出去："我什么都没有看到。"

声音很大，久久回荡。

夏绵绵无语。

没看到就没看到，吼那么大声，不是此地无银三百两吗？

她看着面前在默默喘气的封逸尘，一成不变的脸颊上，这一刻似乎也因为刚刚的情欲而变得有些红润。

"我们还可以继续的。"夏绵绵说。

她能够感受到封逸尘的一些变化，这些变化如果在刚刚没有小南的打扰下，可能真的会爆发。

然而……

夏绵绵心里咒骂。小南真是成事不足败事有余。她好不容易差点就上了封逸尘，好不容易差点让封逸尘擦枪走火！

封逸尘不会有像她这样多的心理情绪，他只会默默地放松自己，然后缓缓起身："下来吃了晚饭再睡。"

封逸尘丢下这句话，起身走出了她的卧室。

她看着封逸尘的背影，看得有些出神。

她也不知道此刻自己心里在想什么，有着什么样的情绪，总之，并不太好。

在经过第一稿的修改及不断完善下，夏锦航将一份完整的方案呈现在夏政廷的面前。

夏政廷在听过夏锦航的工作汇报之后，对于夏锦航在这么短的时间能够做出这么完善的一份方案稿表示赞许及肯定。接着，就是等着投标。投标当天，夏政廷亲自去了。当然不只是夏氏如此，驿城几个参加投标的大公司都是如此，听说封尚集团也是。一直到下午3点多，夏锦航回来了，脸色并不太好。他一回来貌似就在办公室发脾气，整个市场部都处于一片低气压之中，谁都不敢出一点点声音，连呼吸都是屏着的，不敢大声喘气。大家都知道，可能是项目出了点问题。夏绵绵也料到了。

下午4点半，夏锦航从办公室出来，脸色依然难看，他直接走向夏绵绵："跟我去一下董事长办公室，董事长找！"

要来的终究要来。

夏绵绵也很坦然，她跟上了夏锦航的脚步。

夏柔柔看着夏绵绵的背影，嘴角邪恶一笑。活该被弄死！看她还能怎么嘚瑟！

董事长办公室门口，夏锦航停了停脚步，回头，脸色有些凝重。

夏绵绵冷漠地看着他，看他要装成什么样子。

"绵绵，项目没有我们想象中那么顺利，今天从投标之后董事长就一直在和市政的人员周旋，到现在都没有一个好的结果。刚刚他给我打电话，让我叫你一起，你做好心理准备。"夏锦航似乎还一脸同情的模样，其实心里的坏水比谁都多。

"好。"夏绵绵反而笑了笑。

夏锦航也回以一个笑容。夏锦航暗自冷笑：亏夏绵绵这个时候还笑得出来。

他转身，表情依然严肃，敲门。

"进来！"里面是夏政廷确实非常生气的声音！

夏锦航深呼吸一口气，推开房门。

夏绵绵跟着夏锦航的脚步。

房门内，夏政廷坐在自己的办公椅上，脸色难看到了极点。他冷眼看着

113

进来的夏锦航和夏绵绵，声音冷冰冰地说道："90%可以拿到手上的项目，现在搅黄了！"

夏绵绵没有说话。

夏政廷说："你知道是什么情况吗？"

"我不知道。"夏绵绵没有半点畏惧。

"你没跟她说明情况？"夏政廷问夏锦航，口吻也不太好。

"我还没跟她说，我是想……"

"你知道玛雅集团吗？"夏政廷似乎没耐心听夏锦航解释，直接打断了他的话，质问夏绵绵。

"知道，也是这次市政旅游区开发项目的竞标公司之一。"夏绵绵认真地回答。

"那你知道玛雅集团和封尚集团有什么潜在关系吗？"

"我不知道。"夏绵绵依然这般毫不畏惧，说得直白。

"夏绵绵！"夏政廷啪的一下，手狠狠地敲打着办公桌。

声音很大，愤怒无比。

夏绵绵眼眸微紧。

夏锦航心里在阴笑。

"你当初是怎么给我承诺的？你说你和封逸尘感情并不好，你说你是我们夏家的人！那你说我们的投标书为什么会流落到别人的手中？"夏政廷大声怒斥！

她看着夏政廷："我不知道发生了什么事情会让你有如此大的火气，更不明白你为什么会怪在我身上，我需要一个理由。"

"夏绵绵，你还在这里给我演！"夏政廷狠狠地说道，"我没有报案揭发你就是看在你是我女儿的分上，如果是其他人，你现在早以泄露商业机密为罪名被关押起来了！"

"那你告我吧，我不怕！"夏绵绵直言，甚至话语间还有些咄咄逼人。

"夏绵绵！"

"我没错，我为什么要怕？"夏绵绵说，"我倒是很想公安机关插手，还我一个清白！"

夏政廷狠狠地看着夏绵绵，看着她一脸坚定的模样。

夏锦航连忙打圆场："大伯，算了，绵绵终究是你的女儿，有什么事情好好说，犯不着把自己家的事情让外人知道了，何况引来官司对我们公司怎么都有一个负面影响。"

夏政廷冷冷地看着夏绵绵："你说，我们的方案稿是不是你泄露出去的？"

"为什么说是我？"夏绵绵反问。

"今天一早我去市政投标办公室，我们的投标金额和玛雅集团就相差了100万，投标方案的宗旨基本一模一样！"夏政廷尽量控制脾气把事情阐述清楚，"玛雅集团现在和封尚集团有一个大技术开发项目的合作在洽谈，一直处于搁浅的状态。封尚集团从一开始就是为了给市政凑数而参加竞标的，封尚没兴趣但不代表他们不可以做个顺水人情。玛雅集团的技术一直排在行业前列，封尚一直想要买断他们的一个科技产品同时申请专利，如果封尚集团这次配合玛雅集团得到市政的旅游区开发项目，对他们想要得到的科技产品合作有着推动作用，甚至也许就是玛雅开的一个条件！"

夏绵绵就这么默默地听着，理清楚来龙去脉。

"纵观这次开发项目涉及的所有人员，除了你和封尚有着密不可分的关系之外，还有谁？"夏政廷声音又抬高了些！

"夏柔柔难道不是吗？"夏绵绵直言。

夏政廷脸色一沉："她有什么关系？"

"夏柔柔一直喜欢封逸尘，爸难道不知道？"

"夏绵绵，你不要在这里信口雌黄！"夏政廷脸色更黑了。

"绵绵，你怎么能这么说？现在你都和封逸尘结婚了，这么来诋毁自己的亲妹妹好吗？"夏锦航见缝插针，倒是很会将她推到更高的浪尖上去，"何况柔柔怎么可能知道封尚集团和玛雅集团的技术合作开发项目？她没有这么多的信息来源。"

"那你怎么觉得我会有？"

"你和封逸尘结婚这么久，两个人床头磨耳根子，知道的事情当然比别人多……"夏锦航就是要把所有矛头都指向她。

"如果我说我和封逸尘结婚这么久我还是处女你信吗？"夏绵绵一字一句地说，说得掷地有声。

夏锦航明显怔住了，一时半会儿被堵得没有说出一句话。

显然，夏政廷也有些惊讶。

夏绵绵没有管其他人的情绪，对着夏政廷非常严肃、非常认真道：

"爸，我想和你单独谈谈，现在。"夏政廷眉头一紧。夏锦航狠狠地看着夏绵绵。夏绵绵这是故意支开他！她要做什么？这一刻夏锦航突然有些惊慌，夏绵绵果真并不像自己想的那么简单！夏政廷沉默了两秒。

在商场上混迹这么多年，他也不是省油的灯，此刻冷静下来也觉得自己似乎太武断了点，他转头对着夏锦航说："锦航你先出去。"

夏锦航此刻肯定不能表现出来什么。

他点头："大伯，绵绵，你们好好谈，都是一家人。"

这一刻，他也不忘充当好人。

夏绵绵冷冷地看着夏锦航的背影。

办公室的房门被再次关上。

夏绵绵开口："爸，我不管你信不信，当着你的面，我可以对天发誓，我没有出卖过我们公司，更不可能把我们家的东西拿给封家，我说的那句我还是处女并没有骗你！"

夏政廷看着夏绵绵，长年算计别人的人，当然不会轻易表态。

"爸，你就不觉得这件事情很奇怪吗？为什么发生了这种事情你会怀疑的第一个对象是你的亲生女儿而不是其他人？"夏绵绵话锋一转，回到事情的本身。

"怎么说？"夏政廷眉头一扬。

"封尚集团和玛雅集团有合作，我不知道，我想不仅是我，很多人都不知道，我相信夏柔柔一定也不知道。而这么隐私的事情，关系到商业机密的合作案，谁告诉你的？"

夏政廷突然一个激灵。

他看着夏绵绵。

夏绵绵说："我想是夏锦航！"

"你在怀疑什么？"

"夏锦航知道的事情会不会太多了点？"夏绵绵直接指向问题本质，"爸就不觉得，他也很可疑吗？"

"锦航在商场上打拼很多年了，交际广，人脉多，得到很多其他人不知道的消息也很正常。"夏政廷若有所思地说道，"锦航跟着我很多年了，人聪明能干，没做过对公司不利的事情。"

"就是因为他很聪明很能干，所以才会知道做什么对自己有利。"

夏绵绵肯定道，"我猜想，夏锦航应该也知道，你把我安排到他身边的目的。"

夏政廷带着质疑的目光审视夏绵绵。

夏绵绵继续说："我现在没有证据也不能让你相信我的怀疑，当然，爸也没有证据说明这一切是我所为。不过有一点很肯定，投标方案泄露的始作俑者，不是我就是夏锦航，其他人没有动机也没有那个实力！"

夏政廷脸色冷然。

夏绵绵无比认真地承诺："给我一周时间让我来调查，如果我没有找到证据证明这一切是夏锦航所为，那我就自动辞职，默认这一切都是我做的！"

"好！"夏政廷一口答应。

夏绵绵似乎总是很容易知道他需要什么。

对夏政廷而言，现在投标项目出现了变数，是必须要找到罪魁祸首的，也可以从这件事情中看出来，到底谁是真的对他不忠之人！

"谢谢爸。"

"绵绵。"夏政廷对着夏绵绵突然变得语重心长，"爸不希望最后是你离开公司。"

"不会是我，因为不是我做的。"夏绵绵很肯定。

夏政廷点头。

至于他心里怎么想的，鬼知道。

夏绵绵恭敬道："那我先出去了。"

"投标项目的事情还没有彻底搅黄，市政方面因为一直倾向于我们，所以对于投标突然发生的小事故进行了叫停处理！现在我也一直在让他们拖延时间，看能不能看在我们之间有合作的面子上，重新进行第二次招标。"夏政廷说。

"爸有什么吩咐，我都会全力以赴的。"

"算了。"夏政廷重重地叹了口气，"事情都已经发展到了这个地步，到最后结果不好也只能认了，出去吧，我等你消息。"

"嗯。"夏绵绵转身准备离开。

"对了。"夏政廷突然又叫住她。

夏绵绵回头看着夏政廷。

"你和逸尘之间的感情……"夏政廷欲言又止。

"就是我刚刚说的那样。"夏绵绵很坦然。

夏政廷沉默了一会儿，说："先去忙吧，你的私人问题，等这次的项目过了，我们再好好谈谈。"

"嗯。"

夏绵绵离开了夏政廷的办公室。她嘴角浮现一丝冷笑。夏锦航自己挖坑自己往下跳，她倒要看看，他能聪明能干到什么地步！她可不是逆来顺受的人，即使最后能够洗脱自己的清白，也不能便宜了谁。夏绵绵打了电话让小南来接她。她在夏氏大厦门口等了一会儿，小南就到了，她上了小南的车。

"小姐今天提前下班了？"小南询问。

夏绵绵没有回答小南的问题，拨打电话。

那边是响了好几声才接通："夏绵绵。"

"龙一，有空吗？晚上请你吃顿饭。"

"我很忙。"

"或者你觉得我还是花一个晚上的时间等你比较有诚意吗？"

那边沉默了一秒。

"你能吃辣椒吗？"夏绵绵询问。

"可以。"所以龙一就这么不矜持地答应了。

夏绵绵嘴角一笑："那我发送个地址给你，我在那里等你。不见不散。"

那边没有回答，直接挂断了电话。夏绵绵知道，龙一是答应了。她让小南把车开往吃小龙虾的餐厅，这次她没让小南陪着自己。对于见龙一这种人，她怎么都觉得自己单独去见会比较有诚意。她坐在餐厅包房中，点了一桌的小龙虾。龙一出现的时候，小龙虾已经上桌了。他看了一眼夏绵绵。

"请客也要有诚意，就算吃不完，请龙少吃饭，浪费我也觉得光荣。"夏绵绵嘴角一笑。

此刻龙一身边还跟着四个贴身保镖。

他手一挥，四个保镖走出了包房，将房门关上，站在门口。

"坐。"夏绵绵招呼。

龙一坐在了夏绵绵的对面。

"先吃饭吧。"

"你先说你的目的，吃人嘴软拿人手短，我要是做不到的话，我也会不好意思。"龙一直白道。

"没有你做不到的事情。"

"有。"龙一直白道，分明还有些固执。

夏绵绵无语，她脱掉已经戴好的透明塑胶手套，说："我想揍人！"

龙一眉头一扬。

"夏锦航。"夏绵绵说，"他惹到我了，我要把他打成猪头！"

龙一觉得夏绵绵越来越有意思了！

这么简单粗暴的事情，豪门千金怎么想得出来！

"我会给钱。"夏绵绵又说，"这次不会拖欠。"

龙一问："你打算怎么揍？"声音冷冷的，夏绵绵却一点都不觉得疏远，而且她还莫名觉得他很好说话。

夏绵绵嘴角一笑："打人还不会？"

"缺胳膊少腿吗？"

"不用。"

"好。"龙一点头，"先吃饭。"

夏绵绵得逞地笑了笑，问道："喝酒吗？"

"啤酒。"龙一低头剥虾壳，头都没有抬一下。

"好。"

夏绵绵叫了一箱啤酒。

两个人吃着小龙虾，喝着酒。

夏绵绵看着龙一。

龙一蹙眉道："做什么？"

"我以为你不会吃这种东西。"

"为什么？"

"有钱人都不会把龙虾拿来这么吃呀，一般都吃那种巨大的海虾，然后用来熬粥啊、清蒸啊、蒜泥啊，有各种营养的做法。而麻辣小龙虾的做法据说还很不卫生。"

"我习惯先考虑我的味觉享受。"龙一直白道。

"我也是。"夏绵绵蓦然一笑，"我怎么觉得我们俩很多习惯都惊人的相似？！"

119

龙一低着头，认真地剥虾壳。

"甚至我都不觉得你很陌生，第一次见面就没有那种疏远感，我是胆子很肥吗？"夏绵绵直直地看着龙一。

龙一抿唇笑了一下。夏绵绵就知道，龙一真的不像外界传闻的那样阴森冷漠，他是一个和蔼可亲的人。话说和蔼可亲……夏绵绵觉得这个世界上，可能除了她之外，没有人用这个词语去形容龙一。夏绵绵不禁有些发笑。

"你笑什么？"龙一蹙眉。

这货似乎很喜欢深究她的表情。

她说："没什么。"

龙一又看了她一眼，眼神带着审视。

夏绵绵无语，直白道："我只是觉得，你一点都不难以靠近。"

"是吗？"龙一反问，口吻依然冷冷的。

夏绵绵很肯定地点头。

龙一又轻笑了一下。

接触了这么几次，她发现龙一的笑容真的不少。

两个人安静地吃着饭。

夏绵绵今天提前了一个小时下班，所以他们吃了一个小时，也才6点多。

龙虾自然是没有吃完，但一箱啤酒是全部都进了他们的肚子。

夏绵绵一边让服务员结账，一边问龙一："你能喝多少？"

他面前的啤酒瓶并不比她的少，脸色却半点变化都没有。

"啤酒没喝醉过。"

"真的？"夏绵绵饶有兴趣。

"真的。"龙一点头。

"下次我们试试。"

龙一看着她。

"酒逢对手！"夏绵绵灿烂一笑，"我想和你拼酒。"

龙一没有点头。但夏绵绵就是知道，他答应了。不知道为什么，夏绵绵总觉得龙一对她就是会……有求必应。这种错觉，这种是错觉吗？她不知道。她只是觉得，心口好像有一点暖。堂堂龙门大少爷，那个传说中冷血无情的龙一会给人暖暖的感觉，还真的是见鬼了！两个人买单后走出餐厅。龙一身边的四个保镖紧随其后。

龙一的御用轿车停靠在门口，保镖上前为他打开车门。

龙门大少爷的排场，自然是有的。

龙一走向轿车。

夏绵绵说："麻烦送我回去。"

龙一让司机开车。

夏绵绵说了地址，随后缓缓开口，表情严肃了些："其实，打夏锦航并不是我今天找你的主要目的。"

龙一没半点惊讶，此刻沉默着，让她继续。

"我今天被夏锦航陷害了，他说我贩卖我们公司的商业机密。但事实却是，他和别人暗地里勾结。"夏绵绵简单阐述，"我需要你帮我查一下夏锦航这个人，以及他和玛雅集团有什么牵连，我时间不多，只能等一周。"

"我尽量。"

"谢谢，我会给你双倍价格。"

龙一没有点头，看着眼前这个女人。

他说："我其实并不尽信你。"

"我知道。"夏绵绵坦然，"我的身份让你产生巨大的怀疑。"

"不仅仅如此，你还很聪明。"

"以后你会感谢我的聪明！"

"但愿如此。"

"而我此刻也会非常非常认真地告诉你，我对你是坦诚的，但对封逸尘不是。"

龙一审视，似乎是在深究她话语间的真实性。

"我只想上封逸尘。"夏绵绵一字一句，说得清清楚楚，毫不隐讳。

龙一脸色微动一下。

车内保持安静。

车子到达她居住的小区，她对着龙一说了一句"谢谢"，拉开车门下车，离开。

"夏绵绵。"龙一突然按下车窗玻璃，叫着她，"我倒是希望，你对我简单一点。"

"什么？"夏绵绵一时没有反应过来。

龙一不再多说。他把车窗玻璃按上，车子缓缓离开。夏绵绵看着车尾灯消失的方向。什么叫简单？她对龙一还不算简单直白吗？她走进电梯，走向家门口，门打开，客厅透亮无比。

夏绵绵看着坐在沙发上的封逸尘，林嫂和小南大概是睡了，整个客厅就只有封逸尘一个人，也没看电视，就坐在那里，跟一尊佛一样，脸色并不太好。

她不知道是不是入秋之后天气有些转凉，而此刻阳台上的落地窗还大开着，风吹得封逸尘的脸色有些发冷，全身都在发冷。

她就这么看了一眼封逸尘，低头很自若地换鞋。

封逸尘的脸上从来都不会有过多的情绪，特别不会有亲切的笑容。这点，和龙一相差简直太远。两个人甚至是两个极端。龙一表面严肃冷漠、阴森恐怖，接触下来却让人觉得惊人地温暖。封逸尘表面帅气、彬彬有礼，实际上才是真正的冷酷无情。

她换好鞋子，穿着自己专用的居家拖鞋走进客厅，淡淡地说了一句："封逸尘，不早了，早点睡吧。"

她上楼，没有再去看封逸尘。

"夏绵绵。"封逸尘叫她，阴冷的声音在如此安静的客厅中真是有种入骨的寒意。

夏绵绵走在楼梯上，停了停："你在等我？"

口吻还很好奇。

"我有没有告诉你，要警惕夏锦航？"封逸尘从沙发上站起来，眼神冷冷地看着她。

"所以我能做什么？"夏绵绵微微一笑，笑得真的很动人，"我难道还能阻止吗？以我小小的力量，我还不是只能被人冤枉！"

"你有很多方法可以阻止，但你却偏偏选择了这种方式！"封逸尘说得直白，"你想撵走夏锦航！"

"是啊！"夏绵绵点头，反正她也瞒不过封逸尘。

安静得甚至有些令人窒息的空间，夏绵绵和封逸尘，彼此对视。视线中，真的没有半点感情。夏绵绵琢磨着，这辈子要让封逸尘有心，真的太为难他了。当然她也不再期待。她转身，不想再多说。她不否认她目前需要利用封逸尘，但不代表，她需要绝对地顺从。她真的不想再顺从他，她觉得她

122

上一世的下场很惨。她脚步刚迈开，突然听到背后响起急促的脚步声。夏绵绵眼眸一紧。封逸尘的速度很快。

她猛然转身，出腿！

封逸尘已经到了她的身后，她狠狠地踢在了封逸尘的胸上，客厅中响起惊人的声响，一般人可能会直接从楼梯上滚下去，封逸尘却只是冷冷地站在那里，一动不动，甚至眉头都没有皱一下。

这一脚不痛吗？她当然不信。她就这么看着封逸尘阴冷的脸色，那种嗜血的模样。客厅瞬间就安静了下来。是寂静。

夏绵绵收了腿："对不起封逸尘，本能反应。"

说完，她打算上楼离开。

手臂却被很用力地握紧。

她咬牙，转头看着封逸尘。

封逸尘说："你准备怎么揭穿夏锦航？"

"那是我的事情。"

"利用龙一？"封逸尘一字一句道。

谁说那是利用？

那是合作，对你才是利用。

夏绵绵冷漠："所以封逸尘你今天这么大脾气仅仅只是因为，我又去招惹了龙一？"

"我对你说任何话，都没用是吗？"封逸尘问她，那种口吻，夏绵绵觉得胆子小的人，真的会被他的模样给吓尿。

封逸尘这么冷血，这么恐怖，她到底看上他哪点？

她说："我宁愿和你做。"

说没用！

封逸尘脸色阴沉。

"我说了那么多，你也不知道我要什么！"夏绵绵口吻反而很平静，"所以封逸尘，以后我的私人事情，你还是少管，你不是说了我们是形婚吗？"

说完，夏绵绵推开封逸尘的手臂。

封逸尘这次没有紧抓着她。夏绵绵快速地上了楼。那一刻她似乎还听到了封逸尘压抑地咳嗽了一声，很小的一声。当然，她那一脚直奔他的胸膛，他没断根肋骨就算是万幸了。她回到自己的房间，关上了房门。她其实觉得有些好笑。封逸尘一直不让她去招惹龙一，说她招惹不起。招惹不起就不要招惹了吗？死过一次就一定要贪生怕死吗？心灰意冷就一定要沉默下去吗？满腔愤怒就一定要若无其事吗？怎么可能？

第二天一早，夏绵绵起床洗漱。

昨晚她失眠了。

封逸尘还是有那个能力如此影响她的情绪。但她不觉得有什么。她自若地去上班。上午10点左右，夏锦航来了。夏绵绵抬头看了一眼，笑了一下，那个笑容掩饰得很好，一闪而过。其他人也都抬了头。眼前的人鼻青脸肿，惨不忍睹。这还是那个一向特别讲究，一向都西装革履、一丝不苟的夏副总吗？所有人都目瞪口呆，不明真相。

"工作很清闲吗？"夏锦航一声怒吼。

所有人全部都埋下了头。

下午4点，夏锦航走进市场部大办公室，走向夏绵绵。

夏绵绵抬头看着夏锦航。

"晚上有个饭局，董事长钦点让你一起。"夏锦航说，"你准备好。"

"和谁吃饭？"

"市政厅的。"

"好。"夏绵绵一口答应。

下午6点，夏绵绵坐上夏政廷的轿车，去了预约的餐厅。

餐厅不大，地点是市政厅的人选的。这个风口浪尖，谁都不敢出纰漏，能够应约就已经够给夏氏面子了。

夏锦航提前过去打理一切。

夏绵绵知道夏锦航不怀好意，但她打算见机行事。

这个时候她如果打退堂鼓，夏政廷会对她更加不信任。

到达目的地，夏锦航在门口迎接，亲自上前给夏政廷打开车门，汇报道："吴主任已经到了，跟他的助理在包房。"

"嗯。礼物送了吗？"夏政廷一边往里面走去，一边询问。

"送了，但他没要。我也没有强求，这个时机不对，我开玩笑说在项目完成之后再和他好好聚聚，他默许了。"夏锦航解释。

夏政廷点了点头。

一行人走进包房。

吴主任坐在包房中，看见夏政廷出现，起身相迎："夏董事长亲自来，我真是受宠若惊。"

"见外了！"夏政廷故作生气地说道，"我都还没有感谢吴主任赏脸来吃夏某的这顿饭，你倒是客气了。"

"那都别客气了。"吴主任笑着附和，两个人紧挨着坐在了饭桌上。

这时，服务员开始上菜。

尽管餐厅很普通，但上的也都是些高档的山珍海味，价格也贵得吓人。

夏政廷一直招呼着吴大明吃饭、喝酒，半点都没有提项目的事情。

饭局上很热闹。

气氛一直很好。

饭吃到一半的时候，吴大明倒是主动开始说项目的事情。这就是商人的能耐，明知道他的目的但就是不会主动开口，让对方抵不过他的殷勤而主动说起。

他说："老夏，这次的项目你们真是可惜了。"

两个人也从最开始生疏的用职位称呼，变得随意了些。

夏政廷有些无奈："世事难料，我也是没有想到。"

"喝酒吧。"吴大明说。

夏政廷举着杯子陪酒。夏绵绵一直坐在一边，基本上是个聆听者。夏锦航也只是见缝插针，在这种场合不能随便开口。

"吴主任。"待夏政廷和吴大明喝过之后，夏绵绵主动站起来，"我敬你一杯，一直听我堂哥说你很好，闻名不如见面。"

吴大明看着夏绵绵。

夏绵绵长得确实很漂亮，这般主动敬酒，也没有几个男人能够拒绝，更重要的是，夏绵绵还是夏政廷的女儿，身份还在。

吴大明连忙让助理倒酒，满上，和夏绵绵干杯。

夏政廷此刻是不想喝酒了，看夏绵绵主动敬酒，倒是让他能够歇一下。

夏绵绵杯子里面的红酒一干二净。

吴大明直夸夏绵绵是女中豪杰。

夏绵绵笑了笑，说道："也就是和吴主任才能够这么干脆，平时基本都是不喝酒的。"

"那真是我的荣幸。"

"绵绵就再敬吴主任两杯，第一次见面，多加深印象，我再去拿点酒过来。"夏锦航起身调节酒桌气氛。

吴大明礼节性地推托了句："别拿了，够了，都喝了这么多了。"

夏锦航当然知道吴大明只是嘴上说说，笑了笑："让绵绵多陪你喝几杯。"

说着，夏锦航就走出了包房。

夏绵绵看着夏锦航的背影，眼眸紧了紧。吴大明主动又找夏绵绵喝了两杯，饭桌上又开始谈一些无关紧要的事情。夏政廷偶尔附和两句。夏锦航从包房外进来，说红酒在让服务员醒着。吴大明又客气了一番。夏锦航也主动敬酒。不一会儿，服务员将醒好的红酒拿了过来。

夏锦航亲自把一个醒酒器放在了吴大明那边，另一个放在自己身边，又把夏绵绵的空杯满上。

夏绵绵看了一眼夏锦航。

夏锦航对着夏绵绵说道："来来来，主动一点，难得今天吴主任兴致高。"

"我来帮吴主任倒酒吧。"夏绵绵说，说着就准备拿过夏锦航手上的醒酒器。

"绵绵，酒桌上，自己的酒自己喝。"夏锦航看似好心地提醒。

意思就是在说，不要把自己的酒倒给别人。

夏绵绵越发肯定夏锦航的鬼心思了。

她笑着，不动声色地去了吴大明那边，拿起吴大明的酒，给吴大明满上了。

吴大明笑得爽朗，连忙说一定要一干二净。

夏绵绵回到自己的位子，拿起酒杯的那一刻，突然开口道："吴主任，我们夏氏再拿到项目的概率还大吗？"

"这真的不好说。"吴大明无奈地说着。

夏绵绵眼眸微动，嘴角笑得好看，在红酒杯的映衬下，甚至闪烁着迷离的光芒，如梦似幻，她说："如果有证据证明玛雅集团的商业方案是抄袭我们夏氏的，会不会有转机？"

"当然！"吴大明一口咬定，"不说市政，一般的公司也不可能使用罪犯的方案，何况就算想要合作，司法机关也会阻止。要是你们真的能够拿到证据说玛雅集团抄袭你们的方案，那市政的项目，妥妥地就一定是夏氏集团的！"

夏绵绵转头看了一眼夏政廷。

夏政廷当然一下就懂了。

反观夏锦航，脸色明显变了一下。

夏绵绵又说道："吴主任，麻烦你给市长透透风，就说我们夏氏现在有证据，在做调查，让他给我们夏氏多拖延点时间。"

"你这是在让我徇私呀！"吴大明犹豫着。

"不算徇私，我们是真的有证据，只是在没有确定之前不想打草惊蛇！"夏绵绵笑，给了夏政廷一个眼神。

夏政廷心领神会，连忙开口道："老吴，也不怕跟你直说，今晚找你吃饭，就是想要你给市长透透风，这个忙你一定得帮我。"

这话还隐含着一个意思：以后好处一定会给。

有些话点到即可。

吴大明没有立刻回答。

夏政廷对着夏绵绵说："你还不快敬一下吴主任，一点诚意都没有。"

夏绵绵起身，主动说："吴主任，你随意，我就先干为敬了！"

她说着，一杯红酒下了肚。她也知道，她把夏锦航的阴谋喝了进去。她坐回到自己的位子上。她喝得也不少，有些酒劲上头了。她转头看了一眼夏锦航，似乎看到他眼神中的狠毒。她起身道："我去上个洗手间。"

"这么快就喝醉了？"吴大明打趣。

"是啊。"夏绵绵娇柔地一笑，"那吴主任要不要答应我刚刚说的事情？"

"答应，怎么可能不答应！我就算不给你面子我也要给你爸面子呀，老夏和我这么多年的交情，有些事情不用多说。"吴大明一口答应，大概也是喝高兴了。

夏绵绵对着夏政廷一笑。

夏政廷点头，夏绵绵才转身走向厕所。

一进去，她就开始抠自己的喉咙，想要把刚刚喝进去的酒吐出来。

她吐了很多，压抑着声音，吐得身体都蜷在了一起。

不是酒醉的呕吐，而是硬生生地抠出来。

她脸上冒着虚汗，靠在洗漱台前，看着自己脸色有些惨白的样子。

她不知道自己完全吐出来没有。

夏绵绵从包房中的洗手间里面出来。

饭桌上气氛依然很好。

夏绵绵不着痕迹地坐在了自己的位子上，夏锦航的旁边。

夏绵绵刚坐下，夏锦航似乎是准备端起醒酒器自己倒酒，刚举起来，就看似无意地撞了一下夏绵绵。其实真的没有碰到，可醒酒器就突然掉在了地上，响起破碎的声音，以及满屋瞬间弥漫的醇香的酒味。

夏绵绵心里暗笑。

夏锦航的心思，她懂得很，这里面的酒他当然不可能自己喝了。

他连忙带着歉意说着：“哎呀，我真是喝醉了，酒瓶子都拿不稳了。”

“无妨无妨，碎碎（岁岁的谐音）平安。”吴大明打着圆场。

“我去让服务员进来打扫，同时让他们再醒一瓶进来。”说着，夏锦航就准备出去。

“不用了！”吴大明连忙叫住他，“时间也不早了，再这么喝下去也不知道还要喝到几点，明天还要上班，我还要跟市长说说你们夏氏的情况，喝醉了明天就迷糊了，今天就这样吧。”

夏政廷客气地说着：“老吴，酒喝好没有？你要是没喝好，我就算有天大的事情，也不重要！”

“看你说的，你让你的亲侄子和你的亲女儿陪我喝酒，哪里能没喝好。等下次你们夏氏把项目拿下来之后，我们好好喝，一定不醉不归！”

“既然如此，那我们下次一定不醉不归，不管是好结果还是坏结果，酒该喝还是得喝。”

“好好好。”吴大明说着，放下碗筷，就从饭桌上站了起来。

夏政廷连忙也起身，准备送他。

“别送了。”吴大明说，“外面人多眼杂。”

“是，还是你考虑得周到。”夏政廷笑着。

吴大明又说了几句客套话，带着自己的助理离开了。

吴大明一走，夏政廷的脸色就沉了下来。

夏绵绵和夏锦航也回到位子上。

"刚刚绵绵说的事情，拖延时间不会太长！"夏政廷说，"要是真的可以找到证据我们就一定要去告，如果没有任何证据，反而会被人笑话，这件事情你们两个都好好想想怎么做，明天一早到我办公室，我要听听你们的意见！"

"是。"夏绵绵点头。

夏锦航眼神深了深，也点了点头。

"不早了，都回去吧。"说着夏政廷就站了起来，准备离开。

夏绵绵也跟着站了起来。

"绵绵。"夏锦航突然叫住她，"我们俩谈谈。"

夏政廷蹙眉。

夏绵绵也看向夏锦航。

"项目的事情我们俩的责任最大，我有些话想要和你私下说说。"夏锦航说得诚恳，又看向夏政廷，"大伯，可以吗？"

"随便你们。"夏政廷说，"总之明天我需要得到一个肯定的意见！"

"是。"

夏政廷先走了。夏锦航留了下来。她当然知道夏锦航的如意算盘。但她不怕，当然也不能拒绝，这个时候拒绝，夏政廷会觉得她在故意掩饰什么，对比起夏锦航的坦白，她反而会被更深地怀疑。她坐在夏锦航的旁边。

夏锦航说："项目的事情，你怎么看？"

夏绵绵倒是很诧异夏锦航会真的和她谈项目的事情。

"你怎么看，我就怎么看。"夏绵绵微微一笑，打太极。

"我觉得是你。"夏锦航一字一句道。

"那你得有证据。"

"夏绵绵，我觉得你坦白一点好！我劝你不要让你父亲调查这件事情，对你没好处。"

"你这样让我觉得你在心虚。"夏绵绵说。

"我心虚什么？"夏锦航觉得可笑，"我只是为你好，我也姓夏，我只是不想我们夏家因为你而蒙上不好的名声。"

"那也是我爸需要考虑的事情，不是你。"

"夏绵绵！"夏锦航的好脾气突然一下就崩塌了。

他大概是受不了夏绵绵这般的油盐不进。

夏绵绵就看着他，说："别生气，你脸上的伤本来就很狰狞了，再一生气，实在是丑。"

"夏绵绵你够了！"说到脸上的伤，夏锦航又是一肚子气。

他对外说的是不小心摔了一跤，掉井里面了，可是谁会相信？

他咬牙切齿："是你做的是不是？"

"不知道你在说什么！"夏绵绵冷笑。

"就是你！"夏绵绵越是争辩，夏锦航反而越肯定。

"你得有证据。"夏绵绵又是这么一句话。

"夏绵绵！"夏锦航猛的从座位上弹跳了起来。

夏锦航气得真的要杀人。

他一个巴掌，猛的往夏绵绵脸上扇去，力气之大，恨不得一巴掌打死她。

夏绵绵手疾眼快，一把接住了。夏锦航动了动手臂。夏绵绵猛的推开了夏锦航，夏锦航甚至退了好几步。夏绵绵看着他有些狼狈的样子，拍了拍巴掌："这几个月来的拳击看来是没有白练。对了，夏柔柔没有提醒你吗？我是有功夫的。"夏锦航狠狠地看着夏绵绵。这是不是就是夏柔柔说的，夏绵绵真的很不简单？夏绵绵有多少能耐，没人清楚。夏绵绵完全没有理会夏锦航的情绪，最好把他气死了，她也就不用花那么多心思做更多的事情了。她转身往门外走去。不管如何，今天晚上她是被夏锦航算计了，所以不能对这个男人掉以轻心。她拉开包房的房门，手一顿，房门从外面被反锁了。夏绵绵眼眸一紧，力气又大了些。夏锦航看着夏绵绵如此模样，嘴角冷笑，刚刚的怒火稍有消散。夏绵绵转头，一个眼神杀过去。

那种让人不寒而栗的视线，让夏锦航内心一紧，可瞬间又毫不在乎！

夏绵绵不过就是虚张声势而已。

"开门！"夏绵绵一字一顿道。

"你觉得我会吗？"

"所以你想我杀了你是吗？"夏绵绵冷漠道。

她倒是没有想到夏锦航会算计她至这样，甚至……

她眼眸一紧。

夏锦航是打算亲自来……怎么说他们也是有着血缘关系的亲戚。

也对。

夏绵绵狠狠地咬牙。越是这样，她会变得越是不堪。夏锦航完全可以说是夏绵绵引诱的他，而且在男女之事上，不管现在社会多提倡男女平等，最终被人讽刺和看不起的只有女人。夏绵绵心里一狠，没时间去计较夏锦航的阴险狡诈。她用力，狠狠地拉扯着房门。房门很紧，甚至不像一般的卧室房门那般，有点像防盗门的那种紧。夏绵绵终究没有打开。

此刻夏锦航站在她的身后，笑了笑："夏柔柔提醒我了。"

夏绵绵回头。

"她说你会点拳脚功夫，让我注意点。"夏锦航一字一句说，"所以我都让人把门锁给换了，这是目前市面上最值钱的门锁，十个大汉都踹不开！而你，又能奈何得了吗？"

夏绵绵捏紧了拳头。

夏锦航看着她的动作，不屑地一笑："想揍我吗？"

夏绵绵二话不说，直接一拳狠狠地打了过去。夏锦航肚子上一痛，身体一下就弯了下去。那种疼痛，不比昨晚的少，甚至因为昨晚的疼痛，又加重了些。他捂着自己的肚子。

夏绵绵狠狠地说道："夏锦航，我劝你开门，否则我不保证我不会杀了你！"

夏锦航痛得说不出一个字。

"夏锦航！"夏绵绵怒吼。

此刻只是因为，她开始感觉到头部眩晕。

终究，夏锦航绝对不可能对她心慈手软，那杯红酒的药性不知道有多大，她就算吐得那么撕心裂肺，现在还是有了反应。身体开始莫名地发热，头脑开始莫名地不清楚，甚至面前的人看着都恍惚，眼前的一切在天旋地转。而且一发作，来得很快。她强迫自己清醒，身体却不由得一软，靠在了门上。她可以忍耐情绪、忍耐刺骨的疼痛，但神经上的恍惚，她控制不了。夏锦航此刻也注意到了夏绵绵的模样。他就说，为什么还没反应？按理说，按照他下药的剂量，夏绵绵早该风骚浪荡了。倒是便宜了夏绵绵，夏锦航被她这么硬生生地揍了一拳。他从地上站起来，看着面前脸色红润、身体柔软的夏绵绵。之前他还不愿意，但怕夏绵绵狡猾才临时决定亲自解决，现在看来，要是给了别人，还便宜他了！他笑得邪恶，一步一步靠近夏绵绵。

夏绵绵头脑不清，身体无力，全身重量都靠在门上，看着夏锦航模糊的身影。

"夏绵绵，没想到我还会用这一招是吧？"夏锦航靠近她，手指一把掐住夏绵绵的下巴，鄙视着她，"现在再打我啊，打我啊！"

夏绵绵狠咬着嘴唇，一直在让自己清醒，努力清醒。

"这般倔强的模样，滋味一定也很好！"夏锦航一脸恶毒，笑得阴险。

夏绵绵冷眼看着他，心里的情绪一直在隐忍。

"说我丑是吗？"夏锦航猛的放开夏绵绵，甚至一个用力，直接将她推在了地上，声响很大，很剧烈。

夏绵绵完全没有反抗之力，摔得很重。

"我就要让你看看，你口中的长着一张丑脸的我是怎么上你的，是怎么上得你淫荡不堪的！"夏锦航说得痛快无比，看着此刻夏绵绵的模样，他更是爽得不行！

夏绵绵你也有今天！

他开始脱掉自己的西装，扯下领带扔到一边。

夏绵绵眼眸紧了紧。夏锦航一脸恶心的模样，走到她面前，开始解皮带。夏锦航一边解皮带，一边低头去看他的裤头……夏绵绵这一刻用尽最后的力气，猛的翻身，一个前踢，一脚狠狠地踢在了夏锦航的命根子上。这一脚，她用了全力，尽管此刻她力气不大，但爆发的这一脚的力度也绝对不比常人的小。夏锦航一声大叫，猛的捂住自己，脸色瞬间就变得惨白。那种疼痛……无法形容。夏锦航痛得说不出一个字，心里恨不得杀了夏绵绵！

夏绵绵趁着这个空隙，迅速捡起地上的领带，靠近夏锦航，先将他狠狠地压在地上，与此同时把领带直接缠绕到夏锦航的脖子上，然后一个用力。

夏锦航下面正痛，上面突然一阵窒息感，脑袋一片空白。

"夏，绵绵，夏……"夏锦航喉咙说不清楚，脸色变青，甚至不停地在翻白眼。

作为曾经的杀手，夏绵绵学了无数种杀人的方法，最擅长的就是一针见血。而她此刻的本能反应也是要杀了面前这个男人。一招毙命！但最后，她松手了，在她知道她再坚持两秒就会让夏锦航死了的那一秒松手了。她现在不能杀人。杀了夏锦航，她自己也活不了。她一屁股坐在地上。夏锦航没死，但此刻因为刚刚的窒息昏迷了。房间中突然就变得很安静。夏绵绵也到

132

了她的极限！她坐在旁边喘气，在用最后的一丝理智让自己冷静下来。她从包里面拿出手机。不知道夏锦航什么时候会醒，而她身体的情况却越来越差。她拨打着最近的一通电话。那边接通。

夏绵绵声音虚弱无比："龙一，来接我。"

那边似乎是怔了一下，没有说话。

"地址在、在文龙街三河野生鱼庄的，一个、一个……"她眼前模糊不清，因为药劲儿，汗水不停地从头顶上滑落，气息很弱很弱，弱到说不出完整的话语。

"夏绵绵。"

"来接我，快点……"夏绵绵手上无力，手机滑落。

刚刚那一秒的爆发让她的整个身体仿佛被抽空了一般。

她现在全身都软到没有一点力气。她躺在地上，看头顶上的天花板。她身体没力，心里却在渴望，一直渴望被填充。她甚至觉得，如果龙一不早点出现，可能不是夏锦航强奸她，而是她反奸了他。她保持冷静，不允许自己迷糊。一迷糊就容易放纵，一放纵就会不可收拾。其实身体干不干净真的不重要，她真的不太在乎，死过一次的人会知道，除了活着，其他都是浮云！现在不过是，她咽不下这口气，她不想便宜了夏锦航。她默默地感受着身体煎熬的热度。

她看着眼前的灯光，一阵模糊，一阵清晰。

为什么还没来？

为什么还没来！

哐！耳边，突然响起一阵巨响。

夏绵绵想，终于等到了。

身体一轻，一个男性的身体靠近她，将她横抱了起来。

龙一脸色阴沉，狠狠地看一眼地上的夏锦航，又看看面前明显身体烫得吓人的夏绵绵，连碰着她的身体都会觉得妖娆异常。

他喉咙微动。

"龙一，别杀了他。"夏绵绵说，"他有用……"

她那么努力才让自己把话说清楚。龙一再次看了一眼地上的夏锦航，抱着夏绵绵走了出去。身后的保镖跟随其后。房门已经被龙一的人强行打坏，吓得外面的服务员一直哆嗦，不敢吱声。龙一一抱着夏绵绵坐进小车。夏绵绵靠在后座上，身体一直在抖动。她紧紧地咬着自己的牙齿，不让自己有任何反应。

"去哪里？"龙一问她。

此刻她总觉得龙一的嗓音都充满了诱惑。

她不去看他。

不去看，才不会去感受。

她说："封逸尘……"

龙一眼眸一紧。

司机没有得到龙一的指示，不敢开车。

龙一看着夏绵绵如此模样，司空见惯，他一眼就能看出夏绵绵现在最需要的是什么。

而这个女人却能够一直坚持，没有一丝放纵。

"是封逸尘吗？"龙一问，连自己都想不到自己会再次去确认！

夏绵绵嗯了声，声音很轻，但很肯定。龙一回头，从她软烫的身体上移开视线，对着司机吩咐一句。司机启动车子。车子行驶在公路上。夏绵绵打开了窗户。清凉的风并不能解决什么，但她总觉得，是一个心理安慰。她安慰自己：回去了就好了，回去了就好了。车子速度快了些。大概是身边人感受到了她越来越崩溃的情绪。不知道多久，车子停了下来，恍惚是到了。夏绵绵迷迷糊糊地拉动车门。

龙一已经下车，帮她打开。

"谢谢。"夏绵绵说着就走下车。

龙一看着她如此模样，在她身后不远处，问："要回去吗？"

龙一又是一次询问，实际就是再次确定。

夏绵绵嗯了声，没有回头。她往前走。她告诉自己一定要回去，只是刚走了几步，腿突然一软。龙一大步上前，将她扶住。夏绵绵身体的欲望在这一刻似乎突然就爆发了。前面忍了那么久，忍得这么难受，这一刻就要破功了吗？她不知道。她只知道她的身体不由自主地已经开始往龙一的身上蹭了。很想很想，更多更多……而他男性的气息真的好重。妥协吧。没什么大不了。妥协了就能享受了。她就是那么肯定，只要她主动，龙一就会给。而封逸尘不会。她的手突然抓住龙一的手臂。滚烫的温度，手心都是湿汗。龙一眉头一紧。

夏绵绵看着他，看着他近距离的脸。

龙一没有拒绝。

龙一明知道她要做什么，但他不会拒绝。

夏绵绵就知道，龙一是一个温柔的人，而封逸尘不是。

她搂抱着他的脖子，踮起脚尖……

身体在这一刻突然被一个蛮力猛的一下拉回，那种力度大到她甚至觉得自己好像突然腾空起来，下一秒就撞进了一个无比坚硬的胸膛，一阵眩晕，一阵疼痛！

而那熟悉的感觉……

夏绵绵嘴角突然拉出一抹冷笑。他总是在她下定决心那一刻，又突然这么唐突地出现！夏绵绵整个人撞进了封逸尘的怀抱里，粗鲁的力度让身体一痛，恍惚还能够感觉到身边人的怒火，很明显。封逸尘死死地将夏绵绵拽在自己的手心里，霸道而蛮横。夏绵绵身上没有力气，只能这么顺从地靠在封逸尘的身上，然后感受他的男性气息不停地腐蚀着自己的灵魂。她的身体在他的身体上，她滚烫的小手抚摸着他的身体，欲望那般强烈。"有劳龙少送我妻子回来。"耳边，听到封逸尘淡漠的嗓音，却阴冷得吓人。然后夏绵绵就感觉自己被突然带走了。她刚走了几步，身体突然一动。

身后有人将她一把拉住。

而封逸尘的手一直紧拽着她，她被两个人狠狠地拉扯在中间，两只手臂同时传来不同程度的疼痛。

她咬唇，眼前几乎看不太清楚了，只是自己还存留的一丝理智知道，龙一和封逸尘杠上了。

如果不是因为她现在的身体状况，她真的还会拍手叫好。

现在，她的身体在无限煎熬之中。

而那两个对峙的人却似乎没在意她的模样，依然目视着彼此。

龙一说："放开她。"

封逸尘脸色一黑。

"放开她！"龙一一字一句，"她能自己选择！"

封逸尘冷冰冰道："龙少，你越界了。"

"对她，我一直想越界。"龙一毫不隐讳。

封逸尘的脸色黑透。

"所以你不敢放开她让她自己选择？"龙一挑衅。

封逸尘冷冷地说道："你也得有那本事让我放开！"

龙一眼神阴鸷。

封逸尘说："龙少，自重！"

话音刚落，夏绵绵就感觉自己的身体一痛。封逸尘明显力气大了一点。龙一这一刻却并没有放开，似乎是料到封逸尘会强势，所以力气也大了些。夏绵绵心里各种咆哮。她现在都要死了，他们还这么来折磨她！有本事两个一起上啊！夏绵绵心里一阵抖擞，她果真太邪恶了，但就是该死的兴奋。那画面，她无法想象！她咬唇，让自己尽量说话。她想她要是不说话，会死在这里，被欲望逼死。她说："封逸尘，你放手。"很清楚的语句。即使声音很小，但在如此安静的夜空下听得很明白。龙一的嘴角笑了笑。那个笑容，很是得意。而封逸尘呢？夏绵绵看不清楚他的脸色，但她能够感觉到他杀人的目光。

她再次肯定地说："你放开。"

封逸尘拉着她的手反而紧了一些。

龙一对着封逸尘道："所以封少，越界的可不是我一个人！"

哐！封逸尘突然上前，一拳打在了龙一的脸上，力度很大。

龙一往后退了一步，放开了夏绵绵。

与此同时，封逸尘拽着她的手臂也突然松开了，夏绵绵还没反应过来，突然一个重心不稳狠狠地摔在了地上，而此刻也没有人来扶她，她只觉得面前两个人影，就这么拳脚相向，残暴厮杀。

她坐在地上，看着他们。

龙一身边有保镖，但这一刻龙一却让保镖退后了两步，站在不远处没有插手。夏绵绵不知道两个男人到底交手过没有，但这种画面真的是千载难逢。她要让自己看清楚，努力地看清楚，这两个人的实力到底怎么样？自己的差距到底有多大？夏绵绵眼前一片混乱，耳边听到了一阵一阵拳打脚踢的声音。两个人旗鼓相当，谁都没有占到谁的便宜。不知道僵持了多久，夏绵绵似乎听到了警报的声音。

警察巡逻队赶了过来，大概是有人报警了。

警察巡逻车上下来了四五个警察，有人大声呵斥："停手！"

龙一和封逸尘依然没有放开彼此。

封逸尘一脚踢过去，力度惊人。

龙一用手接住，生生地承受着封逸尘的攻击，忍了不到一秒，手一用力，将封逸尘一个过肩摔，封逸尘身体灵活地一转，没有直接摔在地上，而是反转又来一脚。

龙一退后，避让。

两个人拉出了一点距离！

"停手！"警察再次吼道。

龙一和封逸尘看着彼此，眼神狠毒无比，微微喘着粗气。

警察看他们停了下来，便拥了过去。

"为什么打架……"

封逸尘直接推开了面前的警察，根本看都没有看他们一眼，起身直接走向了夏绵绵。

"喂！"警察被刚刚封逸尘惊人的力度怔住了。

在惊住后的两秒，警察上前准备冲过去。

"我是龙门龙一！"龙一突然对着警察吼着。

警察一怔，对这个名字有些忌惮。

"我可以跟你们去警局！"龙一说。

说的时候，他眼眸看了一下面前走远的封逸尘，看着他抱着夏绵绵大步离去。

他嘴角突然笑了一下。

他今晚的举动不过是为了气一下封逸尘，要说真的和夏绵绵……他脸色猛的阴沉。本来故意的恶作剧，此刻并不觉得自己心里是好受的！他收回视线，往自己的轿车走去："我坐我自己的车去！"警察面面相觑，但就是没有谁敢说一个不字。所有人看着龙一上了车才回到警车上，拉着警报往警察局开去。

第五章　绝地反击

小区大门口，突然就安静了。

封逸尘横抱着夏绵绵，脚步还是那般稳健。

夏绵绵想，不管两个人的身手有无悬殊，但受伤肯定是有的。封逸尘却能这般不动声色，甚至全身冷冰冰，散发出透骨的寒气。她突然觉得也挺好的，和她现在的火热，正好冰火两重天。她的手在电梯里面就开始不老实了，不老实地在他身上，摸着他僵硬的胸膛。封逸尘就跟一个柱头一般，不为所动，不管她在他身上多扭曲多诱惑，他依然只是冷眼看着电梯的数字一点一点往上升。到达楼层，封逸尘抱着她走出电梯，走向自己的家门。

夏绵绵身体火热到不行，有那么一瞬间，她真的很想死在封逸尘的身上……

她多希望封逸尘能有点反应，能有点正常男人该有的反应，不只是身体的本能，而是行为的冲动。

可惜没有。

她被封逸尘直接扔进了她的浴缸里面，身上突然感受到一阵冰凉。

封逸尘开了冷水在浇，浇得她滚烫的身体瞬间湿透。其实她很想告诉封逸尘，她的身体早就湿完了，如果他愿意摸的话。她躺在浴缸里面，看着面前的封逸尘，看不太清楚，但就是能够感觉到他的冷漠，冷漠地看着她欲火焚身。她本来也没打算和他做，本来今晚也没想过要做。否则她为什么会放弃龙一这么大一块肥肉不吃而非要回来。回来就是因为她知道，封逸尘不会和她做。

她现在还需要保持所谓的处女之身，否则自己在夏政廷面前斩钉截铁的话就成了谎言。她这辈子没有亲人，但并不代表她不渴望有。她把小南当亲人，因为小南愿意和她一辈子在一起。她现在仔细一想，给她这具身体的人才真的算得上是她的亲人，比血浓于水更加亲密！所以，她不会忍受这具身体以前受到的任何伤害，要给她全部都要回来，甚至加倍要回来！

"你出去吧！"夏绵绵说。

声音很轻。

有时候她觉得，一个人的能力终究是有限的。她不能强迫什么，就只能不停地忍耐，也算是体验了人生中的另外一种滋味。老天爷对她真的不错，让她体会了死，又让她体会了生不如死。她眼眸一直看着模糊的天花板，冰冷的水淹没她的身体，其实半点作用都没有。所有的感觉器官全部都在身体深处，那是用冷水冲不凉的。她转眸看着起身离开的封逸尘。他大概没有任何表情，也不会有任何情绪，就是会走得这般干脆。夏绵绵忍受着煎熬，突然感觉到一行泪落下。

好多年都没有哭过了，她只是觉得心里太难受了，难受到她觉得可能下一秒，她真的会七窍流血而亡。

她强忍的欲望，终究在这一刻爆发了。她从浴缸里面站起来，全身湿透，狠狠地将浴室的房门关上，上锁。而后，她开始发泄，对着墙壁对着玻璃，疯狂地发泄。原来中了药之后，过一段时间，身体不软了，反而力大无比，而身软时的欲望那真的不叫什么，现在才是欲望的巅峰！全身就像充血了一般，需要发泄，需要疯狂地发泄。她疯狂地把浴室玻璃砸坏了，到处都是玻璃碎渣，到处都是一片狼藉，甚至水管都被她砸爆了，喷出的水从四面八方落在她的身上，她躺在玻璃碎渣上面，用力地在碎渣里面不停地伤害自己，用一阵一阵揪心的疼痛来压抑自己的欲望。

压抑……

哐！房门猛的被人狠狠撞开。

夏绵绵没有看是谁进来了，她就躺在地上，全身是伤，全身都是血。

封逸尘粗鲁地一把把她从地上拉了起来。

可笑吧。

这种药劲儿到了巅峰时期，什么都看得清楚了，什么理智都在了，什么力量都有了。她猛的一拳打在了封逸尘的脸上，绝对没有半点犹豫，力度惊人。封逸尘无动于衷。他冷着脸看着她的模样，看着她自残的模样。然后……封逸尘紧绷着身体。夏绵绵一口咬在了他的肩膀上，狠狠地一直一直咬着，不停有血腥味在她口腔里面弥漫！她放开了。她不是怕把封逸尘的肉咬下来，而是她累了，牙齿酸痛了。她靠在封逸尘的肩膀上，血从她嘴边流了出来……

封逸尘将她抱到了床上。

夏绵绵就缩在大床上，整个身体蜷成一团。

她真的是受够了。

"能不出现吗？"夏绵绵抱着被子，冷冷地说道。

"再坚持一会儿。"

"坚持多久都行，你给我滚可以吗？"夏绵绵怒吼。

她能坚持。她就算是死都不去上他。他别出现在她面前行吗？封逸尘对上夏绵绵的眸子，看着她整个眼眶血红一片，看着她的怒气和隐忍到了极致。下一秒，夏绵绵突然流了鼻血。

封逸尘眼眸一紧，想要上前，又陡然退后了一步，整个脸上压抑得青筋暴露。

夏绵绵似乎并没有发现自己在流鼻血，只觉得鼻子有些不舒服，她擦了擦，满嘴满脸满手的红润。

封逸尘又转身走了。

夏绵绵讽刺地一笑。

这辈子她真的和封逸尘杠上了。

她狠狠地咬着自己的被子，狠狠地咬着，身体一直发烫，一直在疯狂，渐渐地，大概就习惯了，习惯了身体的暴动，又习惯了这么去忍耐。她已经不知道自己的情绪崩溃到了什么地步，她好像感觉到身边有人，又似乎是幻觉，总之就是睡着了。原来，忍忍就能过去。原来，忍忍就能睡着。

谁说一定要发泄的，谁说不做就要死的，她这不是就过去了吗？

凌乱不堪的房间里，大床上，夏绵绵脸上都是血痕和泪痕，此刻却睡得如此恬静，刚刚发生的一切，就像过往云烟。

"Boss，如果我再晚点，她可能……真不好说。"男人开口，带着恭敬，但也并非那么一板一眼。

封逸尘沉默，脸色阴冷到了极限，眼神看着床上的人。

男人也不再多说，只问："需要帮她把伤口清理了吗？"

"不用了。"封逸尘冷漠道。

"你的呢？"

"也不用了。"

"那我……"

"可以走了。"

"哦。"男人点头。

他习惯了，反正他就是被boss呼之则来挥之则去。

他转身欲走。

"把药剂针留下两支。"封逸尘突然开口。

男人一笑，从自己的准用医药包里面拿出两支，递到封逸尘的手上，嘱咐："一次半支，不能过量。过量了副作用很多，对身体伤害很大。"

"嗯。"封逸尘点头。

男人也觉得以boss对一件事情的把控程度，他的提醒完全多余。

他起身准备走的一刻，突然又停了停脚步："有反应吗？"

封逸尘眉头一紧。

"我随口问问。"

男人走了。

房间中，封逸尘看着夏绵绵，看着她虚弱的模样，看着她睡得很香甜的模样。他走过去，掀开她的被子。被子下面，衣衫不整，甚至很多都已经被她撕坏到春光一片。夏绵绵身上有很多伤疤。脖子以下，膝盖以上，体无完肤。此刻因为她刚刚的暴怒，全身又染上了新伤，有些玻璃碎渣还留在她的身上，他一点一点帮她拔了出来。她身体微动了一下，嘴里发出淡淡的呻吟，却没有睁开眼睛，又沉沉地睡了过去。夏绵绵再次睁开眼睛时，窗外已经一片透亮。她默默地看着窗户，看着窗帘在随风飘动。她起身，身体很痛。昨晚经历了那么多，她还没有失忆。

她低头看着自己换好的干净睡衣，低头看着自己被包扎得很好的伤口。

她笑了一下，淡淡地轻笑了一下。

一个简单的面部表情，让她看上去云淡风轻。

她洗漱完毕，换衣服。好在已经入秋，且今天明显有些降温了，穿厚点也不奇怪。她认真地挑选了一件白色的改良款修身衬衣，下面是一条阔腿裤，搭配一双长长的高跟鞋，身上还穿了一件亚麻色的风衣，有时候穿出国际范儿也不难。她简单地用化妆品遮掩了一下自己脸上极细微的伤，然后下楼。

楼下，封逸尘不在，林嫂和小南已经备好了早餐，看她下楼，小南连忙过来："小姐你醒了？"

"嗯。"夏绵绵点头，走向餐桌。

"昨晚你和姑爷发生了什么……"

"小南，少爷说了不准问的。"林嫂打断小南。

小南嘟嘴。

她这么好奇的个性，怎么可能不问?

夏绵绵直白道："打架了。"

"啊?"

"我先吃早餐，上班快迟到了。"夏绵绵很淡然。

小南想问的话，终究又咽了回去。

她坐到夏绵绵身边，对着夏绵绵小声说道："小姐，姑爷还没起床。"

夏绵绵皱了皱眉头。

她以为封逸尘已经提前离开了。

"姑爷从来没有这么晚起过，有时候加班回来三四点了，早上还是会7点准时起床。"小南继续。

"谁都有抽风的时候。"夏绵绵不在乎。

对封逸尘，她也在乎不起来。

她没那个能耐。

小南还想说什么。

夏绵绵不耐烦了："叫你快吃！"

小南委屈，低头扒饭。

早饭之后，夏绵绵出了门。

夏氏大厦。

夏绵绵走进自己的办公室。夏锦航从外面走了进来，和夏绵绵正好相对。夏锦航脸上的伤似乎更严重了。他冷冷地看着面前的女人，昨晚当他清醒过来的时候，房间的门被人砸坏了，夏绵绵也不在了，他满身疼痛，特别是下体，一阵一阵抽痛，无法忍受。夏绵绵那一脚差点断了他的命根子。他忍着剧痛回去，忍了一夜，今早才稍微好一点，可最终上班还是迟到了。他也不能不来，昨晚夏政廷吩咐了今早要给他一个答案，在这种关键时刻，他半点都不能掉以轻心。

"夏副总。"夏绵绵开口，嘴角还特别故意地笑了，笑得很是好看。

"夏绵绵！"夏锦航咬牙切齿，恨不得杀了她。

夏绵绵一直挂着微笑："董事长让我去他的办公室，我先走了，你小心脚下，注意安全！"

夏锦航知道夏绵绵在讽刺他。

夏绵绵淡淡一笑，越过夏锦航，刚走了两步，突然停下脚步，说道："对了，董事长让我去谈谈关于调查旅游区开发案项目的事情，大概也是想通了，要彻查。"

夏绵绵丢下一句话，往夏政廷的办公室走去。

夏锦航脸色阴沉。

夏政廷单独找夏绵绵谈？

他们谈什么？

他回到自己的办公室，狠狠地坐在办公椅上，脸上的表情难看无比。

夏政廷办公室。

"绵绵，终究我更相信你！"夏政廷说，"要真的是锦航，我绝对不会轻易放过他。"

"嗯，一定是他。"夏绵绵很肯定，又考虑周全地说道，"现在我们放出假消息说我们要报案，就是为了让夏锦航慌张。"

"总之，这次爸百分之百地相信你。"夏政廷点头。

"谢谢爸。"夏绵绵微笑。

至于百分之百会打多少折扣夏绵绵不去深究，她只知道，最终夏政廷接受了她的建议。

当然，让夏政廷答应她，她也付出了代价！

她今天找夏政廷说这件事情的时候，夏政廷没打算和她配合。

夏政廷也在怀疑她的可信度。

夏政廷不会站在任何一方，她是提出她愿意去医院检查处女膜，夏政廷

143

才对她另眼相看。

结果，是她必须得去！

夏政廷这只老狐狸，不会信任何人口头上的承诺和誓言。

她听到夏政廷语重心长地说道："爸给你预约了医生，去了报医生的名字就行了，接下来的事情就不要管了。"

"好。"夏绵绵点头。

"绵绵，爸有时候这么做也是为了……"夏政廷欲言又止，看上去显得很无奈，他继续说道，"先去吧。"

夏绵绵觉得很好笑，自己有时候也好笑，要陪着演戏："爸不需要有任何负担，都是我自愿的。"

夏政廷点头嗯了声，显得很欣慰。

"那我出去了。"

"去吧。"

夏绵绵离开公司，让小南载着她去了医院。

小南很诧异，问了一路。

夏绵绵懒得搭理。

她让小南在车上等她，然后去了夏政廷指定的医生那里。

医生对她很客气，然后带着她去了一个房间。

好在医生是女的。

当然，其实她也不在乎。

她只是有些无语，人生第一次的感受，居然是一台冷冰冰的仪器。

做完了检查，医生微笑道："膜还是完整的。"

"谢谢。"

"我会把这个结果告诉你父亲。"

"嗯。"

夏绵绵礼貌地回了两句，离开了医院，回到小车上。

小南更加好奇了。

"没什么，做了一个妇科检查。"夏绵绵直白道。

她实在是抵不住小南不停地骚扰。

"小姐有妇科病吗？这不是妇女才有的吗？"小南惊讶，"还是说小姐其实和姑爷已经，已经……"

小南的脸通红无比。

夏绵绵冷笑了一下。

她没有否认，因为不想多说这个话题。

小南也还是个姑娘，这个话题之后就不敢再深究，一路上就意味深长地看着她，各种羞涩。

车子还未回到公司，夏政廷的电话就打了过来："绵绵，爸知道结果了。"

"嗯。"

"你和封逸尘的婚事……"

"爸，你别多想了，我以前就说过，我愿为这个家多做点贡献，只要对这个家有帮助的事情，我都觉得很值得。"

"这次的事情如果确定和你没有任何关系，爸一定会重用你，你放心！"

"谢谢爸。"夏绵绵嘴上感谢，心里却在冷笑。

终究，还要确定旅游开发案项目的事情之后，夏政廷才敢用她。

她告诉自己不急。

反正日子还长。

她当享受这个过程了。

放下电话，夏绵绵对着小南说道："今天不上班了，回去吧，我想休息。"

"小姐怎么了？"小南关心道。

"没什么，昨晚消耗太大。"

"消耗……"小南脸上又红了。

夏绵绵和小南回到家。

这貌似是夏绵绵第一次这么逃班。她全身都痛，需要养精蓄锐。她走进客厅，直接上了楼。

此刻，二楼，夏绵绵是真的没有想到封逸尘在家。

她本来是打算直接回房然后休息的，却没想到，对面没关的房门内，封逸尘在。他坐在他的大床边缘，身上穿着家居服，此刻低着头，白色的亚麻棉质家居服被他掀在了下巴处夹住，胸口瘀青一片，他貌似正在上药。

而她就这么站在了他的门口。封逸尘是多警觉的一个人，分分钟就能注意到她的出现。他抬头，下巴放开了衣服，身上那些青肿痕迹就这么被遮住了。她眼睁看着他，看着他依然毫无情绪的脸。两个人四目相对。夏绵绵看

145

到了他眼眶处的青紫，看来他昨天受伤不轻。她嘴角一笑，笑容特别明显。

封逸尘眼眸一转，表情冷漠，低头收拾面前的治跌打损伤的药品。

如果她没有看错，他貌似才刚开始上药，就不打算再上了？她转身要走。

"夏绵绵。"封逸尘突然叫她。

她还是停下了脚步。对她而言，封逸尘就是封逸尘，没有什么特殊的意义，但她这辈子就是挥之不去。她回头看着他。

封逸尘对着她突然说道："如果你方便的话，帮我上上药。"他的口吻难得这般客气。

他们之间的关系，也挺适合这种生分。

刚刚她才去做了处女膜检查，证实，她确实还是一个未经人事的姑娘。

她踏着脚步走进去。

他说："后背的地方不方便。"

"嗯，你躺下。"夏绵绵点头，没有拒绝。

封逸尘趴在了他的大床上，夏绵绵看着面前的瓶瓶罐罐，拿起棕色的，倒了一点出来，在手心狠狠地搓揉了一会儿，才放在他后背青肿的地方，上药，按摩。

封逸尘不会有任何反应，不管她的力度大小，他就是可以平静地趴在那里，就跟死了一般。

夏绵绵给他的后背上完药之后，询问："其他地方还需要吗？"

她刚刚看到他胸口处比后背恐怖多了。

"不用了。"封逸尘说，"谢谢。"

"不客气。"夏绵绵起身，也不在乎。

她说过，她对封逸尘在乎不起来。

以前还有点雄赳赳气昂昂，以后就不会尝试了。

她说："昨晚你也叫人帮我包扎了，我们互帮互利。"

封逸尘从床上坐了起来，眼眸看着她，看着她欲言又止，但他什么都不会说。

夏绵绵不想等他说话，也不追究他要说什么，她转身离开。

夏绵绵回到卧室。就这么一两个小时的时间，卧室已经恢复了整洁，她去浴室，连浴室都已经被人以最快的速度整理干净。她卸了妆，换了睡衣，躺在大床上。她看着天花板有些发呆。身体是疲倦的，但是脑袋里面却总是想这些乱七八糟的事情，怎么都睡不着。

她记得有一次她问封逸尘上过几个女人，十个手指头可不可以数得过来，现在想来，封逸尘上过的女人可能只有夏柔柔。

不管她多么不屑夏柔柔这个女人，觉得这个女人有多愚蠢，但最终，只有夏柔柔和封逸尘发生过关系。

她翻身，不去想了。

反正她也报复了夏柔柔，6个男人，勉强算够了。

她终究还是迷迷糊糊地让自己睡着了，一直睡到了下午。

夏绵绵没有吃午饭，肚子饿得咕咕叫个不停。

夏绵绵起床，小南在客厅和林嫂一起做家务，看见夏绵绵起来了，连忙上前："小姐你终于睡醒了，都下午3点了。"

"为什么没叫我？"

"姑爷……"

"少奶奶昨晚没有睡好，让你多睡会儿。"林嫂连忙说着。

小南嘀咕："就是姑爷让我们不要去打扰小姐的呀，为什么不能说？"

夏绵绵觉得小南实在是单纯。明显林嫂感觉出来，夏绵绵和封逸尘之间有矛盾。其实夏绵绵倒是没觉得有什么。她这辈子没想要脱离封逸尘的阴影，除非……嗯，等他死那一天就好了。

她说："我有点饿了，帮我做点饭吧。"

"留了饭菜的，我帮你温一下就好。"林嫂连忙说。

夏绵绵笑了笑，说了声谢谢。

她坐在沙发上等待，打开了电视。

她不太喜欢安静，有时候觉得家里吵吵闹闹挺好的，所以有时候她还自虐地觉得小南在她耳边叽叽喳喳也不错。

比如现在，小南悄悄地过来，小声在她耳边说道："姑爷不在家了。"

"哦。"

"姑爷在你回来后就走了。"小南又说。

"嗯。"

"小姐，姑爷是不是在避开你呀？"

有可能吧。

她说："你别操心我的事情了，去做自己的事吧。"

147

"我就是觉得你和姑爷之间可能是有误会，什么事情不能说清楚啊，彼此在这儿生闷气冷战对感情不好。"小南很是关心地提建议。

夏绵绵挥了挥手，不想多说："去做你自己的事去。"

小南无语。

反正她说什么都没用。

夏绵绵吃过饭之后，在家里待了一天。夏政廷也没有叫她回公司，大概因为她今天主动提出的想法让他对她多了一份信任。晚上的时候，封逸尘没有回来吃晚饭。他给林嫂打了电话，说晚上不回来了，让她们不用等他。夏绵绵觉得小南那句避开她结果差不多，但意思有些不同，封逸尘不是避开她，而是彼此眼不见为净。吃过晚饭，夏绵绵依然坐在客厅看电视。小南忙完了家里的事情之后就坐在旁边陪她。

晚上10点多，夏绵绵准备起身回房，电话突然响起。

她看到来电，表情严肃了些，直接拿着电话上了楼，接通："龙一。"

"夏锦航有行动了。"那边直白道。

"麻烦你跟紧了。"

"明天给你好消息。"

"谢谢。"

夏绵绵挂断电话，想着明天该有好戏看了！

第二天一早，龙一直接把夏锦航犯罪的证据给了夏绵绵，有语音，还有证人。

夏锦航果然是自掘坟墓。

夏绵绵到达夏氏大厦，走进自己的办公室。没多久，夏锦航来了。脸上的伤依然很明显，表情看上去也很冷漠。夏绵绵心里想让他脸色更不好的事情还在后面。她今天就在静等，静等一切的发生。上午10点左右，夏绵绵接到了电话。龙一越来越爱主动给她打电话了。

她嘴角一笑："有进展了？"

"和夏锦航联络的人已经去投案自首了，半个小时之内，会有人来传唤夏锦航。"

"谢……"谢字还没说完，夏绵绵笑着换了一句，"下次请你吃饭。"

"好。"那边一口答应，还很满意她的反应。

148

夏绵绵挂断电话，往里面的办公室看了一眼。

10点半，几个穿着检察机关制服的工作人员出现在大办公室。

所有人都莫名其妙，不知道发生了什么事情。

其中一个工作人员开口道："请问夏锦航在哪个办公室？"

所有人更加不明所以了。

这时，夏锦航拿着一份蓝色文件从办公室出来，似乎是准备交代工作，他眼眸一紧，看着面前的工作人员。

"夏副总，有人找你。"一名员工大声说道。

工作人员看到夏锦航，上前道："请问你是不是夏锦航？"

"是，你们找我……"

"有人举报你涉嫌一起商业犯罪案，现在犯罪人已经投案自首，指出你是他的唯一合伙人，现在我们需要带你回去做深入调查。"工作人员用严肃的口吻公式化地一字一字说完。

"你们搞错了吧，我什么商业犯罪，我根本不知道你们在说什么！"夏锦航大声地说着。

整个大办公室里面鸦雀无声，所有人都直直地看着夏锦航，看着他明显有些惊慌失措的样子。

"有没有，回去调查了就知道。"工作人员开口道，"麻烦你跟我们走一趟。"

"我不去！"夏锦航一字一句。

"那不好意思，我们要执行命令了。"说着，身后的几个工作人员直接围了上去，根本不管三七二十一，禁锢着扭曲的夏锦航就往外走。

"你们放开我，我告诉你们，要是没有证据，我一定会投诉你们！你们等着，我给我律师打电话……"

声音，渐渐远去。

夏绵绵嘴角一勾，眼眸往夏柔柔那边看了一眼，冷冷一笑。夏柔柔大概想不到，夏锦航居然会落到如此地步。而夏锦航被检察机关带走的事情瞬间就传遍了整个公司，所有人讨论得沸沸扬扬。夏政廷都因为夏锦航的事情，被传唤了过去，下午的时候才回到公司。回来的时候，夏政廷直接把夏绵绵叫去了办公室。

夏政廷狠狠地说道："我没想到这么多年我居然养了一条白眼狼！"

她安慰着："算了爸，夏锦航终究不是你的亲生子女。"

"但这些年我对他也不薄，没想到居然是这种人，我算是瞎眼了！"夏政廷狠狠地说着，"刚刚夏政钦打电话来让我给夏锦航求情，做梦去吧！"

夏绵绵就这么平静地感受着夏政廷的愤怒。

他大概是真的被夏锦航气疯了。

他说："绵绵，经过这件事情之后，我也算是吸取了教训。以后，我会好好重用你。"

"谢谢爸。"夏绵绵微微一笑，又安慰了几句。

夏锦航的事情就这么告一段落了。

他的报应足够了，夏绵绵也不会再浪费精力在他身上！

尔后，市政厅开始重新招标。

夏绵绵陪着夏政廷去市政投标。

市长当着所有人的面直截了当地说："本来项目可以顺利地重新招标，但突然出现了一点变故，开发区大山深处的20户人家约莫五十来人不愿意我们做开发，这事儿对我们市政的影响可大可小，所以如果谁可以和平地解决这个事端，我们市政就会把这个项目交给谁来完成。"

下面的人开始议论纷纷。

市长回答了现场提问的一些相关问题，同时将拆迁的补贴方案公开给了所有的集团，最后宣布散会。

夏绵绵跟着夏政廷离开。其他人也都离开了市政的办公室，挤在一个电梯里面。电梯中还有沸沸扬扬的声音，自然是对市政这次的处理有所不满。夏绵绵作为这里面说不上话的角色，只能沉默。封逸尘站在她身后，也很沉默，沉默到她觉得差点感觉不到他的存在。不过就是因为电梯里面的人有点多，她不得不往后面退了一步。脚似乎不小心踩到了谁。夏绵绵立马松开，然后连放脚的地方都没有。她就这么以金鸡独立的方式被夹在中间。

夏绵绵似乎感觉到身后有一双有力的手臂将她整个人支撑住，不回头她也知道，这么熟悉的味道来自谁。

她没有说谢谢，也没有开口说任何话。电梯很快到达，所有人出去了。夏绵绵肩膀上的手似乎就一下松开了，没有多停留。夏绵绵大步跟着夏政廷离开了。他们坐在轿车上。

夏政廷狠狠地说道："真是麻烦，到了嘴边的鸭子都吃不到！"

夏绵绵看着夏政廷，也没有敢多说话。

"气死我了！"夏政廷整个人脸色极难看，"写了那么久的方案，弄了这么一个有竞争优势的东西出来，说被否定就被否定了，市政那群人简直就是一群猪，难道民还能和官斗吗？"

夏绵绵安慰道："爸，好事多磨。"

"你立马让公关室去拿一份开发区寨子的相关资料，我们下午就进去看看，看能不能用钱解决问题！"

夏绵绵点头。她总觉得这次的突发事件，不仅仅是巧合。而接下来的几天，她却并没有发现什么端倪。夏绵绵心情有些烦躁地下班，回家，上楼。意外地，她看到封逸尘站在他的卧室门口，看着她。她恍惚觉得，封逸尘是在等她。

她打了个招呼："封逸尘。"

"我在等你。"封逸尘难得这么直接。

夏绵绵说："有事儿？"

"跟我来书房。"封逸尘转身。

封逸尘总是让她觉得他们之间遥不可及，她费尽心思也无法让他回眸一瞥。

她淡定地跟上封逸尘的脚步。

两个人坐在书房里。

夏绵绵低头玩着手机，显得有些漠不关心。

她不知道封逸尘找她说什么，而她真的觉得，不管说什么，她兴趣都不大。

"想到怎么解决这次的旅游区开发案了吗？"封逸尘问她。

"没想到。"夏绵绵直白道。

"方案在这里！"封逸尘拿出一份蓝色文件，放在了夏绵绵的面前。

夏绵绵抬头看着他。

似乎这一刻她才看清楚，他眼底下的青影好像越发重了。

她淡淡地看着方案稿，淡淡地看着他，淡淡地说道："你觉得我还会相信你吗？"

封逸尘眉头一紧。

"谢谢你的好意，我不需要了。"夏绵绵直白道。

封逸尘脸色微冷。

"之前你帮我做了这么多也不过是因为，你们封尚当时不需要这个项目，你们更期待玛雅集团的开发专利。现在玛雅集团全军覆灭，这么大块肥肉面前，我不觉得你会对我坦诚相待。"

她语气很轻，但态度很坚决。

话到此为止，以封逸尘的理解能力，她不用再多废话了。

她刚站起来，封逸尘速度更快，猛的一下拉住了她的手臂。

夏绵绵抿唇。

"我这么不值得信任吗？"封逸尘一字一句问她。

"嗯。"夏绵绵点头。

不值得！

房间里，两人陷入僵局。夏绵绵不想去看封逸尘，因为能够想象他盛怒抑或冰冷的模样。她动动手臂，用力甩开他。

"夏绵绵！"封逸尘猛的上前，直接堵住了房门。

夏绵绵眉头紧蹙："让开！"

她真的不是那么好欺负，就算打不过，也不会逆来顺受。

封逸尘口吻中带着强烈的鄙夷："你从来就不会用脑袋去想事情吗？"

是啊！

夏绵绵觉得讽刺，心想：以前你教导我的，不全部都是怎么去杀人吗？能用武力解决的事情，她从来没有想过要用脑子。她猛的一脚，狠狠地踢了出去。封逸尘眼眸一紧，狠狠地拽住夏绵绵的腿。夏绵绵动了动脚。封逸尘的力度让她根本就反抗不了。

夏绵绵说："封逸尘，够了吗？别做出一副对我好像恨铁不成钢的样子，我们也没什么关系！"

"夏绵绵！"封逸尘一字一句，"你就没有想过，你现在在夏政廷的心目中到底是什么地位吗？而这些，又是因为什么得到的？"

"这些话我不想听到从你口中说出来。"

封逸尘脸色难看到极致。

"我没想过感谢你，也不会感谢你！"夏绵绵说，"放开我。"

封逸尘眼眸一紧。

"放开我！"夏绵绵甚至在咆哮。

她真的受够封逸尘了！

她和他到底什么关系？到头来不过是仇人和仇人的关系！

封逸尘的脸色隐忍，终究放开了夏绵绵。

夏绵绵打开房门直接就走。

"夏绵绵。"封逸尘叫她。

夏绵绵没有停下脚步，但此刻手机响了。

她咬唇，拿出手机。

"龙一。"夏绵绵口气并不太好。

"心情不好？"那边传来龙一突然严肃的声音。

"上次说一起拼酒，有时间吗？"

"当然。"

"来接我，10分钟之内。"

"好。"

电话挂断，夏绵绵直接回了房间，将房门狠狠地关上。至于身后的封逸尘，她并不觉得需要去考虑他的感受！她换了一套衣服，还简单地化了个妆。龙一给她发了短信，说已经到了楼下。夏绵绵打扮完毕，提着包下楼。门口处，封逸尘站在那里，看着她明显精心打扮过的模样。

"你又想警告我什么？"夏绵绵下巴轻扬。

她承认她有些倔强。

"是不是让我不要去招惹龙一？"夏绵绵说，甚至还很理直气壮，"我就喜欢招惹龙一！"

封逸尘隐忍的怒气，这一刻真的很明显。

他手臂一动，一把将夏绵绵狠狠地禁锢在墙上。

修长的手指直接掐在了她的脖子处。

她连反抗都没有，反正反抗不了。

她就怒视着封逸尘，看着这个男人是不是又会像上一世那样，草草地结束了她的人生。

"你真的以为你有很大的能耐吗？夏绵绵！"封逸尘的话，分明在威胁。

她蓦然一笑。她能有什么能耐？她要是有那个能耐，也不会让自己和他生活在一个屋檐下，也不会想方设法地勾引他！

她说："我没什么能耐，所以我在寻找保护自己最好的方法。"

"靠龙一？"封逸尘讽刺道。

"否则靠你？"夏绵绵更加讽刺地反问。

封逸尘的眼神更冷了。

夏绵绵说："放开我。"

封逸尘禁锢她的手却在不停用力。

两个人对峙。

夏绵绵没有用力反抗，因为真的打不过，她不想自讨苦吃，而她也并不觉得封逸尘会让她。

沉默中，封逸尘将夏绵绵放开了。他的举动总是出乎她的意料，她甚至以为，今晚封逸尘就会如此，就会将她狠狠地关在房门里，不会让她出去。而在得到自由那一刻，夏绵绵根本没有停留，逃也似的大步跑了。身后人就这么看着她的背影，看着她越来越远的背影。夏绵绵一口气直接跑出了门。

小南看着小姐的模样，连忙从厨房跑了出去："小姐，你不是在家吃饭吗？"

房门已经被关了起来。

小南莫名其妙：到底发生了什么事情？

小区楼下，大门口，夏绵绵一口气跑到了门口熟悉的小轿车旁边。

自从龙一说喜欢她之后，就变得异常绅士。

他站在小车旁边，为她打开车门，看着她微有些气喘的模样，忍不住一笑："这般迫切？"

夏绵绵看了一眼龙一。

这货还真的喜欢往自己身上贴金。

她懒得解释，坐进了他的车后座。

龙一坐在她旁边。

"和封逸尘吵架了？"龙一询问。

"你真不像是个八卦的人。"

"仅对你而已。"

夏绵绵说："嗯，和封逸尘吵架了。"

"和他离婚吧，跟我。"龙一直白道。

这个男人好像不太会拐弯抹角，说的话这么直接。

夏绵绵承认此刻她有点回答不上来，缓缓笑了笑："我考虑考虑。"

龙一也不会强迫她。他只是把自己的想法表达出来。至于对方要不要同意，那是对方的事情。而且……如果对方不同意，但他认定了，他就等。如果对方不同意，他也觉得不值得，他就不等。对他而言，生活就是这么简单，没有那么多复杂的爱恨纠葛。车子终于在半个小时后停靠在了一家装修别致的餐厅门前。不算特别高档的地方，但地方特色十足。夏绵绵跟着龙一走了进去。

服务员恭敬无比。

龙一似乎是经常光顾这家餐厅，一路走过，喊"龙少"的声音不绝于耳。

两个人选择了一间包房。

龙一的保镖在门口恭候。

夏绵绵和龙一坐在一张大桌子旁边，龙一拿着点菜单，礼节性地询问："想吃什么？"

"有肉有酒就行。"

"这里也有小龙虾。"

"好。"

龙一对着服务员点了些菜，叫了两箱啤酒。

菜还未上桌，龙一就让服务员将啤酒全开了，摆放在他和夏绵绵的面前。

夏绵绵觉得这种感觉甚好。

她取下脖子上的薄丝巾，一副要大干一场的样子。

而这个举动，让龙一的眼眸一紧。

夏绵绵当然有注意到他的视线。

她今天系丝巾，一方面是为了美观，另一方面实际上是想要遮住脖子上那有些狰狞的咬痕。

她抿唇，刚刚一个高兴，就给忘了。

好在她也不觉得应该对龙一负什么责，淡淡地解释道："封逸尘咬的。"

"我知道。"

"你要不喜欢，我再遮住。"夏绵绵觉得，犯不着影响了彼此的心情。

"好。"龙一点头，还真的没有半点犹豫。

夏绵绵喜欢龙一的性格。

她喜欢直来直往的人。

她受够了封逸尘的阴气重重、心思复杂。

她把丝巾又重新系好，然后拿起酒瓶，给自己倒了一杯。

龙一也给自己满上。

两个人干杯。

说是拼酒，其实也没有拼酒的架势。

就是你一杯我一杯，反正饭桌上的酒瓶空了一个又一个。

"对了，你今天主动找我有什么事情吗？"夏绵绵询问。

"没什么事情。"龙一说，"想你了。"

夏绵绵觉得自己此刻也是老脸一红。

龙一有时候太过直接也让她有些招架不住。

"我听说你们夏氏和市政的一个项目出了点问题。"龙一倒酒，干杯。

夏绵绵点头："你知道的还挺多。"

"为了能够更好地了解你。"

夏绵绵微微一笑。

"听说是在开发的地方有一个寨子，里面的村民对开发项目非常反感，在市政闹事儿？"龙一询问，在确定。

"嗯。"

"需要我出手帮你吗？"

"怎么帮？"夏绵绵好笑地看着他。

"你觉得我能怎么帮你？"

"不用了。"夏绵绵摇头，"有些时候武力解决不了根本问题。"

"但不得不说，很多时候却会得到意料外的收获。"龙一肯定道，"就像前几次一样。"

比如前几次的夏锦航和张文凡！

夏绵绵摇了摇头："算了。"

"我一直以为你不是一个心软的人。"

是啊。她并不心软。但她也不会滥杀无辜。寨子里面的人天生淳朴，她不想用那种蛮横的方式去对待他们。对人对事，她有一个自己的底线。

龙一也不强迫，只说："只要你一句话，一个寨子的人而已，不成问题。"

"嗯。"夏绵绵点头。

两个人又喝了起来。

面前的啤酒，每人一箱12瓶装已经空空如也。

龙一又让人上了两箱。

夏绵绵其实有些头晕了。

但她的酒量……该怎么说好呢，就是越喝会越清醒，但肚子会胀。

她去上了好几次厕所，回来又不停地和龙一拼酒。

又是一箱啤酒下肚！

夏绵绵觉得自己实在是喝不下了。

她看着眼前面不改色心不跳甚至连脸都不会红一下的龙一："啤酒喝不醉？"

"你也很强。"龙一看着她，说得很淡定。

"不，我已经有点醉了。"夏绵绵承认，"看你都有点模糊。"

"所以算是结束了吗？"

"我不想现场直播。"

"那我送你回去。"

"算了。"夏绵绵起身，身体都有些摇晃。

龙一看着她。

"不想你心灵受到创伤。"夏绵绵一笑。

龙一似乎知道夏绵绵在说什么。

"我能自己回去。"夏绵绵又补充。

"嗯。"难得地，龙一没有阻止。

这个男人不是一个心细的男人，大概也不会想到，一个有些酒醉的女人在晚上一个人回去并不太安全。这样的龙一反而很好，不拘小节，霸道却又懂得尊重。她踩着高跟鞋走出了包房，走出餐厅大门。驿城已经入秋很久了，晚上的天气越来越凉。她深呼吸了一口气，让秋风将自己有些醉的混沌意识唤醒。龙一的酒量果真很好。

夏绵绵陡然觉得，龙一越来越合她的口味了。

她淡淡地笑了笑，准备拿起手机拨打电话。

这一刻，她才突然反应过来，刚刚离开的时候把自己的包落在了包房中。

她折回去，推开包房的房门。

哕……哕……房间内，响起一阵一阵呕吐的声音。

夏绵绵眉头微皱。

包房的卫生间还传来一些说话的声音："大少爷你怎么样？需要给你去

157

买点醒酒药吗？"

哕……

又是一阵撕心裂肺的呕吐。

夏绵绵嘴角蓦然一笑：这个死要面子的男人！她拿过自己的包就离开了包房，然后打了一个出租车离开。她其实从刚刚离开的时候就没有打算要回去，她有时候也觉得自己很任性。但她却不想让龙一知道。她只是不想给这个男人太多的希望。夏绵绵在附近随便找了一间酒店住了一晚。第二天起床，夏绵绵打开手机，里面什么信息都没有。她还期盼封逸尘会找她？她来到办公室打开电脑，上班。此刻时间很早，好一会儿，办公室才陆陆续续有人。

夏柔柔很少看到夏绵绵这么早到办公室，没什么好脸色地睨了她一眼，回到自己的座位上。

9点15分，夏绵绵去了夏政廷的办公室。

昨晚她和龙一喝酒，一方面是真的想和龙一拼酒，另一方面当然也是想要放松一下自己。

人需要放松，一放松就会有灵感。

她其实也是灵机一动。

她走进夏政廷的办公室，坐在他对面："爸，我昨晚突然想到了怎么去解决寨子拆迁的事情。"

"嗯？"夏政廷有些激动，很明显。

"拆迁确实是一件很困难的事情，村民很反感，我们如果用强迫性的手段可能会引起不必要的麻烦。"夏绵绵说，"所以，我们不拆迁。"

"什么意思？"夏政廷皱眉。

"旅游区开发项目没有说一定要拆迁才能完成，只要可以开发就行。谁说一个旅游景点里面不能有居民，不能有他们独有的寨子？"夏绵绵一字一句，"我们现在不仅不拆迁，我们还要把寨子保护起来，我们给他们建造家园。"

夏政廷惊讶，他完全没有想到。

她起身："我去把方案稿写出来。"

"简单点就好。"夏政廷说，"时间要紧。"

"嗯。"

夏绵绵回到办公室写稿。

下午，夏政廷带着夏绵绵去了市政，市长亲自见了他们。

夏政廷递送了他们的方案稿并进行解说，得到市长的高度肯定，直接就拍了板，而后就向外发出了通知，最终和夏氏集团签订旅游区开发项目的合作协议。

这一消息一时之间在商界沸腾了起来。

夏政廷在商界又扬眉吐气了一把，甚至让封铭威黑了脸。

封尚代理董事长办公室。

封铭威将手上的笔狠狠地砸在了办公桌上，愤怒地对着面前的封逸尘道："怎么回事儿？"

封铭威刚刚接到市长秘书室的电话，说旅游区开发案的项目已经确定给了夏氏集团。

封逸尘没有说话。

"用了那么多方法，最后还是落在了夏政廷的手上！"封铭威狠狠地说道，"你让我很失望！"

"对不起。"

"对不起有什么用？！"封铭威怒视，"你从来没有失误过，这次为什么会败在夏氏的手上？你让我在商场上的面子往哪里搁？"

"没想到夏氏会这么快找到解决的办法，本来村民一直很排斥。"

"说这些有什么用？！"封铭威脸色难看到极致。

他根本不听任何解释。他在乎的只有他的切身利益！当初为了给玛雅集团面子所以不去争这个项目，后来玛雅退出了，他好不容易搅和了这个项目，居然在这短短几天时间，又让夏氏得逞了。

"给我出去，好好反省一下！"封铭威大声说道。

封逸尘不再多说，离开封铭威的办公室。

他回到自己的办公室。

偌大的办公室，一面大大的落地窗。

他的办公室楼层很高，透过落地窗基本能够看到整个驿城，繁华一片。

他眼眸微紧。

封尚集团和夏氏集团离得不远，都在商业圈中心的位置，几栋大楼也都

159

耸立在其他楼层之上，所以他站在这里可以非常清楚地看到"夏氏集团"几个烫金的大字。

他转身，按下电动窗帘，然后直接走出了办公室，提前下班。

他开车回到家。

房门打开，家里依然只有林嫂和小南。

小南很热情地给他递上拖鞋："姑爷，你回来得真早。"

封逸尘微点了点头。

"那个……小姐还没回来。"小南说，小心翼翼地看着封逸尘的表情。

今早起床小南才知道，小姐昨晚一夜未归。她总觉得姑爷和小姐之间，矛盾很深。封逸尘没有说一个字，也没有任何表情，直接上了楼。他回到书房，面前还有那份蓝色文件，夏绵绵根本没有动。而她却解决了这个旅游区开发案的难题。他把文件往垃圾桶里面一扔。可能他确实有些多余。他在书房坐了一会儿，恍惚听到了房门的声音，听到了小南兴奋的声音。其实他也就提前下班不到10分钟，这个时间点夏绵绵该回来了，如果她还会愿意回来。两分钟之后。书房的门被人推开，夏绵绵站在门口。封逸尘抬眸看着她。

两个人，四目相对。

就是这般，平静又……火光四射！

她说："封逸尘，我拿下方案了。"

口吻中有些得意。没有靠他，但最后她还是拿下来了。封逸尘看着她的眼眸微转，嗯了一声，没有任何情绪。夏绵绵有时候觉得自己有些幼稚的举动，真的很白痴。她离开，封逸尘也可以这么淡漠地看着她离开的背影，不会主动开口，不会询问。书房瞬间就恢复了死寂一般的安静。他眼眸微动，电话此刻突然响起。

他看到来电，接通："妈。"

"逸尘，你回别墅一趟。"杨翠婷说，"你爷爷召唤。"

"嗯。"封逸尘点头。

"应该是说这次项目的事情，你做好心理准备。"

"嗯。"

封逸尘挂断电话，起身直接出了书房，下楼，走向大门。

"姑爷，你又出门了呀？晚上要在家吃饭吗？"小南在身后询问，声音有些大。

站在二楼栏杆旁的夏绵绵听得很清楚。

"不在。"丢下两个字。

夏绵绵收回视线。她内心一片平静。转身，准备回自己的卧室。刚走到门口，突然转身，走向了书房。书房中很整洁，里面除了书桌、椅子之外，书架上摆放了很多书。夏绵绵当然对书本没兴趣，她不是一个喜欢主动学习的人，除非无可奈何。眼眸在书房转了一圈，她看到了垃圾桶里面的那份蓝色文件。她捡了起来，翻开。之前她不要，是因为不相信封逸尘。现在……她当自己抽风。她看着里面的文案稿。封逸尘写商业方案永远都是那么娴熟周到、简洁明了。而理念……和她的一模一样。

封逸尘早就想到了这个方法，但他却没有拿出来。如果他提前拿出来，那么这个方案就会是封尚集团的。

心里不知道什么情绪，她又淡淡地将文案稿扔进了垃圾桶。

封逸尘不要的东西，她也不要。

她总是害怕，重蹈覆辙。

封逸尘去了封家别墅，晚上很晚了才回来。

他心情并不太好，游走在大街上。

他没有过过一天安宁的日子，尽管表面看上去他出生在一个让人嫉妒的家庭——有钱，有文化，还有和和睦睦的一大家人……其实他也不知道自己怎么突然有一天会在那个残忍的环境下，不停地挣扎生存。

他从很小很小开始，就要分饰两角，或者三角，或者很多角。

他要表现出豪门大少爷的良好教养及高贵品质，又要保留杀手的冷血无情甚至残忍；他要装成一个文人清新高雅，又要变成铜臭味十足的商人阴险狡诈……

封家没有人教他怎么去让自己适应这么多角色，而他，一路走了过来。有很长一段时间，他找不到自己的心在哪里。

他很累。

但生活还是会继续，他还是会让自己走下去。这似乎就是本能。他不会为自己去申诉，也没有那个时间去感伤。

封逸尘把车子停在了小区车库里。

有一段时间，他会在这里待很久。

大概是和夏绵绵冷战的那会儿，他每次回来，就会在这里，坐在小车上，沉默地等待时间流逝。

他其实习惯了一个人。有时候他甚至希望，不要有人靠近，不要靠过来。他看了看腕表上的时间。这个点，大概大家都睡了。他走出轿车，关上车门走进电梯，回到家。客厅里，一片漆黑。封逸尘上楼，尽量让自己不发出什么声音，他不想影响到谁。而他刚走上楼，夏绵绵就这么自若地站在她的卧室门口，淡淡地看着他。

"我想了想，我不应该责怪你。"夏绵绵说得直白。

封逸尘看着她。

"昨晚我太激动了。"夏绵绵一直看着封逸尘，"我刚刚看了你打算给我的方案稿了，和我的想法一模一样，当然你的更详细、更周全。我应该是错怪你了，在这里跟你说声，抱歉，然后，谢谢。"

封逸尘并没有回应。有时候他反而觉得，夏绵绵激动一点更好。激动，至少说明她在乎。而平静，说明她没什么感情。"不早了，你早点睡吧。"夏绵绵转身就准备回房。她今晚想了很多，她觉得不应该和封逸尘冷战，她毕竟死过一次，死过一次的人应该理性地看待问题，不能这么情绪化。她刚走进卧室。

"夏绵绵。"封逸尘突然叫她。

她都以为他不会开口说话。

"别去招惹龙一。"封逸尘又是这么一句话。

他没有回应她刚刚说的那些，却还是让她远离龙一。

夏绵绵不知道为什么封逸尘那么怕她去惹龙一，她说："龙一不是你所看到的那样，他人很好，我有心，我感觉得到。"

她没有半点要激怒封逸尘的意思，她真的只是在为龙一辩解。龙一不是外人想的那么冷血无情。至少龙一对她就很暖。她还能想起昨天晚上那货喝醉酒在厕所吐得撕心裂肺的模样，只有单纯的大男孩才会这般死要面子，至少封逸尘不会。封逸尘做不到的事情，绝对不会有任何理由可以让他去尝试，比如喝酒。不管任何场合，他都滴酒不沾。他就是这么一个成熟稳重的男人，他不会留下任何可以让人找到他的漏洞的机会。这种人活得是不是很可悲？

这种人不懂得放纵，不懂得适时玩乐，甚至不懂得生活。

"对不起，除了这件事情，我想其他事情我应该可以答应你。"夏绵绵说。

她能感觉到封逸尘有些压抑的情绪，就算脸上依然毫无表情。

封逸尘转身走了。他没有给她任何回答，转身离开，走进自己的房间，将房门关上。在封逸尘的心目中，她算不算很花心？一方面她想要睡他得要命，另一方面她又和其他男人勾搭不清。也不知道为什么，她就是不想对他直言，昨晚她其实是一个人睡在酒店。她也转身回房，躺在床上，反而有些睡不着。

今晚她一直失眠，当然也是为了等封逸尘。

等到了，她却还是失眠。

翌日一早。

夏绵绵在闹钟响起的那一秒就醒了。今天上任，不得不说，她还是有些小激动。昨晚的那些复杂情绪，就都去见鬼吧！她简单洗漱一番，然后换了一套特别正式但又不乏时尚干练的职业套装，愉快地出门。楼下，意外地，封逸尘在。封逸尘总是会有些奇异的举动让她觉得很反常。夏绵绵坐下来吃饭。封逸尘坐在她的旁边。她想，那些矛盾就这么翻篇吧。成年人之间不需要那么多解释，也没有那么多理由。吃过早饭之后，两个人还一起出门上班。小南开车送她。

封逸尘开自己的轿车。

其实都是一条线，隔了三条街。

小南透过后视镜看着封逸尘的轿车，回眸对着夏绵绵说："小姐，你和姑爷算是和好了吗？"

"怎么看出来的？"

"就是感觉出来了呀。"小南很是聪明地说道，"你以后也不要和姑爷生气了，我总觉得姑爷很不容易。"

"是吗？"

"是的。你看姑爷什么时候笑过，我都在想姑爷是不是不会笑。"小南叹气，"也不知道姑爷要怎样才会开心。"

"你怎么这么关心封逸尘？怎么着，被他的美色所吸引？"

"小姐，你就会打趣小南，我也是想让你和姑爷天长地久啊！"

夏绵绵淡淡地笑了笑。

天长地久有时尽，此恨绵绵无绝期。这就是她和封逸尘的现状。小南一路上又在嘀嘀咕咕说个不停。

夏绵绵就这么听着，有时候应两声。生活太压抑不好，夏绵绵觉得小南的状态不错，还能适当排解她不太舒坦的情绪。

到达夏氏大厦，夏绵绵一路走过大厅，走进电梯。

周围很多人，全部都无比恭敬地叫她"夏副总"。

因为拿下了项目，因为夏锦航被绳之以法，所以，夏政廷直接任命她为副总，给她升了职。

一个OA出去，尽人皆知。

她回眸一笑，点头示意。

她一走进大办公室，办公室突然响起礼花炮筒的声音。

夏绵绵脚步顿了顿。

"恭喜夏副总。"所有人排成了两排，鼓掌欢迎。

夏绵绵觉得有些隆重，但还是欣然接受了。

她说："谢谢。"

其他人又说了些恭维的话。

职场从来都是如此，但见新人笑，哪闻旧人哭。

夏锦航就真的成了历史。夏绵绵转眸看了一眼夏柔柔，看着她站在人群中，脸上的不爽以及妒忌真的很明显。夏柔柔做梦都想不到，她们一起进公司，一起在公司拼搏，她用了那么多手段，最后的结果依然是她夏绵绵风光无限。夏绵绵穿过人群，回到自己的办公室。一个晚上，办公室焕然一新。她起身，走向大大的落地窗。自动窗帘打开，整个城市的风貌尽收眼底。

她眼眸看着对面不远处的封尚集团，几个烫金的大字很是明显。她静静地站了一会儿，回到自己的位子上。她打开电脑，对各个项目进行一个时间节点的安排，又开始暗无天日地投身在工作之中。她总觉得有处理不完的事情。也难怪，她还是新手。

下午快要下班的时候，夏政廷突然给夏绵绵打电话。

"晚上回家吃饭。"

"有什么事儿吗？"

"没什么，你升职了爸给你庆祝一下。"夏政廷笑道，口吻很慈祥。

夏绵绵一口答应："好。"

她也懒得去揣摩夏政廷的意思了。

"你叫上封逸尘一起。"

"嗯？"夏绵绵蹙眉。

"他终究还是我们夏家的女婿，不管怎样，表面上我们还是得过得去。"

"嗯。"夏绵绵点头。

人就是这么虚伪，特别是商场上的人。

挂断电话后，她给封逸尘拨打电话。

那边传来熟悉的低沉嗓音："嗯。"

"是我，夏绵绵。"

"我知道。"

"晚上我爸让我们回去吃饭。"

"好。"封逸尘一口答应。

夏绵绵倒是觉得稀奇。

"10分钟后我来接你。"

"哦。"

夏绵绵拿着电话有些发呆。她突然有点想不明白，他们之间到底算什么关系？封逸尘到了楼下，给她发了短信。夏绵绵下班，正好遇到夏柔柔也下班。两个人在一个电梯里面。

夏柔柔说："爸让你回家吃饭。"

"嗯。"夏绵绵点头。

夏柔柔没什么好脸色。今天夏政廷还专程给夏柔柔打电话，说晚上叫了夏绵绵回家吃饭，给她庆祝升职的事情，让夏柔柔不要缺席。她都不明白，夏绵绵为什么有那么多的狗屎运？夏柔柔从未这么恨过一个女人，仿若之前那十多年欺负夏绵绵的过去，在这大半年的时间全部都被夏绵绵还了回来，她还被哐哐地使劲打脸。她心情很不爽，从脸部表情就能够看出来。

夏绵绵冷冷一笑，也没有搭理夏柔柔。

电梯到达，夏绵绵踩着高跟鞋走出电梯。

大门不远处，封逸尘的轿车停靠在那里。

夏绵绵直接走了过去。

夏柔柔当然也能第一眼就认出封逸尘的轿车，咬牙大步跟了上去。

夏绵绵刚打开车门准备进去。

"姐，你不介意我搭一下车吧？"夏柔柔说，"今天刚好家里的司机有事儿不在。"

"我无所谓。"

"逸尘，你呢？"夏柔柔对着封逸尘，含情脉脉道。

"嗯。"封逸尘给了她一个大冷脸。

夏绵绵有些好笑，笑着坐到副驾驶座。夏柔柔也没有因为封逸尘的冷漠而放弃，自若地坐在了后座。车子行驶在车水马龙的街头。

夏柔柔主动开口："这次姐真的好棒，一举拿下市政旅游区开发案的项目，我爸都对姐大加赞赏。"

封逸尘认真地开车，并不为所动，也没有回应。

"我听说，这个项目封尚也在跟。"夏柔柔故意说道。

夏绵绵嘴角一笑。夏柔柔的小心思还真的不难揣测。

她说："柔柔，这个项目就是封逸尘让给我的。"

夏柔柔一怔，这一刻跟吃了大便一样，说不出一个字。夏绵绵就是能够一句话让夏柔柔哑口无言。车内总算陷入了沉默。车子到达夏家别墅。三个人一起走进大厅。大厅中，夏绵绵看到除了夏政廷和卫晴天以外，还有一个熟悉的人，夏以蔚。卫晴天终于忍耐不住了，把夏以蔚叫了回来。

夏柔柔要是知道，自己也不过是她母亲的一个利用工具，大概就不会这么嘚瑟了。

夏绵绵不动声色地走进大厅，非常自若地和夏以蔚打招呼："以蔚，你回来了，真的太惊喜了。"

"大姐。"夏以蔚显得很友好，"上次没能回来参加你的婚礼，我很是过意不去，当时我正在非洲那边做义务支援。"

"没关系，我们都能理解，是吧封逸尘。"

封逸尘点头。夏以蔚笑了笑。一家人其乐融融。大家在客厅聊了一会儿天，才围坐在满是山珍海味的饭桌旁。说是庆祝夏绵绵升职，倒不如说是庆祝夏以蔚回来。夏绵绵当然不会多说。

饭席间倒是夏政廷主动开口，心情似乎是真的很好："好久没有一家人坐在一起吃饭了，大家都多吃点。"

"谢谢爸。"夏绵绵开口。

166

夏以蔚和夏柔柔也都附和着，说了些好听的话。

"今天的主题，主要是恭喜绵绵升职。"夏政廷说，"当然，顺便迎接一下以蔚回国。"

夏绵绵笑了笑。所有人举杯。

一番庆祝之后夏政廷有些语重心长地故意说道："逸尘，希望这次和市政的项目，你父亲没有多想。"

"正常的商业竞争，爸不需要有任何内疚。而且我看过你们对这次项目的规划了，我自愧不如。"

"你客气了。"夏政廷笑得爽朗，"你是职场老人，绵绵才入门，以后还需要你多多教她，很多地方她都不成熟。"

"我会的。"封逸尘点头，许诺。

一群言不由衷的人！

夏绵绵就静静地扒饭，静静地看着他们的虚伪。

"对了，今天还有件事儿我要跟绵绵说一声。以蔚回国之后也不能就在家里闲着，得让他进公司，我打算也放在你那里，行吗？"

"当然可以。"夏绵绵一口答应，还很兴奋，"我就是希望有一个人可以来帮我，我也怕自己做不好。"

"你要相信你自己，但有以蔚帮你，我当然更放心。"

"嗯。"夏绵绵没有表现出任何情绪，只点头。

她心里明白得很，自己不过是下一个夏锦航而已，连做法都如出一辙。

"大姐，以后就请你多多关照了。"夏以蔚主动敬酒。

夏绵绵也不推托，直接干了。夏政廷看着他们，不由得笑道："绵绵真的是很懂事，爸对你是真的越来越欣慰了。"

夏绵绵显得有些羞涩。夏柔柔在旁边，各种不是滋味。以前在家的时候，毫无存在感的角色从来都只有夏绵绵，现在反而是夏柔柔自己。一顿饭在大家的各怀心思中结束。夏绵绵和夏以蔚被夏政廷叫去了茶室，谈事情。夏柔柔看着他们的背影，心想：在这个家里面，她到底算什么？她狠狠地咬着嘴唇。

卫晴天能够感受到自己女儿的情绪，她转眸看着夏柔柔，示意她不要轻举妄动，与此同时，用视线提醒她坐在一边的沙发上，挨着很有教养地在看电视的封逸尘。

夏柔柔灵机一动，眼眸中突然有了色彩。

她起身，让用人从厨房拿了些水果，顺便把水果刀拿出来。

她亲自削水果，然后将水果分成一牙一牙的，特别贤惠地递给封逸尘："我爸他们可能还会谈一会儿，你吃点水果。"

"谢谢。"封逸尘道谢。

他没有拒绝，吃了起来。

夏柔柔从小跟着她母亲，也知道怎么讨好男人，女人在家里面那些事情她全都会。

"好吃吗？"夏柔柔询问。

"嗯，很甜。"

夏柔柔自若地坐在封逸尘的旁边，两个人之间，若即若离。卫晴天非常知趣，对封逸尘说有点不舒服，上楼休息一下，将偌大的空间留给了他们两个人。封逸尘看着卫晴天的背影，没什么特别的表情。夏柔柔见自己母亲离开，知道母亲是在给她机会，她又坐近了些。封逸尘此刻没有移开。

"逸尘，你过得怎么样？"

"很好。"

"我想也是。"夏柔柔有些失落，"我姐现在这么能干，你应该会很喜欢她。"

封逸尘没有回答，有时候就是会让人觉得，沉默就是在默认。夏柔柔内心情绪一直在波动。

她说："我还是这么单着一个人。"

封逸尘将水果盘放在面前的茶几上，淡淡地说道："没遇到合适的，就这么单着吧。"

这一句话，夏柔柔听不出任何语气。

封逸尘突然从沙发上站起来，走向了夏家的别墅后院。

夏柔柔跟着追了上去。

她用很温柔的口吻开口："逸尘，你还记得我们小时候第一次见面吗？"

"嗯。"

"那个时候我才几岁，你也还小。当时我爸生日，有好多小朋友，所有小朋友都特别调皮，就只有你，一个人在角落，不说话，也不会笑。"

封逸尘没有回答，那种感觉就像是，他在回忆一般。

这种感觉让夏柔柔不禁心里一动："我是第一个注意到你的小孩，我穿了一条白色的公主裙，我拉着你的手让你和我一起玩，你同意了。"

封逸尘眼眸看着头顶上的圆月，秋高气爽，都晚秋了，还是这么明亮。他确实在回忆当时的事情。那个时候的他已经开始接受不同的教育了，他脸上的笑容越来越少，变得越来越自闭。他很长一段时间理解不了那些，但又必须去忍受。那个时候，他就像一个异类一样被所有小朋友排斥。

他记得那个时候，有个小女孩战战兢兢地靠近过他，她说："我，我是你未婚妻……"

他那个时候笑了。他在想，那个女孩可能都不知道未婚妻是什么意思。指腹为婚，有多可笑。

小女孩鼓起勇气说："你以后一定要娶我。"

他没有点头。因为不知道以后长大了会发生什么，他可能活不到以后。当然，他也并没有对那个小女孩有任何感情，她太懦弱了，在另外一个小女孩靠近的时候，她就逃跑了，带着惊恐跑了。后来他很长一段时间就是和另外一个小女孩在一起，而那个让他娶她的小女孩，离他越来越远。他现在想来，那个时候那个女孩让他娶她，大概是因为，她单纯地只是想要离开这个家庭。她生活得很不好，所以想要有个人来帮她离开。这么多年后的现在，他都很惊奇，他还能记得那个时候夏绵绵的模样。

他回眸："我想一个人静静。"

他在拒绝夏柔柔。夏柔柔打算说的话，就这么堵在了喉咙处。她难以置信地看着封逸尘。刚刚两个人的气氛不是还很好吗？她大大的眼睛流露出委屈。

"不过就是想要和你叙叙旧，就这么难吗？"夏柔柔问他。

她真的不知道自己因为这个男人哭了多少次了。

封逸尘看着她的模样，喉咙微动，选择了沉默。

"我知道我们不可能了，可是我真的不知道我做错了什么。你结婚了，你就变成了另外一个人，站在原地一直不想离开的，永远都只有我！"

"对不起。"封逸尘开口，声音很轻。

"我真的不想你说对不起。"

"其他的我无话可说。"封逸尘拒绝，声音冷漠。

夏柔柔就知道会是这样。她默默地哭泣。此刻除了守着他哭之外，她真的不知道该怎么办。

封逸尘说："时间久了，什么感情都会淡了。柔柔，你保重。"

"封逸尘！"夏柔柔一把拉住他。

在他明显转身要走的时候，夏柔柔拉住他的手臂，很用力。

"我听说，你没有碰过夏绵绵，是不是真的？"夏柔柔大声问道。

封逸尘眼眸一紧。

"既然你不喜欢夏绵绵，你为什么就不能给我点机会？我不要名分，我就仅仅只是想当你暖床的工具！"夏柔柔说得很激动，显得很崩溃。

封逸尘冷漠道："我不需要。"

"我都卑微到这个地步了。"夏柔柔哭泣。

她都这么难过了，封逸尘为什么可以这么冷漠？

她说："给我一个吻可以吗？"

封逸尘蹙眉。

"我会有这样的要求很可笑是吧。这么不要脸的要求，我还是说了出来。你都不知道，我有多渴望。"夏柔柔看着他，"我多渴望，你可以主动亲我，就是……就是很想……"

夏柔柔真的已经泣不成声了。

夏绵绵想，如果她是封逸尘，她立马就会靠过去。亲一下而已，不是什么大事情。她甚至觉得，她要是封逸尘，面对如花似玉又这般楚楚可怜的女人，上床都行。床上这副模样，该多爽。她就站在二楼的外阳台上，淡淡地甚至有些饶有兴趣地看着楼底花园中的两个人。其实她看了很久了。在夏政廷交代了很多之后，她就站在二楼阳台上这么看着。她很想看看封逸尘亲吻夏柔柔的时候是一个什么模样！

会不会是一脸温柔，一脸情深，抑或仅仅只是怜惜？

话说封逸尘真的太冷了。

夏柔柔如此楚楚动人的模样，她觉得作为男人甚至都不应该犹豫。

他这么犹豫这么冷漠，夏柔柔该多伤心！

夏绵绵眼神直直地看着他们，看着封逸尘无动于衷的模样。

"求你，别拒绝我，我不会缠着你，真的……就是很想……"夏柔柔哭得都快断气了。

夏绵绵想，这个时候封逸尘该心软了吧。她眼眸看着封逸尘，很仔细地在看。她真的特想在封逸尘的脸上看到很多不一样的情绪，哪怕对其他女人也好，至少让她找到点他的弱点也好啊！她看着他的视线，这一刻，蓦然一动。封逸尘眼眸一抬，眼神就这么看了过来。夏绵绵反而有一种被抓奸在床的人是自己的感觉。她在心虚个什么鬼！何况封逸尘的脸色这么臭，是因为她打扰到他们了。她这个时候是不是应该，回避？

"还是不可以吗？"夏柔柔问他。

"不可以。"封逸尘回眸，对着夏柔柔如此绝情。

夏柔柔的内心一定是崩溃的，不，一定是崩塌的。

夏柔柔捂着自己的心口，看着面前的封逸尘。

阳台上，夏绵绵收回了视线。

她懒得看了！她回到茶室，又和夏政廷及夏以蔚言不由衷了会儿，离开了夏家别墅。她坐着封逸尘的车离开。轿车开得还算平稳。

她静静地开口道："刚刚夏柔柔又向你表白了？"

封逸尘抿唇。

他总是用这些简单的面部表情来回应。

夏绵绵又说："如果刚刚没有看到我，你会不会亲下去？"

"不会。"

"为什么？"

"不想。"

"其实你和夏柔柔都上过床了，这种亲密的事情也不少了，多做一次而已。你看看夏柔柔那受伤的小脸蛋，我见犹怜，何况你！"夏绵绵转头看着封逸尘冷漠的脸，"忍得很辛苦吧。"

封逸尘脸色冷漠。

夏绵绵就知道，在封逸尘的脸上看不到任何情绪。

"无须忍耐。"夏绵绵说，"夏柔柔都说了愿意给你暖床，你也不要刻意压抑自己的天性。我听人说，男人忍得太久，对身体不好，你总不能真的这么清心寡欲一辈子，至少传宗接代还是要有的吧……"

车子突然猛的一个刹车。

夏绵绵觉得安全带一紧。她狠狠地怒视封逸尘。能不能不要在她说得高兴的时候突然这样？她的话都还没说完，想吓死谁？我去……

嗯……夏绵绵嘴上突然就被堵住了。

封逸尘停好车迅速抽离安全带，身体直接靠过去一把将夏绵绵的身体压

171

住，唇瓣就这么粗鲁地压在了她的唇瓣上。

紧紧相贴。

夏绵绵琢磨着，封逸尘是不是搞错了？想要被人亲吻的是夏柔柔不是她。她刚刚说那些没有醋意，她真的是在好心提建议。啊……夏绵绵下巴突然一疼。她不就是紧闭了牙关而已，这货居然这么用力！

她一张嘴，舌头直驱而入，疯狂地吮吸纠缠着她的唇舌，缠绵不休。

彼此的气息变得越来越重。

夜色正好。

发生点什么，才更好。夏绵绵最后就没怎么反抗了，尽管没有半点主动。很难再让她主动了。她也是有自尊的，当然不知道什么时候这个自尊就会突然消失，毕竟……封逸尘突然撩她了。她就是这般不矜持。夏绵绵的身体就是这般敏感。吻……疯狂而炽烈。

"啊，痛！"夏绵绵尖叫。

封逸尘这厮属狗的吗？！

她摸着自己的嘴唇，看着他突然放开了她，看着他难得地有那么一丝微喘。

两个人眼神对视。

"可以闭嘴了吗？"封逸尘问她。

所以……她是被嫌弃话多了？她翻了一个大白眼。她看着封逸尘，看着他按下双闪警告灯，拉开车门下了车。夏绵绵莫名其妙地看着封逸尘的举动，看着他站在路边拿着烟抽了起来，抽得有些急促。封逸尘的烟瘾有这么大吗？夏绵绵靠在小车座椅上。她摸着自己的嘴唇，刚刚的温度似乎还在。封逸尘的吻技真的不错，吻得她全身都变得软软绵绵。

怪不得杀手喜欢用情杀的方式，因为那个时候，人的防范意识是最低的。

她在车上等了一会儿。

封逸尘抽完烟，回到小车上。

车子又行驶在了街道上，刚刚的事情就像没有发生一般，封逸尘的表情又恢复了冷漠。

夏绵绵也没有再自讨没趣。

第六章　婚内强上

到达家里，小南和林嫂还在等他们回来，小南热情无比地到门口迎接他们，把拖鞋放在了他们面前，一抬头就看到夏绵绵嘴上的伤痕，忍不住问道："小姐，你的嘴怎么了？"

夏绵绵没回答，看了一眼和她一同进门的封逸尘。

封逸尘此刻也转头看着她。

她看着封逸尘的表情，琢磨着他咬得不轻。

"怎么了？"小南是黄花大闺女，生活也比较简单，不明白状况。

"没什么，被狗咬了一口。"

"……"封逸尘脸色微沉。

"狗！"小南惊呼，"那是不是要打狂犬疫苗？"

小南的声音特别大。走在前面的封逸尘明显身体一顿。脸大概已经黑到脚底了。

夏绵绵忍不住一笑："这个段子不错。"

小南被搞得莫名其妙。

夏绵绵回到房间，关上房门。她躺在大床上。是不是真的应该打狂犬疫苗？封逸尘这种男人明显有毒，真的有毒。她的大长腿不自觉地交叉磨蹭了一下。她起身打算去浴室洗澡，冲一下凉水澡也好。她脱掉衣服、裤子，往浴室走去。房门外突然响起敲门的声音。

她以为是小南，以小南的性格，应该会特别八卦地来问她被咬是什么滋味……

她毫不避讳地直接拉开了房门。

小南看她的裸体的次数很多，一年多前在医院的时候就是小南伺候她，每天给她擦干净身体，所以她对小南也没有什么好避讳的。然而房门打开那一刻，夏绵绵蒙了。嗯，比她更蒙的应该是门口的封逸尘。封逸尘眼神扫了她一眼，速度很快，但那一刻她就是觉得封逸尘全都看光了。封逸尘突然转身。其实她也没有裸体啦，还是有穿小内裤的。

她真的没想到封逸尘会敲她的门，她琢磨着她永远都不会被封逸尘主动翻牌。

"你穿上衣服吧。"封逸尘说完，并没有离开。

夏绵绵无语。她现在只想洗澡，洗个冷水澡。她去拿了一件浴袍，松松垮垮地穿在自己身上。被看光的是她，他在不好意思什么？

"好了。"夏绵绵说。

封逸尘转身，看着她穿着浴袍的模样，她穿得很随意，半个香肩都露了出来，莫名觉得色情无比。

"找我什么事情？"夏绵绵询问。

封逸尘回眸，喉咙微咽："可以吃的，擦一点。"

他拿出一瓶药膏。

夏绵绵接过，当然知道是给她送药来的。

她哦了声。

"也别吃太多。"封逸尘提醒。

她又不傻。

封逸尘转身欲走。

"你是不是有点内疚？"夏绵绵询问。

封逸尘没有说话。

夏绵绵玩弄着手上的药膏，有些好笑地看着封逸尘："其实想要弥补我的方法很简单，不用擦什么药，只要……"

她说着，眼眸轻挑。

封逸尘蹙眉。

"我咬回来就好。"夏绵绵一字一句道。

封逸尘明显不会答应。她不过就是故意调戏他的。她就是这般不矜持。只要封逸尘不那么难以靠近，她就想往前一步。这大概是本性。本性，难移。

"嗯。"封逸尘突然应了一声。

在夏绵绵都已经放弃，准备去洗澡的那一瞬间，封逸尘是答应了吗？！

夏绵绵当然不会放弃这个机会，她连忙说道："你低头。"

这货这么高，她很难碰到他的唇。封逸尘弯腰，低头。夏绵绵主动攀着他的脖子，踮着脚尖靠近他的嘴唇。她的嘴唇触碰在他的唇瓣上，轻轻含着他的下嘴唇。封逸尘没有半点反抗，还闭上了眼睛。她露出牙齿，磨蹭着他的嘴唇。封逸尘似乎是做好了准备。

而下一秒，夏绵绵却突然伸出了舌头，伸进了他的口腔里。

封逸尘一怔。夏绵绵抱紧他的脖子，整个人都已经吊在了他的身上，贴得很紧。她努力地亲吻着他，找到他的舌头，勾引。勾引着，勾引着……某人就开始主动了。封逸尘也有如此不矜持的时候。两个人就在她的卧室门口吻得如胶似漆。夏绵绵放开了封逸尘。封逸尘看着她，看着她红润的脸颊以及滑落得更低的浴袍。只需要轻轻一碰……即可。他眼眸转移。

夏绵绵说："好啦，一笔勾销了。虽然没有咬你，但你的嘴唇也够肿了。"

她刚刚是真的很用劲地在"报复"！

"嗯。"封逸尘点头。

点头那一刻，他的耳朵红了。

"早点睡吧，晚安。"夏绵绵说。

"晚安。"封逸尘转身离开。

夏绵绵看着封逸尘的背影。

她想要吃肉，路漫漫其修远兮，任重而道远！

翌日。

夏绵绵去上班。她走进办公室，坐在自己的办公椅上。刚坐下，夏以蔚敲门进来。

"大姐。"

175

"嗯，来上班了？"

"多多指教。"夏以蔚对她还真的是180°大转变。

夏绵绵微笑："办公位腾出来了吗？"

"已经都搬好了。"

"你现在想在哪个中心先实习？"

"营销策划吧，爸说这个地方最能够锻炼我的能力。"

"好，我会叮嘱中心经理的。"

夏以蔚道了声谢谢，看似乖巧地走了出去。看着夏以蔚的背影，夏绵绵嘴角的笑容变得深邃。

一个月过去，一切还算风调雨顺。

挨到下班，夏绵绵打电话给龙一。

她冷落这个男人很久了。

电话很快接通，那头的人说："夏绵绵。"

"晚上有空吗？一起吃饭。"夏绵绵微微一笑。

"有空。"

"那我到你的地盘去吃吗？"

"好。"那边根本就没有选择，总觉得她会反悔，所以根本就不挑地点。

"我马上过来。"

"我等你。"

夏绵绵挂断电话那一刻，耳边似乎还回荡着龙一那句"我等你"。她一直都觉得这句话很暖。龙一这么冷硬、这么阴森的男人，却总是让她觉得很温暖。这种感觉是不是……也会有点不同？

她下班离开，坐进小南的轿车。

"小姐，你不回去吃饭哪？"小南有些不爽。

"惹到你了吗？"

"姑爷这段时间都准时上下班，你就不觉得你们之间应该多相处吗？"

"我还以为什么大事儿。"夏绵绵耸肩。

封逸尘准时上下班说明他闲，和她有什么关系？！

"小姐你和谁一起吃饭？"

"你能不这么多话吗？"

176

"是男人吗？"小南依旧好奇。

"对啊，男人，还挺帅的。"夏绵绵故意道。

小南果然脸色不太好了："小姐你别给姑爷戴绿帽子。"

"……"她什么时候说要戴了？

倒是……

她突然觉得封逸尘的头上长绿毛应该会很爽。

"小姐，姑爷这么帅，你到底嫌弃他什么呀？"小南就是会好奇到底。

夏绵绵说："嫌弃他长得太帅了！"

"……"小南无话可说。

到达目的地，夏绵绵下车。

龙一已经点了山珍海味等着她吃饭了。夏绵绵对龙一真的有些……内疚。一起吃完晚饭，龙一送夏绵绵回家。夏绵绵不想让龙一送她回来的，这货说不送的话他的心情会很不美丽。她顺从了。车子到达小区大门口。龙一给夏绵绵打开车门。夏绵绵道谢。

"我不喜欢你说谢谢。"龙一看着夏绵绵，"我更希望哪天你可以对我理所当然，更重要的是，我希望你以后只想上我！"

"……"夏绵绵在龙一面前，真的会分分钟无言以对。

"你说你对封逸尘不够坦诚，你只是想上他。"龙一似乎一直对这句话耿耿于怀，他一字一句道，"而我却不只是想上你。"

夏绵绵无语。龙一怎么这么放荡？而且他说的话，还真的让她哑口无言。这个男人不应该是禁欲系吗？这个男人不应该是一闷货吗？

夏绵绵好半晌才开口说道："你身材这么好，想上你的女人很多。"

"但不包括你，是吗？"

"呃……"

"我其实还是一个人。"龙一说。

"啊？"

"我说我还在为你守身如玉。"

"呃……"夏绵绵垂眸。

谁让他守身如玉了？何况30岁之前他不是还没喜欢上她吗？哪是在为她守身如玉了？"你还想我为你守多久？"龙一问她。夏绵绵觉得，以后还是不要随随便便和这个男人吃饭了。说得她不上他，都是她的错了似的。

177

她只得傻呵呵地笑了笑："哎，不早了，我明天还要上班，回去了。"

"嗯。"龙一也不会强求。

这货的情商出奇高啊！龙一比封逸尘这久经沙场的人的情商高多了。她转身离开。龙一看着夏绵绵的背影，如此严肃的一张脸上，居然露出让人匪夷所思的笑容，看得旁边的保镖毛骨悚然。夏绵绵几乎是逃也似的离开了龙一的视线。这货发起骚来，她都害怕。她深呼吸一口气，眼眸突然一顿。面前的男人是封逸尘吗？这深更半夜的一个人在小区里面。

她控制呼吸，缓缓道："封逸尘今晚是兴致很高吗？在小区内散步？"

"嗯。"封逸尘应了一声。

"那你慢慢散步，我回去了。"

"嗯。"

夏绵绵往小区内走去，刚走了几步，她回头看了看封逸尘，他一个人站在有些幽暗的小区小径上。晚上的秋风其实很凉了，封逸尘却只穿了一件单薄的休闲外套，莫名就是觉得凉，冷飕飕的凉。她走过去，直接拉着封逸尘的手。手心果然是凉的，恍惚还有些僵硬。

她说："很晚了，还是回去吧。"

"嗯。"他也没有拒绝。

夏绵绵也不知道封逸尘要做什么。

两个人走进电梯。一人站在一角。透亮的灯光下，夏绵绵打量着封逸尘，看着他就算毫无表情也可以帅得刺目的脸颊。"你刚刚看到谁送我回来了吗？"夏绵绵突然问他。封逸尘没有说话。

她说："你听到龙一跟我说的话了吗？"

封逸尘依然薄唇紧抿。所以他是听到了。

夏绵绵说："龙一在追求我。"

"我知道。"封逸尘淡然道。

电梯突然打开。夏绵绵跟着封逸尘走出电梯，走向大门。

夏绵绵就这么看着封逸尘，看着他冷冷默默的样子："你如何看？"

"别招惹龙一。"封逸尘说。

他还是那一句话。

"如果换另外一个人，另外一个你觉得我可以招惹的男人追我，我该不该答应？"

封逸尘眼眸微顿。两个人一前一后走进家门，回到卧室。各自躺在自己的床上。夏绵绵看着天花板发呆。

这段时间和封逸尘的相处没有那么剑拔弩张，也没有激化矛盾，反而就这么平平淡淡的，也不知道可以维持到什么时候。

而此刻的隔壁房间，封逸尘也躺在床上看着天花板。

"你说你对封逸尘不够坦诚，你只是想上他。"

"而我却不只是想上你。"

他翻身，将房间内的灯关闭。

翌日一早。

两个人一起下楼，吃早饭，然后一起出门上班。

地下车库，紧挨着的两个停车位。封逸尘开启车门锁，坐进驾驶座。夏绵绵也坐进了后座。两个人一起离开，然后再分道扬镳。

夏绵绵看着跟了好长一段路的封逸尘，到一个街口的时候，那辆黑色轿车就从自己面前离开了，心里突然有些说不出来的感受。

小南忍不住问道："小姐，你是不是舍不得姑爷？"

不是舍不得，而是执念。她一直觉得，执念早晚是会被泯灭的，只是时间问题。她回眸，电话在此刻突然响起。

夏绵绵看着来电，接通："封逸尘。"

"忘了告诉你一声，今晚去封家别墅吃晚饭。"那边传来封逸尘冷冷淡淡的声音。

"有主题吗？"

"没有。"

"没有？"夏绵绵嘴角一笑，"那不是很奇怪吗？"

封逸尘沉默一下。

夏绵绵说："是问我们怀孕的事情？"

"我知道怎么解释。"

所以她是猜对了？

"怎么解释？说你有不可告人的隐疾吗？"

那边直接挂断了电话。夏绵绵冷笑。车子到达目的地，夏绵绵走进公司。

一天的工作结束后，夏绵绵坐封逸尘的轿车去封家别墅。

车内一向安静，只要夏绵绵不说话。

夏绵绵总觉得，这段时间虽然和封逸尘的相处没有那么极端，平淡到好像还很自然，但她有一种错觉，就是她和封逸尘的距离更远了，封逸尘在她面前说的话越来越少。

到达封家别墅。

别墅内依然有很多人，封家维系着这么大的大家庭，其实归根结底也是因为大权一直掌握在封老爷子手上，所有人还都得讨好封老爷子。

夏绵绵挽着封逸尘的手走进别墅大厅，跟着封逸尘一起恭敬地叫了一圈长辈，所有人就一起围坐在封家的大桌子面前，吃着山珍海味的晚餐。

晚餐氛围不好不坏。

"逸尘，你和绵绵还没有好消息？"用人给封老爷子盛了一碗汤，封老爷子一勺一勺慢慢地喝了几口，便放下汤碗，漫不经心地问道。

夏绵绵吃着晚餐的手一顿。

此刻似乎整个大桌子上所有人的视线都朝他们这边望了过来。

她转眸看着封逸尘，他擦着嘴角，态度恭敬："暂时还没有。"

"是什么情况？"封老爷子也问得直白。

"医生说我精子存活率低，正在接受治疗。"封逸尘开口。

夏绵绵差点没把嘴里的汤水给喷了出去。

封逸尘这都想得出来！

"我认识几个老中医，到时候我让他们给你开点中药，你好好补补。"封老爷子也不惊讶，显得大气稳重。

"谢谢爷爷。"

封老爷子微点了点头，又开口道："逸睿和逸浩年龄也不小了，也应该留意婚事了。"

"是是。"封逸睿恭敬道。

"我也不多说，晚辈的婚事我不参与太多，你们心里有谱就行了。"封老爷子的话点到为止。

一顿饭吃得不冷不热。

吃完之后，一大家子人在客厅吃水果。

夏绵绵就知道，她会被杨翠婷单独叫回房。

夏绵绵坐在杨翠婷的对面，杨翠婷看上去很温柔："你和逸尘这么久了都没有好消息传出来，是有点让人着急了。"

"呃……嗯。"夏绵绵点头。

"今天你也听到爷爷说什么了。"

"嗯？"夏绵绵假装不知道。

"他虽然是随口提了句让封逸睿和封逸浩结婚，事实上就是在提醒逸尘，如果你们不抓紧时间，如果逸睿和逸浩都结婚生子了，那份封尚股份就不会是属于你们的了。"

"哦。"

夏绵绵也觉得真的醉了。

生孩子还要拼速度的。

她笑了笑："好，我会回去和逸尘多多努力的。"

努力地各自睡各自的房。

杨翠婷又叮嘱了几句，这次明显比刚结婚那会儿急切得多。

晚上9点多，夏绵绵跟着封逸尘离开别墅。其他人也都陆陆续续离开。夏绵绵坐在副驾驶座，转头看着封逸尘。她的眼神直勾勾的，有些火辣。

封逸尘被她看得似乎有些不悦，眉头轻蹙："你想说什么？"

"你知道你妈对我说什么了吗？"

"我猜到了。"

"你什么都知道，你让我很没有成就感。"

"你说。"封逸尘薄唇微动。

夏绵绵怎么都觉得封逸尘这般冷漠、这般不近人情的模样，很适合在床上被狠狠蹂躏。

"你妈说，如果我们不生，以后那份封尚股份就不是我们的了。"夏绵绵一字一句道。

"嗯。"封逸尘点头。

"还说让我监督你喝药。"

封逸尘薄唇紧抿。

"你是不是真的有问题？"夏绵绵很好奇。

"没有。"封逸尘眼眸微转，一直在很认真地开车。

181

"没有你干吗不和我生孩子？"夏绵绵想不明白，"也没让你做什么，你躺在那里一动不动都行，我能满足我自己。"

"……"封逸尘无语。

夏绵绵自顾自地说道："你妈还让我们勤快一点，我琢磨着我找谁勤快去！不然……"

夏绵绵的眼神盯着封逸尘。

封逸尘眼眸一紧："你想说什么？"

"我们做试管也行。"夏绵绵突然想到。

一想到，就觉得这是一个好方法。封逸尘脸色好像难看了些，那一刻紧抿的唇瓣，不再开口。

"封逸尘，你不觉得我提了一个好建议吗？"夏绵绵很积极，还显得很兴奋。

她这么兴致勃勃，他却这么清心寡欲。

"你考虑一下吧。"夏绵绵也逼迫不了封逸尘，"想通了我随时可以配合。"

封逸尘将车子突然开快了些。这个男人，总是这样，一生气也不发泄，就是行为异常。何况她都不知道他到底在生气什么，至少此刻她是为了他好！封尚股份丢了8%，这个不菲的数目，会哭倒一片人！车子很快到达家里。封逸尘打开车门，下车。

夏绵绵跟随其后。

这货是为了表现自己的大长腿吗？夏绵绵小跑着跟上，有些气喘地走进电梯。两个人一前一后进家门，然后一前一后上楼回房。封逸尘的脚步突然停在了他的卧室门前，手握着门把手，突然就转头看着她。夏绵绵倒也坦然，她也这么直直地看着封逸尘。说不定他为了那5%到8%的股份，就妥协了呢。

"生孩子是小事儿吗？"封逸尘问她。

他问了她这么一个，完全是神经病的问题。

"应该不算小事儿。"夏绵绵直白道。

"嗯。"封逸尘微点头。

夏绵绵不知道他想要得到什么答案。

夏绵绵上前，一把抓住封逸尘的手臂，阻止他进屋。

封逸尘蹙眉。

"我没有把生孩子当儿戏，更没有把和你上床这件事儿当儿戏。"夏绵绵说，"我考虑得很清楚。"

"但我没有。"封逸尘说。

拒绝得那么明显。

"你需要多长时间来考虑？"

"很长。"

"封逸尘，你不在乎那么多的封尚股份吗？"夏绵绵很是直白。

说白了，两个人的婚姻不就是为了得到彼此追求的利益吗？这个时候封逸尘在犹豫什么？有什么好犹豫的？换成是她，早就让对方怀上十次八次了。"我还有更在乎的东西。"封逸尘一字一句道。说完之后，他直接走进了卧室，将房门关上。她总是被封逸尘隔在门外，他们之间永远都踏不出自己想要的那一步。

生孩子的事情，又这么不了了之了。

夏绵绵坐在办公室，收到夏政廷的通知，参加一个慈善拍卖会。

她给封逸尘拨打电话："今晚的慈善拍卖会你会去吗？"

"你要去？"那边反问。

"嗯，我爸让我去。"

"好。"

"好什么？"夏绵绵最烦封逸尘的惜字如金了。

"我会去。"封逸尘回答。

夏绵绵挂断电话，总觉得这货不太待见她。她不爽地处理完手上的一些工作。下午，夏绵绵去礼服区挑选晚礼服。6点左右，夏绵绵和封逸尘会合了。夏绵绵坐在副驾驶座，两个人一路沉默无语。以前都是夏绵绵主动开口说话，今天她不说话，就会一直安静。夏绵绵和封逸尘安静地到达宴会大厅。夏绵绵挽着封逸尘的手走了进去。宴会厅人不太多，但大多熟悉的面孔都已经来了。他们来来回回地在宴会厅中穿梭，和不同的人打着招呼。应酬完一圈下来，封逸尘带着夏绵绵坐到了下面的拍卖席上。

此刻还早，离拍卖会开始还有点时间。

夏绵绵不动声色地打量着慈善拍卖会现场，来的人明显越来越多。

夏绵绵那一刻似乎还看到了好久不见的夏柔柔。夏柔柔不是生病了吗？

在她上任之后不久，夏柔柔就故意请了病假。她突然这般花枝招展地出现，为了勾引谁？夏绵绵没用错词，就是勾引。夏柔柔现在出现在这种场合，明显是有目的。夏绵绵收回视线，回眸看了一眼封逸尘。封逸尘一直很安静，安静地等待拍卖开始。

夏绵绵说："封逸尘，夏柔柔来了。"

"我看到了。"

所以他的视线到底在哪里？

夏绵绵说："要她过来一起坐吗？反正还有两个位子。"

封逸尘转眸看了一眼夏绵绵。

"要不，我腾位子？"

封逸尘脸色一沉。夏绵绵就是故意的。有时候她就是故意刺激封逸尘，以解自己心头之不爽！慈善拍卖会总是那么惺惺作态，无聊透顶。拍卖结束后，宴会大厅里，人越来越少。封逸尘半途中就消失了，不知道去了哪里。夏绵绵在想，是不是真的不用等封逸尘了？尽管她真不觉得封逸尘会丢下她扬长而去。她想了想，走向了与宴会厅连着的后花园。她刚走过去，脚步就停了下来。她就说封逸尘不会走的。他果然没走，就是在幽会而已。

他这一个晚上大半时间应该都跟夏柔柔在一起吧。

夏绵绵仔细一想，夏柔柔出现在宴会现场的时间也不多。

两个人这般浓情蜜意，她真不应该打扰才是。

她转身走了。

后花园的夏柔柔，眼眸动了动，看到了夏绵绵的背影，封逸尘回头，也看到了。

夏柔柔暗自邪恶一笑，面对封逸尘却又是另外一副模样："我想她可能误会了。"

封逸尘没说话。

"回头我跟她解释。"

"不用了。"封逸尘说，显得异常冷漠，"早点回去。"

"逸尘。"夏柔柔拉着封逸尘的手。

封逸尘眼眸顿了顿。

夏绵绵又转了回来。她疯了吗？看着自己老公偷人她还要避讳，她就应该上去手撕小三。所以她走了几步又回来了。她一回来就看到封逸尘和夏柔

184

柔之间的拉拉扯扯。封逸尘到底还是喜欢夏柔柔！到底是喜欢，还是兄妹之情，她已经分不清楚了，也真的不敢相信封逸尘的一举一动、一言一行，她搞不懂。她现在只是本能地上前拉封逸尘的手臂，本能地想推开夏柔柔，然后带着封逸尘离开。然而，她的手刚靠近，封逸尘就避开了。那个动作真的很明显，明显到夏绵绵和夏柔柔都注意到了。吃惊的可能不只是夏绵绵，连夏柔柔都诧异无比。很长一段时间，封逸尘分明对她很排斥，这一刻却突然针对起夏绵绵。夏绵绵就这么看着封逸尘。

封逸尘同时也推开了夏柔柔的手，表情依然冷漠无比。

夏绵绵说："你就告诉我，你今晚跟着她走还是跟着我走？"

封逸尘眼眸微紧。

"没什么，你要是真喜欢她，我成全你，我们拿交易来换！"夏绵绵说得直接，"我回去想想，我能在你身上拿到什么好处。"

封逸尘明显有些发怒。

"而后，我们和平离婚。"夏绵绵一字一句地说。

"绵绵你误会了，我和逸尘之间……"夏柔柔解释，显得那么娇弱可人。

"有没有误会，和你也没有关系，夏柔柔。"夏绵绵怼回去，"这是我和封逸尘的事情，你作为小三，有资格插话吗？"

"夏绵绵！"夏柔柔被激怒。

"等你真的上位了再和我嘚瑟吧，至少现在，你名不正言不顺，所以闭嘴为好。"夏绵绵一字一句，说得那般不齿。

夏柔柔一肚子火气，但又碍于封逸尘在，不敢发脾气，只得这么憋屈着，憋着憋着就哭了出来。梨花带泪，楚楚可怜。夏绵绵想，男人应该都好这一口。夏绵绵很难得哭，就算是哭也不愿意被任何人看到，这大概就与一个人的成长环境有关。做杀手时没有人教怎么撒娇卖萌。

"所以你现在走不走？"夏绵绵问封逸尘。

封逸尘的沉默，真的可以逼疯一个人，而她还很清醒，她的忍耐力够好。

又是一阵窒息般的沉默。

夏绵绵说："那你跟她走吧。"

她回去想离婚的事情。她试过了，用了各种方式都没办法勾引封逸尘，也从封逸尘身上得不到过多的好处，仔细一想对她以后的发展没有多大作用，她真的是在浪费自己上辈子好不容易用死的代价换来重活的一生。她离开宴会厅，没有立刻回去，因为心烦，所以坐着出租车在街道上漫无目的地走了很久很久，才回去。毕竟，她现在无处可去。她走进电梯，电话响起。

夏绵绵看着来电。

是夏柔柔！

她眼眸一紧，接通："夏柔柔。"

"很奇怪我会给你打电话是吧？"那边传来夏柔柔有些讽刺的声音。

"不奇怪，因为我对你做的任何事情都没兴趣。"夏绵绵冷眼。

夏柔柔脸色也很难看："夏绵绵，你到底在自以为是什么？"

"没你那么高的境界！"夏绵绵说，"毕竟你做小三都能够做得这么高调，我也是自愧不如。"

"夏绵绵！"

"如果只是想炫耀一下你和封逸尘的感情，我会告诉你我没兴趣知道。你要是有这个本事坐到封太太的位子上，我恭喜你。"夏绵绵一字一句道。

"你在讽刺我？"夏柔柔狠狠地说道。

"我在告诉你我的态度。"

"夏绵绵，你真的不要太得意，很容易被啪啪打脸的！"夏柔柔邪恶一笑，然后说道，"我打电话只是想要告诉你，我怀孕了！"

我怀孕了！夏绵绵拿着手机的手，顿了一下。所以还真的有点晴天霹雳。还真的有点……天崩地裂。

她狠狠捏着手机，依然把手机放在耳边，听到夏柔柔说："你说封逸尘会默许我把这个孩子生下来吗？"

夏绵绵冷笑，阴冷的眼神，闪过一丝嗜血的味道。她开口，阴森的嗓音一字一句："夏柔柔，你说我会默许吗？"

夏柔柔捏着手机的手一紧。

夏绵绵那种从骨子里面散发出来的寒气，让夏柔柔内心一阵恐惧。

夏柔柔咬牙道："你以为我怕你！"

"久走夜路终会遭天打雷劈！"夏绵绵冷漠，"这是给你的警告！"

话音落下，夏绵绵直接挂断了电话。夏柔柔看着"通话结束"的字样，整个人憋着一股怒火。仿若不管哪一次，夏柔柔以为自己可以好好打击一

186

番夏绵绵，到最后生气的反而是自己！她真的很想看到夏绵绵生不如死的样子！挂断电话的夏绵绵，就这么看着面前的电梯打开。她没有出去，这一刻就像突然没有了任何情绪一般，漠然地看着电梯又关上。她却在关上那一秒，又按下了开门的按钮，走了出去。五雷轰顶的事情，确实让她有些接受不了。她一步一步走向家门口。面前的大门，她在想，她还应不应该走进去。

她冷笑着，按下了指纹。

她如往常一般，默然地脱掉鞋子，穿上拖鞋走进开着地暖的房间，如此温暖的感觉，那一刻心却凉得透彻。她想这辈子可能都没办法再暖和起来了。就这么冷下去吧。她上楼，回房，脚步在楼梯口处停了下来。她看清楚突然出现在自己面前的男人，封逸尘。她看着他冷漠无比的模样，这一刻，仿若看到了上一世自己的悲剧，而这一世，又在缓缓发生。她告诉自己，忍耐吧，慢慢忍耐。她越过他的身体。手臂突然被他狠狠地拉住。今天封逸尘是怎么推开她的？

今天她主动靠近的时候，封逸尘是如何嫌弃的？

封逸尘，我宁愿你要冷漠就一直冷下去，别让我总是误以为……

她讽刺地一笑。

在封逸尘还未开口之时，她说："放开我。"

封逸尘反而抓得更紧。

"封逸尘，放开我！"夏绵绵声音重了些。

这个时候，她只想要一个人静静。

刚刚接收到的信息打击太大，她需要一个人去消化，然后慢慢当成笑话一般冷眼旁观。

"我们谈谈。"封逸尘开口。

"谈什么？"夏绵绵问他。

"谈谈我们之间的问题。"

"我们之间还有什么问题？"夏绵绵笑，她想，她笑总比哭好。

她记得上一世，她主动求欢，满怀希望地想把自己的第一次给封逸尘，但他拒绝了，而后把她丢给阿某，那一刻她其实哭了，眼泪就是不受控制地往下掉。她想，就算你不喜欢，也不要把我推给别人，现在……

现在，似乎依然没有任何改变。

"你跟我到书房来。"封逸尘冷静道。

"不了。"夏绵绵推开封逸尘，用力地推开了他的手，"我不想谈，没什么可谈的。"

"夏绵绵。"

"说真的，我们之间最大的问题不过就是你不喜欢我，谈了你就会喜欢我了吗？"夏绵绵问他。

封逸尘似乎又有些沉默了。

一说到感情，他果然就无话可说。

"算了，早点睡吧。"夏绵绵挥了挥手，"有什么事情，明天再说，今晚我确实没心情。"

"你喜欢龙一吗？"封逸尘突然问她。

在她打算回房的那一刻，封逸尘突然问她。她想，她如果回答喜欢，他应该就会拱手相让。她咬唇，这一刻忍得身体都在发抖。

她无比肯定地说道："我不喜欢！"

封逸尘这一刻明显有些愣怔。

"想用什么借口赶走我？"夏绵绵问他。

夏柔柔怀孕了，封逸尘想用什么条件把自己打发了？

"不喜欢龙一就不要和他来往。"

"你喜欢夏柔柔吗？"夏绵绵觉得很可笑，但她不反驳，她就问他，喜欢夏柔柔吗？

"不喜欢。"封逸尘也很直接。

他说得那般毫不犹豫。她又想要相信了。封逸尘说的话，她总是会潜意识地去相信。

"那么，你怎么让她怀上你的孩子的？"夏绵绵终究还是说了出来。

她不想说的，有时候觉得两个人之间没有必要什么都说出来。她直直地看着封逸尘，看着在昏黄的灯光下，封逸尘如此冷漠的一张脸，甚至是有些狰狞。

她说："其实，我也不在乎。"

"我在你心目中到底是个什么样的人？"封逸尘问她，很冰冷的声音。

说真的，她也不知道。

她知道的话，就不会这般矛盾了。

"没有一点可信度是吗？"封逸尘问她。

他的声音带着些逼迫。

她说："没有。对于夏柔柔这件事情，一点都不需要怀疑。"

封逸尘脸色难看到极致。

夏绵绵继续说道："我倒是好奇，你是什么时候搞大夏柔柔的肚子的？"

"夏绵绵！"封逸尘咬牙切齿。

这一刻夏绵绵似乎真的看到了封逸尘的愤怒，毫不掩饰。

他的手猛地抓着她的手臂，一个用力，瞬间将她整个人压在了走廊的墙壁上。

那一刻的猛劲，让夏绵绵的身体直接摔在了墙壁上，甚至后脑勺直接撞在了墙上。巨大的响声，让夏绵绵有一瞬间觉得自己可能脑震荡了。

她有些晕眩地看着封逸尘，看着他紧逼的脸："你疯了吗封逸尘？！"

她还不想死。

"说够了吗？"封逸尘狠狠地问道。

"没说够！"夏绵绵此刻真的忍无可忍了，她怒吼，"我其实想不明白，夏柔柔到底哪里好？身材好？叫声浪？还是在床上可以让你享受到征服的快感？我和你结婚将近一年，我哪里比不上她？你居然要去搞大她的肚子！你都没有上过我，你怎么知道我就不如夏柔柔？"

封逸尘被夏绵绵突然的暴怒吓住了那么一秒。

"到此刻我也受够了！既然你不愿意，既然你觉得夏柔柔的骚更合你的意，我们就好聚好散！"夏绵绵说，"你给我一笔钱，我成全你们这对狗男女！"

封逸尘被夏绵绵骂得脸色铁青。夏绵绵骂出来之后，心里也爽了很多。她猛的推开封逸尘。

夏绵绵看着封逸尘往后退了好几步，说道："最好滚得远远的，我看着你都嫌脏！"

话音落下，夏绵绵大步往自己的房间走去。

关上房门的那一刻，一个强大的力量突然将房门强势地打开。夏绵绵往后退了两步。封逸尘靠近她。夏绵绵眼眸一紧。封逸尘直接打开了房间内的灯，透亮的房间内，夏绵绵一脸怒气。

"想杀了我吗？"夏绵绵问他。

封逸尘杀人的模样也不过如此。她见过。有一次执行任务的时候，她险些丧命，当时封逸尘救了她，她就看到他嗜血的模样，对面的人被一枪暴毙，封逸尘眼睛都没眨。那个时候她想她对他还有感激的。后来她觉得，真没必要感激，因为她本来就是他养来杀人的，如果她被杀了，他的损失很大。"很想上床吗？"封逸尘突然问她。他没有动手杀她，反而问了这么一个让她本应该受宠若惊的问题。她冷笑。

"我说想，你就会上吗？"

"你说句试试！"封逸尘狠狠道，声音中分明带着威胁。

这一刻她恍惚觉得，她回答了就会死，就会被他杀死。

她说："我想！"

"好。"封逸尘应了一声。

下一秒，她看到封逸尘在脱衣服了。他身上穿得本来就不厚，在家里面就一件单薄的白色衬衣。他在解开纽扣，眼神一直看着她，手指在熟练地操作。夏绵绵咬紧了牙齿。她其实这一刻有些后怕，她不知道封逸尘要做什么！是真的会上她，还是说，其实是想要杀了她？

她往后退了一步："我后悔了。"

封逸尘的手指僵硬地停在衬衣的最后一颗纽扣处。

封逸尘的衬衣此刻几乎全敞开了，夏绵绵能看到他坚实的胸膛以及明显的腹肌。

"我讨好不了你。"夏绵绵说，"夏柔柔可能更能给你快感，你不用委屈了自己，我想睡觉了，有什么事情，明天再谈！"

她还不想死。

单枪匹马，她可以肯定她打不过封逸尘，她会死得悄无声息。她一脸警惕地看着封逸尘，看着他僵硬的手指，甚至冷硬的脸部线条。她以为他会转身离开，下一秒却看到封逸尘直接将衬衣扯开了，最后一颗纽扣还是硬生生地从他的衣服上掉了下去，衣服也随之被扔在了地上。封逸尘如刀削般线条分明的身材，此刻也不知道是不是愤怒的原因完全充血，看上去轮廓似乎更加带着杀伤力。夏绵绵看着突然靠近的封逸尘。封逸尘将她一把拽进了自己的怀抱里，猛的一下将她压在了旁边的大床上。

夏绵绵怒吼："封逸尘你疯了吗……嗯……"

声音，突然被一道嘴唇堵住，狠狠地堵住。

夏绵绵被封逸尘压在身下，他裸露着半身，狠狠地禁锢着她的身体。她的嘴唇上都是他唇瓣的力度，舌头都是强势的，直接撬开了她的嘴唇，疯狂纠缠。嗯……夏绵绵反抗。她不停地想要退缩，却不停地感受到封逸尘的逼近。这种感觉和平时他们偶尔的失控完全不同。偶尔的失控，封逸尘也不似这般的有杀伤力。所以今晚他是受什么刺激了？受刺激的到底应该是谁？她的牙齿一用力，封逸尘明显顿了一下，她咬的是他的舌头。舌头被咬的滋味，很痛，而且她的力度不轻。

但是那个被咬了一口的男人，却没有将舌头缩回去，而是更加强势而疯狂地死缠着她的舌头，不停地吮吸，不停地纠缠。

夏绵绵受不了如此样子的封逸尘。

这一刻她恍惚觉得，这个男人会把她吸进他的身体里。她反抗着推开封逸尘。封逸尘不仅没有离开，反而开始拉扯她的衣服。她一向穿得不厚，今晚去参加宴会，里面穿了一件黑色小礼裙，离开的时候穿了一件羽绒大衣，大衣被他解开，里面就只有薄薄的一条礼裙，岌岌可危。嗯……夏绵绵扭动着身体。封逸尘的大手已经从下面的裙摆直接伸了进去。他一个用力，衣服就被撕裂了，她甚至听到了布料被撕碎的声音。与此同时，她还感觉到一点清凉，而后又贴到了一个暖暖的身体上。她真的不知道封逸尘今晚到底是发什么疯！她一直以为，他是想要杀了她，而不是想要上她。她修长的双腿在封逸尘身上扭动，反抗。她越是这般用力，反而让封逸尘禁锢得越紧。夏绵绵喘不过气。

每次接吻，她都觉得自己有可能下一秒就窒息而亡。

她猛的又是一口咬了下去。

封逸尘放开她。

她说："够了吗封逸尘？"

封逸尘说："你觉得够吗？"

"我觉得你在发疯！"夏绵绵狠狠地说道。

"让你看看我更加疯狂的样子！"封逸尘说。

话音刚落，夏绵绵只觉得身体又是一凉，瞬间毫无安全感。

她的身体想要缩起来本能地保护自己，这一刻却被封逸尘狠狠地压住，双腿互相抵触和欺压，她觉得一阵一阵的痛。

"封逸尘，原来你爱好这种！"夏绵绵讽刺道，"之前我那么多次主动，想来没有刺激到你的神经，你喜欢这种征服的快感是吗？夏柔柔也是这样在你身下，所以你爽到了不能自已？"

"夏绵绵！"封逸尘叫着她的名字，分明有种咬牙切齿的味道。

"没什么，你要上就上吧。"夏绵绵说，"大不了我就恶心那么一会儿。"

封逸尘逼近的脸，明显在发怒。

封逸尘直直地对上她的视线，没有半点闪烁。

反正，封逸尘从来不需要考虑她的感受。

"怎么了？"夏绵绵看着突然停下来的封逸尘。

衣服、裤子都被他扒光了，他现在不进攻了？

"还是，除了夏柔柔，你实在不敢上任何人？"夏绵绵讽刺道。

所以在临门一脚的时候，他还是会反悔，还是会起身。

"你想吗？"封逸尘问她。

他似乎没有听到她在说什么，突然变得很认真。

她甚至看到了他额头上豆大的汗珠。

他再次问道："你想吗？"

"我刚刚说反悔了，你还不是在上我，我现在说不想，你就离开吗？"

"我会。"封逸尘一字一句道。

"我不想。"夏绵绵现在真的不想。

封逸尘起身，听到这么一句话，他就从床上站了起来。

她看着他此刻的模样——依然上身半裸，下身穿着一条卡其色休闲裤，有些地方，明显到完全不能忽视。

他说："你早点睡。"

"所以你就这么走了？"夏绵绵搂抱着被子，看着他往门外走去。

封逸尘脚步顿了顿。

"我在想，你是不是其实根本就不想上我，所以才会问我那种明知道在这种情况下我会说不的问题！封逸尘，你有时候很残忍你知道吗？"

封逸尘不说话。

她其实还挺怀念他刚刚那么狰狞的模样的。

至少，她知道他的情绪在哪里。

"我不想你后悔。"封逸尘说。

她真的是受宠若惊，说："你怎么知道我会后悔？"

"因为我不可能爱你。"

"……"

好吧。

他能爱谁？她能奢望他爱谁？他总是喜欢把她撩到一定境界，然后全身而退。封逸尘沉默半晌，然后走了。地上还有被他撕碎的衣服。她起身，从床上坐起来。她真的奈何不了封逸尘，不管她多么努力，最后还是遍体鳞伤。她去浴室，清洗自己的身体。

封逸尘不想碰她，就不要在她身上留下他的味道或留下他的任何东西，她嫌恶心。

她狠狠地冲洗自己，将自己里里外外洗了很多次，换了一套干净的外出服。

对！她要出门。

她受够了在同一个屋檐下，如此的相处模式。她打开卧室的房门，直接下楼走出了大门。她没有看到，大门关上那一刻，二楼的封逸尘就一直看着她的背影消失不见，却如尊佛一般一动不动，持续了好久好久。夏绵绵拿了车钥匙，自己开车游走在深夜的驿城街道。现在这么晚了，去哪里？她想给龙一打电话。

她不想任何人辜负自己，也同样不想辜负了任何人。

她咬了咬唇。有时候她是真的不明白，人世间为什么会有那么多的感情纠葛？其实，做杀手挺好的。做杀手没有那么多牵扯，也没有那么多牵挂。她终究没有给龙一打电话，其实她连电话都没带，但归根结底，她不想辜负龙一，所以不想让他误会。她很难爱上任何人。真的很难！她不知不觉将车子停靠在了一个荒芜的海湾，等真的停下来那一刻，她才反应过来，原来又到了9岁那年封逸尘捡到她的地方。她哑然。上一辈子的执念，在这一辈子，还是不停地蔓延。

她下车。

冬天的驿城真的很冷。她感受着海风呼呼地在自己脸颊上刮个不停，大概连鼻子都已经冻得通红。她还是走向了海边，坐在了离海水有点距离的杂草沙堆上。她不知道自己的骨灰是不是留在了这片海域，她不知道阿九的骨

193

灰是不是在这里生了根。她曾经还一度幻想过，幻想封逸尘娶她，就在这片海域，大海上空升起五彩斑斓的烟花，那场景一定很美，一定很壮观。她总是对封逸尘存在幻想。而他总是，让她的幻想，灰飞烟灭！

她搂抱着自己的双腿，默默地看着这片海域，听着海浪的声音，感受着海风的呼啸。

耳边，突然传来一丝异响。

夏绵绵身体一顿，本能地警觉起来。与此同时，一个黑影突然靠近，动作很快、很猛。夏绵绵翻身，一个后退，与此同时，一脚狠狠地反踢过去。那个黑色身影和她一脚一拳打了起来，招招致命。夏绵绵一直在防御，很从容地将他的进攻全部避开了。黑色身影似乎带着诧异，动作又猛了些，强硬了些。夏绵绵一直在退缩，故意没有和他正面相对。两个人这么打了一阵。

夏绵绵一个灵巧的转身，退出好几步。

黑色身影没有停下，起身攻击。

"阿某！"夏绵绵叫着他。

那个黑色身影突然顿了一下。

"别打了。"夏绵绵说，"你打不过我。"

准确来说，他是捉不到她。

他们作为杀手都是单独培训的，培训的内容各异。阿某的每个招式她都会防御，据说每个杀手都会有一个人克制自己，而她克制的是阿某，至于谁克制她，她不知道，那么多年一次都没遇到。

那个叫阿某的男人突然停了下来。

他看着夏绵绵。

夏绵绵也喘了口气，说："我是夏绵绵。"

其实，她想告诉他，她是阿九。

但她怕把他吓到。

"夏绵绵？"阿某冷硬的声音重复了句，"boss的……"

"嗯，封逸尘暂时的妻子。"夏绵绵点头。

阿某还是一直警惕地看着她，好半晌没有说话。

"一起坐坐吧。"夏绵绵开口道，"反正你也打不过我。"

"你的身手和我一个同伴很像！"阿某直言。

"对呀，就是跟她一模一样。"

194

"为什么？"

"鬼知道为什么！"夏绵绵笑道，又重新坐在了沙滩上。

她就是知道，阿某不会对她怎么样。不说其他的，仗着她是封逸尘的妻子，阿某也不会动她。阿某犹豫了半晌，缓缓地坐在了夏绵绵身边。此刻真的很晚了，周围都是黑魆魆的一片，阿某也不是一个聒噪的人，所以整个空间又陷入了沉默。

夏绵绵说："你怎么会来这里？"

阿某没有回答。

"是为了纪念你的同伴吗？"夏绵绵问。

"你为什么知道这么多？"

"我说是封逸尘告诉我的，你信吗？"

"boss会跟你说这些？"阿某不相信。

夏绵绵笑了笑："那我说我是你的同伴，你宁愿相信哪一个？"

"……"阿某无言以对。

人死不能复生。

他记得很清楚，当时阿九死的时候，boss亲自将她的骨灰撒向了这一片大海。

两个人又陷入了沉默。

夏绵绵其实有很多话想要说，但也不知道应该从何说起。杀手都会对外来人本能地排斥，所以阿某绝对不可能和她说太多的话，只会一直沉默。天，也不知道何时，就这么亮了起来。夏绵绵生平第一次看到日出。还好，陪在自己身边的人是阿某。她转头，看着阿某无声无息地离开了。杀手不会有分别一说。因为，从没真的团聚过。夏绵绵看着阿某的背影。他是作为杀手的阿九，唯一可以信赖的人。毕竟，他对封逸尘也不是那般衷心，否则不会说想变成封逸尘！他大概也厌恶了现在永不停止的杀戮。她伸了伸懒腰。天真的已经透亮了。

她也夜不归宿了，却没有封逸尘那般好命，有那么一个温柔乡等着他，她冻得都快成冰块了。

她发动车子，让暖气开了一会儿，才踩下油门离开。

夏绵绵回到家里的时候，不早不晚，刚好8点。

今天是周末，也不用上班，她琢磨着回家好好补一觉。

她打开房门，家里所有人都在，连封逸尘都在。

按照以往封逸尘的个性，今天早该消失不见了，她还盼着眼不见为净，但此刻看到就看到了。

她很自若地脱掉鞋子走进家门。

"小姐。"小南跑出来，看到夏绵绵都快哭了，"你昨天一个晚上去哪里了？我今早起床看到你的房间空空如也，给你打电话你电话又没带，你知不知道你这样很吓人的。"

夏绵绵淡笑道："我不是平安回来了嘛。"

"你以后不要这样了，你昨晚都去哪里了？"

"去了一个好地方。"夏绵绵又是一笑，"不说了，困得慌，我要上楼补觉了。"

"小姐你吃完早饭再睡吧。"

"没胃口。"

夏绵绵摆了摆手，直接走上了二楼。她也不需要和客厅沙发上坐着的封逸尘打招呼了，他都可以对她视而不见，她也可以。她疲倦地回到房间，正准备关上房门那一刻，房门突然被人狠狠地撑住。夏绵绵看着封逸尘，这个男人就是会这么唐突地出现在自己的面前。她放弃了反抗。反正封逸尘也不会对她做什么。她懒洋洋地转身走向自己的卧室。

她坐在自己的床边，看着封逸尘站在门口，问道："有什么事情吗封逸尘？"

她觉得她最多能够忍耐半个小时。

她是真怕说着话自己就睡着了，当然这样的事情发生的概率几乎为零，毕竟她还是职业杀手。

封逸尘冷漠的眼神看着她，说："一会儿要回封家别墅。"

"一会儿？一会儿是多久？"

"上午10点前。"封逸尘一字一句道。

我去！除去梳妆打扮的时间，她还有一个小时的睡眠时间。

一个小时对她而言，连塞牙缝都不够。

但她没有拒绝，她说："好。"

她起身去洗澡。其实就是为了让自己清醒一点。洗完澡之后，她又精心打扮了一番，反正不能睡觉，倒不如把自己弄得漂亮一点，也不辜负了夏绵绵这么绝美的一张脸。她打扮完毕之后，差不多也要到10点了。她走下楼。

封逸尘在客厅等她，看着她此刻的模样，他眼眸顿了顿。

夏绵绵长得真的比夏柔柔好看多了，封逸尘不是眼瞎就是脑袋有毛病。

"我准备好了，可以出门了。"夏绵绵说。

封逸尘点头。

她跟着封逸尘一起出门，坐在了副驾驶座上。

今天阳光明媚，整个城市都被笼罩在一片灿烂之中，在冬日里显得如此的生机勃勃，加上是周末，今天街道上的人流和车辆明显多了很多，封逸尘开着轿车，一直在走走停停。

"封逸尘。"夏绵绵看着前面的红灯，突然开口。

封逸尘捏紧方向盘，嗯了一声。

"今天如果你母亲又问我们怀孕的事情，我应该怎么回答？"夏绵绵询问。

她总觉得，这是不可避免的。

"我会解释。"

"说已经有人帮你生孩子了，轮不到我。"夏绵绵淡笑。

她笑着的时候，正好一缕阳光照进了车里，白皙的皮肤晶莹剔透、璀璨无比。封逸尘收回视线，唇瓣紧抿。夏绵绵也不再多问。车子缓慢到达封家别墅。别墅门口停了好多辆车，大概封家的所有人都回来了。这么一大家子人就围着封老爷子一个人转，封老爷子也真是够有能耐的。封逸尘停好车。

夏绵绵打开车门下车。

封逸尘也下了车，走到她旁边。

两个人的脚步都顿了顿。

夏绵绵说："需要挽着你的手臂吗？"

说真的，她怕封逸尘推开，有时候还是会很尴尬的。而且还要不要继续做戏，她也不知道封逸尘的想法。封逸尘抿唇看着她，就这么看着她。夏绵绵终究伸手挽了上去。在没有离婚前，偶尔还是需要这么装腔作势的。封逸尘没有多余的表情，带着夏绵绵走进了封家大厅。

果不其然，封家能够来的人都来了。大家其乐融融地坐在沙发上聊天。夏绵绵嘴角挂着的笑容在看到夏柔柔的那一刻，还真的是僵硬到自己都伪装不了。她甚至是条件反射地就想把手从封逸尘手臂上缩回来。在念头刚起的那一刻，封逸尘却一把抓住了她的手。夏绵绵转头看了一眼封逸尘，眼眸紧了紧。这是打算现场摊牌吗？话说卫晴天呢？这种情况，怎么少得了卫晴天？

"姐。"夏柔柔从沙发上站起来，乖巧地一笑。

夏绵绵在想，她是怎么笑得出来的，还这般清纯真诚。

"你和姐夫来了，等你们很久了。"夏柔柔亲昵地拉着夏绵绵的手。

夏绵绵手指微动。

她能说她很想一巴掌打过去吗？

但她忍了，笑得虚伪："柔柔今天怎么来了？"

"我……"夏柔柔羞涩地红了脸。

"逸尘，你和绵绵过来。"封老爷子开口道，声音听上去特别和蔼可亲。

夏绵绵跟着封逸尘走了过去。

"今天你堂弟第一次带女朋友回家，所以把你们都叫了回来，特别是柔柔又是绵绵的亲妹妹，有你们在柔柔也不会这么不自在。"封老爷子解释，声音温和。

夏绵绵一怔。

堂弟第一次带女朋友？

"哥肯定想不到，我会和夏柔柔交往。"封逸睿开朗一笑。

所以……

夏绵绵转头看着封逸尘，此刻封逸尘也这么看着她，缓缓转移了视线，对着封逸睿说："确实没想到。"

"我也没想到我会和柔柔一见如故。当时爷爷不是随口一句说让我们考虑成家的事情嘛，我妈就急着给我安排了相亲，结果就碰到了柔柔，然后就……觉得挺好的。"封逸睿说道，"我们都交往快两个月了。"

"嗯。"封逸尘点头。

"而且一不小心……"封逸睿欲言又止。

"三个月前不要说。"封逸睿的母亲俞静连忙说道。

这样的话就太明显不过了。

夏绵绵眼眸直直地看着封逸尘，耳边又听到杨翠婷笑道："没想到逸睿还快一点，你看绵绵和逸尘都结婚一年了，现在还没有个好消息，也是恭喜你们了。"

"这种事情急不来的，都是机缘巧合，大嫂你也不要太着急。"

"是啊，不着急，小两口感情好最重要。"杨翠婷附和道，听不出半点不好的情绪。

夏绵绵咬紧了嘴唇。

封文军开口说道："既然逸睿和柔柔的感情这般稳定了，你们也早点安排了他们的婚事儿，别拖久了，到时候惹人笑话。"

"好的，我找时间和柔柔的父母谈谈，相信那边也会同意的，不说柔柔现在的身体情况，就凭着亲上加亲，他们也不会过多阻拦。"

俞静连忙附和道。

封文军点头："总之，不要亏待了柔柔。"

"一定不会的。"

所有人又一起开始说婚礼的事情。夏绵绵坐在其中，就这么听着。封逸尘也听着，基本没有怎么插话。吃过午饭之后，封老爷子带着自己的妻子回房休息。封老爷子一走，杨翠婷也叫着夏绵绵回了房间。夏绵绵想，杨翠婷应该不会那么温柔了。

果不其然。

关上房门后的杨翠婷脸色瞬间就冷了下来。

杨翠婷说："果然让你二叔家捷足先登了。"

她也没办法，封逸尘不碰她，她能有什么办法？

"绵绵，你和逸尘到底怎么样了？"

夏绵绵真的不知道该怎么回答。

"逸尘有吃药吗？"杨翠婷看夏绵绵不说话，又问道。

吃什么药啊！

夏绵绵说："妈，我会和逸尘努力的。"

"哎。"杨翠婷叹了口气，还算温和，"现在只能盼着夏柔柔肚子里面的孩子是个女儿，你们赶紧点生个儿子，还有胜算。"

"嗯。"夏绵绵点头。

"这事儿妈也知道逼不来的。"杨翠婷说，似乎又突然想到，"要是真有问题，做试管试试？"

"我给逸尘建议过了，但他好像不太乐意。"夏绵绵无奈，"妈，要不

199

你劝劝他吧，我愿意尝试。"

"逸尘的性格我知道，认定的事情很难改变。"杨翠婷叹了口气，"回头我劝劝，在这期间，你们一定要多努力知道吗？"

她也想努力。

"你要是真的怀上了封家的孩子，妈保证不会亏待你！"杨翠婷说得直白。

夏绵绵看着杨翠婷。

"不说你爷爷给的股份，妈单独奖励你一笔钱。"杨翠婷说，"我和你爸都商量好了，你要是生下了封家的长子嫡孙，爸妈给你5000万。"

这还真的让她有些心动。

5000万可以做好多事情了。

杨翠婷看着夏绵绵的表情，温和道："这都是你应该得的，要是真的是个儿子，你能够得到的奖励更多。"

"嗯。"夏绵绵点头，"我回去会好好努力的。"

"其他妈就不多说了。"杨翠婷微笑道。

夏绵绵也笑了笑。

两个人又说了一会儿话，夏绵绵离开了杨翠婷的卧室，刚下楼，迎面对上了夏柔柔。

夏柔柔应该是刚刚去上了洗手间，客厅中封铭严一家人还坐在沙发上谈事情，看得出来气氛很好，应该是很高兴。

"你跟我来。"夏绵绵开口。

就是没得到夏柔柔的回应，她也知道夏柔柔会跟上。

两个人走向了封家的后花园。

夏柔柔说："你叫我做什么？"

"孩子是谁的？"夏绵绵直白道。

"你说呢？"

"你跟我说是封逸尘的！"夏绵绵冷眼。

"我没说，我只说我怀了孩子而已。"夏柔柔邪恶一笑，"是你不放心封逸尘。你们夫妻之间的信任度也不过如此嘛！"

"夏柔柔你以为嫁给封逸睿就能够对我有任何威胁了吗？"夏绵绵讽刺道。

她确实以为，夏柔柔怀的孩子是封逸尘的，甚至没有半点怀疑。而封逸尘昨晚从头到尾都没有解释过。她就更加坚信。今天夏柔柔却突然说，孩子是封逸睿的。她很好耍是吗？封逸尘说句话会死吗？

"我不知道对你有没有什么威胁，但我知道，封爷爷说了，生下封家的长子嫡孙，可以得到一定的股份，那些股份也应该可以够我在你面前嘚瑟一阵子了。"

"你真以为你的孩子能够顺利生下来？"

"你想威胁我？"夏柔柔脸色一沉。

"我祝你好运！"夏绵绵丢下一句话，什么都不想说了。

对她而言，夏柔柔生孩子得股份关她屁事，她只想弄明白，孩子到底是不是封逸尘的而已。她直接走向大厅。封逸尘似乎是在等她，就站在后花园的门口处，看着她大步走了过来。夏绵绵顿了顿脚步。

封逸尘说："我们走了。"

"走了？"

"嗯。"

夏绵绵也没多说，她昨晚没有休息好，现在也不过在强打着精神。两个人分别跟长辈说了一声，封逸尘就开车带她离开了。车内依然安静，但夏绵绵思绪万千。

她说："夏柔柔怀的是封逸睿的孩子。"

她说的是肯定句，但带着一丝不确定。

"嗯。"封逸尘点头。

"你昨晚为什么不说？"

"我想说的，但你不想听。"封逸尘直白道。

"你就不能好好解释吗？"

非要她如此误会吗？

"你今天也知道了。"封逸尘说得淡漠。

反正她早晚会知道，所以就不用解释了是吗？

"何况，你对我的信任度不是为零吗？"封逸尘突然补充。

夏绵绵一怔。所以他是在用行动表明事实？！她咬唇，这一刻也不想承认自己对他的偏见，她固执地将头扭向一边，缓缓道："夏柔柔怀了封逸睿的孩子，你难受吗？"封逸尘抿了抿唇。所以，他又不会解释了。

201

她也觉得自己问这些问题有些多余，她转移话题："你妈今天又跟我说生孩子的事情了，说让我们做试管婴儿。"

封逸尘眼眸微动，就是不开口。

"我也觉得这个方法可行。而且……"夏绵绵又回头看着封逸尘，直白说道，"你妈说生了孩子给我5000万，我心动了。"

封逸尘将车子稳稳当当地停在一个红灯前，转头看着夏绵绵。夏绵绵莫名觉得这一刻，心跳有些加速。有时候封逸尘的一个主动，就算是一个主动的表情、一个主动的眼神，都会让她……受宠若惊。绿灯亮起。身后响起了其他车辆催促的声音。

封逸尘踩下油门，她恍惚听到封逸尘说："鼠目寸光。"

"……"

她怎么鼠目寸光了？

5000万对他来说不算什么，对她而言就是巨款。

车子停在了小区车库里。

现在是下午4点多，夏绵绵的瞌睡已经到了巅峰，她也不想再和封逸尘有任何争执，回到房间捂着被子就呼呼睡了过去。

她一觉睡到晚上8点，迷迷糊糊地起床，饿得头重脚轻。

她下楼觅食。

封逸尘坐在客厅的沙发上看新闻，小南和林嫂分别在做着清洁。

"小姐，你终于醒了。"小南说，"我都差点忍不住上去叫你起床了，姑爷不让……"

说着，小南还看了一眼封逸尘。

夏绵绵也转头看了一眼封逸尘，她说："我饿了。"

"我也饿了。"

"嗯？"夏绵绵蹙眉。

"等你一起吃饭。"小南直白道。

夏绵绵又看了一眼封逸尘。林嫂已经迅速去炒菜了。夏绵绵想了想，走向封逸尘。封逸尘转眸看着她。

"你在等我？"夏绵绵直白道。

"只是不想林嫂麻烦。"

口是心非。

林嫂很快将饭菜做好，四个人一起吃着晚餐。

"我想喝点酒。"夏绵绵说。

"小姐你一个人喝酒啊？"

"嗯，庆祝一下。"夏绵绵嘴角一笑。

"庆祝什么？"小南诧异。

庆祝……

庆祝封逸尘没能搞大夏柔柔的肚子。夏绵绵不说，只让小南去拿了酒。一有酒，她就吃得比较慢了。林嫂和小南先下了桌，封逸尘坐在饭桌上陪她，他吃得慢条斯理，夏绵绵就这么直直地看着他。

封逸尘抿唇："你好好吃饭。"

"你酒精过敏？"夏绵绵扬眉。

封逸尘点头。

"会怎么过敏？"夏绵绵执着地询问。

封逸尘就是不会说话。

但封逸尘滴酒不沾……

之前对辣椒过敏，她喂他他还会张嘴，但酒精似乎是半点都不会碰。

"你慢慢吃。"封逸尘放下碗筷，走了。

夏绵绵翻白眼。有什么见不得人的不能说？还是说，封逸尘喝了酒其实不是过敏而是会发骚？她为自己的脑洞点赞。她一个人喝了大半瓶，吃了点菜下了桌。封逸尘此刻已经上楼了，小南和林嫂也把家里的清洁做得差不多了，整个家里就又安静了不少。夏绵绵一个人坐在沙发上看电视。看了一会儿，觉得无聊，她又把剩下的半瓶酒拿了出来，自己慢慢地喝了起来。喝着喝着，夏绵绵上了楼。她敲开封逸尘卧室的房门。

封逸尘看着她，看着她因为酒精而有些熏红了的脸颊。

"找我……"有事儿？

话还未说完，就有人紧紧勾住他的脖子，努力压下他的身体，一个吻就印在了封逸尘的唇瓣上。

唇齿相贴。

那一刻仿若还有一丝酒精的味道。

封逸尘正准备推开，下一秒，夏绵绵却张嘴伴随着舌头一起直接送了他一口红酒。他并没有预料到，在想要吐出来的那一刻，嘴唇却被夏绵绵使劲

203

堵住，堵住那一刻，她如此火热的亲吻让他本能的一个吞咽……

一大口酒，他就这么咽了下去。夏绵绵放开封逸尘，得意地看着他。封逸尘脸色冰冷。被人算计了，大概心情也好不到哪里去。

"我就是好奇，封逸尘酒精过敏是什么样的？"夏绵绵笑得灿烂。

她其实，还有目的。

但她不说，她就观察，观察着封逸尘，面不改色心不跳。

所以……酒精过敏什么的，都是骗人的了！

封逸尘直接转身了，转身的那一秒，如此高大的一个身影哐的一声，直接倒在了地上。真的是直接倒下去的，夏绵绵看着都疼。而那一刻，她也真的蒙了，看着倒在地上一动不动的人。不会是死了吧？她猛的上前，把手放在他的鼻子前，再听了听他的心跳。她深呼吸一口气。封逸尘是真的想要吓死她吗？一口红酒而已，至于这么夸张吗？下一秒，她嘴角邪恶一笑。夏绵绵拖着封逸尘沉重的身体，往自己的房间走去。封逸尘看上去不胖，但是身体沉得跟铁似的，好在她力气也不小。她把封逸尘扔在了她的床上，然后找了自己的四条皮带，居然刚刚好！她都为自己的机智点赞。

把封逸尘的手脚捆绑在了她的床上后，夏绵绵走进浴室洗澡去了。

她洗得比较慢。毕竟，要做一件大事儿，她也会心慌。她深呼吸一口气，穿上比较暴露的丝绸睡衣，走出了浴室。那个躺在床上的男人就这么眼睛一眨不眨地看着她。夏绵绵深呼吸一口气。这么快就醒了？还好她动作快。

她走过去，走到封逸尘的面前："我说了，我心动了。"

封逸尘眼眸一紧。

"5000万对我来说实在不少。"

"夏绵绵！"封逸尘咬牙切齿，再糊涂也知道此刻她想要做什么了。

但是威胁也没用，她铁了心了。

其实今晚的一切她真的早有预谋，她不知道封逸尘喝了酒会直接倒下。她其实在想封逸尘喝酒一喝就醉，然后她还有机会打过封逸尘，她甚至在自己上楼前有交代小南和林嫂，晚上听到什么响声都不要上楼，她怕他们的打斗吓到她们。

然而……

封逸尘居然就倒下了，就这么直直地倒在了她面前。

这么好的机会，她岂能就此放过？

"你也别挣扎了，弄不开的，限量款牛皮皮带，我试过了，很结实。"夏绵绵说。

其实她注意到封逸尘的手腕和脚腕处通红一片，想来已经反抗过了。

"当然，其实你也有条件反抗的，比如……"夏绵绵看着他的下面，"没反应的话，我就算是做再多，也无济于事，你就可以守住清白了。"

说着，夏绵绵就直接翻身坐在了封逸尘的身体上。她帮他解开衣服。封逸尘喜欢穿白色衬衣，衬衣的尺寸刚刚好，所以胸肌非常明显，还很带感。她一颗纽扣一颗纽扣地解开。解开之后，就看到了他结实的胸膛。

"夏绵绵，想要多少钱？"封逸尘冷声。

夏绵绵的视线从他的胸肌处往上移，看着他的脸。

她瞬间又垂下了眼眸，还是觉得他的身体比他的脸更好看。

她说："你妈先出了价格，你就不用费口舌了。"

"一个亿，放开我。"封逸尘直白道。

她把手放在他的裤子拉链上。她为什么会如此贪财？但是……

她笑道："万一我放开了你你就不给我了呢？"

"我会给你！"封逸尘一字一句道。

"我不相信。"

"夏绵绵！"

"我说过了，你可以守身如玉的，只要你没有反应，但显然……"夏绵绵看着封逸尘，"我什么都还没做，小封封就……"

封逸尘咬牙。

夏绵绵脱掉了封逸尘的裤子，因为捆绑着，所以她把部分剪掉了。昨晚他撕碎了她的衣服，今天她也会以牙还牙！裤子剪碎之后，她把剪刀放在他的内裤上，抬头看了一眼封逸尘，说："你别动，我怕不小心伤到了你。"封逸尘脸色冰冷。好了！夏绵绵解锁成功。她看了一眼，咽了咽口水。她抬头，看到封逸尘忍耐到极致的表情。

她说："虽然你不能动，但我们还是从头开始吧，太直接了我怕……你接受不了。"

其实，是她接受不了。

她爬到他的面前，低头想要去亲吻他的嘴唇。

刚靠近，她又顿了顿："我怕你咬我。"

封逸尘狠狠地看着夏绵绵。

她将头埋在了他的脖子处，亲了一口。

封逸尘隐忍着，隐忍的那一刻，夏绵绵突然笑了："封逸尘，你起鸡皮疙瘩了你知道吗？"

很明显，夏绵绵摸着封逸尘的手臂，上面都是。

封逸尘的喉咙一直在动，忍着没有说话。

夏绵绵真觉得封逸尘的反应很强烈，她就亲了一下，就是淡淡地亲了一下，他就把持不住了！

她说："你要是喜欢，我可以给你做足前戏。"

"夏绵绵，你放开我！否则……"

"否则你会杀了我？"夏绵绵托腮趴在封逸尘的身上，就是一副不怕死你又能奈我何的模样。

封逸尘怒视着夏绵绵："夏绵绵！"

"别叫了。耳朵都听出茧子了。"夏绵绵说，"叫也没有用。"

话音落下，夏绵绵又把头埋在了他的脖子处，这次，亲吻的同时，还用牙齿咬了一口。她想，既然要做了，就应该留下痕迹，让封逸尘看着厌烦几天也好。嗯……封逸尘发出了低沉的声音。是在忍着痛，还是在忍着……夏绵绵的唇，一点一点地从上往下。一点一点，不留余地。好久……

"夏绵绵！你给我起来！"封逸尘威胁。

夏绵绵抬腿，用力。

"封逸尘……"夏绵绵说，"已经起不来了！"

终究，她强上了封逸尘。

第七章　遭到算计

不知道过了多久，她从封逸尘的身上起来了。果真，有点痛！那种痛，她也形容不出来。床上，还落下了红色的血渍！她爬过去解开了封逸尘的手。封逸尘脸色真的很不好。她也不知道他在不爽什么，他应该比她爽才是，至少他发泄了呀！解开封逸尘之后，她起身去了浴室。她躺在浴缸里面。虽说过程有点痛，但好在，上辈子和这辈子的遗憾弥补了。她心情还莫名有点好。身边气压，突然变低。她咬唇，缓缓睁开眼睛，看着面前的裸男。其实也不是全裸，还穿了一件白色衬衣，这是她刚刚上他都没有脱掉的，现在就这么松松散散地挂在他的身体上，她能说其实很诱人吗？她重新闭上眼睛，也是一脸坦然的模样！

要杀就杀吧。她也打不过他。她的身体突然猛的腾空。夏绵绵被封逸尘一把捞出了浴缸，那个轻巧。她本能地搂抱着封逸尘的脖子，身体贴近。封逸尘脸色暗沉，将她抱了出去，然后狠狠地扔在了她的大床上。不怕，其实都是骗人的。封逸尘杀人都不眨眼，杀她也会如此。

她说："我想死得好看一点！"

"是吗？"封逸尘冷笑，逼问。

那一刻，她看到他突然上了她的床，一点一点在靠近她，青筋暴露，但又意外地性感。

到现在她居然还在被他勾引。

她说："是。"

刚说完，身体就被封逸尘直接压在了身下。

她惊慌："封逸尘，你要做什么？"

"让你看看我发疯的样子！"封逸尘阴森而冷血道。

夏绵绵还在思索这句话怎么那么耳熟。

嗯……

嘴唇突然被强势地堵住。与此同时……身体承载着他的重量以及他的急切。整个房间，惊天动地！

天微亮。

夏绵绵趴在床上。她看着窗外若隐若现飘进来的一丝阳光。她忍受了一个晚上了。她都不知道封逸尘精力为什么会那么好！他真的不用动手杀了她，做死她就行了。她的身体被某个男人紧紧地抱住。而后，终于完了吗？

她转身看着封逸尘，看着他起身，然后将她一起带进了浴室。她很累，真的很累。她全身都痛，就跟散架了一般。所以……封逸尘发起疯来，真的很恐怖！她全身懒到半点都不想动。而那个疯狂了一个晚上的男人，此刻却神清气爽地起了床，换上了西装，又是那般道貌岸然的样子。昨晚那只大禽兽到底是谁？她承认第一次是她用强，但是第二次呢，第三次呢，后面很多次呢？封逸尘这个变态。

她奄奄一息地趴在床上，懒得脚趾头都不想动一下。

"你不起床吗？"封逸尘问她。

在昨晚那般虐待她之后，现在他还好意思问她？她直接把头扭向一边。

"那我先出门了，还有点事情要去加班。"封逸尘解释。

所以吃干抹净之后，她就要接受这种待遇吗？

她不说话。封逸尘要滚就滚远点。封逸尘看了一眼床上的夏绵绵，那一刻恍惚是笑了一下，离开了。房门被轻轻地关上了。夏绵绵面对着空荡荡的房间，全身不适，苦不堪言。她迷迷糊糊地正要进入梦乡。

"小姐！"小南突然从门外进来，声音特别高昂。

她又没有聋，小南至于这么大声叫吗？

"小姐，我给你拿红糖水上来了。"小南把红糖水放在夏绵绵的床头，

"你喝了，补血的。"

"……"谁稀罕补血呀？

"姑爷特别交代的。"小南贼兮兮地笑道，"昨晚上姑爷和小姐是不是……"

"别这么八卦。"

"就是那样的是不是？"小南笑得特别阴险，"以后小姐和姑爷就会相亲相爱了吧？"

鬼知道封逸尘怎么想的！她勉强让自己从床上坐起来。小南眼睛都瞪大了。夏绵绵被单下什么都没穿，被子自然地落在胸口上。

她就看到小南极迅速睁大的眼眸，听到小南惊悚道："昨晚姑爷是虐待你了吗？"

夏绵绵低头，也看不出什么名堂。

"你的脖子上和手臂上瘀青好多，就跟我们小时候被鬼打了一样，不对，比被鬼打了还要严重。姑爷昨晚是有多粗鲁？！"小南完全被惊吓到了。

有多粗鲁？

这么说吧，就像一头被困了很久的狮子，饿到两眼冒青光，然后看到了面前放着的一块新鲜的肥肉。而后就不用描述了，总之如脱缰的马，一发不可收拾！

"小姐，你痛不痛？"小南心疼。

痛死了。封逸尘绝对没有半点怜惜，没有半点节制。她让小南把红糖水拿给她。甜甜的味道倒是让她的身体舒服了些。她把一碗红糖水喝光，又躺回了床上。

"小姐，那你休息一会儿，中午我叫你起床吃饭，你要是起不来我就给你送上来……姑爷太不会怜香惜玉了。"小南一边拿着空碗出去，一边嘀咕。

夏绵绵窝在被窝里面。她突然有些沉默，她以前为什么会那么期盼床笫之事，分明……就是在强取豪夺。哪里有电视或小说里面描述得那么销魂！她翻身，睡觉。她发誓她再也不会去勾引封逸尘了！她招架不住！

然后那一天，她就真的窝在床上睡了一天，到晚上吃晚饭的时候，才勉强让自己起床，换了一套睡衣下楼。

她觉得腿都在打战，好不容易才下楼。

封逸尘刚好从外面回来。夏绵绵看着封逸尘，他穿着西装打着领带，头

209

发梳得一丝不苟，脸蛋俊得倾城倾国，想起昨晚……算了，不想也罢。她直接走向客厅的沙发，坐下。封逸尘放下公文包，也跟着坐了过去。

小南看着夏绵绵出现，热情道："小姐你终于起床了，你睡了一天了。"

"嗯。"夏绵绵应了一声。

封逸尘转头看着夏绵绵，问："你睡了一天？"

"有问题吗？"

封逸尘沉默。

夏绵绵也不多说，她打开电视。

封逸尘突然又问："为什么睡了一天？"

这货是傻吗？

"昨晚某只禽兽一直不停地做禽兽的事情，你说我为什么睡了一天？"夏绵绵没好气地说道。

封逸尘喉咙微动。那一刻耳朵貌似有些泛红了。夏绵绵心道：别用这种青涩的表情来蒙蔽我的双眼！她转头看电视，不再搭理封逸尘。封逸尘也坐在她旁边，不再说话。林嫂做好晚餐之后，招呼他们过去。今晚他们吃得异常好，仔细一看，还都是些大补的东西。

夏绵绵怎么都觉得林嫂有小心思。

林嫂被夏绵绵看得有些不好意思，说："少奶奶你多补补，身体好了才好受孕。"

"……"所以，她和封逸尘上了个床，全天下人都知道了是吧。

她回头看了一眼封逸尘。封逸尘带着良好的教养默默吃着晚饭。一顿饭吃得不快不慢，但就是异常尴尬。夏绵绵总觉得封逸尘在时不时地看她，但每次当她回头的时候，又看到封逸尘低着头在吃饭。吃过晚饭之后，他们又各自回了房。夏绵绵想，应该又会回到以前的状态了。对，回到以前的状态就好了。她洗了澡，又躺在了床上。

明天她还要上班，也不知道身体会不会好点，腿还会不会这么酸，那里还会不会这么疼。

她闭上眼睛想这些事情。

房门突然被人敲响。夏绵绵一怔。深更半夜的。她起床打开房门。

封逸尘说："以后不要锁门。"

"为什么？"

封逸尘不说话，行动很明显。他直接上了她的床。她慢吞吞的，还是爬上了床，睡在了封逸尘的一边。夜晚很安静。彼此都很安静。夏绵绵闭上眼睛睡觉。她想，封逸尘总不至于今晚又来……她在想……夏绵绵就感觉自己整个身体被人压在了身下。而后，某个人开始不规矩起来。

"封逸尘……"

"嗯。"他应了她一声。

手上的动作，倒是丝毫没有停下来。

"我很累了。"

"嗯。"手，还是在动。

"我今晚真的不想。"

"嗯。"

夏绵绵心里暗骂：嗯了你就把手给我拿出去。

"封逸尘，我很痛啊！"夏绵绵尖叫。

她痛死了。能不能让她歇几晚？她琢磨着，要生孩子，以后避免不了，但不至于天天晚上都这样吧，她真的会吃不消的。

"哪里痛？"

"你傻吗？"夏绵绵狠狠瞪着封逸尘。

封逸尘压在她身上，重得跟铁似的。黑暗下，夏绵绵似乎看到了封逸尘眼神中的一丝闪烁。他突然起身，打开了房间的灯。她捂着被子。被子却被某人强行掀开。

夏绵绵怒瞪着封逸尘："你想上就上吧，上吧。"

她认命了。封逸尘直接脱掉了她的裤子。夏绵绵一副生无可恋的表情。然而，意料中的疼痛感并没有出现，她只觉得一凉，看着封逸尘审视的眼光。那一刻，夏绵绵的脸猛的一下爆红。封逸尘你能不这么色吗？她有些羞涩地将双腿紧闭，然后把一边的被子抱了过来，声音都没有什么底气地说道："你做什么呀？"封逸尘也没有再强迫她。他突然起身，离开了。夏绵绵看着封逸尘的背影。这货，神经病啊！

他走了就走了吧，她还能睡个好觉。幽静的夜晚，夏绵绵也不知道自己是什么时候睡着的。一会儿她又迷迷糊糊地睁开了眼睛。现在是什么情况？她一脸蒙，突然感觉到下身一凉。

夏绵绵猛的起身，想要逃离。

"别动。"

被窝下，突然传来一个男人的嗓音。

夏绵绵欲哭无泪。封逸尘又是什么时候回来的？此刻他更是强制性地将她的双腿分开，然后……然后，她真的不好形容。被单下，封逸尘把自己捂在里面，她隐约还看到手机电筒发出的亮光，一直照耀着。她身体一怔。凉凉的触感，又伴随着他指腹的温度。

"封逸尘……"

"我在帮你上药，你忍忍。"

嗯！夏绵绵咬唇。

上药？你别碰我就万事大吉了！她忍受着他难得的温柔。安静无比的房间，仿若只有彼此呼吸的声音。也不知道过了多久，封逸尘大概是完事儿了，从被窝里面钻出来，起身去了浴室。夏绵绵捂着被子睡觉，狠狠地把自己包裹起来。脸却莫名发烫得厉害。而那个去了浴室的男人，却一直一直站在浴室里面。他默默地调整呼吸，然后洗手。他一边洗手，一边用冷水来放松自己。昨晚……

他完全失控，就是不停地想要，不停地想，完全忽视了身下的人是不是能够承受。而他并不知道，他的不节制会导致她今天疼得这么严重。他刚刚帮她上药的时候，都不敢用力，就怕又弄疼了她。此刻，他却突然，喉咙微动。他脱掉衣服，洗了个冷水澡。等他洗完澡出来的时候，看见夏绵绵缩在被单一角里，并没有睡觉，眼神哀怨地看着他。

封逸尘说："早点睡。"

说着，他也上了床，拉过被单，和她躺进了一个被窝。

夏绵绵一脸警惕。

"我不会碰你，你睡吧。"封逸尘开口。

夏绵绵有些不相信。

封逸尘昨晚是怎么做的？昨晚她说了不要了，他又是怎么对她的？她咬牙，突然靠近封逸尘。封逸尘身体一僵，一动不动。夏绵绵把手直接伸了进去。封逸尘咬唇。这女人果然很喜欢惹祸。

"好吧，相信你。"夏绵绵把手拿了出来。

她感觉到封逸尘整个身体都凉凉的，而且没有攻击力。殊不知，在她的手刚刚退出去那一刻，其实某人就开始急剧变化了。夏绵绵放松地闭上眼

212

睛，背对着封逸尘准备睡觉。她刚换好这个动作，瞬间又翻身面对着封逸尘。昨晚她就是这样被一次又一次碾压的。她总觉得那个姿势，毫无安全感。她这么想着，就又闭上了眼睛。而身边的这个男人，却久久无法入眠！

翌日。

夏绵绵被闹钟吵醒。封逸尘也从床上坐了起来，貌似，也是因为闹钟才醒。两个人迷迷糊糊地看着彼此。这种感觉……夏绵绵真的无法形容。就好像两个陌生的人，突然变得亲密起来。

她说："我先去洗漱。"

"嗯。"

夏绵绵先走进了浴室。她刚脱了裤子坐在马桶上，浴室的房门突然被人推开。夏绵绵拿着手机准备看新闻的手一僵。

封逸尘说："你继续。我洗脸刷牙。"

"……"这货在搞笑吗？

她怎么继续，怎么继续？

"会不自在吗？"封逸尘拿起他不知道何时放在这里的牙刷，问道。

"你试试。"夏绵绵说，咬牙切齿地又说道，"你来尿尿，我来看，你试试。"

封逸尘抿了抿唇，而后，终究拿起牙刷走出浴室。走出去的时候，他还丢下一句话："其实都看得很清楚了。"变态！

她气呼呼地上完厕所，也没心情看新闻了。三两下洗漱完毕，然后她换了一身衣服。封逸尘也换了衣服出门。夏绵绵看着封逸尘衣冠禽兽的模样，真的为天下想要上他的女人叫屈。她仰着头，抬起脚就往楼下大步走去。她刚下楼梯，腿软得差点直接摔下去。她都休息整整一天了，一天了，双腿为什么还那么不听使唤？

"怎么了？"封逸尘一把拉住她，看着她走路不稳的模样。

"没什么。"夏绵绵咬牙切齿地回答。

封逸尘审视着夏绵绵。

"你怎么了？"封逸尘莫名固执起来。

她转头怒吼："怎么了怎么了？你那晚这么没有节制，你说我怎么了？我走路都痛！"

"……"封逸尘抿唇。

夏绵绵懒得再搭理封逸尘，扶着栏杆下楼。刚走了两步，身体突然腾

213

空。夏绵绵惊吓得搂住封逸尘的脖子。两个人的脸颊靠近。夏绵绵倔强地将头扭向一边。小南在客厅，一眼就看到封逸尘把夏绵绵抱了下来。

小南笑得特别狡诈，走过去说道："一大早姑爷和小姐就在秀恩爱。"

秀个鬼呀！

夏绵绵被封逸尘抱着放在桌边。

所有人静静地吃着早餐。

吃着吃着，封逸尘突然开口："今天别去上班了。"

"为什么？"

"不是疼吗？"

"……"夏绵绵汗颜。

小南瞪着眼睛看他们，嘴角笑得何其阴险！

夏绵绵说："没什么。"

"我在家陪你。"封逸尘开口。

夏绵绵不相信地看着封逸尘。

"我陪你。"封逸尘说完就又低着头开始吃饭了。

小南怎么都觉得两个人猫腻味好重。

终究，夏绵绵周一还是没有上班。她就和封逸尘大眼瞪小眼地在家里待着。所以她又躺回床上。倒是不想睡觉了，就是习惯性躺在床上，玩玩手机也好。夏绵绵正看着一些八卦新闻，封逸尘从外面走了进来。她睨了一眼，没搭理他。封逸尘说陪她，还不是在书房处理公务。倒是她，就打了一个电话给夏政廷，然后一直这么颓废着。她将注意力又放在手机上，突然就觉得又有些不对劲了。

"封逸尘！"

"别动，我看看情况。"

"谁让你看了！"夏绵绵死拽着自己的裤子。

封逸尘薄唇微抿。

"出去。我要睡觉了。"

"我帮你上药。"

"不要。"

"夏绵绵！"封逸尘叫着她的名字。

"别威胁我！"

"听话。"封逸尘此刻声音很冷漠，但语气，夏绵绵总觉得带着一丝……死都不会承认的宠溺。

而后，她还是被封逸尘扒了裤子。她真的不应该勾引封逸尘的，真的不应该勾引。上完药之后，气氛又变得有些尴尬。封逸尘几乎是上完药就走了，冷漠得跟鬼一样。而走出卧室的封逸尘，那一刻却在微微喘气。之后的一周，封逸尘每天晚上例行检查。她其实真没什么了，刚开始的两三天生不如死，但现已经好得差不多了。而且她也不需要上药了。每天晚上这个时候，身体都变得有些异样了。而封逸尘，居然又坐怀不乱了！夏绵绵总觉得她完全搞不懂封逸尘。

她只是有些好奇，夏柔柔结婚，他会怎样？

显然，她想多了。

夏柔柔和封逸睿的婚礼并没有引起什么大的动静，即使场面很浩大，婚礼后也没有掀起什么惊涛骇浪。

日子，还是一样循规蹈矩。

坐在办公室里面的夏绵绵有些惆怅，倒不是惆怅工作的事情，现在夏氏的一切还算太平，所有人也都回归到正常的上班作息之中，一片和谐。她不过是在想，那天晚上之后，封逸尘为什么又开始不上她了？她其实也可以不着急，那晚并不是一个很好的回忆，但不上床哪里能蹦得出猴子！夏柔柔现在顺利嫁给了封逸睿，挺着封家的骨肉在封家耀武扬威。如果夏柔柔真的生下了男婴，地位自然也是不言而喻的。她咬了咬唇。她并不是见不得夏柔柔好过，而是夏柔柔一好过，就绝对不会让她有好日子过。何况，封尚5%到8%的原始股，让她很心动。

她眼眸微转，听到房门外的敲门声。

夏绵绵回眸："进来。"

"大姐，今晚下班后有空吗？"夏以蔚从外面走进来，询问。

"有事儿吗？"

"就是事业部的同事说晚上聚餐，其他很多部门都会去，大概有三桌人，我来告诉你一声。"

"怎么突然想到聚餐了？"

"这是夏氏基层员工的一个传统了，每年这个时候都会自发地聚餐一次，部门领导大多会抽出时间陪同，所以我让大姐一起，我今晚也会去。"

夏以蔚开口道。

理由还算充分。

夏绵绵想了想，答应了："好，那晚上我们一起去。"

"下班后我来找你。"

"好。"

夏绵绵看着夏以蔚离开。

她其实不相信夏以蔚会这么好心叫她一起去拉拢人心，但又因为不想和夏以蔚引起任何矛盾所以顺从他，否则一旦威胁到夏政廷这只老狐狸，她的地位就岌岌可危了。

下班后，夏绵绵跟着夏以蔚一起来聚餐了，各个部门的领导也都有代表出席，气氛还算不错。

夏绵绵吃了一会儿，实在是想走了。

因为知道夏以蔚和卫晴天一样老奸巨猾，说不定今晚这么积极也是受了卫晴天的指使，在筹划什么阴谋。

她找了个借口。

夏以蔚一口拒绝："再坐一会儿吧，不超过10点，我保证让你离开。"

说到这个份上了，她确实不想和夏以蔚表面上的关系被撕破。

她笑了笑："你可保证了10点前要掩护我离开哦。"

"我保证。"夏以蔚一口咬定，心里却在冷笑。

夏绵绵也知道夏以蔚心怀不轨，却也并不觉得夏以蔚能够对她做什么让她出丑的事情。她跟着大部队到了夜场——偌大的一个至尊包房。所有人一到包房就开始更加happy（高兴）起来。夏绵绵也就还算合群地和所有人热闹起来。

她本来酒量就好，应付这些小喽啰还是不成问题的。又是一番应酬后，快10点了，她确实想走了。她打算去上个洗手间就走。包房中的洗手间早就被人霸占了。夏绵绵只得去公共洗手间，刚走进去那一刻，她分明发现了一丝异样，敏捷地转头，脖子处突然一疼……那一刻，她从未想到，居然会被暗算了。她咬牙，身体却不受控制，眼前一黑，倒了下去。她倒下去后，夏以蔚就从另外一个走廊口走了出来。

他对着身边一个男人说道："知道怎么做了吧。"

"知道！"

216

夏以蔚冷笑。

男人把夏绵绵拖进一个厕所间，脱光了他们彼此的衣服，然后拿着手机开始拍照，各种姿势地拍照。拍完照，男人将照片发了过去，发完就再也按捺不住了。他压在夏绵绵的身上，正欲进攻。夏绵绵眼眸突然一紧。她的身体猛的避开了一下，在还未反应过来发生了什么事情之后，本能地保护着自己，也避免了被侵犯。其实在昏倒前一秒她就想到了这件事情的可能性，也就在醒来这一刻有了本能反应。看样子，似乎还没有真的发生。

夏绵绵咬牙，猛的一脚将男人直接踹在了单间的门上，响起剧烈的声响。

男人没有防备，是没有想到夏绵绵这么快就醒了。他知道这种昏迷是暂时的，却料想不到会这么快！他的身体撞击在门上，晕眩着，似乎脑出血般半天动不了。夏绵绵顺手捡起地上的衣服挡住了自己的身体。

而且因为在厕所，她的内裤和裤子在自己脚边，只是衣服被脱在了地上。

她此刻能够感觉到身体没有异样，但她不知道男人在没有进入之前都对她做了什么，那种厌恶和恶心简直要命。她直接将他打趴在了地上，狠狠地踩着他的背，禁锢着他，完全不能动弹。她甚至很想此刻就杀了他。被这种男人看光了，她觉得恶心。

"都对我做了些什么？"夏绵绵阴森无比。

"没有做什么，什么都还没有做！"男人连忙说道。

"是不是夏以蔚指使你这么做的？"夏绵绵咬牙切齿。

男人顿了一下，否认："和其他人没有关系，我只是兽性大发。"

男人越是这么说，夏绵绵越是可以肯定。

是夏以蔚！

夏绵绵咬牙切齿。

"我下次再也不敢了，你放开我。"男人请求。

她的脚抬起来，抬起来那一刻，往下猛的一个用力。

"啊！"男人尖叫。

痛苦声，震耳欲聋。肋骨没有断成两块，她都不信。如果不是因为现在身份不对，她会直接杀了这个男人。她快速地穿好衣服，直接打开厕所的门走了出去。夏绵绵走出了男厕所。刚走了几步，她看到了夏以蔚。夏绵绵眼眸微紧。

夏以蔚在短暂的愣怔之后，大步上前："大姐，我说一会儿工夫你去了哪里，不会是喝醉了吧？"

夏绵绵狠狠地看着夏以蔚。

夏以蔚有些心惊。

夏绵绵在怀疑什么吗？

"我走了。"

"大姐。"

夏绵绵直接离开。夏以蔚看着夏绵绵的背影，眼眸一紧，而后转眸，邪恶地笑了。反正该得到的，他都得到了。

夏绵绵坐上出租车回到家里。身上恍惚还有那个男人的味道，她越是想起刚才的事，就越想杀了那个男人。她回到家里。家里一片冷清，只有微弱的灯光照着她上楼。她走进自己的卧室，封逸尘并不在。不知道为什么，她就是不想让封逸尘看到自己此刻的模样。不管如何……

算了。就当被狗看了几眼。她去浴室洗澡，狠狠地搓洗，洗得皮肤都已经红肿了，才从浴室出来。她换上睡衣。睡衣下的身上没有任何痕迹，想来那个男人在短短的时间内可能真的什么都还没有做，即使如此，想到自己的身体被那个男人看了也恶心无比。她掀开被子正打算躺在床上睡觉，房门被人推开。封逸尘从外面进来，还穿着西装，大概是才加班回来。

她看了他一眼。

封逸尘也看到她，开口道："还没睡？"

"我也刚回来。"

"嗯。"封逸尘点头，拿起睡衣就去了浴室。

浴室中响起哗啦啦的声音。夏绵绵此刻却突然睡不着了。她一闭上眼睛脑海里面就是各种无比恶心的画面。封逸尘洗完澡，躺在了她身边。以往她还会主动勾引一下封逸尘，今晚却一动不动。房间的灯光暗了下来。两个人缓缓入睡。封逸尘突然靠近夏绵绵。夏绵绵身体一顿。

封逸尘很少这么主动靠过来，身体的检查也已经停了好久了，她不知道他是不是要……

而今晚终究不是一个好的时间，但如果封逸尘要，她不会拒绝。

"早点睡吧。"封逸尘说。

"……"

218

这算是在撩她吗？而今晚，她却出奇安静。搂抱着自己的男人似乎微微叹了口气。

翌日。

夏绵绵起床，去洗漱。身边的人难得还在睡。她从马桶上站起来，还未提好裤子，浴室门突然被推开。夏绵绵无语。

看到封逸尘明显往她下面看了一眼，夏绵绵怒吼："看什么看？！"

封逸尘收回视线，转眸，而后洗了把冷水脸。

夏绵绵听到他低沉的磁性嗓音说道："好看。"

"……"

"你快要过生日了？"封逸尘突然说。

"你怎么知道？"夏绵绵说完又觉得不对，"嗯，还早。"

阿九的生日倒是很快，就明天。

但夏绵绵的生日还有两个多月。

"没什么，随口问问。"封逸尘淡然道。

"你不会想着给我庆祝生日吧？"夏绵绵说。

"如果你有需求。"

"我没需求。"夏绵绵直白道，"我就是想要个孩子，你要是愿意送我，这就是我最大的生日愿望了。"

封逸尘又不说话了。

"你到底用完了吗？我洗漱完毕还要化妆，上班都要迟到了。"

"你用吧。"

封逸尘走出了浴室。她快速地洗漱完毕，化好妆，吃过早饭之后，去上班。车子行驶在驿城街道上。冬天也渐渐要过去了。天气渐渐变得温暖了起来，阳光也越来越灿烂。她坐在办公室，处理公事。手机短信提示音响起。

她看到短信："明天晚上腾出时间，一起吃饭。"

封逸尘发过来的。她看着短信有些发呆。不会是发错对象了吧？他们平时不一直一起吃饭的吗？夏绵绵不确定地问了封逸尘是不是发错人了。

封逸尘的回复是："明晚一起在外面吃饭。"

火星撞地球了吗？

夏绵绵不知道封逸尘是不是突然抽风。

第二天，她在出门前确实有精心打扮。

要是让她知道封逸尘在耍她，她一定要强上，狠狠地强上，让他三天下不了床地上了他！然后……让她忘记昨晚那样恶心的经历！

下午5点半，封逸尘发来信息："我来接你下班。"

夏绵绵回复："我马上下楼。"

"嗯，我在你办公室门口。"

"……"夏绵绵拿着手机是有些发呆的。

封逸尘从没这么殷勤过。

她起身，打开办公室的房门。房门外，封逸尘西装革履地站在那里，身上一件黑色的西装，一件深灰色呢子大衣，大长腿下一双透亮的漆黑皮鞋，头发梳得似乎更加规矩了，胡楂儿剃得又干净了些，又帅出天际了。门外的秘书办公室，几个花痴的女人看着封逸尘，口水都快流出来了。

夏绵绵的贴身秘书忍不住问道："夏总，封先生来接你下班吗？"

满脸的羡慕。

话说她也觉得自己此刻挺荣幸的。

她看着封逸尘，道："我去拿包。"

"嗯。"封逸尘微点头。

夏绵绵快速地回到办公室又快速地拿起包走向封逸尘。

封逸尘突然牵起夏绵绵的手。

夏绵绵咬唇。她整个人就僵硬地跟着封逸尘离开。夏绵绵被封逸尘带进电梯。她转头看着封逸尘，这货在众目睽睽之下做出如此亲密的举动，耳朵都红了，甚至拉着她的手，她都感觉到了汗珠。

"你在紧张吗？"夏绵绵问。

"没有。"

死鸭子嘴硬。

封逸尘给夏绵绵拉开副驾驶的门，待她坐好之后，他才回到驾驶座，开车离开。

夏绵绵看了一眼封逸尘，又转眸看向窗外，幽幽地问道："去哪里吃饭？"

"路奥斯。"

"就是驿城最奢侈的西餐厅，坐落在西阳山上，几百平方米的地方只有10桌位子的路奥斯？话说那地方不是要提前三个月预订的吗？"夏绵绵问，

"据说就算是最高领导人也不能例外。"

"嗯。"封逸尘点头。

"所以你提前了三个月预订？"

"嗯。"

"你是不是生病了？"夏绵绵问。

封逸尘抿了抿唇，说："就是想和你吃顿饭。"

"你果然生病了。"夏绵绵总结。

封逸尘今晚怪怪的。

车子行驶过喧嚣的城市，在幽静的郊区开了一段，驶入了西阳山，停靠在餐厅外修建的豪华停车场上。

封逸尘带着夏绵绵进去。

这里果然很冷清，几乎听不到任何城市里会有的吵闹声，优雅且高档。他们坐在其中的一个餐桌前，餐桌是方形的，上面还摆放着鲜花和红烛。夏绵绵观察了一下，远远才能够看到另外的一桌人。就是说，路奥斯一桌的面积等于一整个一般餐厅的面积。有钱人确实很懂享受。

服务员恭敬地询问："封先生，可以上菜了吗？"

"嗯。"封逸尘微点头。

服务员恭敬地离开。

陆陆续续上了很多山珍海味，夏绵绵看着偌大的一张桌子上堆满了佳肴，忍不住问道："这顿得花多少钱？"

封逸尘薄唇微动："不多。"

"几万？"

封逸尘没有说话。

"几十万？"

封逸尘依然没有说话。

"不会上百万吧？"她惊呼。

她怕自己会消化不良。

"没让你花钱，吃吧。"说着，封逸尘就拿起了刀叉，先吃了起来。

夏绵绵想想也是，反正没花她的钱。服务员送上已经醒好的红酒，给夏绵绵倒了一杯。封逸尘喝的依然是柠檬水。夏绵绵举着酒杯，问："封逸尘你不怕我又算计你？"上次夏绵绵可就是喝了红酒然后让他乖乖躺下的。封

221

逸尘抬头看了一眼夏绵绵，看着她已经品尝起了红酒。那满足的模样，让他不由得有些出神。

缓缓地，他说："不怕。"

也是，有什么好怕的，她压根就算计不了他。夏绵绵一边喝着好酒，一边吃着美味的晚餐，享受着如此浪漫的环境，看着天空的群星闪烁。耳边突然响起了小提琴的声音。一个戴着斯文眼镜穿着燕尾服的中年男子出现在他们面前，对着他们鞠了一躬，绝美的音乐声慢慢响起。

封逸尘突然站起来，绅士地站在她面前，挺拔高贵，嘴角似乎还抿出了一道细微的弧度，他俯身："跳支舞。"

封逸尘主动邀请她跳舞。

她怎么都觉得今晚之后，好像自己就活不了了似的。她伸手，白净纤细的小手放在了他的大手上。他把她的手轻轻包裹住，带着她起身，在餐桌旁边的地方，搂抱着她的身体，跟随着慢节奏的音乐，摇曳了起来。夏绵绵眼眸放在封逸尘的领带上，莫名其妙就会出戏。封逸尘今晚这么奇葩的举动，是为了干吗？他们在音乐中摇曳。

音乐声停止，封逸尘却没有立即放开她，只是停下脚上的动作，然后抬起了她的下巴。她一脸蒙，看着封逸尘的头压了下来，薄薄的唇瓣覆盖在她的唇瓣上，温暖而熟悉的气息，还有温柔无比的举动。她的双手完全无措，无措到只能拽着他的衣角。所有的感觉器官全部都停留在他的吻技上，让她心痒难耐，每每都会在他的勾引下主动到不能自己。她热情地回应着他的主动。两个人的唇舌一直纠缠在一起，彼此咬着对方的唇瓣，彼此吮吸着对方的舌头，如胶似漆，缠绵不已。不知道过了多久，封逸尘的吻停了一下，他微微放开了夏绵绵。夏绵绵轻轻地喘气。她刚喘了一口气，那个未离得太远的唇瓣，又吻了下来。只轻轻地啄了一下，夏绵绵却不难感受到，他的不舍。

他站直了身体。

夏绵绵看着封逸尘，看着如此昏暗的灯光下，这个男人立体的五官，帅得找不到任何瑕疵。她就是被美色所诱惑了。所以她主动攀上他的脖子，踮着脚又主动去亲吻封逸尘。管这货今晚抽什么风，她喜欢就好。她送上自己粉嫩的唇瓣，小舌头调皮地舔着他完美的唇形，又主动伸进他的口腔中，舔弄他的舌头。彼此又是一阵缠绵不休。放开彼此的时候，夏绵绵觉得自己的嘴唇都火辣辣的，摸着还有点小肿。两个人吻完又坐在了位子上。好在桌子很长，两个人的距离还有点远。要不然，她也不知道自己会不会兽性大发，然后做出什么不可描述的事情。两个人亲密一会儿之后，餐桌上反而沉默了些。静悄悄的，却恍惚能够感觉到彼此微弱的呼吸，分明有些不太一样。

吃了好一会儿，夏绵绵喝了大半瓶酒。

封逸尘结账离开。

夏绵绵跟着封逸尘的脚步。

夜晚的山顶其实有些冷了，刚刚在餐厅有暖气一直烘着还能勉强接受，一走出餐厅，一阵冷风袭来，夏绵绵不由得打了一个寒战。

"你过来。"封逸尘突然说。

夏绵绵蹙眉。

封逸尘直接拉起她的手，稍微一个用力，她就硬生生地扑进了他的怀抱里。下一秒，夏绵绵就感觉自己被裹进了一件温暖的大衣里面。封逸尘的大衣偏韩版，很随性的款式，穿在封逸尘身上就是看着挺正经的。他将她裹着。两个人无比亲密地紧挨在一起。封逸尘没有带她去停车场。她跟着封逸尘的脚步，走在不算宽敞却异常有格调的小径上，然后被他带到了一栋两层的独栋别墅前。别墅外还有好大一个入户花园，看上去像是度假区。

她诧异："这是哪里？"

"今晚就住这里。"

"为什么？"

"我累了。"

"……"我可以开车。

"你喝了酒。"

所以封逸尘会读心术了？她跟着封逸尘走进了暖暖的别墅里。别墅不大，却特别考究，还有壁炉，非常温暖，带着古老的欧洲情调。房间中的灯光也是昏黄的，怎么看都觉得温馨，又带着些浪漫。

"楼上的房间。"封逸尘说。

"这地方一个晚上多少钱？"夏绵绵问。

封逸尘站在二楼的楼梯上："怕浪费我的钱吗？"

"你要是想对我好，你兑现给我，我会更满足。"

封逸尘这货居然没有板脸，此刻反而笑了一下："这地方是我的私人房产。"

"……"

"你要是喜欢我可以送给你。"

"所以你的条件是什么？"夏绵绵警惕地看着他。

别以为她不知道，他是商人。

"你会知道的。"

说完，封逸尘先上了楼。夏绵绵看这货……怎么觉得他那么嘚瑟呢？她左右参观了一下，跟着上了二楼。二楼就只有一个房间。放眼看去就是一张豪华大床，房间中铺上了厚重的地毯，四面八方都是透明的落地窗，头顶上的房盖的中间位置也是透明玻璃，夏绵绵现在还能看到头顶上的繁星闪烁呢。夏绵绵突然看到所有的玻璃窗都自动地将窗帘拉了过来，只见封逸尘拿着遥控器，从一扇门里面走了出来。夏绵绵看着封逸尘。

封逸尘说："放好热水了，去洗澡吧。"

"哦。"——夏绵绵怎么觉得自己在被他牵着鼻子走？

她走向浴室。到浴室需要走过一条镂空的走道，连接到另外一栋小房子里面，说是浴室，还不如说这是私人奢华游泳池！这么大的浴缸，睡个十个八个的应该不成问题吧。她左右看了看，找到了干净的浴袍，甚至找到了干净的内衣裤，文胸的尺寸还刚刚好，她又发现了干净的牙膏牙刷。好奇完了之后，她脱得光溜溜的躺在了舒服的浴缸里面。好爽！

她一直觉得家里的按摩浴缸已经够奢华了，此刻仰着头看着浴室上面的透明屋顶，这种如沐在清新大自然下的感觉，简直爽爆了！

她闭上眼睛，放松，惬意地享受。

倏然，她猛的睁开了眼睛，就看到封逸尘站在她面前。

她现在应该遮挡吗？应该遮挡吗？

算了，不用了。

她甚至还调侃："封逸尘，要不要一起洗？"

"好。"封逸尘说。

"……"她真的是随口说说的。

封逸尘一件一件脱了衣服，原本可以衣冠楚楚的。

好吧。

他脱了衣服更帅。

他很自觉地躺在了夏绵绵的旁边。这种感觉……她转头看着封逸尘。

224

封逸尘也回头看着她。两个人脸上都有了一点水渍，心里在发生某些化学变化，身体在发生某些物理变化。

她说："你今晚不是故意撩我的吧？"

"不是。"

"那就好。"

话音刚落，夏绵绵身体突然腾空，就坐在了某人的身上。某人此刻也坐着，靠在浴缸的边缘。两人的身体挨得很近。夏绵绵想这货要是稍微找准一点，说不定就……她的心跳有些加速。这般裸露地看着彼此，多少会有些不自在。她脸蛋很红，其实眼神已经非常不规矩了，反正不看白不看。谁让他胸肌这么好！谁让他身材这么好！

"我帮你洗澡。"封逸尘说。

"什么？！"夏绵绵想，肯定听错了。

而后，她被他洗得很彻底，甚至，气喘吁吁。

她心说：刚说好了不撩的。

她软绵绵地趴在封逸尘的肩膀上，两个人贴得很紧。封逸尘突然将夏绵绵从浴缸里面捞了出来，顺手拿起一条浴巾盖在她的身上，就直接走了出去。

"喂。"夏绵绵叫他。

外面可是露天走廊。

封逸尘居然这么不知廉耻。

"你穿上衣服。"夏绵绵提醒。

封逸尘停了停脚步。他把夏绵绵放在地上。夏绵绵自己又裹紧了浴巾。封逸尘穿了一件白色的浴袍，然后又俯身将她抱了起来。她搂抱着他的脖子。她想，今晚要是封逸尘还不上她，她就死给他看！夏绵绵这么想着，身体就被封逸尘放在了偌大的床上，轻轻放下去，床畔就陷了一点，封逸尘再爬上来，床似乎陷得更深了些。床单下柔软的触感，身体裸露的接触，舒适的感觉，无法言喻。她看着面前的封逸尘。封逸尘也这么看着她。两个人的呼吸在慢慢加速。

她听到他说："今晚……有什么不适你要说。"

夏绵绵的脸更红了。

这么直白的意思，她当然知道他在说什么。

她点头："好，那你要听。"

"嗯。"

封逸尘的唇印了上去。

唇齿间的触碰，和刚刚在餐厅中的温情显然已经不同。

攻击性很明显。

两个人吻得如胶似漆，气喘吁吁。

封逸尘拉开了夏绵绵摇摇欲坠的浴巾……

"嗯……"

"痛吗？"

"不是。"

"啊……"

"痛吗？"

"都说了不是了！"

"嗯……"

"痛吗……"

"让你再多嘴！"

天雷勾地火。

完事之后，夏绵绵趴在床上，一动不动。

身后的男人将她紧紧地搂抱在怀里，彼此都在缓解。

几秒钟之后封逸尘说："我抱你去洗澡。"

"嗯。"夏绵绵身体软软的，一动都不想动。

刚刚到底都发生了什么？

封逸尘将夏绵绵放在浴缸里面，自己也坐了进去，热水慢慢地浸没彼此的身体。

封逸尘又在帮她洗澡了，特别温柔，还特别仔细，仔细到……

"封逸尘……嗯……"

又是一番云雨疯狂。夏绵绵就知道，封逸尘就是脱缰的野马，收不住。从卧室到浴室，从浴室到卧室，从卧室到外阳台……久久不停！夏绵绵精疲力尽，累得一个字都不想说。她心里也突然有些惆怅。身后的男人大概也感觉到了她的疲倦，停歇了下来。

他问："又弄疼你了吗？我看看。"

"没有。"夏绵绵没好气地说道。

226

"那……"

"你老实告诉我，你的技巧都跟谁学的？"

他突然就这般老练、这么纯熟了？

"就是……"封逸尘欲言又止。

夏绵绵等待了老半天。

"片看得比较多。"封逸尘开口。

夏绵绵那一刻有些蒙，随后她没忍住，笑了。

封逸尘搂抱着夏绵绵，被她的笑声弄得很尴尬。

"封逸尘，是苍老师教你的吗？"夏绵绵说，"你们还都是老字辈的，挺好的。"

封逸尘被夏绵绵笑得有些无语。

夏绵绵想到封逸尘一个人坐在电脑前看那玩意儿的画面……

她越想越觉得那画面很好笑，所以忍不住就一直在笑。

"夏绵绵。"封逸尘叫她，声音有些阴森，"笑够了吗？"

"嗯。"说着嗯，其实还一直在笑，她调侃，"封逸尘，下次学习技巧的时候带上我一起呗，我也想学学。"

"你不用。"

"意思是我技巧很好了？"夏绵绵得意。

"你躺着就好。"

"……"

封逸尘突然猛的翻身，又将她压在了身下！

夏绵绵心口一动："封逸尘，你又要做什么？"

"做你。"

王八蛋！

她已经精疲力尽了。

然而，封逸尘就是脱缰的野马。

第二天是工作日，但夏绵绵请假了。

上一次觉得痛，痛到不敢下地。这一次觉得软，全身都酸软，也下不了地。封逸尘难得也没有去上班，陪着她在床上躺着，看着头顶上方的天空，蓝蓝的，感觉很美妙。两个人都还赤裸着身体，彼此的双脚勾着。夏绵绵恍惚有一种，可以就这样过一辈子的感觉，全身心地放松，什么都不想，不想曾经的哀怨情仇。

"饿了吗？"封逸尘问。

"嗯。"夏绵绵应了一声。

"我去做点吃的。"

"这里有食材吗？"

"有。"封逸尘说，"让人提前准备了。"

"封逸尘，我突然觉得你为这一天安排了很久。"夏绵绵问，"对你而言，昨天是个特殊的日子吗？"

"不是。"

"对我而言是。"夏绵绵一字一句道。

封逸尘不说话。他不想说话的时候，说什么他都只会沉默。她看着封逸尘起身，穿了一件浴袍，直接就往楼下走去。夏绵绵咬唇。有些事情，反而让她越发觉得奇怪了。她看着封逸尘的背影，看着他分明已经消失却又突然折了回来。夏绵绵心口猛烈跳动。她看着封逸尘突然掀开被子。

"你做什么？"夏绵绵搂抱着自己，毫无安全感。

封逸尘直接打开她的双腿。封逸尘这个禽兽！他观察了好一会儿，然后放下她，还好心地帮她盖上被子，走了。那一刻，夏绵绵心里莫名有些温暖。明知道他是在帮自己检查身体……但这样的封逸尘，和她印象中那个冷血的男人，真的相差甚远。是他和她一样，经历过一朝重生，穿越到了其他人的身上吗？

她真的茫然了。他们就腻在一起过了一天。昨晚的疯狂次数并不比第一次少，但奇怪的是夏绵绵身下没有痛感，身体在休养一天之后，反而神清气爽。下午，两个人都换上了干净的衣服。其实夏绵绵是舍不得离开这里的。她总觉得离开这个地方的封逸尘，会变。而自己，也会变。

封逸尘带着她坐进了小车内。

车子从郊区开回市中心，到的时候已经是下午5点多了。封家人叫他们回家吃饭，否则，封逸尘可能还会让她住两天。她甚至感觉封逸尘比她还要不舍，但就因为一个电话，再怎么不舍也还是会离开。这就是现实。

车子开向了封家别墅。她跟着封逸尘走了进去。大厅中，果然封家的人都已经到了。夏柔柔也坐在其中。夏柔柔才怀孕，身材还很纤细，肚子也很是平坦，气色却养得比以往都好了。夏绵绵一出现，夏柔柔就特别亲热地走了过去，拉起她的手："姐，你们来了。"夏绵绵应付地笑了一下。

她被夏柔柔拉着走向沙发，——和长辈弟妹打了招呼，自然也看到了龙一。

龙一看着夏绵绵，坦然地一笑。

这又是在唱哪一出？

"嫂子，这是龙一。你应该认识的。"康沛菡开口介绍。

不是说没看上吗？

这就开始交往了？

她转眸："嗯，当然认识。龙门的龙大少爷，幸会。"

龙一看着如此正经的夏绵绵，此刻笑了一下。

龙一说："幸会。"

两个人客气地打了招呼。

封逸尘也上前招呼了一声。

大厅中一直其乐融融，到了用餐时间，大家就聚在一起吃晚餐。

封老爷子对龙一还算温和，笑道："龙一，当在自己家，别拘束。"

"好。"龙一点头，"谢谢爷爷。"

"多吃点。"

"是。"

一桌人吃得不快不慢。吃过晚饭之后，所有人又都回到客厅，吃着水果。夏绵绵转眸看了一眼龙一，看到龙一在所有人不留意的时候走向了后花园。夏绵绵打量着大厅中聊得热火朝天的一家子人，默默地跟了出去。她刚走到后花园，就听到了龙一和康沛菡的对话。原来龙一是去找康沛菡。她没想过偷听的，但两个人说话声音真不小。

她听到康沛菡激动地说道："龙一，就算你拒绝我，我也不会放弃。从小到大，我就没有碰到过我喜欢的男人不喜欢我的。"

"随便你吧。"

"你为什么不答应和我交往？"康沛菡有些激动。

从小到大康沛菡大概都没有遭遇过这种打击。

"不来电。"

"相处久了就好了。"

"我相信一见钟情。"

"我哪点让你看不上了？"康沛菡更是激动，"你都答应来我家吃饭

229

了，却还不答应做我男朋友！"

"我爸强迫我来的，我反抗不了他。"

"龙一！"康沛菡都快气死了。

龙一说话真是直接到吓人！

夏绵绵琢磨着，当初龙一对她说喜欢的时候，也是这般毫不掩饰。

这样的性格真的好吗？

"我们家还有龙二、龙四、龙五。"龙一介绍，"年龄都和你相当，你可以随便挑选。"

"我为什么要选那些名字都不三不四的人？！"

"……"

"龙一，既然我选定了你，我就认定你了！"康沛菡立下豪言，"我这辈子非你不嫁！"

"但不代表我非你不娶。"

夏绵绵都觉得，康沛菡作为一个女人，作为一个还算有点资本的女人，这一刻应该会被气得吐血身亡。康沛菡气得无处发泄，带着一副无比扭曲的模样，大步跑了。

夏绵绵灵巧地躲避在一棵剪得圆溜溜的常青树边，待康沛菡走了之后，才听到龙一的声音："出来吧，都藏那么久了。"

她有些尴尬地走向龙一。

"你想问我什么？"龙一看着她。

"我以为你和康沛菡在交往了。"

"我对她没兴趣。"龙一直接道，"今晚来吃饭，也是封老爷子直接给我父亲打电话，我才来的。"

"看上去康沛菡真的喜欢你。"

"那也和我没关系。"

夏绵绵抿唇。

到这一刻她才感受到，龙一其实也是冷血的。

只是……对她不同。

龙一在面对她之外的其他人时，分明不近人情。

"我回去会跟我父亲说清楚的。龙二、龙四、龙五，他们都挺乐意和康沛菡联姻的。"龙一说得清楚。

"但是康沛菡没看上。"

"看没看上，也都是早晚的事情。"

"你就真的不考虑一下？"

"不用考虑。"龙一又重复说，"不需要考虑。"

那一刻，他恍惚就是在对她说什么。

她垂下眼眸，有时候就是会突然地无言以对。

她转身："不早了，天气凉，你也早点进屋。"

龙一微点头，眼眸就这么静静地看着夏绵绵的背影，一直看着。夏绵绵是走进客厅才感觉身后的眼神消失的。她深呼吸了一口气。她也觉得自己是一个很矛盾的人。她不想给任何人希望，却又不想……伤了龙一。她眼眸一动，看着坐在沙发上也附和着聊天的封逸尘。封逸尘似乎感觉到她的视线，也转眸看了她一眼。两个人四目相对。她突然觉得脸一瞬间就红了。

这样的对视，让她想到了昨晚的鱼水之欢。

"姐。"夏柔柔不知道何时出现在她的身边。

她回眸，看着夏柔柔。

"爸让我给他带一件东西，你能帮我拿给他吗？"夏柔柔询问。

"什么东西？"夏绵绵警惕。

"你跟我上楼，我拿给你。"

说完，夏柔柔先上楼了。夏绵绵莫名其妙。夏柔柔又在搞什么鬼，抑或只是为了找个地方和她单独说话。在这样的环境下，她们很难撕破脸皮。夏绵绵跟随着夏柔柔的脚步。两个人一前一后走在楼梯上。走到楼梯口，夏柔柔突然停了停脚步。夏绵绵蹙眉。夏柔柔转身看着夏绵绵，而后，她嘴角邪恶地一笑，之后突然就伸手去推夏绵绵。夏绵绵本能地一个侧身。夏柔柔根本就不可能碰到她的身体，却在这一刻直接滚了下去。

夏绵绵咬牙，看着夏柔柔从封家别墅金碧辉煌的高楼梯上，一路滚到了楼下大厅，响起剧烈的声响。

瞬间就惊动了封家所有人。

所有人都惊吓住，跑了过去，看到夏柔柔的时候，封铭严和俞静脸一下就白了。

封逸睿也很激动，他猛的蹲下身体抱着脸色苍白的夏柔柔："柔柔，你怎么样？你怎么样？"

"痛……逸睿，我好痛。"夏柔柔摸着自己的肚子，整个小脸瞬间毫无血色。

"你怎么会从上面摔下来？"封逸睿有些生气，此刻却也不敢大声发作，但明显感觉到他语气不太好。

"我，不是的，不是我摔下来，是我姐突然推了我一下……推了我一下。"夏柔柔说得含糊不清。

夏柔柔一说出来，所有人的视线一下就放在了此刻正从二楼一步一步走下来的夏绵绵身上。

要说，夏绵绵还真的没有预料到，夏柔柔会对她来这么一出。

夏柔柔怀上了封家的孩子，怎么舍得说不要就不要了？这么一大笔巨款，卫晴天这么能忍的人，绝对不会指使夏柔柔做这种费力不讨好的事情。夏绵绵怎么想怎么觉得不划算。

所以她是真的压根就没有想过夏柔柔突如其来的这一招，她原本还以为，夏柔柔会聪明地安分一段时间。但不管如何，她这次确实被夏柔柔陷害了。她眼眸一动，没有看任何人，此刻她就看着封逸尘，看着封逸尘冷漠的脸上也有了一丝异动。那表情，她形容不出来，也看不透彻。所以她有点不清楚，封逸尘到底会站在谁那一边。她就听到俞静愤怒到完全失控的声音，俞静吼道："夏绵绵，你疯了吗？要是这孩子有个三长两短，我一定会追究到底！"夏绵绵没有回答。因为她是说不清的。说什么，大家都会以为她在狡辩。俞静此刻也没有时间再多说什么，她连忙让封逸睿抱着夏柔柔出去，送进医院。

封铭严也跟了去。

封家别墅里所有人都面面相觑，然后看着所谓的罪魁祸首夏绵绵。

在议论声刚要响起的那一刻，从二楼传来一阵脚步声。

封老爷子一般不会在客厅停留太久，吃过晚饭就和老伴回了房，大概也是听到了声响，和老伴一起下了楼。

"怎么回事儿？"封文军问。

所有人不敢开口。

"铭威！"封文军看着封铭威，语气无比严厉。

封铭威也是四十好几的人了，在他父亲面前，还是有点怵。

"说话！"

"刚刚夏柔柔不小心从楼梯上摔了下来……"

"是不小心吗？"封文军声音大了些。

"应该是不小心……"封铭威解释。

"我刚刚听到俞静在吼什么！"封文军一字一句道。

封铭威不知道怎么解释，在自己父亲面前，他是半点气焰都没有。

"是夏绵绵将夏柔柔推了下去。"封逸尘开口。

封逸尘语气没有他父亲的闪烁，感觉底气也足了很多。夏绵绵讽刺地一笑。所以，封逸尘就认定这个事实了是吧？就只是夏柔柔的片面之词，他就已经相信了！封文军眼神看了一眼封逸尘，又看向夏绵绵。夏绵绵说："我说不是，您会信吗？"封文军脸色阴冷："拿出证据。"没有证据。这个家里面，连摄像头都没有。她之前就观察过了。想来夏柔柔也观察过了，就是可以来个死无对证。

而且谁会相信，用自己孩子的命去诬陷别人？任何人都不相信。

她冷冷地看着封文军冷漠地对着所有人说："都不准走，等那边的消息！"

意思是，等医院传来消息，看孩子还能不能保住。

所有人都规矩地坐在客厅的沙发上。

龙一也没走。

他看了一眼夏绵绵，这个女人真是出奇的冷静。没有慌张，也没有半点情绪，就是可以坐得笔直，一脸平静。而坐在她身边的封逸尘……和她一样，不动声色。夏绵绵有时候恍惚都感觉不到封逸尘的存在了。果然，男人在床上和床下，就不是一个人。她恍惚还能够想起昨晚的缠绵，昨晚他的温柔呵护，即使有时候也会控制不住，但总是那般亲密无间。一瞬间的工夫，彼此就可能会变成陌生人。偌大的大厅中，压抑得所有人都不敢说话，甚至连呼吸都会小心翼翼。大家都观察着封文军的脸色，又不时地看着夏绵绵。大家就这么在如此僵持的气氛中，过了半个小时。半小时后，封逸睿打了电话回来。孩子没有保住。其实，大家早就料到是这个结果。

所有人看着封文军毫不掩饰的怒气，老爷子猛的一下将手机摔在了地上。

其他人更是大气都不敢出。

夏绵绵其实不怕！

她听到封文军无比严厉地说道："夏绵绵你跟我回书房！"

夏绵绵起身那一刻，封逸尘站了起来："爷爷。"

"你别跟上。"封文军冷言。

233

封逸尘脚步顿住。

封文军带着夏绵绵上了楼。

书房中，封文军坐在自己的专用实木椅子上，看着站在他面前的夏绵绵，直截了当："是不是你推下去的，这不重要了。"

"我猜想也是。"夏绵绵点头，"封家第一个孩子没了，总得找个替罪羔羊。"

"和逸尘离婚吧。"封文军说。

夏绵绵抿唇。

婚是要离，但不是你说了算。

她说："不离婚。"

"所以你想我送你去监狱？"封文军脸色阴冷。

"离婚了，你就会放过我？"

"你倒是挺聪明的。"封文军狠狠地说道。

夏绵绵冷笑。

离婚了，他才正好送她去监狱。

"离婚是唯一的选择，你出去吧，就是通知你一声。"

"不需要得到封逸尘的同意吗？"

"不需要。"封文军说，"你们的婚姻是我一手安排的，自然也可以由我一手拆散。"

夏绵绵觉得讽刺，封家所有人包括封逸尘，都得听封文军的，且绝对不会反抗。她转身打开书房的门，说再多都没用。她刚打开房门，就看到封逸尘站在门口。他站在门口，没有敲门而进。在书房中她在想，她不管遭遇什么，他应该都只是会站在这里。她看了封逸尘一眼，下楼。楼下所有人都看着她，大概是想从她身上看出来点什么。她干吗要满足这些人的好奇心？她马上就会和这些人毫无关系了。所以她可以完全不管不顾地直接走出大厅。

"绵绵。"身后是杨翠婷的声音。夏绵绵当没有听到。反正她也不是她的婆婆了，她不需要尊重。她脚步很快。封逸尘跟了上去。龙一也追了出去。

康沛菡本来还在看笑话，豪门中这些恩怨是非见多了，她早就习惯了，她只是有些不爽，不爽地看着龙一突然这么急促地离开。

"夏绵绵。"封逸尘一把拉住疾走的夏绵绵。

夏绵绵的手臂被他捏得很痛。

她咬牙停下了脚步。

234

"我爷爷对你说什么了？"封逸尘问。

夏绵绵抬头看着他。

"说什么了？"封逸尘此刻似乎带着无比强烈的怒火！

"你这么聪明，不可能猜不到。"夏绵绵没有直接回答。

封逸尘抿唇。

"是啊，让我们离婚。"夏绵绵一字一句道。

封逸尘看着她："你怎么回答的？"

"我怎么回答重要吗？重要的是，你会和我离婚吗？"

封逸尘沉默。她推开他的手，转身就走了。封逸尘不会为了她，放弃他原本的坚持，放弃封尚这么大的家业。她猜想。封老爷子说不定就是封逸尘的顶头上司，教他杀人，教他杀人如麻！封逸尘不反抗封老爷子，是因为不能反抗。她可以理解，就如当年她还是杀手的时候，她不止一次怀疑过自己的人生，但她还是无法反抗，直到死后重生。这就是命运。她脚步依然很快，没有坐封逸尘的轿车，打算徒步离开。

"夏绵绵！"身后响起了龙一的声音。

夏绵绵咬唇。

龙一三两步追了上来："你跟我走。"

夏绵绵脚步停了停，看到了就在龙一身后的封逸尘。

封逸尘脸色阴沉。

龙一当然也察觉到了封逸尘的存在。

"我能保护你。"龙一说，"就算你触犯了天条，我也能和天作对！跟我走！"

夏绵绵那一刻是感动了。在所有人都不相信她的时候，在被人诽谤如此狼狈的时候，有人愿意不顾一切地向她伸出援手，她真的很感动。但是此刻，她却没有伸手。

她说："龙一，我能保护自己。"

龙一手指微动。

"相信我，没人能够伤害到我，包括封逸尘！"夏绵绵眼神看着封逸尘。

龙一脸色有些冷硬。

"你不应该拒绝我，夏绵绵。"龙一说，"封逸尘不适合你。"

"我知道。"夏绵绵说着，越过了龙一，直接走向了封逸尘。

235

封逸尘眼睁看着她，紧紧地看着她。

"回去吧。"她走向了封逸尘的轿车旁边。

龙一就这么看着封逸尘和夏绵绵坐在一辆车上，扬长而去。而轿车内，夏绵绵看着站在夜空下的龙一，迟迟没有收回眼神！路灯灯光昏暗，看不透彻人的表情变化，但却能够看清楚，夏绵绵的视线，久久放在车后，直到那人消失，她却一直没有回头。车内一路安静。好久，夏绵绵回眸。

她其实不希望看到龙一如此，也不想有人为她担心。

她从小习惯了一个人，孑然一身更好。

至少死那一刻，她不会对这个世界有太多留恋。

她说："你也相信是我把夏柔柔从楼上推下去的吗？"

"没有。"

"有吧。"夏绵绵讽刺地一笑，"一定有。"

否则刚刚他为什么会那么斩钉截铁地对封老爷子说？

"没有！"封逸尘声音重了些！

"所有人都会以为我在嫉妒夏柔柔，嫉妒她怀了你们封家的孩子，而我和你结婚一年了，肚子毫无反应！"夏绵绵幽幽地说着，有时候也觉得不是说给封逸尘听的。

她还是杀手的时候就没有朋友，有时候有什么不愉快的事情就一个人自言自语，想着可能向朋友倾诉差不多也就是这种感觉。

她又说道："就算我嫉妒，我也不会愚蠢到用这种方式去推她下楼，我还没有傻到这个地步。"

"我知道。"封逸尘突然接茬，语气重了些，"不用说了，我知道！"

"你知道什么呀你知道？你知道还是会选择和我离婚是不是？"夏绵绵突然怒吼。

她都不想发脾气的，真的不是和谁吵架。她也不知道从什么时候开始，会这般管理不好自己的情绪。

她怒视封逸尘，在他没有回答她的那一刻，她声音大了些："是不是？"

"是！"封逸尘一口咬定。

是！

说得底气好足！

她冷笑。

"你想要多少钱？"封逸尘直白道。

即使此刻，握着方向盘的手很用力，骨节处似乎都在发白，他还是能说得这般冷静！

"你能给我多少？"

"我手上现金不多。"

"固定资产多吗？"

"有几处房产，我过户给你，还有你昨天晚上住的那栋度假别墅，我给你，现金我只能给你2000万，我储存的红酒很多，全送你！"封逸尘说得又快又急，"你拿着这些东西，马上离开驿城。"

"我能走得掉吗？"夏绵绵讽刺，"你爷爷会送我去监狱的！"

"我保证他不会！"

"你怎么保证？"夏绵绵问。

"你不用管。"

"我为什么要相信你？万一我离婚了，你们家那么多老奸巨猾的人，反将我一军，那我不是得不偿失？"

"夏绵绵！"封逸尘突然一个急刹车。

夏绵绵怒视着他。

她不怕。

反正死也死过了，她没什么可怕的！

"离婚！"封逸尘似乎是隐忍着强大的怒气说道，"你跟着我没什么好下场！"

"我跟着谁有好下场？"

封逸尘狠狠地看着她。

"我不离婚！"夏绵绵一字一句道。

封逸尘咬牙切齿。

夏绵绵说得明白："就算要离婚，也不是被你和你们家的人逼着离婚，要离婚也是我主动提起，除非你杀了我。我猜想，你爷爷完全不用动用什么法律武器，直接让你杀了我就行，反正，你也杀了不少人了！"

"夏绵绵！"

"是不是觉得我的存在感越来越熟悉？是不是很好奇为什么我知道你这么多事情？"夏绵绵大声说道，"告诉你，我对你的了解超乎你的想象！"

"既然如此了解，你又靠近做什么？"封逸尘声音也不小，"你离远一点不行吗？"

夏绵绵看着封逸尘如此狂暴的模样。这模样就跟他在床上的表现一样，千载难逢。两个人对视着。气氛一再僵硬。过了好久，封逸尘重新开车。夏绵绵也让自己平静了下来。沉默中，车子停靠在了地下车库里。夏绵绵拉开车门准备下车。封逸尘猛的一把将她拉住，手劲儿很大，就是强迫着她不准离开。夏绵绵反抗了几下，只觉得手腕越来越痛。

"放开我！"

"何必要一直跟着我？"封逸尘问她，声音很轻，但手劲儿很大。

"因为我爱你！"夏绵绵说。

说出来之后，她自己却突然笑了。笑容在嘴角，显得那般冰凉，带着一丝讽刺。封逸尘唇瓣紧抿。那一刻整个人仿若突然就僵硬了一般。他就只是握着夏绵绵的手，握得越来越用力，仿若，下一秒她就能听到自己骨头碎掉的声音。

她咬牙，忍痛，缓缓听到封逸尘说："明知道不值得。"

"是啊，明知道不值得。"夏绵绵淡淡地说，"却就是这么犯贱。"

"夏绵绵。"封逸尘叫着她的名字。

那一刻恍若在回忆一般。

他放开了她的手，喃喃道："你先回去吧。"

"所以你要去哪里？"夏绵绵询问，"去看夏柔柔？"

封逸尘眼眸一紧。

"去看她吧，她现在就盼着你的安慰呢。"夏绵绵打开车门下车。

扬长而去。

封逸尘看着夏绵绵远远离开的背影，他脸色一沉，咬牙发动车子，迅速离开了车库。夏绵绵走进电梯。昨晚某几个瞬间，她都不明白自己的身体到底发生了什么反应，会觉得那般美妙。而今天，她也有那么几个瞬间不明白自己遭遇了什么，会这么疾恶如仇。但她绝对不会让卫晴天母女得逞！她就算要离婚，也绝对不是因为那母女俩！绝对不可能！

第八章　致命一击

翌日，一早。

夏绵绵从床上坐起来。昨晚她失眠了，今天闹钟没响自己就醒了。她看了看身边的位置。果然，封逸尘一夜未归。她掀开被子下床，刚准备走向浴室，卧室的房门被推开，封逸尘走了进来。她转头看着他。

封逸尘说："醒了？"

"不醒是不是就发现不了你夜不归宿了？"夏绵绵冷笑。

封逸尘没有回答。他转身直接躺在了床上，就那么躺在上面。夏绵绵看了他一眼，进浴室洗漱。她洗漱完出来，见封逸尘闭上眼睛似乎睡着了。封逸尘躺在床上，被子没盖，衣服、鞋子没脱，眉头皱得很紧。夏绵绵看了一眼，转身准备出去。

"夏绵绵，我们谈谈离婚的事情。"他没有睁眼，但开口说话了。

"不用谈。"夏绵绵说，"没想过离婚。"

"我没有征求你的意见。"

"我也没有。"

夏绵绵打开房门直接离开，离开的那一瞬间，那个躺在床上的男人突然起身，速度很快地将她拉住，同时将房门猛的关上，响起剧烈的声响。

夏绵绵被封逸尘用力抵在门上，身体被压住，头垂下，脸靠得很近！

"疯了吗？"夏绵绵怒吼。

"别让我逼你在离婚协议上签字！"封逸尘狠狠地说道，神色那般狰狞。

他整个眼眶还布满了红色的血丝，看上去更是恐怖。

"那你逼我试试？"

"你到底要我怎样？"

"没让你怎样！"夏绵绵说，"我也不奢望你可以帮我什么，更不奢求你会珍惜这段婚姻！"

封逸尘此刻气得说不出一个字。

其实夏绵绵觉得，他完全可以动手杀了她。

她说："你休息好之后，麻烦你陪我去封家别墅找你爷爷，我和他谈条件！"

"夏绵绵，趁着这次机会就走了吧！"封逸尘说。

这一刻，夏绵绵恍惚觉得他在劝她，很用心地劝她！但她不领情。重生一世，她可以再死，但绝不会让自己活得这么委屈！她说："你要是不愿意，我可以自己去找你爷爷！"封逸尘就这么看着她，对她就是这般无可奈何的模样！她转眸，真不想看到此刻的封逸尘。倒不如彼此打一架，谁死谁伤，听天由命！封逸尘终究放开了她。

此刻他仿若突然恢复了理智，恢复了平静，他说："你到楼下等我。"

夏绵绵看了他一眼。封逸尘转身直接走进了浴室。夏绵绵下了楼。她看不明白封逸尘，也没打算看明白。她坦然地在沙发上等他。半个小时后，封逸尘换了一套新的衣服，西装革履地出现在她面前。刚刚那个激动到无法控制的男人似乎突然就消失了一般，又变成如此冷漠、如此沉稳的模样！他走向夏绵绵，手上拿着一份文件。夏绵绵看着牛皮文件袋上面写着的"离婚协议"，她讽刺地笑了一下。

"这是你昨晚忙了一晚上的结果？"

"看一下吧，或许就反悔了。"

夏绵绵接了过去。但她没看，因为她见钱眼开，怕真的就反悔了。她把那份文件直接扔进了垃圾桶里面。封逸尘脸色淡然，仿若早就料到她会如此，也可能，就是天塌下来了还是不会有任何情绪。他说："走吧。"他先走出了家门。夏绵绵也没作停留地跟了上去。

她坐在封逸尘的副驾驶座上，她和封逸尘之间，永远都不能像平常的夫妻那般，和和睦睦，恩爱如初，更不可能白头到老。她没说话，封逸尘也一直沉默，沉默着到了封家别墅。她下车，没有半点却步地走进了奢侈的大厅。

大厅内，刚好碰到正从医院回来的夏柔柔以及封逸睿一家，还有卫晴天陪同。

倒是奇了怪了，夏柔柔发生了这么大的事情，夏政廷居然没有给她打电话骂她，夏家那边还一片安静。

卫晴天绝非息事宁人之人。

而此刻她的出现，自然就让封家大厅中的人都看向了她。

夏柔柔看到她甚至是害怕得哆嗦。

卫晴天扶着夏柔柔，轻声安慰道："别怕，妈在。"

怕什么？！怕夏绵绵演戏吗？

"你还好意思出现！"俞静没有控制怒气，大声吼道！

夏绵绵看着俞静："该面对就面对，何况没做过的事情也不需要心虚。"

"姐，你的意思是，我是在诬陷你吗？"夏柔柔虚弱地开口，"我为什么要诬陷你，还让我丢了这个孩子……你永远都感受不到，那种身体和心灵的痛苦。"

"你为什么要这么做我真的不知道，但既然已经做了我也不想解释什么。"

"为什么你就可以这般理所当然？为什么？"夏柔柔捂着自己的肚子，无比痛心地说道，"你嫉妒我怀了封家的孩子，就算是嫉妒，你也不能做这么狠心的事情。失去孩子的滋味，你不知道有多难受！"

"我为什么要嫉妒？在你看来，能生孩子是件很了不起的事情吗？"夏绵绵说，"其实我也能。"

"你怀孕了？"夏柔柔整个人一惊。

这个时候怀孕了？

不。

夏柔柔脸色一下就变了。

"谁知道呢？"夏绵绵得意地一笑，故意说得模棱两可。

夏柔柔不相信地看着夏绵绵。如果这个时候夏绵绵怀孕了……意味着她所有的陷害都功亏一篑了！夏绵绵完全可以用肚子里面的孩子自保。谁都知道，封老爷子就盼着家里添新丁。

"姐，你居然这么残忍，为了自己的孩子，就杀掉了我的孩子！"

"所以你打算给我安多少罪名？"夏绵绵讽刺的意思再明显不过。

夏柔柔就是在给她找罪名而已！

"你怎么就变成了这样？你都不怕你肚子里面的孩子遭到诅咒吗？"夏柔柔突然就哭了起来，委屈又可怜！

"不怕。"夏绵绵冷漠地说，"你都不怕遭天打雷劈，我为什么怕？"

"姐……"

"够了夏绵绵！"俞静大概是看不下去了，突然大声说道，"人不能这么没脸没皮！"

"二婶，希望真相大白那一刻，你不会这么啪啪啪地自打耳光！"

"夏绵绵！"

"一大早，谁在吵闹？！"封文军站在二楼上，对着下面的人突然怒吼。

夏绵绵笑了一下。

其他人也不敢再吱声了。

封文军冷着脸下楼，看了一眼一屋子的人，然后对着夏柔柔说道："回来了，早点回房休息吧。"

"嗯，谢谢爷爷。"夏柔柔乖巧无比，又显得楚楚可怜。

"爸。"俞静忍不住上前，"这件事情不可能就这么不了了之，柔柔都受到了这么大伤害，你不能不主持公道。"

"我自有打算，你带着柔柔回房。"封文军说着，对卫晴天又客气了些，"辛苦了。"

卫晴天自然也会装模作样，回礼道："应该的。"

夏柔柔只得跟着自己老公、婆婆和母亲上楼。

别墅大厅中，封铭威和杨翠婷还在，封铭严也留了下来，一副不给一个合理的交代就不会善罢甘休的表情。

封逸尘就一直默默地站在夏绵绵身边，夏绵绵也不期盼他会为自己辩护什么。

她直接对着封文军说道："爷爷，有些事情我想单独和你说。"

封文军皱了皱眉头。

"有什么事情？为什么不能明摆着说？夏绵绵，你做了这种事情，就应该负责！我绝不会就这么睁一只眼闭一只眼的！"封铭严发火了。

封铭威脸色也不好看，但碍于自己确实处于劣势，没有开口说话。

夏绵绵看了一眼封铭严，转头："希望爷爷给我一次机会。"

封文军是深山老狐狸，当然知道夏绵绵想单独找他绝非简单的事情。

他说："你跟我上楼，其他人在楼下等我。"

说着，封文军转身先上了楼。

夏绵绵咬牙跟上。

手臂被封逸尘一把抓住。

"放开我。"夏绵绵声音很小。

封逸尘手指微紧。夏绵绵也不再多说，她直接用力推开了封逸尘。她没有那么好欺负。不是说离婚就能离婚的！她跟上封文军的脚步，走进了他的书房。

"你还想和我说什么？"封文军冷声道。

"我就是想问爷爷，当年你为什么会让封逸尘和我结婚？"

"你想听到什么？"封文军脸色一沉。

"应该是我也有利用价值的是吗？"

"夏绵绵，有时候人太聪明了不见得是好事儿。"

"我作为夏氏集团的嫡女千金，和封家的联姻让彼此都能够受益，如果我和封逸尘离婚了，对双方都有影响，我猜想，爷爷作为成功的商人，应该不想看到这种两败俱伤的场面。"

"你在和我谈条件？"

"对，我在谈可以不用离婚的条件。"

"你说说看。"封文军这一刻反而饶有兴趣。

"我帮你收购夏氏集团！"夏绵绵一字一句道。

封文军脸色一紧。

"我只知道我爸很想收购封尚集团，所以换位思考，你也应该想收购夏氏！"

"我凭什么相信你？"

"就因为我爱封逸尘。"

"你爱他？"

"很爱。"夏绵绵一字一句道。

"怎么证明你很爱他？"

"爷爷想怎么证明？"

"你到现在为止还没有怀上他的孩子！"

"那不能说明我不爱他，只能说明他不爱我！"

"你这么能说会道，让我如何相信你？"封文军审视道。

"其实相不相信，对爷爷而言重要吗？就如是不是我推夏柔柔下楼一样，不重要，重要的就是你想要给我一个教训而已！"夏绵绵说，"换句话说，要不要让我留下来，重要的是爷爷敢不敢冒险一搏！"

"你在用激将法？"

"我只是单纯不想离婚。"

"为什么？别说你爱逸尘。"

"被人这么陷害了滚蛋，我接受不了！"夏绵绵说，"人活着就是为了一口气在！"

"这句话倒是打动我了！"

夏绵绵看着封文军。

封文军回视着她："我暂且给你一次机会。"

"谢谢爷爷。"

这一刻，夏绵绵却不敢松口气。

在封文军没有说到此为止前，她都不敢怠慢。

果不其然，接着她就听到封文军说："即便如此，也还是得给铭严家一个交代，否则我这般偏袒，以后也管不好这个家。"

"爷爷不妨直说。"

封文军看着面不改色的夏绵绵，直接走向了书房中的一角。粗厚的鞭子，被封文军拿在手上。夏绵绵咬唇。

"你既然不愿意离婚，就是我们封家的人，自然应该家法伺候。"

夏绵绵看着那条鞭子。她完全可以想象，打在自己身上会如何皮开肉绽。她沉默着没有说话。

封文军也没有过多的情绪："你现在还有选择的余地。"

"不用了。"夏绵绵说得直白。

夏绵绵刚刚的沉默不是在犹豫，只是在让自己明白，现在所经历的一切。

封文军就这么看着夏绵绵，走到她面前："那你跪下。"

夏绵绵跪了下去。

她现在还可以当封文军是长辈，所以可以对他下跪，至于以后……

啪！一道鞭子，狠狠地打在了她的后背上。

她咬牙。

突如其来的疼痛，那一刻她的皮肉就像突然炸开了一般。

她一直咬牙，没有发出任何声音。

封文军没有手下留情，一鞭接着一鞭，至于抽了多少下，夏绵绵没有数。

但当封文军停下来的那一刻，夏绵绵只觉得眼前有些模糊不清，只恍惚看到封文军在喘着粗气，大概是用力过猛。

她依然笔直地跪在地上，一动不动。

今天她还穿了一件比较厚的呢子大衣，此刻，呢子大衣都已经破烂了，露出里面血肉模糊的身体。

封文军也有些诧异夏绵绵隐忍的功力，他看着这个女人，眼眸紧了紧，说：“我让逸尘进来接你。”

“不用了。”夏绵绵说，“我可以自己起来。”

封文军又是一怔。

其实她现在已经痛得麻木了，所以看上去没那么虚弱。

他说：“夏绵绵，你让人刮目相看！”

封文军的表扬并非什么好事儿，她没有利用价值的时候，封文军也不会对她有任何不舍。

她缓缓站了起来，走向书房的门口。

封文军说：“如果你想好好地和封逸尘在一起，我劝你最好怀上封逸尘的孩子！”

夏绵绵也知道这个道理。但现在，她却突然不强求了。她打开房门，稍微用一点力气，就能够牵扯到她后背的伤，发出一阵锥心的痛。打开房门那一刻，她看到封逸尘站在门口。房间应该是很隔音，但鞭子发出的巨大的声音，不应该听不到。封逸尘就只是会站在这里，就只是站在这里，不会破门而入。她看了他一眼。封逸尘眼眸一直看着她，看着她苍白的脸色。他没有说话，却突然弯腰将她横抱起来。夏绵绵没有反抗。这个时候反抗，受苦的就是自己。她静静地靠在封逸尘的怀抱里，感受这个男人陌生又熟悉的气息。封逸尘将她抱下楼。楼下大厅，很多人都在。除了卫晴天和夏柔柔在房间里，其他人都在。

俞静看着夏绵绵如此虚弱地被封逸尘从楼上抱下来，大声地质问：“爸

245

都跟你说了什么？"

夏绵绵不想搭理。

"夏绵绵，这是你对长辈的态度吗？做了那么不堪的事情，你还好意思给我使脸色！"俞静怒吼。

夏绵绵干脆闭上了眼睛。没有找到证据之前，她不想和这些人多浪费一个字。俞静看着夏绵绵如此模样，更是火大。她上前就打算去拽夏绵绵。手还没有碰到，封逸尘已经一个灵巧的转身，同时脚步微动，不着痕迹地绊了她一下。哐一声，还穿着紧身旗袍的贵夫人就这么猛的一下摔在了地上，摔得四脚朝天，毫无形象。

"哎哟！"俞静大叫了一声。

此刻摔得太猛，俞静也没有顾及自己的模样，双腿大开，内裤都露了出来。

"你在做什么？！"封铭严看着自己老婆此刻的狼狈模样，脸色一下怒了，他一把将俞静从地上拉起来，狠狠地咒骂道，"你都不会好好走路的吗？摔成这样成何体统！"

俞静当然也发现了自己刚刚的失态，整个脸都红了，恼羞成怒："封逸尘，你故意绊我？"

"弟妹。"杨翠婷突然开口说话了。

此刻杨翠婷显然要知书达理得多，对比起俞静此刻的形象，真是云泥之别，俞静心里更是一阵堵得慌。

"逸尘还抱着绵绵，他怎么可能绊倒你？！你下次走路还是小心一点。"

"你……"俞静憋着一口气。

此刻她似乎说什么都没用，刚刚封逸尘的举动她自己都没有注意到，更别说其他人了。

她咬牙，心里极恨。

"我带着绵绵先走了。"封逸尘由始至终脸色都没有任何一点变化，话是对着杨翠婷说的。

杨翠婷点头："回去多照顾绵绵，其他的别多想。"

"什么别多想，就受了点家法，就把这件事情给摆平了吗？我不接受！"俞静怒吼。

"你要怎么才能接受？"大厅中，二楼的半楼梯上，响起封文军冷硬而严厉的声音，"你说说看，你想怎样？"

"爸，我只是觉得……"

"觉得什么？"封文军一步一步下楼，"觉得我的处罚不公平？"

"不，不是的，只是柔柔丢掉的是一个孩子。"

"她也丢掉了半条命！"封文军说。

"就是几鞭子而已。"

"那你要不要试试？"封文军冷声。

俞静再也不敢说话了。封逸尘带着夏绵绵离开。他打开车门。夏绵绵躺在后座椅上，一动不动。她闭着眼睛，其实也没有睡着。封逸尘将她从后座上小心翼翼地抱了起来。其实还是会拉扯到伤口，但她咬牙硬是没叫。她只感觉到封逸尘温暖的胸膛贴在自己的脸上。身体很暖，但心口很凉。她被封逸尘抱进了家门，直接上楼。

小南在家里看电视，看到夏绵绵如此模样，不见伤疤但发现了她的脸色不对，她紧张道："小姐你怎么了？"

夏绵绵没力气回答她。小南更加激动了。她连忙跟着上了楼，然后看到封逸尘小心翼翼地将夏绵绵放在床上，让她趴在床上。

"去帮我找个剪刀进来。"封逸尘说。

"怎么了？"小南此刻也看到了小姐背后狰狞的样子。

真的是，好狰狞。小南感觉都能够看到小姐背上模糊的血肉了。她惊吓得没敢大叫，却愣在那里一动不动。封逸尘直接转身走了出去，又大步跑了回来，拿起剪刀开始给夏绵绵剪后背的衣服。

"封逸尘你出去吧。"夏绵绵鼓起一口气说道。

封逸尘剪着衣服的手一顿，却没有离开。

"小南帮我处理就好了。"夏绵绵尽量让自己说得冷静。

她告诉自己，不能激动。

一激动，受苦的是自己。

"你先出去。"封逸尘突然吩咐小南。

小南进退两难。

她到底应该听谁的？

"出去！"封逸尘突然厉声。

小南惊吓住。姑爷好凶！她咬了咬唇，眼神看向自家小姐。看她没有再说话，小南顺从地走了出去。夏绵绵不是不愿意多说，而是此刻，她不想和封逸尘争吵。她背痛，一吵，可能会丢了半条命。她就感觉到一双大手剪开她的衣服，让她上半身赤裸，下面的裤子也被剪开了，因为臀部还有鞭痕。封逸尘看着她血肉模糊的后背。

触目惊心！他喉咙微动，起身去了浴室。他拿来一条温热的毛巾，在她身上轻轻地擦拭。嗯……夏绵绵咬唇。

"忍一忍。"封逸尘说。

她能忍。但她很想他滚。她咬着嘴唇。嘴唇都已经被咬破。封逸尘很仔细地将她的伤口清理干净。清理之后，他更清楚地看到，一道道鞭子深入血肉的痕迹。封逸尘起身，走出了房间，一会儿又走了进来。

她听到他说："我帮你上点碘伏，然后上点促进伤口愈合的药膏。"

她咬着唇，双手狠狠地抓着床单，就是没有叫一下。上完药，封逸尘帮她包扎。他的动作很温柔，但她依然很痛。他包扎得很严实，夏绵绵整个上半身都被缠上了绷带，臀部也是。完了之后，他也没再给她穿衣服，轻轻地为她盖上了被子。

他说："你睡一会儿。"

夏绵绵闭上眼睛。身上火辣辣的疼痛让她根本无法入眠，还只能一直趴着，而且半点都不能翻动。因为不想和封逸尘有任何交流，所以她假装睡觉。她想，封逸尘上完药就可以走了。然而她等了很久，他并没有离开。她不用睁开眼睛，也能感觉到他气息的存在。她现在真的不想和这个男人在一个屋檐下，她就想一个人这么待一会儿。她睁开眼睛，嘴唇刚张开，一个吻突然印在了她的脸颊上。

夏绵绵感觉到封逸尘的嘴唇，轻覆在她的脸上，有些温暖，有些柔软的触感。她抿唇。她真的不喜欢这种给了一巴掌后又给一颗糖的滋味。她觉得心凉。

她说："你出去吧。"

"恨我吗？"封逸尘问她。

"不恨。"

不想恨，也没什么值得恨的。恨过了！

封逸尘沉默着，说："你比我勇敢。"

夏绵绵觉得真的很讽刺。她勇敢？不，她不是勇敢，而是不甘心。

她说："我现在什么都不想说。"

"我知道。"

夏绵绵喉咙微动。

"但我希望，你不要后悔。"封逸尘轻柔的嗓音，充满磁性地在她耳边响起。

后悔？她这辈子最后悔的事情，就是在她9岁那年，在9月9日那天，遇到了他！之后，她再没有后悔的事情了！她突然又感觉到了封逸尘的吻，这次，轻轻地落在她的后背上。有点痛，又不是很痛，她感觉就是在呵护一般的亲吻。好久，他的唇几乎落遍了她缠着绷带的后背，甚至亲吻着她受伤的臀。

恍惚中她似乎听到他说："就算破了天规，也不能后悔了……"

夏绵绵在家睡了一天。她不知道自己是怎么睡着的，她在全身疼痛无比的情况下，睡了过去。睡前她最后的记忆还停留在封逸尘亲吻她的身体上，如幻觉一般，轻如羽毛。她睁开眼睛，不知道现在几点了。后背依然很痛，全身还很僵硬，夏绵绵想动动身体。这一刻，她突然就感觉到一双温柔的大手，在帮她轻轻地按摩手臂和腿部。夏绵绵一怔。

她转头，看见封逸尘坐在床边，在帮她做按摩。她其实并不习惯这种待遇。

她说："我没什么，但有点饿了。"

封逸尘点头嗯了声，起身离开了房间。不一会儿，他盛了稀饭，还有很浓郁美味的一碗鸡汤。

"你让小南进来吧。"

"我来。"

"我不习惯。"

"……"封逸尘看着她。

"突然就没了胃口。"夏绵绵很直接。

封逸尘并没有太多的表情，将手上的稀饭和鸡汤放在床头，起身走了出去。

小南从房间外走了进来，无比激动："小姐你怎么样？小姐你怎么样？"

小南的模样都快哭了。这一刻她反而有些后悔让小南进来。她的耳朵要爆炸了。

"姑爷守了你一天了，死活不让我进来看你。小姐，你到底怎么了？为什么后背伤得这么严重？"

"没什么。"夏绵绵不想解释。

"小姐……"

"你先扶我起来。"

"哦。"小南很容易被分散注意力。

她小心翼翼地扶着夏绵绵。夏绵绵忍着痛倒抽了口气，好不容易让自己稍微坐了起来。一坐下，臀部的鞭伤更痛了。

"小姐……"小南看着她的模样，心都痛木了。

夏绵绵忍了忍："我没什么，你帮我把手机拿来一下。"

"这个时候小姐还要玩手机吗？"

"别废话，我说话都痛。"夏绵绵忍耐道。

小南只得听话地从夏绵绵的手包里面拿出手机，递给她。夏绵绵看着夏政廷的未接来电，没管。她按下龙一的号码。

"绵绵。"

"龙一，我现在全身都痛，所以长话短说。"

"你说。"

"我昨天想了一个晚上，夏柔柔不可能会让封家的孩子就这么流掉的，以卫晴天的聪明，比起陷害我，这个孩子的价值更高。"

"然后呢？"

"唯一的可能就是，夏柔柔的孩子根本就不是封逸睿的。"

"哦？"龙一蹙眉。

她说道："孩子不是封家的，夏柔柔就算有天大的胆子也不敢生下来，卫晴天又绝非简单之人，设计的自然流产，当然得找个替罪羔羊，卫晴天想要一箭双雕！"

"这么复杂的事情，你怎么分析出来的？"

"当你身临其境的时候就会急中生智了！"

"所以你让我帮你调查夏柔柔是不是做了试管？"

"对。"夏绵绵说，"麻烦你了。"

"绵绵。"龙一说，"对你，再麻烦都不算麻烦，但我希望，你可以远离这里的纷争。"

夏绵绵不知道如何回答。

"绵绵……"

"对不起龙一。"

龙一似乎笑了一下，那般无奈。

"算了，我去忙了。"

电话挂断。夏绵绵捏紧了手机，心有愧意。她总是理所当然地利用龙一，总觉得自己会给予天大的回报，但对比起交付的心，所谓的物质回报，到底又算什么？她有些发呆。

小南的声音让她回神。

"小姐，二小姐和夫人这么害你吗？"小南惊呼。

小南整个脸上都是惊恐的表情，还带着愤怒。

夏绵绵转眸看了一眼小南。

"啊，我真的好生气！小姐身上的伤也是因为她们吗？"

"嗯。"夏绵绵微点头，也觉得没必要瞒着小南。

"我好想去杀了她们。"小南咬牙切齿。

此刻，夏绵绵似乎看到了小南眼神中，那一丝……血腥。这妞也是被真的激怒了！

"我也想。"夏绵绵说，"但有很多比杀人更痛快的手段，会让她们生不如死！"

"什么意思……"

"我饿了，把粥给我。"夏绵绵不想多说，转移话题。

"嗯。"小南喂她。

夏绵绵其实不饿，但不想死。至少，她要在还活着的时候，对自己好一点。她喝完粥之后，小南喂她喝汤。

她闻了闻鸡汤味，有些不舒服："我昨晚可能有些感冒了，不想喝。"

"哦。"小南也不强求。

"你喝了吧。"夏绵绵说。

这可是姑爷特意给小姐准备的，她喝了多不好意思。

"喝了。"夏绵绵吩咐，实在不想和小南啰唆，也不想封逸尘来质问。

说白了，她就是不想与他再纠缠。小南没办法拒绝，就喝了下去。味道真的很好。小姐不喝简直没有口福。

"你帮我拿出去一下，我要休息一会儿。"

"嗯。"小南拿着饭碗出去。

门口处，封逸尘站在那里。

他眼眸微动，看小南拿着空碗出来，问："都吃了吗？"

"……"她犹豫了一下，随即道："嗯，吃了。"

"下去吧。"

"是。"小南拿着空碗准备离开，离开那一瞬间，"姑爷，你和小姐之间……不能好好的吗？"

封逸尘看了她一眼："能。"

小南以为自己出现幻听了。姑爷居然主动回答了她，而且还这般斩钉截铁。她看着姑爷推开了小姐的房门。

夏绵绵此刻躺在床上，一动不能动。封老爷子的力度真的不小。她咬牙，总之所遭遇的一切，全部都记下了！她眼眸微动。封逸尘再次出现在她的身边，自然地坐在她的床边。夏绵绵转头，后脑勺对着他。

封逸尘看着她的模样，嘴角拉出了一抹淡笑："想要上厕所吗？"

声音还出奇温柔。

"不想。"

"无聊的话，我陪你聊天。"

"别想讨好我，没用的。"

耳边，似乎听到了一丝轻笑的声音。夏绵绵猛的转头，看见封逸尘这货真的在笑。

她咬牙切齿："我被你爷爷打很好笑是吧？"

"不是。"封逸尘收敛笑容，"我以为你会喜欢我多笑一点。"

撞邪了吗？

就跟前晚一样，他突然就变了一副面孔。

"不喜欢吗？"

"不喜欢，瘆得慌。"

封逸尘就收敛了笑容。什么时候这么听话了？她趴在床上，不再说话，也不再看他。

"你今天跟我爷爷谈了什么？"封逸尘又问她。

夏绵绵顿了顿，说："想从我口中套什么话？"

"是用夏氏集团来换吗？"

"你知道何必问我？！"夏绵绵讽刺道。

所以封逸尘早就想到怎么让她脱身，却就是死都不说！

"我答应你，我不会让我爷爷拿走夏氏集团。"

252

"我是不是应该感谢你？"夏绵绵说，"然后是不是还应该再给你20%的股份？！"

"不用。"封逸尘一本正经地回答。

夏绵绵懒得搭理。封逸尘的话，她连标点符号都不想相信了。

安静的空间，她又听到他缓缓的声音："绵绵。"

封逸尘突然叫得这般亲热。她装作没有听到。封逸尘弯腰，靠近她的脸颊。夏绵绵真想一拳揍过去。但她怕疼，怕拉扯到鞭伤。她就感觉封逸尘的嘴唇温热地附在她耳边，就如那晚在她身上点火一般暧昧不清。

她听到他细腻醇厚带着磁性的嗓音："我不能保证给你什么样的未来，但我保证，有生之年，我会一直陪着你。"

夏绵绵转眸看着封逸尘，认真地看着他。

她真怕在她耳边如此温柔的男人不是这个叫封逸尘的男人。

"不需要你的回复。"封逸尘亲了亲她的耳朵，"休息吧。"

而后，夏绵绵就感觉到房门突然被他关上了。整个房间瞬间就安静了。她都不知道自己什么感受，就好像……就好像突然被雷劈了似的，晴天霹雳！电话在此刻突然响起。

她拿起手边的电话，看到来电显示，接通："这么快就查到了？"

"不是！"龙一说，"出事情了。"

"什么？"

"你被曝光了。"龙一一字一句道，口吻很严肃。

夏绵绵一怔。

龙一说："你前几天是不是和除了封逸尘之外的其他男人……发生过关系？"

夏绵绵有些激动，一激动，就拉扯到后背的伤口，痛得流眼泪。

龙一说："封逸尘要是没法满足你，可以找我，我不介意被你……上，而且免费。"

"滚！"夏绵绵崩溃。

她现在哪里还有心情开玩笑。

她说："你帮我找到这个男人，必须找到！"

"我在让我的助理做这个男人行踪的大数据分析，不难找到。"

"曝光的是照片还是视频？"夏绵绵问。

"照片，共5张，虽然有些模糊，但基本可以认出来确实是你。"龙一说，"要不你自己看看再说。"

"嗯。"

夏绵绵迅速挂断电话。她连忙点开客户端，新闻才上不到5分钟，瞬间火爆到评论一直在持续飙升。

夏绵绵咬牙，看着新闻标题"封家大少奶奶不堪寂寞，厕所求欢！"……

夏绵绵就知道，当时夏以蔚那么做，绝对有他的目的。她那个时候也只是太气了，气到完全没有想这么多，仔细一想就觉得不对劲儿了。她连忙拨打电话。

"龙一，我看到了。"

"是真的吗？"

"不是，是被算计，我现在不方便解释，你马上帮我把人找到就行。"

"嗯。"

"那我等你。"

电话却没有挂断。

龙一突然认真道："绵绵，你都不挑人吗……"

"我很挑的！"夏绵绵怒吼。

"封逸尘看着也不行。"

"……"

"找到人之后，要做什么？"龙一嘀咕完，又恢复了正经。

"很简单，照片可以作假。"但，视频不能。

"嗯？"

"让男人在相同的地方抱另外一个女人再做同样一个姿势，发视频照片出来辟谣。同时，让男人自己当着媒体的面说他之前抱的女人不是我。"夏绵绵解释。

他说："你没有真的和他……"

"都说了没有。"夏绵绵崩溃。

这种事情有这么重要吗？

"我是被他算计了，但最后好在什么都没发生。"夏绵绵一字一句道。

话音落下，房门突然被人推开。夏绵绵转头看了一眼。

她对着电话："不说了，有消息给我打电话，别忘了上午的事情。"

"嗯。"

电话挂断。

夏绵绵转头看着封逸尘。

封逸尘拿着手机。

"你看新闻了？"夏绵绵问。

"嗯。"

"需要我解释吗？"如果不需要，她就不解释。

对封逸尘而言，又能怎么解释？

"是被算计的？"封逸尘主动询问。

"嗯，卫晴天母子，信不信随便你。"

"我信。"

"而且我没有被他碰到……"

"嗯。"某人似乎笑了一下，"交给我处理。"

"不用了，我知道怎么处理。"

封逸尘看着她。

"我要亲手弄死卫晴天，一家！"

包括，夏政廷！

封逸尘想再说什么，夏绵绵干脆闭上了眼睛。

他缓缓走了出去。他刚刚接到了母亲的电话，说这件事情无论如何都要摆平，否则夏绵绵就算怀了孩子，也不可能留在封家，封家绝对不允许有出这种丑闻的媳妇！他没想过夏绵绵会不会留下。他只想杀了照片中那个男人！而他甚至还想，安慰一下夏绵绵。显然，她很强大。他眼眸一紧。有些事情，他非做不可！

房间中的夏绵绵一直刷着关于自己的新闻，非议越来越多。要说她不生气，绝对不可能。夏绵绵忍住没把自己的手机扔出去。而此刻，电话也一个又一个地打了进来。她都没接。倒是夏柔柔也打来电话。

她冷笑。

这个时候，卫氏母女应该得意忘形了吧。

新闻效果这么好，她简直是百口莫辩！

她接通，耳边传来电话那头夏柔柔阴冷的笑声，带着胜利者的语气："夏绵绵，感觉怎么样？"

"挺好的。"

"我看你还能装多久！"夏柔柔说，"今天被爷爷鞭打了，在床上应该连地都下不了，现在又被曝出这种可耻的丑闻，我作为旁观者都为你心疼。你该不会，跳楼自杀吧？"

"你母亲曾经是不是就是用这种方式逼死我母亲的？"

"你少给我转移话题！"夏柔柔狠狠道，"我母亲根本不屑用这些手段，你母亲当年太低级了！"

"夏柔柔，你就不怕这段话被我录音吗？"夏绵绵冷笑。

那边突然怔住。

"好在我没录音，你继续嘚瑟吧！"

"夏绵绵！"夏柔柔咬牙切齿，"我看你还能嚣张多久！"

夏柔柔丢下一句话，猛的将电话挂断了。

夏绵绵咬牙，完全可以想象，此刻卫晴天和夏柔柔的痛快。

而她要让这母女俩知道，从天上掉在地上，摔得稀巴烂，到底是什么滋味！

晚上10点，夏绵绵接到龙一的电话："找到那个男人了吗？"

"找到了，吃药的，很好找。"龙一开口。

"谢谢。"

"对你而言很重要的事情，对我也是。"

"龙一……"

"现在怎么做？"那边直接打断了她的话。

"你那边找一个可靠的小姐，在事情发生地和那个男人上演当初我和他发生的情景，录下视频，并多照几张照片，接着找人PS一下媒体曝光的这几张照片，用以说明曝光在媒体上的照片是经过PS处理合成的。"

"好，我知道了，做完之后我给你打电话。"

"我等你。"

"对了。"龙一说，"我接到手下的通知，夏柔柔做试管的事情在医院查到了，医院记录我们都已经储存了，一会儿做完这件事我给你送过来。"

"嗯。"

"我去忙了。"

挂断电话后的夏绵绵微微松了一口气。这种事情找龙一，她放一百个心。她想翻身。嘶——好变态的痛。要不是因为身上有伤，她现在应该直接冲去了封家别墅。能看到夏柔柔当场被撕破脸的画面，应该是大快人心！她咬牙，想适当地活动一下身体。这么躺了一天，不只是身后的疼痛折磨着她，有时候身上就像有蚂蚁在爬一样，煎熬无比。她刚想起身，一双温热的大手将她从床上抱了起来。

夏绵绵咬唇。

封逸尘今儿个抽风抽得厉害。

"你放我下来。"夏绵绵说。

"换一个姿势你会舒服一点。"

"这个姿势不舒服。"夏绵绵抗议。

封逸尘说："一会儿我再放你到床上去。"

夏绵绵告诉自己不要和抽风的封逸尘计较。所以最终，她还是安静地靠在封逸尘的怀抱里，头埋在他的胸口处，他的身体支撑着她的重量，两个人暧昧无比地坐在一起。

小南是进来看她的情况的，推门而入的那一刻，猛的一下就又退了出去，伴随的是她有些毛毛躁躁的大嗓门："我什么都没看到！"

你倒是看到了什么？封逸尘轻笑了一下。是笑了，因为她听到了他的声音。她琢磨着，她应该一直都处在五雷轰顶的状况中！否则，怎么会这般狗血呢？！封逸尘昨天晚上才斩钉截铁地告诉她离婚，甚至花了一个晚上做了一份离婚协议书让她签字，今天就突然转性了，对她如此宠溺！他穿越了？此刻他心里面住着的男人不是封逸尘？

她心里琢磨着一些事情，想得脑袋都要爆炸了，也不知道过了多久。两个人维持这种姿势，依偎了很久。电话铃声突然响起。夏绵绵转头。手机还放在床头，而她现在伸手都拿不到。封逸尘自然也听到了电话的声音，他往那边看了一眼，长手一伸，就拿了起来。他看了一眼来电。

夏绵绵当然知道是龙一打来的。夏绵绵抬头看着封逸尘将手机按下了接听键，放在了她的耳边。

夏绵绵从他手上接过手机，很想让他先出去，却也不想耽搁时间，直接开了口："办好了吗？"

"应该差不多了。"龙一说，"我现在把东西给你，你下楼来拿。"

"……"夏绵绵说，"我可能下不了楼了。"

257

"怎么了？"

"今天被封家家法伺候了。"

"什么家法？"

"皮鞭。"

"夏绵绵！"龙一似乎有些生气，"你傻吗？"

"你才傻！"夏绵绵没好气道。

龙一直截了当："把你的门牌号给我。"

"啊？"

"快点！"

夏绵绵说了地址。

"10分钟后到。"

那边迅速地挂断电话。

夏绵绵放下手机，抬头看着封逸尘。

封逸尘没什么面部表情。

她开口道："龙一要到家里来，你把我放到床上去。"

"嗯。"封逸尘将她重新放回到床上。

不得不说，被封逸尘这么抱了一会儿，身体的确少了些僵硬的酸痛。她静静地趴在床上。封逸尘也坐在她的旁边，陪着她，就真的过了10分钟。夏绵绵恍惚听到了楼梯上的脚步声。下一秒，龙一推门而进，身后跟着小南。

小南有些委屈："龙先生非要进来，我没有拦住。"

"小南你先出去。"夏绵绵吩咐。

小南点头。

龙一看了一眼趴在床上盖着被子的夏绵绵，转头又看了一眼封逸尘。封逸尘的眼神也往龙一的身上看了一眼。彼此没什么情绪，视线淡然地转移。

"封逸尘，麻烦你也出去一下，我和龙一有事谈。"夏绵绵声音还算温柔。

封逸尘起身，什么都没说直接走了出去。夏绵绵不知道封逸尘在想什么，也不想知道。

封逸尘走出去之后，夏绵绵对着龙一一笑："你随便坐吧。"

"如果我是你，我不会让自己这般委屈。"

"不委屈。"夏绵绵说，"让你帮我做的一切就是在变本加厉地还回去。"

"何必这么麻烦？我可以帮你杀了夏柔柔，以及你憎恨的所有人。"

"道上有道上解决问题的途径，而豪门就有豪门的方式。有时候被杀真的不算折磨，折磨人的事情还有很多！"

"我不理解，但东西都给你带来了。"龙一拿出一个文件袋。

夏绵绵趴在床上，不方便看。龙一就走向她的床头，将文件袋里面夏柔柔做试管婴儿的一系列病历单拿给她看。

夏绵绵一边看一边问："能不能找到医护人员对外再次证实这个事情？比起这些纸张，有个人出面会更有说服力。"

"有。我威胁了夏柔柔的主治医生，现在被我监控住，暂时还在死鸭子嘴硬，一晚上之后就好了。"

"……"夏绵绵竟无言以对。

"还有视频，你看看。"龙一点开自己的手机。

同一个地方，那个男人和另外一个女人如胶似漆。女人叫床的声音，浪荡无比。夏绵绵看了一会儿。

龙一说："这是我的场子里据说技术最好的小姐，但那个男人不知道是不是被惊吓到，怎么都没有反应，就只能配合着演了几分钟。你看够不够，要是不够，我让人给那个男人吃药。"

"不用了，这些就够了。"夏绵绵说。

说着，她又从头看了一遍。整个房间传出无比暧昧的声音。

小南此刻在门口。封逸尘此刻也在门口。因为房门并没有关得严实，所以里面的声音自然而然就传了出去。小南就默默地打量着封逸尘的脸色。封逸尘的脸色越来越难看。房间中的夏绵绵将视频按下了停止键。

她说："先帮我曝光这个视频和这些照片。"

"现在吗？"

"嗯，现在。"

"好。"

"曝光之后，也不用做任何回应，让这个新闻发酵一个晚上。然后你看看你那边医生的状况，如果他明天一早能够配合你说夏柔柔做试管的事情，就可以爆料了。"

龙一点头。

"差不多就这些事情，其他的我来处理。"

"好。"龙一一口答应，谈话结束。

259

夏绵绵看着龙一迟迟没有要走的意思。

她蹙眉："不早了，你做完了之后，早点回去休息吧。"

"我真的突然很想抱你离开。"

"……"夏绵绵咬唇。

"封逸尘不能好好待你，我能。"龙一一字一句，"至少我不会让你遭受这些事情，至少不会让你躺在床上起不来。"

夏绵绵笑了笑。身体上的伤看着吓人，可终究会好。

"我走了。"没有得到夏绵绵的回复，龙一起身。

"慢走。"

夏绵绵这一副那么想让他离开的表情，让龙一不爽。其实他知道，夏绵绵是不知道怎么回应他而已。他转身走出夏绵绵的卧室。卧室外，封逸尘在。大概一直都在。他没想过和封逸尘有任何交集，大步直接越过封逸尘。

封逸尘却突然叫住他："龙少。"

龙一停了停脚步。

"不管如何，这次谢了。"

"不需要你感谢，我做的所有事和你都没有关系。"

"替绵绵感谢你。"

呵。龙一冷笑："早晚你会没资格对我说这种话。"

封逸尘淡然："那也是早晚，不是现在。"

龙一直接走了。他其实就想不明白，夏绵绵为什么会喜欢封逸尘？长相可以当饭吃吗？

封逸尘看着龙一的背影，转眸，顺手推开了夏绵绵的房门。夏绵绵趴在床上，握着手机不放，似乎是在等什么。封逸尘坐在她的床边。夏绵绵转眸看了他一眼，继续将注意力放在新闻上。两个人安静地等待。半个小时后，新闻出来了。

那个男人和一个女人在洗手间亲热的视频曝光，同时也曝光了和夏绵绵上次一模一样的亲密照片，只是这一次的照片中，换了一个女主角。新闻一出，瞬间引发轰动。毋庸置疑，前面被疯狂传播的新闻是假的，被疯狂非议的夏绵绵是被人故意冤枉的。之前的那些照片是合成的。新闻出来之后，突然间为她打抱不平的人，排起了长队。而此刻夏家别墅里的卫晴天，拿着手机差点直接摔了出去。

看着新闻中不多的字简单直接地阐述了之前新闻的虚假之处，同时放了视频和照片进行辟谣，这种作假的程度，比夏绵绵真实的照片更容易让人相信！

不！

卫晴天捏着手机，很想掐死夏绵绵！她凭什么可以扭曲新闻？！她凭什么可以在短短半天的时间里，扭转局面？！她如此周密的算计，居然被夏绵绵轻易破解！她更想不到，夏绵绵此刻躺在床上都快死了，还能让她的新闻瞬间火爆起来。她当时就应该让人直接杀了那个男人。她心口压抑着一口怒气。电话在此刻响起。

她看着夏柔柔的名字整个人都是暴怒的。与此同时，房门被人敲响，门外传来她儿子夏以蔚的声音。卫晴天打开房门，让夏以蔚进来，然后紧闭房门，也将窗户关严实。

夏以蔚才忍不住说道："妈，夏绵绵居然破了我们的计划！她竟然把之前我们曝光的新闻说成了假的！"

"我看到了。"卫晴天咬牙切齿，此刻的愤怒也无法掩饰。

"我真是没想到，夏绵绵居然会这么聪明。当时我怎么就没有想到，直接杀了那个男人！"夏以蔚说得激动，完全是不受控制的激动。

卫晴天此刻的情绪比夏以蔚好不到哪里去！本来就烦躁不已，而手机又在响个不停，此刻她简直快疯了。

"谁这么烦？"夏以蔚心情很不好地说道。

"你姐。"

"她就是扶不起的阿斗！我要是她，我都跳楼自杀一了百了了！"夏以蔚狠狠地说道，是真的半点都没有避讳。

卫晴天此刻对夏柔柔也是半点好感都没有。

她猛的按下了接听键。

"妈！"那边开口的第一句话，就哭了出来。

"够了夏柔柔，你哭有什么用？！"卫晴天怒斥。

"但是夏绵绵的新闻，一下子就过了，我不甘心！"

"别说了！"卫晴天冷漠无比，"你给我冷静点！还没有到天塌下来的地步，还没有到绝望的地步！"

"但是妈，夏绵绵真的不好对付……"夏柔柔哭嚷着说。

"你给我生孩子！"卫晴天说，"养好了身体马上给我生孩子去！生了

261

孩子，你在封家就有地位了！"

"妈，我不想沦为生孩子的工具！"

"女人就是要母凭子贵！你以为当年我为什么能够嫁进夏家，还不是因为怀了你和你弟？！"

夏柔柔心口难平。

今天下午她才给夏绵绵打了电话炫耀了一番，到了晚上，就功亏一篑。

她现在回想起夏绵绵那般从容不迫的模样，其实就是把她看作跳梁小丑而已！

"柔柔。"卫晴天的声音突然又温和了些，"你听妈的劝，稳定心情讨好封逸睿。夏绵绵的能耐也不过只是应付我们而已，她还没有能力敢主动和我斗！"

"嗯。"夏柔柔此刻也让自己冷静了些。

"你早点休息，这两天表现乖一点，别让封家人抓到你的任何把柄！不管夏绵绵这次怎么辟谣，之前她将你推下楼流了孩子的事情是铁打的事实，封老爷子知道谁更适合当封家的媳妇。"

"嗯嗯。"夏柔柔重重地点头。

夏柔柔挂断电话，努力让自己冷静。夏家别墅里的卫晴天，在和夏柔柔讲了话之后，似乎也冷静了下来。不管如何，发生在夏绵绵身上的事情太多了，封家不会真心认可这个总是招来是非的媳妇。

夏以蔚看着自己的母亲："我们接下来怎么办？"

"不急。"卫晴天说，"我会陆续给夏绵绵制造各种流言蜚语，不管是不是真的，夏绵绵新闻这么多，对封家来说终究不是好事儿！"

夏以蔚看着母亲胜券在握的样子，说："我就不管你们的事情了。"

"你不用管。"卫晴天一口咬定，"你在你爸面前多表现就好，夏绵绵一滚，你就要接手夏氏的工作，让你爸对你刮目相看。"

"我的能力你放心！"夏以蔚自大地说道。

"妈相信你。"卫晴天欣慰。

还好还有夏以蔚给她顶住。

夏柔柔真的让她失望透顶！

"我回房了。"

"早点休息。"

夏以蔚离开。卫晴天也躺回了床上。夏绵绵这次侥幸逃脱，下次、下下次就绝对没有这么好运了。她就不信，她还弄不死一个夏绵绵！当然，她是没有想到，夏绵绵会反击。会绝地反击！

翌日一早。

天微亮，夏绵绵觉得自己的后背有些痛。她迷迷糊糊地一睁开眼睛，就觉得背后一阵清凉。她转头，看着昨晚躺在她身边和她一起入睡的男人突然坐了起来，然后解开了她已经染上血渍的绷带，再次帮她消毒上药。她忍着痛。

封逸尘似乎也知道她醒了，说道："今天比昨天看上去好了很多，伤口已经有结痂的迹象。"

"嗯。"夏绵绵回应了一声，淡淡地问道，"我背上的伤口多吗？"

"很多。"

"鞭伤应该还会留疤。"

"嗯。"封逸尘点头，"没关系，不会很丑。"

"确实没什么关系，本来身上的伤疤就够多了，新增加点不算什么。"

封逸尘有些沉默。

夏绵绵说："你对着这样的身体还有欲望，也真是稀奇。"

她看着自己的身体，忽视那些累累伤痕倒还算绝色尤物，但伤疤狰狞到她自己都没办法忽略。其实也不怪她嫌弃。当年阿九的身材就很好。可惜了封逸尘，当年没有享受到。可惜了阿九，当年也没有体会到。

"身体不重要。"封逸尘突然开口。

夏绵绵在精神有些恍惚的那一刻，听到封逸尘磁性的嗓音。

他说："我不在乎身材。"

"那倒是。"

否则当年那般妖娆的身体在他面前，他也能连看都没有看一眼，就把她送给了另外的男人。

"活着就好。"封逸尘喃喃。

喃喃的那一刻，她似乎感觉到一丝淡淡的吻，轻轻地触碰在她的后背上。避开了伤口，吻在了她身体的其他伤疤上。不轻不重，带着一丝湿润，带着一丝温柔。她嘴角轻抿。她其实不习惯封逸尘这般的呵护。她真的怕下一秒，他就这么杀了她。而她在恍惚的那一瞬间，封逸尘的唇就从她的背上，直接亲到了她的唇上。唇齿相贴。

她突然就碰到他莫名酥软的唇，触感极好，而在如此触感下，她甚至还尝到了他嘴里甜甜的味道。

一大早，房间中就燃起了暧昧的气息，飘浮不散。夏绵绵也不敢反抗。他吻了她很久。没有那么激烈，但却异常缠绵。几乎是吻一会儿，他就放开她，轻咬一下她的唇瓣，又吻上去，吻到她嘴唇红肿而发麻。他却迟迟没有想要放开。

他的舌头还在她的唇上舔舐，就是觉得他好像很喜欢她的唇瓣，好久都纠缠不放。到最后，他还不舍地又舔了一番，舔遍她的唇，放开了她。夏绵绵整个过程就一直在承受，不知道封逸尘要抽风到什么时候。她不自觉地抿了抿唇。唇上都是他的味道，甚至还有一丝甜味。

她看着面前的男人，开口询问："你给我吃糖了？"

"嗯，给你的奖励。"

她又不是小孩子，在受到委屈后，一颗糖就能够哄好。

"你可以直接喂我嘴里，用不着用这种方式……"夏绵绵咬唇。

"我帮你包扎伤口。"封逸尘没有回答她，直接转移了话题。

他起身从她面前坐了起来，灵活的手指熟练地包扎起来。还是有点痛，夏绵绵咬紧牙关。那一刻，突然一颗大白兔滑进了她的嘴里，跟刚刚封逸尘口舌中的味道一模一样。她真的不是小孩子。但是嘴里的甜蜜，却莫名让她有点说不出来的暖。她不说话。

封逸尘开口说话了："今天要回一趟封家别墅，你如果不能起来，我一个人回去。"

"不，我要去。"夏绵绵咬牙。

她要亲眼看到夏柔柔的狼狈。

"好。"封逸尘一口答应。

"是爷爷让我们回去的？"

"嗯。"封逸尘点头。

包扎完了之后，封逸尘给夏绵绵找了一件柔软的冬季长裙，里面就是她满身的绷带。封逸尘又给她套了一件宽大的浅棕色的风衣，然后帮她把纽扣系好，如此厚重的穿着，自然看不出她没穿内衣，甚至内裤。夏绵绵自己反而觉得特别没有安全感。她在封逸尘的帮助下，洗漱完毕。封逸尘带着她出门。

他打开后座车门："你去后面趴着吧。"

夏绵绵忍着身上的痛，趴了上去。封逸尘回到驾驶座，开车，开得尤其稳。夏绵绵无所事事，就打算再看看新闻。

刚准备点开新闻客户端，封逸尘说："别看手机，容易晕车。"

她才不听。所以她继续看手机。现在还很早，龙一那边还没有任何动静。目前最火爆的新闻还是她看似被冤枉的那一条。这段视频一出，当事人都出来辟谣了，自然可信度更高。现在媒体就巴不得能够采访到夏绵绵，再抓着这个事情，好好炒作一番。她看得正起劲，想着卫氏母女昨晚应该体会到了跌落云端的滋味，心情甚好。车子不知何时已停靠在了路边，然后夏绵绵的手机被一只大手夺了过去。

"封逸尘……"夏绵绵激动。

我去。好痛。

封逸尘说："到了我给你手机。"

"你就不能不给我添堵吗？"

她很无聊！封逸尘又启动车子，当没有听到。夏绵绵怄气。

等她身体好了，真的得报复！她恶狠狠地想着，又听到封逸尘开口道："你无聊可以找我聊天。"

"聊什么？"

"我都可以。"

"那你喜欢我吗？"夏绵绵问。

夏绵绵就觉得自己找了一个最会冷场的话题。果然那一刻封逸尘就沉默了。

她翻白眼，趴在后座上无所事事之时，听到封逸尘独特的磁性嗓音，认真道："喜欢。"

夏绵绵咳了几声，差点没有被口水呛死。那一刻也因为自己的一个激动，牵扯到后背的伤口，痛得她龇牙咧嘴。

"我的喜欢会让你这么激动吗？"封逸尘询问。

"千载难逢，天上掉馅饼。"夏绵绵稳定情绪，"我猜想，你应该想在我身上做什么不可告人的事情！"

封逸尘抿唇，缓缓道："你那天说你爱我。"

"哪天？"

"那晚。"

"哦，我随口说说的。"夏绵绵想起来。

当时她就是脱口而出，当然也带着一些愤怒和讽刺。

"我不是。"

"嗯？"

"到了。"封逸尘总是会很快地转移话题，他说，"你勉强坐起来。"

夏绵绵咬牙，忍着痛让自己坐直了身体。封逸尘将车子直接开到了封家别墅门口，带着夏绵绵出现在了封家大厅。此刻所有人都在大厅，包括封文军。夏绵绵和封逸尘一出现，所有人的视线都放在了他们身上，而夏柔柔只是默默地走过去，看似温顺地坐在了封逸睿的旁边。封逸睿有些厌恶地看了一眼夏柔柔，当着大家的面没有刻意表现出来。

"回来了？"封老爷子开口，对着封逸尘和夏绵绵。

封逸尘恭敬地嗯了声。

封文军说："只此一次，下不为例！绵绵你最好也记住，你答应我的事情！"

"谨记于心。"夏绵绵也显得无比恭敬。

"爸，我本来也不想对晚辈说什么，但总归觉得影响到我们家族的名声，不得不说出来。"封铭严开口，"我始终觉得，夏绵绵的人品有问题！"

夏绵绵眼眸一紧。封逸尘眼眸看着封铭严。

封铭严直白道："这么多人不陷害，为什么就要去陷害夏绵绵？何况，逸尘从小是爸带着长大的，一向优秀，犯不着将就！"

"从没有将就过！"封逸尘开口，在如此安静的大厅，声音异常冰冷！

封铭严一下就怒了，对着封逸尘呵斥道："长辈对话，你插什么嘴？！"

明知道封铭严是故意借题发挥，但这一刻夏绵绵就是忍不住，说道："二叔觉得我是个什么样的人？"

"至少不是什么好人！"封铭严满脸不屑，"逸尘娶了你，果真是在耽误他！"

"说够了吗？"封逸尘眼眸一紧，声音阴森无比。

封铭严被封逸尘这一怼，脾气更大了："封逸尘，你是反了你！有这么

266

对待长辈的吗？当着你爷爷和你父母的面，居然这么不尊重我！夏绵绵哪里有柔柔半点的懂事？"

封逸尘脸色阴沉！

夏绵绵接话："二叔，这门婚事是爷爷定下来的，在你看来，爷爷的决定是不对了？"

"夏绵绵！"封铭严脸色难看无比，"你少在这里挑拨离间，你这种女人根本就不配嫁进我们封家！"

"配不配是二叔说了算吗？"封逸尘声音突然大了起来！

封铭严被封逸尘这么大声吼着，脾气更大了些。

封逸尘却没有给封铭严说话的机会："二叔，说我不够尊重你，像你这般为老不尊的人，我也没必要尊重！"

"封逸尘，你……"

"我在这里说明白，如果有谁以后再欺负夏绵绵抑或诽谤她，我会反抗到底！包括……"封逸尘眼眸一紧，眼神明显是对着封文军的，"爷爷你！"

而封逸尘说这句话的时候，夏绵绵似乎看到封逸尘的眼神转移了一秒，转瞬即逝，仿若是幻觉！

"你居然敢这么和你爷爷说话！"封铭严怒吼，"大哥，看你教出来的好儿子，今天是反了吗？"

"够了！"封文军大声呵斥，脸色阴沉地看着封逸尘，"你知道你刚刚在说什么吗？"

"既然娶了她，"封逸尘拉着夏绵绵的手，"就没想过放手！"

封文军此刻也被封逸尘的气势怔住了。封逸尘从小对他言听计从，这么多年，从未对他说过不字，更不会当着这么多人的面驳了他的面子！

他严厉无比："你最好对你自己说过的话负责！"

"我会对夏绵绵，负责到底！"

"逸尘，够了！"杨翠婷叫着自己的儿子。

此去经年，
[下册] 此爱绵绵

恩很宅——著

青岛出版社
QINGDAO PUBLISHING HOUSE

第九章　甜蜜旅行

封逸尘拉着夏绵绵的手紧了紧，没有再说话。夏绵绵此刻反而对他们突然爆发的家庭战争没有兴趣，即使今天的封逸尘让她确实惊讶到了。她拿着手机在看新闻。刚刚龙一给她发了短信，说夏柔柔的新闻已经让人曝光了，让她留意。她就一直在刷新，手指突然一顿。

封铭严突然又冒出无比讽刺的声音，响彻大厅："逸尘，你这么维护夏绵绵，还真的是不怕打脸！"

"二叔。"夏绵绵在封逸尘说话前开口了。

封铭严看着夏绵绵，看着她此刻还抱着手机在看，说得更加讽刺了："这么严肃的时候，你居然还不知好歹地看手机，你们夏家的规矩，全部教育在柔柔身上了是吧！"

"二叔，我觉得你应该看看新闻。"

"看什么新闻？现在看什么新闻？"封铭严声音极大。

"看，你认为封家最好的媳妇，夏家最有教养的，夏柔柔的新闻。"

封铭严脸色难看。夏柔柔那一刻看着夏绵绵如此模样，整个人完全被惊吓住。她真的是怕了夏绵绵了。她连忙掏出手机，点开。

偌大的一个标题"夏家二千金夏柔柔，曝出做试管以嫁入封家！"……
不……

夏柔柔那一刻拿着手机的手都在发抖。

不！

这种事情怎么会被扒出来？当时她们分明做了隐瞒消息处理的。她母亲做事情一向谨慎周全，而且谁会想到她会做试管？不可能！她拿着手机的手一直在发抖。

此刻新闻中除了曝光了很多资料之外，还曝光了一则录音，是医生的录音，说夏柔柔当时在精子库里面找的是成熟的精子，直接就做了试管，而且一次性成功……

不要……

她看着手机，整个人慌张无比。她能感觉到所有人的视线瞬间就都放在了她的身上，如刀割一般。

"不是的，不是的……这都是瞎写，这全部都是假的……"

啪！封逸睿突然一巴掌狠狠地打在夏柔柔的脸上。那一巴掌何其响亮！

夏柔柔整个人似乎被打蒙了一般，好久反应不过来："不是的，逸睿你相信我，这是造谣，这是造谣！是有人故意栽赃陷害我，是……是夏绵绵！她就是见不得我好过……"

夏柔柔一口咬定是夏绵绵。

封铭严刚刚还嚣张得很，看到新闻后本来憋着一肚子气，此刻听夏柔柔这么一说，连忙也帮腔道："夏绵绵就是想要诬陷柔柔，当时是她推柔柔下楼的，就是为了给自己找借口，以为用这样的方式可以骗到别人！夏绵绵你别这么不要脸！"

"如果二叔觉得这样的新闻真实性不够……那么……"夏绵绵说，"你不妨看看此刻曝出的第二条新闻！"

封铭严冷脸将新闻打开。

偌大的新闻标题"又曝夏柔柔一女伺五夫，画面不堪描述！"……

醒目的标题，引起惊涛骇浪，显然震得封家应接不暇，始料不及！封铭严看到新闻那一刻，脸色已经铁青到说不出一个字。新闻中简单描述了夏柔柔不甘寂寞和五个男人一起上床的画面，虽然局部都用马赛克遮挡了，但那么劲爆的画面简直颠覆三观。封逸睿也看到了视频，几秒钟的视频，就已经让他整个人完全控制不住了！

"夏柔柔，你个贱人！"封逸睿从沙发上跳起来，又是一个巴掌狠狠地打在了夏柔柔的脸上。

夏柔柔捂着自己的脸，眼泪不停。

当着封家这么多人的面，她突然被夏绵绵撕成这样！

不！

她接受不了。她完全没有想过，当初被人轮奸的视频，会突然被曝出来。

"你居然骗了我这么久！不说那个试管婴儿，你肚子里面的孩子到底是谁的？这五个男人的？夏柔柔，我真想杀了你！你就是贱货！烂贱货！"封逸睿破口大骂。

夏绵绵就这么冷眼看着夏柔柔被咒骂。她原本打算，夏柔柔和她井水不犯河水，没有到必要时刻，这则视频她只会自己留底，显然，有时候被逼得太紧，她也会反击。这则视频是昨天很晚了她才发给龙一的。以道上的规矩，龙一肯定没有自己存着，她也是掂量了很久，最后决定，不留余地！留余地的后果就是，野火烧不尽，春风吹又生。

"不是的，逸睿，不是的……那孩子真是你的，真的是。"夏柔柔还在解释，极力解释。

"你给我滚！我再也不想看到你一秒！"

"逸睿……"

"你这么脏、这么恶心，居然还给我婚内出轨，给我戴如此大一顶绿帽子！夏柔柔，你真不知廉耻！"

"不是这样的，我是被人强迫的，我是被人强迫的……"夏柔柔慌张地解释，大脑也没有那份冷静思考的能力了，急忙说道，"不是婚内，不是的，是婚前被人强奸的……"

啪！封逸睿猛然又是一个巴掌过去。夏柔柔的脸已经被扇得红肿无比。

封逸睿说："夏柔柔，你还好意思骗我？你当初的处女膜是怎么回事儿？"

夏柔柔这一刻瞬间蒙了。她整个人就像泄气了一般坐在地上，一直在哭，心里在恨。

"夏柔柔我真是疯了才会娶你，我要马上和你离婚，马上！"

"必须离婚！"封铭严突然开口。

封铭严大概也被刚刚夏柔柔被曝出来的事情震惊到了。更何况前一秒他还在极力维护她，此刻倒真的是被打脸打得响当当的。他现在面子往哪里搁？！

"你马上给我滚出封家！马上！"封逸睿不受控制，整个人气得身体都在发抖。

夏柔柔蹲坐在地上，耳边听着封逸睿的咒骂，听着封逸睿对她的嫌弃和厌恶。她自然也会想到，新闻一出，所有人都知道了她被轮奸，甚至会扭曲事实！她突然就身败名裂了，突然就被万人唾弃了。这样的遭遇她接受不了。而这一切的始作俑者，对，就是夏绵绵。她眼眸一紧，突然从地上猛的爬了起来。

在所有人始料不及的那一刻，夏柔柔猛的抓起茶几上的水果刀，直接冲向了夏绵绵。

夏绵绵完全没顾忌后背的伤，就想拿下夏柔柔，却在那一秒，一个急速的身影，直接挡在了她的面前，身手敏捷地一把抓住了夏柔柔的手，一个用力，那把水果刀猛的掉在了地上。

而此刻夏柔柔的手腕就像要断了一般，她越是用力，越是痛苦不已。

"放开我，封逸尘！"夏柔柔尖叫，"我要杀了夏绵绵，我要杀了她，都是她让我变得如此不堪的，都是她害我如此！她就是一个祸害，你放开我，你放开我！"

封逸尘猛的一下将夏柔柔放开了，直接推了出去。夏柔柔一个重心不稳，直接摔在了地上，摔得无比狼狈。

封逸尘狠狠地说道："刚刚我说的话，看来你听得不太清楚！"

夏柔柔身体很痛，觉得天都塌了。她坚持了那么久，幻想了很长很长一段时间，巴不得夏绵绵狼狈不堪，到头来，居然会是她落得如此下场。

她听到封逸尘坚定又凶狠的声音说道："谁要是再敢欺负夏绵绵，我会……弄死他！"

这次，他用的是死，不只是追究！

她突然笑了，讽刺地笑了，就像傻了一般，猖狂地笑了。所有人都看着她，看着她像小丑一样，脸上都是泪水，头发也乱了，衣服也皱了。封逸睿拖着夏柔柔上了二楼回了房。完全可以想象，夏柔柔会遭到怎样的待遇。而身体上的都是其次，流言蜚语才能杀人！

"所有人都给我注意在媒体面前的言论，要是谁再有任何不妥的行为，就都给我滚出封家，从此在封家家谱上除名，永远不得踏进封家一步！"封文军发话！

他说得何其严重，大概也是被今天的事情给刺激到了。

封文军丢下这一句话之后，带着一向都不参与任何家庭纷争的妻子离开了。

杨翠婷看了一眼封逸尘身后的夏绵绵。

夏绵绵以为杨翠婷会叫她上楼时，却听到她说："逸尘，你跟我上楼。"

下一秒，夏绵绵就看着封逸尘跟杨翠婷上了楼。

杨翠婷的卧室里，封逸尘将房门关好、上锁。那一秒，啪！响亮的巴掌，狠狠地扇在了封逸尘的脸上。封逸尘抿唇，不为所动。

"这么多年，我跟你说了这么多，你当耳边风吗？"杨翠婷一字一句狠狠地问道。

封逸尘看着自己怒火冲天的母亲。

"我让你顺着你爷爷，我让你好好地在家里表现，我好不容易让你成为封家大少爷，你为了一个夏绵绵，就可以当着这么多人的面怒怼你爷爷！封逸尘，我这么多年在你身上付出的辛苦，都白费了是吗？"

"那些话并不是毫无意义。"封逸尘眼眸陡然一紧！

杨翠婷看着封逸尘的模样，愤怒中，带着些心惊。

"夏绵绵我会负责到底！除非，我死！"

"封逸尘！"杨翠婷咬牙切齿，"你发什么神经？"

"如果连自己心爱的人都保护不了，我不觉得我还可以做任何所谓的大事儿！"

"心爱的人？"杨翠婷讽刺道，"你告诉我说你喜欢的是夏柔柔！"

"那只是不想承认。"

"所以你喜欢夏绵绵？"杨翠婷眼神中透出一丝阴冷，"你故意在骗我？"

封逸尘没有回答杨翠婷的后半句，直白道："我爱夏绵绵！所以……我不想再压抑自己什么！我决定让她留在我身边一辈子，直到我死！"

"够了！"杨翠婷冷声道，"你太让我失望了！"

封逸尘对视着自己的母亲。

"出去！"杨翠婷说，"这些话，我不想再听到从你嘴里说出第二次！"

封逸尘看着杨翠婷盛怒到极致的模样，转身直接离开了他母亲的卧室。

他下楼，在大厅里没有看到夏绵绵。身后他父亲在叫他。声音还算温柔，但他当没有听到，直接走向了后花园。后花园中，他看到了夏绵绵一个人的身影。他大步走过去，一把拉住她的手。夏绵绵一惊。她不知道封逸尘这两天到底是发了什么疯，就好像，很怕弄丢她的感觉。她转头看着封逸尘帅气的脸，那一刻似乎看到了他脸上无比清楚的五根手指印。

她问："被你妈打了？"

封逸尘点头。

"她不应该高兴才对吗？"

"她想的和我们不同。"封逸尘直白道。

夏绵绵蹙眉。

"我带你回去。"封逸尘牵着她的手，没再回答任何疑问，直接走出了封家别墅。

她依然趴在后座上，封逸尘开车缓慢行驶在街道上。

这一两天发生的事情太多，每个人都会心累。她感觉封逸尘将车子停了下来。按理说，不应该这么快就到了。她起身从后座上爬起来，想要通过窗户看看到哪里了。她刚忍着痛让自己坐好，后座车门突然被人打开。夏绵绵看着封逸尘突然逼近的脸，看着他坐到她身边。车门刚关起来，封逸尘的脸就已经凑到她面前，嘴唇亲吻着她的唇瓣。嗯……封逸尘这是发烧，还是发骚？她有些惊讶，完全没有反应过来。

她突然感觉到他的唇瓣，无比有技巧地在她的唇上缠绵。

她不自觉地捏紧了手指。

唇被封逸尘吻得严严实实，莫名觉得这个男人对她的唇瓣很眷恋，就是觉得，他好像怎么亲都亲不够，不管是嘴唇，还是她的舌头，抑或是她口腔中的任何一寸甘甜之地。

整个车内都是他无比深情的拥吻，不知疲倦。

直到……

嗯……夏绵绵一紧。

她今天没穿……

她的唇瓣还被他的唇咬着，真实的触感带着酥麻，起了涟漪。车内的空气越来越稀薄。夏绵绵想，那些在车震中窒息的人，大概就是这样的。封逸尘在这一刻突然放开了夏绵绵。夏绵绵猛的喘着粗气，狠狠地喘气。

封逸尘打开了一丝窗缝。带着凉意的风，让车内的空气充足了些。这个举动之后，封逸尘的脸又靠了过来。舌头直接撬开了她的唇瓣，舔着她的舌头，亲昵纠缠。夏绵绵以为……以为会发生的事情……谁知电话突然在此刻响起。如此暧昧无比的气氛瞬间被人破坏。夏绵绵推了一下封逸尘的手。她看了一眼他的手指，连忙拿出纸巾扔到封逸尘的手里，摸出电话。

看清来电者那一刻，夏绵绵脸色紧了紧。

"爸。"

"你现在回别墅来。"

"很急吗？"

"现在！"

说完，那边猛的挂断了电话。

夏绵绵咬唇。

接二连三发生了这么多事情，夏政廷再好的性子也按捺不住了。她看着封逸尘还在擦拭，一点一点……很仔细的样子。那模样并不是在嫌弃，反而意味深长。

那一刻，她眼神反而有些闪烁，故作冷静道："回一趟夏家别墅。"

"嗯。"封逸尘点头。

车子又平稳地行驶在了街道上。她看着封逸尘的后脑勺，在想这个男人这两天是不是吃了春药，然后性情大变，还随时发情？！她双腿交错。封逸尘这货，不知廉耻。她正胡思乱想着，突然听到了封逸尘的声音。

他说："你想出去走走吗？"

"嗯？"

"想不想到处走走？比如，旅游。"

"没怎么想过。"夏绵绵直白地拒绝道。

"等你身体好了，我带你出去走走。"

"没什么兴趣，我还有很多事情要做。"

"我会带你出去走走。"封逸尘莫名固执。

夏绵绵觉得他就是一神经病！她不予回答！车子走走停停，就到了夏家别墅。夏绵绵忍着身体的痛，挽着封逸尘的手臂，走进了别墅大厅。大厅中，夏政廷脸色尤其阴沉地坐在沙发上，卫晴天此刻似乎不在。

夏政廷冷漠无比："夏柔柔的事情，你怎么看？！"

"我也没想到……"夏绵绵欲言又止，"而且我刚刚才从封家别墅过来，柔柔现在在封家的情况也不太好。"

"我已经让卫晴天去把她接回来了！这种女儿，放在别人家我都觉得羞辱！"

夏绵绵早知道夏政廷这种人会如此冷血，绝不会想到自己的女儿受到如此大的伤害都在经历什么，尽管，夏柔柔确实是自作自受。

"柔柔和封逸睿离婚的事情已经成定局，我个人觉得，柔柔在驿城可能也待不下去了，流言蜚语太多，倒不如，爸把她送出国，等风头过了，大家都淡忘了，再让她回来！"

"永远别回来了！"夏政廷怒吼。

夏绵绵想劝劝。

"她就是在犯贱！"

如此粗暴的声音刚落，卫晴天就带着夏柔柔回来了，夏以蔚也跟在身边，大概是陪着卫晴天一起去接的人。回到夏家的夏柔柔，脸上都肿了，掩盖在衣服下的身体，或许更加狰狞。想来，封逸睿下手肯定轻不了。一进来就听到夏政廷这么说，夏柔柔这一刻反而笑了。她狰狞地笑着，转眸又看到了夏绵绵和封逸尘。她死都不会放过夏绵绵，死都不会！

她说："夏绵绵，我要杀了你！"

那一刻，夏柔柔突然又激动无比。

"够了！"夏政廷怒吼，"自己做了败坏家门的事情你还好意思说？！"

夏柔柔被她母亲狠狠拉住。夏柔柔全身都痛，眼神狠狠地看着夏绵绵。

"看着就烦，带她回房间去！"夏政廷怒吼。

卫晴天也对夏柔柔失望透顶，而且今天上午曝出来的那些新闻，对她而言也真的是晴天霹雳！

卫晴天狠狠拽着夏柔柔上楼，也不敢停留太久，就怕夏绵绵煽风点火。

过了一会儿，卫晴天从楼上下来。

刚下楼，夏政廷就怒吼道："这就是你养出来的好女儿！你还想让我们夏家蒙多少羞？"

"政廷，我也不知道柔柔会这么……"卫晴天显得很是委屈，眼眶红彤彤的，"我一向都严格要求柔柔，从没想到她会做如此出格的事情。试管婴儿的事情也是，我都不知道她怎么会这么大胆……"

"够了！"夏政廷根本就不想听卫晴天说一个字，他狠狠地说道，"你跟我说这些有什么用？！这一切归根结底，就是你的错，就是你没有教好夏柔柔！"

"我……"卫晴天在夏政廷如此盛怒下，根本就是百口莫辩。

夏以蔚有些看不下去了："爸，姐发生这种事情和妈有什么关系？还不是我姐犯贱，自己不洁身自好……"

夏政廷恼火怒斥："长辈说话的时候，你插什么嘴？！"

夏以蔚一怔。

他的父亲在旁人面前，多少会给他几分面子，只因为他是家里唯一的男丁，以后自然会接手夏氏集团的一切，给他留足面子以后好在商场立足。此刻被自己父亲骂得这么狗血淋头，夏以蔚心里极恨的同时，也不敢再插嘴。

夏政廷发完夏以蔚的火，又对着卫晴天说道："这件事情没完，马上把夏柔柔给送出国，越远越好，我当没有这个女儿！送走她之后，你也不用回来了，跟着夏柔柔一起，消失在我面前！永远！"

"政廷……"卫晴天惊吓道，"柔柔我会送走，但我……我和你这么多年，让我好好照顾你，你别赶我走，你别赶我走，以蔚也需要我这个妈在这里照顾啊……"

夏以蔚又想插嘴，本来是打算给他母亲说好话。

这一刻，夏政廷突然开口道："夏以蔚要是不能照顾自己，他可以跟着你们一起走！"

夏以蔚到嘴边的话，就这么咽了回去。卫晴天不敢再多嘴。

"再说，我还真怕你在会把以蔚也带偏了。"夏政廷冷漠无比。

如此讽刺，如此毫不掩饰地讽刺，让卫晴天忍得身体都在发抖。都是夏柔柔将她连累至此。

"你马上去安排，收拾你和夏柔柔的东西，给我滚出夏家，从此以后，没我的允许，再也不准踏进我们夏家大门一步！"夏政廷再次开口，说得冷血无比，不留半点余地！

卫晴天狠狠咬着嘴唇。夏柔柔的下场，夏绵绵预料到了，她倒是没想到卫晴天会被迁怒至此。这才是一箭双雕！夏绵绵依然不动声色。

夏政廷说："这件事情就这样告一段落，至于外界媒体的事情，就交给绵绵你负责去应付。"

"是。"夏绵绵点头。

"你爷爷那边,我明天找个时间亲自去拜访一下,夏柔柔出了这种事情,我还是要出面去赔礼道歉的。"夏政廷对着封逸尘说,"你和绵绵明天都腾出时间,陪我一起去。"

"好。"封逸尘答应。

夏政廷又吩咐了些事。事情都已经发生了,发过脾气之后,就得好好解决,这就是商人,不管遇到什么事情,都要以利益为重!之后的几天,卫晴天带着夏柔柔离开了驿城,想要回来就是天方夜谭了。夏绵绵一直陪着夏政廷处理夏柔柔的丑闻,好不容易终于将新闻压了下来!忙碌了一段时间,她伸伸懒腰。身体的伤也好得差不多了。下班后,夏绵绵刚走到楼下,一辆熟悉的轿车就这么显眼地停在了她身边。

她走过去。

封逸尘为她打开副驾驶的门。今天第一天上班,她没想过封逸尘会亲自来接她。

"我顺路。"封逸尘解释。

拉倒吧!夏绵绵也不去戳穿。车子行驶在街道上,缓慢而平稳。车内突然又有些沉默。夏绵绵看着外面,有些恍神。

"我订了去丹尼奥尔的机票,明天。"封逸尘突然开口,"我们一起。"

"什么?!"

"我说过带你出去走走的。"

"但我没同意呀!"

"你也没拒绝。"

"我拒绝了。"

"机票订了,酒店也订了,行程也安排好了。"封逸尘一副你不去就是你不对了的语气。

"我都没有请假。"夏绵绵说。

"我帮你请了,你爸说这段时间发生的事情多,让我带你出去散散心也好。"封逸尘说。

"……"

"你回去准备一下,明天上午10点的飞机,我们8点30出门。"封逸尘又说，分明就是在安排了。

夏绵绵把头扭向一边。真是的！她还有一堆事情没有处理。她正欲反抗，电话突然响起。她看着来电，连忙接通："龙一。"那两个字，让那个认真开车的男人，脸色微变。

"跟你说一件事情。"

"什么事儿？"

"意图强奸你的那个男人的事情。"

"怎么了？"那个男人对她而言毫无用处了。

她压根就不想再提起这个人。

"我给了他一点教训，总不能让他欺负了你还能够这么逍遥法外！"

"所以……"

"我挖了他的眼睛。"

"哦。"

"让他瞎了狗眼，我都没看居然被他看了！"

"……"这不是重点好不好！

她对于龙一的报复，倒是很满意。

"但我发现，在我弄瞎他的眼睛之后，有人更狠！"

"怎么了？"

"被男人轮奸生不如死，最后还……"龙一停了停，一字一句道，"割了种！"

"谁做的？"

"封逸尘。"

夏绵绵转头看向那个冷脸的男人。电话挂断。封逸尘回眸。

夏绵绵咬唇，挂断电话那一刻，她对着封逸尘道："我以为你不在乎我被人看光！"

那件事发生之后，他连问都没有多问！

"我很在乎。"封逸尘直白道。

夏绵绵咬唇。封逸尘对她似乎突然就变得直白而坚决。"但不嫌弃。"封逸尘补充。夏绵绵真的看不明白封逸尘。他突然的改变，到底是因为什么？她也问不出来，所以此刻突然有些沉默。她想，总有一天会知道封逸尘到底要做什么。总有一天她会明白他到底想干吗。

车子缓慢地开到家。

一进家门，夏绵绵就闻到一股浓郁的鸡汤味。似乎每天都有鸡汤。

"小姐，姑爷，你们回来了。"小南说，"林嫂又炖了香喷喷的鸡汤，闻着都流口水。"

"哦。"夏绵绵兴致缺缺。

"过来吃饭吧，都准备好了。"林嫂热情道。

所有人围坐在餐桌上。每人面前都放了一碗汤，夏绵绵面前的还是大碗的。

林嫂看着夏绵绵在看她，对着她微微一笑："少奶奶你多喝一点多补补，里面放了很多养生食材，对你备孕很有帮助的。"

"……"所以每天的鸡汤就是为了让她怀孕？

倒也是，她都差点忘了她还要怀孕这件事情。上次和封逸尘在山顶度假区别墅的时候，那晚也没有做任何措施，这都过了有一周了，也不知道肚子里面有没有一个小猴子在。想到这里，夏绵绵的心情莫名变得有些复杂。

她默默地喝了鸡汤。

吃过晚饭之后，夏绵绵因为吃得有点多胃胀了，在房间里面多走动了会儿，又看了好一会儿电视才回房。封逸尘在家工作的时间突然少了很多，加班的时间也少了很多。她推开房门的时候，封逸尘已经洗了澡坐在床上看报纸了，说是看报纸，明显是在等她。每晚都是如此。他会等到她一起，入睡。她也不知道从什么时候开始就变得如此习惯这种生活了。她去浴室洗澡。她洗得脸蛋红扑扑的，才从浴室出来，穿着柔软的睡裙，趴在床上准备睡觉。

"行李我都帮你收拾好了。"

"……"他不提醒她，她都忘了明天要出门的事情。

她趴在床上一动不动。从后背受伤之后，她都习惯趴着睡觉了。至于旅游的事情……她也不想反抗了。反正就是应付着出去几天而已。封逸尘要抽风，她就陪他抽一段时间。反正早晚，这阵风会过去。她不说话，闭上眼睛睡觉。封逸尘看着她的模样，放下了手上的报纸。夏绵绵以为他要关灯睡觉了。每晚差不多都是如此。

此刻封逸尘这货居然没有关灯，而是直接掀开了她的被子，在她想骂人的时候，感觉到自己的后背凉飕飕的。

"你做什么？"夏绵绵回头。

封逸尘掀开她的睡裙，看着她的后背。

"看看你的伤好得怎么样。"

"已经好了。"夏绵绵直言。

她的身体她当然最清楚。

封逸尘却似乎没有听到她的话，修长的手指轻轻地触碰着她已经结痂甚至开始脱痂的疤痕。轻轻地触碰，她也不觉得疼了，反而是火辣辣的一片……

似乎每一道伤痕封逸尘都有仔细检查，那一刻夏绵绵觉得，他摸遍了她的全身。

每晚睡觉，他总是"活力十足"，但又碍于她的身体状况，迟迟没有行动。

所以说……检查身体好不好是其次，重要的是……

"睡吧。"封逸尘突然放开了她的后背，亲了，舔了，勾引了，然后心安理得地关了灯，不做了。

他是来搞笑的吗？她转头狠狠地看着那个躺在自己旁边似乎还在微微放松的男人，一肚子都在冒鬼火。她手指猛然一伸，伸进被窝里面，伸进他的裤子里。封逸尘身体明显紧绷。

夏绵绵故意再故意之后，说道："睡吧。"

别以为她不会报复。

总之那天晚上，某人翻来覆去，久久未眠。

翌日一早。

夏绵绵被人从床上抱了起来，整个人迷迷糊糊的。现在应该还很早，很早很早。这货抽什么风？！

她被封逸尘直接抱到了浴室，给她扒了裤子，放在马桶上："上厕所。"

我不是小孩子，不需要你来教我。

她迷迷糊糊地睁开眼睛，看着转身走出浴室的封逸尘，忍不住吼道："现在才几点？！"

封逸尘身体顿了顿。

"有6点吗？"夏绵绵真的不想发火。

封逸尘说："6点02分。"

"所以你起来这么早是想做什么？"

"……"

"别告诉我就一个旅游让你兴奋到睡不着。"

封逸尘已经走了，就是被她说中了是吧。你要睡不着你自己起来发神经啊，老子睡得很好！她打着大大的哈欠，也因为已经起床了就睡不着了。她上完厕所洗漱完毕。封逸尘在卧室等她。

夏绵绵没好气地看了一眼封逸尘，说："我去检查一下我们的行李。"

"嗯。"

夏绵绵走向旁边的衣帽间，看到两个大箱子，打开。她以为这两个大箱子，应该一箱是她的一箱是封逸尘的。她其实没想到，两个人的东西都是交叉放在了一起，甚至她还看到他们的内衣裤放在了一个盒子里面。她清点了一番。封逸尘心细到除了她的大小衣服鞋子外，连保养品、化妆品、防晒霜什么的都被他收拾得很好。她又翻了翻其他东西，然后从一个小盒子里面拿出了一套泳装。她用手撑开——女士的，三点式的，只有几根线条的三点式。她正拿着看，封逸尘突然从房间外走了进来，一进来就看到夏绵绵拿着如此性感的泳衣在审视。封逸尘眼眸微转。

夏绵绵此刻却直直地看着封逸尘："封逸尘，你喜欢这款？"

"我随便拿的。"

"我那么多泳衣，你随便拿了压在箱底的一套？"

"……"封逸尘不说话。

"我真怕你吃不消。"夏绵绵说，说着还是将泳衣放进了箱子里，然后将箱子关上，锁上了。

封逸尘的耳朵似乎有些红。其实夏绵绵说的吃不消只是在说她身体的伤疤让他看了受不了，而封逸尘显然，想多了。

他说："下楼吃饭吧，林嫂准备了早餐。飞机要飞8个多小时。"

就不能选一个稍微近点的地方吗？她也懒得发脾气了，跟着封逸尘下楼吃早餐。吃完早餐之后，他们去机场，封逸尘一手推着两大箱行李，另外一只手牵着夏绵绵一起走进了机场。夏绵绵就不明白，封逸尘拽她那么紧做什么？他们去换了登机牌，过了安检，坐上头等舱。8个小时后，他们到达丹尼奥尔，住进了一间高级度假屋，倒头就睡。一觉醒来的时候，外面的天色已经昏黄了。

夏绵绵伸伸懒腰。

封逸尘不在。

她左右看了看，睡饱之后才有心情打量这里的一切。她起床打开窗帘，面前就是一片大海，度假屋就在海面上。她低头看着透明的玻璃砖，还能看到海水甚至五彩缤纷的鱼类，感觉自己就像是踩在海平面上一样。她走向一边的门。门打开就是木梯，梯子直接通向海水里，不知道海水有多深。她走下木梯。这里很热，即使晚上，她也不觉得凉快。

她选择了一节阶梯坐下，脚悬空，伸进了温暖的海水里。面前就是一望无垠的大海，此刻正好看到落日，太阳在海平面上渐渐地沉了下去，周围有很多彩霞，如梦似幻。就说为什么这么多人想来丹尼奥尔度假，她都觉得，这里是人间天堂。

"醒了？"身后，突然响起一个熟悉的男性嗓音。

她都差点忘了，还有这么一号人。夏绵绵转头看了一眼居高临下的封逸尘，又转回头，不去看他。那一刻身体突然一轻，夏绵绵本能地搂抱着封逸尘的脖子。

"可以边吃晚饭边欣赏晚霞。"封逸尘说。

说着，他就抱着她走进了饭厅。

饭厅里面就只有一张餐桌和两把椅子，餐桌上已经摆放了很多高级餐点，还有一束玫瑰和一个烛台，看上去极其浪漫，加上全透明玻璃，又能欣赏海上美景。

夏绵绵一边拿起刀叉，一边问道："你做的？"

"不是。"封逸尘说，"暂时还没有这个能力，但我想事在人为。"

所以封逸尘的意思是，他会学吗？

"如果你喜欢。"封逸尘补充。

"不在乎。"夏绵绵撇嘴。

封逸尘淡笑了一下。两个人静静地吃着饭菜。夕阳落了下去，房间里蜡烛点亮了，头顶上漫天星光……

这么好的地方，封逸尘都是怎么找到的？

"对了。"封逸尘突然起身，走向另外一个房间，然后端了一碗汤过来。

吃西餐喝什么鸡汤？！夏绵绵皱眉。

283

"你倒是在哪里都能够给我准备这玩意儿！"夏绵绵无语。

明显她更倾心于红酒。

"这个是我做的。"封逸尘说。

关她什么事儿？！

"鸡汤暖心。我想你多喝点，心口可能就不凉了。"

夏绵绵看着他。所以封逸尘是知道，她其实对他，心凉了？

"然而，并没有用。"夏绵绵丝毫不给面子地反驳。

封逸尘也没有太多的情绪："喝吧，还有。"

"……"她根本就不想喝。

在他的注视下，她终究还是莫名其妙地喝了下去。

吃过晚饭之后，两个人都坐在阶梯上，看着黑暗的海平面，头上一片星光闪烁，美出了天际。她的双脚伸进海水里，随意地玩弄着水花。

"明天出海？"

"不想。"

"我已经定好了行程。"

"……"那你还问我！

"现在睡得着吗？"封逸尘又问。

她又不是猪。睡了一个下午，她已经完全没有睡意。

"我带你去钓海鱼。"

"没兴趣。"

封逸尘已经从阶梯上站起来，然后一把抱起她。不管她说什么，他都不听。或者，不管他说什么，她都反驳。封逸尘横抱着夏绵绵，走向了长长的栈道。海上栈道很长，直接通向了很深很深的海域。

封逸尘把她放在栈道的边缘，让她坐下，又转身拿了一根带着饲料的鱼竿递给她："耐心就会上钩。"

她耐性不好。她就这么拿着鱼竿，无所事事地看着海平面，轻微的波澜，夹着悠闲的海风。她从来没有看过封逸尘这么悠闲。她怀疑他换了一个头。她默默地想着，鱼钩突然动了一下。她一个激动，猛的将鱼竿拉了上来，一条彩色的小鱼上钩了。

夏绵绵很激动，将小鱼从钩上取了下来，兴奋道："我钓到了，比你快！"

"嗯。"封逸尘点头。

夏绵绵把小鱼放进一边的小桶里面，一脸得意。

过了一会儿："咦，我的又上钩了！"夏绵绵又钓了一条小鱼上来。

封逸尘还是一无所获。

夏绵绵接二连三钓了有十多条。

"封逸尘，看来这个世界上也有你不擅长的东西。"夏绵绵说得很是骄傲。

看着小桶里面满满都是她钓的鱼，色彩斑斓，夏绵绵觉得成就感十足，也越发有兴趣了。她认真地继续钓鱼，身体突然一怔。夏绵绵转头，看见封逸尘已经放下了鱼竿，把手伸进了她的衣服里，直接就那么伸了进去，抓着她的……

她羞怒："你出去！"

"我还是做自己擅长的事情比较好。"封逸尘说。

这货报复心怎么这么强？！

"出去，别弄了……"夏绵绵脸上火辣辣地烫。

封逸尘这货怎么就这么色。封逸尘不但没有把手拿出去，帅气的脸颊还凑了过来。他用舌头舔了舔她的小耳朵。

"封逸尘，别玩了……"

"谁说我是在玩？"

嗯……

夏绵绵的嘴唇被人堵住。这真的是露天场合，而且毫无遮掩，到处一片平坦。她身体僵硬。封逸尘却没想过放开。

"你都不怕被人看见吗？"

"这是私人领域。"

"万一有人闯进来了呢？"

"他会死得很难看。"

"封逸尘！"夏绵绵怒叫道。

我去，鱼竿都被他扔了。这人就是在报复。她的双手抵挡着他的胸口，却完全抗拒不了他的进攻和急切。夏绵绵被撩到疯狂。谁怕谁呀？！她又不是不会。她猛的翻身，将封逸尘压在了自己身下。封逸尘看着夏绵绵如此模样。

她坐在他的小腹上，双手压着他的胸膛，脸与他的脸保持着一定的距离。夜色下，夏绵绵本就单薄而宽松的衣服，此刻一边已经褪到了香肩以下，露出她纤细的锁骨，还有若隐若现的……

285

她妩媚地说："来呀！"

封逸尘嘴角一笑。笑容，邪恶而诱惑。

她不吃亏，所以坐直了身体，直接将衣服脱掉了，扯下某人的裤子……

天雷勾地火……

她趴在床上，一动不动，看着大大的落地窗外，烈日当空。她不想下床，一身酸痛，就是不想动。封逸尘神清气爽地从外面回来，手上抱着一个偌大的圆形鱼缸，里面放了十几条鱼。

夏绵绵怎么看怎么眼熟。

封逸尘说："你昨晚钓的。太小了，不好烹饪。"

夏绵绵转头，不想看到他。

"留着当摆设也好。"封逸尘将鱼缸放在房间的一角。

夏绵绵趴在床上，不说话，即使封逸尘靠近，也不看他一眼。

她眯着眼睛，假寐。

"昨晚很累吗？"

"拒绝回答。"

"你的体力不是很好吗？"

"不想说话。"

"下次我温柔点。"

"没有下次！"夏绵绵怒吼。

封逸尘反而笑了笑，大手摸了摸她有些凌乱的头发，那模样分明很宠溺，但夏绵绵却觉得全身不自在，就好像，自己是他的宠物一般。

"你再休息一会儿，晚点我带你出海。"

"不去！"她拒绝去任何可以让他随心所欲的地方。

"乖。"

封逸尘俯身亲了一下她的脸颊，起身离开了。夏绵绵一个人躺在床上。有时候人睡得太久，其实身体更僵硬。她勉强让自己站起来。她穿了一件飘逸的红色丝绸大长裙，后背镂空，连文胸也没穿，长裙很贴身而且布料很软，身体的曲线很明显。反正，封逸尘说这是私人空间。她找了一顶沙滩帽，又涂了防晒霜，戴了一副黑色大框墨镜，赤脚打开房门出去。她顺着昨天晚上封逸尘带她走的路线，到了海上栈道，坐在栈道尽头。这个地方……

她一点都不想回忆。

她拿起旁边的鱼竿，才发现两根鱼竿中有一根根本就没有鱼钩。昨晚封逸尘一条鱼都没有钓上来，而她接二连三钓了很多……想到这些，她心里莫名一软。她其实不太知道，应该怎么去对待封逸尘突然就像换了一个人的感情。"是很眷恋这里吗？"身后，传来一个熟悉的嗓音。夏绵绵不回头。

　　"太阳这么大还出来？"封逸尘说完，俯身将她抱了起来，"身上都出汗了，我带你去洗澡。"

　　谁知道到底是洗什么？！她被封逸尘带进了浴室。浴室很大，和上次那间度假屋的格局差不多。夏绵绵一脸生无可恋地趴在浴缸里面，让她死了算了。封逸尘这杀千刀的！

　　封逸尘把她从浴缸里面捞出来，放在床上，温柔地说道："都说了让你好好休息的。"

　　"滚！"吃完了又装小绵羊了！

　　封逸尘淡笑："我去帮你熬鸡汤。"

　　"我喜欢喝红酒。"

　　"红酒配鸡汤。"

　　"……"你可以去死了。

　　那一天，夏绵绵在床上看了丹尼奥尔的日出日落。所谓的出海……鬼知道她都经历了什么！好在那天晚上封逸尘还算安分。两个人躺在一张床上，数着星星，睡了过去，直到日出。她迷迷糊糊中，被封逸尘从床上捞起来，她甚至觉得她还裹着被单，就被封逸尘带到了一艘快艇上。她抱着被子，头发凌乱，眼睛无神地看着小屋离自己越来越远。这就出海了？！

　　快艇迎着日出的方向，速度很快。夏绵绵心里暗骂：封逸尘！老子衣服都还没穿！今天一天就裹一床被单吗？她转头怒视开着豪华快艇的封逸尘，狠狠地瞪着他。

　　"醒了吗？"封逸尘问。

　　夏绵绵拒绝回答。

　　"我给你带衣服了。"封逸尘说。

　　"哪里？"夏绵绵没好气。

　　"你旁边。"封逸尘指了指她身边的地方。

　　她转头。我去！让她吐血吐死了算了。这不是她嫌弃的那三点式吗？封逸尘突然从驾驶舱出来。

他走向坐在甲板上的夏绵绵，说："我帮你穿。"

"不用。"

"乖。"

"乖你……"骂人的话还未出口，夏绵绵的被单就被扯掉了，她下面什么都没穿。

昨天晚上睡觉的时候她明明穿上了，醒来的时候不知道为什么就变成了这样。她狠狠地看着封逸尘，看着他真的特别认真地在帮她穿泳衣。穿完之后，他低头亲了亲她的脸颊："等会儿带你去海面上骑快艇。"她没兴趣！她趴在甲板上，晒日光浴，最好晒黑得在夜晚封逸尘找都找不到。快艇开了大概一个多小时，停靠在了宽广的海平面上。她一眼望去，四面八方都看不到海岸线。她琢磨着这个时候，封逸尘杀她是最好的时机。她趴在甲板上，想着些乱七八糟的事情。后背，突然被一双大手抚摸着。夏绵绵转头。

封逸尘此刻穿着一件白色工字背心，下面就是一条黑色的宽松短裤，肌肉的线条甚是明显。他还戴了一副大框黑色墨镜，夏绵绵怎么看都觉得这货帅气逼人，甚至莫名其妙觉得他肉欲感好足。她一定是被他上多了，上到身体对他有了依赖，才会时不时想一些儿童不宜的画面。

"我帮你擦防晒霜。"他说着，也没有想要经过她的同意。

他的大手就在她几乎全裸的后背上擦拭了起来。

她身上本来就只有几条绳了，他还好意思解开……

他很认真地在她背上擦了很久，问："正面需要吗？"

"不要！"夏绵绵狂躁道。

封逸尘笑了笑。他自然地躺在了夏绵绵的旁边。此刻太阳已经很大了，晒在身上真的火辣辣地烫。

他说："要不你帮我擦吧？"

夏绵绵看着他。

封逸尘说："礼尚往来，不应该吗？"

应该！看姐姐不弄死你。夏绵绵三两下重新系上自己的绳儿，坐了起来。封逸尘非常自觉地趴了过去。夏绵绵挤了很多防晒霜，几乎是一大瓶全部都涂了封逸尘的身上。防晒霜带着一些美白的功能，在灿烂阳光下，封逸尘健硕的身体白得晃眼，让她莫名……她承认，她邪恶了。封逸尘很享受她的邪恶。两个人从甲板上开始，转了一圈，又在甲板上结束。完事之后，两个人浸泡在快艇旁边的海水里。夏绵绵被封逸尘紧紧地抱在怀抱里。"我带你去骑快艇！"封逸尘突然拽着她，爬上了快艇。夏绵绵捂着自己的身体。我去，她的三点式泳衣呢？！她找了一圈。封逸尘也在帮她找。

鬼知道刚刚疯狂之后，丢去了哪里？！

"要不你穿我的？"封逸尘拿出自己的内裤。

"……"

"不穿也可以！"

夏绵绵气呼呼地一把拿过封逸尘的内裤，同时将他手上的工字背心抢了过去。她穿上封逸尘的内裤就跟短裤差不多，而他紧身的背心在她身上却大到不行，勉强可以遮挡住一些地方，却很容易走光，性感无比。封逸尘此刻就只穿了一条宽松的短裤，上身赤裸。两个人一人骑了一艘快艇，疯狂地在海平面上驰骋。

她是阿九的时候，什么交通工具都学过，包括直升机，快艇当然也碰过，但那个时候不是为了玩，而是为以后做各种准备。此刻，她骑得很快，脑海里面浮现了很多阿九的画面。那些残忍的训练过程，那些熟悉又陌生的一张又一张脸。她越骑越快。身后似乎有人在叫她。她不想听，也听不到。

她突然就好想走，好想一个人走……

"夏绵绵……"

夏绵绵突然一个急转，快艇一下翻了下去，整个人一下就翻滚入海水里，就这么沉了下去。

"夏绵绵！"封逸尘猛的跳下了快艇，直接跳进海里。

夏绵绵越来越往下沉。她整个人反而很平静，平静地看着清澈的海水一点一点淹没自己的眼睛，看着海平面的光线越来越暗。不知道为什么，这一刻她突然很想就这么沉下去，很想……她闭上眼睛那一刻，突然看到封逸尘疯狂地向她游了过来。他一把拽住她的手臂，亲吻着她的唇瓣，过了一口气给她。下一秒，他拖着她往上去。两个人的头猛的露出了海平面。封逸尘强行将她的身体转过来，看着她如此淡定的模样，看着她还睁着眼睛，还有正常人的呼吸，这一刻他似乎才微微松了口气，却也没有大声责骂她，拖着她的身体就往一边的快艇游去。

她看着头顶烈日当空。

她说："封逸尘，你怕我死吗？"

"怕!"封逸尘斩钉截铁道。

夏绵绵笑了笑。她其实也怕死。刚刚她那个举动,不过是对自己内心的试探而已,试探到底自己可以忍到什么时候,如果封逸尘不出现,她也会自救。两个人游到了那艘快艇前。

封逸尘一个用力,将她托上了快艇,自己也爬了上去。他坐在她的后面,将她整个人圈住,然后迅速地骑着快艇,回去了。他把浴巾搭在她的身体上,什么都没有说。那一刻他似乎……似乎很怕……这片海域。他们骑着快艇回到了海上小屋。夏绵绵清洗了自己的身体,躺在床上睡觉。封逸尘将她搂抱在怀里。其实什么都没有做,就是两个人抱在一起,睡得昏天黑地。一天,就又这么过去了。

夏绵绵都算不清楚,她在这里待了几天了。

每天她都在如此惬意又放松的环境下,可以天荒地老!

她恍惚觉得,可以天荒地老。

"明天我带你去逛全世界最大的国际商场。"

"在这里?"

"开车两个小时。"

"哦。"

"早点睡。"封逸尘俯身亲吻她的额头。

夏绵绵乖巧地闭上眼睛。

自从那天她从快艇上翻了下去,封逸尘这两天都没有带她去海边,也不去海上钓鱼,也不下水,就抱着她在小屋里面,偶尔陪她在淡水泳池里面玩耍一番。更神奇的是,封逸尘这两天居然没有碰她,两个人盖一个被子纯睡觉。

夜晚的海上小屋异常安静。

不知道是不是睡得太多,夏绵绵今晚莫名地一点都不想睡。

她看着躺在自己身边的封逸尘,道:"我们什么时候回去?"

"过两天。"

"过两天是多久?"

"你想回去了?"

不是。

但,总得回去。

"过两天就回去了,睡吧。"封逸尘亲了亲她的脸颊。

290

她其实不知道封逸尘在担心什么。

总觉得，他比她更不舍。

翌日，封逸尘带着夏绵绵走在国际商场中，偌大的商场，金碧辉煌，磅礴大气。

夏绵绵看了看，世界顶级甚至全球店面不到10家的奢侈贵族品牌，这里全都有。封逸尘拽着她的手，两个人真的如一对情侣一般，在逛街。说是逛街，也不过是夏绵绵在逛，封逸尘在陪而已。女人天生就喜欢衣服、鞋、包，夏绵绵也不例外，毕竟"包"治百病。夏绵绵毫不手软地买了很多。封逸尘毫不犹豫地刷卡。

他们逛到时装区，夏绵绵挑选了几件衣服去衣帽间试穿。封逸尘在外面等她。偌大的衣帽间里面，足足有四个人为她服务。她被人伺候着脱衣服，这一刻眼眸陡然一紧。

她看着其中一个工作人员，突然就将手上的衣服提了起来，她说："不用试穿了，直接帮我结算就好。"

工作人员即使有些诧异，还是点了点头。夏绵绵直接离了衣帽间，离开的那一刻，眼眸往一边看了一眼，而后大步走向封逸尘。

封逸尘看着她，道："这么快？"

"没心情试穿，直接买单。"

封逸尘眉头微皱，此刻似乎也发现了夏绵绵突然表现出的一丝异样。

他什么都没说，去结了账。

"我去洗手间。"夏绵绵说。

"夏绵绵。"封逸尘一把拽住她。

"很急，放开我。"

说着，夏绵绵直接推开了封逸尘的手。封逸尘看着她的模样，愣怔了一下。夏绵绵走进了女士洗手间。避开了封逸尘的视线之后，她瞬间加快了脚步。她在想，封逸尘是不是在给她留下最后的美好时光，而后……她眼眸一紧，暗自咬牙！她把自己锁进一间厕所里。她当然不是想要上厕所，而是在确定一些事情而已。她很认真地听着外面的响动。缓缓地，她似乎感觉到一个人轻微的脚步。她透过厕所门下的缝隙，看到一个人的影子。那一瞬间，她感觉面前的厕所门被人用力往里面推了一下。

夏绵绵咬牙，站在厕所门后。

门外一个用力，厕所门猛的一下被人推开。

夏绵绵躲在门后。进来的女人看了一眼，似乎有些诧异，正在打量。夏绵绵突然出手，一拳打了过去。女人的脸部硬生生地挨了一拳，身体哐的一声撞在了门板上，发出剧烈的响声。女人在惊讶的那一瞬间，猛的一脚狠狠踢了过去。夏绵绵手疾眼快，将她的脚禁锢住，一个用力，狠狠地将她扔了出去。女人似乎是真的没想到，夏绵绵会有如此身手。

而与此同时，夏绵绵已经转身走出了洗手间，不作停留。她就是为了证明，是不是有人想要杀她。果然如此。她没必要只身冒险，即使知道这个女杀手爱莎根本打不过她。她迅速地一边往外走，一边冷笑。

夏绵绵当然不会忘记，当初她还是阿九的时候，爱莎和她一起去营救夏柔柔，爱莎是如何冷眼旁观让她葬身火海的。不管她发出什么信号，爱莎就像没有听到一般，没有给予任何帮助。

想来，爱莎和她本来就存在敌对的关系。

夏绵绵转身，直接走了，没有再回到封逸尘的身边，直接离开了奢侈的国际商场。她不知道回到封逸尘身边，是不是会被他亲手解决。她避过人群，从特殊通道直接走向了商场大门，冲进一辆高级出租车就准备离开。她刚坐进去，手臂突然被人狠狠拽住，拖了下来。

夏绵绵完全是出于本能，一脚狠狠地踢了过去，踢中他的小腹。

封逸尘根本没有防备，甚至故意让她一脚，看着她如此紧张到冷血的模样，问道："去哪里？"

夏绵绵即使此刻没有上车，也本能地往后退了两步。她觉得，此刻封逸尘身边应该还会有爱莎跟着。她怕被阴。

"夏绵绵！"

"你是怎么这么快找到我的？"夏绵绵大声说道，"我身上是不是被你安了什么定位？手表上？手机里？衣服里？鞋子里？包里？"

"夏绵绵你冷静点！"封逸尘上前。

"我很冷静。"她往后退得更远。

她的身体差不多都要退到街道上去了，此刻还在往后退。她实在是怕了封逸尘了。她怕他真的会在这种地方杀了她。而她连半点反抗的力气都没有，甚至不会有人知道，她是怎么死的。她是怎么又死的。她就说封逸尘这

292

几天为什么性情大变。他是突然好心地想要施舍给她一个还算美好的最后的回忆，然后再送她去黄泉，对不对？她冷笑着转身就打算逃走。她承认她打不过封逸尘，更别说，她还发现了另外的杀手，可能不只爱莎，还有其他人。一般出任务都是两个人搭档。

她一人对三个，必死无疑。

她大步往后跑。

身体刚冲出去两步，封逸尘一个健步，以惊人的速度一把将她拉住。

此刻，夏绵绵面前，一辆红色的法拉利跑车呼啸而过。如果不是封逸尘突然伸手，她可能已经被这辆轿车撞飞了。她心有余悸，但下一刻还是疯狂地挣脱开封逸尘。

"夏绵绵！"封逸尘再次将她拽住，"你到底发现了什么？"

呵。夏绵绵冷笑。

还要她说明白吗？她狠狠地看着封逸尘。好在她是阿九，好在封逸尘找来的杀手她认识。否则刚刚她应该就死在世界顶级商场的豪华洗手间里面了。死在国外，死无对证。她被封逸尘强硬地拽着走向了他们的小车。封逸尘不知道从什么地方开来的超跑，反正今天一早就拽着她来到了这里。车子速度很快，甚至是一跃而出。

一个还穿着工作服的女人从里面匆匆跑了出来，左右环视，眼眸一紧。

她对着手上的手表说道："跟丢了。"

"再次找机会！"

"是。"爱莎恭敬道，又左右看了看，恶狠狠道，"夏绵绵，算你这次走运！下次，你就没这么轻松脱身了！"

跑车直接停在了海边。封逸尘拽着夏绵绵走过长长的玻璃栈道，到达他们的海上小屋。封逸尘把房门关上。夏绵绵看着封逸尘盛怒的模样。夏绵绵咬牙，突然开始找自己的行李箱。她翻出自己的箱子。她什么都可以不要，她要护照，拿着护照买机票回国。这种地方，她一秒钟都不想多待。

"夏绵绵！"封逸尘将她从地上一把拽起来。

夏绵绵咬牙，但她在忍耐。

他说："你刚刚发现了什么？"

"封逸尘，能不能不要这么虚伪？"夏绵绵怒吼，"你倒不如现在就杀了我，把我扔到大海里面去，用不着玩那么多花样！"

"你以为我要杀你吗？"

"你不会杀我吗？"夏绵绵声音很大！

"夏绵绵，在你心目中，我就这么不值得信任吗？！"

"这句话即使你问我一百遍我的回答也是，不值得！我这辈子最不会信任的人就是你！"夏绵绵怒吼，情绪完全不受控制，"我很清楚我们之间的立场，不是你死就是我死！"

"那我死！"封逸尘一字一句道。

夏绵绵看着他此刻青筋暴露的模样。

"够了吗？"封逸尘问她。

夏绵绵脸转向一边，不想说话。他的话，她为什么要相信？无比尴尬的空间，夏绵绵转身准备离开。就算不能走，她出去散散步透透气也好。她受够了和封逸尘在一个屋檐下，受够了随时随地都要担心他会不会一个心血来潮就杀了她！她脚步刚起，身体突然一轻。夏绵绵看着封逸尘直接将她放在了床上，身体压在她的身上。动作再明显不过。夏绵绵冷笑了一下。

在封逸尘狠狠地亲吻了一番她的唇舌之后，在他那么用情至深地亲了她之后，夏绵绵说道："我是不是应该庆幸，身体还能让你满足？"

那个搂抱着她的身体的男人一顿。

夏绵绵闭上眼睛：想上就上吧。果真，还是上了。完事之后，两个人都躺在床上。两个赤裸的身体，封逸尘将她抱得很紧。身体紧贴在一起，心却很远。她看着落地窗外宽广的一片海平面。

前几天她还恍惚很眷恋这里的生活，日出日落，没有那么多爱恨情仇，可以和封逸尘，放肆地玩耍……

多么可笑的想法！

她身体微动，喃喃开口道："你监控我了吗？"

封逸尘抱着她的身体，一紧。

"应该是在手机里是不是？"

"我说没有，你信吗？"

"不信。"

封逸尘抱着她的身体，紧了又紧。

"我想起床了。"夏绵绵动一下身体。

她想，他应该也满足了。至少，他的身体很平静。封逸尘缓缓放开了她。夏绵绵忍受着身体的酸痛，随手拿起一件宽松的浴衣穿上，打开房门走了出去。住了这么久，她也知道这里真的是私人空间，所以就算穿得不算保险，也真的没有任何顾虑。她赤脚走在地板上出门。

出门那一刻，她听到封逸尘说："夏绵绵，我们明天一早回去。"

夏绵绵转头看了他一眼。

封逸尘从床上坐起来："今天是最后一天，明天我们就回去。"

"谢谢。"她感谢道，感谢他的放过。

她走出房间，坐在阶梯上，将脚伸进海水里。她曾在这里心动过。她曾想在这里放弃很多爱恨情仇。她曾……又想重蹈覆辙。她淡淡地笑了笑，一个人坐在海边，一个人玩着海水。封逸尘从中午之后就离开了，到日落时分还没有回来。她不知道他突然离开是因为什么，她也不知道会不会突然冲进来几个人，将她打死在血泊里。然而所有的想象都没有发生。

夜幕来临，小屋后方，偌大的一片私人沙滩上，突然亮起了七彩的霓虹灯光。

她透过大大的落地玻璃，看到霓虹灯光照耀下，沙滩上摆放着西餐桌，餐桌上点着蜡烛，放着鲜花，还摆着看上去很精致很美味的餐点。

她还看到了封逸尘，看到在沙滩上，他居然换上了黑色的西装，打着黑色的领结。他的头发很有型，看上去极其正式，身姿高贵挺拔。她不知道封逸尘要做什么，真的不知道，但她还是赤脚走向了那里。她没有换什么礼服，即使封逸尘在箱子里面给她放了几套。她就只穿着白色的浴袍，里面什么都没穿，走向了封逸尘。封逸尘一看见她出现，好看的薄唇就似乎扬起了一个淡淡的笑容。他伸手，拉着她的手，走向了餐桌旁边，为她拉开餐椅，待她坐定之后，他才回到自己的位子上。两个人对面而坐。

耳边是海浪的声音，眼前是五彩斑斓的彩色灯光，还有满天星光，要说不浪漫真的是骗人的。她拿起刀叉，真的很怕这是最后一餐。但她想，如果是最后一餐，她是要吃得高雅，还是要吃饱？她默默地吃着。封逸尘也坐在她旁边，优雅地用着刀叉。气氛很安静。海浪轻轻地拍打着海滩，海风夹杂着腥味，拍打在身上，湿湿润润的。

静静地吃过晚餐后，夏绵绵放下了刀叉："我吃饱了，封逸尘。"

她的嘴角扬起笑。

她想就算要死，也应该死得好看一点。

封逸尘抬头看了她一眼，说："我还没有。"

夏绵绵看着他面前空空如也的餐盘。所以，他还要吃什么？她看着封逸尘从位子上突然站起来走向她，居高临下地看着她。背光下，她似乎就只能看到他那双深邃的眼眸，怎么都看不透却又那样璀璨。她闭上眼睛。

封逸尘的唇亲了下来。

她就是这么温顺。他的唇瓣亲吻着她的嘴唇，一点一点，很温柔。她也很温柔地回应着他。她主动伸出舌头去亲吻他，亲吻他好看的唇瓣，亲吻他柔软的舌头。两个人紧紧地拥抱在一起。她身上的浴袍就这么被他褪下。既然这里是私人领域，露天什么的，就露天吧。只要他觉得爽。她软软地趴在椅子上，最后被他抱到餐桌上。餐桌上的盘子、酒杯、刀叉，全部都落在了沙子里，淫乱一片……在自己兴奋的最高点，她恍惚看到了漫天的烟火。她被他搂抱着回到了小屋。

他认真地帮她清洗身体，将她放在暖暖的被窝里面。

他盛了一碗鸡汤。

夏绵绵看着他。他一勺一勺喂她。鸡汤真的很暖。

她说："封逸尘，有时候心里的凉，其实是用任何东西都暖不了的。"

"我知道。"封逸尘说。

夏绵绵不再多说。她将鸡汤喝完。封逸尘躺在了她的身边。窗外的烟花，恍惚闪耀了一个晚上！

第二天一早，夏绵绵跟着封逸尘离开了小屋。

她坐在高级轿车上，眼眸就这么看着那间小屋，远远地坐落在海平面上，远远地消失不见。所以，这里的一切就真的结束了。她眼眸一转，收回视线，其实并没有太多的情绪。她很想走。而今天的封逸尘，也变得异常沉默。车子到达国际机场。

封逸尘推着行李，带着夏绵绵走向了头等舱通道，在机场VIP候机区等候。

工作人员抱歉道："不好意思，驿城这几天下大雨，所以飞机有些晚点，预计延迟两个小时起飞。"

夏绵绵转头看着封逸尘，封逸尘没什么表情。两个人在候机厅等了不止两个小时。最后的结果是，飞机今天不能起飞，具体起飞时间，明天再做通知。所有人被航空公司安排到了五星级大酒店居住。夏绵绵和封逸尘是头等舱，自然是被安排到更高级的套房。两个人走进奢华的套房。

夏绵绵坐在床边，转头看着封逸尘。

封逸尘放下行李，说："就再待一晚。"

夏绵绵没说什么。

知道是天气原因，她就没有无理取闹。

"我带你去吃晚餐。"封逸尘说。

放下行李，两个人走出了套房。封逸尘主动牵着她的手。夏绵绵咬了咬唇，顺从地跟着他。两个人去了酒店最高级的西餐厅就餐。夏绵绵一边吃着晚餐，一边透过落地窗看着这座城市的夜景。这座城市果真奢华，夜景比驿城更美。那一秒，她眼眸突然一顿，嚼着的西餐，就那么僵硬地停在自己的嘴里。她猛的放下刀叉，起身就准备离开。封逸尘手疾眼快，将她一把抓住。

夏绵绵看着他，看着他冷漠的脸。她刚刚透过落地窗的玻璃，隐约看到了爱莎。爱莎身边有一个陌生的男人，大概是她没见过的其他杀手。两个人就坐在离他们不远的地方吃着西餐。

封逸尘说："吃完了我再陪你回房。"

夏绵绵不想引起什么动静，只得坐下来。她吃得很快，几乎是狼吞虎咽。封逸尘看着她的模样，眼眸又了一眼旁边那桌。那桌的人显然也看到了他们，只是，没敢有任何举动。封逸尘搂抱着夏绵绵离开了餐厅。夏绵绵回到套房，说不紧张都是骗人的。封逸尘如果真的对她动了杀念，她活不了。

她勉强让自己冷静下来。

"洗澡吗？"封逸尘询问。

"你先洗。"

封逸尘看了她一眼，转身走进了浴室。夏绵绵听到浴室里面响起了水声，才迅速地翻找自己的护照，迅速地放进自己的手包里，同时将包里面的手机扔在了套房里，离开了酒店。退一万步说，她应该寻求自我保护。殊不知，在她离开房门的那一刻，浴室的房门被人打开，那个洗澡的男人，甚至连衣服都没有脱。他眼眸微动，看着夏绵绵扔在床上的手机。果然，对她来

297

说他真的没有半点信任度。

　　夏绵绵是直接离开酒店的，然后去了机场，换乘另外一个城市温官的航班，温官离驿城有些远，没有暴雨天气。她赶上了晚上11点的最后一班飞机，离开了丹尼奥尔。

　　飞机到达温官是第二天的当地时间下午4点。

　　驿城这两天强降雨，周边的几个小县城都被洪水淹没了，目前还在抢险救灾。驿城今天还下着暴雨，飞机没法停靠，夏绵绵就买了火车票，又是8个多小时，才回到驿城。整座城市都被大雨覆盖，夏绵绵好不容易才打到车，回到了小区。她在想她还要不要回到这里。但终究，封逸尘也不会这么快回来。她全身都湿透了，走进家门。此刻都已经很晚了。

　　小南打开房门看到如此狼狈的夏绵绵的时候，惊讶到不行："小姐你回来了！"

　　夏绵绵点头。

　　"姑爷呢？"

　　"他还有两天！"

　　"你们吵架了吗？"

　　"……"算不上。

　　不过就是他想杀了她而已。

　　她说："我上楼洗澡，冻死了。"

　　"哦，好，好。"小南连忙说道。

　　夏绵绵迅速地回到房间。她躺在热水浴缸里面，身体其实很累，这么一直在赶路，而且一直处于紧张的状态。她勉强让自己放松。怎么才能确保自己的绝对安全？她正这么想着，突然感觉到房间里的一丝异样。她心一惊，连忙从浴室出来，顺手拿起浴袍穿上。浴室的门被人猛的打开！夏绵绵咬牙，看着一个男人手上拿着黑色手枪，缓缓逼近！她确信这个杀手她不认识。

　　本来组织就有很多杀手，本来很多杀手之间就从未谋面过，如果没有搭档，基本不知道封逸尘的手上到底有多少人！她心口一惊，此刻不用考虑翻窗户跳楼的逃生手段，因为跳下去依然是死。如此狭窄的空间也没办法找到可以逃避或隐藏的地方，而且她肯定，但凡她有一点点轻举妄动，对方就会将她一枪击毙！

她咬唇，看着面前铁铮铮的男人阴森地扣动扳机，黑色的枪口冰冷地对着自己。她费尽心思，却还要再一次死过去吗？她在思考了各种可以自救却都无法存活的方法之后，确实有些绝望了。她狠狠地看着面前的男人，眼睁睁地接受自己的再次死亡。然后，她听到哐的一声。浴室门外，小南突然拿起卧室里面的一个落地台灯，猛的一下直接砸在了男人的后脑勺上。

男人一怔，手指弯曲的那一刻僵硬了一下，就一下，夏绵绵手疾眼快地一脚狠狠踹在了男人的手上。与此同时，安装了消音器的手枪打出一颗子弹，打在了浴室的墙壁上。

小南惊吓住，整个人突然就蹲在了地上，捂着耳朵，不知所措。

夏绵绵和男人近身搏斗。男人一直想用手枪对准她，却每次都被她轻易躲过。夏绵绵身体跃起，一脚狠狠地踹在了男人后脑勺的关键位置。男人眼前一黑，昏倒在她的面前。她狠狠地喘着气。此刻整个浴室里面都是打斗后的狼藉一片。夏绵绵看着蹲在地上吓得都快要哭了的小南。这个女人总是在关键时刻爆发惊人的能力。

就如上次她们的小轿车被人动了手脚一样，小南展现出了她过人的开车技术，此刻，她更让人惊讶。

不得不说，小南又救了夏绵绵一命！

夏绵绵说："你去房间帮我找两根皮带过来！"

"啊？"小南听到声音，后怕地看着面前的夏绵绵。

夏绵绵此刻身上也挂了彩，但整个人看上去很有精神，半点都没有慌张，而是无比冷静。

小南是第一次看到小姐居然有如此身手。她一直以为，小姐手无缚鸡之力。小南已惊呆！

"小南，快点！"夏绵绵催促。

小南回神，连忙去房间找到皮带，然后看着夏绵绵将面前的男人的手脚捆住。

夏绵绵说："和我一起将人抬出去！"

小南听着吩咐和夏绵绵一起将人拖出了卧室，拖出了家门。夏绵绵将人拖进电梯之后，就带着小南回到了家里。杀手的手枪被她留下。

一般，任务失败，杀手不会停留，会再次找机会，而且辅助的人只负责逃生，不会负责行动，所以她不太怕此刻还有人进来杀她。

她对小南说道："林嫂不在吗？"

"从你们去度蜜月之后，林嫂就回去陪她的外孙了，说等你们回来之后她再回来。"

"这件事情不要说出去，知道吗？"

"小姐到底得罪了什么人，要来杀了小姐？而且小姐的身手……"

"一时半会儿我也解释不清楚。"夏绵绵说，"总之，我现在要离开这里，我待在这里不安全！"

"小姐要去哪里？"小南惊呼。

"先避一段时间再说。"夏绵绵也不知道能去哪里。

现在有人想要杀她，她除了躲之外，没想到更好的方法。

"我跟着小姐一起！"

"不用。"

"小姐，小南从小一直陪着你。"小南面带委屈。

"这些人是冲着我来的，你跟着我会很危险。"

"小姐你要是有个三长两短，小南也不会苟活！小姐你就让小南陪着你，跟在你身边好不好？万一我还能帮什么忙呢？"小南央求。

夏绵绵很犹豫。小南在她身边确实危险。她太懂杀手的规矩了，确定了目标绝对不会牵扯他人，但如果他人影响到了杀手对目标的行动，杀手一样会赶尽杀绝。此刻她也没时间耽搁，这个杀手没有成功，还会有下个杀手来，总之，杀手们不达目的誓不罢休。

她说："你准备一下，快点！"

"好。"小南破涕而笑。

夏绵绵也回到房间，三两下换了自己的衣服，没带什么多余的东西，就拿了自己的包，和小南一起出了家门。小南开车。车子在大雨中漫无目的地行驶着。

小南开了好久，询问："小姐，我们去哪里？"

夏绵绵犹豫片刻，说："你带手机了吗？"

"带了。"

"给我一下。"

"好。"

夏绵绵拿过小南的手机，给龙一拨打电话。

这是她唯一能够想到的可以保她安全的方法，也是她拼命想要回来的原因，至少回到这里，还可以有人对抗封逸尘的地下组织，在其他地方，她只能一直不停地逃避追杀，毫无反击之力！

"哪位？"对面传来有些冷漠的声音。

夏绵绵开口："是我。"

"舍得给我打电话了？"口气分明有些不是滋味。

夏绵绵很久没有主动找过他了，而她每次找他总是因为她自己遇到了麻烦。

但她没时间多说其他的话，她只说："我遇到点事情。"

那边瞬间就严肃了，语气坚定："你在哪里？"

"我在去龙门的路上，但我觉得我的身份并不适合去你们龙门，你能不能安排一个地方，让我暂时住下来？"

"我马上出门找你，你把你的地理位置分享给我。"

"好。"

夏绵绵将地理位置发给了龙一。此刻，她也只有靠龙一来帮自己了！她咬紧了唇瓣，让小南将车子停靠在了街边。她们等了不到20分钟，龙一的专用轿车停靠在了她的车旁。车门打开，龙一冒雨下车，然后打开夏绵绵的小车，带着夏绵绵还有小南一起，回到了他的车上。不知道为什么，看到龙一那一刻，夏绵绵从在丹尼奥尔就全身紧绷的紧张情绪，瞬间放松了！夏绵绵就是莫名有一种龙一会给她绝对的安全的感觉。

龙一说："我现在带你去一个安全的地方，你告诉我，你到底发生了什么事情？"

在电话里面他什么都没问，就是为了不耽搁时间找到她，就是想要第一时间确保她的安全！找到她之后，龙一当然也会疑惑，她为什么会突然找他？

"封逸尘想要杀了我！"夏绵绵笃定。

坐在旁边的小南一怔，不由得插嘴："小姐，你是不是误会姑爷了？"

姑爷怎么可能想要杀小姐？

姑爷分明爱都爱不够。

"小南你闭嘴。"

"但是小姐……"

"再多话我就把你丢出去。"

小南嘟嘴。她怎么都觉得小姐对姑爷存在偏见。

"他为什么要杀你？"

"我不知道。"夏绵绵其实也没有想明白。

封逸尘这段时间就跟突然转性了一般，会主动说话甚至会主动说情话，对她宠溺到她感觉一点也不真实，她真的不知道封逸尘为什么会如此。

龙一看着夏绵绵的模样，说："我先把你安顿好，接下来的事情我去帮你调查。"

"龙一，你注意安全！"夏绵绵提醒，"封逸尘真的不像你看到的那么简单，他的地下组织真的不小。而且封逸尘还不是首领，我预感应该还有另外一个人一直暗中控制着封逸尘。"

龙一冷眸。

夏绵绵继续说道："尽管这些年看上去封逸尘培养的全部都是杀手，做一些雇佣兵干的事情！但实际上，他应该是为了某个目的在壮大自己，然后等到一定时机，就会有什么不为人知的阴谋爆发，你一定要小心！"

"我知道。"龙一脸色阴冷。

龙一想，也是时候和封逸尘所谓的地下组织，正面交手了！两个人聊着些事情。滂沱大雨中，轿车停靠在了一栋私人别墅前。夏绵绵跟着龙一下车。

别墅在驿城最偏远的一个别墅区，地理位置不是很好，所以价格并不贵，入住率当然也不高，显得有些空荡。

龙一带着夏绵绵和小南走进去，说道："这是我的私人地盘，除了我父亲，任何人都无法进来。我在别墅中安排了10个人的保镖团队，身手不凡，保护你的安全不成问题。你安心在这里住着，其他事情交给我来处理。"

夏绵绵点头，这一刻她很感动。

她说："谢谢你龙一。"

龙一淡笑："别客气。我就是不知道为什么，无法对你袖手旁观。"

她咬唇。

"好啦，什么都别想了，去洗个热水澡，然后好好休息。"龙一微微一笑，"明天我再过来找你，深入了解你所知道的更多细节！"

龙一没有选择今晚就和她谈，大概也看出了她的疲倦，以及这几天的经历让她几乎透支的身体。

"嗯。"夏绵绵没有拒绝。

"那我先走了。"龙一说。

"好。"

龙一带着自己的随身保镖离开了。

偌大的别墅，除了10个在不同地方巡逻的保镖，就只有夏绵绵和小南两个人。

小南此刻一脸蒙地看着如此金碧辉煌的地方，又转头看了一眼夏绵绵，说："小姐，为什么我觉得今晚经历的一切这么不真实？"

"你什么都别想，找个房间睡觉。"

"小姐……"小南拉着夏绵绵，"你会不会喜欢上龙少爷？"

夏绵绵蹙眉。

"龙少爷笑的时候挺帅的呀！"小南花痴地说道，"尽管没有姑爷有魅力，但还是很吸引人，小姐你会不会婚内出轨……"

"闭嘴！"夏绵绵受不了小南，她都要被封逸尘杀死了，还管什么婚内出轨？！

夏绵绵直接上了二楼。她洗完热水澡，躺在了陌生的大床上。她看着天花板发呆。这几天她一直处于完全不能放松的状态，恍惚又回到了当年当杀手的时候，但也有所不同。杀手至少是想着怎么去杀人，而不是担心什么时候被人杀。两种不同的位置交换，果然给人的影响完全不同。好在她当过杀手，杀手的很多杀人方式，她都懂，应该不至于很快就被暗杀了。她闭上眼睛，强迫自己睡觉，脑海里却莫名还是浮现了封逸尘的身影。封逸尘知道她突然离开后会怎么样？会……还能怎么样？他派人杀到了家里。她捂着被子，不打算再多想。她刚开始一直琢磨着，以她夏绵绵的身份，封逸尘应该不会对她动杀念，而他们开始动手的时候，一定是她先引起的，却没想到封逸尘未卜先知，弄得她完全是措手不及。她深呼吸一口气。现在她已经顾不了那么多了，她现在要开始自保，并反击！她蜷着身体，把自己缩成一团，久久的，终于睡了过去！

翌日。

驿城时间，下午3点。封逸尘回到了家里。家里一片冷清。封逸尘上楼，打开了夏绵绵的房间。果然，空无一人。

他眼眸一转，看到了浴室中凌乱的打斗痕迹，似乎还有一两滴血渍。封逸尘脸色狰狞，眼神中嗜血的味道毫不掩饰。他转身下楼，拿起车钥匙直接出了门。车子很快，直接往封尚大厦开去。封逸尘走进大厅之中，来来往往的很多员工，对于消失半个月没见的封总很是热情，不停地打着招呼。封逸尘像完全没有听到一般，直接走进了电梯。身体带着的冷冽让热情的员工自觉地都退让开了。电梯停靠在相应楼层。

封逸尘直接出去，走向一间办公室。

办公室门口的秘书嘴角一笑："封总，你回来了……"

封逸尘已经强势地将办公室的房门打开，然后猛的一下，将房门关上，反锁！

办公室里面的人抬头看了一眼封逸尘，看着他毫不掩饰的冷漠，讽刺地说道："我以为你打算和夏绵绵在国外缠绵着不回来了！"

封逸尘眼眸紧盯着面前的人，突然上前，一拳狠狠地打了过去。办公椅上悠闲坐着的人身体灵活一闪，与此同时，一脚猛的踹了过去。封逸尘避开，直接掀翻了面前偌大的实木办公桌，响起剧烈的声音，愤怒毫不掩饰。紧接着，他一个前踢冲向面前的人。面前的人又避开了！他踹在了前面的墙壁上。

墙壁上的壁画猛的掉了下来，响起异常的声音。

"你闹够了没？"

闹？

封逸尘根本没有让自己停下来，一拳一脚，不停地和面前的人厮打！终究，在对面人落败的一刻，房间里安静了下来！封逸尘狠狠地掐着面前人的脖子，用力地掐着，青筋暴露。

"封逸尘，放开我！"怒吼的声音，带着命令和威胁。

封逸尘的手指却在不停地用力，用力！下一秒，封逸尘身边突然出现两个人，两个人拿着黑色手枪，枪口对准他的头顶。他其实早知道身边有人，此刻只是想要发泄，只是想要杀她而已！

"我数三声，你要是还不放开我，我保证你的脑袋马上开花！"

封逸尘却似乎没有听到一般，手指越来越用力！

"你死了，夏绵绵立马给你陪葬！"

她狠厉的声音，深深切切传入封逸尘的耳膜里！那一秒，封逸尘的手指突然一松，松开那一瞬间，封逸尘猛的被人拽到了地上，然后被两个黑衣大汉狠狠地踩在脚下，身子无法动弹。

304

面前的人摸了摸自己的脖子，蹲下身，用力地抬起封逸尘狰狞的脸，狠狠地说道："为了一个夏绵绵，值得吗？这些年我都是怎么培养你的？你这个狼心狗肺的东西！"

"你要是再敢动夏绵绵，我就算死，也不会再为你做任何一件事情！"

"够了封逸尘！"她的声音尖锐到恐怖，"杀了夏绵绵是为你好！"

"那你杀了她试试！"

"怎么了，第一次学会跟我反抗了？"

"杀了夏绵绵你试试！"封逸尘阴森地重复道，"我说过这辈子我会对夏绵绵负责到底！"

啪！一个巴掌狠狠地甩在了封逸尘的脸上。她用力之狠，导致封逸尘的嘴角都破了。他却似乎感觉不到痛一般，眼眶猩红地看着面前的人，看着……他的母亲，杨翠婷。

"威胁我？"杨翠婷狰狞的脸上，带着嗜血的味道，"你以为我不敢真的杀你？你以为你就那么重要？你不过就是我这些年养育的一条狼狗而已！现在开始反咬我了？！"

"我就是你养的狗，什么时候是你的儿子？"封逸尘冷声道！

杨翠婷看着封逸尘暴露的情绪，这一刻她突然从地上站了起来，转身走到偌大的落地窗前，背对着封逸尘。房间中异常安静。不知道过了多久，杨翠婷手一动，两个贴身保镖放开了封逸尘。封逸尘动了动剧痛的身体，从地上站了起来。

杨翠婷转身看着封逸尘，说："我不杀夏绵绵！"

封逸尘冷眼看着她，并没有因为她这句话而露出任何喜色。

"但你最好记得你自己的身份和你自己该做的事情！"杨翠婷一字一句，"我很肯定地告诉你，你要是死了，夏绵绵绝对活不了！"

封逸尘脸色阴冷。他什么都没说，转身就走了！办公室的房门打开，杨翠婷看着封逸尘的背影。这么多年，封逸尘还是第一次如此反抗，以前从没有过！

她眼眸一紧，心想：暂且先留着夏绵绵！要是封逸尘无用了，早晚让他们两一起死！

第十章　善恶有报

封逸尘直接离开了封尚集团，开着车，急速前进。

他挂上蓝牙耳机，拨打电话："夏绵绵在哪里？"

小南接着电话的手都有些抖。

刚开始看到来电的那一刻，她还看了两眼大厅中小姐和龙少聊天的画面，然后偷偷摸摸地拿着手机走到一边接通，不知道该如何回答。

"夏绵绵在哪里？"

"姑爷，小姐现在在一个安全的地方。"

"地址给我。"

"姑爷……"小南为难。

"地址给我！"那边盛怒。

完全是暴怒。小南被吓到了。她告诉自己，她就是胆小，因为胆小才会把地址分享给姑爷的，不是她出卖了小姐。她刚把地址发出去，身边突然就出现了一个人，吓得她差点灵魂出窍。她默默地看着旁边的小姐，咬住唇不敢说话。

"封逸尘找你了？"

"小姐，姑爷好像很急着找你的样子，我觉得你们之间可能有什么误会，真的，姑爷不会杀你的，不会！"小南急忙解释。

夏绵绵早该料到，封逸尘找不到她，肯定会和小南联系。而小南这妞，最经不得被人恐吓。她想了想，也没有责怪小南。她转身走向龙一。

龙一看着她："怎么了？"

"封逸尘要过来了。"

龙一的眼神中起了杀意，冷声道："需要我杀了他吗？"

夏绵绵有些沉默。

龙一看着夏绵绵的模样："不舍了？"

"不是。"夏绵绵看着龙一，"怕你受伤。"

"我不会受伤！"龙一一字一句道。

夏绵绵敛眸，说："那你杀了他吧。"

"你确定？"

"没什么好不确定的。杀了就杀了吧。"夏绵绵说得淡然。

小南就听着他们的对话。小姐这是真的要谋杀亲夫吗？不行，她得通知姑爷。

她连忙悄悄地编辑短信："姑爷，小姐说要让龙少杀了你，你别来了。"

此刻的封逸尘按照地址，急速前行，完全不顾湿滑的公路。手机突然亮了一下，他点开，点开那一刻，嘴角就这么莫名地笑了一下。他将手机一扔，车速并没有因此减慢。

别墅中。

夏绵绵和龙一坐在沙发上，等，等封逸尘自投罗网。房间一度很安静。小南就一直在祈祷，祈祷姑爷一定不要来，一定不要来。就在小南的碎碎念中，门外似乎有什么声响。不只是小南突然抖了一下，夏绵绵那一刻很明显也有些战栗。龙一转头看着夏绵绵的模样。夏绵绵回眸，保持冷静。门外的动静似乎越来越大。

打斗的声音一直不断，很清晰地传入大厅中。过了大概半个多小时，封逸尘满身是血地走进了大厅中。外面躺了一地的人。

他此刻紧捏着拳头，拳头下，血跟着他的脚步，往下流。

夏绵绵和龙一自然地从沙发上站了起来，不知道封逸尘赤手空拳，是怎么将外面的保镖打趴在地上的。

此刻他们看到封逸尘，出现在了他们面前——满脸狰狞，眼眶一片血腥

307

地凝视着在干净的大厅中穿得干净整洁的两个人。

夏绵绵真的看不懂封逸尘。她不知道为什么他会如此出现。刚刚和龙一的对话她没有避开小南，是因为知道小南会通风报信，以封逸尘的警惕性，应该不会来，就算来，也会带一些人一起来，那样就算打斗起来，也算是公平公正。很显然，封逸尘身边没有一个人。就他自己，连武器都没有带，赤手空拳地走了进来，即使拼得满身伤，满身血。封逸尘眼眸直直地看着夏绵绵。

夏绵绵咬唇。

那一刻，她突然咧嘴一笑："封逸尘，我们这么快就又见面了！"

封逸尘眼眸微动。

他转眸，那一刻甚至故意忽视了她的笑容———一种言不由衷的笑容，一种让彼此距离变得疏远的笑容。

他转眸看着龙一。

龙一说："还打吗？还是就放弃了？"

封逸尘根本没有废话，上前就是一脚，直奔龙一。龙一身体一动，而后主动攻击。夏绵绵其实不知道封逸尘的底在哪里！龙一也不知道。显然这次，他露底了。他不留余地、疯狂地和龙一搏斗，一拳一脚，狠毒而致命。龙一也没有再留余地。因为，留不了余地了！封逸尘的进攻，确实让他惊叹。

在被他的10个保镖打成了这副模样之后，还能够和他拳脚相向，甚至他并没有占到任何上风，反而在封逸尘的攻击下，有些被动，被动地在应付！

整个大厅中响起剧烈的打斗声。小南吓得缩到了墙角。夏绵绵一直看着他们。她真的不知道封逸尘这样到底是要做什么！他此刻仿若带着赴死一般的嗜血，让他到达崩溃的边缘，导致龙一好像处在了下风！而吓人的却并非让龙一越来越吃力的进攻，而是封逸尘脸上狰狞的味道。

她咬牙，在封逸尘完全疯狂到毫无理智，在龙一或许下一秒就会落败的那一刻，她直接上前，将一把黑色的手枪对准了封逸尘！

这把手枪是从杀她的杀手手上夺过来的。她用来防身，当然，也有可能用来杀了封逸尘。显然，此刻这把手枪派上了用场。两个打斗的人突然都怔住了。

封逸尘满脸的血，眼眸一转，看着用枪口指着自己的夏绵绵。

夏绵绵咬牙："封逸尘，你真不该来的！"

封逸尘冷笑，那一刻薄唇分明动了一下，带着无比阴冷的弧度。他没有说话，也没有妥协于夏绵绵的威胁。他眼眸一紧，又是一拳狠狠地往龙一身上打去。龙一侧身！夏绵绵手指一紧，扣动扳机。

砰！

一颗子弹从黑色手枪中，迸发而出，直接打在了封逸尘的大腿上。封逸尘出脚的那一刻，明显顿了一下。与此同时，龙一一个后空翻，一脚狠狠地从上而下踢在了封逸尘的肩上，巨大的力气让他的身体猛的一下倒在了地上。龙一顺势又是一脚准备解决了他。封逸尘在地上翻滚了一圈。龙一的脚扑空，又一脚狠狠地踹了过去。封逸尘在地上滚了两圈，弹跳起来。

他的身体一个转向，这次却并没有和龙一正面相对，而是直接冲向了夏绵绵。

封逸尘大概也知道，再打下去，他打不过龙一了！

他出现在夏绵绵的面前。

夏绵绵始料不及，心口一怔，举着手枪对准封逸尘。封逸尘满手都是血，一把拉住夏绵绵。夏绵绵的手指被封逸尘狠狠抓住，想要扳动扳机，却无法用力。她狠狠地看着面前的封逸尘。

龙一在那一刻也突然收了腿，他冷冷看着封逸尘，夏绵绵的枪口依然对准封逸尘，但他却拽着夏绵绵，让她无法开枪。

如此安静的空间，封逸尘和夏绵绵视线相对，谁都没有示弱。夏绵绵在想，封逸尘是不是还有那个能耐从她手上直接夺走手枪，同时一枪毙了她。她一直在警惕，一直在防备，甚至很想使眼色给龙一见机行事。至少要确保封逸尘在杀了她之后，龙一也能第一时间杀了封逸尘。封逸尘的死，不论如何对龙一是有好处的，也算是她还了龙一一个人情！她一直琢磨着，控制自己逐渐紧张的情绪。

"夏绵绵。"封逸尘突然叫着她。

夏绵绵咬牙，突然感觉到自己的手被封逸尘拖着，枪口往上移动了一点。

她冷静地看着封逸尘。

"心脏在这个位置！"他说，"你的枪法一向不会这么不准！"

夏绵绵心口一怔，其实这一刻是没有思考他的话的。她只是没想到，封逸尘会带着她的手，将枪口对准他的心脏。而后，她感觉到他的手指松了，让她可以灵活地控制手枪，灵活地扣动扳机。身后的龙一在这一刻也安静无比。他就这么打量着面前的两个人，看着夏绵绵的枪口，真的准确无误地对准了封逸尘的心脏位置。房间一度安静到不行。小南已经吓得不知所措了。她眼睁睁地看着夏绵绵拿枪指着封逸尘。这到底发生了什么事情？

封逸尘全身都是血，全身都是伤。他站在夏绵绵的面前，一动不动。龙一站在封逸尘的后面，看着面前的两个人。封逸尘身上的血，还在不停地往下流，一滴一滴。他却似乎什么都感觉不到，整个人站在夏绵绵面前，整个世界都是她，整个世界都是她……夏绵绵有那么一秒真的很想杀了封逸尘。

杀了他，前世今生所有的恩怨就可以彻底了断，杀了他，曾经的阿九就可以得到安息。

但那一刻，她松手了。她把手枪放了下来。

她说："你走吧，我现在不想杀你。"

封逸尘喉咙微动，那一刻也没有因为夏绵绵的放过而露出任何神色，还是如此冷冷地看着她。夏绵绵起身，打算越过封逸尘直接走向龙一。龙一应该也受伤了。她刚踏出脚步，手臂突然被一双有力的大手狠狠拽住。夏绵绵看着封逸尘，看着他都是血的手，狠狠地抓着她。

"封逸尘！"

"跟我回去！"

"我不要！"夏绵绵拒绝，没有任何犹豫。

封逸尘却并没有给夏绵绵任何选择的机会，拉着她的手臂，直接走出大厅。夏绵绵眼眸一紧，本能地准备反抗的时候，那一刻却又隐忍了。她几乎是被封逸尘拖着小跑走的。整个大厅，突然就安静到吓人。龙一看着从大厅中离开的封逸尘和夏绵绵，那一刻却没有出面阻止。如果夏绵绵想要留下来，以现在封逸尘的状况根本带不走她。而他其实也觉得，封逸尘和夏绵绵之间，至少在这件事情上，存在天大的误会。

他有些自嘲：分明恨不得夏绵绵留在自己身边，恨不得和这个女人相守一生，却就是做不出来任何让她为难的事情。

他默默地看着眼前消失的人影。身体果真是痛的。那一刻他也真正地认识到，封逸尘的实力惊人。夏绵绵说得没错，他真不能小看了封逸尘。

轿车疯狂地在驿城的公路上行驶。

夏绵绵安静地坐在副驾驶座,看着封逸尘紧抓着方向盘,一直在急速前行。封逸尘全身都是血,看上去狰狞而恐怖。稍微看仔细一点,在他满脸血痕的脸上,嘴唇却已经惨白得吓人。

"我来开车吧。"夏绵绵说。

她是怕封逸尘突然晕倒,导致他们发生重大车祸。封逸尘当没有听到。他的车速越来越快。车子终究还是平安到达车库。封逸尘迅速下车,转过车头走向夏绵绵,一把将她从副驾驶座上拉了出来,依然用力地拽着她,拽着她直接走进电梯,回家。家里面一片冷清。夏绵绵看到两箱行李放在了客厅中间。她恍惚想起在丹尼奥尔的日子。那时的时光,稍纵即逝。

回到家里的两个人,依然处于沉默状态。

夏绵绵其实不知道封逸尘要做什么。她就这么看着他,看着他站在客厅中央也这么看着自己。带着尴尬的气氛,家里的大钟一分一秒嘀嗒嘀嗒地在耳边响起。

"我帮你取子弹。"夏绵绵先开口了。

说真的,比耐心,她比不过封逸尘。封逸尘却依然无动于衷。他似乎并没有感觉到身体上的任何伤痛一般,眼眸直直地看着她。夏绵绵去拿医药箱,看看有什么可以用来取子弹的。身体刚起,她就又被封逸尘拽住了。

夏绵绵抿唇:"放开我。"

"想听我的解释吗?"封逸尘问她。

夏绵绵看着他。

"需要我解释吗?"

"如果你想解释那是你的事情,不想,我也不强求。"

"夏绵绵。"封逸尘突然手臂一用力,将她一下抱进了怀抱里。

夏绵绵一顿,鼻息间都是血腥的味道,身体被他紧紧地抱在怀里。她能感觉到,她撞到他胸口上时,他的身体本能的疼痛反应。夏绵绵没有反抗,就靠在他的身体上。他的身体还是暖的,带着熟悉的味道。

他说:"我不会杀你。"

夏绵绵没有说话。

"我不会杀你。"封逸尘再次重复,很坚定的口吻。

夏绵绵安静地躺在他的怀抱里。其实,冷静下来那一刻,夏绵绵也在怀疑自己。封逸尘要杀她，真的用不着耍那么多花样。不用说找什么杀手，他自己就可以把她了断了。而她当时确实太过激动。她想不到那么多，一看到封逸尘手下的杀手，就笃定了是封逸尘派来的人，甚至不愿意给封逸尘任何解释的机会。

她说："嗯，我现在知道了。"

封逸尘抱着她的身体又紧了几分。

夏绵绵说："你放开我，我帮你取子弹。"

封逸尘缓缓放开她。

夏绵绵翻开医药箱，里面有些家用的包扎工具，却没有可以很好地取出子弹的器材。

她远远地听到封逸尘说道："不用了，我叫人帮我取。"

他似乎是看到了夏绵绵的为难。夏绵绵深呼吸一口气。她起身，两个人坐在家里客厅的沙发上等待。两个人突然经历了那么多，总是带着说不出来的尴尬。安静无比的空间，突然响起门铃的声音。夏绵绵连忙打开大门。

门外，韩溱站在门口，对着夏绵绵一笑："你好。封太太。"

夏绵绵对着他微点头："封逸尘在里面。"

韩溱跟着夏绵绵走进去，一进去就看到了封逸尘面目全非的样子。

他忍不住调侃："这画面还真是千载难逢。"

"……"夏绵绵无语。

封逸尘睨了一眼韩溱，没有说话。

韩溱将手上专业的医药箱放在封逸尘的面前，让封逸尘躺在了沙发上，仔细地检查了一下他身体的所有伤口，说道："先取子弹。"

封逸尘嗯了一声。韩溱拿出自己的专用设备，剪开了封逸尘的裤子，露出了中弹的地方，血肉模糊。

"我开始动手了，你忍忍。"韩溱说。

封逸尘应了一声。韩溱用消毒液给他的腿消毒。封逸尘的大腿不受控制地颤抖了一下。夏绵绵蹲在封逸尘的旁边，看着他细微的一丝身体本能反应。韩溱迅速地消毒之后，用夹子，深入……嗯——封逸尘咬牙，发出了细微的一点声音。这种疼痛，阿九也经历过。但不管经历多少次，一样都是生不如死。她的双手突然抓住封逸尘的手，狠狠地握在手心。

封逸尘一怔。他转眸看着夏绵绵。

夏绵绵说："一会儿就好。"

那一刻她似乎是在安慰封逸尘。

封逸尘抿唇。

韩溱的手法也是极好的，取子弹很快，仿若一瞬间的工夫，子弹就被他放进了旁边的一个透明水杯里面，夹杂着封逸尘的血水，响起清脆的声音。接着韩溱对他的伤口进行了消炎、包扎。

之后，韩溱开始处理封逸尘身上其他的伤口，一边处理，一边说道："我很好奇，谁能把你揍成这样？"

封逸尘死活不开口说话，大手已经反手将夏绵绵的手紧紧握在了手心中。

"不会是你揍的吧？"韩溱转头看着夏绵绵。

夏绵绵咬唇。和她有什么关系？是他自己耍帅要单枪匹马！韩溱笑了笑。他觉得这两口子，挺能折腾的。他迅速地将封逸尘身上大大小小的伤处理好，然后收拾自己的医药箱。他提着医药箱，起身离开。夏绵绵将韩溱送到门口。

韩溱说："记得这两天一定不要沾水，很容易感染。我很忙。"

"……"

"再见，封太太。"

"韩溱。"夏绵绵突然叫他。

韩溱一笑。

夏绵绵确信这个人应该不是封逸尘的杀手。

她说："我们曾经是不是在哪里见过？"

她觉得韩溱给她的感觉太熟悉了，熟悉到绝对不是幻觉。

韩溱咧嘴一笑："封太太觉得呢？"

"我不知道，所以才问你。"

"或许你可以问问封逸尘。"韩溱提醒。

夏绵绵蹙眉。

"不好意思，我还有事儿先走了。"韩溱转身直接离开。

夏绵绵看着韩溱的背影。为什么就是想不起来？夏绵绵总觉得，这个人在她的生命中存在的意义并不小。她关上房门，转身走回客厅。封逸尘全身裹着绷带，躺在沙发上。他没有睡觉，眼眸就那么默默地看着她。两个人其实也就一两天没有看到，他却觉得恍若隔了一个世纪那么长。很多事情，物是人非。

夏绵绵说："先回房吧。"

封逸尘点头。

她扶着封逸尘，一步一步小心翼翼地上楼，又将他扶到了她的床上。她转身准备去浴室，手突然被封逸尘一把拽住。

夏绵绵解释："我去帮你拿热毛巾擦下身体，韩溱说不能碰水。"

封逸尘这才缓缓地放开她。夏绵绵走进浴室。浴室还残留着昨晚打斗后的痕迹。她不知道这一刻该用什么心情对待。不是封逸尘想要杀她，那么会是谁？她醍醐灌顶。不是封逸尘，又能那么理所当然地指使那些顶级杀手，就一定是封逸尘的顶头大boss。她心口一紧。为什么那个人要来杀她？是为了封逸尘，还是为了其他什么原因？是她什么时候不留意触犯到了那个人？到底，那个人是谁？封文军，还是封铭威？或者，是其他的谁？她越想，脸色越惨白。她不知道暗中之人是谁，却不得不生活在风口浪尖之上，随时都可能暗中一箭，直接封喉。她想得有些出神，心里的恐惧也在蔓延。

"夏绵绵。"浴室门口，突然传来封逸尘的声音。

夏绵绵这一刻真的是被惊吓到了，看着封逸尘。他强撑着身体，走向浴室门口，看着她。夏绵绵回神。封逸尘看着她惊恐的模样。

他说："你在怕什么吗？"

夏绵绵扭头。

"过来。"封逸尘叫她。

她没有动。她现在知道了，想要杀她的人不是封逸尘。但她不知道，封逸尘可以违背上头的意思，几次？封逸尘这一刻也没有生气。他一步一步走进浴室，高大的身体将她一把抱进怀抱里。夏绵绵咬唇。她其实不知道她应不应该心安理得地靠在这个胸膛上。而就在刚才，她甚至很想一枪打在这里，结束他的生命。

"别怕。"封逸尘温柔地将她包裹，声音低低地说道，"我说过，我会对你负责到底。有生之年，我绝不会让你死在我的前面！"

夏绵绵的头埋在封逸尘的胸膛上。她其实不知道该不该相信他，但此刻却不想去拒绝。那一刻，她主动地抱住了封逸尘的腰。封逸尘身体一紧。不是因为她碰到了他的伤口，而是他以为，她永远不会再对他主动。

她说："封逸尘，这句话我记下了。"

"好。"

他将她抱得更紧。两个身体，紧紧贴在一起。很久，久到……

"啊……我真的不是故意的！"门口响起小南的声音。

两个人有些尴尬地分开。

小南本来想要逃跑的，但此刻却壮着胆子又冲了进来："你们下次别把我忘了，我的腿都快走断了才打到车回来！下次再把我忘了，我就哭死给你们看！"封逸尘没有搭理小南。夏绵绵那一刻其实有些内疚。

小南吼完之后，又突然贼兮兮地笑道："你们继续亲热，我下楼帮你们做晚饭。"

说完，小南就跑了，跑得还很利索。而她那句话，莫名让夏绵绵有些脸红。

封逸尘突然开口："麻烦你帮我擦一下身上。"

说这句话的时候，夏绵绵看见封逸尘是对着镜子说的。

镜子中那个人不人鬼不鬼的模样，她甚至看到封逸尘自己都在嫌弃。

"你回去躺着等我。"

封逸尘点头，回到了床上。夏绵绵拧了热毛巾，一点一点帮他把俊俏的脸蛋擦拭干净。脸上不可避免的青肿和伤口，可惜了这么帅的一张脸。

她说："为什么不多带点人去？万一龙一的人动用武器，我现在就是在帮你擦拭尸体了。"

"如果不是一个人去，你会跟着我回来吗？"封逸尘问。

她不知道。至少，她可能不会那么信任他。

"你有没有想过，如果我刚刚真的开枪了……"夏绵绵一字一句道。

"我知道你不会！"

夏绵绵蹙眉："为什么？"

"因为了解你。"封逸尘薄唇微动。

夏绵绵看着他。

封逸尘转移视线，解释："我对你还有用。"

夏绵绵心口一紧。封逸尘突然拉着夏绵绵的手，让她俯身，轻轻地靠在他的胸口上。夏绵绵也没有反抗，顺从地躺了下去。他说："我不放心你在任何人的身边，包括龙一。"夏绵绵听着他喃喃道："而我欠你的，我会还

315

给你。"欠我的……

欠我什么？而后，封逸尘什么都没有说。

缓缓地，夏绵绵听到了他沉重的呼吸声，他睡了过去。夏绵绵从封逸尘的身上起来，看着他睡得沉稳的模样。太多的疑问，越发让她怀疑，封逸尘到底都知道了些什么？而她决定，静观其变。她起身，准备离开，让封逸尘好好睡一觉。不知道为什么，她就是知道，这两天他睡得还没有她好！她刚走了两步。电话突然响起。手机是龙一帮她买的。之前的那个手机已经被她扔在了丹尼奥尔。

她相信封逸尘不会杀她，但却无法和他坦诚相对。她拿起电话走出了房间。

"龙一。"

"和好了吗？"那边问，分明还带着调侃的语调。

夏绵绵不知道该怎么回答。

"给你打电话就是怕你内疚。"龙一的语调轻松，"其实我个人情绪还好。"

"龙一。"

"我忍受不了的是，封逸尘居然将我的10个保镖打得下不了床，这笔账我会好好和他算的！"龙一故作咬牙切齿。

"你怎么样？"夏绵绵问。

"我当然生龙活虎。就凭封逸尘，他还伤不了我……"

话音刚落，夏绵绵就听到电话那边有个声音说道："你的手臂都骨折了，别逞强了！"

"你能闭嘴吗？"龙一低吼。

夏绵绵紧捏手机，听到龙一说："我经常骨折。"

"封逸尘现在躺在床上，大概好几天下不了地。"意思是，封逸尘更惨。

"他还能活着也算他走运。"

"龙一，你多休息。以后我会报答你的。"

"夏绵绵。"那边声音严肃些，"不需要你的报答，我做的一切，只是想让你活得更好。"

夏绵绵重重地点头嗯了声。因为她真的不知道怎么说来表达感谢。

"虽然我很不喜欢封逸尘，巴不得你离开他，但这次的事情你可能对他存在误会。而我觉得，在形势如此不明的情况下，你跟在他身边比跟在我身边更安全！"

夏绵绵点头。她也考虑到了。她跟在龙一身边，杀手绝对不会善罢甘休。她深呼吸了一口气，想来，现在也只能如此。

"不说了，有什么事情再找我，24小时待机等你。"

"嗯。"

夏绵绵挂断电话。如果有生之年可以……她会报答龙一的救命之恩！她放下电话。电话放下那一刻，她看到封逸尘就这么出现在了卧室门口，看着走廊上的她拿着手机，有些若有所思的样子。她眼眸微动。封逸尘看着她的手机。

夏绵绵紧捏着，说："我换了一个。"

封逸尘嗯了声，没什么表情。

"你不睡了吗？"夏绵绵转移话题。

"不睡了。"

"那下楼吃饭吧。"夏绵绵起身去扶封逸尘。

封逸尘顺势靠在夏绵绵的身上。

两个人一步一步下楼。

小南愉快地在厨房里面做晚餐，看着他们下来，笑盈盈地说道："马上就好，我也通知了林嫂了，她明天一早就回来。"

夏绵绵应了一声。吃过晚饭之后，夏绵绵扶着封逸尘上了楼。房间中，浴室已经打扫干净。小南哼着小曲在她的衣帽间里面收拾行李。

感觉到他们上楼了，小南连忙从衣帽间里面出来，手上还拿着一个珠宝盒，笑着说道："小姐，这是姑爷送你的吗？我真的是不小心才打开看了一下，好闪好美哦！"

夏绵绵一怔。

封逸尘什么时候送她珠宝了？而她甚至没有看到封逸尘买。封逸尘说："本来是打算送给你的，离开的前一晚。"离开的前一晚？夏绵绵脑海里面浮现的就是，满天的星辰，漫天的烟花，满地的刀叉，淫乱的餐桌……她哦了声。

"如果我说里面没有装什么定位器、窃听器……"封逸尘欲言又止。

317

夏绵绵看着他。

他突然对着小南说："你收拾好放进衣柜里，挺贵的。"

"小姐不戴吗？"小南诧异。

夏绵绵也觉得此刻如果说戴有些尴尬！

她说："我留着当传家宝。"

"……"小南竟无言以对。

夏绵绵看着封逸尘。那天在海上小屋，封逸尘消失，不仅仅是为了准备那顿丰盛的晚餐，还是为了去帮她买礼物吗？而她……当时真的误会了。

后来，他们也没有再提起过彼此之间的这些不愉快，似乎都想把这段不太好的经历，抛诸脑后，烟消云散。

日子，如平常一样过。夏绵绵依然很勤恳地在夏氏上班，处理公司各种大小事务，很忙。又是忙碌的一天，她伸一下懒腰，此刻都已经晚上7点了。她有些累地打开办公室的门，意外地看到了门外的封逸尘。他就坐在秘书室外面的等候椅上，坐在那里低头看着杂志，显得很高贵。她转眸看着自己的秘书。

秘书连忙说道："封先生等你很久了，我本来要敲门跟你说的，封先生说不要打扰到你。"

夏绵绵微点头，走向封逸尘。封逸尘优雅地放下二郎腿，站起来，挺拔地站在她面前，看着她。

"你在等我？"

"嗯。"

"是找我有事儿吗？"

"接你回家。"

"……"夏绵绵抿唇。

封逸尘这样真的让她有些无所适从。

"走吧。"他主动牵她的手。

手心间，还是熟悉的温暖。其实这几天在家两个人也都装作和平时一样相处，装作什么事情都没有发生一样住在一个屋檐下，但终究，各自心里都有个疙瘩。而她以为他们以后就会一直过这种相敬如宾的生活，谁都不越雷池一步。但显然，封逸尘并没有这样想。他对她很主动。她跟着他坐在了他

318

的小轿车上。车子开在驿城宽广的街道上。车内有些安静。

夏绵绵主动开口："你的腿伤好了吗？"

"不痛了。"

"嗯。"夏绵绵点头。

其实枪伤处理得当，很容易好。她突然又不知道说什么了。

封逸尘开口说道："你有特别想吃的吗？"

"嗯？"

"我跟林嫂说了，今晚不回去吃饭。"

"哦。"夏绵绵点头，"没什么特别想吃的，随便去哪里吃都可以。"

她也没有特别期待。封逸尘似乎是点了点头。车子就这么安静地行驶在驿城的街道上，然后停靠在了一个比较繁华但明显有些嘈杂的街边。夏绵绵有些诧异。她看着面前的小龙虾馆。这是上次她带封逸尘来吃过的地方，而且上次某人还过敏了。她跟着封逸尘下车。两个人走进了馆子里。

封逸尘很自若地坐在了一个小包间里，然后开始点餐。

夏绵绵听着他点的菜，忍不住说道："不用这么将就我的口味。"

"不是。"封逸尘说。

夏绵绵看着他。

"我也很想尝试一下。"

"但你过敏哪？"

"可能多吃几次就不过敏了。"封逸尘说。

过敏跟次数没关系的好吧。不算大的饭桌上，堆满了菜，小龙虾就有两大份，还有很多江湖菜，都是有辣椒的。她看着封逸尘用筷子夹了一块尖椒鸡放进嘴里。尖椒鸡很辣的，某人吃得面不改色心不跳，吃了尖椒鸡，又吃了红烧兔，又吃了干煸耗儿鱼，又吃了爆炒小龙虾……吃着吃着，夏绵绵就看到封逸尘身上的红色疙瘩，从脖子处、手腕处冒了出来。

"封逸尘。"夏绵绵拉住他的手。

封逸尘看着她。

"别吃了。"夏绵绵说，"我去给你买点过敏药。"

"我还好。"封逸尘回答。

"封逸尘。"夏绵绵说，"我们没必要这样，你没必要这么将就我的生活习惯。"

封逸尘看着她。

"其实这样就很好了。"夏绵绵说，"我不想我们彼此尴尬。"

封逸尘放下碗筷。

夏绵绵说："很早之前我们结婚的时候就说了，大家互利互惠，各取所需。你在我身上得到你想要的，我在你身上得到我想要的，就这样就行了。保持这样的距离，就好。"

封逸尘直直地看着她。

夏绵绵垂下眼眸："我叫人进来买单。"

"夏绵绵，我现在不想停留在那个阶段。"封逸尘突然开口。

但事实就是，他们之间最好的相处模式就是那样。到最后分开的时候，彼此不需要有任何不必要的留恋。

"我希望有生之年，我可以好好爱你。"封逸尘一字一句道。

夏绵绵心口一动。人心真的很难控制。她在想，如果上辈子阿九听到的是这些话，她应该会死而无憾。但她已经不是阿九了。

她说："可我不想要。"

封逸尘喉咙微动。

"而且我更希望听到你说，有生之年，你不会杀我。"夏绵绵一字一句道。

封逸尘就知道，这段时间两个人相处得相安无事，其实都是表面。

夏绵绵对他已经有了深深的排斥。

他说："好。"

夏绵绵看着封逸尘。他还是让人过来买单了。他们离开了龙虾馆。夏绵绵终究觉得，她和封逸尘不是一路人，他们彼此不会拥有相同的生活习惯，她喜欢喝酒，但他对酒精过敏，她喜欢吃辣，而他对辣椒也过敏。上天早就定了，他们无缘无分！轿车最终停靠在了一间高档的西餐厅前。夏绵绵陪着封逸尘吃着高档的牛排。封逸尘给夏绵绵开了一瓶红酒。而酒精，他是想要将就都无法做到。

吃过晚餐之后，夏绵绵和封逸尘一起回到家，就像是逢场作戏一般，一切过程都要好好走完。

他们一回到家里，小南就蹦出来了，非常热情道："小姐，你们去吃小龙虾了吗？"

夏绵绵蹙眉。

"你今天早上上班的时候不是在嘀咕说好久没有吃小龙虾了吗？"小南看着她，"姑爷没有带你去吃吗？"

夏绵绵转头看向封逸尘。封逸尘自若地走进了客厅，上了楼。两个人先后回到卧室。夏绵绵洗完澡之后，封逸尘也洗了澡，然后睡在了一张床上。静静的，彼此都很安静。封逸尘突然动了动身体。夏绵绵带着警惕。封逸尘靠近她，将她抱在怀里。夏绵绵的身体就这么僵硬着。

"睡吧，我不会碰你。"封逸尘说。

夏绵绵靠在他的怀抱里。

周围都是他的味道，熟悉的味道。

她说："其实没关系，我不排斥你碰我。"

"但你排斥我这里……"封逸尘抓着她的手，将它放在他的心脏处。

她的小手还能够感觉到他的心脏跳动得很有力。她把手从他的手心里缩了回来。她说："睡吧。"

之后，谁都没有再开口说话。

翌日一早，夏绵绵伸懒腰起床，封逸尘还在睡觉。

而且她都开始上班了，他还在家里休息，其实他的身体已经无恙，但她没有过问。她蹑手蹑脚地起床，是不想打扰到封逸尘休息。夏绵绵洗漱完毕下楼吃早餐。大厅里，她就这么看着，一个曾经相识的男人站在面前。其实她还好，她很稳重，但是小南不稳重。

小南的一颗少女心已经填满了整个大厅，就差流口水了。

"小南。"夏绵绵忍不住叫着一脸花痴的小南。

小南回神，回神那一刻似乎都舍不得移开视线，开口喃喃道："我也不知道他为什么会突然出现在家里。我真的不知道，我感觉我自己在做梦。"

夏绵绵看着面前的男人，淡笑了一下："阿某。"

阿某回头看着夏绵绵，恭敬无比："我奉命24小时保护你。"

"猜到了。"夏绵绵点头。

阿某不再多说。

夏绵绵对着小南道："去准备早餐吧，吃完之后我们就出门。"

"哦。"小南点头，却还是忍不住一直看着阿某，看得如此冷漠的阿某

321

都有些不爽地皱了皱眉头。

小南说："他不会突然就消失了吧？"

"不会，除非你把他吓跑了。"夏绵绵直白道。

"……"小南无语。

她这么可爱善良，她怎么可能把人吓跑？！确定了阿某不会突然离开，小南就无比高兴地去厨房和林嫂一起准备早餐。阿某自然不会和她们一起吃，而是很规矩地站在一边等待。小南就一边吃一边眼巴巴地看着阿某。

林嫂都忍不住打趣："小南也情窦初开了？！"

"林嫂。"小南有些羞红了脸，"人家25岁了。"

"是是是，都是老姑娘了。"

"林嫂，人家还很年轻。"小南不爽，那一刻突然想到什么，"小姐，阿某比我年长吧？"

"嗯，应该比你大了一两岁。"

"那就好，我才不想吃嫩草。"小南笑，而后又嘀咕，"当然要是嫩草我也愿意。"

话说你考虑过人家阿某愿意吗？吃过早餐之后，夏绵绵就带着小南和阿某一起出了门。小南依然开车，阿某严肃地坐在副驾驶座。小南开车很慢，但凡有一点空闲时间就会忍不住多看阿某几眼，看得阿某浑身不自在。阿某终于在一个红绿灯的间隙，从副驾驶座直接下了车。

小南一脸蒙地看着阿某突然走向驾驶座，他说："我来开。"

小南受宠若惊。阿某是怕她太辛苦吗？阿某怎么这么体贴！她连忙从驾驶座上起来，屁颠屁颠地坐到副驾驶座上。阿某开着车，稳当地在驿城街道上行驶。小南就一脸花痴地看着阿某，眼睛都不带眨的。夏绵绵有些想笑，总觉得这个世界上大概没有比小南更单纯的人了。车子一路行驶到公司门前。夏绵绵走进去。

阿某载着小南回去。

突然就剩下两个人的空间，小南越发春心荡漾了。

她主动开口："你好，我叫小南。"

阿某看了一眼小南，没回答。

"你叫什么？"小南故意问道，一脸笑盈盈的模样。

"阿某。"

"阿某，名字好特别。"小南自顾自地笑了。

阿某皱了皱眉头。

"阿某，你还记得我吗？"小南一脸期待。

"不记得。"

"怎么会不记得呢？上次我们还，我们还……"小南摸着自己的嘴，整个人幸福到都快要爆炸了。

阿某蹙眉。他实在不记得眼前这个叽叽喳喳吵个不停的女人是谁。

"你不记得没关系，我记得就好。"小南笑得依然灿烂。

阿某已经不想再搭理她。

小南却不依不饶："阿某，你有女朋友吗？"

"……"阿某无语。

"看你的表情就知道没有了。我也没有男朋友，是不是好巧？"

"……"阿某看着小南。

小南说："所以我们交往吧。"

"……"

从此，小南一直缠着阿某不放。

接送小姐上下班，都会跟着他一起。又一个下班时刻，阿某开车来接夏绵绵，小南也在。阿某站在轿车旁边，显得很严肃。小南就趴在小车上，不停地主动和阿某说话。阿某当没有听到，甚至还很排斥，所以画面看上去非常滑稽。夏绵绵一出现，阿某像是抓到了救命稻草一般，连忙上前，主动给夏绵绵打开车后座的车门，显得恭敬无比。

"阿某你好有绅士风度。"小南一脸崇拜相。

阿某明显嘴角冷抽了一下。他完全漠视小南，直接转身回到驾驶座。小南也迅速地坐回副驾驶座。

车内都是小南停不下来的声音："阿某，你开车技术好好。"

阿某没搭理她。

"阿某，有没有人说过你侧面看上去好帅？"

阿某紧捏着方向盘。

"阿某，你的手指好长，好好看。"

阿某真的在努力地控制，控制。

小南似乎半点都察觉不到对方的感受一般，突然转头对着夏绵绵说道：

"小姐，我和阿某在交往了！"

喀喀……阿某真的差点被口水呛死。他就想一口老血喷死旁边的女人。

"你别激动，我知道你很兴奋。"小南好心安慰。

阿某终于控制不住了，他冷声道："我什么时候答应和你交往的？"

"我们不是都有肌肤之亲了吗？"

阿某那一刻真的很想开车把自己撞死。

他不知道这个世界上还真的有一种女人，有一种会把人搞疯的女人！

"小南没有恶意。"夏绵绵说。

"我无福消受。"

"你有的。"小南连忙说道，"我会看八字，我看你的面相就知道你是有福之人。"

"……"阿某忍得青筋暴露。

车内就是弥漫着一种说不出的滑稽氛围。夏绵绵现在倒是很庆幸小南的各种抽风，至少让她的生活不至于太过压抑，不至于会因为发生的太多事情而压抑得发慌。车子停靠在小区车库里。阿某因为是24小时贴身保镖，所以会一直跟着夏绵绵，小南自然也是跟着的，总之随时随地花痴一地。能够喜欢一个人喜欢到这么不加掩饰，夏绵绵只服小南。

回到家里，阿某直白道："我去找boss。"

说着，阿某就迅速地上了楼。小南还眼巴巴地看着阿某，桃色泡沫飘得到处都是。

"行了，花痴女。"夏绵绵拉回小南的视线。

小南回神，说道："我就是很喜欢阿某啊，我这辈子非他不嫁。"

"那也要他非你不娶。"

"他没有女朋友的。"小南肯定道。

"然后呢？"

"我可以霸王硬上弓。"小南贼笑。

"我劝你慎重。"夏绵绵严肃提醒。

"为什么？"

"我怕你三天下不了地。"

"阿某在床上太猛吗？"小南羞涩得脸都红了，明显期待得要命。

"……"夏绵绵想她是能够理解阿某的崩溃的，她一字一句、清清楚楚

324

地告诉小南："我是怕你缺胳膊少腿！"

丢下一句话，夏绵绵也上了楼。

小南一脸蒙。

楼上，夏绵绵走向自己的卧室。

她推开了卧室的门。卧室中，封逸尘拿着报纸，非常悠闲地坐在大床上，看见夏绵绵进来，就顺手将报纸放在了一边。他大概一天没起床，身上还穿着软软的家居服，头发也有些凌乱，但在他如此帅气的脸上就是美得相得益彰，貌似，封逸尘自带美颜效果。她温顺地走过去。封逸尘将她搂抱在怀里，嘴唇就这么靠了过来。夏绵绵也不知道为什么封逸尘会如此眷恋她的唇。似乎是一有空隙，他就会亲吻，就会缠绵不休。

两个人气喘吁吁。

夏绵绵说："你还是安分一点。"

封逸尘点头。

"那我先出去让你冷静一下。"夏绵绵起身。

封逸尘拉住她的手。

"我觉得我在你很难冷静。"夏绵绵往下看了一眼。

封逸尘抿唇。那一刻，夏绵绵突然就感觉自己的手被使劲地按下。

"你可以让它彻底冷静。"

"所以你是想……"夏绵绵看着他，看得封逸尘的耳朵都红了。

夏绵绵嘴角一勾。

你想，我就满足你……

卧室中，一片春光乍泄。

完事后，夏绵绵给韩溱打了电话。

"伤口撕裂？"韩溱问。

"我不知道，但是包扎的伤口上有血渍，我发誓我没有碰到他的伤口，我不知道为什么会突然流血。"夏绵绵很严肃。

那一刻她就像是做错了事情的小孩一般，在做着无谓的保证。

"我马上过来。"

夏绵绵挂断电话，转头看着封逸尘。封逸尘似乎半点都感觉不到疼痛一般，舒适地靠在床头，看着夏绵绵紧张的模样。有时候，他觉得这样就够

325

了。他其实奢求的真的不多。

"不痛吗？"夏绵绵问。

"不痛。"封逸尘说。

"……"骗鬼呢？

两个人大眼瞪小眼地看着彼此。

一会儿，韩溱又带着他的超级专业医药箱出现在了卧室中。他熟练地剪开封逸尘伤口处包扎的纱布，看着封逸尘伤口处浸出的血渍，又熟练地进行了止血和包扎，一边操作一边问道："为什么会拉扯到伤口？"

夏绵绵看着封逸尘，意思是让封逸尘解释。封逸尘闭嘴不说。

"行房事了？"韩溱一副了然的口吻。

"但我没让他动。"夏绵绵脱口而出。

话一出，夏绵绵觉得脸都烫了起来。她瞪了一眼封逸尘。封逸尘嘴角淡笑。韩溱倒是很淡定，他一直在严肃地处理伤口，好半晌，似乎是处理完了。

他收拾自己的东西，提着医药箱离开的那一刻，对着夏绵绵说道："女上位也不行。"

"……"夏绵绵无语，真的是有些无地自容。

她说："没有！"

"手也不行！"韩溱再次开口。

"……"好吧，你赢了。

夏绵绵看着韩溱走得异常潇洒的样子，回头怒视着封逸尘。

封逸尘反而一脸无所谓，看着夏绵绵如此憋屈的模样笑了笑："他不懂。"

"啊？"夏绵绵莫名其妙。

"人间极乐。"封逸尘说。

"……"所以封逸尘的意思是，韩溱还是处男吗？

封逸尘轻轻地向她招手。

她也觉得自己有时候温顺得像只小猫咪。她趴在封逸尘的身上，绝对避开了他的伤口。

他说："我以前也不懂。"

"嗯？"

326

"所以……"封逸尘说，"不想再克制。"

"你滚！"

夏绵绵就感觉封逸尘的手特别不老实，她完全是弹跳式地蹦开。

封逸尘看着夏绵绵如此大的反应，嘴角居然还笑了，笑得还该死的好看。夏绵绵咬牙，又蹦了回去，一口咬在了封逸尘的唇上。咬嘴唇其实很痛的，会让人痛到憋不住眼泪。但是封逸尘没有任何反抗，就任由她发泄。发泄着发泄着，她还能够感觉到他的舌头轻舔着她的嘴唇。封逸尘这个色鬼！

两个人又亲吻了一会儿，就像怎么都亲不够一般，一直很想很想……

连带着她，都很想。两人如胶似漆。夏绵绵推开封逸尘。她擦了擦自己的嘴角。她总是很容易被他蛊惑。

封逸尘的技巧真的不能再好，一不留神可能就被……吃干抹净！

她气喘吁吁。

好久，她看着封逸尘很认真地说："我有正事要说。"

"你说。"

"现在可以收购夏氏集团了吗？卫晴天和夏柔柔不在了，夏政廷目前对我很信任，夏以蔚没有了卫晴天的帮助，很难翻盘！"重要的是，她觉得太平日子不多了！

她需要速战速决！

封逸尘点头："可以。"

"所以我们接下来该怎么做？"夏绵绵问。

这次，夏绵绵是真的打算和封逸尘一起合作。

"按照现在夏氏的资金状况，牵扯项目不少，所以在这个时候，我们应该给你父亲一点诱饵。"

"怎么给？"

"夏氏不是一直想要扩展海外市场吗？"封逸尘提醒她。

"你的意思是，勾起夏政廷的野心，让他冒险？"

封逸尘点头嗯了声。

"夏政廷这只老狐狸，到了他这把岁数，很难让他去冒险。"

"那是因为诱惑不大。"封逸尘很笃定。

"怎样的诱惑才会让他去冒险？"

"送到嘴边的肉，我不相信他不张嘴。"

"所以？"夏绵绵看着封逸尘。

封逸尘嘴角一笑，胸有成竹！她就知道，这个男人总有让她惊讶的能耐。

几日之后，封逸尘离开了驿城，为夏氏集团想要开辟的"海外市场"做准备。

离开的时候，他拿出一个圆形药丸状芯片，说："你吃进去。"

夏绵绵看着他。

"定位仪。"封逸尘说，"我以前没有监控过你，但是从现在开始，我希望你让我知道你的一举一动。"

所以……

夏绵绵拿过那颗小小的药丸，放在手心。她在想，是不是有什么事情，就要发生了？夏绵绵吞咽了进去。

封逸尘一走就是大半个月。而她在和封逸尘里应外合地做着收购夏氏集团的"勾当"！与此同时，夏绵绵还有更重要的事情。

面对阿某，夏绵绵很严肃地问道："如果要你选择一个人保护，比如我和封逸尘，你会选择保护谁？"

阿某一怔，明显没想到夏绵绵会问这个问题。

"换句话说，在我和封逸尘之间你要选择一个人跟随，你会选择封逸尘，还是……阿九？！"夏绵绵直白道。

"阿九？"阿某整个人明显被吓到了。

"我是阿九，你信吗？"

"阿九长得和你不一样。"

"但我知道阿九的全部事情。"夏绵绵说，"也知道，关于你和阿九的事情。"

阿某审视着夏绵绵。

"你和我交过手了，你觉得我的身手和阿九像吗？"

"但是阿九死了。"阿某很肯定，"boss将她的骨灰撒向了大海，我亲眼看见的。"

所以封逸尘是兑现了她的生前愿望吗？

她问："你相信重生吗？"

"不相信。"

"我以前也不相信，但发生在自己身上之后，我信了。"夏绵绵没办法多做解释，因为她自己也解释不通，她说，"阿某，我希望在接下来的时间，你仔细观察我的一举一动，然后你就会相信我是阿九。接着，为我，背叛封逸尘。"

"为什么要背叛他？"

"你不是说过，如果让你选择你想当boss吗？"

阿某越发严肃地审视她。

这个女人知道的真的太多了，多到他有些怀疑自己。

"应该在某一个瞬间，你也想结束这种在刀刃上的杀手生涯，而我也是。"夏绵绵一字一句，"我要摧毁封逸尘的杀手组织！"

"你不是喜欢boss吗？"阿某问，"不管是曾经的阿九还是现在的你，你不是喜欢他吗？"

"是啊，但是阿九怎么死的，你知道吗？"

"难道不是因为爱莎吗？"阿某说，那一刻明显带着阴鸷的眼神。

"事实上，封逸尘赶到了现场，然后救走了夏柔柔，留下了我被大火焚烧。听说，最后我惨不忍睹的身体，唯有眼睛没有烧坏，还被硬生生地挖了出来，给了夏柔柔。"

阿某看着她，缓缓道："我一直觉得，boss对你不一样。"

"大概是我对他太主动了，所以他对我印象深刻。我死都不会忘记，我投怀送抱的时候，他是怎么拒绝我的。"

"boss是一个冷血的人，他很难有儿女情长，不同意你的要求是意料之中的事情。"阿某说，"但boss把你交给了我而没有给别人，是知道我不会碰你，足以说明他对你没有你想象中的那么冷漠。"

"可能就是顺手。"夏绵绵说。

阿某摇了摇头，道："你就没有发现，你是单独训练的吗？"

"每个人不都是单独训练的吗？"夏绵绵惊呼。

"不，就只有你是。"阿某直白道。

夏绵绵看着阿某，一愣。

"所有杀手虽说不是全部一起培训，但我们都是一批一批的，唯有你不是！你就像凭空出现一般，身手了得。不只是身手了得，你没发现，你可以挡住很多杀手的致命招数吗？"

"我一直以为，杀手都是互相克制的。"

"怎么可能？"阿某摇头，"我们都是一起训练的，所学的东西都是一样的，谁都克制不了谁，只有你，会很多我们不会的招数。"

夏绵绵仔细一想，她就和两个杀手正面交手过。一个就是阿某。当时只是为了切磋而已，她明显可以挡住阿某的一招一式。另一个是爱莎。当时为了比拼，两个人认真打过。爱莎对她的攻击，她也可以轻而易举地避开。她一直以为，这是组织的安排，为的就是控制杀手。

"阿九。"阿某突然叫她。

就是这么简单的几段谈话，阿某确信了她的身份。

"你和boss之间可能有误会。"阿某总结。

"用死的代价换来的误会，你觉得我应该怎么去对待？"夏绵绵反问。

阿某不知道。他知道的就这么多。自从阿九死了之后，他从boss身上了解到的就这些。

"我不知道最后会不会杀了封逸尘，当然前提是我有那个可以杀他的能耐，但摧毁他的组织，势在必行。"

阿某看着她。

"我被人盯上了。"夏绵绵直白道。

"谁？"

"封逸尘背后的人，我不知道是谁！"

"你是说最后的大boss？"

"你知道是谁？"夏绵绵激动道。

"不知道。"阿某说，"但我知道，是个女人。"

"女的？"

"有一次，我执行完任务，和boss一起离开，大boss出现过。我当然看不到她的脸，但听到了她压抑的一声咳嗽，是女人的声音。"

"会是谁？"夏绵绵蹙眉问。

"不知道。"阿某摇头。

夏绵绵也陷入了沉思。

阿某说："不管如何，阿九，我希望你考虑清楚，而我愿意站在你这边。"

夏绵绵就知道，阿某会站在阿九这边。

她有些激动，说："谢谢你阿某。"

阿某点头。

他不会微笑，只会承诺。

之后，夏绵绵去上班一直坐着阿某开的车。

夏绵绵没让小南再跟着了，她和阿某坦白了之后，有些事情就不方便第三个人知道了。夏绵绵一直在忙于工作。某天为了宣传企业形象她去了孤儿院做慈善，离开的时候，给封逸尘拨打电话。

响了一声，那边迅速接通："绵绵。"

"别告诉我你在等我电话。"夏绵绵笑。

"嗯，我在等你。"

"……"夏绵绵轻咬嘴唇。

"想我了吗？"那边问，没让彼此的气氛冷下去。

"嗯。"

"应该快回来了。"

"嗯。"夏绵绵点头。

"你打电话给我，不会仅仅只是想我吧？"封逸尘心情似乎还不错。

"我今天去天使孤儿院了。"

"哦，是吗？"那边很平静。

"去谈夏氏集团资助孤儿院的一些事情，然后孤儿院的院长说起了你。"夏绵绵不动声色。

"说我什么？"那边也很淡定。

"说你曾经去过孤儿院，和你母亲一起，还被一个又脏又皮的孩子缠着要大白兔。"

"是呀。"封逸尘点头，"那个孩子真的很顽皮，不给她她还挠我。"

"有吗？"

"有。我还被她咬了一口，在手背上。"

"……"夏绵绵表示她不记得了。

"后来我就把我身上所有的大白兔都给她了。"封逸尘笑道。

"那她没有感激你吗？"

"有啊，她说长大了嫁给我。"封逸尘直白道。

"你怎么回答人家的？"

"我说不要，太丑了。"封逸尘说。

夏绵绵翻白眼。她小时候也不是很丑吧？就是有点黑、有点脏，有一双黑溜溜的眼睛。她当时还上过孤儿院的宣传海报。封逸尘说："为夫是你一个人的。"他的声音低沉有磁性，恍惚还带着浓浓的暧昧。

"说不定那个小女孩也不稀罕你。"夏绵绵还沉浸在被封逸尘说丑的怨气中。

那个时候她很小。

那个时候她不知道什么是喜欢，什么是爱。

那个时候她就知道，那个少年家里很有钱，跟着他就有肉吃。

所以她一心想要嫁给他。

"对呀，那个小女孩就是不稀罕我了。"耳边，传来封逸尘淡淡的嗓音。

其实夏绵绵听不出他失落的口吻，反而觉得他还在逗笑。夏绵绵回神。

她说："听院长说，那个小女孩遇难了。"

封逸尘嗯了一声。

"还有事儿，我先挂了。"

"绵绵。"封逸尘叫着她。

然后她似乎听到耳边啵了一声。

夏绵绵咬唇。

她对着手机，也亲了一下："等你回来。"

夏绵绵挂断了电话。

她不自觉地摸了摸自己的腹部。

其实……

等封逸尘回来再说。

又是半个月过去。

夏绵绵一直忙碌着夏氏集团海外拓展的事情。

为了得到夏政廷的信任并拿下海外CAS的一个电商项目，牵制他的资金流，夏绵绵做戏做足地连续加班做完投标方案，去找夏政廷。

夏政廷说："叫小蔚一起上来，让他多了解一下。"

"好。"

夏绵绵打电话给夏以蔚。夏以蔚很快出现，难得很有礼貌地坐在了夏绵绵的旁边，一副很认真的模样。夏绵绵越发觉得，夏以蔚的举动有些蹊跷。按照以往，这段时间她几乎总揽大权，夏以蔚不应该有所嫉妒吗？她心里想着什么，表面自然不会露出半点声色。

她将工作汇报完毕，说道："项目牵扯的资金，董事长亲自找银行谈吗？"

"不了，我会给中商银行的行长打电话，平时我和他的私交最好，你直接找他谈就行了，他不会为难你，也会给我们核算最高的抵押金。"

"嗯。"夏绵绵点头，"那我什么时候去好？"

"我给他打了电话之后告诉你。"

"是。"

"出去准备一下，等我电话。"

"好。"夏绵绵起身。

夏以蔚也跟着起身离开。

"对了，这次的项目我基本没有参与，是相信你的能力。"夏政廷说，"你也多教教小蔚，这个项目让他全程跟着你。"

"放心吧，我知道怎么做。"

夏政廷挥了挥手，不想再应付他们。夏绵绵和夏以蔚走出办公室。

夏以蔚主动示好："这次就靠大姐教导了。"

夏绵绵看了他一眼，表面上还是笑道："别客气，都是一家人。"

夏以蔚笑得邪恶。夏绵绵也没太搭理他，两个人一起走进电梯。

夏绵绵开口随意地问道："这段时间爸身体不太好？"

"可能是岁数到了。"夏以蔚直白道。

夏绵绵蹙眉，当然不信，但她没有再多说。

回到自己的办公室，夏绵绵直接拿出电话。

"小姐，你想起我了！"小南一脸期待。

夏绵绵翻白眼。

她说："小南，交给你一个任务。"

"我一定竭力完成。"

"你现在回夏家别墅，名义上是去帮我拿东西。你跟以前和你关系好的用人套套话，问问夏政廷这段时间在家里都做了什么，是不是有什么异样的举动？"

"交给我吧小姐，我一定帮你打听清楚！"

"嗯。"

夏绵绵挂断电话，总觉得，夏政廷现在的情况不简单。但因为这段时间她在处理投标的事情，也没有精力管那么多。这么想着，一会儿夏绵绵接到了夏政廷的电话，让她下午去银行见行长。到了下午，夏绵绵就带着夏以蔚还有公司的律师去了银行，谈关于抵押贷款的事情。夏绵绵将自己的一个贷款计划给了银行，行长答应明天上午给予最终的报价。夏绵绵带着夏以蔚离开。银行的事情基本谈妥。

行长虽然没有一口答应，说是还要和总行申请，但听行长的口吻，抵押夏氏集团8%的股份贷款25亿元，应该不难。她坐在小车上。夏以蔚难得很安分，一直陪着她，也不聒噪，仿若还真的在用心学习她的各种处理方式。这倒是越发让她觉得怪异！

轿车往夏氏大厦开去。即使临近下班时刻，夏绵绵手上还有一堆事情没有做完，还得加班加点。她正在思考自己到底有哪些工作要处理之时，接到了杨翠婷的电话。

夏绵绵很少会接到杨翠婷的电话，她还有些紧张："妈。"

"绵绵，多长时间没有回这边了，是不想我们了？"

"不是，这段时间有点忙，妈应该也知道。"

"知道是知道，但总不能忙得忘了家人。"

"妈教育得是。"夏绵绵恭敬道。

"那今晚就到封家来吃晚饭，你爷爷都念叨你好几回了，你早点回来。"

夏绵绵其实有些犹豫，想到自己工作上的那一大堆事情，终究还是点头了："好，我会准时下班的。"

"嗯，那妈也早点回家等你。"

"好。"

挂断电话，夏绵绵微叹了叹气。别以为她不知道封老爷子此刻叫她去是为了什么。不就是在确定她是不是在帮他收购夏氏集团而已吗？她觉得，也是时候表态了。

"要回封家吗？"夏以蔚开口。

"嗯。"

"大姐不会做什么对夏氏不利的事情吧？"夏以蔚故意说道。

夏绵绵看着夏以蔚，道："放心，我很有分寸。"

"我就是随口说说，我猜想大姐也不至于不分轻重。"夏以蔚笑着附和。

夏绵绵没怎么搭理他。每次去封家，夏绵绵都会莫名有些紧张。何况，这次封逸尘还不在。她让阿某先把夏以蔚送回了公司之后，就直接去了封家别墅。阿某在别墅门口等她。她深呼吸一口气，抬头挺胸。封家别墅大厅，封家那一大家子人都在。

封文军看到她出现，说了句："丫头，舍得来看看我们了？"

"爷爷，是我不好，不应该因为工作就忙得忘了回家。"

"倒是很会找借口。"封文军笑了笑。

夏绵绵也笑了笑。

"别站着了，先吃晚饭吧。"

"好。"

一大家子人围在饭桌前。

夏绵绵吃得很规矩。

封铭严突然开口："这段时间逸尘怎么一直不在？这次遇到CAS这么大的财阀集团来投标，他都不回来！"

"逸尘一直在对接之前谈定的一个海外项目，暂时走不开。"封铭威解释，"那个项目你也知道的，你还明知故问。"

"但对比起来，那完全是小项目，现在这个才重要，否则被某些集团占了便宜，到时候大哥怕是会得不偿失。"

某些集团，自然就是指的夏氏。

封铭威正想义正词严地反驳，封文军直接开口了："商业竞争本来就是正常合理的市场规律，商场就是商场，家人还是家人。别在这里含沙射影的，这么多菜都还堵不住你的嘴吗？"

封铭严被自己的父亲这样一说，只得闭嘴，心里还是一肚子火。

吃完饭之后，夏绵绵就被封文军叫到了书房。

夏绵绵就知道，封文军当着全家的面维护她，总归有他的目的。

这不，这老头子就直接开门见山了："这次夏氏是怎么打算的？"

"我爸让我们势在必得，而且不会有上次温泉项目案的迷雾弹，我们要投资的金额是42亿元，下午才和银行谈了抵押贷款的事情，我爸这次是绝对不会松手的。"

"如果封尚投43亿元，就意味着这个项目会到封尚手上。"

"我不知道封逸尘有没有跟你说过我们的计划，如果爷爷你真的想要收购夏氏，现在是一个机会。夏氏的大量资金在外面，自身的资金结构就会有问题，一有问题就会导致企业不稳定。我爸为了求稳一定会适当拿出一些股票来挽救集团的资金流，也就是说，这个时候是爷爷收购夏氏的最好时机。收购了夏氏，CAS的海外电渠项目不就是封尚的了吗？"

"憧憬是很好，但我能相信你吗？"封文军问。

"爷爷如果不相信，就不会来问我了。"夏绵绵肯定。

封文军笑了笑："但愿如此！"

"爷爷还有什么需要问的吗？"

"你赶时间？"

"招标项目内容还在完善，我得回去加班。"

"回去吧，别累坏了，到时候逸尘回来会责怪我。"

"我会照顾自己的。"

夏绵绵笑，礼貌地转身离开。她打开书房的门，脸色微动。封老头子发现自己被反算计了，会怎样？她淡笑，起身准备离开。刚在走廊上走了两步，就听到杨翠婷说："绵绵，正好妈有些话想单独和你说。"夏绵绵看着杨翠婷，就是觉得，杨翠婷的温柔，让人莫名瘆得慌！杨翠婷把夏绵绵带到了卧室。

依然是在外阳台上，杨翠婷给夏绵绵泡了一杯清茶。

夏绵绵淡淡地喝着。

杨翠婷用听上去很自然的聊天口吻，说："爷爷跟你说什么了？"

"就是说让我趁机帮他收购夏氏的事情。"夏绵绵乖巧地回答。

"你同意？"

"嗯。之前我就答应过爷爷，要帮他收购。"夏绵绵点头。

"不觉得难受吗？"

"还好，我父亲对我一直不好，就算不让封尚收购，夏氏也不会是我的，我反正也嫁给了逸尘，就是封家的人，给自己家人做事情，我心甘情愿。"

"怪不得逸尘会这么喜欢你。"杨翠婷说。

杨翠婷说的时候，眼神深得分明有些看不透。

夏绵绵笑了笑，不知道怎么回应。

杨翠婷显得很自若，淡淡地问道："你知道逸尘很喜欢你吗？"

"不知道。"夏绵绵说，看上去很诚实，"以前我们是形婚。"

"但后来他就很喜欢你了，他对我说了几次。"

"那我信了。"夏绵绵笑道，"妈说是就是，我不怀疑！"

"你喜欢逸尘吗？"

"很喜欢。"夏绵绵肯定道。

杨翠婷说："阴错阳差还真的成全了你们。"

"大概是缘分吧。"夏绵绵附和。

其实她心里一直有些疑惑，疑惑杨翠婷为什么会突然说这些事情。

"没什么，妈就是告诉你，逸尘很喜欢你，你们两夫妻好好过日子，以后封家不会委屈你的。"

"谢谢妈，我会的。"夏绵绵连忙点头。

"不早了，早点回去吧，我就不耽搁你的时间了。"

"那我就走了。"夏绵绵起身。

杨翠婷看着夏绵绵的背影，看着房门被关上。

杨翠婷直接拿出了电话，拨打："看到了吗？"

"妈！"封逸尘叫着她。

"放心，我不会伤害她，我就是告诉你，我想要弄死夏绵绵轻而易举，甚至可以神不知鬼不觉！"

"我知道。"

"所以别逼我对她下手，做好你自己现在手上的事情！"杨翠婷说，"最后，我会成全你和夏绵绵！"

"好。"

杨翠婷挂断了电话。

她眼眸陡然一紧，脸上的表情狰狞而恐怖！

有些人，早该得到该有的报应了！

从封家回来，夏绵绵直接到了公司，又几乎加了半个通宵的班。

第二天她对投标方案再次做了完善，提交到董事会，通过了，同时授权和银行签订了银行抵押贷款协议。第三天她去参加了CAS的项目投标。夏政廷也亲自去了。夏氏集团以96分的最高分，拿下了项目。

离开招标现场，夏政廷绷着的喜悦情绪就真的毫不掩饰了，对着夏绵绵说道："一周后应该就会签订项目合同，明天的晚宴，你一定要盛装出席！这种荣誉感，我们有资格享受。"

"好，我一定好好打扮。"

"小蔚也跟着一起。"夏政廷似乎才想起夏以蔚，忍不住又说道，"你就是应该多和你大姐学习学习，看看她给我们家带来了多少荣耀！"

"是，我会努力的。"夏以蔚很是认可。

夏绵绵看了一眼夏以蔚，脑海里面却在想小南那天给她反馈的信息。小南说夏政廷这段时间似乎有在吃安神方面的药，隔三岔五就会出去一趟，时间不会太长，每次回来情绪好像都会好一点，但撑不了多久。用人还说，晚上还听到过夏政廷大叫的声音，好像是做了噩梦。夏绵绵始终觉得，夏政廷的精神状态出了问题。但她在没有找到证据之前，不会轻举妄动。把夏政廷和夏以蔚送走了之后，夏绵绵回家休息。这几天确实很累，她需要放松。

她躺在床上，看着天花板，想睡觉却就是睡不着，反而脑海里面想起很多事情。封逸尘离开了这么长时间，封家人都没有觉得有异样吗？阿某说，大boss听声音是个女人，也就排除了封文军！不是封文军，还能是谁会支配封逸尘做这么多事情？夏绵绵一个一个地思考。

封逸尘的奶奶吗？她一直勤勤恳恳地在大学任教，现在的身材看上去也有些微发福，不像是可以统领一个组织的人，至少她的体态半点都没有让人感觉她会是一个有身手的人。

所以是封逸尘的母亲？夏绵绵想着杨翠婷的模样。杨翠婷的出身本来就很蹊跷，也不是什么富贵家庭，封逸尘的奶奶至少还是出身于书香门第，这是整个驿城都知道的，一般这种来历很明了的人，很难拥有特殊身份！而杨翠婷……夏绵绵蹙眉，她貌似从来也没有听封逸尘说起过他母亲娘家的人。

杨翠婷当年和封铭威的事情炒得沸沸扬扬，对于一个孤儿而言可以嫁进封家，实在是让人匪夷所思。夏绵绵这么一想，就觉得杨翠婷真的是很可疑。

仔细回想，封逸尘除了很听封文军的话之外，对杨翠婷也是毕恭毕敬，而且每次封逸尘单独去见了杨翠婷之后，好像脸色都会有些异样。

夏绵绵觉得，或许可以试探试探。

一周后，CAS集团的晚宴上。宴会厅中金碧辉煌，有很多达官贵人。夏绵绵直接走向了宴会的主人，章闵。

"章总裁。"夏绵绵上前，礼貌地问候他。

"是夏总到了。"章闵显得很热情，他说，"今天你简直太美了，完全可以碾压全场！"

"很高兴得到章总裁的肯定。"夏绵绵盈盈一笑，笑起来的样子，是真的很美很璀璨。

"你父亲呢？怎么还没来？"章闵左右看了看。

夏绵绵一怔。夏政廷还没来吗？她以为他早该到了。

她不动声色地微笑着说："应该在路上了，CAS的宴会，我爸肯定会亲自参加的，尽管他这段时间身体有些不适。"

"他的身体怎么了？"章闵关心道。

"小问题，就是需要多养养。"

"是呀，到了我们这岁数，确实应该多注意身体了。"章闵笑着说道。

夏绵绵笑了笑："章总裁还很年轻，正值壮年。"

"哈哈，是吗？"

"男人四十一枝花。"夏绵绵尽量说些好听的。

章闵今天心情倒是不错，很随和，和夏绵绵多谈了几句。

陆陆续续，来大厅的人越来越多。

"章总裁，你好。"身后，传来一个有些熟悉的嗓音。

夏绵绵微转身，礼节性地还稍微让开了一些。有人来敬主人酒，她自然应该腾出位置。她眼眸看着龙天，然后也看到了龙一。龙一当然也看到了她。两个人对视了一眼。

彼此自然地移开了视线。

"恭喜CAS的电渠招标项目的成功，也恭喜夏氏集团拿下这个项目。"

龙天很是热情地恭喜道。

"谢谢，谢谢龙先生。"章闵连忙说着。

"我敬你们一杯，预祝你们这个国际项目，马到成功。"龙天豪迈地主动举杯。

龙一也举杯了。

章闵连忙也举了起来，夏绵绵只得和所有人干杯，喝得一干二净。

"感谢，感谢！"章闵说道。

龙天又随便说了几句，就带着龙一去了一边，和其他人畅聊起来。

自从龙天开始活跃在上流圈之后，人看上去随和了很多。

夏绵绵看了一眼龙天和龙一的背影，看着其他宾客频繁地来向章闵敬酒，也找了个借口走向了一边。

她离开宴会大厅，直接去了洗手间。她蹲在马桶旁边，忍不住干呕起来，呕了两下，胃里面的东西就稀里哗啦吐了出来，吐得有些多。她待了好久，才让自己缓过神来。她走向洗漱台，擦了擦嘴唇，又补了补妆。她看着自己有些苍白的脸色，看着依然平坦的小腹。她转身，直接走了出去。走出去的时候，夏绵绵拿起电话。

"爸。"

"你到了吗？"夏政廷问。

"我到了，你还没到？"

"马上就到了。"

"那我在大厅门口等你。"

"好。"

夏绵绵挂断电话。以夏政廷的性格，应该不至于迟到这么久。她直接往大厅门口走去。刚走了几步，她就迎面对上龙一。龙一看着她。夏绵绵顿足。上次在封家别墅见过之后，就再也没有见过面，再也没有联系过。两个人彼此有些小尴尬。夏绵绵微微一笑，想着，就这么擦肩而过。

"绵绵。"龙一突然叫她。

夏绵绵抿唇。

"封逸尘不在驿城吗？"

"不在。"

"去了哪里？"

"具体我也不知道。"

"封逸尘可能会有危险了。"龙一提醒道。

夏绵绵看着他。

"你最好提醒他不要轻举妄动。"

"所以封逸尘想要动的人，是你们龙家人？"

"只是猜测。"龙一说，"我们龙门暗地里的生意，被他抢了好几单，而这几单生意，都是军火买卖。"

夏绵绵沉默。

"龙门的实力和外界传闻的一样，我们有我们的地下军队，我们还一直和其他多个国家的雇佣兵有着密切来往。"龙一说，"如果封逸尘不想死，就真的不要以卵击石。"

"龙一，封逸尘的组织的杀手也不少。"

"但比不上龙门。"

"杀手的身手会比雇佣兵的身手更好。"夏绵绵说，"而且你能够找到雇佣兵，我相信封逸尘也可以。"

龙一蹙眉。

"如果封逸尘是针对龙门，你绝对不要掉以轻心，我知道龙门的势力很大，但我希望，你们做好最充分的准备，因为封逸尘做的事情，很少有不成功的！"

"好。"龙一点头。

"不管我们现在的立场如何，"夏绵绵直白道，"还是那句话，我站在你这边。"

龙一惊讶。

夏绵绵微微一笑。她提着裙摆，离开。她没有骗龙一，关键时刻，说不定她还可以助他一臂之力！夏绵绵的脚步刚到大厅门口，就看到夏政廷和夏以蔚从车上下来，走在了红地毯上。夏绵绵热情地上前。夏政廷的脸色不太好。夏绵绵自然地挽着夏政廷的手臂："爸是身体不舒服吗？"

"没什么大碍。"夏政廷说。

夏绵绵也不再多问。三个人一起走进了宴会大厅。夏政廷直接走向了章闵。章闵当然是一脸热情，职场上的人任何时候都是不动声色的。夏政廷也很热情地和章闵聊天，畅想着项目的合作未来，谈得很有激情。夏绵绵安分地在旁边，偶尔附和几句，调节气氛。说了好一会儿，夏政廷才带着他们离开。一离开，夏政廷的脸色明显就更差了些。夏政廷揉着自己的头，似乎是疲倦到不行。

"爸，你怎么了？"夏绵绵询问。

"没事儿，就是刚刚吃了一颗安神药，现在有些发困。"夏政廷说。

"为什么要吃安神药？"夏绵绵诧异。

"这段时间精神不好，医生让吃的，平时都是晚上睡觉前吃，结果今天精神一直不好，我就在出门前吃了一颗，想要安稳一下，哪里知道吃了之后这么想睡觉。"夏政廷无奈地说道，"绵绵，我就先回去了，你帮我多陪陪章闵。"

"好，但是爸真的没事儿吗？"夏绵绵担心。

"睡一觉就好了。"夏政廷说着。

"我陪爸回去吗？"夏以蔚开口。

"不用了，你跟着你姐多认识些人。这种场合很难得，你也在章闵面前多刷刷存在感，以后项目合作的事情，你也要多多主动知道吗？"

"好。"夏以蔚点头。

夏政廷看上去真的是困得很，他说："那我就先走了。"

"我送你上车。"夏以蔚连忙说道。

夏政廷点了点头。夏绵绵就这么看着夏政廷和夏以蔚离开。夏政廷到底都经历了什么？为什么他的精神会突然这般不好？夏绵绵也没去深想，她一直在大厅中走动着应酬。夏绵绵喝得有些多，应酬完一圈打算歇歇，夏以蔚突然脸色有些奇怪地跑了过来，一把抓住她，整个人显得很紧张。

夏绵绵眼眸一紧："怎么了？"

夏以蔚说："刚刚接到电话，说爸出车祸了！"

夏绵绵看着夏以蔚，看着他夸张的表情。她就说，夏政廷这几天的精神状况一定有问题！

第十一章　我怀孕了

市中心医院。急救室走廊。

夏绵绵和夏以蔚匆匆赶了过去。急救室的大门紧闭，很安静，显得有些阴森。

"是被追了尾。"夏以蔚说，"刚好追到爸坐的地方，整个车子都被挤压得变形，后面是一辆超重的大货车，没能刹住车就撞了上去。司机老李没事儿，现在被吓得在病房直哆嗦，说是爸一上车就睡着了，车祸发生的时候，一点防备都没有……"

她其实一直在想，这事儿发生得确实蹊跷。当然她其实并不同情夏政廷。夏政廷丧尽天良，早该落得如此下场，她倒是没有想到，夏以蔚会真的有这么大的胆量对夏政廷下手！夏以蔚才失去了他母亲这个得力助手，这么快就真的对夏政廷下手了？！夏绵绵在走廊上等了4个多小时。

中途交警来询问了一下情况，也有肇事司机及家属过来看了一下，但为避免引起纷争，警察让对方先回避了，等夏政廷手术完了之后，再做接下来的后续处理。

深夜时分，急救室的大门终于打开。医生率先走了出来，显得很是疲倦。几个人一起，连忙冲了上去。

"医生，我爸怎么样？"夏以蔚很是激动，很是激动。

医生取下口罩，摇了摇头。

"医生你说话啊，你说话！"夏以蔚看上去很紧张。

医生叹气，说道："我们尽力了。"

"所以……"夏以蔚直直地看着医生。

"我们给他做了紧急手术，心跳还有，但应该很难再醒过来，换句话说，他可能会成为植物人。"医生直白道。

"你说我爸……植物人！"夏以蔚不敢相信。

"今晚是关键时期，如果今晚他醒不过来，以后想要醒过来，会很难。"

"那今晚能醒过来的概率大吗？"夏以蔚连忙问道。

"按照以前的案例，概率很小。但医学上也会有奇迹发生，今晚你们陪着他，多呼唤他，可能会有转机。"

夏以蔚这一刻似乎是想了一下，一时没有反应过来。医生也不再多说，先离开了。医生刚离开，护士就急忙推着夏政廷从急救室里面走了出来。夏政廷脸色惨白，身上有多处伤口，看上去很惨烈。

夏以蔚看着夏政廷出来，大声叫着："爸！"

护士说："别太激动，我们先推着病人去重症监护室！"

所有人跟着一起到了重症监护室，被拦在了门口。

待他们换上了医院专用的衣服之后，才一个一个地走了进去。

最先进去的是夏以蔚，他看上去一直很激动，哭得昏天黑地！

然后是夏绵绵。

夏绵绵坐在夏政廷的身边。

说真的，夏政廷的报应来得有点快，她其实还有点接受不了。她原本想的就是，拿到夏氏集团之后，夏政廷爱去哪去哪，她不会同情他，但也不会害他。退一万步讲，他毕竟是夏绵绵的父亲，她犯不着赶尽杀绝！

她说："如果你能够醒过来，你就会知道，你的车祸不是意外而是预某的！"

夏政廷一动不动。

夏绵绵说："害你的人是你的亲生儿子，你要是就这么睡了过去，那他计划的一切都会得逞，你应该也会死不瞑目！"

夏政廷依然没有反应。夏绵绵想过了，与其说那么煽情的话，倒不如把真相告诉他，可能还能刺激他的神经。结果，还是徒劳。最终，没有谁能唤醒他。

　　医生第二天去检查了夏政廷的情况，大脑坏死。医生宣布了结果！夏政廷出车祸变成植物人的消息，瞬间就在整个驿城炸开了锅。一点风声，就能够让驿城全部沸腾起来，就连在国外的封逸尘都接到了消息。他打电话回来。

　　夏绵绵此刻刚刚离开医院，疲倦地坐在阿某开的小车上。

　　其实她心里有些说不出来的情绪。

　　她接通电话："封逸尘。"

　　"你父亲的事情，我看到新闻了。"

　　"嗯。"夏绵绵点头。

　　"你听上去很疲倦？"

　　"守了他一晚上，今早医生宣布了大脑死亡，很难会有苏醒的可能！"

　　"在伤心吗？"封逸尘问她。

　　"不是。"夏绵绵直白道，"他和我没什么关系，而且我也并不觉得他是什么好人。"

　　那边没有接话。

　　夏绵绵说："我们的计划可能要变了，可惜了，做了这么多，到头来，没想到会被夏以蔚弄一个措手不及。"

　　"如果你有心情，我和你谈谈接下来我的想法。"

　　"你说。"

　　"你父亲现在是植物人，也就是说不能再处理自己所有的事情，而大脑死亡法律上可以认定为已经去世！所以，你现在要思考，他有没有留下遗嘱，如果没有，按照《继承法》，你和夏以蔚共同继承，加上之前你母亲留下来的5%的股份，你自然就是夏氏最大的股东。"

　　"如果有遗嘱呢？"夏绵绵问。

　　既然夏以蔚敢在这个时候动手杀夏政廷，肯定就有十足的把握可以继承夏政廷的所有财产！

　　"有遗嘱，当然就要看遗嘱的分割情况。以我对你父亲的了解，他应该会把股权全部留给夏以蔚，你能够获得的，不过是他名下的一些不动产，应该也不会很多。"封逸尘分析。

　　"我猜想也是。"夏绵绵点头，"我们就按照现在全部由夏以蔚继承的结果来处理。"

"好。"封逸尘也不多问，继续说，"夏政廷从商几十年，对自己很有自信，敢去冒险。但夏以蔚不会，他如果上位，第一件事情肯定是求稳，当他发现他无力让夏氏的收支平衡时，他可能就会直接和CAS毁约，这样至少他能够保住夏氏的基业不倒，我们就很难在他手上收购夏氏集团了，得再次寻找机会！"

封逸尘什么都为她分析好了。

她听到封逸尘说："如果你不急，就再等等，以夏以蔚的能力，最多不超过两年的时间，我们就能够从他手上收购夏氏集团！"

两年！

夏绵绵淡笑了一下，并没有出声。两年时间太长了。她怕她等不到那一天，就辜负了夏绵绵给她的这具身体。而如果她等不到那一天，夏以蔚就可以抱着夏家的基业逍遥自在。他昧着良心做了那么多坏事儿，却过上了好日子。她是一个睚眦必报的人，怎么可能看着夏以蔚得逞？怎么可能看着他逍遥？她宁愿最后她死了，将夏氏所有的财产，捐给慈善机构！

"绵绵。"封逸尘叫她，是因为没有听到她的声音。

她说："我再考虑一下。"

"嗯。"

"那不说了，我回去休息了。"

"好。"封逸尘答应一声。

封逸尘大概也知道她今天心情不佳，所以没有说其他的，比如情话。

夏绵绵在挂断电话那一刻，封逸尘突然开口："绵绵，如果没事儿，不要去封家。"

"为什么？"夏绵绵蹙眉。

"我怕他们为难你，收购夏氏，这次可能真的泡汤了！"

"好。"夏绵绵点头，先把电话挂断了。

封逸尘还是没有跟她说实话。

他的提醒不是怕封家人因为不能收购夏氏为难她，而是怕封家有人想杀了她吧。

她冷笑，看着驿城川流不息的街道，若有所思。

夏绵绵回到家里之后，关了机睡了一个下午。

她确实困，困到不想任何人来打扰。

等她睡醒之后打开手机，无数的电话提醒声，还有短信声，此起彼伏。

她去洗了脸，让自己清醒之后，拿起手机坐在外阳台上，找了一个舒服的姿势，一一翻着电话记录。

按下去的时候，她深呼吸了一口气，唤道："爷爷。"

"听说你爸出了点事儿？"

"医生宣布大脑死亡，可能终身是植物人了。"

"我很遗憾。"

夏绵绵捏着手机。

"有空我会去看看你父亲。"

"谢谢爷爷的关心。"

"你如果有空，回来别墅一趟，爷爷有些事情想当面问你。"

"好。"夏绵绵一口答应。

她不是忘记了封逸尘的叮嘱，而是有些事情她需要自己去了解。她放下电话，去衣帽间换了一套衣服，转身走出卧室。

她下楼，对着阿某说道："送我出去一趟。"

阿某言听计从。

夏绵绵坐在车后座。

阿某认真地开车，往封家别墅去。

夏绵绵说："我想，我应该猜到谁是大boss了！"

"谁？"阿某不自觉地紧张起来。

应该所有杀手都会很紧张。

因为这个人物，太神秘了。

越是神秘的人物，就会被认为越强大！

"等我确定了之后再告诉你。"

阿某点头。

车子很快到达封家别墅。

正好是晚饭时间。

夏绵绵客客气气地和封家人吃晚餐，接受着他们言不由衷的安慰。

吃过晚饭之后，夏绵绵自然就被封文军叫去了书房。

封文军直白道："你父亲的事情我很遗憾，但人活着就要往前看。对于现在在你父亲身上突然出现的变故，你打算怎么做？"

"我刚刚也和逸尘通过电话了，如果我父亲立了遗嘱，那么很有可能夏氏就是夏以蔚的了，夏以蔚刚上任肯定求稳，所以这次可能无法顺利收购！"

封文军脸色明显不好，但似乎也找不到理由发脾气。

"但这只是一种可能性！"夏绵绵一字一句，"我这次会在不花一分钱的情况下，拿下夏氏集团！"

"是吗？"封文军带着怀疑。

此刻，他却也被夏绵绵的霸气所震慑。

夏绵绵说："爷爷，给我点时间，我不会让你失望的！"

"好，我相信你！"封文军说道。

那一刻，他明显心情好了些，是因为知道夏绵绵从来不会信口雌黄！

夏绵绵说："如果没有什么事情，爷爷，我就先走了，很多事情还需要我去亲自处理。"

"去吧，我等你的好消息。"

夏绵绵点头。她走出封文军的书房，缓慢地走在走廊上。她眼眸看了一眼不远处的房门。这个时候，杨翠婷在楼下大厅，还是在卧室？她心里琢磨着，却还是往楼下走去。她刚走到楼梯口，迎面对上了杨翠婷。她灵机一动，好机会！她的身体突然往前靠，看上去那一刻似乎是脚步不稳，眼看着自己的身体就要扑向杨翠婷。她设想了两种可能。

第一种可能，杨翠婷只是一个普通人，那么结果就是，她们两个人都有可能从楼梯上摔下去，但以她的身手，她应该能够手疾眼快地抓住护栏，同时抓住杨翠婷避免她受伤。

第二种可能，杨翠婷不是一个普通人。杨翠婷不是普通人，自然就会本能地保护自己。普通人和有身手的人保护自己的方式是不一样的，而练过的人会一目了然。

短短半秒钟时间，夏绵绵脑袋急速转动！

她的身体就这么扑了过去。

夏绵绵还未真的靠近杨翠婷，只见杨翠婷手一伸，直接接住了她，手劲儿很稳。夏绵绵撞进她的怀抱的时候，她几乎没有感觉到杨翠婷的身体有任何后仰的痕迹。

夏绵绵心惊地看着杨翠婷，在别人看来是因为差点摔跤而受到惊吓，其实内心是……发现了极大的秘密而感到一丝恐怖。

她没有想到，杨翠婷才是那个幕后boss，才是那个操控他们一切行为的罪魁祸首。

她努力让自己平静。

这种感觉很难形容，她甚至脸色煞白。

"下次走路小心点。"杨翠婷笑着说。

"是，对不起妈，差点让你和我一起摔了下去。"夏绵绵努力让自己平静下来。

"还好我拉住了扶手，否则我们俩真的会一起滚下去。"杨翠婷自若地说道。

夏绵绵越发肯定大boss就是杨翠婷了。

刚刚夏绵绵分明很清楚地看到，杨翠婷根本就没有拉扶手，她就是空手稳稳地接住了她。

"嗯，下次我会小心的。"夏绵绵乖巧地点头。

"刚刚爷爷对你说什么了？"

"说我父亲的事情，我知道怎么做的。"夏绵绵保证道。

"别太为难自己了，我看你好像都瘦了，逸尘回来会心疼的。"

"谢谢妈的关心，我会照顾自己的。"夏绵绵说，心里的恐惧其实一直都在，但此刻却就是要表现出自己的淡定自若，她说，"那我先走了，夏家现在还一团糟呢！"

"好。"杨翠婷和蔼可亲道，"路上小心点。"

"嗯。"

夏绵绵走过杨翠婷的身边，总觉得身后有一道视线一直看着她，看得她毛骨悚然。

所以，杨翠婷就是封逸尘的大boss，封逸尘所做的一切都是杨翠婷在指使他！封逸尘是杨翠婷的儿子，是不是封逸尘从出生开始，就在杨翠婷的控制下，走上了没有选择的血腥之路。

那么问题又来了——封家其他人知不知道封逸尘和杨翠婷的地下组织呢？是知道，还是不知道？如果知道，封家人应该没有谁敢招惹杨翠婷才是。既然封家人没怎么把杨翠婷放在眼里，十有八九是不知道的。她深呼吸一口气，尽量让自己看上去很平静地离开封家别墅。她看着在门口等候的阿某。阿某为她打开车门，两个人坐进了小车里。

"走。"夏绵绵的声音甚至有些不受控制。

阿某将车开快了些，似乎也发现了夏绵绵的异样。

"怎么了？"阿某问。

"我知道大boss是谁了！"

"是谁？"

"杨翠婷。"夏绵绵用肯定的口吻一字一句地说，"封逸尘的母亲。"

阿某保持冷静。

夏绵绵说："我以前还没有把杨翠婷放在眼里，最多就是觉得她是商场上有些手腕的精明女人而已，没想过她会对我产生什么威胁，现在想到以前多次和她单独在一起，后背就会升起凉意。我真怕在某个我根本就留意不到的瞬间，就被暗杀了！"

阿某很沉默，似乎也因为知道了大boss的身份而带着些说不出来的情绪。

夏绵绵也不再多说。

她只知道，以后她真的会尽量避免去封家别墅了。

杨翠婷不可能让她活着，除非，杨翠婷死了。

她脑海里一直无法安静。

杨翠婷的势力到底有多强？她身手如何？她周围的势力到底有多大？夏绵绵敢肯定，她了解到的封逸尘的组织只是九牛一毛，她完全没有把握可以杀了杨翠婷。而杨翠婷这么大的举动，到底是和谁有着深仇大恨，需要呕心沥血这么多年？

是情杀，还是……

她真的无法平静。夏绵绵第一次觉得自己的心理承受能力，也不过如此。她打开车窗户，让冷风吹了进来，以平稳自己有些狂躁的内心。电话在安静的车内突然响起。夏绵绵一个心惊。她那一刻真的是被吓了一大跳。

她缓了好久，才拿起电话接通："封逸尘。"

她的声音恢复如常。

"你去了封家？"

"你爷爷让我回去，说我父亲的事情。"

"以后尽量少去，有时间你可以通过电话汇报。"

"好。"

"绵绵。"封逸尘说，"学会保护自己。"

"好。"

她也只能自己保护自己。

封逸尘也要受制于人。

他说："早点睡。"

"晚安。"

夏绵绵挂断了电话。

不知道为什么，这一刻听到封逸尘的声音之后，她的内心反而平稳了很多。她也不觉得封逸尘能保护她安然无恙，但就是莫名给了她一点说不出来的心安。她深呼吸一口气，觉得此刻真的不能乱了阵脚。越是这个复杂的时候，她越是要让自己平静下来，认真地思考所有事情的来龙去脉。她刚刚想到杨翠婷呕心沥血成立杀手组织，是为了报复。报复谁？

封逸尘要对付的，就是龙门，基本可以百分之百地确定。

封逸尘如此大动干戈地去对付龙门，绝对不会因为一些小恩怨，甚至可以说肯定不是封逸尘和龙门的恩怨，那就一定是杨翠婷和龙门的恩怨了。

夏绵绵仔细一想，封逸尘只身一人去了龙门两次。

这种破天荒的事情发生在封逸尘的身上本来就蹊跷得很，说不准就是杨翠婷让他去打探内部消息的，就是为了一举歼灭龙门这股活跃了上百年的势力！

只是，杨翠婷和龙门到底有什么深仇大恨，会让杨翠婷如此报复？

她不能随意揣测。总不可能和她一样，杨翠婷也是重生而来的吧？夏绵绵心惊。这种奇葩的事情，能够发生在她身上，是不是也会发生在别人的身上？她越想头越大，感觉好不容易捋清楚的思绪，又被自己的大胆设想给搞迷糊了。电话此刻突然又响了起来。夏绵绵咬牙。她不能心急，慢慢想，总会想明白。

她接通电话："小蔚。"

"大姐，方便吗？到别墅来一下，我有重要的事情找你。"

"现在？"夏绵绵蹙眉。

这个时候夏以蔚找她，不可能有什么好事儿。

"对，现在。"

夏绵绵想了想："好。"

她一口答应。前有虎后有狼。她得先把自己有把握的事情，快刀斩乱麻，后面的事情，兵来将挡。她让阿某开车直接去夏家别墅。车子停下，夏绵绵进去。夏绵绵看着夏以蔚坐在沙发上。此刻，家里还多了一个人，是夏政廷的私人律师。夏绵绵大概猜到是什么事情了。她不动声色地走过去，坐在了夏以蔚的旁边，和律师客套地打了招呼。

"今天下午律师过来找我，给我看了爸的遗嘱。"夏以蔚开门见山。

夏绵绵点头。

夏以蔚有些无奈地又开口道："谁都不想爸发生这种事情，但毕竟夏家这么大，夏氏集团这么大，我们做子女的还是应该承担起家庭的责任，在爸不在的时候，我们应该为爸多做一些事情，至少让他能够心安地睡着。"

"小蔚说得很对。"夏绵绵严肃道，"就让律师说说爸的遗嘱吧。"

夏以蔚看着夏绵绵。

亏得这个时候她还能这么冷静。

夏以蔚也是在他爸立下遗嘱之后知道夏政廷将夏氏都留给了他，他才敢对夏政廷肆无忌惮地下手的。

他真想看看夏绵绵知道遗嘱内容之后那张扭曲的脸。

他对着律师说道："麻烦你宣读一下我爸的遗嘱。"

"好的。"律师拿过那份密封的遗嘱。

律师当着夏绵绵和夏以蔚的面，拆开了遗嘱，大声朗读："立遗嘱人夏政廷，男，49岁……为了防止本人身后发生财产纠纷和其他争议，在我头脑清醒、思维清晰，具有完全行为能力时，根据我国《继承法》《物权法》有关规定，特立此遗嘱如下。

1.我名下夏氏60%的股份在我去世后由我的儿子夏以蔚一人所有；

2.我名下所有的外汇有价证券、私人账户银行存款在我去世后由我的儿子夏以蔚一人所有；

3.我名下在××地方的房产、××地方的房产在我去世后由我的女儿夏绵绵一人所有；

4.我名下其他不动产包括车辆、多处其他房产、商业楼等，在我去世之后由我的儿子夏以蔚一人所有。

以下是具体的继承清单项目……"

夏绵绵和夏以蔚都很安静地听着。

夏以蔚自然没有看到遗嘱真正的内容，当然也会有一丝担心，但律师将内容全部都念出来之后，他才真的松了一大口气。

他得到了夏氏夏政廷所有的股份，以及很多有价证券、固定资产。

夏绵绵仅仅只有两处看上去很有升值空间的房产，价值大概2000万元！

总之，他夏以蔚是最大赢家。

律师宣读完毕。夏以蔚就这么看着夏绵绵。夏绵绵也回头看着他。

夏以蔚说："大姐，我没想到爸会将股份全部都留给我，我本以为，你这段时间的表现会让爸对你更青睐，却没想到……"

他说得有些感叹，实际上是在讽刺。

"这本来就是我预料之中的事情，爸也多次跟我提过夏氏集团继承人的事情，我很清楚明白地告诉爸，夏家的东西我不要，所以给你，我觉得很正常。希望你可以代替爸，好好管理夏氏集团。"

"大姐真是这么想的？"夏以蔚说道，带着不相信，还带着讥讽。

"当然，我一直是这么想的。"夏绵绵很自然地说道。

"既然大姐这么说，我有些话也想跟大姐说明白。"夏以蔚直言。

"小蔚有什么不妨直说，我们家发生了这么多事情，过来过去，就剩下我们俩了。"

"确实是。"夏以蔚说，"这么大一个家庭，到现在说散就散，倒不如散得彻底一点，可好？"

"我不太明白小蔚的意思。"

"大姐，你刚刚也说了，希望我替爸好好管理夏氏集团，但你也看到了，有你在有爸在的时候，我基本上就无法插手做任何事情，都是在你们的庇护下，我也很难成长。所以我希望，由我来全权管理夏氏集团的所有事务。"

"你觉得你能力足够吗？"夏绵绵问他。

没有流露任何暴躁的口吻，就是很平淡地问他。

"没什么不可以！"夏以蔚说，"不是只有你才有能力的，我的能力，你和爸没看到而已！现在我就要证明给你们看，夏氏集团在我手上，到底能不能发展得更好。"

"既然你这么有信心，我当然尊重你的决定。"

夏以蔚蹙眉。

353

夏绵绵未免太好说话了。

但夏以蔚转念一想：夏绵绵是聪明人，既然夏政廷的遗嘱都已经立好了，他现在就已经是夏氏最大的股东了，夏绵绵就算挣扎也不过是在自取其辱，以夏绵绵这么有心智的人，当然不会做这种事情。

他说："不管如何，还是感谢大姐对夏氏这几年的辛勤付出，你放心，我对外会说你是因为父亲的车祸伤心过度所以不想再回到夏氏工作，你会走得很体面。"

"感谢了。"夏绵绵淡淡道。

夏以蔚说："明天我就会当着董事会的面将爸的遗嘱宣告于世，我希望你明天就不要再出现在公司了，到时候我怕你会很尴尬。"

"好。"夏绵绵一口答应。

夏以蔚很满意夏绵绵此刻的表现，他说："耽搁大姐的时间了，不早了，你慢走。"

夏绵绵起身离开，完全不在意夏以蔚此刻得逞的笑容。

第二天。

夏绵绵起得很晚，毕竟不用去上班，也就没有那么强的时间观念了。昨晚从夏家别墅离开后，她也想了很多。夏以蔚果然变聪明了很多，至少从目前看来，她还抓不到他的把柄。就算是车祸，她也在昨天去做了了解，完全是正常的车祸，找不到任何漏洞。至于夏政廷的精神不济，和他发生的车祸看上去没有太大关联，当然只是看上去，实际上，应该是主要原因！但要很快找到夏政廷精神状态突然不好的原因，并不容易。而她现在没有龙一的帮忙，很多事情想要做深入调查很难。夏绵绵掀开被子，起床。

她去浴室洗漱，然后点开新闻。也才上午10点30分而已，各大新闻媒体就发布了夏以蔚继承夏政廷的衣钵，成为最年轻的身价超百亿的集团公司董事长的消息。夏绵绵放下手机，洗漱完毕换了一套衣服下楼。

小南在楼下一边看手机一边嘀咕个不停："少爷就知道自己显摆，就知道自己显摆……"

夏绵绵出现。小南连忙放下手机。

夏绵绵看着她的举动，笑了一下："有早饭吗？"

"有的，我马上去帮你热一下。"小南很狗腿。

夏绵绵坐在饭桌前。

小南弄好早餐，放在夏绵绵面前，眨巴着眼睛看着她。

"我很好。"

"但是少爷在新闻上……"

"嗯，让他先嘚瑟。"

"小姐是不是被少爷赶出公司的呀？"小南问。

这傻妞，也不算太笨。

"放心，属于我的东西我会拿回来的。"

"少爷太过分了！"小南打抱不平。

是很过分。这种蹦跶得越高的人，摔下来就会越疼。夏绵绵吃过早饭之后，让阿某送她出了门。阿某开车把夏绵绵送去了某心理机构。两个人一起去找了夏政廷的心理医生。

夏绵绵询问了夏政廷的病情，医生摇了摇头说："本来有点进展的，结果哪里知道会突然发生意外？"医生也表示很惋惜。

夏绵绵就问了问医生夏政廷做心理咨询的时间，知道不可能问到夏政廷到底是为什么做心理咨询，就没有浪费口舌，医生将病历单给夏绵绵看了一眼，就只有一个来访的时间。

夏绵绵简单记下了。

离开之后，她走进一间律师事务所。

"请问居律师在吗？"

"在的，我马上叫她。"

"不用了，她的办公室是哪间？"

"这边。"

夏绵绵直接走了进去。

居小菜正在埋头处理工作，一抬头就看到夏绵绵站在门口。

"我想打官司。"

居小菜看着她："打什么官司？"

"我要拿回夏政廷一半的遗产。"

"你是说今天夏以蔚对外宣布继承了你父亲衣钵的事情？"所有人都知道了这件事情。

"对，我对遗嘱有疑惑。"夏绵绵直白道。

"你具体说清楚。"

"遗嘱是家庭律师当着我和夏以蔚的面宣读的，是我父亲签字并按下了手印，应该不假。"

"所以……"

"夏政廷立下遗嘱的时间是3月24日下午。"

居小菜在认真地做着笔记。

律师不会放过当事人说的任何一个细节。

"而我父亲在3月24日上午，去看了心理医生。"

"你怀疑你父亲是在精神不够清醒的时候立下的遗嘱？"居小菜的专业敏感度很强！

"对。"夏绵绵说，"有没有胜算？"

"有，赢面很大。"居小菜说，"但需要收集证据。"

"很简单，心理医生那里有记录，我看过他的登记表，可以作为有效证据。"

夏绵绵说得很肯定。

居小菜认真听着夏绵绵的阐述，做好记录，说道："好，既然如此，我们先报案，然后去司法机关出具相关证明，到你父亲咨询的心理机构去提取证据。"

当天下午，夏绵绵要争夺夏氏财产一案就被曝光了出来，引起一片哗然！

夏绵绵很淡定地看着新闻。

新闻中说接到消息称，夏绵绵对夏政廷的遗嘱产生怀疑，已递交法院起诉书，势必要拿回属于自己的一切！

所有人开始揣测，是不是遗嘱被伪造了。

当然也有人对夏绵绵的行为有些不能理解，为什么在这个时候非要来做这种事情？夏政廷才出事儿不久，为什么就要为了遗产而变成这样，就不怕夏政廷伤心吗？

何况夏政廷把遗产留给儿子，这也是无可厚非的事情，夏绵绵未免太过分了，以前表现出来的大度和慈善家的形象，都是骗人的吗？

归根结底夏绵绵还是想要得到更多，见不得别人得了好处。

夏绵绵的口碑瞬间一边倒，外界对她的骂声不断。夏绵绵接到了夏以蔚的电话。

夏以蔚毫不掩饰怒火："夏绵绵你到底要闹哪样？"

"就是表面这样！"

"你疯了吗？遗嘱又没有假，你凭什么起诉我？你知道你在哗众取宠吗？你知道你这样只是在糟蹋你自己的名声吗？夏绵绵，你倒是看看网上有多少人在骂你！"

"我不在乎。"夏绵绵说得直白，也不动气。

"夏绵绵，我真是小看了你，昨天还表现得一脸无所谓，今天就突然转性了！你早说你不满意这份遗嘱，你要是求求我，我还能分你一点，你这样只会让我对你一毛不拔，你一分钱也别想从我手上得到！"

"那我们走着瞧！"

"反正我的遗嘱是真的，你说什么都没有用！"夏以蔚一口咬定。

遗嘱是夏政廷亲笔签过字按过手印的，他就不相信夏绵绵还能翻盘！

第二天，夏绵绵争夺夏氏遗产的新闻还在此起彼伏。

夏绵绵确实被骂得很惨。夏绵绵觉得自己的承受能力算是强大的了，看了一会儿评论之后就再也看不下去了。她才知道有些网络暴力真的会致命。她深呼吸一口气，换了一套衣服出门。夏绵绵今天要和居小菜一起去法院递交证据，夏以蔚也会去。她们到达法院大门口的时候，刚好碰到夏以蔚和那个律师一起。夏以蔚讽刺地看了一眼夏绵绵。

双方将自己的证据递交给了法院，然后离开。

高高的法院阶梯上，夏以蔚突然停了停脚步。

夏绵绵看着他。

夏以蔚说："别闹笑话了！我把爸的遗嘱给了法院，你没有任何胜算！"

"不试过怎么知道？"

"等着瞧吧！"夏以蔚冷笑。

夏绵绵淡然。

四个人一起走在高高的阶梯上，刚走了一半，突然拥出了一群记者。

夏绵绵蹙眉。

夏以蔚笑了。

不用想也知道，是他故意找来的。

她被记者围得寸步难行，记者问："夏小姐请留步，对于这次的财产争夺，夏小姐就不觉得你这样做很打脸吗？你作为大姐不应该在这个时候支持你弟弟吗？为什么反而做这种落井下石的事情，你不觉得自己很不堪吗？"

夏绵绵没搭理这些记者，和居小菜一起举步维艰地走下阶梯。

"夏小姐，你现在还是封家的媳妇，你不怕最后不仅没有得到夏氏一分一毫，还会被封家撵出家门吗？你为什么要做这种费力不讨好的事情？你是不是怕你在夏家没有地位了，封家不会要你？是不是？"

记者很激动。夏绵绵不想回应，这个时候她也回应不了。她一直往下走。人很多，脚步很错乱。记者一直不停地挤着她。夏绵绵往下走的脚步突然一个腾空。面前分明有很多记者，看着夏绵绵要倒下去了，所有人反而腾开了地方。夏绵绵咬牙。摔下去疼不说，还会被媒体拍到特别狼狈的样子。

她捂着自己的肚子，在以为自己要滚下去那一刻，突然一个人影冲了出来，速度很快很惊人，手臂力气很大，一把将她稳稳地抱进怀里，紧紧地搂住。

所有人都目瞪口呆地看着这一幕，看着封逸尘突然出现，英雄救美。

话说刚刚封先生好帅！

"封先生！"记者看清楚来人，连忙又拥了上去。

在记者还未开口之时，封逸尘直白道："我支持我老婆夏绵绵的任何决定，既然她觉得遗嘱有问题，我无条件站在她身边！这就是我的立场，也是我们封尚集团的立场，如果有任何不满，以后直接来找我！"

记者被封逸尘的霸气惊吓住。

封逸尘没打算和记者废话，稳稳地抱着夏绵绵，强势地扒开记者，带着她离开。

黑色轿车在驿城宽广的街道上，平稳行驶。

夏绵绵歪着脑袋，看着认真开车的封逸尘，看着他的侧脸。他没说过他会回来。自然，她没想到，消失了一个月的封逸尘，会突然这么唐突地出现在她面前。她承认刚刚他很帅。任何女人都抵挡不住他的魅力，她甚至少女心爆棚。

她眼睛一眨不眨地看着他，说："封逸尘，这次回来还走吗？"

封逸尘转头看了一眼夏绵绵。

他腾出一只手，拉着她："舍不得我吗？"

"是呀。"

"这次之后就不会丢下你了！"

夏绵绵笑了笑。封逸尘也笑了笑。总觉得此刻两个人之间，没有那么多恩怨情仇，也没有那么多危险在等着他们，他们也可以小别胜新婚地幸福着。车子停到小区车库。封逸尘紧紧地拉着夏绵绵的手，一起走进电梯。手心间都是彼此的温度。夏绵绵恍惚觉得，很久没有这种感觉了。封逸尘牵着她回家。家里，小南看到封逸尘那一刻，明显愣住了。

"姑爷，你回来了！"小南惊喜无比。

封逸尘微点头，没搭理她。

"姑爷你终于回来了！"小南无比高兴。

夏绵绵蹙眉。

小南，拜托不要表现得比她还要期待，好吗？这会让她有点内疚，她刚刚的欢迎太平淡了。其实，她很想他。封逸尘牵着夏绵绵的手上楼了。走进楼上卧室，房门关上。

关上那一瞬间，夏绵绵突然就被封逸尘压在了门上。然后，封逸尘的脸就压下来，唇齿相融。封逸尘的急切毫不掩饰，夏绵绵双手抵在他的胸膛上，就感觉到他的吻一直在深入，舍不得离开地深入、纠缠，鼻息间都是他的气息，唇齿间都是他的味道，小舌头都被他纠缠得麻木了。嘴上的疯狂，连带着他身体的激烈动作。他的大手隔着衣服抚摸着她，那份熟悉的触感、那个无比想念的味道让他无比满足……

他脱掉她的衣服。

那份坚决让她根本就没有反抗的机会。夏绵绵在反应过来的时候，几乎已经全裸。封逸尘什么时候脱衣服这么熟练了？她根本没时间害羞，就感觉到封逸尘一边吻着她，一边在脱他自己的衣服，脱得很快。封逸尘把夏绵绵压在门上，缠绵了好久。夏绵绵的身体突然腾空。

她紧搂着他的脖子，看着他忍得青筋都暴出来的模样，小嘴靠近了他的脖子，吸了一口。

某人的身体明显僵了一下。

她只听到他说："夏绵绵，你不会知道我接下来要做什么！"

废话。

这样还不知道，她不是傻吗？

359

"不，是不知道，我接下来会怎么做！"

"……"

她不想知道！

热情似火的房间内，一直缠绵不休。封逸尘把夏绵绵压在身下，嘴唇亲吻着她的唇瓣，就是不放开，死活不放开。夏绵绵被封逸尘亲得差点喘不过气。封逸尘在夏绵绵无声的反抗下，终于放开了她红润的小嘴，真是喜欢到忍不住舔舐。夏绵绵喘着粗气。她望着近距离的封逸尘，看着他深情地亲吻着自己。他的手自然也很不规矩，毕竟衣服都被扒光了，他不做点什么会对不起自己。夏绵绵搂抱着他的脖子。刚开始她一直在被动地接受他的疯狂。封逸尘是憋太久了吗？刚刚那一秒的激动把她都下到了。好在，他没有粗鲁地直接掰开她的腿，还知道前戏很重要。她将封逸尘搂抱得很紧，整个身体贴着他强壮的身躯，感受着彼此。

封逸尘的嘴唇放开了她肿肿的唇瓣，开始在她白皙而细嫩的脖子上吮吸。

夏绵绵的手也很不规矩。

"绵绵。"封逸尘咬着她的脖子。

"嗯？"

"你再挑逗我，就没有前戏了。"

夏绵绵笑着推了一下封逸尘。封逸尘身体一紧。没有反抗。还很温顺。夏绵绵翻身坐起来，压着他的身体。她俯身，亲他。

他笑："看来，没有吸取第一次的教训啊。"

他说的是，他们的第一次！

封逸尘话音落下，就想将夏绵绵压在身下。

"等等。"夏绵绵咬了他一下。

有些痛，但……很爽，他心口波动。

夏绵绵坐直身体。

如此春光一片，封逸尘就这么一直看着。

夏绵绵伸手捂住了封逸尘的眼睛："你先闭上。"

"你知道你在玩火吗？"

"闭上眼睛。"

"给你10秒。"

"好。"

封逸尘闭上眼睛。

"10、9、8……"

夏绵绵迅速地起身，迅速地拿起床头柜里放着的东西，迅速地回来。

"3、2、1……"

咔。

夏绵绵嘴角一扬。

封逸尘睁开眼睛，看着自己被夏绵绵锁上的手腕。

"封逸尘。"夏绵绵得意一笑，"这是情趣用品。"

"手铐？"

"专门为你准备的。"

"所以……"

"我来。"夏绵绵妩媚一笑。

"你果真在玩火。"

夏绵绵嘴角一勾。她的嘴唇直驱而下。封逸尘身体僵硬。一室春光无限。好久，封逸尘的手腕都被手铐勒得通红，想来是已经忍耐不住了。她将餐巾纸扔进了垃圾桶，然后拿出钥匙打开手铐。封逸尘猛的一下将夏绵绵压在了身下。

"这次，该我了！"封逸尘说。

夏绵绵看着他。

封逸尘直接咬她的脖子，然后……

"封逸尘。"夏绵绵身体扭动。

封逸尘扑空。

"我怀孕了。"夏绵绵说，声音很轻，但眼神很认真，似乎还带着期待。

"……"而封逸尘，却只是看着她。

他的身体依然很躁动，但整个人一下僵硬了，僵硬地看着夏绵绵，仿若以为自己听错了。

"我怀孕了。"夏绵绵一字一句说。

是的。她怀孕了。晚了一个月的月事，她不想要承认都不行。所以她验了，怀孕了。她没有告诉任何人，只是想要第一个告诉封逸尘，当面告诉他，或许，他会有一丝即将为人父的喜悦。然而并没有。他整个人仿若石化了一般，就这么看着夏绵绵。"不想要吗？"夏绵绵问，那一刻似乎还笑了笑。她其实也想到了，以封逸尘现在的情况，可能真的不想要。但对她而言，好处很多。

第一，怀了孩子之后，她就有了双重身份，封逸尘如果真的很爱她，应该舍不得她死，舍不得他们的孩子死，所以会更加保护她的安全。

第二，怀了孩子之后，要是封逸尘死了，她还能多得一份遗产。

第三，既然知道大boss是封逸尘的母亲，她怀了孩子，他母亲应该不会对封逸尘的孩子赶尽杀绝，所以她到最后万不得已的时候，还能保住一命。

至于最后一个好处，不说也罢。她有些神游。封逸尘此刻似乎也在神游。两个人突然就安静了。房间的火热突然就冷了下来。封逸尘从夏绵绵的身上下去。她看到他的身体连反应都没有了。她伸手拉过被子，遮住自己裸露的身体。

他说："怀孕多久了？"

"约莫两个月。"

封逸尘又陷入了沉默。

夏绵绵坐在床头："就那么难以接受吗？"

"我没想过你会怀孕。"封逸尘说。

"我们从来没有做过措施，为什么没想过？封逸尘，你不可能连最基本的常识也不知道吧？"

封逸尘不说话。

"还是说，其实你做过措施了？"夏绵绵问。

那一刻她其实是随口说的一句话，却突然觉得是事实。封逸尘既然不想要孩子，就不会粗心到忘记做措施。而他没用过安全套。

她说："你给我吃药了？"

封逸尘看着夏绵绵。

"不知不觉中，给我吃了药是吗？"夏绵绵问完，那一刻反而很肯定。

封逸尘的不说话，让夏绵绵越发肯定。所以封逸尘其实是给她吃过药了。什么时候？怎么给她吃的？

她问："是鸡汤吗？"

她想了一圈，每次完事之后封逸尘都会给她喝鸡汤。

现在想来，鸡汤不是为她暖胃，而是为了杀生！

封逸尘没有回答她的问题，他说："这个孩子，先不要了。"

362

夏绵绵直直地看着封逸尘。

封逸尘没有回应她的眼神："我帮你预约医生。"

"封逸尘！"夏绵绵声音有些冷，"你觉得你可以为我做主吗？"

"现在不适合要孩子。"

"对我而言，没有适合不适合，只有想不想！"夏绵绵声音有些大！

"夏绵绵！"

"别威胁我！"夏绵绵看着他，"没用的。"

"听我一次。"

"不想听。"夏绵绵固执，"还是说，你在怀疑这个孩子其实不是你的！"

"没有。"

"其实怀疑也很正常，你每次都给我吃了药，然后我还怀孕了，你不觉得蹊跷吗？"夏绵绵冷笑。

封逸尘没有回答。

"是在怀疑是吧？"夏绵绵继续问道。

"我不怀疑你！"

"那为什么不能要这个孩子？"

"你要我说得多明白！我现在都自身难保，我没有那个能耐保护你和孩子的安全！"封逸尘的声音带着些怒火。

"我能自保。"

"信我一次！"封逸尘一把拉住夏绵绵的手，"信我一次，先不要这个孩子。我保证，以后你想要多少要多少！"

"万一你死了呢？"夏绵绵问他。

"还有其他男人和你生。"

"封逸尘，你倒想得开。"

"所以这个孩子我们不要。"封逸尘一字一句道，声音中分明带着请求，求她杀了他们的亲生骨肉。

"不。"夏绵绵一口拒绝。

封逸尘喉咙微动。他拉着她的手，分明一直在用力。夏绵绵没有叫痛。有些时候，身体的痛真的不算什么。

她说："你不用劝我了，既然这个孩子在我肚子里面已经有了两个多月，我就没想过让他离开我。如果我保护不了他，那是他的命，我不埋怨任

363

何人，但如果你现在逼我不要他，我会恨你一辈子。"

封逸尘紧绷着脸色，此刻说不出一个字。

"你有你的打算，我也有我的想法，我希望我们互不干涉！"

夏绵绵从床上起来，直接去了浴室。房门关上。她看着镜子中自己身上还留着欢爱过的痕迹，心里有些讽刺。她和封逸尘，果真有缘无分！她清洗自己的身体，洗了好一会儿，再进入房间的时候，房间里已经没有了封逸尘的影子。夏绵绵穿着家居服，下楼。

小南小跑步到她身边问："姑爷怎么才回来就又走了？姑爷脸色还不太好，你和姑爷吵架了？"

在外人心目中，她和封逸尘的感情，果真不太好。她没有回答小南，坐在沙发上看电视。小南也看不明白，去厨房帮林嫂做饭。阿某应该在他自己的房间，没有出来。封逸尘一离开就是一天。夏绵绵也不知道封逸尘在忙什么。她也没有给他打电话。夜深人静之时，她感觉到身边多了一个人。一个熟悉的怀抱，将她抱了进去。她能够感觉到他的身体紧紧地和她贴在一起，他的唇放在她的脖颈处，呼着热气，其实让她有些说不出来的反应。

"睡了吗？"封逸尘问她。

"没有。"准确地说，她没有睡着。

"对不起绵绵。"封逸尘突然道歉。

夏绵绵轻咬着嘴唇："所以你要强迫我去做流产是吗？"

"我会弥补你。"

"你觉得怎么才算弥补？"夏绵绵笑。

封逸尘起身，将卧室的灯打开。夏绵绵觉得有些刺眼。她睁开眼睛，又闭上了，缓缓，又睁开。她看到封逸尘拿出一份文件递给她。夏绵绵有些讽刺地接了过来，打开，里面居然放着一份遗嘱——封逸尘的遗嘱。夏绵绵不知道看到这份文件的时候到底是什么心情，至少，并不高兴。她看着里面的内容，看着封逸尘的遗嘱里清楚地写道：如果他死了，他的所有财产全部归夏绵绵一人所有！所以，这就算弥补了？

她把文件放好，说："对你而言，我就这么贪财吗？"

"这是我能够想到的给你的所有好处。"

"就像当初你逼着我离婚一样，用同样的方式是吧？"

"绵绵。"封逸尘看着她，他能够看到她眼里的讽刺，甚至心寒。

364

他也知道，自己这么做很残忍。

他说："我能够给你的很少，即使我付出了我的所有，但对你而言真的很少。"

夏绵绵咬唇。

"但我希望，你能够听我一次，我死了，我的一切都是你的，我没死，我会宠你一辈子！"他说，"这个孩子，来得不是时候！"

夏绵绵没有说话。封逸尘要做的事情，她有什么能耐阻止？她突然有些后悔，她为什么告诉他她怀孕了？她真的是在自掘坟墓。她还真的以为，她打的那些如意算盘会成功吗？封逸尘是一个冷血的人。他杀人不眨眼，杀一个胎儿，是多简单的事情。她没有说话，一直没有说话。她只感觉封逸尘小心翼翼的吻落在了她的唇上，一点一点，很温暖，很呵护。她知道他在用他的行为安慰她，他在告诉她，他会一直陪着她。但是，他不会理解，对于孤儿而言，亲人的重要性。

她安安静静地接受着他的亲吻，然后她抬头，突然主动地回应。封逸尘一怔。他没想到夏绵绵会主动，而且主动得有些突然。她急切地把自己的舌头伸进了他的唇瓣里，甚至开始脱他的衣服，小手往下。

"绵绵！"封逸尘拉住她不规矩的小手。

夏绵绵说："不想吗？"

"绵绵。"

"或许，你可以直接杀生，听说前三个月都很不稳定。"

"夏绵绵！"封逸尘叫着她。

他没想到，她会突然这样。

"怎么了，下不了手？"夏绵绵冷漠，"不敢亲手杀自己的骨肉？"

封逸尘喉咙微动，似乎是在隐忍。对夏绵绵的讽刺，他一直在忍耐。

夏绵绵冷笑："封逸尘，我真看不起你！"

封逸尘脸色铁青。夏绵绵翻身，直接躺在了床上。

她说："如果不敢，也别想我去医院，我死都不去！"

房间陷入了安静，如窒息一般的安静。夏绵绵感觉封逸尘似乎起身了，然后看着他的身影去了外阳台。不用想也知道，封逸尘在抽烟，不要命地在抽烟。他大概没想到，回来后面对的第一件事情，就如晴天霹雳！夏绵绵翻身睡了过去。她不知道封逸尘是什么时候回到床上的。她睡得很沉。

孕妇，本来就很容易嗜睡。

第二天一早，夏绵绵起床。

封逸尘还在她旁边，似乎还在熟睡。她掀开被子，起身，走进浴室。她趴在洗漱台上，不受控制地吐了出来。其实每天早上都有孕吐，她习惯了。她吐了好久，吐得黄疸水都出来了。她顺手去拿自己的毛巾，面前突然就有一条毛巾递过来。她接过，说了声："谢谢。"封逸尘就站在旁边看着她，看着她有些苍白的脸。夏绵绵漱了漱口，又擦了擦脸。每天早上她的脸色其实都不太好。她深呼吸一口气，看着封逸尘。

"每天都会这样吗？"封逸尘问她。

"嗯。"

"难受吗？"

"这种感觉，很难形容。"夏绵绵说，"反胃的时候会很难受，但想到是因为肚子里面有个宝宝，心里莫名还会觉得有些甜，这大概就叫痛并快乐着！"

封逸尘点头，就是默默地点头。他似乎在隐忍着什么，转身欲走。夏绵绵轻轻地拉住他的手。触碰到他的手尖，她甚至能够感觉到他的颤抖。

她说："封逸尘，我们好好保护他好吗？"

封逸尘没有回头。但她看到了他身体突然地僵硬，僵硬了很久，却没有点头。他离开了浴室。夏绵绵看着他的背影，眼眶有些红润，但她的情绪很稳定。她知道封逸尘的决定，没有谁可以改变。她洗漱完毕之后，去衣帽间换了衣服下楼。楼下所有人都在沙发上等她吃早饭。

封逸尘很久没有和他们一起吃饭了。小南很热情："姑爷你多吃点，你是不是很久没有吃林嫂做的饭了，是不是很想念？"

"嗯。"封逸尘应了一句。

其实，他食不知味。小南看封逸尘不怎么搭理她，也不再自作多情。一顿早餐，大家也吃得各怀心思。

吃过早饭之后，封逸尘对着准备上楼的阿某："送我和绵绵出去一下。"

阿某恭敬道："是。"

夏绵绵看着封逸尘。封逸尘直接拉着她的手，带她走出了家门。两个人坐在小车的后座。阿某开车，其实有些漫无目的。

阿某问过一次了："去哪里？"

封逸尘没有回答。阿某只得随便开。小车内异常安静。夏绵绵其实很淡定，很淡定地看着封逸尘紧拽着她的手的模样。

她说："你是打算带我去医院吗？"

封逸尘点头嗯了声。夏绵绵转眸看向窗外。有些事情，有些时候，可能真的沉默才好。

封逸尘对着阿某说："去市中心私立医院。"

阿某看了一眼夏绵绵，把车子往目的地开去。轿车缓慢到达目的地。

夏绵绵看着白色的建筑物，看着来来往往的"白大褂"。

封逸尘坐在车后座上，很久没有下车，也没有催促她。两个人互相僵持着。

封逸尘突然打开车门："走吧，绵绵。"

"我说什么都没用了是吗？"夏绵绵问他。

封逸尘不说话。夏绵绵也觉得自己这句话有些多余。封逸尘去牵她的手。

"封逸尘。"夏绵绵避开了他。

封逸尘的手尴尬地停在半空，缓缓握成一个拳头，看上去在控制。

夏绵绵说："既然没办法让他活在这个世界上，我想带他去看看世界。"

封逸尘看着夏绵绵。

"我想带他去全世界走走。"夏绵绵说，"一周时间，回来后，我不需要你陪，我自己去医院！"

封逸尘没有说话。

"不答应吗？"夏绵绵问他。

封逸尘就是可以保持死寂一般的沉默。夏绵绵下车。她左右不了封逸尘。

她脚刚落地，封逸尘突然说："好，我陪你一起。"

"你怕我逃跑吗？放心，驿城还有很多我舍不得的东西，我不会走。"

"不是。"封逸尘说，"我陪他一起看世界！"

夏绵绵没有拒绝。他要陪着就陪着吧。

封逸尘回到车上，对阿某说："回去。"

阿某点头，那一刻明显微松了口气。夏绵绵依然看着窗外，一言不发。出去了半个小时，他们又回来了。小南看着他们，原本热情的模样被姑爷和小姐间貌似不太好的气氛给浇灭了，她识趣地闭嘴，走向一边。夏绵绵直接回了房间。封逸尘也回了房间。两个人没什么交流，夏绵绵躺在床上睡觉。

封逸尘坐在外阳台上，默默地抽烟。夏绵绵迷迷糊糊地睡了过去。醒来的时候，封逸尘已经开始在收拾行李了。

他看着她睁开了眼睛，问道："有什么特别想要带的吗？"

"没有。"

他说："全球十大必去的景观，一周时间能够去四个。因为彼此都很远，我挑选了评价最高的四个：第一个是石佳阁的骷髅谷，悬崖峭壁；第二个是文拉格山脉，是高海拔群山；第三个是人间天堂，是一片清澈见底的海域；第四个是莫大拉沙漠，全球最大的原始沙漠！"

"好。"夏绵绵点头。

四个地方，刚好分布在全球的东、西、南、北四个方位，围绕起来，就是一个世界。

"今天下午3点的飞机，先去石佳阁的骷髅谷。"

"好。"

封逸尘把行李收拾好，提着下楼。夏绵绵跟着他的脚步。

小南见姑爷又提着行李，忍不住好奇："姑爷又要出远门吗？"

"是我和他一起。"夏绵绵解释。

"小姐也要一起走？"小南不舍。

"留空间让你和阿某谈恋爱不好吗？"夏绵绵调侃。

小南脸一红。这么一说，她似乎又能接受了。

"可以吃午饭了。"林嫂过来恭敬道。

所有人围坐在了饭桌前。又是如此浓郁的鸡汤。其实前几天夏绵绵已经让林嫂不要炖鸡汤了，她闻着就反胃。

林嫂连忙解释说："少爷在的时候，每天都让我熬鸡汤，我想是少爷喜欢喝，所以今天就自己做主熬了。"

夏绵绵点头。小南给每一位都盛了汤。放在夏绵绵面前的时候，夏绵绵直白道："我不要。"

"为什么啊小姐？鸡汤养身体的，你看你好像都瘦了。"小南劝道。

"不喝。"夏绵绵固执道。

昨天晚上睡觉的时候其实她想了一个晚上，封逸尘如果真的是把避孕药放在了鸡汤里面，那还真是有一次疏忽了。那次她刚好有些小感冒，对鸡汤有些反胃，让小南帮她喝了。可能就是那一次……

封逸尘由始至终没有说话，当然，也没有喝面前的鸡汤。吃过午饭之后，阿某送他们去机场。封逸尘一直拉着她的手，和她一起坐进了车后座。车子驶出，平稳地行驶在驿城街道上。安静的车内，突然响起电话的声音。封逸尘低头看着来电。

他接通："妈。"

"在哪里？"杨翠婷问。

"去机场的路上。"

"你要去哪里？"

"我要去旅游，一周的时间！"

"封逸尘，在关键时期你要离开，你疯了吗？"

"我有点事情要去做，一周时间还有宽裕，对方不会这么快行动的。"

"封逸尘，很长一段时间你都在违背我的命令！"

"我知道。"封逸尘说，"我知道我在做什么。"

那边猛的挂断了电话。封逸尘脸色微变。夏绵绵看着他的侧脸，不发一语。车子到达机场，阿某帮他们搬下来行李。封逸尘接过，拉着夏绵绵的手走进机场。他们去换了登机牌，坐在VIP候机厅等待登机。

"封逸尘，你要是忙，我可以自己去。"夏绵绵开口。

"不忙。"

夏绵绵不再多说，他们之间的话本来就很少。

旅行花了整整7天。

没什么惊涛骇浪的事发生，他们很平静地周游了"全世界"！夏绵绵和封逸尘离开最后一个旅游地，VIP豪车送他们去机场。封逸尘拖着行李，去换登机牌。夏绵绵在旁边等他。她左右看了看，然后起身走向一边，穿过人群，走向了洗手间。

她站在洗手间的洗漱台前，拿出手机："阿某，准备好了吗？"

"在1号厅3号出口位置。车子尾号是637。"

"好。"

夏绵绵挂断电话，她看着镜子中自己的样子。

夏绵绵刚走出洗手间，迎面对上了封逸尘。

夏绵绵嘴角一笑。

她知道逃不过他的视线。

她说："换好了吗？"

"嗯，我们去候机。"

"好。"

夏绵绵的手被封逸尘紧紧地攥在手心。那一刻，她恍惚感觉到了他手心的一丝湿润。他们走向头等舱安检处。夏绵绵就一直被封逸尘紧紧地拽着。她四处打量，其实不难发现，一路跟着他们的两名杀手，此刻正在经济舱安检处。她眼眸微动，跟着封逸尘安检完，去了VIP候机室。夏绵绵的手就一直被封逸尘牵着，其实她想要逃跑很难。但她必须得走。她看着坐在她旁边的封逸尘。他一直很安静，薄唇轻抿。

"封逸尘，我肚子痛。"

"嗯？"

"我想去洗手间。"

"我陪你。"

"我是去女厕所。"夏绵绵提醒道。

封逸尘看着她，夏绵绵推开他的手。

封逸尘松开手那一刻，突然一把又抓住她。

"我不会跑的。"夏绵绵解释，"何况就算我跑了，你忘了我身体里还有你装的定位仪吗？"

封逸尘松开了她的手："还有十多分钟就登机了。"

"嗯。"

夏绵绵起身走向了一边的洗手间。她去女洗手间，因为是在VIP候机室，所以人很少。她等了一会儿，没有等到旅客，倒是等到了一位清洁大妈。对不住了，夏绵绵手肘一用力，清洁大妈在毫无防备之下，就被夏绵绵弄晕了。夏绵绵快速地脱掉了清洁大妈的衣服，换上。换上之后，她深呼吸一口气，走出去。她想过了，如果封逸尘在门口等她，如果封逸尘认出了她，她就直接跑，跑不过再说！她就这么下定决心。意外的是，封逸尘并没有在门口。她憋足一口气。

封逸尘是因为知道她身上有定位仪，才确定她跑不掉吗？

她也不敢怠慢，脚步迅速地走向了另外一边。她穿过来来往往的人群，把手心中那颗小小的定位器，顺手放在了迎面而来的她也没有看清楚的某个旅客身上，她其实从一开始就没有吃下去。

她没办法相信封逸尘，至少不能百分之百地信任。好在她没有吃，要不然，此刻她是真的走不掉。她快速地穿过人群，离开了候机室，走出了机场。她的速度很快，按照既定路线到达了1号厅3号出口，然后看到了一辆尾号为637的黑色轿车，一鼓作气坐了进去。阿某戴着鸭舌帽坐在驾驶座上，车辆一跃而出。夏绵绵转头看了一眼，只是杀手观察事物的一种本能！她没有太多情绪，回头看着前方，没有什么值得留恋的。

夏绵绵开口，对阿某说："这种地方，封逸尘身边至少有两名杀手，一直跟着我们走了几个国家。"

"现在是非常时期，boss要保证他的绝对安全。"阿某琢磨道。

"我们是明天的飞机吗？"

"嗯。"阿某点头，有些疑惑地问道，"为什么不跟着boss一起回去？"

"他没办法保护我。"

准确来说，是他不会保护她的孩子。她从没想过要去医院流掉这个孩子，不管发生什么事情，雷打不动。所以她在打算和封逸尘一起离开的时候，就让阿某到这里提前等她，然后在离开的时候和封逸尘分道扬镳。不用说再见，这就是结局。上一世和这一世的纠葛，从现在开始就宣告结束。不管她多爱他，不管她是不是还爱着他，不管他爱不爱她，有些现实，就是这么赤裸裸。她和阿某在一家普通的酒店住下，她不知道封逸尘会不会来找她，其实仔细一想，可能不会。对封逸尘而言，现在还有更重要的事情在等着他。而她决定在暗处静观其变。第二天一早，夏绵绵和阿某上了回驿城的飞机，晚上到达。她和阿某急匆匆地走向出口，然后去了机场偌大的地下车库，找到了早就在等候的轿车。阿某为夏绵绵拉开车门。夏绵绵坐进去。阿某坐在前排。

"好久不见了，绵绵。"车后座传来一个熟悉的男性嗓音。

夏绵绵嘴角一笑："龙一。"

龙一也笑了笑，吩咐司机开车。车子驶出停车场，在宽广的街道上行驶。龙一曾说，让她不要轻易做出决定，不要选择跟着谁，这是最好的自保方式，其实不是。封逸尘没办法保她周全，否则不会让她打掉孩子。何况她不会忘了她重生的目的，所以她不能让龙门输。她提前联系了龙一，她决定跟着他。龙一不会怀疑她。一般人应该会猜想她是不是封逸尘派来的卧底，而龙一就是无条件相信她的一切。她会报答龙一的信任！

车子到达一栋熟悉的别墅前。这是龙一的私人房产，上次她来过，后来被封逸尘接走了。龙一不怕封逸尘再杀过来吗？想来，封逸尘也没那个精力再以身犯险。他们走进透亮的客厅。

龙一说："坐了那么久的飞机，你先休息，明天我再过来找你。"

"好。"夏绵绵点头。

龙一看了她一眼，说："我会保护你的安全，封逸尘进不来。"

"嗯。"

龙一体贴地带着他的属下离开。

偌大的别墅，就只剩下夏绵绵和阿某。

阿某如犯职业病似的在客厅里外看了一圈，才走向夏绵绵："阿九，这里除了我们还有15个人存在。"

"是龙一安排的保镖。"

阿某点头嗯了声。

只要她觉得可信，他就不去怀疑。

夏绵绵说："累了吧，早点休息，接下来会发生更多的事情！"

"好。"阿某不多问。

两个人一起走向二楼，各自挑选了房间休息。

夏绵绵洗完澡之后，躺在床上看着天花板。她承认，她会想起封逸尘，想起他的模样，想起她又一次将他抛弃在了异国他乡。她不知道封逸尘会不会有情绪，但她希望他明白，她这次的举动，真的是在跟他说再见。以后，他们就是敌对的了。她翻身，勉强让自己睡了过去。第二天夏绵绵依然是被自己的胃叫醒的。她去浴室吐了好一会儿，房门似乎被人推开了。

她脸色有些白，看着龙一站在浴室门口处，没有越界地走进来，只是站在那里，看着她呕吐得撕心裂肺的模样，看着她随意地擦拭着自己的嘴角，显得那般毫不在意。

"怎么了？"龙一关心地问道。

"我怀孕了。"

龙一身体一怔，那一刻其实有点没反应过来。

夏绵绵说："很受打击？"

"有点。"龙一直白道，"封逸尘的？"

"否则呢？你觉得我是那种会出轨的人吗？"

"我个人很想你是。"

夏绵绵无语。

"实在是不想你给封逸尘生孩子。"龙一说，"我嫉妒。"

夏绵绵笑："你只要不怀疑我的身份就行了。而且，或许这个孩子会保不住。"

"没想过打掉吗？"龙一问她，"虽然很残忍，但我觉得，这是现在对你最好的方式。"

"不了。"夏绵绵摇头，"封逸尘也这么劝我了，可我不想。一个人太久，就会很期盼有个人陪着自己，不知道他能不能陪着我，但我希望，我能够陪着他。"

"我不强迫你。"龙一说。

他对她就是这么无比顺从。

她嘴角一笑："谢谢。"

龙一转身离开，走向客厅。客厅中的男人阿某，龙一听夏绵绵介绍过，说是封逸尘的一个职业杀手，身手不凡，但现在是夏绵绵的人，让龙一绝对信任。龙一打量了一番阿某。阿某也这么上下审视他。

难得，杀手居然主动开口了："龙先生。"

口吻很尊敬。

"你好。"龙一也还算客气。

"你是龙门的龙一？"阿某似乎是在确认。

以前没有见过面，所以阿某不敢肯定。

"有意见？"龙一扬眉。

"我没想到阿九真的可以拉拢你。"阿某直言。

"阿九？"龙一叫着这个名字。

"就是夏绵绵。"

"她的绰号很特别。"

不是绰号。

是代号。

阿某当然没多说。

龙一回答他前面的问题："夏绵绵不仅可以拉拢我，还可以让我为她赴汤蹈火。"

373

阿某看着龙一，带着不相信。

"你是封逸尘的杀手却愿意跟着夏绵绵，不是一样的道理？"龙一解释。

阿某点头，那一刻瞬间就释然了。夏绵绵从楼上下来的时候，就看到龙一和阿某在聊天。

龙一说："吃早饭吧。"

夏绵绵点头。三个人一起坐在饭桌前，吃东西。早饭是龙一从外面带来的。吃过早饭之后，龙一和夏绵绵在偌大的后花园散步，周围有很多黑衣保镖。在一个凉亭里，龙一的脚步停下，坐在了里面的椅子上。夏绵绵跟着坐了过去。

龙一说："目前道上还算风平浪静，没看出来封逸尘有什么举动。"

"暴风雨前总是宁静的。"夏绵绵直白道，"或许就是这几天的事情。"

"嗯。"龙一认可。

"其实我不确定封逸尘是不是针对龙门。"

"不管是不是，龙门这次都会一举拿下封逸尘以及他背后的组织，拖了太长时间了，也让他们逍遥得够久了。"龙一肯定道，眼神中的杀气很明显。

夏绵绵说："龙一，龙门和谁曾经结怨过吗？"

"结怨的很多。"龙一很直接，"我们是道上的，不可能没江湖恩怨。"

"我有点线索，想要排除一下，或许可以确定封逸尘的组织是不是在针对龙门。"

"你说。"龙一看着她。

"封逸尘不是他地下组织的最大boss。"

"这我也猜到了。他还年轻，不可能有这种能力。"但大boss是谁，龙门没查出来过。

"你觉得会不会是封家的人？"夏绵绵问。

"应该不是。"龙一摇头，"封文军我们彻查过了，他不可能是。"

"其他人呢？"

"封铭威也不是。"

"女性呢？"

"你说封逸尘的奶奶？"龙一说，"不可能的，她就是典型的知识分子。"

"我说封逸尘的母亲。"

龙一蹙眉："她？"

"没查过是吧？"夏绵绵问。

"是不觉得她会是。"龙一说，"她不过就是一个一心想要嫁入豪门的女人而已，如果她真的是，她没必要委屈自己，嫁给封铭威这个没什么能力的男人！"

"或许就是为了隐藏身份。"

"所以你觉得是杨翠婷？"

"确认就是她。"夏绵绵很肯定。

龙一很清楚，夏绵绵不会说没有把握的事情！

龙一整个人顿了顿。

他们用了这么长时间去调查，没想到还抵不过夏绵绵这段时间一个人的摸索。

"要不是因为一些线索，我也想不到会是杨翠婷，一般人都会自然地先撇开她的嫌疑。"

龙一听得认真。

夏绵绵继续道："阿某说有一次无意中听到大boss的咳嗽声，是个女人的声音，我才去试探了杨翠婷，发现她确实不是普通人，身手了得！"

"我去查查杨翠婷这个人。"龙一一口咬定。

"查肯定是查不到什么的。"夏绵绵说，"她可能就不是杨翠婷。"

龙一蹙眉。

"换一个身份对杨翠婷而言本来就不难。你查杨翠婷，查下去也不过是个普通人而已。"

龙一点头，觉得夏绵绵说的有道理。

"我觉得我们现在就是要好好分析一下杨翠婷这个人，准确地说，几十年前是不是有一个女人和龙门有仇，不是小仇，应该是深仇大恨！你认真想想，可能会有收获！"

"和龙门结仇的人真的很多，龙门杀过的人也很多。"龙一有些头疼，"这种事情要去排除，太难了。"

"不难。"夏绵绵引导，"杨翠婷不是普通人，能力这么出众的一个女人，你父亲可能会有印象。你回去好好问问你父亲，或者是你父亲曾经辜负的女人也有可能。"

"我父亲感情生活比较单一。"龙一极力维护父亲，"和我一样。"

夏绵绵笑了笑："没人怀疑你们龙家人的忠诚。"

"那我先回去了。"

"嗯。"夏绵绵点头。

有些事情耽搁不起，龙一带着自己的贴身保镖快速离开。夏绵绵回到客厅。

阿某坐在沙发上看电视，转头看着夏绵绵，说："龙一走了？"

"嗯。"

"你怎么让他信任你的？"阿某似乎还不敢相信。

"这叫——魅力。"夏绵绵笑。

阿某无语，难得一本正经地幽默一下："换了一张脸之后，脸皮都厚了。"

"你不觉得夏绵绵的脸，有厚脸皮的资格吗？"

"我更喜欢以前的阿九。"阿某直言。

"你审美有问题。"夏绵绵总结。

"不，阿九长得更灵动。"

夏绵绵看着他。

阿某会用灵动来形容她，形容身为杀手的她。

"我第一次看到阿九的时候，就觉得她是会笑的。"

"……"每个人都会笑。

仔细一想，他们在被训练的那段时间，应该没有人笑过，甚至哭都没有过。

"阿九笑的时候，会让人觉得很幸福。"阿某回忆。

夏绵绵没想到，她以前还有这个技能。

她说："别想了，人死不能复生，我总不能把自己再整容成阿九的模样吧。"

"不。"阿某说，"你就是阿九，但是你再也不会像以前那么笑了。"

因为以前自己蠢哪！

以前的阿九总以为自己可以睡了封逸尘。

"阿九，这次之后，我希望你不要再压抑自己生活了，我还是希望看到你无忧无虑的笑容，这对杀手而言，很珍贵。"

"嗯。"夏绵绵点头，"这次之后，我们都过回平常人的生活。"

阿某没有点头。因为他不知道，他能不能一直活着。两个人就在别墅里闲了一天。饭菜都是有人专门送进来，他们吃得很好。

第十二章　识破真相

翌日。

龙一来到了别墅。那个时候还很早，夏绵绵的胃都还没有叫醒自己，但被一个熟悉的带着哭腔的女性嗓音给弄醒了。她迷迷糊糊地睁开眼睛，看了好一会儿。

"小南！"

"小姐。"小南哭得稀里哗啦的，她红着眼眶说，"你为什么要丢下小南不管？"

"我什么时候丢下你了？"

"你就是，你让阿某给我一笔钱就是想要打发我是不是？我从小跟着你，你让我一个人去哪里？你让我拿着这么多钱我怎么花得完？"小南越说越伤心，干脆嗷嗷哭了起来。

夏绵绵皱眉，她真是头大。夏绵绵突然掀开被子起床。小南泪眼模糊地看着小姐的举动，然后看到她突然跑进了浴室，哗啦啦吐了出来。

她站在浴室门口，看着小姐吐得如此不受控制，那一刻似乎更委屈了："小姐，我就让你那么恶心吗？"

"……"夏绵绵竟然无言以对。

她缓了好一会儿，洗了洗脸漱了漱口，说："别嚷了，我是怀孕了，孕吐反应。"

小南眨巴着眼睛，那一刻完全是不受控制地大叫。

夏绵绵捂着耳朵。

"小姐你怀孕了！你终于怀孕了！"小南欢呼。

夏绵绵翻白眼，有那么值得高兴吗？

"那姑爷知道吗？"小南单纯地问道。

夏绵绵不想提封逸尘。

"姑爷不知道？！"小南看着夏绵绵的表情，突然像明白了什么似的大叫道，"孩子不是姑爷的？！"

夏绵绵懒得搭理小南。

"小姐，你真的给姑爷戴绿帽了呀？"小南屁颠屁颠地跟着夏绵绵的脚步。

夏绵绵下楼。

龙一在客厅等她，看见小南跟在她后面，他似乎是有些不耐烦地皱了皱眉头。

"她怎么在这里？"夏绵绵问龙一。

"缠我两天了。"龙一说，"之前一直在跃龙山庄的山下等我，看到有上山的车就冲上去，然后哭天喊地地说要见你。你要是不喜欢，我门口有几条大狼狗，看上去好像也是饿到不行了……"

"小姐……"小南楚楚可怜道。

夏绵绵无语，问："你怎么知道我和龙一在一起？"

"这还不简单吗？小姐要是没和姑爷在一起，就是和龙少爷在一起了呀，小姐和龙少爷关系匪浅！上次小姐离开姑爷就是去找的龙少爷，这次一定也是一样的！"

夏绵绵突然觉得小南这直白的逻辑，还真的歪打正着。

她说："封逸尘回去了没有？"

"嗯。"小南说，"前天就回来了，第二天又走了。"

"说什么了吗？"夏绵绵问。

"没说什么，我问他小姐去哪里了，他说走了。"

"……"夏绵绵看着小南。

"姑爷看上去好像很难过。"

378

"是吗？"夏绵绵反而笑了一下。

"是真的，小姐。"小南说，"我问姑爷说小姐为什么走了，为什么不回来，他说是因为你不够爱他。姑爷那么爱你，小姐你为什么不好好爱姑爷啊？你别和龙少爷在一起了，跟我一起回去吧，姑爷肯定一直在等你回去的。"

夏绵绵其实不想多听了。她和封逸尘之间，不是爱或者不爱的问题。

她说："你回去吧，别跟着我了。"

"不行！"小南激动道，"小姐你死都不能丢下我，这辈子我生是你的人，死是你的鬼，你要是丢下我，我、我、我就……"

"出门喂大狼狗。"龙一接着。

小南欲哭无泪：没想到你是这样的，龙少爷！

"行了，你想跟着就跟着吧。"夏绵绵也懒得多说。

她转眸看向龙一，龙一此刻似乎是看出来夏绵绵想要说什么，他直白道："先吃早饭，吃完早饭我们单聊。"

"嗯。"

小南目瞪口呆地看着自家小姐和龙少爷眉来眼去。她家姑爷真惨！那晚很晚了姑爷才回家，一个人，拖着两个人的行李，什么话都没有说。小南问他小姐去哪儿了，他也不多说，只说可能不会回来了。然后姑爷就一个人回到了卧室。第二天早上她去叫姑爷吃早饭，房门并没有锁，姑爷在阳台上坐了一晚上，满地的烟蒂，看上去真的很吓人。而后，姑爷就走了，看上去也没打算回来……

"小南，你的手机呢？"夏绵绵突然开口。

小南单纯地连忙把手机拿了出来，激动道："小姐你是要给姑爷打电话吗？"

夏绵绵接过小南的手机，直接按下了关机键。

小南蹙眉。

夏绵绵把手机给了阿某："收着。"

"小姐，你要做什么？"

"预防你通风报信。"夏绵绵说。

小南嘟嘴。

"我吃好了。"夏绵绵根本没搭理小南的情绪，放下了碗筷。

379

龙一此刻也放下了碗筷。

两个人一起离开饭桌，走向后花园，依然坐在一个凉亭里。

"打听到什么了吗？"夏绵绵问。

"问过我父亲了。"龙一说，"他说，他曾经和某个女人确实有过过节。"

"谁？"

"龙瑶。"龙一直白道。

"龙瑶？"夏绵绵完全没听过这个名字。

"我也不知道有这么一个人存在，想来那都是很久之前的事情了，我可能当时还小，完全没印象。但姓龙，你应该知道也是和龙门关系匪浅了。"

"所以她是什么身份？"

"我父亲的亲妹妹。"龙一一字一句道。

"怎么会有过节？"

"当年我爷爷还在，我父亲和龙瑶都还年轻，据说我爷爷当时有10个子女，最器重的就是我爸，毕竟是老大，从小由我爷爷一手栽培。而我爷爷最宠爱的就是他的三女儿龙瑶，听我父亲说，龙瑶长得倾城倾国，但凡看到过她的人都被她的容颜所惊艳，可以说，当时的龙瑶是集万千宠爱于一身，上面有几个哥哥姐姐爱着，再上面有自己的父亲把自己捧在手心，下面有弟弟妹妹的仰慕，外界还有无数的爱慕者，所以她的性格变得很刁蛮。"

夏绵绵很安静、认真地听着。

龙一继续道："当时，驿城不止龙门一个让人胆怯的地下组织，还有一个很大的帮派叫虎山行。一直以来龙门和虎山行都处于敌对状态，谁都不待见谁，甚至只要碰到对方的人，绝对是赶尽杀绝。"

"然后呢？"

"有一次我父亲去执行一项特别大的地下交易。我爷爷派他亲自去，但是没想到，到达目的地的时候，一向不太参与这方面事情的龙瑶自己做主伪装好跟着我父亲一起去了，我父亲没办法只得把她带在身边。"

"那天正在交易的过程中，就被虎山行的人给破坏了，交易失败不说，我父亲差点被当时虎山行的少主聂鹰杀死，他好不容易逃过一劫，龙瑶却不幸被对方抓了去。我父亲没办法，只得先回了国，回到龙门，才能想办法救出龙瑶，但万万没有想到……"

"龙瑶和聂鹰相爱了？"夏绵绵揣测。

"你怎么知道？"

"爱情小说都这么写。"

"事实确实是如此。我父亲一直愧疚当时没能把自己的妹妹一起带走，所以他一心想要攻克虎山行，不管龙瑶还有没有活着，他势必要踏平虎山行。但那一次完全是孤注一掷，双方实力相当，进行了你死我活的残杀，损失都很严重，死伤无数。最后我父亲终于杀了虎山行的首领，然后将聂鹰逼到了绝境。而我父亲万万没有想到，那个一直在帮聂鹰逃跑，一直在聂鹰旁边的女人居然是自己的亲妹妹龙瑶，她不仅没死，当时还怀了聂鹰的孩子。"

"你父亲杀了聂鹰？"这不需要怀疑，每个人都会这么做。

"对。"龙一说，"我们龙门的人死了那么多，如果我父亲放走了聂鹰，他会无法服众，所以不管龙瑶怎么求他，他依然当着龙瑶的面，将聂鹰一枪击毙，子弹打爆了聂鹰的头。"

"我父亲说，他到现在都忘不了当时龙瑶绝望的眼神，当时她看着他时，那真的是恨之入骨的寒意。最终，他把龙瑶带了回去。"龙一说，"但是龙瑶绝不是一个逆来顺受的人，她能跟着我父亲走只是想平安生下聂鹰的孩子，而龙门其实是不允许这个孩子存在的。"

夏绵绵听着，这一刻其实有些动容。

或许因为自己怀孕了，所以这一刻反而很有感触，很能够理解，当初龙瑶绝望到充满仇恨的心。

"打了吗？"夏绵绵问。

"没有。"龙一摇头，"龙瑶似乎也预料到龙门容不下她这个孩子，所以在我父亲打算带她去医院的时候，她跑了。"

"跑掉了？"

"怎么可能？当时的龙门想要监控一个人太过简单了，龙瑶准备偷渡离开，在那个码头，被我父亲拦了下来。"

"你父亲为什么不放龙瑶走？"

"聂鹰的孩子不能留，而且以龙瑶的性格，绝对不会就此罢休，我爷爷怕后患无穷。所以其实在让我父亲追龙瑶回来时，我爷爷就已经下了死命令，要么带着龙瑶活着回来，要么带着她的尸体回来。"

夏绵绵喉咙微动。

有些残忍，但现实就是这么赤裸裸。

龙瑶可能自己都没有想到，一向疼爱自己的父亲，居然也对她起了杀心。

"龙瑶死都不跟着我父亲回去。她在我父亲的紧逼之下，跳海了。当时海水很急，龙瑶跳下去之后，必死无疑，而且当时龙瑶还受了枪伤，根本就活不下来。后来听说过了很久，那片海里漂来了一具已经被海水泡得惨不忍睹的女性尸体，被认定为龙瑶，至此，龙瑶就彻底消失在这个世界上了。"

夏绵绵点头。

龙一看着夏绵绵若有所思的样子。

他说："你觉得，龙瑶有可能还活着吗？"

"我不知道。"夏绵绵说，"可能不是活着，而是重生了。"

"什么？"龙一诧异，完全听不懂。

"杨翠婷长得和龙瑶像吗？"夏绵绵问。

"一点都不像！"龙一说，"我父亲说，龙瑶长得很美，是惊艳的绝美。虽说杨翠婷年轻的时候也很漂亮，但完全不及龙瑶的十分之一，我父亲说龙瑶是他活这么多年见过的最漂亮的女人！"

"封逸尘长得和龙瑶像吗？"夏绵绵继续问。

龙一一怔："这个我倒没有问我父亲，但我想，如果长得像，我父亲应该会一眼就认出来，对于龙瑶那般绝色容颜，我父亲应该会记忆深刻。"

"那么，重生的可能性很大。"夏绵绵说。

"绵绵，你……头脑还好吧？"

"我就是觉得我可以，其他人也可以。"

龙一蹙眉。

"你不是一直在怀疑我的身份吗？我说过我不是夏绵绵，我是阿九！"夏绵绵看着龙一说道，"我的经历很神奇，说出来你可能并不相信。我曾经是封逸尘手下的一名职业杀手，是他培养的杀手之一。我当初为了执行封逸尘安排的一个任务去救夏柔柔，然后死在了火堆里，当我再次醒来的时候，我就成了夏绵绵！"

龙一看着夏绵绵，完全是惊恐。

夏绵绵说："你仔细想想，如果我真的是夏绵绵，我为什么会有身手？如果我是夏绵绵，我为什么会知道封逸尘这么多事情？如果我是夏绵绵，我为什么要这么来对付封逸尘？更何况，传说中的夏绵绵和现在的夏绵绵，你觉得是一个人吗？"

"我相信你。"龙一点头，"虽然觉得不可思议，但我没办法解释发生在你身上的这些事！"

"或许，是科技还没有到达的领域，这种现象，几百年后也许就能够用科学解释了。"

"所以，你认为，杨翠婷和你一样，是重生了。"龙一不再纠结，直接认定了夏绵绵的答案。

"龙瑶不是普通人，她出生在龙门，知道龙门的一切运作，有自己的能力。她还是虎山行少主聂鹰的妻子，她还可以去拉拢虎山行余下的一些分散势力让她重新出山。而她伪装自己的身份，就是不想要引起你们龙门的怀疑，而且创建一个杀手组织，从培养到盈利到最后达成她的目的都需要钱，她如果不嫁入豪门根本就不可能有钱运作，所以她要拼命地让自己嫁给有钱人，同时生下的儿子也要在豪门里面隐藏身份，暗地里做一些不被人发现的勾当！"

"你这么一说，逻辑似乎都能够说得过去！"龙一点头，"现在我要回去告诉我父亲这些吗？但我不能保证他会信，他是亲眼看着龙瑶跳海的，是已经根深蒂固地认为龙瑶已经不在这个世界上了！"

"你不用让你父亲相信杨翠婷就是龙瑶，但你可以让你父亲相信，封逸尘的大boss就是杨翠婷，一旦你父亲相信了，下一步就会对付杨翠婷，杨翠婷如果死了，封逸尘的组织也会乱，擒贼先擒王，这个道理你父亲应该比谁都懂。"

"好。"龙一点头，由衷地说道，"你真的比我想的还聪明。"

"只是因为很想一网打尽！"夏绵绵说，"我希望龙门能够像当年灭虎山行一样，不留余地！"

龙一看着夏绵绵，他说："不打算给封逸尘一点生机吗？"

"没打算。"夏绵绵说，"一命换一命，只是等价交换。"

他喜欢这么爱恨分明的夏绵绵，他说："我先回去和我父亲商量，但有可能，对方会比我们先动手，那个时候你是跟着我，还是在这里待着？我会尽量安排充足的人手，保证你们的安全。"

"我跟着你一起。"夏绵绵一口咬定，"不想你把人手浪费在我的身上，而且我能保护好我自己，甚至可以助你一臂之力！"

"嗯。"龙一也不再多说。

夏绵绵说的话，他不需要有任何怀疑。龙一迅速地离开了别墅。夏绵绵也回到了客厅。她想，以封逸尘这么聪明的人，绝对不会坐以待毙。封逸尘比她更聪明，可能他已经猜到她能够想到这一步。而且……她总怀疑，封逸尘是不是知道她阿九的身份……否则她和阿九那么多相似的地方，他那么谨慎的人不可能不怀疑，但他甚至没有问过一句。是不是因为他母亲真的有着同样的经历，所以封逸尘可以很坦然地接受甚至是完全相信，她身体里面的灵魂已经更换！她越想越觉得有些心惊胆战。如果封逸尘真的知道她是阿九，知道她是阿九还说爱她，那他是爱夏绵绵，还是爱阿九？如果他是爱阿九的，当年阿九的投怀送抱他为什么会拒绝？当初为什么要去救夏柔柔而放弃救她？她想，封逸尘应该不是爱阿九的。他怎么可能对自己的杀手产生感情？！

杀手只是为了他拼命而已！

"小姐。"小南突然开口。

夏绵绵狠狠地看着小南。

她的思维就这么被小南给搅和了。

"小姐。"小南一脸殷勤，"龙少爷走了吗？"

"你对他有意思？"

"小姐！"小南跺脚，"人家只钟情于阿某。"

阿某在旁边喝水，差点被一口水给呛死。

她拉着夏绵绵的手："小姐，我们还是走吧，你不要跟着龙少爷了，我们回去找姑爷好不好？姑爷那么好。"

"你要走就走。"夏绵绵说，"要是舍不得你家姑爷，你也可以给他做通房丫头，长得不好看的都做通房丫头。"

"……"小姐打击人真是够了！

"小姐，你就跟着姑爷吧，姑爷人那么好！"

"我在怀疑，不会是封逸尘安排你到我身边的吧？"夏绵绵严肃道。

"小姐，你有了龙少爷之后，连我也要怀疑吗？"小南眼眶一红，"我跟了小姐这么多年，不管以前小姐过得多惨，不管现在小姐过得多好，我小南什么时候离开过你？到现在，你就不要我了是吗？"

夏绵绵这一刻被小南说得有些无言以对。

"我不过就是觉得，姑爷对小姐真是好的，而且你还怀了姑爷的孩子！你们就不能一家人好好的吗？"

"谁说孩子是封逸尘的？"夏绵绵说。

"真的是龙少爷的？"小南眼睛都鼓圆了。

384

"是阿某的。"

噗！阿某一口水终究喷了出来。

夏绵绵和小南看向他。

阿某咳嗽了两声，整个脸都呛红了，他说："你们继续。"

小南回神，还算聪明："小姐你又逗我。"

"知道我是逗你的你就别问了。"夏绵绵说，"我不能保证我们还能这么平静多久，或许马上就会刀光剑影。所以趁着还有点悠闲的时间，我们要好好享受，说不准下一秒就得去黄泉路上了。"

"小姐你又吓唬我。"

"这次真没有。"夏绵绵起身，从客厅离开，她弯腰在小南耳边说，"想要睡阿某就赶紧，否则可能就没机会了。"

小南脸涨红。小姐太直接了。虽然她确实很想，但她也很矜持的好不好！见小姐上楼了，小南就直勾勾地看着一边的阿某。阿某被小南看得毛骨悚然。

他说："你想做什么？"

"我想……"小南脸羞红。

"想都别想。"阿某直接走了。

小南翻白眼。这货铁定不举！夏绵绵回到房间，坐在阳台上晒太阳。听说9点多的太阳最能补钙了。她的手轻轻地放在了腹部：能在妈妈肚子里面待多久，看你自己的能耐了！她的心口，那一刻突然动了一下。妈妈！她居然就这么自然地以"妈妈"自居了。还有一股温暖，她无法形容。她抬头，迎着阳光。她不知道封逸尘为什么会如此反感这个孩子的存在，她猜想，或许就是封逸尘的母亲并不希望她生下这个孩子！对杀手而言，有牵绊不是好事儿。之前杨翠婷一直伪装着说让她生孩子得到封尚集团的股份，现在想来还真的都是假的。杨翠婷隐藏得比任何人都深！她大口吸气，缓缓吐出。她想，这样的日子，总会在某一天彻底结束！

夜晚。

龙一离开之后，也没有给夏绵绵任何信息。她不知道龙天是否相信了她的一面之词，她只能坐等。吃过晚饭之后，夏绵绵正打算散散步，然后回房睡觉，大门外，突然走进来一行人。夏绵绵看着来人，她嘴角轻抿。阿某自然地走过去，站在她身边，保持警惕。小南一看到这么黑压压的一群人，吓

385

得直接躲到了门后，然后透过门缝看着客厅的一切。

"龙叔。"夏绵绵叫他。

龙天看着夏绵绵，原本僵硬而严肃的脸上突然笑了一下。

这一下，反而让夏绵绵有些心惊。

她说："龙叔不会是来杀人灭口的吧？"

"这个时候还能这么沉着稳重，我倒是对你有些刮目相看。我就一直好奇，龙一到底看上了你哪一点，在我的如此逼迫下他却还是一如既往地相信你，甚至对你有求必应，现在想来，你可能真有特殊的魅力吸引龙一。"

"多谢龙叔的夸奖。但我猜想，龙叔这么晚亲自到这里来一定不仅仅是为了验证龙一为什么喜欢我，龙叔有什么话不妨直说。"夏绵绵笑着说道。

"既然你这么聪明，什么都看得明白，我也就不拐弯抹角了。"龙天说，"龙一今天上午回来告诉我，说杨翠婷是封逸尘组织的最大boss，我似信非信，在我看来杨翠婷不像是会有如此能耐的人，但龙一说他相信你。"

夏绵绵认真地看着龙天。

龙天自然也是一脸严肃："我相信龙一的判断，但我也不得不怀疑，你会不会是在联合封逸尘一起来算计龙一。不管如何，你和封逸尘结婚了，你们才是夫妻。"

"龙叔希望我做什么？"夏绵绵问。

龙一看着夏绵绵那一刻，眼神又深了些。

他倒是真的没有想到，夏绵绵不仅可以这般沉着大气，还如此聪慧过人。

不用他多说什么，眼前这个女人似乎很清楚他的目的。

他说："既然你说杨翠婷是最大boss，那么就应该由你出面引出杨翠婷并帮我杀了她，在她还没发现我们已经知道她的身份之前动手。"

姜还是老的辣。

她之前打的算盘是利用龙门去对付封逸尘的组织，自己坐享渔人之利，现在却被这么反将了一军。

她说："龙叔准备给我什么样的资源？"

"你答应了？"龙天惊讶。

"否则我有选择的余地吗？我要是不答应，龙叔应该会当场杀了我，在龙叔看来，迷惑你儿子的狐狸精，应该不适合存在于这个世界上吧！"

龙天突然爽朗地大笑："夏绵绵，我很欣赏你！龙一是我最得力的儿子，但他不会是我的继承人，具体为什么我自然不会给你解释。如果你这次表现得好，你所说的都是事实，为龙门灭了封逸尘，我会允许你嫁入我们龙门，成为龙一的妻子！"

"奖励我就不要了。"夏绵绵笑道，"龙一值得更好的女人。"

龙天蹙眉。

夏绵绵直白道："我也有我不方便告诉龙叔的原因。"

龙天不多说，话锋一转："既然你答应去引出杨翠婷，我给你一支30人的军队埋伏，只要杨翠婷中了埋伏，就算她有天大的能耐也逃不走，到时候不管她是不是最大boss，都要杀了她以绝后患，而后我就相信你是我们的人！"

"好。"夏绵绵点头，"我有一个条件。"

"你直说。"

"杨翠婷有多大的能耐我不清楚，她对我而言太神秘了，我不知道她的底线在哪里，所以我还可以当作什么都不知道地大胆和她搏一次，但我很清楚，封逸尘的能耐有多大！"

"你想我帮你支开封逸尘？！"

"对。"夏绵绵说，"封逸尘在驿城，我怕的是别说30人的军队，就是再加一倍，他也可能击破，以防万一，我希望龙叔确保封逸尘不在驿城。"

龙天似乎在考虑可行性。

夏绵绵继续劝说："我猜想，封逸尘可能已经知道我和龙门有合作，就肯定会猜到，我突然联系杨翠婷一定有什么阴谋，但现在杨翠婷并不知道我和你们在合作，在杨翠婷还没有防备心的时候，很容易得逞。"

"你有把握把杨翠婷引出来吗？"

"有。"夏绵绵肯定道。

龙天点头："好，我答应帮你引开封逸尘。"

"你最好谨慎一点，别让封逸尘发现异样！"

"不需要谨慎。"龙天告诉她，"三天后，道上有一个地下交易组织聚会，在金三角举行，但凡有点名声的组织都会去，龙门也会去，我会让龙一去，目的也是不希望龙一在这件事情上搅和，他有时候很固执。"

夏绵绵点头。

"龙门会去，封逸尘也会去。封逸尘去了金三角，自然就离开了这里！你可以趁着这个机会把杨翠婷引出来。"

"好。"夏绵绵点头，点头那一刻若有所思。

她说："龙叔，这个组织的聚会是提前很久就通知了吗？"

"有问题？"

"提醒龙一小心点，我怕封逸尘会选择这个时候对龙一动手，然后点爆你们的战争！"

"放心，龙一的能耐比你想象的强很多！"

"我只是希望你们不要对封逸尘掉以轻心。"

"我自有分寸。"龙天说。

夏绵绵也不再多说："不早了，龙叔要回去休息了吗？"

龙天看一眼夏绵绵，转身说道："丫头，可别让我失望！"

"我尽力而为。"夏绵绵保证。

龙天离开，离开那一刻，恍惚还回头看了她一眼。他只是恍惚觉得，这丫头，不让人觉得讨厌。夏绵绵看着龙天离开，好久，才终于松了一大口气。其实龙天真的大可以杀了她，在龙天看来，她对龙一是绝对有影响的。好在龙天没有这么做。她深呼吸，让自己紧绷的情绪放松。

小南从门后跑出来："小姐，你真的要杀了姑爷的母亲吗？"

她是很想杀了杨翠婷，但她也得有那个能耐才行。

"你要是杀了姑爷的母亲，你和姑爷还能有未来吗？姑爷肯定会恨死你的，小姐，你不要受那个老头子威胁了，我们干脆今晚就逃跑吧！"小南很激动。

"逃不了了，已经被龙天监控了。"夏绵绵说。

她敢肯定，这里面的保镖，已经被龙天换了一半。

但凡她有任何轻举妄动，龙天都会一清二楚。

"小姐……"

"别叫了。"夏绵绵有些不耐烦。

小南嘟嘴。

"我和封逸尘没可能，不管是曾经还是以后！"

"可是你们彼此相爱呀！"小南忍不住说道。

"相爱与否从来都不是我们之间的问题！"夏绵绵一字一句道，他们之间的问题是隔了一万道鸿沟，谁都越不过去。

"小姐，姑爷那么爱你……"

她承认封逸尘爱她，但不相信封逸尘会为了她放弃一切！如果杨翠婷真的是龙瑶，那么龙门就是封逸尘的"杀父"仇人，龙瑶这么多年的养精蓄锐，培养杀手，培养封逸尘，不就是为了灭了龙门吗？夏绵绵当然也可以选择不和龙门合作，但如果是这样的话，那她上辈子的仇找谁报？退一万步讲，就算不报仇，以现在杨翠婷时不时想要杀了她的冲动，她还要让自己过上那种心惊胆战的日子吗？万一哪天她又被杀了，上天还可能再给她一次重生的机会让她去以仇报仇、以怨报怨吗？上帝只会送她两个字，傻子！所以，为了结束一切，只有灭了封逸尘以及他的组织，这是她可以让自己好好活着的唯一方式！她可以很爱封逸尘。

但在爱的前提下，她更理智地知道，生命最可贵！

到目前她所走的一步一步，都是她唯一的选择，没有第二条路可走。

她只能勇往直前！

安静的客厅里，小南也不再多说了，但看得出来整个人情绪很低落。

阿某一向不爱说话，却也不难看出，他脸色紧绷，也是清楚会有大事儿发生了，何况杀大boss，不只是她和阿某，估计所有杀手想都不敢想。突然，别墅中的电话响起。之前和封逸尘去了国外，联系了龙一之后，夏绵绵就把电话丢在了国外。电话的信号太容易暴露自己的行踪了，她不敢冒险。她拿起客厅的电话接通。她知道是龙一打过来的。

龙一说："绵绵，我父亲去找过你了？"

"找过了。"

"你答应了他的条件？"

"答应了。"

"绵绵。"

"龙一，你不用感到内疚！"夏绵绵说，"其实你父亲不相信我也是理所当然的。有时候我在想，你怎么会这么傻，我说什么你都信。"

"……"龙一无语。

"也是时候以实际行动对你们表明我的真心了！"夏绵绵笑了笑，"放心吧，我身边有阿某，他会拼命保护我的，我也相信你父亲会给我一支忠诚的军队，他不会故意害我！"

"不会。我父亲答应我了，军队人员由我来挑选，我会给你最好的。"

"谢谢。"夏绵绵说，突然又想到什么，"对了，什么时候出发去金

389

三角？"

"后天一早。"

"你注意安全。封逸尘如果会去，我猜想他会先找你动手，杀不了你父亲，会拿他身边最重要的人开刀，你一定要多加小心！"

"好，你也是。"

"嗯。"

"这两天我可能没办法去别墅了，我要准备去金三角的事，你有什么事情可以给我打电话，我会尽量帮你。"

"我这边我会自己安排，你保护好自己就行。"

"绵绵，如果我没死，我希望能照顾你一辈子。"

夏绵绵捏着手机，没有回答。

"我父亲刚刚回来笑话我，说我在自作多情。"龙一有些无奈。

夏绵绵淡笑。

"他说他其实挺认可你这个儿媳妇的，哪里知道你却说不需要奖励。他还说他当时老脸都差点没地方搁，还好反应快转移了话题。"

夏绵绵仔细想了想刚刚龙天的表现，还真没有看出来有半点尴尬。

她说："我怀了封逸尘的孩子，而且没打算打掉！"

"不就是做便宜老爸嘛……"

"是不想委屈了你。"夏绵绵说，"对你不公平，你别想了。"

龙一再想说什么，顿了顿："算了，我有办法追到你。"

夏绵绵笑，她不太相信。

"好好照顾自己，回头见。"

"回头见！"

回头，何时见？

夏绵绵默默地挂断了电话。

这次之后，或许他们就会，永远不见！

三天后。

上午。

夏绵绵在别墅里安静地待了三天。这三天，她当然不会那么悠闲，她想了很多种引蛇出洞然后一举拿下的计谋，想得脑袋差点爆炸，最后决定用最

390

简单的方式。她让龙天的人帮她把她的电话卡补了回来。不用自己的电话给杨翠婷打，她怕杨翠婷会怀疑。她深呼吸，按下杨翠婷的号码。

那边很快接通。

"妈。"夏绵绵开口。

"绵绵，找我有事儿吗？"

"逸尘跟你说过什么时候回来吗？"

"他没跟你说吗？"杨翠婷反问。

夏绵绵完全听得出来，杨翠婷是一个谨慎的人。

"没有，就说会离开一段时间。"

"我也不太清楚，应该会很快。"那边在打太极，"你也不用太担心，他经常出差。"

"这次我感觉他好像有点不同。"

"别多想。"杨翠婷安慰，"对了绵绵，这段时间你在哪里？当时和逸尘一起出国为什么没有一起回来？"

夏绵绵那一刻突然有些语塞！

所以杨翠婷应该也是盯上她了。

她迅速反应，自若地说道："我们预计去4个地方旅行，他赶时间回来，我自己一个人去的沙漠，才回来他就要走了，所以才会想要问问妈他的情况。"

"是这样吗？"杨翠婷随口说道，"那你还有什么事情吗？妈现在在上班有点忙。"

"妈，我怀孕了。"夏绵绵开口。

杨翠婷明显愣了一秒。

"我就是拿不定主意，我要先等着逸尘回来告诉他，然后再回封家跟爷爷说，还是今晚直接告诉爷爷？"

"你确定怀孕了吗？"

"测出来是两条杠！"

"去医院检查了吗？"

"刚验出来，还没去。"

"那你先别急，听说早孕试纸不是百分之百准确，查血是最准确的，妈还是带你去医院比较保险。"

"哦，那我自己去吧。"夏绵绵体贴道，"妈刚刚不是说在上班很忙吗？我自己去医院就好。"

"你怀孕了，天大的事情也没有你的事情重要，你在家吧？妈一会儿来接你。"

"哦，那我在家等妈？"

"最多半个小时，你准备一下，等会儿打电话给你，你就下楼。"

"好。"夏绵绵挂断电话。

她深呼吸一口气，整个人完全处于紧绷到差点窒息的状态，全程都怕自己的一丝紧张让杨翠婷产生怀疑。

还好，杨翠婷很在乎这个孩子，不管是希望他存在或者不存在。

至少，她愿意亲自出面！

她转身，对着小南说道："送我回去。"

"小姐，真的要这样吗？"小南看上去都要哭了。

夏绵绵根本没时间搭理小南，和阿某商量对策。

而后，她咬了咬唇："走了。"

没有那么多感情流露，也没有拖泥带水。他们一向如此。

小南慢半拍，赶紧跟上了夏绵绵的脚步。

小南开车，是龙天送的一辆崭新的豪华轿车。

"小姐，就不能掉头不去吗？"小南一边开车一边说道。

"快点！"夏绵绵催促。

"小姐。"

"要么你就下车我来开，要么你就闭嘴。"

为什么非要把自己逼到这么危险的地步？分明不需要把自己弄得这么危险的呀！

她只得听话地把车子开向小区。

停好车，夏绵绵在小区门口等杨翠婷。

小南也跟着下了车。

"小姐，我陪你吧，我不放心你一个人，万一你被……姑爷肯定会很伤心的！"小南难受地说道。

"不用了，多一个人不过是多一分危险，你帮不了我什么，白搭一条命！"夏绵绵直白道。

小南还想说什么，夏绵绵就接到了杨翠婷的电话。

"妈。"

"到楼下了吗？"

"在楼下等着呢。"

"马上到。"

挂断电话，夏绵绵对着小南说道："你回去吧，拿着钱过自己的生活，实在不知道怎么谈恋爱，驿城很多夜店都有牛郎的，那些人会教你怎么玩。"

"小姐，人家没有这么随便的。"小南脸红。

夏绵绵笑了笑："对自己好点，别老为了别人活着。"

小南眼眶一下就红了。她听不得小姐对她说这样的话。夏绵绵笑了笑，那一刻其实也有些泪眼模糊。她重生之后，睁开眼睛看到的第一个人就是小南，看到的就是她从来没有感受到过的真诚关怀。以后……

谁知道还有没有以后。她转身。

一辆奢华的黑色轿车停靠在了她的脚边。

司机连忙下车给夏绵绵打开车门。

夏绵绵透过车门看到了杨翠婷，她能够感觉到小南不舍的眼神却又不敢吱声，她坐进了车后座，嘴角拉出一抹笑："妈。"

"嗯。"杨翠婷微点了点头。

夏绵绵坐得规矩，看上去是很有教养，实际上是如坐针毡。

"什么时候发现怀孕的？"杨翠婷开口询问。

"今天一早。"

"第一个告诉我？"

"暂时还没有告诉其他人，本来想告诉逸尘的，又想当面给他惊喜。"

"嗯，先去医院检查了再说。"

"好。"

车子在驿城的街道上行驶。夏绵绵其实看出来了，这不是去医院的路，不是市中心医院也不是市中心私立医院。以杨翠婷的身份，自然不可能把她带到一个小医院去检查，基本可以肯定，杨翠婷不会带她去医院了。不带她去医院，会去哪里？当然是作案现场。她保持冷静，看着车辆好像离市区越来越远。

"妈，我们不是去市中心医院吗？"夏绵绵看似单纯地问道。

杨翠婷看了一眼夏绵绵。

夏绵绵一脸茫然。

她说："绵绵，去医院之前，我先带你去另外一个地方。"

"哪里？"

"到了就知道了。"

夏绵绵轻咬着嘴唇。车子越开越远，越开越荒凉。夏绵绵看到眼前一片萧条的芦苇。这里是很荒芜的一个港口，几乎没有什么人，杂乱的沙滩外，就是一望无际的大海。夏绵绵想，差不多就是这里了。果真，车子稳稳地停了下来。

杨翠婷说："绵绵你下车。"

"为什么要来这里？"夏绵绵依然表现出疑惑的样子。

"下了车就知道了。"杨翠婷说。

夏绵绵看着杨翠婷，缓缓打开车门下车，她转头看向杨翠婷并没有要下车的意思。

她回头问："妈不下车吗？"

"妈不用下车。"杨翠婷嘴角的冷笑很明显。

"为什么？"夏绵绵惊恐。

杨翠婷阴森地说道："因为我不用死。"

"妈你在说什么？我怎么听不懂？"

"你不需要懂，你只要知道，你不配怀上封逸尘的孩子，更不配得到封逸尘的爱。"

"妈……"

"你别怪我，害死你的人是封逸尘！"杨翠婷脸色突然一紧。

夏绵绵猛然感觉到自己的身体被某个蛮力拉扯。她被狠狠地从车上拽了下去。她看到了杨翠婷的私人司机，手上突然举着黑色的手枪，枪口冷冷地对着她。夏绵绵心惊。这里根本没有任何可以掩护的地方，她可能身体一动，脑袋就开了花。好在她还能安慰自己这次就算死，也死得无怨无悔，总比自己傻兮兮地被别人死了好！她看着眼前的黑色手枪，看着面前的司机，扣下了扳机。砰！子弹迸发的那一刻。

夏绵绵一个侧身，在司机始料不及的时候，一个侧踢，一脚狠狠地踹在了司机拿着手枪的手上，将手枪猛的一下踹飞了出去，同时一个翻滚，捡起了地上的黑色手枪，稳稳地指在了司机的后脑勺上。

司机猛然举手，不敢有任何动作。他大概是没有想到，夏绵绵会有如此身手，刚刚那一系列举动，一气呵成，让人毫无防备。夏绵绵手指一动。

砰！

面前的司机倒在了地上。

他倒下来那一刻，她看到了杨翠婷从车上下来，手上拿着手枪，她们指着彼此的头。

杨翠婷脸色明显变了。

她带着些不敢置信的眼神："你是谁？"

"夏绵绵！"夏绵绵笑，"如假包换！"

"绝对不是！"

"那么你呢，你是谁？"夏绵绵说，"是龙瑶吗？"

杨翠婷那一刻脸色瞬间惨白。

整个身体突然抖动了一下，明显很惊恐。

"你到底是谁？"杨翠婷大吼，"给你三秒，否则我马上杀了你！"

"或许我们可以比试一下，谁的手速更快？！"夏绵绵冷笑，"我承认我快不过封逸尘，但可以赌一把，能不能快过你？！"

呵！杨翠婷笑了，笑得很是猖狂。

"夏绵绵，我不管你是谁，你都活不了！"杨翠婷说，"你真的以为，我身边就只有这么一个保镖吗？"

夏绵绵蹙眉。

"我的命很贵重，死不起！"杨翠婷一字一句道。

话音落下，夏绵绵眼眸微动。

她感觉到突然从四面八方出来的人，在一步一步靠近自己。她不知道有多少，但杀她绰绰有余。她倒是没有想到，杨翠婷为了杀一个小小的她，居然会做万全准备！她不能停留，突然扣动扳机，子弹迸发！杨翠婷身体灵活地躲在了车子后面，也开了一枪。

夏绵绵滚下了公路，到了下面的芦苇地，躲过了子弹，却感觉到旁边有人在靠近，她没有回头，咬牙直接冲进了芦苇丛中的土堆里面，身后响起了更多的枪声！

夏绵绵知道阿某来了。她耳边全部都是子弹的声音。她跑出了一段距离，脚步突然停下。她顿足，谨慎地看着面前的两个拿着手枪的穿着黑色衣服的强壮大汉。夏绵绵脚步往后退，手枪握在手上，用劲！一对二。

她杀一个，然后另一个杀她！划算吗？

夏绵绵脑海里面在疯狂地盘算，耳边突然响起一道枪声。

面前的一个男人被一枪击毙，直接被射中额头。

在那个男人还未倒下去那一刻，夏绵绵猛的对着另外一个人开了枪，两个人直直地倒在了她面前。

她转头看着身后的人。

"阿某！"

"走，这里的人比我们想象的多。"阿某拉着夏绵绵，"而且龙门军队的能力比不过职业杀手，我们没有胜算，先走！"

夏绵绵点头。杨翠婷刚刚就说了，她的命贵得很，她死不起！特别是她已经死过一次，又还没有报仇雪恨，不会让自己轻易死去。她跟着阿某的脚步，穿过面前的芦苇丛，往更深处走去。耳边的枪声变得越来越远，但两个人完全不敢松懈。职业杀手的追踪能力有多强，他们清楚得很。两个人一直疯狂地在芦苇中奔跑。

阿某看了看后方，又看看前方的公路："我们在这里隐蔽，等待来往的车辆，劫车离开，否则这样一直跑下去不是办法，我们体力有限，而他们可以分批行动。"

"好。"夏绵绵也没有犹豫。

两个人躲在一片芦苇丛中的土堆后面，一直警惕着四周。

等了一会儿，他们恍惚听到了车辆经过的声音。

阿某给了夏绵绵一个手势，意思是让她在此隐蔽，他上去。

夏绵绵点头。

阿某左右看了看，猛的从芦苇中冲了上去，一辆轿车开过来，一个急刹。阿某猛的走向驾驶座的那一刻，身后突然响起了枪声。夏绵绵看着阿某的小腿颤抖了一下。而后，那辆轿车突然一个加速，大概是被吓到了，不要命地开了出去。阿某暴露在公路上。对着他的是三个职业杀手，后面跟着的是杨翠婷。杨翠婷走上前，一脚狠狠地踹在了阿某的肚子上。阿某如此强壮的一个人，被杨翠婷那一脚直接给踹翻了出去。夏绵绵紧捏拳头。

"夏绵绵呢？"杨翠婷居高临下地问阿某。

阿某打死不开口。

"想死了是吗？阿某！"杨翠婷一只高跟鞋狠狠地踩着阿某趴在地上的手，用力到阿某忍得青筋暴露。

夏绵绵一直一直忍耐。

"你都是我教出来的，你还以为你打得过我？"杨翠婷语气阴冷无比，"区区一个杀手，还想背叛组织，夏绵绵给你什么好处了？"

阿某死都不说话！

"告诉我，夏绵绵在哪里？她在哪里？"杨翠婷暴怒，高跟鞋又是一个用力，狠狠地踢在了阿某的背上。

"啊！"阿某惨叫。

骨头断裂了！

夏绵绵恍惚还听到骨碎的声音。

"不说是吧？！"杨翠婷站直了身体。

她退后两步，手一挥，一个职业杀手拿着手枪走了出来，对着阿某的头。

"我在这里！"

夏绵绵从隐藏的芦苇中，走了出来。

杨翠婷冷笑了一下。

她说："我还以为你会藏多久！"

夏绵绵一步一步走向公路。

公路上，没有任何遮挡。

她面前就是三个保镖，还有一个杨翠婷。

她和阿某基本没胜算。

"你不就是想要杀了我吗？你放了阿某，和他没什么关系。"

"你明知道你们两个我都会杀！"杨翠婷直白道，"当然其实你不出来也会死，早晚的事情。"

"你不杀阿某，我就告诉你我是谁。"夏绵绵和她谈条件，还算理智。

"你是谁我毫无兴趣！"

"但我知道你是龙瑶！"夏绵绵故意笑了，"不好奇我为什么知道吗？"

"不好奇，而且我一直坚信，只有死人才可以保管好秘密，你知道的秘密，就跟着你进棺材吧！"杨翠婷毫不在乎。

"其实我死了也没有关系，反正也不只是我一个人知道你是龙瑶！"

"夏绵绵！"杨翠婷狠狠地看着她。

"你放了阿某，我告诉你。"

"你以为我会信你？"杨翠婷冷笑，"你想太多了夏绵绵，我本来就不

397

是什么龙瑶！你威胁我也没用！"

夏绵绵看着杀手上前。杨翠婷看着夏绵绵有些惨白的脸。对她而言，夏绵绵知道这些事情又能怎样，她本来就打算公开了！

她冷冷道："你也算死得其所，我一共才15个随影，你杀了我12个，虽然杀了你一倍以上的人作为代价，我依然觉得不值！所以夏绵绵，你不死，真的不能解我心头之恨！你死了之后，我还会将你碎尸，喂这片海上的白鸽！"

"封逸尘不会原谅你的！"夏绵绵威胁。

她完全相信，杨翠婷可以做到如此心狠手辣！

"没打算让他原谅！"杨翠婷说，"他能活着是他的造化，死了也是他的命！"

"封逸尘是你儿子！"

"又能怎样？"杨翠婷冷笑。

夏绵绵真的看不懂杨翠婷了。虎毒不食子！或者对于杨翠婷而言，封逸尘不是她和她最爱的男人生的孩子，所以对封逸尘并没有那么深的感情！她只是把他当成了报仇的工具而已。这个女人竟然残忍到这个地步！

"不说了！"杨翠婷看着夏绵绵，完全不需要有任何犹豫，冷冷道，"黄泉路上走好！"

夏绵绵眼睁睁地看着面前的黑色手枪枪口对准了她，对准了阿某。

夏绵绵转头，看着地上的阿某，看着他血肉模糊的样子。

她说："对不起。"

阿某抬头看了她一眼。大多数杀手其实都不怕死，除了她。因为她死过一次，滋味并不好。她闭上眼睛，就那么一瞬间，这一世太多太多记忆在脑海里面一闪而过。她其实很不舍！她抚摸着自己的腹部。

对不起！

哐！

公路上突然响起一道剧烈的声音。

夏绵绵身体猛的移动。

砰、砰！

两道枪声从她耳边呼啸而过。阿某那一刻也忍着疼痛突然起身，身体往一边翻滚过去。面前是一辆突然出现的黑色轿车。轿车从杨翠婷的身后撞了过来。杨翠婷自然是避开了，其他两个杀手将杨翠婷护在身后，面前那个准备杀他们的杀手，在开了两枪之后，被撞飞了出去，血肉模糊。夏绵绵猛的一下拽着地上的阿某，打开轿车门直接钻了进去。开车的人一脚油门，疯狂无比！夏绵绵看着驾驶座上的小南！对，又是小南！

印象中，她被小南救了三次了。

她看着小南紧张地抓好方向盘，发了疯似的开在公路上，根本停不下来。

"小南。"

"小姐你受伤了吗？"小南问她。

"你怎么到这里来了？"夏绵绵问。

"你上车之后，我跟踪你了，我担心你，后来跟着跟着就跟丢了，好久才找到你们。我差点吓死了，我看到有人拿着枪要杀你，真的不知道该怎么办，就只有开着车撞了过来，我刚刚是把人撞死了吗？"小南问，似乎是完全无法想象自己刚刚都做了什么。

"你好好开车。"夏绵绵不想解释。

"我们现在去哪里？"

"去龙一的别墅。"

"好。"小南迅速地开往目的地。

夏绵绵看着一身都是伤的阿某："你怎么样？"

"死不了。"

"忍一下，到了之后我帮你取子弹！"

"嗯。"阿某点头。

"阿某受伤了吗？"小南开着车，紧张地问道。

"受伤了。"夏绵绵回答，眼眸就这么直直地看着小南，看着这个奇怪的小南！

"严重吗？"

"你说呢？"

"我不知道。"小南很恐慌的样子。

夏绵绵说："先认真开车。"

"哦。"

夏绵绵低头看一眼阿某忍耐的模样，又转头看向了窗外。车子迅速地停到了龙一的别墅前。夏绵绵扶着阿某下了车。阿某忍着痛，走进了客厅。夏绵绵把阿某放在了沙发上，然后开始在客厅寻找急救箱。她打开急救箱，应有尽有。

她拿出消毒点滴和钳子，先对着阿某的小腿消毒："你忍忍。"

"嗯。"

很快，夏绵绵直接从阿某的小腿里面，将子弹取了出来。阿某忍得脸色惨白一片，连嘴唇都变得毫无血色。夏绵绵帮阿某缝针，然后包扎。阿某躺在沙发上，一动不动。

夏绵绵说："后背怎么样？需要去医院动手术吗？"

"不用。"阿某说。

夏绵绵点头。

对于杀手而言，不致命的真的都是小伤。

"你睡一会儿，我去帮你倒杯白开水。"夏绵绵在阿某耳边轻声说道。

阿某应了一声。

夏绵绵把急救箱收拾好，去倒了一杯开水。此刻小南已经很自觉地从浴室里面拧了热毛巾，在帮阿某轻轻擦拭。阿某抬头看了一眼小南。两个人对视着。缓缓地，阿某闭上了眼睛。小南此刻也安静下来，没有吵闹。

夏绵绵把开水放在阿某的手边，对着小南说道："刚刚不怕吗？"

"怕呀，都怕死了，我都不知道自己怎么鼓起勇气把车子开着冲出去的！"小南连忙说道。

"我说，刚刚我给阿某取子弹的时候，你不怕吗？"

小南看着夏绵绵。

"我一直以为你会怕，没想到你可以全程眼睛都不眨地看下去。"

"我，我是怕打扰到小姐……"

夏绵绵笑了一下。

那个笑容一点温度都没有。

小南内心一紧。

她紧张地看着夏绵绵。

安静的客厅里，移动座机突然响起。

夏绵绵起身，接通："龙一。"

"封逸尘并没有参加这次聚会。"龙一说，"你那边怎么样？"

"刚刚劫后重生。"夏绵绵说，"没能杀了杨翠婷，但我想，你父亲应该会相信杨翠婷是最大boss了，她直接歼灭了你的30人军队！"

龙一倒抽了口气："你没事儿就好。"

"我还好，阿某也没死！"

"那就好。"龙一说，"果真不能小看了封逸尘！"

"你最好警惕着封逸尘现在是不是在暗处，或者……"夏绵绵心口一紧。

"或者什么？"龙一问。

"封逸尘可能还在驿城。"

"绵绵！"龙一都听出了夏绵绵的紧张。

"如果他在驿城，他要攻击的对象就是你父亲，在此之前，或许……"夏绵绵越想越后怕。

她转头看着一边的小南，看着她突然变得安静的模样。

"绵绵你别紧张，我父亲没那么好杀。你也别担心封逸尘会直接来找你，至少他并不知道你的落脚地！"

"不，封逸尘肯定知道！"

"那你也别怕！"龙一安慰她，很冷静地说，"别墅里有一条暗道，在一楼杂物间里面，你进去数第三块地砖，直接搬起来，里面有一个铁门，钥匙在厨房第二个格子的青瓷碗下面。你现在可以从暗道走，暗道通向后山，后山有一辆直升机，给你留下的保镖中，有一个穿黑色西装衣领上有一小块红色条纹的人，你带着他一起，他会带你去另外一个安全的地方落脚！"

"谢谢你龙一！"夏绵绵感谢。

"你保护好自己，我马上回来！"

"嗯。"夏绵绵点头。

她现在真的有80%的把握，封逸尘在驿城，还很有可能在往这里赶。挂断电话，夏绵绵走向阿某。她俯身在阿某耳边说了什么。小南在旁边看着，就看着她。夏绵绵突然起身，起身那一秒，一脚直接往小南身上踹了过去。小南一个灵活的转身，避开了。夏绵绵就这么看着小南。小南也知道自己隐瞒不了什么了。她也这么看着夏绵绵，紧咬着嘴唇。两个人相互看着彼此。情义已尽！

夏绵绵想，有些话真的不用说得太绝。

她转身直接走出了客厅，很快找到了那个穿着黑色西装，领口有红色条纹的保镖。保镖跟着夏绵绵。夏绵绵拿了钥匙，扶着阿某往别墅的杂物间走去。由始至终，她没有再和小南说一个字。小南看着他们的背影。她知道她要被小姐丢下了。她上前，拦住他们。夏绵绵眼眸一紧。

"对不起小姐，你不能走！"小南一字一句说。

夏绵绵看着她。

"不能走！"小南再次重复。

夏绵绵让阿某退后了两步。

她说："我也很想知道，你的身手到底有多好！"

"小姐。"小南叫住她。

"你不应该叫我小姐。"夏绵绵说，"动手吧！"

"小姐，我是不会和你打的！"

"所以你可以让我杀了你？"

"你杀了我也可以。"小南说，"但你不能走。你走了，我没办法保护你的安全！"

"你是封逸尘的人？"夏绵绵问。

小南看着她。

"看来是猜准了。"夏绵绵说，"所以封逸尘现在知道我的一举一动是吗？"

小南沉默。

"没什么，小南，我不怪你。"夏绵绵看着她。

小南不知道能说什么。

夏绵绵说："好好保重，最好再也不相见！"

夏绵绵也不想和小南打。她宁愿什么都不知道，然后渐渐淡忘这么一个人！她也没时间耽搁了。她蹲下身体，搬开瓷砖。她看到了一扇铁门，上面挂着一个铁锁链。

她刚开锁，听到小南说："小姐，姑爷来了。"

夏绵绵身体一紧，恍惚感觉到了身后熟悉的身影。

她咬唇。

身边那个保镖做出了防备的姿势，随时准备格斗。

夏绵绵挥手："别打了，打不过。"

保镖看着她："大少爷让我誓死保护你！"

"所以让你别打。"夏绵绵对着保镖说道，"你一打，我可能死得更快！"

402

保镖一脸蒙。

夏绵绵转身，看到了封逸尘，看到他穿着黑色西装，其实也是一件很普通的衣服，但那一刻就是让她莫名觉得光鲜亮丽，莫名觉得高高在上。

他静静地站在那里，看着她，看着她所有滑稽的举动。

是啊！

她做的一切，在他看来，不就是小丑的把戏吗？

他就是可以把她玩弄在股掌之中，那么轻而易举！

"你会杀我吗？"夏绵绵问。

"不会。"封逸尘回答。

"放了他们行吗？"

"好。"封逸尘说。

"想来，除了他，"夏绵绵指着保镖，"其他的都是你的人。阿某也是，你别杀阿某。"

"不会。"封逸尘说。

"所以你现在想怎么样？"

"我带你离开。"封逸尘说，很肯定。

那一刻，夏绵绵感觉到手心一紧。她看到封逸尘拉着她的手，拽在手心里。夏绵绵没有反抗。封逸尘抬手一个指示，夏绵绵才发现他身后跟着的三名职业杀手——

爱莎、文川、白鹤！

他们都是杀手中的佼佼者。至少是她知道的最厉害的杀手。她看到了他们身上的血。

想来别墅中那么多的保镖，应该被这三个人血洗了！

文川蹲下身体将地道大门直接打开了，而后先跳了下去，封逸尘接着跳了下去，然后伸手将夏绵绵抱了下去。

爱莎一直看着boss护着的夏绵绵，眼神中的杀意一闪而过。

爱莎没有犹豫，也跟着跳了下去。

白鹤走向阿某，看着阿某虚弱的样子，调侃："没有决出胜负之前，别死了！"

阿某看了一眼白鹤。白鹤一把将他拽过去，扶着他跳进了地道。接着是小南。最后剩下那个保镖。他就这么眼睁睁地看着夏小姐走了……

403

地道中，一行人无比安静地走过了长长的一段通道。通道的尽头，果然停靠着一架直升机。文川坐在了驾驶室里，白鹤坐在了副驾驶室里。其他人坐在了直升机舱内。一切就绪，直升机缓缓地盘旋在空中，离开了那片山头。飞机内一直很安静。她转头看了一眼小南。这个小南，俨然不是原来的小南。小南看到夏绵绵在看自己，眼神也看向她，一脸无措地看着她，大概不知道该如何解释！

　　"我们现在去哪里？"没人说话，夏绵绵率先开口了。

　　"去金三角。"

　　"坐直升机去？"

　　"去机场，有专机。"封逸尘解释。

　　"我不想去。"夏绵绵直白道。

　　封逸尘看着她。

　　"不想去。"夏绵绵重复，"我想留在驿城，你要是不放心，把我关起来也行。我哪也不去，更不想和你去金三角。"

　　"为什么？"

　　"因为很危险。"

　　"我会保护你。"

　　夏绵绵没有回答。

　　"我会保护你。"封逸尘说，"所以别怕。"

　　"我刚刚杀了你母亲的13个随影！"

　　"我知道。"

　　"她会下令杀了我。"

　　"不会。"封逸尘肯定道。

　　"她的命令根本不需要得到你的同意。"

　　"所以我才把你放在身边。"封逸尘在解释，没有发脾气，也没有因为她的不信任，而有半点情绪。

　　"万一你死了呢？"夏绵绵问他。

　　夏绵绵不是开玩笑，因为杨翠婷说了，她不在乎封逸尘的死活！

　　"你就陪我一起死。"

　　夏绵绵看着他。

　　"放心，我没那么容易死。"封逸尘笑了。

那一刻，他笑得很帅。他温柔地将她抱进怀里，让她的头靠在他的肩膀上。他说："睡一会儿，到了我叫你。"她睡不着，但她还是安静地靠在了封逸尘的肩膀上。反正，她说什么都没用，何必多说！她静静地靠着，那一刻又睁开了眼睛。她对面坐着的是爱莎。爱莎毫不掩饰的敌意很明显。她又闭上了眼睛，心里默默想着：她的敌人果真不少！直升机飞了半个多小时，夏绵绵恍惚觉得自己好像睡着了。被封逸尘叫醒的那一刻，她有些迷糊。

她听到他说："绵绵，醒醒。"

"到了吗？"夏绵绵看着封逸尘。

"不是。"封逸尘表情严肃。

话音刚落，夏绵绵突然感觉到直升机的一个强烈波动。

她猛的抓住封逸尘的衣服，封逸尘反手将她抱得更紧。

"怎么了？"夏绵绵有些紧张。

封逸尘没有开口，就听到文川说道："最多坚持6分钟。"

什么叫最多坚持6分钟？

爱莎也突然说道："座位下没有救生衣，也没有降落伞，更没有应急食品。"

小南也附和："我这边也没有。"

夏绵绵这一刻才反应过来。是直升机出了问题！不可能！龙一不会害她。她不相信。

她看着封逸尘："我不觉得龙一会害我！"

封逸尘嗯了一声。夏绵绵咬唇。这个时候说出来，谁会相信？！她宁愿相信是龙天。对龙天而言，她毫无用处，特别是帮他验证了杨翠婷之后，就更没有用处了。她的脸色变得有些白。

封逸尘冷静地说道："下面是大海，文川你尽量降落。所有人解开自己的安全带，随时准备跳机。顺序分别是阿某和白鹤，爱莎和小南，我和夏绵绵，最后是文川。"

"是，boss。"所有人恭敬无比。

对于封逸尘的命令，没有谁敢反抗。一时之间，所有人都从自己的位子上站了起来。白鹤从副驾驶室走到机舱，扶着阿某。阿某整个人脸色苍白。夏绵绵看着他的模样，她没想到会让阿某遭受如此之罪。他身上这么多伤，跳下海那一刻的冲击力多大，在海里面浸泡着他的伤口会多疼，更重要的是，这么大一片海，阿某有可能会体力不支，到时候……她不敢想象！

"阿某！"夏绵绵叫他。

阿某回头看了她一眼，给了她一个安定的眼神。夏绵绵咬唇。她知道杀手不会轻易放弃自己的生命。

"跳！"封逸尘突然下令。

阿某和白鹤毫不犹豫地从最高点跳了下去。一瞬间，消失在眼前。接着，小南和爱莎也一并跳了下去。然后是封逸尘和夏绵绵。

封逸尘说："别放手。"

夏绵绵没有回答。

她就听到封逸尘在她耳边说了句："跳。"

她整个身体飞了出去，从高空中直接落进了空旷的海平面。海水巨大的冲击力，让她的身体不断地往下沉。她觉得很痛，一阵令人窒息的疼痛，那一刻几乎喘不过来气。沉到一定程度，夏绵绵开始往上游。她身边没有了封逸尘。因为在往下跳的时候，她甩开了封逸尘的手，她没想过和他一起，一直都没有想过。她要逃走！

她就是不愿意跟在封逸尘的身边。

在他身边，她没有安全感，更因为，道不同不相为谋。而现在是唯一可以逃走的机会，就是在大家都要自保的时候。她好不容易浮出了海平面，大口呼吸。一望无际，她甚至不知道该往哪边游。而她也不知道自己的体力可以支撑多久。以前还是阿九那会儿，接受杀手训练的时候在海水中泡一周的情况都有，泡到最后虚脱，但还是活着回来了。现在她能坚持多久？

现在是夏绵绵的身体，和当时的阿九完全不同，而且那个时候至少还有淡水。

没有水的情况下，她可以坚持几天？她想得再多，还是要努力活下去！夏绵绵在海水里扑腾，也不知道其他人怎么样。或许大家都会死在这片海域里，或者大家都会活着。生命有时候存在很多奇迹。她游了很远，一直到了天黑。按照自然规律，到了晚上，海浪就会更猛一些。那个时候，她恍惚看到了很远很远的一道地平线，那是陆地的地平线。按照目前的距离，应该还得游一天才能到。但她现在有点累了。

而且晚上的海水很冷，她冻得哆嗦，所以游的速度慢了很多，却不敢让自己停下，也不敢睡觉。

她闭上眼睛就是死。她勉强着自己，往自己能够看到的地平线游去。她

406

自己都很惊讶夏绵绵惊人的体力。夏绵绵的身体真的还好，甚至有肚子里面的宝宝她都觉得还好，他是一个坚强的孩子。她这么想，这么一直怀抱着希望，游动着。面前一个大浪扑打过来，该死的，夏绵绵又被推回去好远。她想，再有一阵，海浪应该就会过去了。她坚持着，一直不敢放弃地坚持着。

深邃的夜晚，渐渐有了一道微弱的亮光。

天亮了，宁静的大海似乎也有了一丝海鸥的声响。她看着远处的地平线，渐渐看清楚了那个荒野小岛。小岛上有树木，所以一定有淡水，一定有食物。上去了，她就不会死。她看到了希望，身体自然就会更加坚持。她甚至在这一刻还可以游得更快一些。海水似乎也在这一刻平稳了很多。她不停地游。

烈日当空，又落在海平面上。

再坚持两个小时就到了，这一刻的夏绵绵已经感觉不到自己的四肢，仿佛只是在麻木地做机械运动。她不知道其他人怎么样了！她一直让自己想着事情，因为想着事情，至少不会让她睡过去。她终于看到了远远的沙滩。要到了，要到了，她有些激动。身体本能地就开始加速。然后，她的身体突然僵硬。沙滩上站着的那些人……封逸尘、阿某、小南、爱莎、文川、白鹤，一个都没有少。她在不远处的海水里，看着那几个明显比她早到的几个人。所以她一个人辛苦了那么久，最终结果还是如此吗？还是，自投罗网。

她木讷地看着他们。

那几个人自然也看到了她，但没有人叫她，就是这么看着她往他们那边游过去。要过去吗？不过去就是等死，过去了……

其实也是死。现在就是要选择，早死，晚死，怎么死？！她突然转身游走了。她不想过去，固执地不想再过去。她转向一边。她想，这里群岛这么多，刚刚恍惚看到在45度角的方向，还有一个小岛，最多三天就可以到。她相信她的意志。她看不到身后的人，也不想去感受他的视线。她还能游得很快，很快地，离后面那座小岛越来越远。猛然，她的身体突然被一双大手抓住。她就知道她其实是跑不掉的。封逸尘如果不想放她走，她死都走不了。她被封逸尘禁锢着。

她笑了笑，用无比沙哑的声音，说："很巧啊封逸尘。"

第十三章　以命相搏

封逸尘脸色其实也不太好，嘴唇颜色也很差，想来在海水里泡了这么久，再强大的身体也会有些影响。

封逸尘没有说话，从后面抱着她，托着她的身体，直接往小岛游去。夏绵绵感觉不到他身体的温度，在海水里，好像都很凉。她只是突然看到眼前来了一个大浪。封逸尘将她狠狠地护在身体之下。大浪过来，两个人都被冲进了海水里。夏绵绵猛的一脚踹在了封逸尘的身上，在海水的冲击下，她甩开了封逸尘，用尽了所有力气。那一刻，她完全虚脱了。她没有力气了。

刚刚的一个爆发，已经让她的意志到了极限！

她就感觉自己的身体一直一直在往下沉。她眼睁睁地看着在自己的蛮力下，封逸尘离自己越来越远。她想，很多时候，她果真是固执的，固执到有些极端。其实她跟着封逸尘还有可能活命，但现在，必死无疑。她的身体越来越重，压力越来越强，意识越来越模糊！再见了，所有人！

一个大浪过去，封逸尘从海平面上浮了出来。

远处站着的人，紧张地看着刚刚一个大浪扑打，然后封逸尘和夏绵绵都消失在了海平面上。一会儿，封逸尘露出了海面，但是夏绵绵没有。夏绵绵是被海浪冲走了吗？其他人纹丝不动地站在那里，小南和阿某很紧张。下一秒，小南直接冲进了海水里面。她要去找小姐！阿某看着小南的背影，身体也往前走。

文川一把拉住他："你去了就是死！"

阿某咬牙。

"boss不让死的人，就不会死！"这是所有人对封逸尘的盲目崇拜！

其实，人不是神，没有什么事情是绝对的。封逸尘浮出水面那一刻，猛的又钻进了海里。他不停地往深海里面游去。他不相信夏绵绵就这样被海水冲走了，不相信她会在自己眼皮子底下，不见了！跳机的时候，夏绵绵推开了他，他至少知道那个时候夏绵绵还可以活下去，至少能够坚持三天。所以当所有人都到了的那一刻，他就在岸边等她。杀手都有一个共同的习惯，在不知道自己方向的时候，会习惯性往北，所以所有人才会全部都聚集在那个海岛上，夏绵绵也是！然而，好不容易等到她，封逸尘却看到她毫不犹豫地转身。她宁愿死，也不愿意跟他一起。他其实很平静，很平静地去把她带回来。他能够理解她的所有情绪。

现在，夏绵绵突然被海浪冲走了，他告诉自己也要保持冷静，冷静地往深海处寻找，不停地寻找，却找不到夏绵绵的影子。

他憋着一口气，从海水里浮出来，换了一口气，又扎了进去，如此反复，在海水里面的时间一次比一次长。

小南也在帮他寻找。

但是小南没有封逸尘的能力，她潜不了那么深。

她每次就只能眼睁睁地看着封逸尘往更深处游去，而她不得不浮出水面换气，然后再潜入，仿若就是在跟随着封逸尘的脚步，确定他在什么地方而已。

如此反反复复，不知道经过了多少次，在某一次，小南都觉得封逸尘可能不会再回来了。

封逸尘可能跟着夏绵绵一起，死在了这片海域。

突然，封逸尘托着昏迷的夏绵绵浮上了海面。

小南看见他们的那一刻，眼眶完全是红的。

她不知道小姐死了没有，但那一刻她是真的被这种强大的毅力弄得热泪盈眶。

如果是她，如果是任何其他人，绝对没有封逸尘坚决，绝对会放弃，即使不放弃也不会那么自信。

何况这么大一片海，一个海浪扑打过来，把人彻底冲散冲没，是简简单单的事情。

而她却看到封逸尘每次进入海水里，一次比一次坚定，一次比一次拼命！

小南连忙跟着封逸尘一起，游上了岸。

所有人都知道封逸尘的身体那一刻应该是到了极限。

但他没有。

他把夏绵绵平放在地上，抬起她的下巴，帮她做人工呼吸。

夏绵绵苍白的脸上，毫无动静。

封逸尘按压着她的胸口，一下一下，没有一丝慌乱。

他的急救措施做得很好。

他按压之后，又帮她做人工呼吸，如此反复，夏绵绵却根本就没有任何反应。

小南的眼泪已经不受控制地流了下来。

阿某在旁边，眼眶也有些微红。

封逸尘却一直在不停反复，就像刚刚在海水里面一样，仿若有股强大的动力在支撑着他，就是在告诉他：他可以找到夏绵绵，夏绵绵不会死！

"boss！"爱莎突然叫他。

封逸尘仿若没有听到。

他依然在做着急救。

"放弃吧！"爱莎说。

封逸尘没有听她的话，不停地用力帮夏绵绵进行胸外按压，一下又一下。

所有人都这么看着boss，看着他重复着这些急救动作。

过了很久，天似乎都已经黑了下去，都看不太清楚彼此的脸。

小南觉得，支撑封逸尘如此这般的，不是他的意志，而是他不接受夏绵绵会死。

她看到封逸尘手上的力气似乎小了很多。

她看到封逸尘的眼神一直看着夏绵绵毫无血色的小脸。

她恍惚看到了他有些红润的眼眶。

大概这里面的人，没有谁见过封逸尘哭。

当然，其实也看不清楚，但她猜想，封逸尘应该哭了。

所有人站在旁边，不敢说话。

其实大家此刻全都处于虚脱的状态。

"活着。"封逸尘突然开口对着夏绵绵说，声音很平稳。

夏绵绵根本就听不到了。

封逸尘再次重复说："活着。"

夏绵绵依然不动。

封逸尘又俯身，给夏绵绵做人工呼吸。

那一刻，所谓的人工呼吸，似乎变成了绵长的亲吻……如此心痛的一个亲吻。

小南咬着唇，泪眼模糊地看着面前的这一幕。

她想，如果小姐还能睁开眼睛，或许会被感动，或许真的会被封逸尘所感动。

如果小姐还能睁开眼睛……

如果上天会出现奇迹……

奇迹，似乎突然就发生了。

夏绵绵的嘴角恍惚动了一下。

那一下，让封逸尘的整个身体僵硬了。

他不确定，是不是自己的错觉。

他甚至不敢有任何反应。

他保持着动作，然后真的感受到了，虚弱的唇瓣，在他嘴唇上，轻轻动了。

他喉咙微动，紧张到拳头紧握。

他放开她的嘴，看着自己身下的女人，睁开了眼睛。

他想，春暖花开，原来是这样的感觉。

"绵绵……嗯……"封逸尘的声音，戛然而止。

夏绵绵手上的一把瑞士军刀，直直地插进了封逸尘的胸口处。

封逸尘就这么看着夏绵绵。夏绵绵不知道自己是不是出现了幻觉。因为她觉得她应该是死了。她被大浪冲到了海底，然后被海里面的岩石绊住了身体，她必死无疑。她当时只是有些遗憾，遗憾自己在死的那一刻，为什么没有带着封逸尘一起。分明，她可以和他一起死的。

所以她醒来那一刻，看到封逸尘的第一眼，就想杀了他，就迅速而本能地拿起自己防身的军刀，刺进了封逸尘的身体里。她看着血液一滴一滴地顺

411

着刀柄滴在了她的身上，血流不止……

封逸尘没有说话，大概也说不出来话了。

他看了一眼夏绵绵，然后缓缓从地上站了起来。匕首还插在他胸口的位置。谁都不知道夏绵绵的匕首有多长。所有人就看着封逸尘站了起来。他很高，很高。夏绵绵躺在地上看着他，真的像巨人一般。

爱莎上前："boss！"

那一刻，爱莎的眼神分明狠狠地看了一眼夏绵绵，毫不掩饰杀意。

封逸尘手微动，不让任何人靠近。

他转身，其实也不知道要去哪里，就是转身离开了夏绵绵，走了两步。

那么高大的一个身体，猛然直直地倒了下去。

"boss！"爱莎惊叫，跑上前。

所有人都过去了。夏绵绵也从地上坐了起来，看着封逸尘直直地倒在了所有人面前。从来没有谁看到过封逸尘如此。就算受了再重的伤，封逸尘也不会在自己的杀手面前如此狼狈。

"boss你醒醒！"爱莎激动无比，声音突然哽咽。

夏绵绵还戳在不远处看着爱莎恐慌的样子。

"你醒醒，你醒醒……"爱莎叫着封逸尘，猛的转头狠狠地看着夏绵绵，"要是boss有个三长两短，夏绵绵，我绝对会杀了你！"

夏绵绵没有任何表情。沙滩上，所有人都处于崩溃的状态。小南从封逸尘那边过来，蹲下身体，坐在了夏绵绵身边。夏绵绵看了她一眼。所以现在小南是在表明态度：如果封逸尘死了，她会站在夏绵绵这边吗？小南默默地坐在她的身边。夜色似乎越来越深，头顶上的直升机，缓慢地落了下来。直升机上下来两个人。有一个人夏绵绵没见过，另外一个人，她很熟——韩溱。

韩溱从飞机上下来，眼神直接捕捉到了封逸尘。

他让爱莎放开封逸尘，开始对他进行全身检查。他脸色凝重道："抬上直升机！"文川和白鹤连忙扶着封逸尘去了机舱。夜色下，真的看不清楚封逸尘到底死了没有！没死，大概也半死不活了。夏绵绵跟着小南一起坐进了直升机。如果她现在不走，任何一个杀手都会杀了她。她没有选择。

直升机起飞，韩溱给封逸尘戴上了呼吸器，挂上了心跳仪，然后开始帮他检查伤口。

他问："有多深？"

封逸尘没有回答。

爱莎说："你可以问夏绵绵！"

韩溙转头看着夏绵绵："你捅的？"

夏绵绵也没有回答。

"还好，知道给他留一丝活路。"韩溙那一刻似乎在调侃。

夏绵绵没说话。

"到了目的地再拔出来吧，否则怕止不住血。"韩溙说。

封逸尘应了一声。直升机飞了两个小时，停靠在了一栋山顶别墅前。很大的一栋别墅，夏绵绵以前也没见过，不知道这个地方是属于谁的。她跟着所有人一起走进了客厅，看着封逸尘被扶进了楼下唯一的一间房间。夏绵绵站在门口，看着所有人井然有序地忙碌着。韩溙做好了拔刀的准备。

他突然转头："你过来。"他是对着夏绵绵说的。

夏绵绵看着他。

"过来。"韩溙说。

夏绵绵走了过去。

"你坐在这里，看着我拔。"韩溙说。

"为什么？"夏绵绵瞪着他。

"没什么，让你内疚一下。"

"……"夏绵绵咬唇。

说话间，韩溙突然拔出匕首，血涌出来！那一刻，封逸尘的身体急速反应。哕！胃部收缩，封逸尘突然呕吐。呕吐带动伤口，以致大出血了。

韩溙猛的用医用棉布压住了封逸尘的伤口，声音很急："忍住！"

封逸尘的身体却还是在不停地反应，呕吐感很强，一直在不停地吐，身体一直在颤抖，看上去很吓人，就好像死前最后的挣扎。所有人大气都不敢出，直直地看着封逸尘。

"压住他！"韩溙说。

文川和白鹤连忙压住封逸尘的身体。

"夏绵绵，你固定封逸尘的头，让他侧过来，别让他的呕吐物堵住他的气管！"

夏绵绵紧紧地抱着封逸尘的头，让他侧着，然后看着他的身体不受控制地颤抖，一直在无法克制地呕吐……

韩溱一直在处理伤口，似乎过了好一会儿，血才止住，才不会那么恐怖地往外涌。

"冷……"封逸尘说，声音很轻很弱。

夏绵绵俯身，听了好一会儿，才听到封逸尘嘴里在说什么。

她用身体抱住封逸尘的头，拉着他冰冷到毫无温度的手。

她对着韩溱说："他冷。"

"你试试失血这么多冷不冷？"韩溱一直在熟练地处理伤口，反问夏绵绵。

夏绵绵不说话了。房间中也很安静。所有人都紧张地看着韩溱，看着他终于将伤口处理完毕，缝针，包扎，起身又看了看封逸尘的模样，看了一眼一直输着的液体，而后又挂了半瓶。

"好了，应该不会死。"韩溱说。

所有人似乎才松了一口气。

"听说你们在海上漂了几天，都先去休息吧，这里有我就行。"

其他人点头。

大家此刻全都处于虚脱状态。

所有人都出去了。

爱莎看了一眼夏绵绵："你不走吗？"

她其实也很想走，但是封逸尘抓着她的手没放。

"爱莎，你去吃东西休息吧。"韩溱说。

"boss是她捅的，万一她又要杀boss怎么办？"爱莎对着韩溱怒吼。

"我还在。"

"要是boss有个三长两短，你们两个，我一起杀，一个都不留！"爱莎丢下一句话，走了。

夏绵绵看着爱莎的背影，然后，感觉到了韩溱的视线。

夏绵绵回头看着他。

"要不要我检查一下你的身体？"

夏绵绵敛眸。

"听说，你怀孕了。"韩溱直白道。

"封逸尘告诉你的？"

韩溱点头嗯了声。

夏绵绵说："那你看看吧，我觉得他应该还在。"

韩溱拉过夏绵绵的手腕，手指放在她的脉搏处，静听。

好久，韩溱说："嗯，挺顽强的。"

"是个坚强的孩子。"夏绵绵笑道。

韩溱也笑了笑。

"你帮我看着他，如果他醒了你就叫我。我出去休息一会儿，万一等会儿发生了什么突发情况，我还能应急！"

"好。"夏绵绵突然想到什么，"对了，你去看看阿某，他受的伤挺严重。"

韩溱点了点头，离开。房间中就剩下夏绵绵和封逸尘。封逸尘睡着了，在刚刚做完手术之后，几乎是秒睡。她坐在他的床旁边，看着他苍白的脸颊。此刻，他虚弱到她真的觉得下一秒他可能就会死去。她其实很怕他死，可又怕他活着。这种矛盾的心情，她其实也捋不清楚。她手指微动，抚摸着他的脸颊。封逸尘皱了皱眉头，还是没有睁开眼睛，大概真的是到了极限。以往，应该是有一点动静，他就会清醒。不只是他，杀手都会有这种警觉。她俯身，在他唇上亲了一下。她不会说对不起，也没那么狠心巴不得他死。她只想，珍惜这短暂到或许转瞬即逝的时光。房门突然被人推开。

夏绵绵看着来人，眼眸微动。

小南端着一碗营养粥走向她："吃点东西吧。"

夏绵绵说："放这里吧。"

"小姐……"

"叫我夏绵绵就好。"夏绵绵看着小南说。

小南身体顿了顿，那一刻眼眶明显有些红，她嗯了一声。

"你早点出去休息。"夏绵绵其实还算友好，就是感觉距离好远。

小南放下营养粥："你吃过饭之后就去休息，我们轮流照顾他。"

"我知道。"

小南离开。

夏绵绵看着她的背影。那一刻，她的眼眶也真的有些红。夏绵绵只是有些遗憾，以为小南会是最值得自己信任的人。她推开封逸尘的手。他睡得很熟，放开了她的手。她端起旁边的粥，一口一口吃了起来。其实她真的很饿，饿到了极限。特别是，她现在的身体情况很特殊。吃了一碗，夏绵绵起身离开了。封逸尘没事儿了，而她的身体现在急需营养，急需休息，她得照顾自己。她走向了二楼。房间很多，她找了一间敞开的房间，不大，但很奢华。她把房门紧锁，然后走进了浴室，脱下了她一身是血的衣服，都是封逸尘的血。她把自己里里外外洗了很多遍，把衣服扔进了垃圾桶之后才想起，这个房间貌似没有可以换的，除了毛巾和牙刷，什么都没有。她就把自己擦干净，然后直接躺进了被窝里面。她真的很困，困到闭上眼睛就熟睡过去了。她睡了很久，睁开眼睛的时候，应该是第二天下午了。

她伸懒腰，从床上坐起来。

被单滑落，她看着自己的身体，都差点忘了她没有衣服，所以她应该裸着出去，然后告诉他们她没有穿的吗？否则，她就得一直在这个房间，一直被遗忘。她搂抱着被子，从床上下来，把被单紧紧裹在身上，准备出去。她想，总有办法，让自己活着！她刚准备打开房门，房门就突然被人从外面用钥匙打开。夏绵绵看着面前的封逸尘。他换上了一套宝蓝色家居服，不知道身上是怎么弄干净的，或许洗了澡，完全不同于昨天的混沌和邋遢。他手上拿着一套女士家居服，她还看到了他手上的文胸和内裤。两个人对视了一秒。夏绵绵从被单里面伸手。手伸了出来，被单也滑落了一角。封逸尘就这么看着。

其实被他看的次数也不少了，两个人虽然上床的时间不长，但互相"坦诚"的时间很多。

她说："好看吗？"

她没有去拉扯被单，很直白地问他。

"嗯。"

夏绵绵笑了笑。她拿过封逸尘手上的衣服，随即放下了身上挂着的被单。封逸尘直直地看着她的身体。夏绵绵自若地当着封逸尘的面，一件一件换上。她穿好衣服，看见封逸尘还戳在那里一动不动。

她上前："我饿了。"

"我也是。"封逸尘说。

话音落下，他低头吻住了她的嘴唇。

唇齿间，都是彼此熟悉的味道。

封逸尘很投入，她真的能够感觉到他的深情，从舌尖蔓延到心口。

好一会儿，封逸尘准备放开她，那一刻，却感觉到夏绵绵突然主动地搂抱着他的脖子，再次加深了彼此的亲吻。

她很热情。他也是。两个人如胶似漆，缠绵不休。有那么一瞬间，夏绵绵真的觉得自己可以放弃一切，沉浸在这份温暖、这份柔情、这份浓浓的爱意里，但终究，她主动离开了他的唇瓣。她能感觉到他唇瓣间的不舍，但他却没有强制抬起她的下巴。

她说："下楼吃饭吧。"

封逸尘拉着她的手，和她一起下楼。

彼此，其实很沉默。

有时候，他们会默契地选择以行动的方式表达或者宣泄感情。

楼下，所有人都在客厅，或看电视，或看杂志，或看手机。夏绵绵和封逸尘出现时，其他人转头看了他们一眼。

爱莎讽刺道："睡到现在，也真是够心大的，昨晚boss的危险期，始作俑者居然都没有半点担心，反而睡成这样，夏绵绵，你真让人长见识。"

夏绵绵没搭理爱莎。

她和封逸尘直接去了饭厅。

夏绵绵吃着午饭，封逸尘在旁边陪着她，想来，他是已经吃过了。

她吃了两碗饭。

封逸尘说："饭量长了？"

"因为是两个人的量。"夏绵绵说得直白，"他很好，比我想的更坚强。"

封逸尘抿唇，那一刻只是点了点头。

夏绵绵吃完饭准备离开。

"喝点汤。"封逸尘抓着她的手。

夏绵绵看着面前的鸡汤一怔，她对鸡汤有阴影。

她问："有打胎药吗？"

封逸尘看着她，没回答。

"里面放了打胎药吗？"夏绵绵重复。

"没有。"

夏绵绵接了过来，直接喝干净。封逸尘看着她的模样。

她说："就算你放了，在你的地盘，其实我也只能顺从。"

封逸尘说："你如果想要，就留下来吧。"

"我是不是可以理解成，你允许这个孩子留在这个世上？"

"嗯。"

"谢谢。"夏绵绵说得真的很真诚。

感谢自己孩子的父亲，不杀之恩！

"休息一周，去金三角。"封逸尘转移话题。

"必须去吗？"

"嗯。"

"好，那我回房间休息，养好身体就去。"

"嗯。"封逸尘点头。

夏绵绵离开饭桌，上了楼。其实，她睡了这么久，根本没有那么瞌睡了，只是她不知道该如何和封逸尘相处，彼此之间隔着那么多秘密，做了那么多敌对的事情，她不知道他们该如何相处！她回到房间，坐在床头，无聊地发呆。房门外响起敲门声。夏绵绵打开了房门。阿某站在门外。

夏绵绵一笑："你好点了吗？"

"我没什么。"阿某说。

夏绵绵让阿某走进了自己的房间。

阿某直白道："现在我们只能跟着boss。"

夏绵绵咬唇。

"没能杀掉大boss，大boss就会杀了我们！而现在还能够庇护我们的只有龙门或者boss。但龙门想要杀了我们，目前看来boss没想过对我们动手，所以我们只能留在boss身边，这是目前唯一的选择！"阿某分析。

"你觉得龙门是想杀了我们吗？"夏绵绵问。

"直升机的故障很明显是人为的。龙一没想过杀我们，但龙天不会想留着我们！"

"龙天就不怕龙一万一也坐上了这架直升机呢？"

"可龙一当时在国外，他没有可能坐上去。"

夏绵绵无力反驳。

阿某说："阿九，我们是杀手，我们一直都很明白，从来都没有永久的伙伴，就连我们杀手之间，也是分分合合，甚至，组织一个命令，我们还会相互残杀！"

"我知道。"夏绵绵点头，"我没有感情用事。"

"那就好，我希望你现在好好地跟boss相处。"阿某说。

"嗯。"夏绵绵点头。

"对了。"阿某突然想到什么，"小南到底是什么来头？"

"我真不知道。"夏绵绵直白道。

"我看小南对你很忠诚。"

夏绵绵真的不知道。她甚至不知道还能相信谁！

一周之后，他们一行人到了金三角。

一辆全球只有5台的超级豪华轿车，停在了专机前。封逸尘牵着夏绵绵从飞机上下来。

下面站着一个约莫40岁的中年人，穿着黑色的长衫，手上拿着一串檀木珠，不停地摸着珠子，看上去是一种习惯。

他看到他们下来，很热情地上前："欢迎来到金三角。"

"卢老有心了。"封逸尘点头客套道。

"应该的，难得你大驾光临。"

封逸尘礼节性地一笑。

"这位就是你要专程回去接的妻子吗？"卢老看着夏绵绵。

夏绵绵一怔，微微一笑。

"夏绵绵。"封逸尘介绍，"这是卢老，我的重要合作伙伴！"

"你好。"夏绵绵主动打招呼。

"一直很好奇封逸尘的妻子长什么样子，会让他如此紧张，现在看来，果真百闻不如一见，你很漂亮。"

"谢谢。"夏绵绵客气道。

"坐了一天的飞机累了吧，请上车，我带你们去寒舍休息。"

"多谢。"

封逸尘拉着夏绵绵坐进豪华轿车。

其他人跟着坐进了后面的轿车。

一列豪车，很有气势地从私人飞机场离开，在金三角不算宽广，有些繁杂的街道上行驶。

一路上，卢老都在和封逸尘聊天，两个人相谈甚欢。

夏绵绵默默地听着，说的也都是些无关紧要的话题。

车子到达海边的一栋奢侈别墅前。

应该不叫别墅，而叫庄园。

卢老没有陪着他们进去，说道："今天你肯定很累了，我就不打扰你们休息了，明晚的宴会，我很期待你和你的妻子参加。"

"我们一定会准时参加的。"

"有什么可以随时吩咐这里的用人，我就先告辞了。"

"您慢走。"

卢老坐回到自己的轿车上。封逸尘目送他离开，才带着夏绵绵以及身后跟着的所有人一起走进了屋里。里面有很多用人，站在门口鞠躬迎接他们。夏绵绵默默地看着，实在不知道这里到底又有些什么秘密。想来不只是她，其他杀手应该也不太清楚。走进大厅之后，用人就散开了，开始为他们准备茶水和糕点，很是热情。

"他们是普通人吗？"夏绵绵随口问。

"不是。"封逸尘直白道，"这里面的用人，都会用枪。"

夏绵绵咬唇。

"别怕，目前为止我们是安全的。"

"什么时候不安全？"夏绵绵问。

封逸尘说："龙一来的时候。"

夏绵绵内心一紧。

"你应该知道，龙一之前来过了。"封逸尘说。

夏绵绵咬唇。

"那次因为我不在，卢老临时取消了宴会。"封逸尘解释。

夏绵绵保持着冷静。

"这次到这里来，是为了解决龙一的。"封逸尘就这么直白地告诉她。

"龙一不会来的。"

"他会。"封逸尘说。

夏绵绵蹙眉。

"我放消息说，你在这里。"

夏绵绵看着封逸尘。

"你猜得很对，我这次要动的，就是龙门！"封逸尘一字一句道。

耳边，她听得清清楚楚！

所以，他知道她的一切。

他知道她所有的计谋，知道她和龙一有合作，甚至可能知道她会去杀了他的母亲。

而她对他一无所知。

420

她说："你这样引出龙一不觉得自己很卑鄙吗？"

封逸尘看着她："对不起绵绵，有些事情就是要有一个了断。"

"我很怀疑，你说的爱其实就是在利用我。你利用龙一对我的感情，然后把他杀掉，杀掉他之后，就相当于斩了龙门的臂膀，这对你攻下龙门至关重要！"

"你都猜对了。"封逸尘说，"但不要怀疑我对你的感情。"

"我真的不得不怀疑。"夏绵绵冷笑，"封逸尘，我其实早该知道，我们都不会为了彼此放弃什么，你有你的使命，而我有我的执着，我们不管多亲密地拥吻，在彼此的身后，都藏着一把锋利的刀刃！"

封逸尘没有说话。

"如果我说让你放过龙一的话，我可能就是在自取其辱。"夏绵绵从沙发上起来。

她不想和封逸尘坐在一起。

她以前埋怨封逸尘什么都不告诉她，现在知道真相这一刻果真没自己想的那么好受，她说："如果你真的杀了龙一，就相当于杀了我，还有你那并不期待的孩子！"

封逸尘脸色微动。

他想过夏绵绵的反应会很强烈，事实证明确实如此。

他说："绵绵，你想知道我的过去吗？"

夏绵绵看着他："你会告诉我？"

"没什么好隐瞒的。"封逸尘说，"很多事情我不说你应该都知道了，比如我不仅仅是封家的大少爷，我还有一个很恐怖的身份叫杀手。"

"我知道。"

"我手下有很多人，都是杀手。准确地说，我就是杀人魔头。"

"杨翠婷才是！"夏绵绵一字一句道。

当然她也不否认，封逸尘也是。

"对，她也是。"封逸尘说，"你很聪明，龙门对我的怀疑最多也只是在我爷爷或者我父亲以及其他人身上，怀疑不到她。"

"我也只是碰巧知道的。"

"其实你的所有猜想都对，我母亲杨翠婷，就是龙瑶。"封逸尘一字一句道。

夏绵绵身体一怔。

几乎可以断定的事情，但封逸尘亲口说出来，还是让她很惊讶。

所以这么多年，龙瑶真的是一直在隐忍，忍着和龙门有一天决一死战！

"她经历过很多，忍受过很多，她对我的教育就只有一个目的，就是灭了龙门，杀了姓龙的所有人！"封逸尘说，说的时候还笑了一下，"耳濡目染之下，我就变得真的很仇恨龙门。"

"嗯。"夏绵绵点头。

"我时不时就会接到我母亲的命令去杀人，我很少杀其他人。我的任务就是杀长得和龙天相似的人，每隔一段时间就会杀一个，那些人死得不明不白。"

夏绵绵没有说话。

"我想结束这样的日子了！"封逸尘淡淡地说，"我母亲为了这次的谋杀隐忍了20多年，和一个自己不爱的男人生活了20多年。每隔一段时间还要找一个无辜的人来发泄她心里的怨恨……"封逸尘说，"所以，我不能失败。"

夏绵绵恍惚觉得此刻的封逸尘在给她解释，解释他为什么要这么对待龙门，甚至如此对待龙一。

"绵绵。"封逸尘说，"我和龙一只能活一个。"

她知道，最终结果就是如此。

"所以，你希望我死还是他？"封逸尘问她。

夏绵绵希望他死。他死了，才真的叫结束，结束所有的仇恨和所有的杀手生涯！

但此刻她说："我不知道。"

因为，她还在他的手上。

她要学会自保。

封逸尘似乎笑了笑，那一刻大概也看出了她的虚伪。他走到她面前，蹲下。夏绵绵看着他的模样。他突然靠近她的身体，脸轻轻地靠在她的腹部。夏绵绵心口其实有些紧。这里面，住着他们的孩子。

"他还好吗？"封逸尘问。

"很好。"夏绵绵说，"他很坚强。"

"嗯。"封逸尘从她的腹部离开。

他起身，弯腰将她横抱起来。她反手搂抱着他的脖子。其实她有点怕他用力，怕拉扯到他的伤口。他抱着她，轻轻地把她放在床上。两个人躺在一个被窝里面，搂抱着彼此，总是觉得这样的亲密不会太久，所以会很珍惜。

"早点睡。"封逸尘在她耳边轻声说道。

"好。"

其实，她想要问他的有很多。这一刻她突然都不想知道了。封逸尘说得很对，有些真相，知道了反而不太好。她就默默地靠在封逸尘的怀抱里，两个人静静的，睡得很沉。

翌日夜晚，夜空下，停了一排排豪华的轿车。

夏绵绵跟着封逸尘坐在其中一辆车中，其他人坐在其他几辆轿车上，一行人浩浩荡荡地去了宴会现场。车子稳稳地停靠在大门口。车门被人恭敬地打开。封逸尘先下了车，接着他转身，绅士地牵着夏绵绵走了下来。身后其他人也都下了车，很规矩地站在了他们身后。夏绵绵挽着封逸尘的手臂。面前漂亮的礼仪小姐接待他们，带着他们走在长长的红地毯上，走进了宴会大厅。大厅金碧辉煌，恍若人间天堂。

高高的柱头，旋转式的楼梯，一层一层盘旋到最高处，上面是全玻璃屋顶，仰头能够看到金三角璀璨的夜空。

如此大的一个宴会大厅，来参加宴会的人不少，至少一半是工作人员，而且夏绵绵敢肯定，这些工作人员就跟封逸尘说的别墅里面的用人一样，都会用枪。

她保持冷静，但愿见不到龙一。

她一直挽着封逸尘的手，被他带着走向了宴会主人——卢老。

卢老看见封逸尘他们到来，很是热情，说："来啦。"

"来晚了，见谅。"

"才开始，别客气，随便点，当自己的地方。"卢老热情地招呼着。

"谢谢卢老的款待，我带着内人去旁边转转。"

"请便。"卢老连忙说着。

封逸尘带着夏绵绵走开。

其他人也分散开了。

封逸尘带着夏绵绵走向了糕点区，帮她挑了几个好看的蛋糕。

夏绵绵欣然接过，吃了起来。

她一边吃，一边看着大厅。

"你不好奇我和卢老的交情吗？"封逸尘开口。

夏绵绵回眸："很好奇。"

封逸尘说："以前，为了开拓东南亚的市场，我带着一些杀手到这边来拼，有一次无意中救了卢老。当时他也是被人陷害，而我刚好在海边救了奄奄一息的他，将他平安送了回来，顺便帮他将陷害他的人一网打尽。他一直觉得欠我一条命，所以才会对我如此。以他现在在金三角的地位，不需要对我们这种小组织如此客气。"

"嗯。"夏绵绵点头。

所以卢老这边确实是封逸尘的人。

她说："卢老在这边地位很高？"

"东南亚这一片，有一半的地下交易都是他的，另外一半都得经过他的同意才行。龙门也会看他的脸色行事。"封逸尘说，"当然，道上也有道上的规矩，否则真的乱了套，就不叫江湖了。"

她琢磨着封逸尘的这层意思，应该是说龙一也不是他想杀就能随便杀的，总得有道上的规矩才行，而且在卢老的地盘上龙一要是出了事儿，卢老也不能服众。

她暗自琢磨。

对于封逸尘的话，她总是会多想一些，想得更深刻一些。

封逸尘看着她的模样，又说："但是卢老为了报我之前的救命之恩，他会睁一只眼闭一只眼，允许我在他的地盘上动手，甚至会助攻。"

夏绵绵看着封逸尘。

她明显有些紧张。

封逸尘转眸看着她手上的甜点："再吃点吧，晚宴结束会很晚。"

她吃不下了。她放下点心，转身走了。封逸尘看着她的背影，脸色有些沉。夏绵绵的立场真的很明显。夏绵绵离开了封逸尘的视线，走向了后花园。难得封逸尘没有追上来，她坐在一个冷清奢侈的地方，看着面前的喷泉有些发呆。她没那么淡定。她完全可以想象，如果龙一出现，他很可能会死在乱枪之下，插翅难飞！今晚她不可能放宽心。她深呼吸一口气，有点煎熬。但总不能在这里坐以待毙，她咬牙，又重新回到大厅。

大厅中，封逸尘就站在不远处等她，好像就知道她会回来一样。

她还是走向了封逸尘，装作什么事情都没有发生一样，挽着封逸尘的手，和各路大佬打招呼、喝酒、闲谈。

夜色深了些，龙一没有出现。

龙一大概不会出现了。

夏绵绵却不敢放松，没到最后一刻，她不敢放松警惕。

宾客开始陆陆续续地离开。

封逸尘带着夏绵绵，走向卢老，似乎准备告别。

卢老直言："他没来。"

封逸尘很淡定，说："嗯，没来。"

"还有机会，不急。"

"是。"封逸尘点头，"有劳卢老的一番心意，我就先告辞了。"

"如果不急，多在寒舍住几日，这边空气好，宜居。"

"好，我会多住上几日的。"

卢老点头："不早了，早点回去休息，明天我们再聊一些道上的生意。"

"您也辛苦了，早点休息。"封逸尘客气地说道，"我先走了。"

"嗯。"

封逸尘带着夏绵绵离开。

又是一排奢华的轿车。

夏绵绵坐在小车上，看着车子驶出了宫殿一般的地方。

她不由得歇气。

"为什么龙一没来？"封逸尘问夏绵绵。有那么一秒，夏绵绵觉得封逸尘好像在问他自己。

"我不知道。"夏绵绵说，"有可能知道你会杀他，所以不会自投罗网。"

"龙一可能也不是那么在乎你。"封逸尘总结。

夏绵绵看着封逸尘。

封逸尘说："是吧？"

"可能是。"夏绵绵点头，"所以别让我来引诱龙一了，没用的。"

封逸尘点头。但夏绵绵知道，这一刻封逸尘绝对不是相信她说的话，而是在思考其他的。轿车缓缓而行，在黑暗的公路上，开得很稳。车内一片安静。封逸尘突然的沉默其实让夏绵绵有些心慌。她很怕封逸尘，总觉得他想到的东西，一般人都想不到。夏绵绵真的有点接受不了车内的压抑，或者说自己的心慌。她想她至少应该打断封逸尘此刻的深思熟虑。她欲开口的那一瞬间，车子突然一个急刹。夏绵绵身体一紧。封逸尘突然一把将夏绵绵搂住，护着她，怕她被刹车的惯性甩出去。

"发生了什么事情？"封逸尘对着司机问。

"前面突然开过来一辆车，差点撞上，我下车去看看。"司机说完，刚下车的那一秒，突然响起一道枪声。

司机一下车就直接倒在了地上。

封逸尘一把将夏绵绵护住，迅速拿出两把手枪，给了夏绵绵一把："保护好自己！"

"是谁？"

"龙一！"

夏绵绵心口一紧。她咬牙，跟着封逸尘从车上下去。其他人也全部下车，警惕地看看周围，又看着面前的一辆黑色轿车。封逸尘给了一个指示。文川点头，和白鹤举着手枪一步一步过去，猛的一下拉开车门。砰砰砰！枪口对着车内扫射，里面却没有任何反应。文川给了一个手势，意思是说，里面没人。封逸尘点头，让人搜索四周。所有人全部分开，围了一圈，警惕地观察人都藏在什么地方。夏绵绵一直被封逸尘护在轿车旁边，环视着四周！所有人都拿出了专业杀手的敏锐，小心翼翼地在周围的黑暗中寻找。突然一道枪声响起，紧接着，无数道枪声响了起来。

战争一触即发！

封逸尘一把将夏绵绵固定在车身之后。子弹直接从他们耳边呼啸而过！夏绵绵一直藏在车身后面，封逸尘陪在她旁边。封逸尘如此沉着冷静。她其实也不是很紧张，这种场面她也见过，她只是担心龙一的人手不够。显然，就在刚刚那一秒，封逸尘就已经通知了卢老的人过来支援，她相信要不了10分钟，这里会多出相当于一支部队的雇佣兵！那个时候，龙一真的插翅难飞。她得想办法让龙一先走。砰！车身后突然响起一道枪声。

夏绵绵身体一惊。

她看着封逸尘从车身侧面出去，开枪瞄准，还未靠近的男人就这么倒在了地上，根本没有活路。她想要从封逸尘的身边离开，只有……她猛的一下从车后面冲出去。

封逸尘迅速地去拉她。

手刚碰到她的衣服，夏绵绵直接跳到了本来就打开着的轿车的驾驶座

426

上！封逸尘根本没有停留，猛的去拉扯车门。夏绵绵手疾眼快，上车那一秒直接按下了车锁。封逸尘用力拉了一下。夏绵绵猛的将车门关上，挂上挡，踩油门！封逸尘一个翻滚，直接从车尾翻到了轿车的前面。夏绵绵看着面前的封逸尘。如果她一脚油门下去，封逸尘一定会被撞飞出去！

夏绵绵突然挂上倒挡，一脚油门踩到底，猛的撞到后面的轿车，她疯狂地打着方向盘，一个大转，直接从封逸尘的面前呼啸而过。

封逸尘就这么看着夏绵绵离开，她就是可以毫不犹豫地在任何有机会可以走的一瞬间逃走。

砰！一道枪声响起。

爱莎猛的一下将封逸尘扑倒在地："boss！"

爱莎激动地叫着他。

封逸尘身体一动，和爱莎一起滚到了一边的小车后隐蔽。

刚刚就差一点点，他就没命了。

爱莎心有余悸，声音有些大："你真不应该为了一个夏绵绵而分心！boss，我们的任务是灭了龙门，而不是保护夏绵绵！"

封逸尘没有搭理爱莎，突然从一边走了出去。

他拿起手枪，在隐蔽处射杀。

突然僵持的局势，因为封逸尘的进入，瞬间扭转！

不仅仅是封逸尘一个人的能力，其他杀手也因为封逸尘的带领而变得更加自信凶猛，很快就占了上风。

"boss，对方人不多了！"文川说。

封逸尘点头。

那一刻，街道上突然响起车辆的声音。两辆大卡车迅速停了下来，一声令下，黑压压的一群雇佣兵从卡车上迅速下来，领头人走向封逸尘，报到。封逸尘给了一个指示，雇佣兵迅速解散，所有人拿着重型武器，开始搜索最后的残余敌人。封逸尘带着他的杀手，也在追踪。按理来说，龙一的人应该不会走得太远。四周比较黑暗，顶多就是隐藏在某处了。封逸尘让所有人小心谨慎地一点一点排查。龙一果真还是小看了封逸尘，只带了不到20人而已！封逸尘冷静地搜索，离开的脚步突然停了停。文川看着boss，也连忙停了下来。彼此之间默契很足。

文川走向旁边的一个垃圾桶，一步一步靠近。

刚靠近，垃圾桶突然被人扔了过来。文川举着手枪直接开了枪。龙一一个灵活的转身，用枪对准了旁边的封逸尘。封逸尘猛的一个前踢。龙一整个人被他踢翻了出去。此时的龙一迅速反应，顺势滚落在一边，隐藏在了街道的一角。文川准备过去，却被封逸尘拦住。文川等待指示。封逸尘让他退后，自己走了过去。

　　他说："龙一！"

　　龙一藏身在那个隐蔽的地方。

　　他倒是真的没有想到，封逸尘身边仅仅7个杀手，加上封逸尘也才8人，居然会将他的人一举歼灭。在他打算撤退的时候，突然多了几十个雇佣兵，他根本没有可能离开！

　　他确实不应该低估封逸尘。

　　他咬牙，也知道这次是逃不掉了，而且刚刚孤注一掷想要杀了封逸尘也没有成功，同归于尽的可能几乎为零！他从黑暗中走出来，暴露在封逸尘的面前。封逸尘看着龙一。两个人势不两立这么多年，这是第一次正面交锋——以龙一的惨败结束。封逸尘眼眸审视着龙一，看到他的手臂上还中了子弹！

　　他说："你真不应该来。"

　　"不用废话了，落到你的手上，也活不了，你痛快点吧！"龙一直白道。

　　面对死亡，谁都会恐惧。但有时候在恐惧面前，人们更不愿意丢掉的是尊严。封逸尘说："走好！"有些话，真的不必多说。其实，他很欣赏龙一。龙一就这么死了，对龙门而言确实很可惜。他拿着手枪，对着龙一的头。或许，她会恨自己！他扣动扳机！

　　食指用力的那一瞬间，耳边突然传来夏绵绵的声音："封逸尘！"

　　封逸尘身体紧了一下，一秒的恍惚间，龙一脚狠狠地踢在了封逸尘的手上。

　　封逸尘被突然的一脚踢得往后退了两步！

　　他侧身，枪口再次对准龙一。

　　耳边突然响起剧烈的摩托车引擎的声音，紧接着，一道黑影猛的将摩托车停在了他的面前，挡住了封逸尘的枪口。

　　夏绵绵根本没看封逸尘，也没有躲避他手上的那把枪，她迅速地伸手拉起旁边的龙一。一个支撑，龙一快速地坐在了夏绵绵的身后，夏绵绵一脚油门，迅速离去！

　　封逸尘紧捏手枪。

爱莎咬牙，对着黑暗中那道离去的背影，一枪过去。

小南手疾眼快，一脚猛的踢了过去，直接将爱莎手上的手枪踢飞了出去。

爱莎狠狠地看着小南："你疯了吗？我在杀龙一，我们今天的目的是杀龙一！"

小南没有搭理爱莎。

这个女人说不定对准的是她家小姐。

"我早就看不惯你了！"

爱莎一个抬脚，疯狂地冲小南拳打脚踢。

小南接过她的招式。

两个人格斗起来，拳拳相向，招招致命。

"够了！"白鹤一脚过去，直接将两个人分开了。

"你让开！"爱莎狠狠地说道。

"够了！"白鹤说道，"执行任务的时候，从没有出现过内部互相残杀的，你们不想活了吗？"

"她本来就不是我们的人！"爱莎对着小南说道，"这个人身份可疑得很，刚刚如果不是她，我就杀了龙一了！"

"行了。"白鹤说，"你以为真的只有你能杀了龙一？要杀，boss比你手快多了！"

爱莎咬牙。确实。刚刚在龙一还没有上摩托车的那一刻，boss分明有机会杀了龙一。而他却放过了他！她真是想不通，夏绵绵到底有什么了不起，可以这么影响boss的一举一动。boss甚至为了她一次又一次地违背大boss的命令！

"boss！"爱莎走过去。

封逸尘脸色阴冷，说："回去！"

"boss！"爱莎有些情绪激动，"不去追吗？"

"先不用了。"封逸尘说，"我会让卢老封锁整个金三角，先把龙一困在这里，引诱龙天亲自过来。"

爱莎还想说什么，只听封逸尘直接说道："所有人回去！"

爱莎不爽，却只得听命。所有人回到小车上。小南看了一眼封逸尘，不由得叹气。小姐又一次毫不犹豫地选择离开。小姐都不知道boss被她抛弃多少次了。换成别人，心都死透了吧，boss却一如既往地对小姐好。

夜色很浓，夏绵绵骑着摩托车，疯狂、一直不停地往前。

龙一抱着她的身体，两个人紧靠在一起。

"没追上来。"龙一说。

夏绵绵却没有松油门。

她真的是怕封逸尘突然就出现了。

"你受伤没？"夏绵绵问。

"小伤。"

"中枪了？"

"手臂。"

"我找个地方，我们住下来。"

"很难有好地方住。"龙一说，"随便找个荒山野岭吧，相对安全。"

"好。"夏绵绵骑着摩托车，载着龙一往公路的尽头一直开去。

夏绵绵不知道开了多久，总之离市区越来越远，周围越来越僻静。

夏绵绵把摩托车停了下来。

她左右看了看，看到下面的一个海港，面前有很大一片沙滩，很杂乱，显然是没有被开发的荒野之地。

她说："把摩托车弄下去。"

"嗯。"龙一和夏绵绵一起，将重量级的摩托车搬到了下面的沙滩上。

夏绵绵蹲下来说："埋了。"

龙一点头。

两个人挖着沙坑。

龙一突然笑了笑："你的反侦察能力很强！"

"我是杀手出身。"夏绵绵直白道。

龙一又笑了一下，是值得高兴的，至少逃过一劫。

"话说，你从哪里弄来的摩托车？"

"抢的。"夏绵绵说。

龙一抬头看着夏绵绵，就这么深深地看着她。

迅速地将摩托车埋了之后，夏绵绵和龙一一起顺着沙滩走着。

走到远处的乱石头边，龙一看到了一个小型的山洞。

龙一说："在这里避避吧，虽然小，但好在能遮风挡雨。"

夏绵绵点头。

两个人走进几块岩石搭成的一个小山洞。山洞真的很小，两个人进去，基本上没有什么空间了。

　　总算找好了落脚之地。

　　龙一拿出随身携带的一个手电筒，很小，但光线很足。

　　他递给夏绵绵："你帮我拿一下，我取子弹。"

　　"我帮你。"

　　"不用。"

　　"拿着。"夏绵绵把手电筒递还给龙一说，"有工具吗？"

　　"嗯。在腰包里面。"

　　夏绵绵直接拿过他的腰包，从里面翻出来工具，东西还真的很齐全。

　　她帮龙一消毒，然后很冷静地夹出了他的手臂里面的子弹。

　　龙一没忍住，嘶了一声。

　　夏绵绵笑了一下："痛吗？"

　　龙一不说话了。

　　夏绵绵帮他包扎好，说："你休息一下吧。"

　　龙一顺势躺下了，和衣睡在沙子上，悠悠地感叹："不相信你是杀手都难。"

　　如果不是职业杀手，今晚早就喀屁了，哪里还能熟练地帮他取子弹，眼睛都不眨一下？！她蹲坐在旁边，那一刻有些沉默。今晚他们经历的一切，也真的是够惊险了。她其实知道，封逸尘不放他们离开的话，他们根本走不了。她赌的也是封逸尘的一丝隐忍，果真是赌赢了。

　　"睡得着吗？"夏绵绵开口。

　　"睡不着。"

　　"那聊聊吧。"

　　"你说。"龙一看着她，黑暗下其实看不太清楚，此刻手电筒也已经没电了。

　　"你明知道是个陷阱，为什么还来？"

　　"我以为自己杀得了封逸尘，还能非常英勇地将你带走，结果……"龙一淡笑，"这么狼狈。"

　　"这个时候还在乎面子！"夏绵绵嘲笑。

　　"我一直以为我和封逸尘不相上下。我没想到他的实力这么强。你多次提醒我，终究是有道理的。"

　　"龙一，你和封逸尘的生存环境不一样。他一生下来就是为了杀人的，

431

你不同，你只需要守住你们的家业就好，你父亲再残忍，也不会残忍到封逸尘母亲的地步！"

龙一点头。

"接下来打算怎么办？"夏绵绵问他。

"回国。"龙一一字一句道。

"怎么回去？"

"我让我父亲来接我。"龙一说。

他带了手机，身上还装有卫星定位仪，他父亲可以随时知道他的下落。

"最好不要。"夏绵绵直白道，"如果你父亲来了，就真的入了封逸尘的圈套。不怕告诉你，卢老欠封逸尘一个人情，刚刚那些雇佣兵全是卢老给封逸尘的人，我甚至觉得还有更多！"

"这次是我想得不够周全。"龙一不得不承认。

他把封逸尘想简单了。

夏绵绵此刻也有些沉默。

因为她实在想不到如何逃生。

"你给你父亲打个电话，让他不管接到什么消息都不要来金三角。"夏绵绵说，"来了，龙门就没了。"

龙一看着夏绵绵，忍不住问道："你不想有人来救我们离开吗？"

"想，但得衡量值不值。"

"不怕死吗？"

"比你怕死！"夏绵绵看着他，深深地说道，"龙一，我也不知道为什么，我不想龙门就这么没有了。"

龙一看着她。

"有时候自己都觉得奇怪，这种感觉来得有些莫名其妙，仔细一想，我和龙门又有什么关系，仅仅是为了让你们灭了封逸尘的组织吗？"夏绵绵笑了笑，无奈道，"我也说不清楚。"

"不只是你说不清楚，有时候连我也说不清楚。"龙一说，"我30年凡心未动，就突然对你一往情深，总是想要靠近，觉得你的气息很熟……"

龙一说出来那句话的一瞬间，两个人似乎都怔住了。

夏绵绵看着龙一。

龙一也这么看着她。

有些突然想通的感觉，彼此都察觉到什么。

"大概，是缘分吧。"夏绵绵总结。

龙一也点头。

或许就是缘分。

这个世界上存在很多莫名的缘分。

夏绵绵说："你联系你父亲吧，我们想办法离开。封逸尘没有正面和龙门交锋，而是用了这么多计谋引你们入局，一方面是为了减少人员伤亡，这一点我可以理解，但另一方面，我猜想他的神秘组织和龙门的势力或许还有些差距，这意味着龙门有一定的胜算。"

"嗯，龙门这么多年真的不是浪得虚名。"不得不说，这一刻龙一被夏绵绵鼓舞了，"封逸尘这么多年一直按兵不动，也说明他确实不够有把握。"

"早点睡吧。"夏绵绵笑。

龙一看着她："你不睡？"

"我坐一会儿。"

"莫非是不好意思？"毕竟这里面真的很挤。

如果两个人睡下去，就会挨着彼此的身体。

夏绵绵说："是呀，会不方便。"

"江湖儿女不拘小节。"

"但我毕竟是有夫之妇。"夏绵绵无奈道。

"我以为你和封逸尘之间情义已绝。"龙一诧异，夏绵绵多次从封逸尘身边离开，甚至做的一切都是为了杀了封逸尘，现在却会为了他守身如玉。

夏绵绵也知道她的举动有多矛盾，但她说："一码归一码。他要是死了，我再重新找人，但现在得为他守身如玉。"

龙一无语。

夏绵绵说："你早点睡，我习惯了，以前也经常晚睡的。何况坐着睡更安全，有任何动静，起身就可以跑。"

说是如此，龙一却突然坐了起来。

夏绵绵看着他。

"你睡吧，我坐着。"

"所以你想有危险的时候就自己跑了，是吧。"夏绵绵故意玩笑道。

"是啊，就把你丢下，谁让你要给封逸尘守身如玉的！"龙一不爽，"搞得像我对大肚婆还有想法似的。"

夏绵绵耸肩："那我不客气了。"

她知道，龙一绝对不会自己躺下。

龙一坐在她旁边，看着夏绵绵的身体，这么瘦弱，却可以爆发出惊人的力量。

他起身走出了小洞穴，拿出电话，打给他父亲。

那边很快接通，急切道："怎么样？"

"失败了！"

"人怎么样？"

"我没事儿，但……"

"我明天过去接你！卢老不会不卖我这个人情。"龙天直白道。

"爸，我打电话给你就是为了提醒你不管接到什么消息都不要到金三角来，现在卢老是封逸尘的人。"

"封逸尘哪里可能有这么大的能耐左右卢老？"龙天不相信。

"但我信任夏绵绵。"

"夏绵绵还没死吗？"龙天问。

龙一捏着手机，说道："她活着，今天如果不是她及时赶到，我跑不出来。她从封逸尘手上将我救了出来，我欠她一条命！"

"龙一，你注意分寸，别尽信了她。"

"我相信她！"龙一就是这么肯定。

那边也不再多说："既然如此，那你怎么回来？"

"我和夏绵绵会想办法自己回去的，如果没有回去……"龙一说，"龙三实力不错，爸，你到时让龙三帮你打理一切，也是时候让他们独当一面了。"

"龙一，爸一直把你当自己的亲生孩子。"

"我知道，所以才会无怨无悔地在龙门这么多年，也不希望爸为了我冒险。"

"你一定要给我活着回来！"龙天一字一句道。

龙一点头嗯了声，那一刻其实眼眶有些红。是的。他不是龙天的儿子。他放下电话，回到洞穴。夏绵绵睡了。浅眠中，夏绵绵知道是他，动了动身体，又睡了过去。龙一坐在旁边陪着她。夏绵绵不相信封逸尘，但是她爱他。夏绵绵相信他，但是不爱他。龙一缓缓闭上眼睛。就这样也挺好，至

434

少，夏绵绵不愿意留在封逸尘的身边。

翌日，天微亮，夏绵绵睁开眼睛，看着坐在旁边睡得有些憋屈的龙一。

此刻有了光线，夏绵绵才看清楚，这个洞穴实在是很小，龙一坐着都憋屈。

她缓缓地从沙地上起来。

龙一睁开眼睛。

夏绵绵抱歉道："吵醒你了。"

"关键是也没怎么睡着。"龙一直白道。

夏绵绵笑了笑："那我先出去，你再睡一会儿。"

"不用了。"龙一说，"心里有事情的时候，很难入睡。"

"那出去走走吧。"夏绵绵提议。

龙一点头。

两个人走在沙滩上。这里真的是荒野，但封逸尘联合卢老如果要找他们，也不难找到。她去海水里清洗了一下自己。好在金三角属于热带地区，没有冬季，不会很冷。

她洗了洗脸，转头对着龙一说："我们去市区。"

龙一蹙眉。

"不能就这么饿死了，得补充体力，我看到你腰包里面有钱。"

"嗯。"龙一点头。

"所以我们去市区。金三角地带，海运发达，我们找机会偷渡离开，只要离开了金三角，到了其他任何地方，都有办法回去。"

"你说的很有道理。"龙一不得不佩服夏绵绵的聪明。

"那走吧，挖我们唯一的固定资产——摩托车。"夏绵绵走得淡定。

龙一有时候真是佩服夏绵绵的性格——该果断的时候果断，该细致的时候比谁都想得周全。他快速地跟上夏绵绵的脚步。两个人把摩托车从沙里面又挖了出来，然后弄到有些破烂的公路上，龙一试了试，还能驾驶。夏绵绵坐在了龙一身后。两个人就这么骑着摩托车，大摇大摆地往市区开去。金三角的街道真的很脏乱，完全没有任何交通执法人员，摊铺都是随处乱放。龙一和夏绵绵从摩托车上下来。

夏绵绵让他把摩托车随手扔在了一个地方，两个人走进闹市区。

"先买衣服，给对手一点尊重，别一眼就被认出来了。"夏绵绵提议。

龙一无语。

还给对方尊重，是让对方觉得他们不是这么蠢是吧？

两个人在路边摊各买了一套当地的服装，又各自买了一顶帽子，一眼看上去和当地人很像。

换完装之后，他们找了一家路边摊吃早餐，然后从老板口中打听到了金三角的货运码头。

夜幕来临之时，龙一和夏绵绵到了港口，潜伏在一个隐蔽的地方，打量着港口的一切。

"进港口需要检查。"龙一说，"每个人都有一张通行证，我们没有通行证进不去。"

"其实我们应该庆幸需要检查。"夏绵绵说。

龙一总觉得夏绵绵能够发现与众不同的点。

"不检查就证明都是熟人，我们面生，就很难混进去。而检查，就证明里面的人至少不是所有人都认识，偶尔换张新面孔也不会太被人怀疑！"

"嗯。"龙一点头。

"现在就是想办法搞两张通行证。"夏绵绵有些为难，"离得太远，根本看不清楚通行证是什么样子的，当然看清楚了也不一定伪造得了。"

"我们去守株待兔。"

"你的意思是……"

"还不会抢吗？"龙一笑。

夏绵绵觉得他说的甚是有道理！

夏绵绵和龙一埋伏了好久，好不容易碰到两个落单的。龙一上前一手一个，直接弄晕。好在这个港湾确实荒凉，没什么人经过，而且金三角地区有个共性，夜一黑，在外面游走的人就少得可怜。夏绵绵拖着其中一个男人，一边摸着男人身上的通行证，一边感叹龙一的粗鲁。两个人顺利拿到两张通行证。龙一和夏绵绵交换一个眼神，拿着通行证往港口走去。临近港口入口的时候，夏绵绵突然顿足。

"怎么了？"龙一警惕。

"你没发现这里面都是男人吗？"

龙一愣住，确实。

"那……"龙一看着夏绵绵。

"要不你先走？"夏绵绵说，"封逸尘不会杀我。"

"绵绵！"龙一拽着她的手，"我来是为了带你一起走的。"

"我知道怎么从封逸尘身边逃走。那么多次，我都成功了！"夏绵绵劝说。

"万一这次封逸尘对你的耐心没有了呢？没有哪个男人会一而再，再而三地容忍，封逸尘也不会。"

"我至少怀了他的孩子。"夏绵绵拿出撒手锏。

想来真不算什么。

这个孩子本来就不是封逸尘所期待的。

"我们都不走了！"龙一突然开口。

夏绵绵就知道龙一会钻牛角尖。她咬唇，思索。

龙一说："我们再想其他方法。既然我们这么快就能够想到这样的方式，也一定能够想到其他方式。"

但是，他们不会再有更好的机会了。

夏绵绵看着龙一。

即使劝服不了龙一，她也绝对不会放弃这次机会。

"小心。"龙一突然拽住夏绵绵躲在暗处。

不走的话，龙一自然不想别人发现他们的存在。夏绵绵回神看着从面前经过的几个人，大家的脚步有些急促，应该是在赶时间。如果他们此刻还不走，等会儿就更加没有机会上船了。夏绵绵这一刻其实有些心慌，耳边听到走过的几个人聊天的声音。

"这一走又是半个多月，连女人都碰不到。"

"这个时候你还想碰女人，简直了！"

"你难道不想？"

"我是不去想，走吧走吧。"

声音从他们耳边飘走。

夏绵绵嘴角蓦然一笑。

她想到了。

她对着龙一很激动地说："我有办法。"

"嗯？"

"走吧，我有办法了。"夏绵绵说。

龙一觉得自己的智商要被夏绵绵甩出一个金三角了！

437

他们一起走向港口。

此刻能够看到港口处很多人在往船上搬东西，有人在指挥，显得井然有序。

"通行证！"两个人走到港口的入口，检查的人不耐烦地吼着。

龙一连忙拿出来。

检查的人看了一眼："进去吧。"

夏绵绵跟着龙一。

"等等，你是谁？"检查的人口吻很不好，警惕地看着夏绵绵。

"看不出来吗？女人！"夏绵绵的口吻也不好。

检查的人脸色又难看了几分："你一个女人上这里做什么？走开！"

"我为什么上这里来，你问问你们老大呀！"夏绵绵说，"你以为我想伺候这么多大老爷们？！给的小费又不高！"

检查的人一下就明白了。

他看了看夏绵绵。

"不让我进去我就走了，反正我也不想接这门生意，一走半个月，谁愿意待在这种船上！"夏绵绵转身就要走。

"嘿，等等。"检查的人上下打量了一番夏绵绵。

夏绵绵就很自若地让他看。

检查的人嘀咕："这次的货色还挺好的。"

夏绵绵诅咒。

"进去吧，进去吧！"检查的人说，"老实点。"

夏绵绵跟着龙一走了进去。龙一嘴角一笑，亏夏绵绵想得出来这种招数。两个人通过检查之后，快速离开，走向面前的海船。面前的集装箱基本完成装运了。夏绵绵和龙一直接往海船上走去。来来往往的一些人，陆陆续续都开始往船舱里去。两个人也随大流走进去。他们走进的是一个宽敞的船舱，奇怪的是，刚刚进去的应该有很多人，此刻却只有零星几个。龙一也觉得有些奇怪。两个人不动声色地走在船舱内，观察着周围人的走向。心口突然一紧，夏绵绵的身体明显往后退。龙一一把拉住她。

两个人在偌大的船舱内，毫不犹豫地往船舱外走。

他们刚有一点举动就戛然而止。他们看到了封逸尘，看到他从外面走了进来，身后跟着的是他的顶级杀手。而夏绵绵身后，是她刚刚一眼就看到的白鹤。她没能逃过封逸尘的视线，到底是没有逃过，还是一直在被监控。

438

"绵绵。"封逸尘叫她。

夏绵绵警惕地看着他。

"这是你第几次从我身边跑走了？"封逸尘问。

今晚的封逸尘和以前的封逸尘没有什么两样，他每次出现都是那样带着威慑性，每次出现都让人根本没办法从他的身上转移视线！

她没有说话。

脑海里急速盘旋，她还能怎么逃跑？怎么和龙一一起逃走？

"第三次了！"封逸尘这一刻似乎还笑了一下。

都说，事不过三。

"你怎么找到我们的？"夏绵绵不想回答其他的，不想让自己去深想很多事情，她只想知道她是不是一直在被封逸尘耍！

"你过来，我告诉你。"封逸尘说。

怎么可能？！

那一刻夏绵绵甚至靠近了龙一。

她敢肯定，她要是一走，龙一就会被打成马蜂窝，当然，如果她不走，结果可能就是被打成两个马蜂窝。

封逸尘就这么淡淡地看着她的举动，看着她似乎是出于本能的举动，本能地去靠近龙一、保护龙一，然后，远离他。

他说："你知道的，我和龙一只能活一个。"

"然后呢？"夏绵绵警惕道。

"你如此维护他，所以你心目中还是想我死。"封逸尘总结。

夏绵绵不说话。这种话不用说。封逸尘脸色淡漠，没有因为她的默认而有任何不一样的情绪。今晚，封逸尘的情绪，真的很淡，淡到让她觉得有些恐怖。一个人没有情绪的时候，就会杀人如麻！

她只听到他阴冷的声音说："龙一今晚必须得死。"

夏绵绵心口一紧，看着封逸尘的手指一动。这个手势她太熟悉了，就是杀人的手势。而且她很肯定，以白鹤的手法，就是子弹从她面前经过，也可以一枪击毙龙一。她就算是挡枪都不行！她此刻不假思索，直接拿出昨晚封逸尘给她的那把防身手枪，没有对准谁，对准的是自己的头。她没有犹豫，扣动扳机！封逸尘眼眸一紧，突然一个大步上前去阻止夏绵绵。白鹤在那一刻自然也不敢轻举妄动，子弹即将迸发的那一秒突然收住。夏绵绵就这么看着封逸尘靠近，看着他那一刻明显的脸色变化。夏绵绵咬牙，手指用力。

"夏绵绵！"封逸尘叫她。

身体的速度快到惊人，他伸手去抢夏绵绵的手枪。夏绵绵在他靠近的那一刻，已经扣下了扳机。封逸尘整个脸色惨白。所以，封逸尘真的很怕她死，很怕！而封逸尘上一秒的惊慌，下一秒就变成了透彻心扉的冷。他看着面前的夏绵绵安然无恙。

对。

枪里没有子弹。

这是一出戏，是为了保命。

她不可能自杀。她不过就是在让封逸尘放松警惕，然后让龙一有机会控制封逸尘。刚刚封逸尘的全部心思都在她的身上，根本没有防备，龙一此刻已经用手枪指着他的太阳穴。冰冷的触感，他没有回头看龙一，而是看着夏绵绵，一直看着她。"封逸尘是不是也没有想过，会被我算计？"夏绵绵放下手枪。子弹早就被她取了出来。她考虑过最坏的结果，就是封逸尘突然出现。果然，他真的突然出现了。她能够想到的唯一还可能会威胁到封逸尘的方式，就是这种。所以，之前夏绵绵就和龙一商量好了现在的一举一动，才会如此默契。当然如果封逸尘不受她威胁，也有可能失败。

而事实就是，她成功了，再次利用了封逸尘对她的隐忍。

她嘴角的笑容，在封逸尘冷得如冰一般的视线下，收敛了。

其实她笑不出来，她并没有自己想的那么没心没肺。

第十四章　最终对决

"boss！"爱莎大叫，那一瞬间就想要靠近。

"别过来！"夏绵绵冲着她大吼，"或者你可以赌一下，是你先杀了我，还是龙一先杀了封逸尘！"

"夏绵绵！"爱莎狠狠地看着夏绵绵，"我真该杀了你！"

"现在说什么都没用，我现在需要一艘快艇。"夏绵绵对着爱莎，然后又对着封逸尘说，"你放我们走，我不杀你！"

封逸尘依然只是冷漠地看着她。

她的视线转移，对着龙一说："我们先出去。"

龙一点头。

他控制着封逸尘，手枪一直抵着他的太阳穴。其他人不敢轻举妄动。这个时候就算手速再快，他们一动，boss就会死。所有人就这么僵持着，一步一步走出了船舱，走到了外面的港口处，下面就是大海。夏绵绵想，退一万步，她还能跳海求生。他们站在港口的位置。港湾有些昏黄的亮光，隐约能够看到彼此的脸庞，全都紧绷且僵硬。文川此刻在联系快艇。他放下电话，恭敬道："10分钟之内。"封逸尘点头，却还是看着夏绵绵。那一刻他似乎是想要看到她身上的一丝，哪怕一丝犹豫。显然没有。她现在一直紧张的是，她和龙一怎么顺利离开。夏绵绵突然靠近封逸尘的身体。

封逸尘看着她。

夏绵绵搜他的身。封逸尘眼眸一紧。

"对不起封逸尘，我觉得你应该和我们走一程。"夏绵绵说，"我怕我们刚坐上快艇就会被炸药包炸得粉碎。"

封逸尘冷笑。在夏绵绵心目中，他的信任度可能就真的只是零。夏绵绵从封逸尘的身上搜出了很多武器和工具——手枪、子弹夹、定位器、瑞士军刀、急救包。她扔了一地。封逸尘就这么看着她很认真、很仔细的举动。夏绵绵搜身完毕，没有看封逸尘，对着龙一点了点头，意思是没有什么危险了。

"绵绵。"封逸尘突然叫她。

夏绵绵心口一动。

"是不是这次逃了之后，就再也不回来了？"封逸尘问她。

"一直没想过回来。"夏绵绵说。

封逸尘仔细一想，确实。

"我和你从一开始就不是一路的。我嫁给你也是为了某些目的。"她说。

封逸尘没有说话。

"如果我还能活着，孩子我会好好养着。"夏绵绵对着他说。

想来，其实她也不在意这个孩子能不能活着。但她却觉得，这是他们之间唯一还能有的牵挂了。她眼眸一转。不远处响起了快艇的声音。是他们的快艇来了。一艘白色的快艇停在了港口处，里面的人下来，文川过去交接。

一会儿，文川过来，说："都准备好了。"

封逸尘点头。

夏绵绵对着龙一说："我去快艇上检查一下。"

"嗯。"

夏绵绵跟着文川一起走向快艇。

她很仔细地在快艇上检查着所有的东西，确定无误之后，她冲着龙一说道："带着封逸尘上来。"

龙一一步一步警惕着封逸尘。其他人也只能眼睁睁地看着他们挟持着boss走向了快艇。夏绵绵坐在驾驶室。

她转头看了一眼，说："阿某，你要跟着一起走吗？"

阿某在岸边。他没有犹豫，直接就上了快艇。

"小姐！"小南也想跟着去。

夏绵绵根本没有回应小南，快艇一跃而出。小南眼眶通红。她就知道她被小姐嫌弃甚至厌烦了。快艇一跃而出，开得很快。夏绵绵也不知道能开去哪里，反正就是在海平面上疯狂行驶。快艇上也很安静。没有谁开口说话。

封逸尘说："还不动手吗？"

夏绵绵开着快艇的手僵硬了一下。

"这么好的机会，不杀了我吗？"封逸尘反而很平静。

龙一转头看着夏绵绵。

是。

她也想过，带着封逸尘走，将他手上的武器全部搜走，那个时候杀他是最好的机会，错过了，可能就会被他杀了！阿某也看着她。所有人的行动，都看她的一句话。

"你不杀我，就是龙一死。"封逸尘直白道。

所以，他让她选择，到底谁死。

夏绵绵紧咬着唇。

"阿某，你过来帮我开一下。"她对着阿某。

阿某直接坐了过去。

夏绵绵从驾驶室走过来。她抬头看着封逸尘，看着他很冷静的模样。龙一的手枪还一直对着他的头，如果龙一不顾及她的感受，此刻也早就将封逸尘一枪击毙了。她的内心其实很煎熬。理智上，她真的应该在这个时候解决了封逸尘，但情感上……

她说："对不起，封逸尘。"

封逸尘真的笑了一下，笑得那么凉。

所以在她深思熟虑之后，她还是决定杀了他。

她说："我要活着。"

封逸尘就这么安静地等待着她要说的话。

"我要活下去，而我在你身边感觉不到一丝安全感。我相信你很爱我，我也不否认我很爱你，但就算再爱，在生死存亡的时候我也会选择自保，杀手都是被这么培养长大的！"夏绵绵静静地说。

封逸尘没有为自己辩解，大概也不想辩解了。

她说："而且一命抵一命，封逸尘，这条命是你欠我的。"

封逸尘点头，并没有问她为什么欠她一条命。她起身，亲吻他。龙一眼眸微动。封逸尘就是这般冷漠，冷漠地感受着她身体的温度和她唇瓣的柔软。

她说："再见。"

封逸尘薄唇微动。有些话，似乎就在喉咙里，他却说不出口。他看着眼前的龙一，看着他的黑色手枪对准他的额头，食指微动。夏绵绵闭上眼睛。

从金三角离开，同时杀了封逸尘，这就是最好的结果。

枪声还未响起，快艇突然一阵颠簸。

所有人本能地抓着快艇的扶手，稳定自己的身体。这时，从快艇的下方，迅速爬上来几个人。这些人穿着潜水服，似乎一直潜伏在快艇之下，跟了他们一路，现在全部拿着重型武器对准他们。与此同时，海水的下方，突然冒出一艘军用级别的潜水艇。很大的一艘潜水艇，冒出来之后，一个大炮直接对准了他们的快艇。他们被包围了！

三个人面对的，是很多人。

龙一迅速扣动扳机，在子弹迸发之时，封逸尘一脚踹在了他的手上，子弹偏移。与此同时，封逸尘直接上前抓住龙一的手，两个人拼杀了起来。快艇颠簸得更加厉害。此刻的夏绵绵和阿某，早就被拿着重型武器的人控制了，一动就会被打爆头。而龙一的反抗也没能坚持几秒。他的手枪被踢到海水里。在他的一个前脚踢过去之时，厚重的枪口已经对准了他。封逸尘华丽地一转身，就可以将他们一网打尽！想来，在他们上快艇的时候就可以行动了，居然还留了他们那么久。快艇停了下来。旁边的潜水艇依然支着大炮对准他们。两个拿着重型武器的潜水员，一动不动地等待吩咐。封逸尘眼眸转向夏绵绵。

夏绵绵说："果然和你斗是没有胜算的，我却还是在耍着小聪明。"

封逸尘没有回答她。他起身坐到了快艇驾驶室，然后将快艇掉头，倒回去。旁边的潜水艇在接到封逸尘的指示后，收起大炮，又潜入海底。封逸尘可以动用这么多军用武器，她果真是在自取其辱。他们很快又回到了刚刚离开的港口。所有杀手都在岸边等着他们，似乎知道他们要回来。夏绵绵和阿某，还有龙一，被胁迫着回到了港口。

爱莎看着夏绵绵，无比讽刺道："你真的以为，你斗得过boss？"

夏绵绵没有搭理爱莎的讽刺。这一刻也没有人再多话。

所有人跟着封逸尘的脚步，往他们停靠的轿车上走去。

他们刚走近，远处亮起一排车辆的灯光。

灯光很亮，刺眼到让人忍不住眯了一下眼睛。

而当其中一辆车停靠在他们脚边时，从里面下来了一个女人，一个熟悉的女人。

杨翠婷！

港口的人更多了。

这一刻却似乎更加安静了。杨翠婷从车上下来。她穿着黑色的紧身衣、一条皮裤，脚蹬一双高跟鞋，头上扎了一个马尾。有那么一瞬间，夏绵绵觉得杨翠婷很年轻。她看着杨翠婷一步一步靠近封逸尘。就是这么一个女人，就是让人感觉气场很强大，强大到靠近都会让人忍不住憋足一口气，不敢呼吸。杨翠婷的视线根本没有放在任何人的身上。她的高跟鞋踩在港口的乱石上，停在封逸尘的面前。啪！一个巴掌，直接甩在了封逸尘的脸上。如此安静的港口，似乎就只听到了这个惊人的巴掌声。封逸尘身后的杀手全部都只是看着，大气都不敢出，一阵阴森的凉意在背后呼啸。

挨了杨翠婷的一个巴掌之后，封逸尘并没有任何表情，依然这么直直地看着杨翠婷，看着她愤怒的眼神。

下一秒，杨翠婷又是一个巴掌扇了过去，很重。

完全可以想象，封逸尘那张脸，此刻会肿成什么样子。杨翠婷抬起她的高跟鞋，当着所有杀手的面，对封逸尘拳打脚踢，如此不留余地，不到两分钟，在封逸尘一直忍耐的时间里，狠狠地将他打趴在地上。她的脚踩在他的脸上。如此尖的高跟鞋，划破了封逸尘的脸。整个港口安静到让人窒息。没有人敢说话，没有人敢发出一点声响！夏绵绵在这一刻才真的看到杨翠婷的身手，惊人无比。爱莎实在看不下去了。她准备上前，文川一把拉住她。爱莎咬牙切齿。到此刻，所有人都不用怀疑了，能让封逸尘绝不还手的人，自然就是大boss无疑。整个港口依然寂静无比。

杨翠婷的高跟鞋依然重重地踩在封逸尘的脸上，她说："杀一个人难吗？"

封逸尘紧捏着拳头，忍得青筋暴露。

"杀夏绵绵就这么难吗？"杨翠婷问他，声音很大，脚上的力道在不停地加重。

封逸尘的身体忍到极限，此刻就是一句话都没有说。杨翠婷突然放开封逸尘。她收回她的脚，冷眼看着地上的封逸尘。封逸尘得到自由，却并没有从地上爬起来。甚至有那么一瞬间，大家觉得，boss爬不起来了。杨翠婷冷眼看着地上的封逸尘，眼眸一转。夏绵绵心口一动。杨翠婷的视线直接放在了夏绵绵的身上。夏绵绵硬着头皮看着她。

"还活着？"她问夏绵绵。

夏绵绵说："活得很好。"

"呵。"杨翠婷冷笑，"我以为上次让你吸取了教训，没想到你开始变本加厉了！"

"我只是在自保而已。"

"就单凭一个你，你能自保？"杨翠婷笑得疯狂，"你真是很可笑！"

"所以我联络了龙门。"夏绵绵直白道。

"龙门而已！"杨翠婷很是猖狂，"龙门而已！我会让龙门马上消失，一个不留！"

"如果你有这个能耐，也不会让封逸尘耍这种手段来引出龙一，先砍掉龙门的臂膀。你实力不够！"夏绵绵直接戳穿她。

杨翠婷冷笑："你聪明归聪明，但真的是红颜祸水。"

夏绵绵咬唇。

"我一直告诫封逸尘不要动心，不要动心，他偏偏不信，他偏偏要对你一往情深！现在，害惨的是你们自己。"杨翠婷走向夏绵绵，一步一步，不快不慢。

夏绵绵一阵心悸。她完全知道杨翠婷现在要做什么！不过就是要杀了她。杨翠婷停在了和她一步之遥的距离。杨翠婷抬手，夏绵绵警惕地看着她。旁边一个穿黑色西装的人恭敬地将一把手枪规规矩矩地递给了杨翠婷。夏绵绵捏紧拳头。杨翠婷眼眸一紧，枪口直接对准了夏绵绵。那一刻在地上的封逸尘突然起身。

杨翠婷一个眼神，她身边的随影猛的上前欲控制住封逸尘。

封逸尘此刻虽然全身都是伤，但是杨翠婷的随影还是在封逸尘的爆发力下，被打趴下去。杨翠婷转头看向站在自己身后的封逸尘，看着他走向自己。封逸尘的身体被人挡住。5个强壮的大汉，封逸尘再强，也打不过了。

所以在一阵拼杀之后，封逸尘还是被其中的两个人控制住。

杨翠婷冷笑，淡淡地说："把他带过来。"

两个人带着封逸尘，来到杨翠婷身边。

如此近距离下，夏绵绵才看清楚封逸尘的脸，真的是惨不忍睹……

杨翠婷也这么看了他一眼，并没有任何情绪。

她说："封逸尘，不就是杀一个夏绵绵而已？"

封逸尘青筋暴露，忍得整张脸无比狰狞。

"你看清楚了，我是怎么杀她的！"

封逸尘的身体一直在抖。

夏绵绵看着封逸尘，说："我就说过，你保护不了我的。"

封逸尘血腥的眼看着夏绵绵。

"但我不怪你。"夏绵绵说，"我也没打算让你保护我，而我确实实力不够，死了也很正常。"

封逸尘的眼眶红了一片。

夏绵绵那一刻甚至看到封逸尘的眼角流了一行液体。不是泪。是血。她喉咙微动。

"别废话了。"杨翠婷的手枪对准夏绵绵的头，"你存活的时间太长了。"

杨翠婷食指一动。砰！子弹从枪口迸发。在如此安静的港口，枪声无比响亮，无比狰狞。杨翠婷眼眸一紧。夏绵绵没有中枪！夏绵绵的身体突然被人狠狠地抱住。她不相信地看着面前的小南，不相信地看着她挡在了自己面前，挡住了杨翠婷的子弹。而子弹，从她的后脑穿了进去。"小南！"夏绵绵眼眶一红。

小南说："小姐快跑……快跑……哕……"

血从小南的嘴里，疯狂地冒出来。

"小南……"夏绵绵眼前模糊一片。

"快走，好好活下去……"小南的嘴里又吐出一摊血，全部染在了夏绵绵的身上。

夏绵绵咬牙，这一刻身体突然被拉了一下。

龙一拽着夏绵绵，在混乱中往海边跑去，疯狂地跑着。

夏绵绵根本就看不清楚前面的路。

她听到小南最后说："别辜负boss……"

她好像辜负了很多人。

杨翠婷看了一眼躺在地上的小南，知道她必死无疑。

杨翠婷淡定地看着夏绵绵和龙一的脚步。

跑得了吗?

她手一动，身边走出来很多人，迅速追了上去。

那一刻，封逸尘突然一个用力挣脱桎梏，迅速挡在了一行准备追击的人面前。

所有人看着封逸尘，没有任何举动。

不管如何，封逸尘终究是他们的boss，所有人也会对他有忌惮。

"让开！"杨翠婷怒吼。

封逸尘一动不动。

"我让你让开！"杨翠婷脸色狰狞，狠狠地看着封逸尘。

封逸尘就是站在她面前，一动不动。

"你别以为我不会杀你，封逸尘！"杨翠婷狠狠地说道，"你别以为我真的不敢杀你！"

封逸尘依然戳在那里。

杨翠婷拿着手枪突然冲上头开了一枪。

此刻夏绵绵和龙一已经跳到了刚刚的快艇上。

听到枪声，两个人都顿了一下。

随即，杨翠婷的声音在安静的港口响起，很清楚："夏绵绵，你要是敢走，封逸尘马上就会死！我保证！"

这是在威胁她。

夏绵绵身体一紧。

龙一此刻坐在驾驶室，没有直接踩下油门离开，而是在等待夏绵绵的决定。

杨翠婷冷笑："我之前就跟你说过，封逸尘能活是他的造化，不能活那也是他的命！"

夏绵绵咬唇。

她知道，杨翠婷真的可能会杀了封逸尘。

封逸尘不是她和聂鹰的孩子，她根本就不在乎。

448

"绵绵。"龙一说，"我们回去！"

夏绵绵摇头："不用了。"

"绵绵！"龙一看着她。

他很爱夏绵绵，他愿意为了夏绵绵做任何事情，包括死，但他却一点都不敢保证，他的爱会比封逸尘的多。

"封逸尘知道我会走。"夏绵绵说。

龙一看着她，其实此刻她早就泪流满面。

他知道，她会走。

"绵绵……"

"走吧。"夏绵绵说，"封逸尘欠我一条命，这是必然的。"

龙一看着夏绵绵，再次确定。

他咬牙，快艇一跃而出。

整个夜空中响起强烈的引擎的声音，划破了这一片海域的宁静。

宁静中，突然响起很多道枪声。

砰砰砰！枪声一直在上空不停响着，还带着回声。

龙一看着旁边的夏绵绵，她捂着自己的小腹，身体在颤抖。

港口。

封逸尘倒在了地上。身上都是血。所有人都这么看着他，也看着杨翠婷。

港口一片宁静。

"够了吗？"杨翠婷问封逸尘。

封逸尘一动不动，睁着的眼睛，血红一片。

"闹够了吗？"杨翠婷狠狠地问他，那一刻眼中的杀意半点都没有消失。

她怒视着封逸尘："我确实不应该把所有希望都寄托在你的身上，你真的不配做聂鹰的儿子！"

杨翠婷说完，转身就走了。杨翠婷的人跟着她的脚步离开。封逸尘的杀手还在他旁边。

"boss！"爱莎猛的扑在封逸尘的面前，整个人慌张到身体都在发抖，"boss！你怎么样？你怎么样？"

封逸尘没有任何表情，眼神木讷地看着前方，趴在地上，一动不动。

"boss你不要死，我求你了，不要死……"爱莎哭得疯狂。

韩溱走过去摸着封逸尘的脉搏，检查着他的伤口。

刚刚杨翠婷的那些疯狂的子弹，是朝天空飞去的，不应该有事的！

终究，杨翠婷没有杀了封逸尘。

而封逸尘此刻的模样，却和死了没什么区别。

"boss……"爱莎很怕，不知所措地蹲在他的身边。

另外一边，阿某蹲下来，看着小南，看着嘴里一直在疯狂吐血的小南。他就这么看着这个女人，为了夏绵绵挡了致命的一枪。小南不可能活了。子弹在她的大脑里面，颅内已经出血，根本救不活，还会死得很痛苦。他伸手，拉着小南的手。小南那一刻似乎动了动眼眸。她已经失去焦距的眼眸看着阿某。阿某恍惚看到了她的一丝笑容，缓缓……停在了嘴角。阿某眼眶红了。他伸手将她的眼睛合上。她就这么躺在了血泊中，死得很安静。

"阿某。"白鹤走过来。

阿某转头看着他。

"走了。"白鹤说。

阿某起身。很多杀手都是这样被人遗弃的，都是因为成了尸体，所以被人抛在了荒山野林。他最后看了一眼小南，跟上了其他人的脚步。没有人会带着尸体离开。死了就是死了。他们只会回去翻她的遗言。所有人坐进了来时的轿车，但已经不自由了。他们每个人都被其他几个杀手看守着。大boss自然不会再信任他们。他们还是回到原来住的那栋别墅。别墅中的人都变成了大boss的下属。

韩溱在帮封逸尘处理伤口。

伤口大大小小有很多，甚至连之前被夏绵绵捅的那一刀此刻都已经裂开了，血流不止。

韩溱说："夏绵绵终究还是逃走了。"

封逸尘眼眸似乎是动了一下。

韩溱说："做了这么多不就是想要让她活着吗？她逃走了，就能活下去，我相信她的生存能力。"

封逸尘没有说话。

韩溱继续道："你睡一会儿吧，从昨天开始不就一直没有睡觉吗？你一直在寻找，就怕夏绵绵被大boss先找到，结果，还是被找到了。"

封逸尘闭上了眼睛。

他说："让我静静。"

韩溱不再多说。理智上，他其实可以理解夏绵绵。那个时候，夏绵绵回来只是在自寻死路，她唯一的选择只有走。但在情感上，大概谁都接受不了。

他看着封逸尘，看着这个从小就比任何人都能够忍耐的封逸尘。此刻封逸尘依然是这么平静的表情，平静到让人觉得他好像已经死了。韩溱想，封逸尘这辈子遭遇的折磨，不管是身体的还是心灵的，平凡人都望尘莫及。

深邃的夜晚，快艇开出了很长很长的距离，周围静得吓人。

"一直这么开下去吗？"龙一问。

身边没有人回他。

龙一转头："绵绵。"

夏绵绵恍若才回过神，她看着龙一。

龙一说："我们需要停下来吗？"

夏绵绵眼眸微动，眼泪一直在眼眶中，此刻不停地掉下来。龙一索性松了油门，让快艇在宽广的海面上慢慢停了下来。他起身走向一边的夏绵绵，手伸过去，将她搂抱在怀里。夏绵绵没有反抗，温顺地靠在了他的胸膛上。她才靠上去一会儿，龙一胸膛的衣服就湿了一片。

"哭出来可能好受一点。"

夏绵绵摇头。不会。她没想到，封逸尘的死，会让她这么难受。她完全感受不到心的温度了，那里痛得好像已经麻木，麻木到甚至感觉不到心还在跳动。

"绵绵。"龙一轻声安慰，"就算我们回去，也是死。结果只是多搭了两条人命，不，是三条。你还怀有孩子。"

孩子！

夏绵绵抚摸着自己的小腹。对呀，这里还有他的孩子。她抓着龙一的衣服，此刻身体颤抖到控制不住。夏绵绵努力让自己冷静下来。龙一说得很对，她肚子里面还有孩子。她应该活下去！上一世死的时候，她很恨。现在他终于死了，他们的恩怨就此了结。从此，这个世界上就没有封逸尘这个男人了。

"绵绵。"龙一突然紧张。

夏绵绵从他的胸口离开。

"你听。"龙一说。

她听到了上空有引擎的声音，缓缓靠近。

"龙一。"夏绵绵叫着他。

"追来了！"龙一说，"我去开快艇！"

夏绵绵拉住他："直接跳海吧。"

"嗯？"

"快艇目标太大了，我怕一个大炮下来我们就粉身碎骨了。"

"好。"龙一也不纠结。

两个人在快艇中搜索求生用品。

让她意外的是，东西准备得很充足——淡水、医药包、压缩饼干、简易救生圈。

龙一看着夏绵绵。

她说："走吧。"

龙一快速将东西放好，在跳下水的那一刻，狠狠一脚踩下了快艇油门，快艇继续向前快速行驶。夏绵绵和龙一跳进了海里，远远地看着快艇离开的方向。随后，上空引擎的声音越来越大。夏绵绵和龙一静静地深呼吸一口气，潜入了海水中。直升机从他们头顶上飞过去。渐渐，声音远了很多。

夏绵绵和龙一从海水下出来，大口呼吸，那一刻，远远地看见他们坐的那辆快艇燃爆了。

还好，他们没有开着快艇跑。

龙一一阵心惊，他说："走吧，我看到前方有岛屿。"

"嗯。"

两个人往目的地游去。

他们身上有淡水和饼干，在海水里游了几个小时，终于到了一个种着绿树的岛屿。两个人很累，却似乎都没有到达极限。

他们躺在沙滩上休息了一会儿，困得睡了过去。

第二天，两个人醒来之后找了野味补充自己的能量。身上的水已经喝完了。

"我去帮你找点淡水。"龙一起身。

"龙一！"夏绵绵一把抓住他。

龙一一怔。

两个人连忙将面前的火用旁边的树叶按灭，瞬间躲到旁边的丛林中，趴在地上。脚步声开始靠近。夏绵绵和龙一都很紧张。因为不知道来的人是谁，两个人提高警惕。一双脚突然停在了夏绵绵的面前，却并没有发现他们的存在。夏绵绵给了龙一一个眼神。龙一点头，一瞬间，他猛的起身，直接躲过面前人手上的武器，然后将他重重地摔在地上，一脚踩过去。

"大少爷！"被扔得眼冒金星的人大声吼着。

龙一连忙收脚，他一把将地上的人抓起来："来了！"

"嗯。"说着，这人突然吹了一声口哨。

一会儿，从四面八方来了5个穿着特种兵衣服的男人。

所有人都恭敬无比地对着龙一，等待龙一的吩咐。

龙一完全确定了所有人的身份之后，才让夏绵绵从丛林中出来，一起走了出去。

外面空旷的沙滩上，停靠着一架直升机。

直升机旁边还站着两个人，手持重型武器，一直在保持警惕。夏绵绵和龙一的脚步停在了直升机旁边。

"龙一，我不能走，如果我此刻回去，杨翠婷可能会措手不及。不杀了杨翠婷，我就活不了！"夏绵绵突然决定不走了。

任何事情，都必须有个了断。龙一看着她，没有揭穿她，即使他知道她想回去看看封逸尘。

"你不用跟着我。"夏绵绵说。

"嗯。"龙一难得这般温顺。

"你走吧。"夏绵绵挥手。

龙一看着她。

夏绵绵说："我去给自己做个竹筏。"

说完，她就转身，不需要那么依依不舍，也不需要那么煽情的话语。朋友之间就是这样。她刚走了两步，突然觉得自己的脖子一痛。在还未有任何反应的那一刻，夏绵绵已经软软地躺在了龙一的怀抱里。身边的保镖看着龙一，不明所以。龙一将夏绵绵抱进了直升机，自己却从直升机里面走了出来。

"大少爷！"所有人喊道。

为什么大少爷会突然改变主意？

"送她回去，交给我父亲，告诉他夏绵绵肚子里面怀了我的孩子！"

"……"所有人完全蒙了！

"大少爷你去哪里？"

"不用管我，这次一定要告诉我父亲，不管我出了什么事情，不管我发出什么信号，真的不要过来救我！"龙一吩咐。

其他人完全搞不懂了，但也知道大少爷这次离开的危险。

"大少爷……"

"走吧。"龙一吩咐，"誓死保护夏绵绵。"

所有人就这么目送大少爷离开。

好久，一个带头的人说："上机！"

命令就是命令，他们只能执行。

直升机缓缓起飞，盘旋着离开了这个岛屿。

龙一看着直升机的方向：别怪我，绵绵！你不能死！

金三角的夜晚，依然一片宁静。

有些地方却纸醉金迷，歌舞升平。龙一回到了金三角。他做了木筏，用了一天的时间，回到了他之前离开的港口。港口恢复了原貌，没有任何血渍，自然也没有尸体。他离开港口，在港口远处的乡村街道旁边还发现了他们遗弃的，夏绵绵抢来的固定资产。他骑着摩托车，去了市区。

市区，很静。

他骑车直接到了卢老的地盘。卢老有个习惯，但凡召集道上的朋友团聚，他会热情款待一周。龙一想，如果自己没有猜错，杨翠婷既然已经到了金三角，既然已经开始让自己曝光在世人面前，就一定会出现在这样的场合！他混进去，可能还有机会暗杀杨翠婷。这个时候杨翠婷最不可能想到的，应该就是他还会突然杀回来。他盘算着，看着远处来来往往的保镖。他听说，卢老的地盘，就连服务员都会用枪。他左右看了看，慢慢靠近了金碧辉煌的建筑物。他走向大门口。

门口的守卫看到他，带着不耐烦道："不想死就滚远点！"

龙一看了一眼门口的守卫，骂了一句："看门狗！"

"shit（该死）！"那个守卫暴躁地直接拿枪对准龙一。

龙一连忙跑了，跑向一边的转角。

那个被他骂的守卫追了两步，看着突然消失的人，又骂了几句，转身准备回去继续守岗。

龙一突然从他身后跳出来，手肘用力，守卫直直地倒在了他的面前。他迅速拖着守卫走向了一个巷口，迅速换上了他的衣服，然后迅速走了出去。

门口的守卫自然不止一个。

他把头上戴着的帽子拉低了些，走过去。他不敢在门口停留太久，怕被认出来，找借口去了洗手间，顺便混进了大厅。他不敢太唐突，怕被人发现了，这里面很多人都认识他。他走得很谨慎，也在让自己看上去自然些。他眼眸突然一紧，杨翠婷和卢老相谈正欢，而站在杨翠婷身边的人是，封逸尘……

所以，封逸尘没死！

他此刻也不知道是什么情绪。他就这么远远地看着杨翠婷和封逸尘站在一起的画面。他现在在犹豫，是该进，还是该退。他好不容易抓住这么好的一个机会，就算是死了，能够杀了杨翠婷也算值得！他下定决心。龙一转眸，很自若地跟着一个男服务员的脚步。

此刻服务员手上端着几杯被人用过的高脚杯，往宴会大厅外走去。

他跟着，在服务员刚走出宴会大厅那一刻，将服务员突然撂倒并弄晕，然后手疾眼快地拿着托盘，迅速将人拖走，扔在了外面的绿植地带，自己又换了装。他深呼吸一口气，把手枪放在托盘下。他跟在从宴会大厅出来的服务生后面，去换了倒有香槟的高脚杯，然后一步一步走进去，重新回到宴会大厅。他从杨翠婷和封逸尘背后走过去，一步一步靠近。他托盘下的手握着黑色手枪。只需要再走一米，以他的枪法就可以准确无误地一枪结束杨翠婷的性命。就在那一刻，他迅速地拿起手枪，枪口直接对准……

砰！

子弹迸发！宴会大厅突然一下暗了下去。刚刚那一秒，杨翠婷转身了吧？杨翠婷确实转身了，但那一刻，她被封逸尘拉开了。龙一咬牙。现在大厅黑透了。他暴露了。他没有规划好离开的路线，因为他没想过能走。但人

455

都有着求生的欲望，他在混乱和尖叫的人群中，迅速撤离。整个宴会大厅突然响起枪声，似乎是朝着上空打的。

一个人大声说道："宴会大厅中混入了来历不明的人，请大家不要慌张，陆续往现在地板上路标亮着的方向走，其他门全部封锁。我们会对所有人一一进行检查，请大家配合！"

宴会大厅的地板上亮起了一道发亮的箭头。宴会大厅里全都是道上有头有脸的人，遇到这种事情慌张那一秒之后，瞬间就淡定下来，所有人迅速有序地开始排队离开。灯光依然很暗。龙一混在人群中。他如果排队离开，一眼就会被认出来，可如果隐藏，能去哪里隐藏？最后他还是会被揪出来。他咬牙，倒不是怕死，没能杀了杨翠婷，他心有不甘！他自然不可能去排队，自投罗网。他看了看偌大的宴会大厅，其他门全部被封锁，现在就剩下一道大门，唯一还有的亮光点，全部指向那个门口。他不停地在人群中往后退，寻找有可能离开的机会。突然，他的身体被人挡住。

他转头，耳边响起一个熟悉的男人的嗓音："跟我走！"

他看不清楚，但知道是封逸尘。他不信封逸尘会救他，但也没有其他逃生的机会，所以他直接跟上了封逸尘的脚步。封逸尘带着他在黑暗中走得很快。他身边没有任何其他人。他就不怕他在黑暗中，趁机杀了他吗？龙一保持谨慎地走向了另外一个通道。通道口站着很多穿黑色西装的人，手上拿着重型武器，根本不可能通过，封逸尘却直接走了过去。龙一顿足。封逸尘走到穿黑色西装的人的面前，拿出一个东西。

带头的"黑色西装"接过他手上的一串檀木珠，随即恭敬道："您有什么需求？"

"开门，放我和他离开！"封逸尘说。

"黑色西装"立马执行，没有汇报，直接就开了门。

龙一很惊讶。

他迅速跟上封逸尘的脚步。

两个人通过另外一个出口，直接走出了宫殿式的宴会大厅，迅速穿过大气的广场，走向豪车一片的高级停车场。

封逸尘带着他坐进了一辆轿车。

"走！"封逸尘吩咐。

轿车一跃而出，很顺利地离开了刚刚命悬一线的地方，行驶在金三角的街道上。街道上很黑暗，龙一对这里不熟，也不知道封逸尘会带他去哪里，这一刻也不觉得封逸尘会杀了他。封逸尘刚刚应该用了很重要的东西，保了他一命。安静无比的车内，没有谁主动说话。

龙一想了想，说："谢谢。"

封逸尘嗯了一声。

"你知道我会回来？"龙一问。

刚刚封逸尘的所有举动，龙一甚至觉得封逸尘是早有安排。

"不知道。"封逸尘说。

不知道，却可以把一切都安排得这么滴水不漏，他是不是应该崇拜一下封逸尘？

封逸尘问："她呢？"

她？

龙一当然知道她指的是谁。

龙一说："我让人送她回去了。"

"安全吗？"

"至少比她说要回来安全。"

"感谢。"封逸尘说。

龙一一怔，随即反应过来，他在感谢他没有让夏绵绵回来冒险。

他说："你不埋怨夏绵绵吗？"

龙一觉得，换成是他，可能不会如此淡定。

"不怨。"

"你和夏绵绵之间……"龙一总觉得，封逸尘隐瞒了很重要的一部分，是夏绵绵不知道的部分。

龙一欲言又止。

封逸尘那一刻转头看了他一眼。

封逸尘说："你想知道？"

"当然。"

龙一觉得自己虽然不八卦，但他这一刻却真的迫切想要知道一些真相。

"我告诉你。"封逸尘直白道。

龙一完全不相信封逸尘会这么好说话。

他听到封逸尘冷淡的声音："这是我今晚救你的目的。"

救他，然后告诉他夏绵绵和封逸尘不为人知的一些过去。

"我希望你们龙门，好好保护她。"

"为什么？"龙一问。

为什么是龙门，而不是他封逸尘？

宁静的夜晚，舒适的大床上，夏绵绵猛的睁开眼睛。

她从床上起来。她现在在哪里？在哪里？龙一呢？她猛的掀开被子。

"夏小姐。"窗台边，突然传来一个厚重的男人的嗓音。

夏绵绵转头，看到了一个中年男人。

龙天！

她心口一紧。她现在已经回到驿城了吗？她到底昏迷了多久？龙一呢？龙一强迫她回来了吗？还是说……

她心口一紧："龙一呢？"

"我也想问你，龙一去了哪里？"龙天的表情很严肃，甚至有些吓人。

夏绵绵不是怕他，但她怕龙一为她回去了。

她说："龙一没有跟着一起回来吗？"

"没有。"龙天肯定道。

夏绵绵眼眶一红。

"他们说，你肚子里面的孩子是龙一的？"龙天问。

夏绵绵摇头："不是！"

她知道龙一的用心良苦，但她不想因此得到安稳。

"我猜想也是，我们家龙一一向洁身自好，更不可能去睡什么有夫之妇！虽然不是龙一的孩子，但既然龙一如此交代保镖，就是想要让我保护你的安危。"

"现在还没有到驿城吗？"夏绵绵问。

"现在还在金三角，这里是我的私人别墅，很隐蔽。龙一虽然一直说不让我亲自过来，但我终究不放心我儿子，也就跟着在这里落脚了，卢老以及道上的其他人都不知道我在这里有个别院，所以这里还算安全。"

"龙叔！"夏绵绵叫他。

"龙一回去暗杀杨翠婷了！"夏绵绵可以肯定，"你给我点人手，我回去救他！"

458

"你说你回去救龙一？"龙天似乎不太相信夏绵绵说的话。

"是，我回去救他！"夏绵绵再次重复。

"回去有多危险你不知道？"

"我知道，但我不想龙一死，不想！"

夏绵绵这一刻差点泪崩。

她真的见惯了生死离别，但这段时间经历的却让她整个人完全崩溃。

"我的儿子我自然会想办法救出来。"

"不，你不能去！"夏绵绵笃定，"杨翠婷就等着你自投罗网呢。金三角现在都是她的地盘，卢老和她有合作，你去了，插翅难飞！"

"也不能因为如此就让我儿子一个人流落在外，这种事情我做不出来！"

"所以让我去！"夏绵绵大声说道，"让我去，如果龙一死了，我绝对不活着回来！"

夏绵绵的气势，让龙天怔住。

龙天从她的身上恍惚看到……看到一丝……

他蹙眉："你喜欢我儿子？"

"不喜欢！"夏绵绵很直白且重重地说道，"但龙一在我的生命中一样很重要！"

龙天是真的被夏绵绵震惊了。他没想到，她这么一副瘦弱的小身板会爆发出如此惊人的力量，就是会让人不得不被震慑。

他一口答应："好，我给你提供便利让你回去，但你要记住，选择是你自己做的，绝对不是我逼你去冒险！"

"不是你逼我，不是！"夏绵绵说，"谢谢你，龙叔！"

说这句话的时候，夏绵绵分明泪眼模糊。

龙天说："你自己准备一下，出发的时间你自己确定。"

"就今晚！"夏绵绵说，"再晚就什么都晚了。"

龙天已经不想感叹自己对夏绵绵的低估了，他点头。

最后，就看她自己的造化了！

黑色的轿车，一直在金三角的街道上行驶。

车内安静一片。龙一真的不知道，这么多事情，为什么封逸尘可以说得如此平静？他转头，看着轿车停了下来。面前是一个空旷的机场，此刻很安静。封逸尘下了车。龙一也跟着下了车。他面前的不是普通直升机，而是一架专机，想来，是专程送他或者他们离开的。

"走吧。"封逸尘说，"会直接送你回到驿城。"

"你不走？"龙一问。

"不走。"

"杨翠婷可能会杀了你！"龙一提醒道。

"她不会。"封逸尘直白道。

龙一还想多说什么，封逸尘已经转身坐进了轿车里。

龙一看着封逸尘的背影。

他不知道一个人怎么可以承受这么多，最后居然没疯？

封逸尘坐在轿车上，他在等龙一离开。

站在车外面的龙一犹豫了两秒，终究大步走向了面前的直升机，直接走上了阶梯。

封逸尘看着龙一的背影，说："韩溱，回去。"

韩溱点头。

远处突然出现了很多辆车，急速而来。

"boss！"韩溱紧张。

"拦住！"封逸尘眼神看着面前开始上升的直升机。

轿车直接冲着急速而来的车辆开去。然而机场太大了。他们能阻止一辆，却不能阻止十辆二十辆！那架正在运行的直升机被前面的众多黑色轿车直接堵住。直升机被迫停了下来。前排的那辆轿车上，一个人拿着一个黄色的亮光旗摇摆。机舱直接打开了，软梯被放下来。这里是卢老的地盘，只要卢老有任何指示，所有人都会听命于他，专机也是。封逸尘就这么看着"黑色西装"直接爬上了软梯。这本是封逸尘之前让卢老为他准备的，他有支配权，这一刻却还是被拦了下来。封逸尘打开车门，下了车。

龙一根本就不需要反抗，反正都是徒劳。

他被人控制着，从软梯上下来。

龙一看着封逸尘："抱歉，结果还是没有走掉。"

封逸尘点头。他就是这么冷静，冷静地看着最后一辆轿车不缓不急地开过来，似乎一切都在预料之中。车子停在他们脚下。旁边的两个保镖连忙上前，一人打开一边的车门。卢老和杨翠婷从车上走了下来。杨翠婷冷眼看着封逸尘。封逸尘回视着她的视线。

"走得掉吗？"杨翠婷问他，口吻很讽刺。

封逸尘抿唇。

"封逸尘。"杨翠婷叫着他的名字，狠狠地看着他，"你放走了夏绵绵我还可以理解，说到底也是因为你爱那个女人，你不想她死，所以我还可以试着原谅你。但是你放走龙一，你就是在找死！"

封逸尘并没有回答。

她手一挥，一声令下："把他们带走！关起来！"

杨翠婷吩咐完了之后，直接回到了轿车内。

倒是卢老，在封逸尘面前停了停。

他说："给你的东西用了？"

"嗯。"封逸尘点头。

卢老可惜地摇了摇头："我说过，当你用那东西的时候，就代表我还了你曾经对我的救命之恩，也就代表着我不再欠你什么了！"

"我知道。"封逸尘点头。

卢老无奈道："好好保重。"

卢老回到了车内，车子驶出。

封逸尘和龙一被分别塞进了一辆黑色小车，分别被关押起来。封逸尘的待遇自然还是不同。龙一被关在一个小黑屋内，身上的所有东西都被搜走，四周铁壁冰冷。封逸尘回到了他的房间，被软禁了。他身边衷心的杀手都被软禁起来，唯一还能够出入的就只有韩溱。韩溱是医生，而封逸尘的身体真的很不好了。他躺在床上，韩溱解开他的衣服，衣服下面是触目惊心的伤口，青的紫的，裂口的，出血的。韩溱帮他处理，好像都习惯了他身上的伤口。消毒、缝针、排脓，都会很痛，但封逸尘没有叫一句。韩溱处理完他的伤口，起身准备离开。

"韩溱。"封逸尘叫住他。

韩溱很认真地回头。

"有机会就自己走了！"封逸尘说。

韩溱抿唇。

"通知他们一声，有机会就走了！"

"boss！"韩溱叫着他，"你呢？"

"我没机会。"

韩溱喉咙微动。

"这么多年跟着我，辛苦了！"封逸尘是在道别。

杀手真的很少有情绪，但这一刻，真的会让人觉得伤感。当杀手说离别的时候，就真的是天涯海角，再不相见！他说："好，我通知他们。"封逸尘点头嗯了声。韩溱走了出去。房间中，封逸尘靠在床头。他不是不能走，而是他知道，夏绵绵一定会回来。为了龙一，她也会回来。以她的性格，小南为她死了，龙一为她冒险，她不会置之不理！她会杀了他的母亲，否则不会罢休！房门被人推开。封逸尘看着杨翠婷从外面走了进来。她亲手端了一碗粥。封逸尘看着她将粥放在了他的床头，说："吃点东西。"封逸尘没有拒绝。他拿起旁边的碗筷，默默地吃了起来。房间内其实很安静。

从小到大，杨翠婷没有给过他任何温暖。

"韩溱说你目前身体很差。"杨翠婷说。

"嗯。"

"就为了一个夏绵绵，搞得自己五脏六腑没一处完好的，值得吗？"

"嗯。"封逸尘点头。

"你真的让妈很失望。"杨翠婷说。

封逸尘喝着粥，停了停。

"这些年，我教了你那么多，让你跟着我学了那么多，让你学成你父亲那样，让你为他报仇，为你们聂家报仇。到头来，你却为了一个女人，功亏一篑！"杨翠婷就这么说着，口吻很平静。

"对不起。"封逸尘说。

杨翠婷摇头："对不起也没用了。"

封逸尘知道。

"从你决定救走龙一那一刻，你就已经背叛了我，你知道吗？"杨翠婷一字一句道。

封逸尘沉默。

"龙门是我的仇人，姓龙的人都是！你知道我的底线是什么！"杨翠婷说。

封逸尘默默地点头。

"我不会留你了！"杨翠婷站起来，"尽管你是聂鹰唯一的儿子，我也不会留你在这个世界上。他如果还在，也不会纵容你活着！"

封逸尘喉咙微动。

"明天我会利用龙一引诱龙天出来。他虽不是什么好人，但为了道义为了口碑，他一定会出现。而卢老和我有合作，灭了龙门，龙门的一切归他，失败了，所有的黑锅我背！"杨翠婷说，"你用了卢老给你的唯一的救命法宝，别期望卢老还会对你提供任何帮助。"

封逸尘没有说话，就这么听着她的计划和安排。

她说："明天你陪着龙一，做诱饵！"

封逸尘看着她。

"龙一获救了，你或许还能活着，但我不相信龙天会留你！"杨翠婷直言，"而如果龙一没获救，你就会和龙一一起死，我不会救你！"

封逸尘点头。

杨翠婷看着自己的儿子："还是那句话，你能活下去，那是你的造化，不能活下去，那是你的命！"

封逸尘默默地喝着粥。杨翠婷看了一眼封逸尘，起身离开。房门关上，封逸尘在粥里，吃到了一滴眼泪。

夜深人静。

此刻，是凌晨时分。夏绵绵回到了金三角，回到了之前封逸尘带着她入住的那栋别墅。她带着5个专业保镖，其中2个留在外面，帮助他们逃生，如果她能出来的话。另外3个跟着她一起潜入。夏绵绵避过摄像头以及来来往往巡逻的人，到了豪华的建筑物前。夏绵绵看着建筑物的窗户，不知道应该去哪里。她潜入这里，目的是找阿某。除了阿某，没有人会给她消息。只是，现在的阿某会不会被监控着？她仔细深想，不敢放过任何一点可能的危机。她又抬头看了看上方，如果是封逸尘的房间呢？

封逸尘死了，他的房间应该会空着，当然也不排除杨翠婷会住下来，但可能性很小。她不相信杨翠婷会如此冷血，杀了自己的儿子还能够心安理得地睡在他的床上，所以……

她让身边的保镖蹲下，踩着他们的身体，灵巧地抓住了二楼第三个窗户的铁栏，让自己翻了上去。

　　此刻，房间里一片黑暗，落地窗关着，没锁。她动作很轻，尽量不发出任何声音，一点一点推开一道她刚好可以进去的缝隙。她迅速走向床的位置。不管是谁，她确信肯定不可能是阿某！她一刀直接对准床头的位置。"如果我不是知道你会回来，是不是就再次被你杀死了？"身后，突然响起一个男人富有磁性、好听，语气又平平淡淡的声音。这是一个熟悉的男人的声音。夏绵绵猛一转身，看着站在她身后而她刚刚真的半点都没有发现的人。此刻房间里依然很黑暗。只有声音，她不敢贸然判断，说话的人就是封逸尘。她警惕地看着那个黑色身影一步一步走向她。她紧捏着手上的瑞士军刀朝向来人。

　　她透过灯光恍若渐渐看到封逸尘那张倾城倾国的脸。

　　他似乎看了一眼她手上的刀。

　　这把刀他挺熟的，曾经插在离他的心脏一公分的位置。

　　"封逸尘！"夏绵绵叫他。

　　"嗯。"封逸尘应了一声。

　　夏绵绵咬唇。她那一刻其实不知道，该如何面对，如何面对居然没有死的封逸尘。她眼前很模糊，模糊到看不清楚他的模样。

　　"回来救龙一的？"封逸尘很平静地问她。

　　夏绵绵紧咬着嘴唇。

　　"单凭你救不了他。"封逸尘直言。

　　这个时候，他在好心劝她。

　　而他站在离她半步距离的位置，没有靠近她，保持着距离，两个人突然变得很陌生，就好像，谁死过一次，再次见面，就成了陌生的存在。

　　"我想救他。"她隐忍着急切的情绪，一字一句道。

　　"我知道。"封逸尘说，"但也要量力而行。"

　　"不！"夏绵绵很坚决。

　　封逸尘了解夏绵绵的性格。

　　她听到他说："不想任何人为我死！"

　　不想任何人为她死？小南死了，她内心很难受。龙一死了，她内心也会很难受。她唯独，盼着他死。

　　他说："你走吧，如果真的想要救龙一，就去把龙天找来。他还可能和我母亲抗衡，但你没有胜算。"

"你告诉我，龙一在哪里？"夏绵绵不想听。

封逸尘如此平淡的口吻，好像是在为她好，却可以这么冷漠而生疏，她不喜欢。

她也知道，不管封逸尘死没死，他们之间的感情已经断了。

"回去吧。"封逸尘说。

"封逸尘！"夏绵绵叫他，"放了龙一，我留下来，行吗？"

他说："不行。"

夏绵绵看着他，看不清楚他的模样，却能够感受到他如此冷漠。她也知道自己没什么资格和封逸尘谈条件。

"龙一必死无疑吗？"夏绵绵问。

"不是。"封逸尘说，"除非龙天可以来救他，否则就必死无疑。"

"其实你们就是想要让龙天亲自来，然后将他一网打尽是吧？"夏绵绵淡淡地说。

她能理解。杨翠婷和封逸尘这么多年就是为了将龙门毁尸灭迹，当然会想尽办法引诱龙天自投罗网。封逸尘淡淡地看着夏绵绵。他知道夏绵绵在想什么，但他已经不想再解释了。她认为是，他就顺着她。

他说："卢老确实是和我母亲在联合对付龙门。龙天来了这里能够活着回去的概率不大，但他不来，龙一活着回去的概率为零。"

夏绵绵点头。

封逸尘说的她信。

她还真的没有想过，一个小小的她，会引起惊涛骇浪。

她说："除了让龙天亲自来，真的没有任何办法可以救走龙一吗？"

"嗯。"封逸尘很肯定地点头。

"好。"夏绵绵默默地看着他。

她转身，往阳台外走去。她能想明白离开就好。他看着她灵活的身体翻身爬下了二楼阳台。封逸尘就这么看着她离开的背影。再次见面，她发现他没死，而她依然平静。他回眸，走向床边。枕头上的刀印很明显。阿九做事情，还是这般……果断！

翌日天亮时分，封逸尘很难得还在睡，睡得似乎很好。

465

房门被人推开。他微微睁开眼睛。杨翠婷从门外走了进来。她给封逸尘端了一碗粥。从昨晚到今天早上，杨翠婷对他的主动关心，他也知道是因为什么。大概就是，母性的最后一丝温暖。他起身。杨翠婷还过来扶他。

　　她说："吃了，我送你和龙一去个地方。"

　　封逸尘点头。

　　他拿过粥，一口一口吃了起来。杨翠婷看着他的模样，也没有心软。可惜了，她费了这么大的功夫，才培养出如此完美的杀人工具。但既然他不再忠诚，既然他已经选择背叛她，她也没必要留下他。他仅仅是觉得可惜了而已。

　　封逸尘吃过早饭之后，听到杨翠婷说："你躺一会儿。"

　　封逸尘就躺下了。杨翠婷拿出一根针。封逸尘就这么看着杨翠婷将针管里面的药剂打进了他的身体里。这两天都是如此。这些药剂不是什么致命的东西，但会让他的身体失去原本的爆发力，会让他的神经和他的身体反应迟缓。他的母亲忌惮他。她怕他会在某一个瞬间，为了夏绵绵杀了她。凡事，她考虑得都比别人更多一些。因为她总说，她的命很贵重，死不起。确实死不起。人死不能复生。她都已经死过一次了！

　　杨翠婷帮他打了针。

　　她看着安静、没有反抗、没有挣扎的封逸尘，说："别怪我，所有一切都是你自己选的。"

　　封逸尘点头。杨翠婷离开了。

　　离开后，其他杀手进来，恭敬道："boss，大boss请你出来。"

　　封逸尘点头。杀手在旁边等他。与其说是等他，还不如说是监控他的一举一动。他从床上起来，看上去没什么异样。他走向楼下客厅。杨翠婷看他下楼，随即起身。封逸尘跟在她的身后。杨翠婷没有直接离开，而是带着封逸尘一起，去了龙一的那个小黑屋。说是小黑屋，其实就是囚禁室。龙一被铁链捆在一个凳子上，挣脱不开。杨翠婷一个手势，手下的人就把龙一解下来。她转身，直接走出了房间。封逸尘依然跟随其后。龙一被人捆绑着，跟着杨翠婷的脚步。身后跟了很多职业杀手。

　　别墅门口停了很多车辆。

　　杨翠婷和封逸尘上了其中一辆车，龙一在他们身后那一辆车上，其他杀手各司其职，进入各自的黑色轿车。

轿车在金三角的街道上浩浩荡荡行驶。

龙一不知道杨翠婷会带他去什么地方。

他看着窗外，看着金三角这片不太平的天空，一直保持着他的冷静。

车子开了大约两个小时，停靠在一个港口。

龙一被粗鲁地推下了车。

他看着杨翠婷站在港口，封逸尘很安静地站在她的旁边，看着他被人强行地带到他们面前。

"先把你丢在这里，我再去会会你父亲如何？"

龙一狠狠地说道："他不会来的！"

"以我对龙天的了解，他会来。你是他的儿子，你死在了金三角，他在道上也会没有面子，何况，他大仁大义惯了，这种情况下他怎么可能贪生怕死让别人非议？！另外，他应该很想来看看，我到底是不是他的三妹龙瑶。这么多理由，为了任何一条，龙天都会来！"

"够了！"龙一怒吼，"就算他来了，你也不一定能杀了他！"

"笑话！"杨翠婷说，"你知道卢老给了我多少人吗？"

龙一警惕地看着她猖狂的模样。

"500名雇佣兵。"杨翠婷说，"卡车都要装100辆，水、陆、空都有！你说我杀不了龙天？龙天能带多少人？他的地下军队也不过才200人，就算他能把这200人都带来，也是得死！"

龙一眼眶充血。

"年轻人，别激动。"杨翠婷看着龙一的脸，"死的时候安详点。"

龙一咬牙切齿。

杨翠婷不再和龙一废话。

她一个手势，龙一被直接押去了旁边的一艘不太醒目的海船上，船并不大。

封逸尘看着龙一的背影。

杨翠婷也看了一眼，回头对封逸尘说："你去帮我守着他，免得他逃跑了！"

封逸尘当然知道，龙一不可能逃走。让他守着，只是为了不把他带在身边，准确地说，只是为了让他一起去死。他点头。杨翠婷看了一眼封逸尘，那一刻似乎也有些犹豫，但终究，眼里还是恢复了杀气。两个杀手带着封逸尘走进了海船。这是杨翠婷对封逸尘的折磨，她要让他在最后的时刻，好好反省自己，好好去后悔背叛她！她眼眸一紧，现在，该去坐等龙天自投罗网了。她坐着黑色轿车离开。浩浩荡荡的车辆，全部离开。所有人都离开了。

港口变得异常安静。

封逸尘和龙一被捆绑在海船上，两个人的手脚都被铐上，拴在铁链上。他们的眼睛被蒙上了，嘴里面塞着布条，无法说话！面前有一个摄像头，摄像头一直对准龙一。这是为了引诱龙天到来的！杨翠婷甚至将龙一此刻的画面发布在龙门的局域网上。她是龙瑶，自然知道怎么登录进去。所以她很轻松地让龙门所有人都看到，龙门大少爷被人绑架，作为龙门的当家的，龙天会怎么做？杨翠婷嘴角冷笑。

"boss！"前排一个随影恭敬道。

杨翠婷眼眸陡然一紧："怎么了？"

"我们接到通知，刚刚有人往港口潜入。"

"谁？"

"看上去像是……夏绵绵！"

"那个不怕死的！"杨翠婷讽刺道，"居然还敢回来！"

"现在怎么办？"随影问。

"回去！先把夏绵绵的尸体扔进海里再说！"杨翠婷冷血地说道。

"是。"

所有车辆掉头，又回到了港口。港口一片安静。杨翠婷让人到处搜索。她就坐等夏绵绵的狼狈不堪，自取其辱。夏绵绵此刻潜伏在海水里。确实，周围都是人，她根本不敢冒出头。她也知道即使杨翠婷离开了，这里也会有很多暗线监控，有一点点动静她就会被发现。果不其然，他们才刚靠近港口，所有车辆就全部回来了。完全始料不及，她只能吩咐所有人跳海，然后憋气。他们根本不敢有任何其他举动。

她承认，昨晚离开别墅之后她并没有走，也没有通知龙天，她就在周围，潜伏了一夜。她不相信杨翠婷会在别墅里面守株待兔，她肯定会找一个地方，引诱龙天出来。果然，上午她就看到一个车队从别墅离开。她跟了一路，不敢跟得太紧。当杨翠婷离开之后，她才到达港口。

她来的时候，港口很安静。她没看出有什么特别，就看见一艘不大且有些旧的海船缓缓离开，漂在海面上，此刻也已经有些远了。她本能地觉得有问题，正准备撤离并寻找海上工具时，就发觉有人出现了，无奈他们只得潜入海里，但这样憋气终究不是办法，早晚都需要出来透气，而海岸上的人，却一直在巡逻，根本就没有离开的意思。她咬牙坚持，又转头看一眼旁边的保镖，所有人似乎都到了极限。她不出去，其他人也会憋不住出去透气。一出去，必死无疑。

"出来吧，夏绵绵！"海岸上，传来杨翠婷的声音，带着讽刺。

这么多年，杨翠婷没有能力的话，也不会让一个组织发展到这个地步。夏绵绵咬牙，直接浮出了水面。杨翠婷居高临下地看着她。夏绵绵面对的是一排拿着重型武器的雇佣兵，枪口全部对准了她。"真不怕死？"杨翠婷问。夏绵绵没有说话。

杨翠婷冷笑，对着手下吩咐："捞起来！"

两三个雇佣兵直接从岸上跳下了海，控制着她还有她身边也憋不住气了的专业保镖，胁迫着他们上了岸。

夏绵绵全身湿透。

杨翠婷看着夏绵绵的身体，那一刻突然邪恶地笑了一下，那笑容让人觉得心惊胆战。

她问："龙一呢？"

"龙一？"杨翠婷冷笑，"这个时候你过问的不应该是我儿子吗？"

夏绵绵咬牙。

"封逸尘对你那么好，你却这么对他，我都为他不值！"杨翠婷冷笑，"好在，他和龙一都去死了，死人还能有什么情绪？"

"你把他们弄到哪里去了？"夏绵绵声音有些大。

"你这么聪明，你去找啊！"杨翠婷说，"等你找到，可能他们连渣都不剩了。"

"龙瑶！"夏绵绵直接叫出她的名字！

"对呀，我就是龙瑶。"杨翠婷点头，"也不必隐瞒你了，我就是龙门曾经的三小姐，龙瑶！"

"果然是你！"

"就是我，否则还有谁有这个能耐培养出这么多优秀的杀手？"杨翠婷阴冷地笑道，"封逸尘是最成功的一个！可惜被你搞砸了！再完美的杀人工

469

具，没用了就是没用了，没用了就该去死！"

"你疯了吗？你居然连你自己的儿子都杀！"夏绵绵激动道，她真的理解不了杨翠婷到底残忍到什么程度，"就因为封逸尘不是你和聂鹰的孩子，你就不把他当自己的亲生儿子对待吗？"

"呵！"杨翠婷笑了，笑得那般狂妄，"我不知道你从哪里知道封逸尘不是我和聂鹰的孩子，不过你确实猜对了，他不是我儿子！"

夏绵绵此刻突然怔住了！

杨翠婷讽刺道："莫非你还以为封逸尘是我和封铭威的儿子？"

难道不是吗？

杨翠婷冷笑："你太蠢了夏绵绵，我再不济，也不会让我自己的儿子做那么多残忍的事情。封逸尘当然不是我的亲生儿子，准确来说，他就是我随处捡的一个孤儿而已，我就随便'编'了一个真实的故事，让他误以为他是聂鹰的儿子，让他误以为自己背负着和龙门的血海深仇——杀父之仇。你想，封逸尘从小就是我带大的，他不信我，信谁？"

夏绵绵咬紧了唇瓣。

"到他死那一刻他都不会知道，他的人生，从一出生开始就被我玩弄于股掌之中。你说，他可悲吗？"

"杨翠婷，你真的不是人！"夏绵绵怒骂她。

封逸尘这一辈子，都在为她而活，而她却对他如此麻木不仁！

她真的要杀了这个女人，真的要杀了她！

"怎么了？动怒了？你那晚不是走得挺坚决的吗？"杨翠婷说，"我还以为你跟我一样，表面上对封逸尘情深意切，实际上都只是把他当利用的工具而已。"

"我和你不同！"夏绵绵怒吼。

"有什么不同？反正到头来害死他的人不是我！"

"你到底把他们藏到哪里去了？龙瑶！"夏绵绵真的平静不下来，她真想杀了这个女人，为了封逸尘这一辈子遭遇的残忍，杀了她！

"你以为我会告诉你？"杨翠婷那般高高在上，那般不可一世，"我就是喜欢折磨人，特别是我讨厌的人，折磨至死！"

夏绵绵真的很想杀了她！

"你反正也要死了。"杨翠婷说，"死之前，给你点乐子吧。"

夏绵绵心口一紧。

"你说你怀了封逸尘的孩子。"杨翠婷说。

"你要做什么？"

"折腾了这么久，还没掉吗？"杨翠婷问。

"你到底要做什么？"

"我听说，怀孕前三个月极其不稳定，也不知道我这里这么多雇佣兵，会是第几个做掉你的孩子？"杨翠婷邪恶一笑。

夏绵绵身体一抖！

"怕了？"杨翠婷看着她的模样。

"你真的不是人！"

"自从聂鹰死了之后，我就没觉得我还活在这个世界上！"杨翠婷坦白，"我不用这些残忍的手段找点人生的乐趣，我早就死了！"

"你变态！"夏绵绵真不知道，一个人可以变态到什么地步？！

"呵。"杨翠婷又是一阵冷笑，她微转头，对着身边的雇佣兵，"一个一个上！上到她血流不止为止！"

夏绵绵身体颤动。杨翠婷完全不在乎，那一刻反而还在笑，笑得那般恶毒！一个人真的可以扭曲到这个地步吗？她狠狠地看着杨翠婷，看到面前走过来一个黝黑的雇佣兵，很强壮，恐怖的面相看起来没有一点人性。夏绵绵被两个人狠狠地禁锢着，无法挣扎。她看着面前的男人，她承认，这一刻她会害怕也会惊慌，比面对死亡更加恐惧。她闭上眼。这一刻她根本就无法反抗。而她，对不起封逸尘！眼泪从眼角滑落，她感觉到男人身体的靠近！

砰！

空旷的港口，响起一道枪声。夏绵绵猛的睁开眼睛。面前的男人也突然停止了他的动作，本能地警惕。杨翠婷身体一转，看到一列车辆从远处开来。"给我注意！"杨翠婷下令。所有人拿着武器对准面前的黑色轿车。轿车稳稳地直接停靠在了港口，离杨翠婷的距离不远。接着，最前面的轿车车门打开，一个男人走了出来。

龙天！

夏绵绵完全没有想到，龙天居然出现了！他一出现，不是正中杨翠婷的圈套吗？杨翠婷看到龙天那一刻，笑得很疯狂。龙天走到杨翠婷的面前。此刻双方对立，人数相差不大。

471

龙天看了一眼被禁锢着的夏绵绵，说："丫头，还好我给我的人装了定位器，否则也赶不来救你了。"

"龙叔！"

龙天手一挥，意思是不让她多说。

夏绵绵咬紧嘴唇。

龙天直接对着杨翠婷说："听说你是龙瑶？！"

"是啊，大哥，我换了一张脸皮，这20多年，你就一次都没发现我是你三妹？"杨翠婷笑了。

"我三妹长得倾城倾国，可真不像你这样。"龙天看着她，口吻也很淡漠，看不出来彼此的紧张气氛。

"倾城倾国？"杨翠婷笑了，疯狂地笑了，"你可记得，当年是你逼我跳海的，我求你放过我的孩子，我求你放过我和聂鹰的孩子，你是多么心狠手辣，你还记得吗？你现在还记得我那张倾城倾国的脸？你是不知道，我那张脸，被你毁成了什么样子！"

龙天冷眼看着她，听着她嘴里讽刺的言语。

"到最后你死这一刻，我给你看看吧，看看你还记得这张脸不！"杨翠婷说完，猛的拉下自己的那张脸皮。

夏绵绵那一刻也完全惊讶了！她没想到杨翠婷一直顶着一张人皮！她一直以为，杨翠婷和她一样，是重生的。她居然真的是龙瑶，身体和灵魂都是！她就眼睁睁地看着杨翠婷将自己的脸皮一下撕开。

人皮面具她当然听说过，而且组织里面因为某些特殊的任务也曾有人使用过，她虽然没有，但她知道，戴这种面具的人会很痛苦，一个不小心就会被毁容，而且人皮面具戴的时间一次性不能超过三个月，否则假皮就会没有养分而脱落，而杨翠婷却戴了20多年！

她面具下的那张脸……

夏绵绵惊恐地看到，血肉模糊，皮肤尽毁，她完全不敢直视！那一刻，龙天也被面前女人的脸震惊了。他直直地看着杨翠婷那张脸，看着她恐怖的皮肤，看着她毁了的五官，看着她甚至连嘴唇都没有，完全是肉眼无法接受的一张面容！

"吓到了？"杨翠婷问他。

龙天说："为什么会把自己搞成这个样子？"

472

"为什么？我遭遇的一切不都是你给我的吗？大哥，我不这样，你不是一眼就能认出我？"杨翠婷冷笑着说，"我的脸毁成这样，都是因为这张人皮面具！"

龙天那一刻明显有些心悸："何必呢龙瑶？你本来可以生活得很好，龙门可以让你为所欲为，你为什么要爱上仇家的人？"

"聂鹰有多好你根本就不知道！你根本不懂什么是爱情！你和爸爸都说为我好，为我好所以要打掉我的孩子，打掉我和聂鹰唯一的骨肉！我接受不了你们这样为我好！到最后一刻，你们还要杀了我！大哥，我的好大哥，你说我变成这样，到底是因为谁？"

"龙瑶，够了，冤冤相报何时了？！你还是我的三妹，我知道这些年委屈你了，你重新跟着我回到龙门，你的脸我找人帮你修复！"

"你以为我傻吗？"龙瑶冷笑，"像小时候那样什么都听你的？"

"龙瑶！"

"我最爱的大哥，我这些年做了这么多，就是为了杀了你，就是为了灭了你们所谓的龙门，就是为了让聂鹰死而无憾！你现在让我收手，你觉得可能吗？"杨翠婷冷漠无比，"今天，我就要让你陪葬，让你死无葬身之地！"

话音落下，杨翠婷一个手势，面前的雇佣兵全部走近。目前的形势，势均力敌，谁都得不到好处。然而下一秒，天空中突然响起引擎的声音，陆地上也响起车辆的声音，甚至，海上传来军舰的声音。如此大的规模，龙天真的是插翅难飞！这里的人全部都插翅难飞！

杨翠婷邪恶一笑。

她等了20多年，就是为了今天！

金三角，到处都是浩浩荡荡的雇佣兵。

龙天俨然被所有人围困其中。

第十五章　阿九，我爱你

"想过吗？"杨翠婷看着龙天，"有一天会被这样包围！"

"龙瑶！"龙天看着周围的人，也知道自己不可能有逃生的机会，他冷声道，"一人做事一人当，当年是我害得你家破人亡，你放了龙一和夏绵绵！"

"你有什么资格和我谈条件？你说！"龙瑶看着龙天，脸上的不可一世很明显。

龙天咬牙："我们龙家的人，不会这么滥杀无辜！"

"是吗？那我的孩子，算无辜的吗？"

"那都是为了你好！"龙天狠狠地说道，"你怀了聂鹰的孩子，你让我和我们的父亲怎么给手下的人一个交代？更何况，如果虎山行赢了，我们龙家人的下场和他们聂家人是一样的！"

"不会一样！"龙瑶狠狠地说道，"聂鹰答应过我，不会杀你和父亲的！"

"那是因为他根本就没有赢！"

"当然了，他现在死了，你说什么都是片面之词！"

"小瑶，跟我回去，别这样执拗了，我们还是一家人。"

"别打亲情牌了，当你杀了聂鹰那一刻，当你要杀我肚子里面孩子的那一刻，我们就不是一家人了，我和龙家人就已经恩断义绝了！龙天，我要杀光姓龙的所有人！一个不留！"

龙天也知道自己说什么都没用了。

龙瑶处心积虑这么多年，就是为了报复他！

他转头看了一眼夏绵绵："没办法替龙一保护你了。"

"龙叔，我理解！"夏绵绵看着他，"现在龙一也不知所终。"

"都会死！"龙瑶插嘴，"所有人都会死，你们到黄泉下面好好叙旧吧！"

龙瑶似乎不愿意再多说。她一个手势，雇佣兵一拥而上。所有人的武器全部对准了龙天的人，包括夏绵绵。只要她一声令下，子弹就会疯狂扫射，这里将会成为乱葬坑！夏绵绵此刻真的在等死！

"住手！"远处，突然传来一个男人的声音，一个男人急切的嗓音。

所有人转头。

这种地方，可以横冲直撞的人，不多。夏绵绵看着那个熟悉的身影，看着那个熟悉的人！阿某！她不敢相信地看着他急切地从一辆车上下来，跑了过来。所有人都看着他，然后武器全部都对准他，却没人敢开枪。因为龙瑶没有下达命令。阿某快速走过去，走到龙瑶身边停下："够了！妈，够了！"

妈？！

夏绵绵完全蒙了！

阿某叫龙瑶"妈"？！

龙瑶和聂鹰的那个孩子，不是封逸尘，是阿某？

阿某曾经跟她说想要成为"boss"，不是她理解的他想要摆脱杀手的生活，不是她理解的他对封逸尘和对组织的不公平有不满，仅仅只是因为，他才是"boss"！

而封逸尘替他做了这么多年！

她看着阿某，她跟他说了那么多自己的事，阿某都告诉龙瑶了吗？她那么信任的阿某，会出卖她吗？不会！她觉得不会！她紧紧地看着阿某和龙瑶。

此刻的龙瑶脸色一沉："阿某！你疯了吗？我让你出面了吗？你给我滚回去！"

"我忍了太久了，我不想忍下去了，我也不想继续所谓的报仇了。"

啪！龙瑶一巴掌打过去，无比响亮。

阿某看着龙瑶。

"你说了算吗？"龙瑶狠狠地问他。

"我不想看到你再杀人了！我也不想杀人了！我受够了！"阿某怒吼，"我不想因为我们家的恩怨，牵扯这么多无辜的人，我也会良心不安！"

"良心？"龙瑶冷笑，"良心是个什么东西？"

"妈。"阿某叫她，"不要再这样下去了，求你不要了！放了他们，我带你走，我们去过我们自己的生活！"

"滚！"龙瑶狠狠道，"到了今时今日，你让我放了他们，除非你杀了我！"

阿某青筋暴露，明显在忍耐。

"你给我马上滚，等我杀了龙天，我们再好好谈！"龙瑶一字一句道。

"我不会走！"阿某站在龙瑶的面前，"我不会走！我也不会让你杀了他们！"

"你拦得住我吗？"龙瑶讽刺地问道。

"拦不住，但如果你杀了他们，我会死在你面前，我发誓！"

"威胁我？"龙瑶眼神一紧！

"这么多年，我忍够了！那些你说的仇恨，全部都是你的仇恨，为什么要强加在我的身上？你永远都体会不到，那些作为杀手的其他人对我付出温暖的时候，我内心的煎熬是什么！"阿某对着龙瑶大声呵斥，"我没有你那么麻木不仁，我没有经历过那些痛苦，我理解不了。我也理解不了，你把封逸尘训练成你要的样子，他作为人连基本的爱都得不到，我宁愿当年你这么对我，我不希望任何人替我来承受这所有的一切！"

"你滚！"龙瑶暴怒。

她本来就狰狞的脸上，此刻更加恐怖阴森。

"妈！"阿某大声地叫着她，"为了我，放手吧！"

"绝不放手！"龙瑶依然坚定，"为了你，我才要杀了龙门的所有人！我要让你踩着龙门人的尸体重现你们聂家的辉煌，聂瑾瑜！"

龙瑶叫着阿某的真名。

"你考虑过我想不想吗？我不要！"阿某直接拒绝。

龙瑶又是一巴掌狠狠地打在阿某的脸上，那种内心的愤怒暴露无遗："你以为你说了算？"

阿某承受着她的巴掌，看着她。龙瑶对着身边的随影招手，意思是，让人带走阿某。阿某直接拿出了手枪，对准了龙瑶。

龙瑶眼眸微动，脸色冷然："还想杀了我？"

"我觉得我们活着都悲哀！"阿某一字一句，"这种想法在我心里已经不是一天两天了！"

"很好！"龙瑶点头，这一刻，她眼眶中明显血红一片，"这辈子我为你做了这么多，到头来你要杀了我！"

龙瑶在疯狂地咆哮！

"你要杀就杀吧！"龙瑶说，"你杀了我，我还是一样可以让龙家一个人都不留！"

阿某拿着手枪的手在颤抖。龙瑶根本没有把阿某放在眼里。她转身，直接开始发号施令。

"阿某！"夏绵绵大叫。

不要！

龙瑶那一刻似乎也发现了不对劲儿，她猛的回头，回头那一刻，看到阿某的手枪对着他自己的头，然后……

砰！

很剧烈的声响。

"不！"龙瑶崩溃地看着眼前的一幕。

不！

她的聂瑾瑜！

她和聂鹰的儿子！

不！

眼泪从她的眼眶中，喷涌而出。她不相信他会自杀。夏绵绵那一刻也忍到了极限！她疯狂地挣脱开雇佣兵的桎梏，直接跑向躺在地上的阿某。雇佣兵那一刻也不敢开枪，没有命令，就只能眼睁睁地看着。

"阿某。"夏绵绵跪在地上，看着他血肉模糊的样子。

阿某，不要！不要这样！她眼眶红透，眼泪不止。阿某看着夏绵绵，看着她的眼泪一滴一滴掉在了他的脸上，掉在了他的嘴边。他伸手，夏绵绵一把抓住他。

她听到阿某虚弱地说："对不起阿九，骗了你那么多年……"

不。

不重要的。

不管你是阿某还是聂瑾瑜还是其他人，都不重要。

她只知道，有个叫阿某的人说，喜欢她的笑容。

"阿九，但我没有出卖过你，没有……"阿某满嘴鲜血，想要吞咽，却疯了一般涌了出来。

夏绵绵已经看不清阿某的模样了。

"对不起阿九，没办法保护你了，对不起……"

"瑾瑜！"龙瑶突然从一边冲了过来。

她突然将夏绵绵一把推开，将阿某狠狠地抱在怀里。夏绵绵蹲坐在地上，看着龙瑶伤心欲绝的样子。大概唯一支撑着龙瑶苟延残喘地活下去的就是阿某了，就是她和聂鹰至少还有个儿子！现在，阿某死了，龙瑶的内心已经绝望了吧。阿某用死的代价来阻止龙瑶残暴无情的杀戮，夏绵绵不知道是否能成功。夏绵绵就一直看着龙瑶，看着她整个人完全崩溃。

"妈，放手，求你放手了……我活得真的好累……"阿某说完……

夏绵绵看着他的手，瞬间放了下来，没有了一点点支撑的力气，垂放在了他的身边。

"不！瑾瑜，不！"龙瑶紧紧地把阿某抱住，身上染满了阿某的血。

这段时间，她经历了太多太多，比她上一世当杀手的时候还要残酷，她真的有些负荷不了了！

早知道重生一世这么痛苦，她绝不醒来！

空旷的港口，只有龙瑶悲戚的声音。不知道过了多久，龙瑶情绪稳定了。她放下阿某，很仔细很小心地将他放在地上，甚至还帮他整理了一下衣服，擦了擦他满脸的血渍。她站起来，眼眶红透，满眼血腥。

"这一切都是你造成的，都是你！我遭遇的一切，全部都是因为你！龙天，我要杀了你！"龙瑶顺手拿起旁边随影的手枪，直接走向了龙天。

龙天的脸色微动。龙瑶扣动扳机！砰！子弹迸发！却不是出自龙瑶的枪。那一刻，她身后的雇佣兵突然一枪打在了龙瑶的背上。龙瑶一怔，她转头看着身后的人。

与此同时，那些雇佣兵，那些全部用枪指着龙天的雇佣兵瞬间都转向，对准了龙瑶，以及保护她的随影还有杀手们！

龙瑶不敢相信地看着那些人。

她眼眶通红，即使中枪也依然屹立不倒："你们疯了吗？想要背叛卢老吗？"

连龙天此刻都很诧异。他以为自己死定了。然而，发生了什么？

一辆轿车缓缓驶入，慢悠悠的，就跟电影里一样，最大的boss就是可以这么悠闲、气场十足地出来。

轿车停在他们所有人的中间。卢老从车上下来。

他看了一眼面前阿某的尸体，抬头看着龙瑶，冷静而直白道："我下的命令。"

"你算计我？"龙瑶不敢相信地看着他，"你居然联合龙门的人，反过来算计我！"

这一刻她无比疯狂，整个人仿若陷入彻底的崩溃中，却又不死心地看着卢老。

"不是龙门，是你的儿子封逸尘！"

"封逸尘？！"龙瑶看着他，那一刻突然安静了一秒。

"他曾经救过我一命。"卢老说。

"但是他已经用过你给的信物了，你还帮他？"龙瑶不敢相信地看着他。

按理，是不可能的！

卢老不可能一直受人威胁！

"你想错了！"卢老说，"封逸尘比你想的要聪明，他用我给他的信物，交换的是最后对你的围剿！而他那晚能够顺利地离开，只是我给他的特权而已，这出戏，大概是演给你看的。"

龙瑶的身体往后退了一步。她不能相信，她一手调教的杀人工具，最后会反过来杀她！她不接受这个现实！这么多年她忍得这么辛苦，到头来却一无所获！到头来，连她和聂鹰的亲生儿子都已经不在了！到头来，她反而被封逸尘算计！封逸尘都是她养的，他居然会反过来杀自己！

"结束了！"卢老说，"杨翠婷，你的野心太大了，也是时候松手了。"

龙瑶看着卢老，看着面前的龙天，甚至还看了一眼夏绵绵，她笑了，笑得那般狰狞。

结束了！

她什么愿望都没有达成就结束了？！她赔上自己这一辈子，都结束了？！她猖狂地笑着。对不起了，聂鹰。对不起，到最后也没有拿着龙天的人头来见你，没有杀了龙家的所有人来见你。她把手枪对准了自己。她原本就没想过活着离开。

她原本就已经打算杀了龙家人之后，把所有一切交给聂瑾瑜就去下面见她的聂鹰。

这一刻，她绝望地一笑。

聂鹰，我们一家三口终于团聚了！

"不！"夏绵绵突然从地上弹跳起来，她一脚狠狠地将龙瑶的手枪踹了出去。

龙瑶的手枪落在地上，她狰狞的脸对着夏绵绵。

"你把封逸尘和龙一藏到了哪里？你把他们藏到了哪里？"夏绵绵抓着她的肩膀，狠狠地问她。

"想知道吗？"龙瑶笑。

"告诉我，告诉我！"夏绵绵很激动。

她再也不想见到任何人死了，再也不想！她不想封逸尘死……

她眼泪直流，一直看着龙瑶，看着她冷笑着说："差不多要死了……"

"龙瑶，我求你，我求你告诉我，告诉我他们的下落，我求你！"夏绵绵真的无望了。

她此刻真的可以跪下来，甚至，可以让龙瑶杀了她。

她只想封逸尘和龙一能活下来，只求他们可以活着。

龙瑶依然在笑，还是笑得那么狰狞。

"看在封逸尘这么多年为你做了这么多，看在阿某的分上，你告诉我好不好？不要让所有人都那么恨你，不要让所有人都因为你死得这么惨烈，这个世界上，有很多你没看到的美好，但我们很珍惜，很珍惜……"

龙瑶无动于衷。

她说："我一直告诫封逸尘不要爱上任何人，他就这么爱上了你，他明知道他爱上你我就会杀了你，他却还是一直在和我抗争！为了你，他居然连我都算计！现在我要死了，总算没人阻止你们在一起了，但好在你们阴阳相隔，你要是那么爱他，就自杀吧，他已经死了……"

"不！"夏绵绵不相信！

"对于背叛我的人，你以为我会留下吗？不会的！"龙瑶疯狂地惨笑，"再见了夏绵绵，你如果心有不甘，就可以学学我，把龙门的人杀个片甲不留，因为所有的一切，都是龙门引起的……"

龙瑶说完，紧紧地闭上了嘴。

然后……

血从她的嘴里喷了出来，喷了夏绵绵满身满脸。

龙瑶咬舌自尽了！

她就这么当着所有人的面，咬断了自己的舌头……

夏绵绵放开了龙瑶。

那一刻，仿若整个世界都塌了！

她只看着龙瑶的气息……缓缓消失。

龙瑶自己结束了她的生命！

港口，一片安宁。

夏绵绵蹲坐在地上。

小南死了。

阿某死了。

龙瑶死了。

都死了……

封逸尘和龙一也死了吧？

她无望了。

这一刻，她是真的可以理解龙瑶当年的心情了。当年，龙瑶的心情是那么悲壮。但夏绵绵不想报仇了。她多活了一世，盼来的结果也不过如此——没有痛快，没有开心，甚至……心如死灰。

"丫头。"龙天走过来，站在她身后叫她。

夏绵绵动了动身体。

"跟我回去，我会好好对你，把你当自己女儿一般。"

夏绵绵眼眶通红。

不了，她不去。

她突然哪里都不想去。

龙天叹了口气，劝说道："人死不能复生，走吧。"

人死不能复生？但她活了。

她现在反而希望当初没有活过来。

"丫头。"龙天说，"为了肚子里面的孩子，别倔强了，不管是龙一还是封逸尘，我想他们的想法都是让你好好活下去。"

他们让她活着，让她背负着这么多痛苦，没心没肺地活下去。

"我带你回龙门。"龙天继续劝说。

夏绵绵还是摇头。

她不想待在一个那么复杂的地方了，她不想再面对任何死亡。

"身体要紧。"龙天此刻没有一点龙门当家的霸气，反而很耐心，"你放心，我带你回驿城，也会让人留在这边找龙一，就算是尸体，我也会找回来的。"

尸体！

在龙天的心目中，龙一也死了是吗？封逸尘也死了是吗？她不相信他们会死！她突然从地上起来。龙天以为她想通了。

"我要去找他们！"夏绵绵突然开口。

龙天蹙眉。

"我要去找他们，就像你说的，就算是尸体也要找回来！"夏绵绵很笃定。

刚刚那一刻，她几乎绝望到觉得天都塌了下来，这一刻她却突然坚强到让人心疼。

龙天说："好，我陪你找。"

尽管他知道封逸尘和龙一生还的概率几乎为零，却愿意无条件地陪着她，直到她愿意死心那一刻。

夏绵绵坚定地点头。

她转身走向卢老。

卢老笑着看她。

从始至终，卢老只是一个局外人。

"可以借用你的东西吗？"夏绵绵问他。

"当然。"卢老说，"封逸尘最后以我们多年的私交恳求我，满足你的一切要求，除了……"

"除了什么？"夏绵绵问。

"殉情。"卢老直言。

夏绵绵心口一紧。

"当然，他也说这种事情不可能发生。"卢老笑了笑。

封逸尘怎么就那么肯定她不会为了他去死呢？

封逸尘对她已经心寒了吧！

她不让自己深想，直接说道："我需要借一些交通工具，包括快艇、直升机、车辆，还有现在所有的人，我要找到封逸尘！"

"可以，随便用。"卢老点头，毫不在乎，"记得要是封逸尘没死，跟他说声他永远是我的老弟，即使救命之恩已还清，交情还在！要是他死了，替我烧点纸给他，让他一路走好。"

夏绵绵看着卢老坐上他的轿车，离开了。

她有了对这里所有人的支配权。

她一刻都没有闲下来，开始分配人员寻找。海上、路面，任何地方，地毯式搜索，她不相信龙瑶可以做到毁尸灭迹，就算封逸尘和龙一化成了灰，她也要把他们找回来！

她冷静地安排着。

龙天看着她的模样，那一刻突然想到什么。

"丫头！"龙天叫她。

夏绵绵回头。

"龙瑶在我们龙门的局域网里面散播了龙一被绑的视频，看上去是被绑在一个屋子里面，在我到这儿那一刻就已经中断了，我猜想，应该是……"龙天欲言又止。

夏绵绵连忙说道："能给我看看吗？"

"嗯。"龙天拿出手机。

夏绵绵拿过手机，看到画面中龙一被捆绑着，他被蒙着眼睛，嘴里面也被塞上布条，根本说不出来任何话，无法给他们传递任何信息。

她告诉自己冷静。她想总会发现什么线索的，一定会发现。她一点一点看，看那个房间的环境。看着看着，她突然按下暂停，然后放大……

她看到了海水，一个缝隙透出去，是海！她一个激灵。刚刚到这里的时候，她分明看到一艘船的，她当时也觉得奇怪，现在居然忘了这么重要的线索。

她很激动，但她告诉自己，这个时候不能慌，不能急，不能自乱阵脚，她说："去追海船。"

她记得那艘船开得不快，现在去追，一定能够追到！

"坐直升机去！"龙天说。

"好。"夏绵绵点头。

两个人直接走向了面前的一架直升机，起飞后迅速往夏绵绵指的方向开去。直升机在天空中盘旋，开出很远的一段距离。夏绵绵一直让自己保持冷静。她告诉自己：不会突然没了，不会突然没了的……

夏绵绵突然看到海面上漂着一艘破旧的海船，连忙大声道："那里，开过去！"

直升机连忙往她指的方向开去。

就是这艘！

直升机往下降落，软梯放下。夏绵绵毫不犹豫地下去。龙天也准备下去。

"龙叔！"夏绵绵说，"你别下来，龙瑶不可能会任由他们在这里面漂着。"

所以，这艘船上，一定有危险！

龙天犹豫。

"有我在，龙叔不用铤而走险。"

"你也上来，我让其他人去。"

"不！"夏绵绵很坚定地说。

如果他们死了，她也没想过活。她直接从软梯上跳了下去，整个身体顺势滚到了甲板上。很安静的海船，感觉就像一艘废船在海面上漂泊一般。她小心翼翼地走下甲板，走进船舱。她料想过可能见到的所有画面：一排人拿着重型武器等她；她看到的是血泊中的龙一，还有封逸尘；还有很多……

她眼眶一红，模糊不清地看到眼前的这一幕——龙一，还有封逸尘，完好无缺地坐在那里，即使被捆绑，但还活着。

此刻的龙一被蒙上了眼睛，塞住了嘴，捆住了身体。此刻的封逸尘没有被蒙眼，也没有被捂嘴，但他也没有出现在摄像头可以看到的地方。封逸尘就这么看到了她，很淡定的眼神，他没有说话。不激动！

夏绵绵喉咙微动，很多情绪涌出。

但现在，她也没有说任何煽情的话语，冷静道："我来救你们！"

龙一的身体动了一下。

夏绵绵连忙走向龙一，将龙一嘴里的布条扯掉。

"绵绵！"龙一叫她。

"嗯。"夏绵绵连忙答应。

她扯掉了他眼前的黑色布条。

"你快走！"龙一说。

夏绵绵一怔。

"炸药在我们下面！"龙一提醒她。

这一刻，夏绵绵愣住了。她猛的低头，看到他们下面的定时炸弹。现在还有1分钟。她猛的从身上拿出瑞士军刀，找出定时炸弹的线。红色的，蓝色的，下面还有一根淡黄色的。应该是哪一根？

"阿九。"身后突然有人叫她。

她知道是封逸尘。但那一刻她却忽视了他叫的称呼。她只想救他们！

"有一种炸药，剪哪条线都会炸。"他用平静的声音提醒她。

她知道。

但是她想要救他们，她想要救走他们！

"你现在起来，解开龙一身上的铁链，还有机会带着他走。"他一字一句说，"我曾经教过你怎么解锁的。"

夏绵绵眼前已经模糊不清了。她看不清楚眼前的一切！她放弃剪断连接定时炸弹的线了。龙瑶一定不会给他们任何逃生的机会，所以这个炸弹怎么都会炸的。她起身，开始帮龙一解开铁链。铁链上的锁有三个。她用军刀另外一边的一个细细的铁丝，对准锁孔。

喱！她解开一个。

喱！她又解开另一个。

喱！她解开了第三个。

定时炸弹的倒计时开始响起警报。

"10！"

"9！"

"……"

夏绵绵回头看着封逸尘，只见他很安静很安静地坐在那里，没有任何表情，似乎没有听到定时炸弹报警的声音。他的眼神静静地看着夏绵绵。夏绵绵什么都看不清楚了。她只知道此刻她被龙一狠狠地拽着往外走。她不走了。

"放开我，龙一！"夏绵绵推他。

龙一怎么可能放手？！

他甚至早料到她会如此一般，在夏绵绵完全没留意的一瞬间，直接从后面敲晕了她！

不！

夏绵绵昏迷前，恍惚听到一个声音在说："阿九，好好活着！"

好好活着！

轰隆隆……哐哐……轰隆……

海平面上，太阳升起来了。龙一抱着夏绵绵，跳进了海水里，在突然爆炸产生的强大冲击力下冲出了很远。龙一用生命将夏绵绵护在怀抱里。身后被炸药炸伤了。他眼眶红了，不是因为疼痛，而是因为封逸尘。两个人在船上漂泊了那么久，到现在，他耳边恍若还是封逸尘平静的声音，平静地告诉他：龙瑶不会杀了他父亲的，龙瑶会自取灭亡。封逸尘平静地告诉他：夏绵绵，不，阿九可能会出现。封逸尘还说：阿九出现之后，如果时间紧急，就不用救他了。最后，他让阿九好好地活下去……

龙一回头，眼眶已经红透了一片。

封逸尘总是知道夏绵绵的一切举动，知道夏绵绵要做的任何事情。这么强大的一个男人，此刻却在海平面上被炸得粉碎。他为之可惜，为之难受！刚刚那一刻夏绵绵是打算和封逸尘一起死的。龙一看着自己怀抱里晕倒的女人。她醒来，会怎样？

他抬头，看见一架直升机降落在他的面前。

"龙一！"龙天在直升机上叫他。

龙一神志有些模糊不清。

这一刻，他却还是抱着夏绵绵上了飞机。封逸尘说了，让他保护好阿

486

九，让阿九活着。在他们的世界里，活着比什么都重要。直升机盘旋在空中。龙一一直抱着夏绵绵，一直抱着她。她真的经历了太多太多……

驿城。

夏绵绵睁开了眼睛。这一觉她睡了很久。她睁开眼睛的一刻，面前是一间陌生的房间。她不知道这是哪里，但她知道，她还活着。她脑海里面还能够回想起她和龙一离开海船的画面，而没有封逸尘。

封逸尘告诉她："阿九，好好活着。"

他叫她阿九。

阿九啊……

她躺在床上，眼泪顺着眼角流了下来。她没办法控制，眼泪就是一直停不住。房门不知道何时被人推开。夏绵绵木讷的眼神微动，看着从外面走进来的龙一。他的动作很轻，像怕吵醒她一般。看她醒来，龙一有些吃惊。

他声音喑哑："醒了吗？"

夏绵绵没有回答。她只是看着他，然后眼泪直流。龙一过去，想要伸手去帮她擦眼泪，这一刻却怕惊扰到她。龙一突然发现夏绵绵其实如此脆弱，那一刻恍若一碰就碎。

他坐在她的床边，说："你昏迷三天了。"

不是昏迷，而是他让人故意给她输了安神的点滴，是他故意让她多睡了几天。他怕她醒来情绪波动太大，但她没有。她只是平静地接受所有的结果。

"封逸尘死了。"龙一直白道。

分明是知道的事情，那一刻，夏绵绵却还是哭得更猛。

"你昏迷的这三天，我让人去找了封逸尘的尸体，不全，但尽量拼凑，火化了。"龙一说，"他的骨灰我帮你放在了你的床头，怎么处理，看你自己。"

夏绵绵转头看向了床头。

封逸尘真的变成渣了。

"你再躺一会儿，我让人帮你弄点吃的。"

"龙一。"夏绵绵叫他，声音很轻。

龙一刚要起身，又停了下来。

"封逸尘最后对你说什么了吗？"夏绵绵问他。

龙一垂眸。

"告诉你了是吧？"

龙一说："别想了绵绵，一切都过去了，不管封逸尘跟我说了什么，不管你以前经历了什么，从现在开始，你就是我们龙门的人，龙门会护你一世平安。"

夏绵绵笑着，眼泪却流得更多。她真的很安静地接受着自己内心的崩塌。她不知道封逸尘付出了多少代价，付出了多少代价，换来了她的一世平安。一世……平安！

"你休息吧。"龙一起身。

他看不下去夏绵绵如此悲伤的模样。她的心大概已经跟着封逸尘一起，沉入了大海。龙一离开。房间中就剩下了夏绵绵自己，她看着头顶的吊灯，眼睛模糊却看不清，渐渐睡了过去。夏绵绵再次醒来之后，依然躺在床上，没有再起床。龙一经常到她的房间来，对她无微不至，甚至小心翼翼。而她，回应不了他的感情。她甚至不知道，她的人生还能做什么。直到某一天，她躺在床上，感觉到了肚子的一丝颤抖，一丝很明显的动静。胎动！

她肚子里面那个坚强的孩子，还在顽强地活着。

她如此受折磨，而他却一直坚持着。她被这个小生命感动了。那天之后，她终于起床了。起床那一刻，她的身体几乎都已经撑不住了。

龙一手疾眼快地过去抱住她的身体。

她说："谢谢。"

这一刻，她看到了龙一惊讶的眼神。

很长一段时间里，夏绵绵没有说任何一句话，甚至没有任何表情。

现在，夏绵绵居然起床了，居然对他说了"谢谢"。

她居然还开口道："龙一，我饿了。"

龙一喉咙微动。

他尽量控制，让自己不要太激动，他怕把她吓到了，他说："我去叫人做饭，我去叫人做饭。"

"嗯，你放开我，我自己可以。"夏绵绵很坚定地说道。

龙一缓缓地放开她。夏绵绵走了两步。久卧之后，身体真的会糟糕到无法想象。她走得很慢，一步一步，因为她怕摔倒。她起身去了浴室，走向洗漱台洗脸，看着镜子中的自己。眼前那个瘦得已经不成样的女人，已经被她折磨至此，仿若就只有薄薄的一张皮巴在她的脸上。而她怀孕4个月的肚子，也只比平常人鼓出了一点点，就只有一点点而已。

她抚摸着肚子，笑了，笑得眼泪一片。她看着镜子中的自己，告诉自己，要好好活着。

怀孕6个月，夏绵绵打了争夺夏氏遗产官司。因为证据很充分，夏绵绵大获全胜。夏绵绵作为夏氏持股最多的人，成为夏氏董事长。她回到了夏氏，主持夏氏所有工作。夏绵绵花了一个月的时间让夏氏在她的带领下重新回到轨道上。

怀孕7个月，韩溱出现在夏绵绵的面前。

她总以为，在金三角发生那些事之后，大家就应该都是各奔天涯了。

夏绵绵嘴角微微一笑："我以为我们再也不会见面了。"

韩溱也这么回笑了一下："本来我也是这么认为的。"

"是找我有事儿吗？"夏绵绵问。

韩溱将视线放在了她的孕肚上。

夏绵绵顺着他的目光也看向自己的肚子，说："孩子挺好的，我和他的。"

"嗯。"韩溱点头，"我想也不至于，你和龙一的孩子就这么大了。"

夏绵绵看着他笑了一下。在韩溱的心目中，她大概就是这么见异思迁的人。

韩溱说："我本来没打算来找你，从boss出事之后，我们就全部解散了，各自沦落天涯。我是有些事情回到驿城，才觉得可以见你一面。你看上去，过得不错。"

夏绵绵点头。

她过得确实不错，继承了夏政廷一半的遗产，拥有了夏氏集团，坐上了董事长的位子。不仅如此，现在龙门还成了她的保护伞，虽然大家明面上不说，但暗地里都有听到风声，说龙门放了话出去，惹了夏绵绵就是和龙门作对。夏绵绵俨然就是人生赢家。

"你大概都快忘了boss了吧？"韩溱问她。

夏绵绵没有回答。因为她不想回答。他们认为她忘了，她就当已经忘了吧。

她说："到底有什么事情，你不妨直说。"

"看来我连提起boss的名字你都开始反感了。"

"……"夏绵绵喉咙微动。

韩溱说："没什么，就是给你讲讲boss的一些故事。"

夏绵绵其实是不太想听的，却拒绝不了。

韩溱直白道："你不是第一眼看到我就觉得很熟悉吗？你仔细想想，或许能够想起我到底是谁。"

她没想起来。

"这样呢？"韩溱突然从衣服里面拿出来一个医用口罩。

夏绵绵眼眸一紧。

"想起来了是吧？"韩溱说，"没错，我就是你在病床上躺了整整一年的那个时候的主治医生。"

夏绵绵直直地看着他，心理在变化。

"很好奇为什么我会成为你的主治医生是吗？其实没什么值得好奇的，都是boss一手安排的。"韩溱看着夏绵绵说，"我们还是从头开始吧，从你觉得你死去的那一刻开始。"

夏绵绵在让自己冷静，怀孕了不能激动。

"当时，boss下达命令让你去营救夏柔柔。夏柔柔的绑架案就是boss一手策划的，而他很清楚让爱莎和你一起合作，爱莎会想方设法害你，boss的目的就是让所有人包括大boss都以为你真的在执行任务中去世。你不知道，boss把夏柔柔从火势里面救出来之后，怎么用双手将你从昏迷的火堆中抱出来的，而你自然也不会知道当时boss的一个表情，让我至今难忘！"

"我和boss将你秘密送去了夏绵绵当时发生车祸被送去的医院。夏绵绵实际上已经在车祸中去世了，为了掩人耳目，我们才会把她的尸体留下来，看似在做抢救，其实就是在等待你的身体去交换。把你放在手术台上之后，夏绵绵的尸体就被我们处理了，而夏柔柔被烧坏的眼睛，是从夏绵绵脸上挖下来的，和你母亲没关系。"

夏绵绵咬唇。

"你可能会有疑问，夏绵绵的车祸是不是也是boss一手造成的？不是

490

的。"韩溱说，"当然如果没有这场车祸，boss会给她制造这场车祸，让你来替代她。然而事实就是，卫晴天一家人没想过让夏绵绵活下去，boss也不过是对她们的一举一动进行监视，找准时机，开始策划这一切，让你顺理成章地变成夏绵绵。"

"让你变成夏绵绵真的不太容易。首先得把你医治好，你当时的烧伤面积达到30%，我们得不停地修复你的皮肤，修复好了之后，在你的生命体征平稳了的时候，才敢在你脸上动刀。你应该也很清楚，你躺在病床上的那一年，做了大大小小无数个手术，不是因为你身体器官的问题，而是我在帮你整容，一次一次整容成夏绵绵的样子。"

夏绵绵摸着自己的脸颊。原来，她不是重生的。

"为了让你更加相信你就是夏绵绵，我们把你身上所有阿九有的特征全部都掩盖了，没在你身上留下一样，包括阿九的痣。不过你放心，你的身体我没看，我有助手，是女的，你身体的整容都是她完成的，boss偶尔会协助。"韩溱说，"给你做完所有手术后，连我们自己都觉得，你确实已经不是阿九了，你就是夏绵绵。庆幸的是，你和夏绵绵的身高差不多。我想应该也不叫庆幸，如果你和夏绵绵的体形相差太大，boss应该也不会让你成为夏绵绵。"

夏绵绵点头。

只要封逸尘要做的事情，没有什么是做不到的。

"然而，你应该会很好奇，为什么boss要对你做这么多？为什么要让你误以为自己死了，又拼命地把你救活，再拼命地把你变成另外一个人？"韩溱看着夏绵绵，一字一句道，"也不难猜，因为大boss没想过让你活。"

"我和龙瑶有什么仇恨？"

"阿九。"韩溱叫着她。

夏绵绵承认，她是真的紧张。

韩溱要说到重点了。

他说："你是龙天最小的女儿，龙九。"

夏绵绵一怔。

她是孤儿。

"龙天曾经喜欢过一个女人，但那个时候，龙天已经娶妻生子。龙天是一个负责任的人，他不能因为自己喜欢就真的和妻子离婚，而且据说，他的妻子在知道后其实原谅了他的出轨之举，也接受了那个女人的存在。当然她接受了，并不代表那个女人就可以顺利进入龙家。后来你被那个女人生下来之后，被龙天安排在了其他地方。龙天对你们母女很好，确保你们衣食无忧。龙天和你母亲的感情很好，这样维持有大概有两年时间，也就是你两岁的时候，被龙瑶劫走了，你母亲被龙瑶亲手杀了。"

两岁之前的事，她记不得了。

她还能有的记忆就是，她好像被一个阿姨扔到了孤儿院，她已经记不得那个阿姨的模样，她只知道，把她抱走的是个阿姨。

"龙瑶的阴谋就是让你成为她的杀手，然后亲手杀了你自己的父亲！她要报复的不只是龙天，还要报复龙天的子子孙孙。"韩溱说。

夏绵绵并不觉得意外，以龙瑶的偏执，什么都做得出来。

"但当时，龙瑶没想过把你带到组织去，因为当时的组织还处于一个很不成熟的状态，带你去没有任何好处。她先把你扔到了孤儿院，而她让另外一个小女孩代替你死了，让龙天以为你和你母亲都被人杀害了。"

韩溱又说："你的身份boss自然早就知道，所以对你的培训也是单独的。龙瑶下达命令，让boss把你训练成最顶级的杀手，boss这么做了，但你不是最顶级的杀手，你应该是打不过文川和白鹤的。可是你的防御能力惊人，如果是单打独斗，你甚至可以从boss手上灵活逃脱。他给你的训练，从一开始就是奔着给你保命的！"

"为什么？"夏绵绵问他。

"还用问吗？因为他喜欢你！"韩溱说，"他说，他没想到，他母亲让他在海边等的那个女孩，是他小时候遇到的那个要给他做通房丫头的女孩。"

所以，封逸尘第一眼看到她的时候，就认出了她。

而她，根本就没有印象了。

"但boss是没办法违背大boss的命令的。刚开始他也听从他母亲的安排，对你严加培训。可谁知道那个阿九说喜欢他，说很喜欢他，说愿意把自己的身体给他，不求回报。"韩溱看着夏绵绵说。

夏绵绵笑了。

她当时只是单纯地贪恋他的美色。

"封逸尘没有回应过我。"她很清楚，封逸尘没有给过她一个好脸色，

492

冷漠到她经常怀疑她的人生。

"你觉得，他暴露出来一点点对你的关心和喜欢，大boss会做什么？"韩溱反问。

对，龙瑶会杀了她。

"所以为了救下你，为了让你安全地活下去，这是他唯一能够想到的办法。因为不管在报复龙天的道路上，到最后boss是赢了还是输了，最终结果是你都得死，必死无疑！"韩溱说，"就算不死，你也会活得很累。龙瑶到最后肯定会告诉你你的身份，而如果boss真的杀了你父亲龙天，你们之间会变成怎样？继续相互残杀吗？"

可能互捅刀子！

"boss也是自私的，自私地不想你这么恨他。当然，你或许会问，为什么boss不挣脱龙瑶的掌控，不放弃报复？很简单，如果有个人从你出生开始就一直在你耳边说你的父亲如何惨死，说你的身世悲剧，说你的血海深仇，任何人都会选择走上报仇这条路。这种思想根深蒂固，就算他再爱你，他也会用生命去完成这种使命。"韩溱说，"至少我是这么理解的，但我没有想明白，为什么最后boss放弃了，大概还是因为你。"

毕竟最后，如果不是boss出手，龙瑶真的可以杀了龙天。

想来应该是，如果没有了龙门，没有了boss，夏绵绵在龙瑶的手上也活不下来。

所以，他只能选择让所有的仇恨到他这里结束。

"我只是在想，boss做这个决定的时候，应该也是心如死灰。他要承受他血海深仇的折磨，又要承受他让你活下去的执着。在两难的情况下，他应该觉得，他做了最大逆不道的事情，而他大概也没想过活下去，以死谢罪，对他而言是最好的方式。"

夏绵绵眼前模糊到看不清楚。

她不知道怎么去想象，从她还小，从她是阿九，从她变成夏绵绵这么多年，他都是怎么忍受过来的？他又是怎么在她"重生"后出现在他面前时，要装作什么都不知道，和她保持距离的？

她也不知道为什么封逸尘分明那么不待见她，最后却还是答应了和她结婚。

她现在也总算知道，他们结婚后封逸尘死都不碰她的原因了。

不仅仅是因为她是阿九，而且，在封逸尘的理解里面，他们是表兄妹，他们有着血缘关系，他们不能发生肉体关系，更不能怀上这个孩子！

"小南是封逸尘安排的吗？"夏绵绵泪眼模糊地问他。

"不算是。"韩溱解释，"小南是夏绵绵的母亲捡回来的，有一次小南被夏家人欺负得很惨，没有任何能力反击，当时正好被boss碰到，小南跪着求boss带她离开。"

"封逸尘带她走了？"

"没有，但boss帮她了，让她学会了有技巧地防御。"韩溱说。

夏绵绵能够想象封逸尘教小南怎么被打才不会那么痛的画面。

因为她也被教过。

"时间一长，boss发现小南是一个可塑之才，在身手方面是有慧根的，就对她进行了地下培训，没有任何人知道，我也是后来知道boss的计划后才发现有小南这号人的。小南很感激boss，对他死心塌地。这个无心之举，让他灵机一动想到了一个可实施方案，让你可以如一个普通人一般活下去。他亲自教了小南很多，她学得最多的不是杀人，而是保护重生后的你。"

韩溱停顿了一下，说："要让你自己都相信你已经不是原来的自己了，最好的方式是你一醒来，就有人哭天喊地地叫着你另外的名字，我想，当你听到小南在叫你的时候，你就会真的信了你是夏绵绵。"

她确实信了。

到现在她终于知道为什么封逸尘那么想要她活着了。

因为在他们的世界，在她被设定的世界里，想要活着真的太难太难了。

而她却一次又一次对他的安排不停地怀疑、挑战和反抗。

她想象不到，每次她对他的敌对，他都是以什么样的心情去面对、去承受的。

"想来，"韩溱在两个人都沉默很久之后，突然开口，"boss这一辈子，真的都是在为别人付出，又在不停地被别人利用和算计。我也是在金三角大家都准备散了之后才知道，原来boss一直承受着的不是他的杀父之仇，而是阿某的杀父之仇！我想没有任何人会知道，到头来阿某才是大boss的儿子，那个一直在人群中不太起眼，一直和我们一起培训、一起吃一起睡的阿某，居然才是那个暗地里的人！"

"我也不知道阿某是龙瑶的儿子，但我知道阿某和龙瑶不同，否则最后他不会在龙瑶的面前自杀。仔细一想，当我告诉阿某我是阿九的时候，阿某带着惊讶但却没有告诉龙瑶，如果他告诉龙瑶了，我肯定活不了。而且我对阿某没有防备，阿某也可以杀了我。"

韩溙相信阿某对他们的真诚。

"我能够跟你说的就这么多了。"韩溙转头看着夏绵绵，"对了。"

韩溙停顿了一下。

"你有听说boss在他还年轻的时候就去过龙门的事情吧，只身去，遍体鳞伤地回来，不是为了去打探龙门的虚实，而是为了去拿龙天的头发验证你到底是不是他的女儿！然而结果是，你是龙天的女儿，你是他'杀父仇人'的女儿。你的人生就只有两条路可以选择：一条是最后被龙瑶杀死；一条是你杀了自己的亲生父亲，最后也是被龙瑶杀死。你想要选择的第三条路，唯有他给你安排另外一个身份，好好活下去，可惜……"韩溙苦笑，"boss大概没有想到，换了一个身份的你，还是要缠着他不放！"

因为她当时恨他。封逸尘什么都没有给她解释，她什么都被瞒着，她不知道他对她的感情，她只知道他为了夏柔柔让她死了。她可以死，但既然她活了，她就想要彻彻底底地报复！她当时一直是这么想的。现在想来，封逸尘也不可能告诉她所有的真相。

告诉了又能怎么样？她完全可以想象自己在知道真相后的选择绝对是回到龙门，回到龙天身边，然后也会和封逸尘敌对，到时候，他们还是互相残杀，直到一方死亡为止！

她现在再回想在船上时，封逸尘默默看着她带着龙一走的场景。她没有去救封逸尘。她直接冲向的是龙一。

封逸尘没有任何表情，反而非常平静地让她开锁，然后逃走。他说那些话的时候，心情是怎么样的？心如死灰，还是其实也会期盼？期盼她第一时间是去救他，就像当初，她和夏柔柔在火场一样，她当时很想很想，就算封逸尘回头看她一眼也好。而她选择了用同样的方式以牙还牙！她很难受。

她脑海里面全部都是她离开时封逸尘静静淡淡的模样，全部都是封逸尘看着她和龙一离开毫无所动的模样。

一个人应该是到了真的死心的那一刻，才会露出这么平静的模样，才会很淡然地接受所遭遇的一切。

她除了哭，真的不知道还能做什么。她多希望他就算能活过来一秒也好，她会告诉他，她真的很爱他，从小到大，从未变过！

韩溱说："阿九，我走了。"

阿九？

封逸尘也叫她阿九。最后，在船上的时候，他叫了她的名字。她现在想起来了，真真切切地想起来了。

那时候，耳边还有他的声音一直在说："阿九，好好活着。"

夏绵绵看着韩溱离开。他离开后很久，夏绵绵都像石化了一般坐着。

夜深了很多，夏绵绵身上突然多了一件衣服。她知道是龙一。龙一没有打扰她，坐在了她的旁边。

"龙一。"夏绵绵轻轻地叫他。

"嗯。"

"你都知道是吗？"夏绵绵问。

龙一知道封逸尘的一切。

"知道。"龙一说，"不是在船上知道的，是在我回到金三角封逸尘把我救走甚至差点就把我送去机场离开时，在车上告诉我的，原原本本告诉了我你的一切。他用自己的性命，用保全龙门的代价跟我做了交换，让我替他照顾你。"

听到这里，夏绵绵哭得眼泪根本就无法停下来。

"我答应他了，我会照顾你一辈子，我会替他陪你一辈子。"龙一看着夏绵绵，伸手帮她擦眼泪，却越擦越多。

"他最后强调说让我别碰你。"龙一突然笑了一下。

夏绵绵抿唇。

"他说，我是你哥哥，让我不要乱伦！就算你主动，我也不要！你已经乱伦过了。"龙一现在似乎都还能够想起，封逸尘说这句话的时候，真的很严肃。

夏绵绵心口微动。

所以每次他们上床，封逸尘都背负着他们是"乱伦"的罪恶感吗？

"我跟他说了，我不是龙天的亲生儿子，我是被收养的。"龙一看着夏绵绵，"他当时石化了！"

夏绵绵也能够想象封逸尘的表情。

"所以我说，如果夏绵绵愿意，我会娶她，然后和她幸福地生活在一起，我会把你们的孩子当成我的亲生孩子对待。"龙一说，"前提是如果他死了。如果他没死，我会主动退出，不管你们有什么血缘关系，我都不会插足你们的感情！"

"谢谢你龙一。"夏绵绵感谢他。

"对了，他还说，如果孩子有缺陷，让我不要嫌弃那个孩子，让我们龙门好好对那个孩子。"

封逸尘现在知道了所有的真相，会不会从土里面爬出来？

但是他都成灰了。

他爬不出来了。

龙一说："绵绵，故人已逝。我知道你怀恋封逸尘，不只是你，我作为旁人都对他的一生表示遗憾，甚至是心有不忍，但终究，人死不能复生，这个世界上没有重生，没有，有的只是人的精心策划而已！所以绵绵，好好地为自己活下去，好好地生下孩子。而我，真的会陪你一辈子……"

"龙一……"

"不管你是不是龙家的小女儿，我都有义务照顾你，不仅仅是因为我喜欢你。"龙一说，"而你也不要太拒绝我，我相信时间可以冲淡一切，就算冲不淡，就算你心里一直有一个他，我也相信，有一天你会接受我。"

她想说不会。

但现在说什么都没用，龙一还是会执着下去，就算她说得再决绝，他也会一如既往。

她只会用接下来的行动告诉他。

她这辈子，会对封逸尘……从一而终！

韩溱走了之后，夏绵绵就再也没有见过其他杀手了。

他们都离开了，组织已经四分五裂。

曾经那么辉煌的一个在世界上都能够排上名号的杀人组织，就这么结束了，付出了惨烈的代价，结束得很彻底。

她接受了她所经历的一切事实。

她接受了出生时候的身份。

她接受了她叫龙九。

而除了她和龙一之外，龙天也知道了。

怀孕8个月，夏绵绵去了"镏金会所"。

谁能够想到，这里依然生意兴隆，这里依然是组织的一个暗号接头地，只是再也没有接头行动，只有生意了。

她去了"镏金会所"的一个特定包房，走进去，输入密码，推开其中一扇暗门，然后走进了一个长长的地道，到了一间冷冰冰的房里。

房间没有任何装饰，放着的只是一个一个小盒子。

每个盒子都上了锁，每个盒子都有一个名字，直到对应那个名字的人死了，那个盒子的锁才会被打开。

她找了找，看到了阿某的盒子，看到了小南的盒子，看到了封逸尘的盒子。

小南的盒子什么时候在的？

大概，是小南死了之后，才被人放了进来。

一直以来，她都没正式成为组织的人，到最后这一刻，或许是封逸尘的安排。她打开其中一个盒子。她现在来平静地实现他们最后的愿望。阿某的遗言上写道：阿九，不要恨我，我很抱歉一直瞒着你。我希望一切可以恢复平静，我不想报仇，我只希望带着我母亲远离纷争，过上平淡的生活。阿某，"带着你母亲远离纷争，过上平淡的生活"，我帮不了你了。但是，我不恨你，一点都不恨！她将阿某的遗言销毁。人死之后，这些就没意义了。她拉开小南的盒子。

她的遗言纸条和别人的有所不同，大很多。

小南的遗言上写道：boss今天亲自给了我这么一张遗言小纸条，说这次会凶多吉少，如果死了，会有人实现我生平最想要实现的愿望，换句话说就是让我留遗言。我看了看那张小巧的纸，我的遗言那么多，怎么可能写得下？！所以我自己换了一张大的，还是去精品店买的有香味的信纸，我是在想，要是让阿某来实现我的遗言，至少他还能闻到香喷喷的我！

首先，我肯定会非常遗憾我没有睡成阿某。那我希望阿某可以在有生之年每年都纪念我一次，在我死的这一天招呼我一下，我一定会知道他在想我的。

其次，我希望小姐可以原谅我。我承认我是boss的人。boss在我还小当然boss也还小的时候，曾经对我有过知遇之恩。他教了我一些防身之术，而后还把我带回他的私人训练场对我进行了很多训练，但boss要求我隐瞒身份，就这么一直陪着小姐长大，后来小姐突然有一天出了天大的车祸，我都以为小姐撑不下去了，我想着自己终于可以离开夏家，可以跟着boss了。我就琢磨着，小姐你死了我就过上自由的生活了，然后我跟着boss闯荡江湖，成为一代女侠！然而，boss突然很严肃地对我说，待你醒了，让我好好保护你，让我用性命保护你，还对我说这是我人生中唯一的任务，说就算是到了boss和小姐你敌对的时候，也让我毫不犹豫地选择你这边，还让我帮助你一起杀了他！

我不太明白为什么，但boss说什么我就做什么，我掏心掏肺地对你。但不得不说，小姐，你发生车祸后就跟变了一个人似的，小南真的好爱现在的小姐，好爱你的性格，好爱你对我的偏袒。小南从来没有感受过的温暖，都是小姐你给我的。小姐，你不要再讨厌小南了。我真的很庆幸，这辈子能够遇到你！

最后，还是关于小姐的，是关于小姐和boss的。小姐，我不知道boss到底都隐忍了些什么，但我很清楚地知道，boss很爱你，真的好爱，爱到我都觉得好心痛，boss那么强大的一个男人，对你总是小心翼翼，可你总是不相信boss，总说他会害你。不会的，boss宁愿自己死也不会让你死的，否则他不会跟我说，就算你和他决裂对立了，也让我帮着你杀他。boss那么爱你，你相信他，和他一起好好生活好吗？

遗言差不多就这么多，也不知道其他人怎么写的，我会不会写得太少了？

我只希望黄泉路上，有个人作陪。

当然，我可不是在诅咒谁。总之，我觉得我的人生死而无憾！

夏绵绵默默地看完小南的遗言。

她以为自己可以很平静了，平静地接受他们的死亡，平静地接受这个世界上不会再有他们的存在。

对不起，小南。

你的遗言，我能帮你实现的不多。

阿某死了，他没办法每年纪念你一次，但我希望，你们可以在奈何桥相遇，然后别怕，脱光了去勾引阿某，总会成功的。

小南我没有恨过你。

我承认我之前有对你生疏，对你不理睬，甚至很心寒，但我不恨你，到现在，更加不恨了，我只会恨我自己！

小南谢谢你，谢谢你到这一刻还一直在为我着想。

封逸尘也死了，所以没办法实现有情人终成眷属了，但我可以明确地告诉你，我很爱封逸尘，很爱他，我会一辈子记住他。

她默默地将这份遗言销毁，转眸看着面前封逸尘的盒子。

封逸尘的盒子和其他人的一样，只是摆放的位置比较显眼。

她曾经也来过这里，为了帮某个杀手实现遗言。

她每次来的时候都会看封逸尘的盒子，看好久。其实她很多次都有冲动，冲动地想要打开他的遗言，想要看看如果他死了，到底想要别人为他实现什么愿望。

但最终，她也没能这么做，因为锁太紧了，根本就没办法拗开。

现在这一刻，真的触手可及了。

她打开盒子，拿出里面的遗言，很小的一张，和大多数杀手的一样。

她将纸条打开，打开那一刻，她果然还是泪崩了。

不是她想象的，阿九好好活着。

遗言是：阿九，我爱你。

5年后。

时间有时候真的会很惊人地流逝。

在夏绵绵以为自己可能过不了这个坎的时候，回过神，就已经过了5年！

这5年发生了很多很多变化，不只是自己的心智，还有身边很多人很多事儿。

首先，她生下了她和封逸尘的孩子，是个儿子，很健康，生下来的时候6斤半，她痛了一天一夜，终于顺产将那个孩子生了下来，取名封子倾。今年快满5岁了，一直在她身边，生活得很好。

其次，她才相认的父亲龙天在与她相认的第三年查出肺癌晚期，去世了。龙天死得很安详，死的时候拉着她的手，希望她这一辈子不要埋怨他，龙天甚至把整个龙门留给了她，龙一辅助，她成了龙家的最后接班人。

再次，她对外的身份依然是夏氏集团千金夏绵绵。作为夏氏集团董事长的她，不经常坐班，但夏氏在这几年发展得很快很猛，垄断了整个驿城，无人能及。

最后，封尚集团的封文军也去世了，封铭威因为龙瑶的去世一蹶不振，封尚落在了封铭严和他的两个儿子手上，一塌糊涂。她作为一个非常成功的商人，决定把他们收购了。

所以，她亲自去了封尚集团。

走进电梯那一刻，夏绵绵眼眸微转，一个身影从她面前走过。

她顿了一下。

"怎么了？"助理问她。

"没什么。"夏绵绵回神。

她很诚恳地和封铭严谈了收购计划，却被他一口拒绝，还放言说已经有了另外的合作对象。

夏绵绵吃了闭门羹。

但这个时候还有人来收购封尚集团这个烂摊子，她确实觉得匪夷所思。

所以她让龙一帮她调查了那个幕后黑手。

龙一的效率总是惊人。

夏绵绵去了他下榻的酒店。

敲开房门那一刻，里面的男人直接越过她的身体离开。

夏绵绵戳在原地愣住了。

她回神时，他就已经走了。她猛的追上去，疯狂地按着电梯，疯狂地跑出酒店。她远远地看着男人走向酒店门口的一辆黑色轿车。

她眼眶一红："封逸尘，你给我站住！"

番外

封逸尘还活着，尽管面目全非。

他是被爱莎从海底捞出来的。所有人都以为他死了，爱莎救了他。封逸尘说，他的五脏六腑，除了心脏，其他地方都不是他的。所以他说，他的心还在。夏绵绵心口很痛。为什么心还在，却不回来找她？因为毁容？或许，封逸尘觉得她不爱他。她会告诉他，用余生所有的时间告诉他，那个从5岁就爱上他的女人，到底爱他爱到什么地步。

很长一段时间，夏绵绵甚至霸占着封逸尘，没有让封逸尘和他们的儿子见面。

但父子俩终究还是会见面。

封逸尘问她："儿子傻吗？"

因为他一直以为，儿子是他俩乱伦的产物。

封子倾问她："爸爸不应该是很帅吗？"

因为她一直告诉儿子，他爸爸很帅。

所以，一开始两父子感情并不好。

夏绵绵暗中窃喜。

至少，没人和她抢封逸尘了。

直到……两年后，夏绵绵又生下了一对龙凤胎，有了一个叫封子染的女儿。

封逸尘对封子染的宠溺到了什么地步——只要有封逸尘在的地方，封子染是不会用腿走路的。

夏绵绵站在母亲的角度公平公正地觉得这种"重女轻男"的思想不好，每每都在灌输封逸尘"慈父多败女"的思想，每次得到的答案只有一个："我会一直保护她。"

"那你死了呢？"

"变成鬼保护她。"

可谁知道那个一步都不会离开他的宝贝女儿的男人，却还是在若干年后眼睁睁看着宝贝女儿去了北夏国，嫁了一个叫陆一城的男人。

自然，那是后话了。

至少很长一段时间，夏绵绵都有着封子染的阴影，挥之不去。

夏绵绵一把抱过封逸尘怀抱里面的封子染，气呼呼地带着她去洗澡。

除了洗澡，封子染的其他事儿也轮不到她。

她扒光子染的衣服和她一起躺在浴缸里。

对于父母对她的争执，封子染总是用单纯的大眼睛表示着她的无辜，直白点讲就是半点不会因此而情绪波动，没心没肺兴奋地玩着浴缸泡沫，不亦乐乎。

子染玩了一会儿，小手直接摸着夏绵绵的胸部。

夏绵绵瞪着她。

"妈妈，我以后也会长这么大吗？"

"当然。"

"好舒服啊妈妈。"子染摸着，咯咯笑。

夏绵绵将子染的手拿开，说："不要碰妈妈这里，乖。"

"为什么？"封子染有些小受伤。

"不只是你不能碰妈妈的，其他人也不能碰你的，知道吗？"夏绵绵说得很严肃。

"哦，可是我看到爸爸碰你了呀！"封子染眨巴着大眼睛，很认真地说道，"爸爸还吃了……啊……"

夏绵绵捂住封子染的嘴。都说了让封逸尘不要抱子染一起睡觉了。只要子染一撒娇，封逸尘绝对不会拒绝，于是就抱着子染一起睡。

"妈妈我说错了吗？"子染无辜地看着她。

"这种事情不能跟别人说知道吗？"夏绵绵很严肃。

"可是我对韩溱叔叔说了呀。"

"……"

"那次子倾哥哥回来，我也跟子倾哥哥说了。"

"……"

"龙一舅舅知道了。"

"……"夏绵绵气得脸蛋绯红。

这就是封逸尘你养的小白眼狼。

夏绵绵直接把封子染从浴缸里面抱到了地上，丢给她一件小浴巾："披上，自己穿衣服。"

"妈妈坏。"

封子染委屈地小手小脚地自己穿，穿得不太好。

这时，浴室门打开。

子染一看到封逸尘脸色马上就变了，哇的一声哭得特响亮："爸爸，妈妈欺负我。"

夏绵绵翻白眼。

"乖。"封逸尘柔软到不行，他一边抱起自己的闺女，一边柔声安慰。

"妈妈是坏巫婆。"封子染委屈到不行。

"是，妈妈是坏巫婆，我家宝贝子染是小公主。"

"我最爱爸爸了。"

"我也最爱小公主了。"

两个人就这么出去了。夏绵绵火大。从封子染出生后，封逸尘的视线就没在夏绵绵身上过了！夏绵绵从浴缸里面出来。正打算穿上浴袍，某人进来了。

夏绵绵讽刺道："陪你的小公主啊，进来看我这坏巫婆做什么？"

"你还和女儿吃醋啊？"

"我哪里吃醋了？！"我是泡在醋坛子里面了！

"过来。"封逸尘长臂一伸。

夏绵绵想躲开，却被封逸尘一把抱住，同时用浴袍将她包裹着。